MILLENNIUM · III

LUFTSLOTTET SOM SPRÄNGDES
直捣蜂窝的女孩

〔瑞典〕斯蒂格·拉森 著
颜湘如 译

著作权合同登记号　图字 01-2017-2959

Stieg Larsson
LUFTSLOTTET SOM SPRÄNGDES

Copyright © 2007 by Stieg Larsson
First published by Norstedts，Sweden，in 2007.
This edition published by agreement with Norstedts Agency.
Simplified Chinese edition copyright © 2017 by Shanghai 99 Readers'
Culture Co., Ltd.
All rights reserved.

图书在版编目(CIP)数据

直捣蜂窝的女孩/(瑞典)斯蒂格·拉森著；颜湘如译.
—北京：人民文学出版社，2017
(千禧年四部曲)
ISBN 978-7-02-012830-3

Ⅰ.①直…　Ⅱ.①斯…　②颜…　Ⅲ.①长篇小说-瑞典-现代　Ⅳ.①I532.45

中国版本图书馆 CIP 数据核字(2017)第 109202 号

责任编辑　叶显林　邱小群　刘佳俊
封面设计　董红红　汪佳诗

出版发行　人民文学出版社
社　　址　北京市朝内大街 166 号
邮政编码　100705
网　　址　http://www.rw-cn.com
印　　制　上海盛通时代印刷有限公司
经　　销　全国新华书店等
开　　本　890 毫米×1240 毫米　1/32
印　　张　18.25
字　　数　504 千字
版　　次　2011 年 5 月北京第 1 版
印　　次　2018 年 1 月第 1 次印刷
书　　号　978-7-02-012830-3
定　　价　59.00 元

如有印装质量问题,请与本社图书销售中心调换。电话：010-65233595

目录

1	第一部	走廊上的插曲
153	第二部	黑客共和国
297	第三部	磁盘损毁
435	第四部	重新启动系统
557	尾　声	遗产清单

第一部
走廊上的插曲
四月八日至十二日

据估计,美国南北战争期间约有六百名妇女参战。她们女扮男装投身军旅。在这方面,好莱坞错过了文化史上重要的一章,又或者就意识形态而言,这段历史太难处理?历史学者经常努力研究那些不遵守性别分际的女性,然而没有其他议题比武装战斗更清楚地画出这条分际线。(直至今日,女性参与瑞典传统的麋鹿狩猎活动仍会引发争议。)

但古往今来,有许许多多女战士、女中豪杰的故事,其中最著名的便以战士女王、统治者与领导者的身份名留青史。她们迫于情势不得不扮演丘吉尔、斯大林或罗斯福的角色:来自尼尼微的塞米勒米斯建立了亚述帝国,以及带领英国人发动了一次最血腥的反抗罗马占领军战役的布迪卡,只是其中两个例子。泰晤士河上的威斯敏斯特大桥旁、大本钟正对面,还竖立了一座布迪卡的纪念雕像。若有机会经过,别忘了向她打个招呼。

话说回来,历史对于那些拿着枪、隶属于军队、在战场上和男人扮演同样角色的普通女兵,却着墨不多。其实几乎没有一场战争是没有女兵参与的。

第一章
四月八日星期五

直升机预定降落前五分钟，护士将约纳森医师唤醒。这时就快凌晨一点半了。

"什么事？"他困惑地问。

"救援直升机马上到了。两名伤员。一名受伤的男性和一名年轻的女性。女性受枪伤。"

"好吧。"约纳森无力地说。

虽然睡了半小时，他却觉得不太清醒。他在歌德堡索格恩斯卡医院急诊室值夜班，真是令人精疲力竭的一晚。

到了十二点半，不断涌入急诊室的人潮终于缓和下来。他绕了一圈，巡视病人的情况后，才回到医生寝室想休息一下。他得值班到早上六点，即使没有人挂急诊，也几乎无暇睡觉。但今天他却是一熄灯便入睡了。

约纳森看见外头海面上有闪电。他知道直升机即将抵达。忽然间一阵倾盆大雨打在窗上，暴风雨已悄悄侵袭歌德堡。

他听见直升机的声音，看着它在间歇性强风中斜着飞向停机坪准备降落。有一度他紧张地屏气凝神，因为驾驶员似乎快失去控制。接着直升机从他的视野消失，只听见降落前引擎速度减慢的声音。他很快喝了口茶，然后放下杯子。

约纳森赶到紧急入院区与他们会合。另一名值班医师卡塔琳娜・霍姆负责照顾先被推进来的患者——一名头缠绷带的年老男子，显然脸上受了重创。另一名受枪伤的女子留给约纳森照顾。他迅速地作了目视检验：伤者看来像是少女，全身脏兮兮、血淋淋，受伤十分严重。他掀起救援人员裹在她身上的毛毯，发现臀部和肩膀的伤口用绝缘胶带绑着，心想此举相当聪明，胶带能阻隔细菌侵入还能止血。一颗子弹由她的臀部外侧射入，直接穿透肌肉组织。接着他轻轻抬起女孩的肩膀，确认子弹穿入背部的伤口位置。没有射出的伤口，代表子弹还在她肩膀里面。只希望没有射穿肺部，而由于女子口中没有血，因此他认定八成没有伤到肺。

"照 X 光。"他对一旁的护士说。只说这句就够了。

随后他剪开急救人员缠在她头部的绷带，一看见另一个射入伤口，他不由得惊呆了。女子头部中弹，而且也没有射出的伤口。

约纳森医师呆愣片刻，低头望着女孩，内心感到沮丧。他常常形容自己的工作就像守门员。每天都有人来到他的工作地点，虽然各有各的状况，目的却都相同：为了求助。也许是在诺斯坦购物中心突然心脏病发的老妇人，也许是左肺被螺丝起子刺穿的十四岁男孩，也许是吸毒后连续跳舞十八个钟头，最后倒地跌得鼻青脸肿的少女。他们有些是在工作场所意外受伤，有些是惨遭家庭暴力；有些是在瓦萨广场被狗攻击的小孩，也有些是手工灵巧的男人，本来只想拿电锯锯几块木板，却莫名其妙地割到手腕骨。

因此约纳森医师便是守在病人与殡葬业者之间的守门员。他的任务是决定该怎么做。假如决定错误，患者可能会死，也可能清醒后一辈子残废。不过他作的决定多半都是正确的，因为绝大多数伤员都有一个显而易见的问题。肺部被刺伤或车祸撞伤都是特殊、清晰可辨、可以处理的问题。伤者能否存活得视伤势与约纳森医师的技术而定。

但他最痛恨两种伤。一是严重烧伤，因为无论采取何种措施，伤者几乎都逃不了终生痛苦的结果。另一种则是脑部创伤。

躺在轮床上的这个女孩，无论臀部有一块铅或肩膀有一块铅都能活命，但铅块卡在脑部却是完全不同级别的创伤。他正想得入神，忽然听到护士好像说了什么。

"抱歉，我刚刚没注意听。"

"是她。"

"什么意思？"

"是莉丝·莎兰德,因为斯德哥尔摩的三尸命案,过去几个星期一直被警方追捕的女孩。"

约纳森又看了看伤员失去意识的脸,顿时发现护士说得没错。这几星期以来,全瑞典的人——包括他在内——都在每个报摊外的新闻广告牌上看过她的护照相片。如今凶手本身遭到枪杀,也算是一种应得的惩罚吧。

但这不是他关心的重点。他的职责是救活病患者,不管她是三尸命案凶手,或诺贝尔奖得主,又或两者皆是。

紧接着,有效率的混乱爆发了,这在全世界每间急诊室皆然。与约纳森医师一同值班的人员开始着手进行指定的任务。莎兰德的衣服被剪开,一名护士为她测量血压,100/70,医师则将听诊器放在她的胸口,她的心跳规律得出乎意料,但呼吸却不太正常。

约纳森毫不犹豫便将莎兰德的情况列为危急。她肩膀与臀部的伤口只要以止血绷带,或甚至用不知道是谁突发灵感所使用的绝缘胶带包扎,便可稍后再作处理。现在要紧的是她的头。约纳森吩咐用医院最近购买的新型精密扫描仪 CT 进行断层扫描。

安德斯·约纳森医师金发蓝眼,是瑞典北部于默奥人,已在索格恩斯卡与东方医院工作二十年,先后担任过研究员、病理学者与急诊室医师。他有一项成就令同侪感到惊讶,也让其余和他共事的医护人员感到荣幸,那就是他曾发誓不让自己值班时接收的任何病人死去,神奇的是果真维持了零死亡率。当然,还是有些病人去世了,但总是死于后续治疗或与他的治疗全然无关的原因。

他的医学观念有时有点离经叛道。他认为医生经常作出自己无法证实的结论,意思是说他们太轻易放弃,又或者在紧急阶段花太多时间去研究病人的问题所在,以便决定理想的治疗方式。这当然是正确的程序,问题是当医生还在考虑时,病人恐怕就要死了。

不过约纳森从未收过脑部中弹的伤员,他很可能需要一位脑部外科医师。要切入脑部的一切理论知识他都懂,但他压根不认为自己是个脑部外科医师。虽然觉得力有未逮,却又顿时发现自己或许堪称幸运。在清洗双手、换上手术衣之前,他找来护士妮坎德。

"斯德哥尔摩的卡罗林斯卡医院有一位来自波士顿的美国医师,名叫法兰克·埃利斯,他今晚刚好在歌德堡,就住在精英公园大道饭店,他刚刚发表了一场脑部研究的演说。他和我交情不错。你能不能帮我问一下电话号码?"

约纳森还在等 X 光结果,妮坎德便拿着精英公园大道饭店的电话回来了。约纳森拨了电话,饭店的夜班柜台人员坚持不肯这么晚还吵醒房客,约纳森不得不以一些激烈言词强调情况的严重性,电话才终于接通。

"早啊,法兰克。"听到终于有人接电话,约纳森随即说道,"我是约纳森。你想不想来索格恩斯卡帮忙动个脑部手术?"

"你在唬弄我吗?"法兰克·埃利斯医生已居住瑞典多年,瑞典话说得很流利(尽管仍带有美国腔),但每当约纳森和他说瑞典话,他总是用母语回答。

"埃利斯,我很遗憾错过你的演讲,但希望你能私下为我授课。这里有个年轻女孩头部中弹,子弹从左耳正上方射入。我非常需要有人提供意见,除了你我想不出更好的人选。"

"那么很严重啰?"埃利斯坐起来,双脚跨下床沿,揉了揉眼睛。

"患者二十来岁,只有射入伤口,没有射出伤口。"

"她还活着?"

"脉搏微弱但规律,呼吸较不规律,血压 100/70。另外肩膀和臀部也都各中一枪,但这两处我知道怎么处理。"

"听起来有希望。"埃利斯说。

"有希望?"

"如果有人头部中弹又没死,就表示还有希望。"

"我明白……埃利斯,你能帮我吗?"

"约纳森,我今晚和一群好友聚会,一点才上床,酒精浓度肯定很惊人。"

"作决定、动手术的人还是我,我只是需要有人来看看我有没有做错什么。说到评估脑部伤害,就算是醉醺醺的埃利斯教授也比我厉害好几倍。"

"好吧,我去,但你可是欠我一个人情。"

"我会叫出租车到饭店大厅外等你,司机知道让你在哪里下车,妮坎德护士会去接你,为你打点好一切。"

埃利斯有一头乌黑头发,略带几根花白,还有傍晚才冒出来的深色胡碴。他有点像电视剧《急诊室的春天》里的演员。从那身强健的肌肉可以看出他每星期都会上健身房几个小时。他推推眼镜,搔搔颈背,两眼凝视着电脑屏幕上伤员莎兰德脑部的每个角落。

埃利斯很喜欢瑞典的生活。最初是在七十年代末以交换学者的身份来这里待了两年,后来经常往返,直到有一天斯德哥尔摩的卡罗林斯卡医院提供给他一份固定工作。当时,他已经闻名国际。

十四年前,他和约纳森在斯德哥尔摩一场座谈会上相识,发现两人都是飞蝇钓迷。他们一直保持联络,还相约去过挪威和其他地方钓鱼,但却从未共事过。

"这样找你来,我很抱歉,可是……"

"没关系。"埃利斯无所谓地挥挥手,"只不过下次钓鱼你得请我喝一瓶克拉格摩尔威士忌。"

"好,我很乐意付这样的代价。"

"几年前,我在波士顿有个病人——我在《新英格兰医学杂志》上写过这个案例。那个女孩和你这个病人同样年纪,当时她正要走进大学校园,忽然有人拿十字弓射她,箭从左眉外缘射入,直接穿透她的头,从接近颈背正中央的地方穿出。"

"她没死?"

"她来医院的时候像没事一样。我们割断箭杆,扫描她的头部。箭从她的脑直穿而过,不管怎么看,她都应该已经死亡,或至少因为受到巨大创伤而陷入昏迷。"

"她状况如何？"

"她始终意识清楚。当然她确实吓坏了，但完全没有丧失理性。她唯一的问题就只是头骨里插了一支箭。"

"结果你怎么做？"

"我呢，拿起钳子，把箭拔出来，然后包扎伤口。大概就是这样。"

"她活下来，还说出事情经过？"

"她的情况显然很严重，但事实上她当天就能出院回家。我很少看到比她更健康的病人。"

约纳森心里纳闷，不知道埃利斯是否在捉弄他。

"不过，"埃利斯继续说道，"几年前我在斯德哥尔摩也有一名四十二岁的病人，头撞到窗台后马上觉得不舒服，便叫救护车送急诊。我赶到时他已经不省人事。他只有一个小肿块和非常轻微的淤伤，但始终没有恢复意识，在加护病房待了九天就去世了。直到今天我还是不知道他的死因。解剖报告中写的是意外导致脑出血，但对于这样的判断，我们没有人感到满意，因为出血量微乎其微，又是在一个应该毫无影响的部位。但偏偏他的肝、肾、心、肺一一失去功能。我年纪愈大，愈觉得这就像是玩俄罗斯轮盘。我想我们永远也研究不出大脑确实的运作情形。"他说着用笔敲敲屏幕，"你打算怎么做？"

"我还希望你告诉我呢。"

"让我听听你的诊断。"

"好吧，第一，这似乎是小口径的子弹，从太阳穴射入之后，卡在大脑约四厘米深处，紧贴着侧脑室。那边有出血。"

"你要从何着手？"

"套用你的话，拿起钳子，将子弹从它穿入的途径取出。"

"好主意。我会用你手边最薄的钳子。"

"就这么简单？"

"不然还能怎么办？如果把子弹留在里面，她或许能活到一百岁，也可能有风险，说不定会造成癫痫、偏头痛等等病症。我最不建议的做法就是在她脑袋钻洞引出血水,等一年后伤口都愈合了再动手术。子弹并不在主要血管附近,所以我会建议你把它夹出来……不过……"

"不过什么?"

"子弹我倒是不太担心,她到现在还活着是个好预兆,表示她也挨得过子弹取出的过程。真正的问题在这里。"他指指屏幕,"射入伤口四周有大大小小的骨头碎片,我能看到的至少就有十来片数毫米长的碎片,有些嵌在大脑组织里。你一不小心,她就可能丧命。"

"那是不是和数字与数学能力相关的大脑部位?"约纳森问道。

埃利斯耸耸肩。"胡说八道。我不知道这些特殊的灰色细胞有什么用。你只能尽力。你来动手术,我会在你后面看着。"

麦可・布隆维斯特抬头看看时钟,凌晨三点刚过。因为手被铐着,觉得愈来愈不舒服,便稍微闭一下眼。他实在是累坏了,却靠肾上腺素支撑着。他重新睁开眼睛,狠狠地瞪了警察一眼。托马斯・鲍尔松巡官脸上露出震惊的表情。他们此时坐在离诺瑟布鲁不远处一座名叫哥塞柏加的白色农舍内的餐桌旁。布隆维斯特就在不到十二小时前,才第一次听说这个地方。

关于此地发生的惨剧,他没有否认。

"白痴!"布隆维斯特骂道。

"你给我听好了……"

"白痴!"布隆维斯特又骂了一次,"我警告你,他真的很危险。我说过你得把他当成活的手榴弹处理。他至少徒手杀死了三个人,身体壮得像坦克一样。而你竟然当他是个周末晚上的醉汉,只派几名乡下警察去捉他!"

布隆维斯特再次闭上眼睛,暗想着今晚不知还会出什么事。

他在午夜刚过时找到莎兰德,见她伤势严重,连忙找来警察和救援人员。

唯一顺利的一件事就是他说服他们派出直升机,将女孩送往索格恩斯卡医院。他详细描述了她受伤与头部中弹的情形，救援队中有个聪明的家伙听懂了。

尽管如此，塞维直升机空勤队派出的"美洲狮"号还是花了半个多小时才抵达农舍。布隆维斯特已先将两辆车驶出谷仓，并打开车头灯照亮屋前田野间可供降落的区域。

直升机组员与两名医护人员以专业的态度按照既定程序处理。一名医护人员负责莎兰德，另一人照料亚历山大·札拉千科，也就是当地人所认识的卡尔·阿克索·波汀。札拉千科是莎兰德的父亲，也是她的天敌。他原本打算杀死她，但没有成功。布隆维斯特在农场的柴房里发现他时，他脸上被划开一道很深的伤口——很可能是斧头砍的——一条腿也受到重创，不过布隆维斯特并未费心去检视。

等候直升机之际，他尽可能地救助莎兰德。他从衣柜取出一条干净床单，剪开做绷带。她头部射入伤口处的血已凝结，他不知道该不该缠上绷带，最后只是让布条松松地套在头上，主要是避免伤口接触到细菌或尘土。不过他倒是以最简单的方式，为她臀部与肩膀的伤口止了血。他在屋里找到一卷绝缘胶带，便用这个来封住伤口。医护人员表示，就他们的经验而言，这是一种崭新的包扎法。此外他还用湿毛巾尽可能替莎兰德擦去脸上的尘土。

他没有回到柴房去照顾札拉千科，老实说他根本不在乎那个男人，但还是用手机联络了《千禧年》杂志的总编辑爱莉卡·贝叶，告诉她当下的情况。

"那你还好吧？"爱莉卡问他。

"我没事。"布隆维斯特回答，"真正有危险的是莉丝。"

"可怜的孩子。"爱莉卡说，"今天晚上我读了毕约克写给国安局的报告。我应该怎么处理？"

"我现在没力气想那个。"布隆维斯特说道。秘密警察的事得等到第二天再说。

他与爱莉卡交谈时，就坐在长凳旁的地板上，一面留意着莎兰德。先前为了包扎她臀部的伤口,脱掉了她的鞋子和裤子,这时他的手不小心碰到丢在长凳旁的裤子口袋,里面好像有东西。拿出来一看,是一部奔迈 T3 掌上电脑。

他皱皱眉头,目不转睛地注视这部掌上电脑良久,直到听到直升机接近,才连忙将它塞进自己夹克的内袋,随后又搜遍莎兰德所有口袋。他另外找到一串摩塞巴克公寓的钥匙和一本伊琳·奈瑟的护照,也全都迅速地放进他手提电脑袋的外侧口袋。

直升机降落几分钟后,特鲁尔海坦警局的托腾森与英格玛森驾着第一部巡逻车抵达,接着到达的是鲍尔松巡官,他也立刻掌控全局。布隆维斯特开始向他解释来龙去脉,但很快便察觉鲍尔松是个自大、死板的教官型人物。布隆维斯特说了半天,鲍尔松好像一句也没听进去,自从他到了以后,事情才真正出岔。

他似乎只听懂一件事:现在躺在厨房长凳旁地板上受医护人员照顾的重伤女孩,便是三尸命案嫌疑犯莎兰德。而最重要的是他得逮人。鲍尔松也不管医护人员忙得不可开交,连问了三次能不能立刻逮捕这女孩,最后逼得医护人员起身大吼,要该死的鲍尔松别妨碍救人。

鲍尔松这才将注意力转移到柴房里受伤的男人,布隆维斯特听见他以无线电通报,说莎兰德显然又企图杀人。

这时布隆维斯特对于鲍尔松把他的话当耳边风愤怒至极,忍不住吼着要他立刻打电话给斯德哥尔摩的包柏蓝斯基巡官,甚至还掏出自己的手机,主动要替他拨电话,鲍尔松却毫不在意。

接下来布隆维斯特犯了两个错误。

首先,他耐心但坚定地解释犯下斯德哥尔摩命案的人是罗讷德·尼德曼,他魁梧得有如重武装机器人,并罹患一种名叫先天性痛觉缺失的病,此时他正坐在前往诺瑟布鲁公路旁的水沟里,而且被绑在交通标识牌下。布隆维斯特向鲍尔松说出尼德曼的确切位置,并极力主张派出一支配备自动武器的小队去逮捕他。鲍尔松最后问起尼德曼怎么会跑进水沟里，布隆维斯特想也没想便坦承自己始终拿枪对准他，才好不容易把他困在那里。

"以致命武器行凶。"这是鲍尔松的第一个反应。

到此地步，布隆维斯特本该发觉鲍尔松愚蠢得危险，他本该自己打电话给包柏蓝斯基请他出面稍作解释，鲍尔松显然身陷迷雾之中。然而他不但没这么做，还又犯了第二个错误：他主动交出放在夹克口袋里的武器，也就是当天稍早在莎兰德位于斯德哥尔摩的公寓里找到的那把科特一九一一政府型手枪。这便是他用来使尼德曼就范的武器——制服那个巨人的过程可不简单。

鲍尔松一看，很快以持有非法武器的名义逮捕布隆维斯特，接着命令两名警员托腾森与英格玛森开车前往诺瑟布鲁公路，验证布隆维斯特的话是否属实，看看路旁水沟里是否真有一名男子被绑在"小心麋鹿"的标识牌下。若真有其事，就将那人铐上手铐，带到哥塞柏加农场来。

布隆维斯特立刻表示反对，并指出尼德曼不是那么简单用手铐就能逮捕的人："他可是个杀人狂啊，看在上帝的分上！"眼见鲍尔松对自己的抗议不理不睬，累积了一天的疲惫终于让他忍不住大骂鲍尔松是无能的笨蛋，还高喊着要托腾森和英格玛森先请求支持，否则绝不能给他妈的尼德曼松绑。爆发之后，他被铐上手铐，押进鲍尔松的警车后座，结果只能一边咒骂，一边眼睁睁看着托腾森和英格玛森开着巡逻车离去。透过黑暗中唯一一丝微光看到的，就是莎兰德被抬上直升机，消失在树梢顶上，朝歌德堡方向飞去。布隆维斯特感到十分无助，只能期望她受到最好的照护。这是她需要的，否则就会死。

约纳森深深切了两刀直到头盖骨，然后拨开射入伤口周遭的皮肤。他用夹子夹住开口，一名手术房护士插入抽吸管将血排出。接着棘手的部分来了，他得用钻子将头盖骨的洞加大，过程极其缓慢。

最后他终于钻出够大的洞好进入莎兰德的大脑。他小心翼翼地将探针伸入脑内，使伤口路径扩大几毫米，然后再伸入更细的探针确认子弹位置。从 X 光片可以看到子弹转了弯，与射入路径成四十五度角。他谨慎地用探针去撬子弹边缘，几次失败后终于让它微微翘起，可以转到正确方向。

最后他伸入细窄的锯齿钳，夹住子弹底部，稳稳夹紧后，直接将钳子拉出，子弹也几乎毫无阻碍地随着冒出来。他将子弹举到灯光下看了几秒钟，发现似乎完好无缺，便随手丢进碗钵内。

"棉花棒。"护士立刻执行他的要求。

他瞄了一眼心电图，病人的心跳仍然规律。

"钳子。"

他拉下头顶上的高倍率放大镜，对准暴露的部位。

"小心。"埃利斯提醒道。

接下来的四十五分钟内，约纳森从射入伤口四周挑出不下三十二片小碎骨，其中最小的用肉眼几乎看不见。

布隆维斯特千方百计想把手机从夹克胸前口袋弄出来——这根本是不可能的任务，因为他双手被反铐住，即使弄出来了也不知该怎么打。这段时间内又有几辆车载着警员与技术人员抵达哥塞柏加农场。鲍尔松指派他们保护柴房里的鉴定证据并彻底搜索农舍——在此之前已从农舍中查扣了一些武器。此时布隆维斯特知道自己帮不上一点忙，认命地坐在鲍尔松警车内，趁地利之便看着其他人来来去去。

一小时过后，鲍尔松忽然想起奉命去带回尼德曼的托腾森与英格玛森还没回来，于是命人将布隆维斯特带到厨房，要他再次详述具体方位。

布隆维斯特闭上眼睛。

被派去接替托腾森与英格玛森的武装反应小组回报时，他还和鲍尔松待在厨房。他们发现英格玛森被扭断脖子死了，托腾森还活着，但遭到痛殴。他们是在公路旁一个"小心麋鹿"的标识牌附近被发现，警枪与警车都不见了。

鲍尔松一开始面对的情况还算是在掌控之中，如今却死了一名警员，还有一个持枪杀人犯在逃。"

"白痴！"布隆维斯特又骂道。

"侮辱警察于事无补。"

"说得一点也没错，不过我要举报你玩忽职守，你等着瞧好了。在我和你算完这笔账之前，你就会以全瑞典最笨的警察的身份登上全国各地的新闻广告牌。"

想到自己将成为公开的笑柄，鲍尔松巡官终于有了反应，面露忧色。

"你有什么建议？"

"不是建议，而是强烈要求你打电话给斯德哥尔摩的包柏蓝斯基巡官。现在马上打。我胸前口袋的手机里有他的号码。"

茉迪巡官被卧室另一头的手机铃声给惊醒，发现才凌晨四点，不由感到惊愕。她看看丈夫，他还安稳地打着鼾，就算烽火连天恐怕也吵不醒他。她摇摇晃晃地下床，从充电器中取下手机，摸索着按下通话键。

杨·包柏蓝斯基，她心想，还会有谁？

"特鲁尔海坦那边已经一团糟。"她上司也不浪费时间打招呼或道歉，开门见山便说，"往歌德堡的X2000列车五点十分开车，搭出租车去。"

"发生什么事了？"

"布隆维斯特找到莎兰德、尼德曼，还有札拉千科，却因为辱骂警察、拒捕和持有非法武器被逮捕。莎兰德头上中了一枪，被送到索格恩斯卡。札拉千科也在那里，头被斧头砍伤。尼德曼逃走了，而且今晚杀了一名警员。"

茉迪眨眨眼，同时意识到自己何等疲惫。她真想爬回床上，休一个月的假。

"五点十分X2000列车，知道了。你要我怎么做？"

"到中央车站和叶尔凯·霍姆柏会合。你们要去特鲁尔海坦警局找一位托马斯·鲍尔松巡官。今晚这个局面似乎大半是他搞出来的。布隆维斯特说他是奥运级的笨蛋。"

"你和布隆维斯特说过话?"

"他似乎被捕而且上了手铐。我好不容易说服鲍尔松,才和他说上几句话。我现在要去总局,我会试着了解情况。手机保持联络。"

茉迪又看看时间。叫了出租车后,冲进浴室冲个澡、刷刷牙、梳梳头发,然后穿上黑色长裤、黑色T恤和灰色夹克。她将警枪放进肩背袋,挑了一件暗红色皮外套。随后将丈夫摇到一定清醒程度,向他解释自己要上哪去,天亮后他得负责打理孩子。当她走出大门,出租车刚好到达门口。

她无须寻找同事霍姆柏刑警。她猜想他应该在餐车,果真就在那里找到他,而且已经替她买了咖啡和三明治。他们静静坐了五分钟,自顾自地吃早餐。最后霍姆柏将咖啡杯推到一旁。

"我也许应该转换领域,接受一点其他的训练。"他说。

清晨四点过后,歌德堡警局暴力犯罪组巡官马克斯·埃兰德来到哥塞柏加,从负担过重的鲍尔松手里接过调查工作。埃兰德身材短小、微胖,约五十多岁,头发花白。他第一件事就是松开布隆维斯特的手铐,递给他面包卷,还从保温瓶里替他倒咖啡。他们坐在客厅密谈。

"我和包柏蓝斯基谈过了。"埃兰德说,"'泡泡'和我已经认识多年,关于鲍尔松如此幼稚地对待你,我们俩都感到很抱歉。"

"今天晚上他害得一名警察被杀了。"布隆维斯特说道。

埃兰德说:"我个人认识英格玛森警员。他调到特鲁尔海坦之前在歌德堡服务,家里有个三岁女儿。"

"我很遗憾,我曾试着警告他。"

"我听说了。你态度似乎十分强硬,所以才会被上铐。去年的温纳斯壮事件是你爆出来的,包柏蓝斯基说你是个无耻的混蛋记者,也是个疯狂的私家侦探,不过你应该很清楚自己在说什么。你能不能先跟我说明一下，让我了解整个情况？"

"今晚发生的事其实是两桩命案的后续高峰，第一桩的被害者是我在安斯基德的两位友人，达格·史文森和米亚·约翰森，另一桩命案死者与我不相识……是个名叫毕尔曼的律师，也是莎兰德的监护人。"

埃兰德一面做笔记，偶尔停下来喝口咖啡。

"你想必已知道，警方从复活节就一直在找莎兰德，她是这三起命案的嫌疑犯。首先你得了解，她不仅没有犯下这些命案，而且在整件事当中，她从头到尾都是受害者。"

"安斯基德的案子和我毫无关联，但从媒体的相关报道看来，实在很难相信莎兰德是百分之百清白。"

"但事实就是如此。她是清白的，就这么简单。杀人凶手是尼德曼，也就是今晚杀害警员的那个人。他是波汀的手下。"

"你是说头上插了斧头，现在人在索格恩斯卡医院的那个波汀？"

"斧头已经不在他头上了。我猜砍他的人应该是莎兰德。他的真名叫亚历山大·札拉千科，是莎兰德的父亲。他曾是俄国军情局的职业杀手，七十年代期间叛逃，后来被瑞典国安局吸收直到苏联解体，之后他一直在经营自己的犯罪组织。"

埃兰德打量着面前这个男人。他脸上因汗水而闪闪发亮，但看起来冻僵了也累垮了。到目前为止，他的话似乎都合情合理，不过鲍尔松——他的意见对埃兰德几乎毫无影响——曾警告他说布隆维斯特满口关于俄国特务与德国职业杀手的胡言乱语，在瑞典警察勤务中可不常见到这类人。布隆维斯特的故事显然离谱到一定程度，才使得鲍尔松决定忽视他的一切说辞。但死了一名警察，还有另一人重伤倒在诺瑟布鲁公路上，因此埃兰德愿意听一听。只不过他声音里仍流露着一丝狐疑。

"好，俄国特务。"

布隆维斯特无力地笑了笑，他很明白自己的故事听起来很怪异。

"是前俄国特务。我的每句说辞我都能举证。"

"说下去。"

"在七十年代，札拉千科是个顶尖的间谍，叛逃后，国安局为他提供庇护。他上了年纪以后成为帮派分子。据我了解，苏联解体后，这种情形并非特例。"

"好。"

"我说过了，今晚发生什么事我不完全清楚，总之莎兰德追踪到十五年未见的父亲。札拉千科对她母亲凶狠施暴，害她住院大半辈子。他还试图杀害莎兰德，并借尼德曼之手策划达格与米亚的命案。此外，莎兰德友人米莉安·吴遭绑架，他也是幕后黑手，你应该听说过保罗·罗贝多在尼克瓦恩那场拳王大赛，米莉安就是因此死里逃生。"

"如果莎兰德拿斧头砍她父亲，就不算真的无辜。"

"她被开了三枪，我想她的行为应该可以算是自卫。我在想……"

"什么？"

"她全身灰尘、泥巴，头发就像一大块干硬土块，衣服里里外外都是沙。她可能在夜里被活埋。尼德曼显然有活埋人的习惯，南泰利耶警方已经在尼克瓦恩外围、硫磺湖摩托车俱乐部所属土地上发现两个埋尸的坑洞。"

"其实是三个，昨晚又找到一个。但假如莎兰德被枪杀活埋，又怎么能爬出来，还拿着斧头乱晃？"

"无论今晚这里发生什么事，你都得明白，莎兰德有过人的应变能力。我不断想说服鲍尔松派警犬队……"

"他们已经出发了。"

"那就好。"

"鲍尔松逮捕你是因为你辱骂警察……"

"这点我要抗议，我只说他是白痴和无能的笨蛋，就眼下的情况看来，这两个称号都不算离谱。"

"嗯，的确不是完全不正确。不过你还持有非法武器。"

"我不该主动将武器交给他。关于这点我得先和律师谈谈，现在不想多说。"

"好吧，那件事先到此为止，我们还有更重要的事要讨论。你对那个尼德曼了解多少？"

"他是个杀人犯，而且有点不对劲。他身高两米多，壮得像坦克，你去问问和他打过拳的罗贝多就知道了。他患有一种名为先天性痛觉缺失的病，也就是说他神经突触内的传导物质运作失常，所以没有痛觉。他是德国人，在汉堡出生，十几岁加入平头族帮派。如今他逃亡在外，可能对任何人造成严重威胁。"

"你知道他可能去哪里吗？"

"不知道，我只知道我把他绑得牢牢的，要逮捕他易如反掌，偏偏被特鲁尔海坦那个笨蛋给搞砸了。"

约纳森脱下沾血的橡胶手套，丢进回收桶。一名手术房护士正在包扎莎兰德的臀部伤口。手术进行了三个小时。他看着女孩受伤、剃了头发，目前已缠上绷带的头。

一份柔情油然而生——他对手术后的病人经常产生这种情愫。据报纸报道，她是个病态杀人狂，但在他眼中，她更像一只受伤的麻雀。

"你是个出色的外科医生。"埃利斯开心地看着他说。

"我请你吃早餐好吗？"

"这里吃得到煎饼加果酱吗？"

"有松饼。"约纳森说，"在我家。我先打电话回家通知老婆一声，我们再去搭出租车。"他停顿了一下，看看时钟，"我想还是不要打电话比较好。"

安妮卡·贾尼尼忽然惊醒，看看时间是清晨五点五十八分……八点约了第一个当事人开会。她转头一看，安利科还睡得很熟，八点以前恐怕不会醒。她用力眨了几下眼睛，下床按下咖啡壶之后才去冲澡，然后穿上黑色长裤、白色高领衫和暗红色夹克。她用两片吐司夹干酪、橙酱和一片鳄梨做成三明治当早餐,拿着到客厅吃,刚好来得及看六点半的新闻。她喝了一口咖啡,正张嘴要咬三明治时,听到了头条新闻。

> 一名警员被杀,另一名受重伤。昨晚发生的惨剧,三尸命案嫌疑犯莉丝·莎兰德终于落网。

起初她完全听不懂。是莎兰德杀了一名警察?新闻内容并不完整,但她逐渐拼凑出警方正在追捕一名涉嫌杀人的男子。已经通令全国留意一名三十多岁的男子,但并未公布姓名。莎兰德本身受伤严重,正在哥德堡的索格恩斯卡医院接受治疗。

安妮卡转到其他频道,仍无法进一步了解情况,便拿起手机拨给哥哥布隆维斯特,却直接转到语音信箱。她内心闪过一丝恐惧。哥哥前往哥德堡时打了电话给她,说他正在追踪莎兰德和一个名叫尼德曼的杀人犯。

当天色渐亮,一个敏锐的警员在柴房后面的地上发现血迹。警犬追踪血迹来到农舍东北方约四百码处一个林间空地,空地上挖了一道窄沟。

布隆维斯特与埃兰德巡官一同前去,两人神情严肃地检视现场。沟内与四周显然留下更多血迹。

他们发现一个变形的烟盒,似乎曾被拿来当勺子用。埃兰德将烟盒放进证物袋,贴上标签,另外也给沾血的土块采样。一名穿着制服的警察前来报告,在坑洞不远处有一根烟蒂,是没有滤嘴的宝马烟。这也同样放进证物袋,贴上标签封存。布隆维斯特记得曾在札拉千科家厨房的长台面上看到一包宝马香烟。

埃兰德抬头瞄了一眼阴霾的乌云。当晚稍早蹂躏过哥德堡的暴风雨,显然已移向诺瑟布鲁地区以南,下雨只是迟早的事。他指示一名下属去找防水布,将坑洞与邻近四周全盖起来。

"我想你猜得没错。"走回农舍时,埃兰德对布隆维斯特说,"血液分析结果应该能证明莎兰德曾被埋在这里,我开始觉得那个香烟盒上应该有她的指纹。她被枪杀后埋在此地,却不知为何竟能存活逃生,还能……"

"还能回到农场拿斧头劈札拉千科的头。"布隆维斯特替他把话说完,"她可真是喜怒无常的坏脾气。"

"但她到底怎么应付尼德曼的?"

布隆维斯特耸耸肩。关于这点,他也和埃兰德一样困惑。

第二章

四月八日星期五

八点刚过，茉迪和霍姆柏抵达歌德堡中央车站。包柏蓝斯基打了电话下达新指令，要他们不必找车前往哥塞柏加，而是搭出租车到恩斯特方特尔广场的警察总局，即西约塔兰郡刑事局所在地。他们等了一个小时左右，埃兰德巡官才和布隆维斯特从哥塞柏加赶回来。布隆维斯特向曾照过面的茉迪打招呼，也和不认识的霍姆柏握手寒暄。埃兰德的一名同事前来告知追捕尼德曼的最新消息，只是简短的报告。

"我们有一个小组在郡刑事局的协助下办案。当然，已发出全面通缉令。失窃的警车，今天清晨在阿林索斯找到了，目前线索只到这里。我们不得不假设他换了车，但那一带并没有人因车辆失窃报案。"

"媒体呢？"茉迪问的同时，略带歉意地觑了布隆维斯特一眼。

"有警察丧命，记者是大批出动。我们会在十点举行记者会。"

"有人知道任何有关莎兰德的消息吗？"布隆维斯特问道，奇怪的是他对追捕尼德曼一事毫无兴趣。

"她昨晚动了手术，从脑袋里取出一颗子弹，现在还没恢复意识。"

"有任何预后评估吗？"

"据我了解，在她醒来之前一切都是未知数。不过动刀的医师说，撇开不可预见的并发症不说，她活下来的希望很大。"

"札拉千科呢？"

"谁？"看来埃兰德的同事还不知道所有最新的细节。

"卡尔·阿克索·波汀。"

"喔……他昨晚也动了手术。他脸上有一道很深的伤口，一边膝盖正下方也有一道，情况不太好，但没有生命危险。"

布隆维斯特消化着这个信息。

"你看起来很累。"茉迪说。

"你说对了,我几乎两天两夜没合眼。"

"信不信由你,从诺瑟布鲁来的路上,他真的在车上睡着了。"埃兰德说。

"你能把整件事从头跟我们说一遍吗?"霍姆柏问道,"我们觉得私家侦探和警察之间的比数差不多是三比〇。"

布隆维斯特虚弱地笑了笑。"我倒希望从泡泡警官口中听到这句话。"

他们一同前往警局餐厅用早餐。布隆维斯特花了半小时逐步解释自己如何拼凑出札拉千科的故事,说完后,探员们全都默然以对。

"你的说辞有几个漏洞。"最后霍姆柏先开口。

"有可能。"布隆维斯特回答。

"例如,你没有提到:国安局关于札拉千科的极机密文件怎么会跑到你手上?"

"昨天我终于研究出莎兰德的住处后,在她的公寓里发现的,而她很可能是在毕尔曼的避暑小屋找到的。"

"这么说你知道莎兰德的藏身处啰?"茉迪问。

布隆维斯特点点头。

"所以呢?"

"你们得自己去找出来。莎兰德费了很大工夫建立秘密住所,我无意泄漏公寓的所在。"

茉迪和霍姆柏焦虑地互望一眼。

"麦可⋯⋯这是命案调查。"茉迪说。

"你还是没弄懂,是吗?其实莎兰德是清白的,警方却以令人不敢置信的方式侵犯她,毁她名声。'撒旦教女同性恋帮派分子'⋯⋯这说法到底是哪来的?更别提她还为了三起与她毫无干系的命案遭到追捕。如果她想说出自己的住处,我相信她会说的。"

"还有一个地方我也不太明白。"霍姆柏又说,"当初毕尔曼是怎么卷进这件事?你说是他找上札拉千科,请他杀死莎兰德才启动整个事件,但他为什么要这么做?"

"我认为他雇用札拉千科想除掉莎兰德,计划让她葬身在尼克瓦恩的仓库。"

"他是莎兰德的监护人,有什么动机要除掉她?"

"事情很复杂。"

"说来听听。"

"他的动机可大了。莎兰德知道他做了某件事,因此威胁到他整个前途与发展。"

"他做了什么?"

"我想你们最好给莎兰德一个亲口解释的机会。"他坚定地看着霍姆柏的双眼说道。

"我猜猜看,"茉迪说,"应该是毕尔曼对他的受监护人做了某种性侵害……"

布隆维斯特耸耸肩,不置可否。

"你不知道毕尔曼肚子上刺青的事吗?"

"什么刺青?"布隆维斯特顿时愣住。

"有人用粗糙的手法在他肚子上刺了一句话:我是一只有性虐待狂的猪,我是变态,我是强暴犯。我们一直不明白那是怎么回事。"

布隆维斯特不禁放声大笑。

"什么事这么好笑?"

"我一直在想她到底怎么报仇?不过呢……我不想讨论这件事,原因我刚才说过了。她才是真正的被害者,她想告诉你们什么得由她自己决定,抱歉了。"

他的表情几乎真的带着歉意。

"被强暴就应该向警方报案。"茉迪说。

"这点我有同感。不过这桩强暴案发生在两年前,莎兰德却还没告诉警方,这表示她不想说。不管我多么不赞成她的做法,这都是她的选择。何况……"

"什么?"

"她也没什么道理相信警方。她曾经试图解释札拉千科何等禽兽不如,结果却被关进精神病院。"

初步调查的负责人理查德·埃克斯壮请调查小组组长包柏蓝斯基与自己面对面坐下时,心里有点七上八下,不自觉地推推眼镜、捻捻梳理得整齐的山羊胡。他感觉得到情况十分混乱而不祥。他们已经追捕莎兰德好几星期,他亲口宣称她精神极端不稳定,是个危险的精神病人,还泄漏消息以便让自己在未来的审判中占上风。一切都显得无比顺利。

他内心深信莎兰德绝对是三起命案的凶手,审判过程肯定简单明了,完全是以他为中心的媒体盛会。不料转眼间事情全出了岔,他发现自己面对的是截然不同的凶手和看似无边无际的混乱场面。那该死的女人莎兰德。

"这下我们的麻烦可大了。"他说,"今天早上有什么发现?"

"已经对这个罗讷德·尼德曼发出全国通缉令,但没有他的踪迹。目前我们只针对警员英格玛森的命案追缉他,但我预料将来应该能指控他涉嫌斯德哥尔摩的三起命案。也许你应该召开记者会。"

包柏蓝斯基最后这个提议,完全只是为了惹恼向来痛恨记者会的埃克斯壮。

"我想暂时还不用开记者会。"他断然回答。

包柏蓝斯基勉强忍住笑意。

"第一,这是歌德堡警方的案子。"埃克斯壮说。

"可是我们确实派了茉迪和霍姆柏到歌德堡的现场,而且也已经开始合作……"

"在了解更多案情之前,先不用开记者会。"埃克斯壮口气冷淡地再次说道,"我要知道的是:你有多肯定尼德曼涉入斯德哥尔摩的谋杀案?"

"依直觉,我是百分之百肯定。不过要破案也不是太有把握,因为没有目击证人,也没有足够的鉴定证据。硫磺湖摩托车俱乐部的蓝汀和尼米南什么都不肯说,他们宣称从未听说过尼德曼。不过他杀了警员英格玛森,还是得入狱。"

"没错,"埃克斯壮说,"现在最主要的就是警员遭杀害一事。但我要你告诉我:有没有任何蛛丝马迹显示莎兰德可能涉入那几起命案?她可不可能是尼德曼的共犯?"

"我觉得不可能,换做是我,绝不会公开提出这个论点。"

"那么她到底是如何涉案的?"

"这非常复杂,布隆维斯特一开始就说过了。一切都绕着那个……亚历山大·札拉千科打转。"

埃克斯壮听到布隆维斯特的名字,略感畏缩。

"继续说。"

"札拉千科是俄国职业杀手,而且似乎无恶不作,他在七十年代叛逃,而莎兰德很不幸地正好是他女儿。国安局有某个派系资助他,并替他收拾所有犯罪的烂摊子。另外还有一名国安局警察负责将莎兰德关进一间儿童精神病院。当时十二岁的她曾威胁要让札拉千科的身份、他的化名、他的所有掩护曝光。"

"这实在有点令人难以理解。这几乎是不能公开的事。如果我的理解正确,所有关于札拉千科的东西都是极机密。"

"可这是事实。我有证据资料。"

"可以让我看看吗?"

包柏蓝斯基将活页夹推到桌子对面,里面有一份一九九一年的警察报告。埃克斯壮暗中瞄了一眼"极机密"的戳印和档案编号,立刻认出那是属于秘密警察的文件。他很快地翻阅这百来页的档案,跳着细读其中一些段落,然后将活页夹放到一旁。

"对此我们得尽量低调,以免局势一发不可收。所以呢,莎兰德是因为企图杀害父亲……也就是这个札拉千科,才被关进精神病院,现在又拿斧头攻击他。不管怎么说,这都是预谋杀人,而且她也得因为在史塔勒荷曼对马哥·蓝汀开枪被起诉。"

"你想抓谁随便你,但如果是我,我会小心行事。"

"万一国安局涉案的消息泄漏出去，可是天大的丑闻。"

包柏蓝斯基耸耸肩。他的职责是调查罪行，不是为丑闻善后。

"国安局那个王八蛋，那个古纳·毕约克，你对他的角色了解多少？"

"他是主角之一。现在因为椎间盘突出请病假，住在斯莫达拉勒。"

"好……暂时先不要揭露国安局介入一事，目前重点要放在警员的命案。"

"要保密恐怕有困难。"

"什么意思？"

"我派安德森去带毕约克来接受正式讯问。应该……"包柏蓝斯基看看手表，"……对，现在正在进行中。"

"你说什么？"

"我其实很乐意亲自开车到斯莫达拉勒，不过昨晚命案的相关事件得优先处理。"

"我可没有允许任何人逮捕毕约克。"

"没错，但我没有逮捕他，只是请他来问话。"

"不管怎么样，我不喜欢你的做法。"

包柏蓝斯基俯身向前，仿佛要说悄悄话似的。

"埃克斯壮……事情是这样的，莎兰德从小开始，权利就多次受到侵犯，我不会让这种事在我的眼皮底下继续发生。你大可以撤除我调查组长的职位……但要是你这么做，我也只好针对此事写一份严苛的备忘录。"

埃克斯壮露出一脸仿佛刚吃到某种很酸的东西的表情。

请了病假的国安局移民组副组长毕约克打开斯莫达拉勒避暑小屋的大门后，仰头看着一位身材壮硕、理着小平头、身穿黑色皮夹克的金发男子。

"我找古纳·毕约克。"

"我就是。"

"我是库特·安德森,郡刑事局警员。"男子说着举起证件。

"有什么事吗?"

"想请你跟我去一趟国王岛总局,协助侦查莉丝·莎兰德一案。"

"呃……这其中恐怕有什么误会吧。"

"没有误会。"安德森回道。

"你不明白,我本身也是警察。未免你犯下大错,还是再去问问你的上司吧。"

"就是我的上司想和你谈谈。"

"我得打通电话去……"

"电话可以到国王岛再打。"

毕约克登时认命。事情发生了,我会被捕。那个该死的布隆维斯特。该死的莎兰德。

"我被捕了吗?"他问道。

"暂时还没有。但如果你希望如此,我们可以安排。"

"不……当然不是,我跟你走。我当然愿意协助警界的同仁。"

"那就好。"安德森说着走进门厅,密切监视着毕约克关上咖啡壶、拿起外套。

近午时分,布隆维斯特忽然想起自己租来的车还在哥塞柏加农场,但实在精疲力竭,根本无力也无法去找车,更别提开车了。埃兰德好意地安排一名刑事鉴定人员顺道将车开回。

"就当做补偿你昨晚遭受的对待吧。"

布隆维斯特向他道谢后,搭了出租车前往罗伦斯柏路上的城市旅馆,花八百克朗订了一晚的房间,然后直接进房,脱去衣服。他裸身坐在床上,从夹克内袋掏出莎兰德的奔迈T3,拿在手里掂了掂。想到鲍尔松对他搜身时没有将它没收,他仍感到讶异,鲍尔松想必以为那是他自己的,而他始终没有遭到正式拘捕与搜索。思索片刻后他将它放进电脑袋的隔层,那里头还放了莎兰德注明"毕尔曼"的DVD,

鲍尔松也没搜到。他知道严格说来自己是在藏匿证据，但这些东西莎兰德绝不想落入不该落入的人手中。

他打开手机，发现电池量很低，便插上充电器，然后打电话给妹妹安妮卡·贾尼尼。

"嗨，安妮卡。"

"昨晚的警员命案和你有何关系？"她劈头就问。

他将事发经过简短地说了一遍。

"好，所以莎兰德在加护病房。"

"对，在她恢复意识前无法知道她伤势有多严重，但她现在真的需要一个律师。"

安妮卡略一沉吟。"你想她愿意让我当她的律师吗？"

"她恐怕根本不想要律师，她不是会求助的那种人。"

"麦可……我之前说过，她需要的应该是刑事辩护律师。我先看看你手边的资料吧。"

"去找爱莉卡，跟她要一份副本。"

布隆维斯特一挂断电话，自己也打了爱莉卡的手机，她没有接，于是他又打到《千禧年》办公室。接电话的是亨利·柯特兹。

"爱莉卡出去了。"他说。

布隆维斯特简单解释了来龙去脉，并请柯特兹转告总编辑。

"我会的。你要我们怎么做？"柯特兹问道。

"今天什么都不用做。"布隆维斯特回答，"我得先睡一觉。如果没再发生什么事，我明天就回斯德哥尔摩。《千禧年》将有机会在下一期报道这则故事，不过几乎还有一个月的时间。"

他啪地关上手机，爬进被窝里，不到半分钟就睡着了。

郡警局副局长卡里娜·史庞柏用笔敲着玻璃水杯，要求大伙安静。她总局办公室的会议桌旁围坐着九个人，三女六男：暴力犯罪组组长与副组长；三名刑事巡官包括埃兰德和歌德堡警局公关室警察；负责初步调查的检察官阿格妮塔·耶娃，以及斯德哥尔摩警局的巡官茉迪与霍姆柏。让他们参与是一种善意的表征，显示歌德堡警方愿意与首都的同仁合作，或许也是为了让他们瞧瞧真正的侦查程序。

经常是万绿丛中一点红的史庞柏向来不喜欢在形式或纯粹的礼貌上浪费时间，这是众所周知的事。她解释说郡警局局长目前在马德里参加欧洲刑警组织会议，一听说有警员遭杀害便立刻中断行程，但得到当晚深夜才会抵达。接着她直接转向暴力犯罪组组长安德斯·裴宗，请他向与会人员作简报。

"我们的同事在诺瑟布鲁被杀至今大约十个钟头，已知凶手名叫罗讷德·尼德曼，但还不知道他的相貌。"

"我们在斯德哥尔摩有一张他约莫二十年前的照片，是罗贝多通过德国一间拳击俱乐部取得的，但几乎不适用。"霍姆柏说道。

"好的。我们认为被尼德曼开走的巡逻车，今天早上在阿林索斯找到了，各位想必都已知情。车子停在距离火车站三百五十米处的巷道内。今天上午那一带尚未接获任何车辆失窃的报案。"

"搜索的情形如何？"

"我们正在监视抵达斯德哥尔摩和马尔默的每一辆列车。除了发出全面通告外，也知会了挪威与丹麦警方。目前约有三十名警员在全力调查本案，当然全体警员也都睁大了眼睛留意着。"

"没有线索？"

"都还没有。不过尼德曼外表如此独特，应该很快就会被注意到。"

"有人知道托腾森的现状吗？"暴力犯罪组一名巡官问道。

"他人在索格恩斯卡医院，伤势似乎很像车祸伤员——竟然有人能徒手造成这种伤害实在不可思议：他断了一条腿、肋骨断裂、颈椎受伤，而且还有瘫痪的危险。"

众人沉思着同事的惨况，片刻后史庞柏才转向埃兰德。

"埃兰德……跟我们说说哥塞柏加到底出了什么事。"

"哥塞柏加出了一个鲍尔松。"

听到他的回答，在场的人发出一阵嘘声。

"就不能让那个人提早退休吗?他简直是个活灾难!"

"我很清楚鲍尔松。"史庞柏打断道,"但是最近……嗯……最近两年当中,我没有听到任何关于他的抱怨。他在哪方面变得难以掌控呢?"

"当地警局局长和鲍尔松是老朋友,所以很可能袒护他,这当然是善意,我不是想批评他。可是昨晚鲍尔松的行为实在太怪异,他的几名手下来跟我提过。"

"怎么怪异?"

埃兰德觑了觑茉迪和霍姆柏。要在斯德哥尔摩的来客面前讨论自己组织的缺点,让他感到难为情。

"我个人觉得最奇怪的是他派了一名鉴定人员去清点柴房里的所有东西……也就是我们发现札拉千科那家伙的地方。"

"清点柴房里的什么东西?"史庞柏好奇地问。

"是的……就是呢……他说他要知道里面究竟有多少柴火,这样报告才会精确。"

埃兰德继续说下去之前,会议桌旁一片紧绷的沉默。

"今天早上我们得知鲍尔松正在吃至少两种不同的抗忧郁剂。他应该请病假,但没有人知道他的状况。"

"什么状况?"史庞柏语气尖锐地问。

"我当然不知道他出了什么问题——事关病人隐私之类的——但他现在吃的药不但有强力镇定剂还有兴奋剂。他整晚亢奋得不得了。"

"我的老天!"史庞柏语气很重地说,脸色阴沉得有如当天上午横扫过歌德堡的雷雨云,"叫鲍尔松来跟我谈谈,马上。"

"他今天早上病倒了,因为疲劳过度住进医院。刚好轮到他的班,只能算我们运气不佳。"

"请问一下……鲍尔松昨晚逮捕布隆维斯特了吗?"

"他写了一份报告提到攻击行为、激烈拒捕与非法持枪。他报告里是这么写的。"

"布隆维斯特怎么说?"

"他承认骂了人,但也说是出于自卫。至于拒捕,他说其实是以强力言词试图阻止托腾森和英格玛森在没有后援的情况下,单独去抓尼德曼。"

"有目击者吗?"

"有托腾森。我根本不相信鲍尔松说的激烈拒捕。这是典型的先发制人的报复行为,如果布隆维斯特提出控诉,便能借此削弱他的可信度。"

"但布隆维斯特毕竟独力制伏了尼德曼,不是吗?"检察官耶娃说道。

"他拿着枪。"

"所以布隆维斯特确实有枪,被捕还是有点道理。他哪来的枪?"

"没有律师在场,布隆维斯特不肯多说。而鲍尔松是在布隆维斯特把枪交给警方时加以逮捕的。"

"我可以提出一个非正式的小小建议吗?"茉迪谨慎地问道。

所有人同时转头看她。

"在这次调查过程中,我和布隆维斯特碰过几次面。我发现他虽然是记者,却相当明理。我想决定是否起诉他的人应该是你吧……"她看着耶娃,点头示意,"这一切关于辱骂和激烈拒捕的说辞根本是胡说,我想你应该不会纳入考虑。"

"应该是,非法武器比较严重。"

"我劝你们再耐心等等。布隆维斯特靠自己拼凑出这一切,他可是遥遥领先我们警方,因此我们最好能与他保持良好关系,确保他愿意合作,不要让他在他的杂志与其他媒体上发泄不满、抨击整个警界。"

过了几秒,埃兰德清清嗓子。既然茉迪胆敢冒险出头,他也可以做到。

"我同意茉迪的意见,我也认为布隆维斯特是可以合作的对象。关于他昨晚遭受的待遇,我已向他道过歉,他似乎也打算既往不咎。而且他为人正直,虽然不知用什么方法找到莎兰德的住处,却不肯透露地址，也不怕公然与警方翻脸……而且以他的地位，他在媒体上的发言绝对和鲍尔松的任何报告同样有分量。"

"但他不肯向警方透露任何关于莎兰德的信息。"

"他说我们得去问她本人，如果有这个机会的话。他说他绝对不会跟我们讨论一个不只无辜而且权利严重受损的人。"

"他拿的是什么枪？"耶娃问。

"科特一九一一政府型，序号不详。枪在鉴定组，现在还不知道有没有涉及任何在瑞典已知的罪行。如果有的话，这件事就得完全改观了。"

史庞柏举起笔来。

"耶娃……要不要对布隆维斯特作初步调查由你决定，但我建议先等鉴定报告出炉。好，我们继续。这个叫札拉千科的人物……不知道斯德哥尔摩的同事对他有何了解？"

"事实上，"茉迪说道，"我们也是直到昨天下午，才第一次听说札拉千科和尼德曼的名字。"

"你们好像一直忙着在斯德哥尔摩找一个撒旦教女同性恋帮派，我说得对吗？"歌德堡一名巡官说道，同事们一听全都皱起眉头。霍姆柏盯着自己的指甲看，茉迪不得不回答。

"关起门来，我可以告诉你们，我们也有像鲍尔松巡官那样的人。关于撒旦教女同性恋帮派等等的玩意，很可能就是那个人放出的烟幕。"

随后茉迪和霍姆柏详细地叙述了整个调查经过。说完之后，桌旁众人静默良久。

"假如关于毕约克的事均属实，而且爆发出来，国安局恐怕会被舆论攻击得体无完肤。"暴力犯罪组副组长作此结论。

耶娃抬起头来。"我觉得你们的怀疑多半是根据推测与间接证据。身为检察官，缺乏确凿的证据让我感到忧心。"

"这点我们也意识到了。"霍姆柏说道，"我们只知道事情的梗概，但还有一些问题有待解答。"

"我推测你们还忙着尼克瓦恩的挖掘工作。"史庞柏说,"据你们估计,这桩案子牵涉到几条人命?"

霍姆柏无力地揉揉眼睛。"一开始是在斯德哥尔摩的两条人命,接着又多一条。死者是律师毕尔曼、记者达格和学者米亚,也正是这些命案启动了追捕莎兰德的行动。在尼克瓦恩仓库附近,到目前为止发现了三个坟坑,也就是三具尸体,并确认了其中一个被分尸的是个著名毒贩兼小窃贼。第二个洞里埋的是女人,身份尚未确认。第三具尸体还没挖出来,年纪好像比另外两个大。另外,布隆维斯特认为数个月前发生在南泰利耶的妓女命案,也和本案有关。"

"这么说来,连同死于哥塞柏加的英格玛森,总共至少有八起命案了。这是很可怕的数据。所有案子都怀疑是尼德曼所为吗?若是如此,得把他当成疯子、连环杀人犯看待。"

茉迪和霍姆柏交换了一下眼色。此刻,他们得决定要支持这番主张到什么地步。最后茉迪开口了。

"尽管缺乏确凿的证据,但布隆维斯特说前三起命案的凶手是尼德曼,我的上司包柏蓝斯基巡官和我都倾向于相信他,也因此我们必须相信莎兰德是无辜的。至于尼克瓦恩的埋尸坑洞,尼德曼也因为绑架莎兰德的好友米莉安而有了地缘关系。她本来也非常可能死在他的手中。不过仓库的所有人都是硫磺湖摩托车俱乐部会长的亲戚,在确认其他细节之前,我们无法下任何结论。"

"你们已确认身份的那名窃贼是……"

"肯尼·古斯泰夫森,四十四岁,是个毒贩子,少年时期就有前科。我猜测——但未经证实——他们恐怕是闹内讧。硫磺湖摩托车俱乐部牵涉到几种犯罪活动,其中包括经销甲基安非他命。尼克瓦恩也许是一座林间坟场,用来埋葬阻挠他们的人,不过……"

"怎么样?"

"在南泰利耶被杀的那名妓女……她名叫伊莉娜·佩特洛瓦。验尸报告显示死因是遭受凶残而骇人的攻击,似乎是被痛殴致死。但真正伤人的凶器却无法证实。布隆维斯特作出相当敏锐的观察,伊莉娜的伤势很可能是一个男人徒手造成的……"

"尼德曼?"

"这是合理的推测,但尚无证据。"

"那么我们该如何着手?"史庞柏问道。

"这我得和包柏蓝斯基商量。"茉迪说,"但理论上第一步应该是讯问札拉千科,我们很想听听他对斯德哥尔摩的命案有何说法,而你们也可以得知尼德曼在札拉千科生意中扮演的角色。他或许甚至能指引你们找到尼德曼。"

歌德堡的一名巡官说道:"我们在哥塞柏加农场找到了些什么?"

"四把手枪。一把拆解的轻便手枪,正放在厨房桌上上油;一把波兰制八三式瓦纳德,掉在厨房长凳旁的地板上;一把科特一九一一政府型,也就是布隆维斯特打算交给鲍尔松的那把枪;最后是一把点二二口径的布朗宁,相较之下,这几乎可以说是玩具枪。我们猜想这应该是用来射莎兰德的枪,所以尽管子弹卡在脑袋里,她还能活命。"

"还有什么吗?"

"我们找到并查封了一只装着大约二十万克朗的袋子。放在楼上尼德曼的房间里。"

"你怎么知道那是他的房间?"

"很简单,他的尺寸是XXL,札拉千科顶多是M。"

"你们有任何关于札拉千科或波汀的资料吗?"霍姆柏问道。

埃兰德摇摇头。

"当然,得看我们如何诠释被查封的武器。除了较精密的武器和精密得异乎寻常的农场监视器之外,它和其他农场并无两样。农舍本身很简朴,没有不必要的装饰。"

正午前忽然有人敲门,一名穿着制服的警员递给史庞柏一份文件。

"我们接获报案,"她说,"阿林索斯有人失踪。今天早上,有个名叫阿妮塔·卡斯培森的牙科护士在七点半开车出门,先送孩子去托儿所,理应八点之前就能到达工作地点,却始终没有出现。那间牙科诊所距离巡逻车被发现的地点约一百五十米。"

埃兰德和茉迪都看了看手表。

"那么他领先了四个小时。是什么样的车?"

"一九九一年出厂的深蓝色雷诺,这是序号。"

"立刻对这辆车发出全面通告。他可能已经到了奥斯陆或马尔默,甚至也可能在斯德哥尔摩。"

会议最后,他们决定让茉迪和埃兰德一起讯问札拉千科。

当爱莉卡从办公室穿过门厅走进小厨房时,柯特兹皱着眉头,视线紧紧跟随。不一会儿,她端着一杯咖啡又回到办公室,关上门。

柯特兹说不出哪里不对劲。《千禧年》是那种同事之间关系亲密的小公司,他已经在这里兼差四年,这段时间内,他们团队克服了几场大风暴,尤其是布隆维斯特因诽谤罪入狱服刑三个月期间,杂志社几乎宣告破产。接下来则是同事达格还有她的女友同时遇害。

经历这些风暴时,爱莉卡一直稳如泰山,似乎谁也撼动不了她。当天一早她打电话叫醒他,并派任务给他和罗塔·卡林姆,他并不感到惊讶。莎兰德一案整个爆发开来,布隆维斯特也不知为何卷入歌德堡警员的命案。到目前为止,一切都还在掌控中。罗塔暂时留在警察总局,想尽可能从某人口中套出一点可靠的消息。柯特兹则是打了一个上午的电话,试图拼凑出昨晚发生的事情全貌。布隆维斯特没有接电话,但通过几个消息来源,柯特兹对前一晚的事故有了相当清楚的了解。

倒是爱莉卡一整个早上心不在焉。她很少关上办公室的门,通常只有与访客会面或专心研究某个问题时才会这么做。今天早上,一个访客也没有,而且依他看来,她也没有在忙。有几次他敲门进去传达消息,却发现她坐在窗边,失神地望着约特路上的人来人往,似乎陷入沉思。对他的报告也似乎毫不在意。

不对劲。

门铃声打断他的思绪。他起身开门,原来是安妮卡。柯特兹见过布隆维斯特的妹妹几次,但和她不熟。

"你好,安妮卡。"他招呼道,"麦可今天不在。"

"我知道,我想找爱莉卡。"

爱莉卡依旧坐在窗边没有抬头,但知道谁来了,很快地镇定自己的心神。

"你好。"她说,"麦可今天不在。"

安妮卡微微一笑。"我知道,我是来拿毕约克给国安局写的报告。麦可要我看一看,万一我得担任莎兰德的委任律师会用得着。"

爱莉卡点点头,起身从桌上拿起一个活页夹交给安妮卡。

安妮卡迟疑了一下,不知该不该离开办公室,随后才下定决心,自作主张地坐到爱莉卡对面。

"说吧……你怎么样?"

"我就要离开《千禧年》了,却还无法跟麦可说实话。他全副心思都放在打莎兰德这场混仗,我一直找不到适当时机,而在告诉他之前又不能告诉别人。现在感觉烂透了。"

安妮卡咬咬下唇。"所以你只好告诉我。你为什么要离开?"

"我要去《瑞典摩根邮报》当总编辑。"

"天哪!要是这样,我们应该向你道喜,而不该哭泣或咬牙切齿。"

"安妮卡……我实在不想以这种方式结束我在《千禧年》的职务,现在正是一团乱。不过天外飞来这个机会,我不能拒绝。我是说……一生恐怕只有这一次了。对方是在达格和米亚遇害前提出的,后来整个办公室陷入混乱,我只好隐忍不提。现在我真的内疚到了极点。"

"我明白。但现在你又不敢告诉麦可。"

"情况糟透了,我还没告诉任何人。我本以为夏天过后才要到《瑞典摩根邮报》上班,那么还有时间告知大家。没想到他们要我提早过去。"

她说到这里打住,盯着安妮卡看,眼眶里的泪水似乎随时可能溃堤。

"事实上,这是我在《千禧年》的最后一个星期。下星期我会出趟远门,然后……我大概需要两星期的时间充电。五月一日开始到《瑞典摩根邮报》上班。"

"这么说好了,如果你今天是被巴士给撞了呢?他们同样会立刻面临没有总编辑的情况。"

爱莉卡抬起头来。"但我并不是出车祸,而是刻意将我的决定隐瞒了好几个星期。"

"我看得出这是个艰难的情况,但我觉得麦可和克里斯特还有其他人终究会有办法解决。你应该马上告诉他们。"

"好吧,可是你那该死的哥哥今天人在歌德堡。他睡着了,手机也关了。"

"我知道。没有多少人像麦可这么顽固,每当你需要他时,他就偏偏失踪。不过爱莉卡,这不只关乎你和麦可。我知道你们已经共事二十多年,经历过无数起落浮沉,但你也得为克里斯特和其他员工着想。"

"我隐瞒了这么久……麦可会……"

"麦可会大发雷霆,他当然会。但这二十年来你只搞砸这么一次,如果他承受不了这个事实,也就不配让你为他耗费那么多时间了。"

爱莉卡叹了口气。

"打起精神来。"安妮卡对她说,"把克里斯特和其他员工找来,马上就做。"

克里斯特呆坐了几秒钟。爱莉卡召集所有职员几分钟后到小会议室来,当时他正准备提早离开。他瞄瞄柯特兹和罗塔,他们同样震惊。编辑秘书玛琳·艾瑞森、采访记者莫妮卡·尼尔森和营销主任桑尼·马格努森事先也都毫不知情。唯一缺席的布隆维斯特正在歌德堡,一如往常的他。

天哪,麦可也全然不知,克里斯特心想。他会有什么反应呀?

这时他才意识到爱莉卡已经住口,会议室里一片死寂。他摇摇头,站起来,自然而然地给爱莉卡一个拥抱并亲亲她的脸颊。

"恭喜了,小莉。"他说,"《瑞典摩根邮报》的总编辑,从我们这个悲惨的小杂志社爬上这一步,倒很不错。"

柯特兹跟着回过神来,开始拍手。爱莉卡举手制止。

"等等。今天的我不值得鼓掌。"她环顾挤在狭窄编辑室的同仁,又说道,"说真的……事情发展成这样,我实在很抱歉。早在好几个星期前我就想告诉你们,但达格和米亚所引起的骚动将这个消息给掩盖过去。麦可和玛琳发了疯似的工作,而且……好像怎么都找不到适当的时间和地点。所以才会走到今天这个地步。"

玛琳心知肚明杂志社的人手有多么不足,爱莉卡一走,又会显得多么空虚。无论发生什么事,也无论出现什么问题,爱莉卡始终是她能依赖的老板。是啊……也难怪全国最大的日报会挖她跳槽。但接下来会怎样呢?爱莉卡一直是《千禧年》不可或缺的一部分。

"有几件事我们得说清楚。我完全明白杂志社会因此运作困难,我也不想这样,但现实已无法改变。第一,我不会丢下《千禧年》不管。我仍然是合伙人,仍然会出席董事会。当然了,我不会过问任何编辑事宜。"

克里斯特若有所思地点点头。

"第二,我正式的离职日是四月三十日,但上班只到今天。下星期我会出门旅行,你们都知道的,这是老早就计划好了。过渡期间,我决定不再回来指挥个几天。"她停顿片刻,"下一期的内容已经存在电脑里,只剩几个小地方需要修改,这将是我负责的最后一期。再来得由新的总编辑接手,我今晚就会把办公桌清空。"

室内一点声响也没有。

"新总编辑的人选将会在董事会上讨论决定。这件事你们所有员工都得谈一谈。"

"麦可。"克里斯特说。

"不,绝不能是麦可。你们所能挑选的总编辑里头,他肯定是最不合适的人选。他是完美的发行人,修改文章与搞定即将刊登的作品中的琐碎问题也非常拿手。但他是善后者,而总编辑必须采取主动,而且麦可也常常栽进自己的故事里,每次总会有几星期消失得无影无踪。当情势不断加温,他便处于巅峰状态,但处理例行公事的能力却是奇差无比。这点你们都知道。"

克里斯特喃喃称是后又说:"《千禧年》之所以能运作,就是因为你和麦可互补得好。"

"不只如此。你应该还记得当初麦可跑到赫德史塔,几乎赌气了一整年,《千禧年》没有他照样正常运作,就像现在没有了我也一样。"

"好吧,你有什么计划?"

"我想选你,克里斯特,接任总编辑。"

"万万不可。"克里斯特举手投降。

"我知道你会拒绝,所以还有另一个人选。玛琳。你今天就能开始代理总编辑的工作。"

"我?"玛琳似乎颇受惊吓。

"对,就是你。你一直是个相当出色的编辑秘书。"

"但是我……"

"试试看吧。我今晚就会清空办公室,你星期一早上就能搬进来。五月号已经完成,那可是我们拼了命的成果。六月号是双月刊,接下来能休息一个月。如果行不通,董事会就得另外找人接手八月号。柯特兹……你得转成正职,接替玛琳担任编辑秘书,然后得再雇一个新人。不过这要由你们所有人和董事会来决定。"

她若有所思地打量着众人。

"还有一件事。我将会在另一间出版公司展开新工作,虽然《瑞典摩根邮报》和《千禧年》实际上并非竞争者,但对于接下来两期的内容,我还是不想知道得更多。从这一刻起,一切相关事宜都应该找玛琳商量。"

"关于莎兰德的报道该怎么办?"柯特兹问道。

"去问麦可。莎兰德的事我知道一些,但我会封存起来,不会带到《瑞典摩根邮报》那边去。"

爱莉卡顿时感觉松了好大一口气。"大概就是这样了。"她说完静静地起身走回办公室，会议到此结束。

《千禧年》的员工们默不作声地坐在原位。

直到一小时后，玛琳去敲爱莉卡的门。

"是我。"

"什么事？"爱莉卡问。

"大家想跟你说句话。"

"什么话？"

"出来一下。"

爱莉卡站起来走到门边，只见他们在桌上摆了蛋糕和星期五下午的咖啡。

"我们觉得应该另外找时间替你办个真正的欢送会，"克里斯特说，"但现在就先以咖啡和蛋糕充数吧。"

爱莉卡终于露出许久不见的笑容。

第三章
四月八日星期五至四月九日星期六

茉迪与埃兰德于晚上七点来到札拉千科的房间时,他已经清醒了八小时。先前动了相当大的手术,将一大块下颌重新对齐再以钛合金骨钉固定,此时他头上缠了许许多多绷带,只露出左眼和嘴巴一个小缝。医生解释说,挨了那记斧头使他的颧骨碎裂、额头受伤,撕扯下右半边脸部一大块肌肉并拉伤了眼眶。伤势让他承受极大的痛苦,因此给他施打了高剂量的止痛剂,不过他意识相当清楚也能说话。但医生仍警告警官不要让他太累。

"你好,札拉千科先生。"茉迪打完招呼,随后介绍自己与同事。

"我叫卡尔·阿克索·波汀。"札拉千科咬牙费力地说,声音倒很平稳。

"我知道你的真实身份,我已经看过你在国安局的档案。"

这当然不是事实。

"那已经是很久以前的事。"札拉千科说,"我现在是卡尔·阿克索·波汀。"

"你还好吗?可以说话吗?"

"我要举报一桩重罪刑事案。我女儿企图谋杀我。"

"我们知道,也会在适当的时机处理此案。"埃兰德说,"不过我们有更要紧的事要谈。"

"还有什么比杀人未遂更要紧?"

"现在我们需要你提供斯德哥尔摩三起命案、尼克瓦恩至少三起命案和一宗绑票案的相关信息。"

"我什么都不知道。谁被杀了?"

"波汀先生,我们有充分的理由相信你的助手,三十五岁的罗讷德·尼德曼,犯下这几项罪行。"埃兰德说,"昨晚他还杀害了特鲁尔海坦的一名警员。"

茉迪很惊讶埃兰德竟然顺着札拉千科的意思称呼他波汀。札拉千科微转过头看着埃兰德，声音变得轻柔了些。

"这……真是不幸的消息。尼德曼的事我一无所知，我没有杀死任何警员，昨晚我自己都差点被杀了。"

"目前尼德曼已经遭到通缉，你知道他可能藏匿在哪里吗？"

"他的交友圈我不清楚，我……"札拉千科迟疑几秒钟，随即以神秘的口吻说道，"我必须坦承……偷偷告诉你们吧……有时候我很替尼德曼担心。"

埃兰德伏身凑到他眼前。

"这是什么意思？"

"我发现他可能很暴力……我其实会怕他。"

"你是说你觉得受尼德曼威胁？"埃兰德问道。

"正是。我老了，行动又不便，无法保护自己。"

"你能解释一下你和尼德曼的关系吗？"

"我是个残废。"札拉千科比比自己的双脚，"这是我女儿第二次企图杀我。几年前我雇用尼德曼当助手，以为他能保护我……没想到他接管了我的生活，想来就来想走就走……我也不能多说什么。"

"他帮你什么？"茉迪切入问道，"做你自己不能做的事吗？"

札拉千科用唯一露出的眼睛注视茉迪许久。

"据我所知，你女儿在九十年代初将汽油弹丢进你的车内。"茉迪继续说道，"你能不能解释她这么做的原因？"

"这你得去问我女儿，她精神有毛病。"他的口气再度显露敌意。

"你是说你想不出莎兰德在一九九一年有任何理由攻击你？"

"我女儿精神有毛病。有很多档案数据可以证明。"

茉迪头一偏。她发现自己提问时，札拉千科的回答更具攻击性与敌意，这一点埃兰德也注意到了。好吧……白脸、黑脸。茉迪提高声量。

"你想她的行为会不会和你曾经痛殴她母亲并造成永久性的脑损

伤有关？"

札拉千科转头面向茉迪。

"根本是胡说八道。她母亲是个妓女，八成是被哪个嫖客殴打的，我只是刚好经过。"

茉迪扬起双眉。"这么说你完完全全是无辜的？"

"当然。"

"札拉千科……我再重述一遍，看看我了解得正不正确。你说你从未殴打你的女友，也就是莎兰德的母亲阿格妮塔·苏菲亚·莎兰德，但你当时在国安局的负责人毕约克却写过一份长长的报告，还盖上'极机密'印章，而你打人这件事正是报告的重点。"

"我从未被判刑，从未被起诉，要是国安局有哪个白痴胡乱捏造报告，我也没办法。如果我曾经涉嫌，他们至少会讯问我吧。"

茉迪无言以对。札拉千科包在绷带底下的脸似乎在窃笑。

"所以我要告我女儿，告她企图杀害我。"

茉迪叹了口气。"我渐渐可以理解她为什么会抑制不住冲动，拿斧头劈你的头了。"

埃兰德轻咳一声，说道："抱歉，波汀先生……我们还是言归正传，说说你对尼德曼的活动有哪些了解。"

茉迪在札拉千科病房外的走廊上，打电话给包柏蓝斯基巡官。

"没有结果。"她说。

"一点也没有？"包柏蓝斯基问道。

"他要控告莎兰德重伤害和杀人未遂。他声称和斯德哥尔摩的命案毫无关系。"

"关于莎兰德被埋在他哥塞柏加农场的土地上，他作何解释？"

"他说他感冒，几乎整天都在睡觉。如果莎兰德在哥塞柏加遭到枪击，肯定是尼德曼自作主张做的事。"

"好，那现在掌握了些什么？"

"她是被一把点二二口径的布朗宁射伤，所以才能活命。凶器找到了,札拉千科承认枪是他的。"

"我懂了,换句话说,他知道我们会在枪上发现他的指纹。"

"没错,但他说最后一次看到这把枪的时候,还放在书桌抽屉里。"

"也就是说那个了不起的尼德曼先生趁札拉千科睡着后,拿枪射杀了莎兰德。真是个冷血的混蛋!有任何证据可以反驳吗?"

茉迪想了一下才回答说:"札拉千科熟知瑞典法律与警察办案程序。他什么都没有承认,把尼德曼当代罪羔羊。我实在不知道我们能证明什么。我请求埃兰德把他的衣服送往鉴定组化验,看看有无火药残留,不过他一定会说他两天前才去打靶。"

莎兰德闻到杏仁和乙醇的味道。她觉得嘴里好像有酒精,想要吞咽,舌头却麻痹毫无知觉。她试图睁开眼睛,却办不到。仿佛听到远处一个声音在和她说话,却听不懂在说什么。接着那个声音变得十分清晰。

"我想她撑过来了。"

她感觉到有人在摸她的额头,便试着想拨开这只侵犯她的手,与此同时又感觉左肩一阵剧痛,只好逼自己放松。

"你听得到我说话吗,莉丝?"

走开。

"你能睁开眼睛吗?"

到底是哪个白痴在这里唠叨?

她终于睁开眼睛。起初只看到奇怪的光线,最后有个人形出现在她视野中心。她努力集中视线,人影却不断溜走。她觉得自己好像严重宿醉,床也似乎不断往后倾。

"之头药。"她说。

"再说一次好吗?"

"挨痴。"她说。

"这倒很清楚。可以再把眼睛睁开吗?"

她将眼睛睁开一条缝,看见一个完全陌生的脸,然后记住每个细节。大约一英尺外,有个金发男子倾斜着一张瘦削的脸,眼珠深蓝色。

"你好,我叫安德斯·约纳森,我是医生。你现在人在医院,你受了伤,刚刚动过手术。你能告诉我你叫什么名字吗?"

"撒兰德。"莎兰德说。

"好,麻烦你从一数到十好吗?"

"一、二、四……不对……三、四、五、六……"

接着她便昏了过去。

约纳森医师对她的反应感到很开心,不但说出自己的名字也能开始数数,这表示认知能力仍完好如初,不会变成植物人。他写下她清醒的时间是晚间九点零六分,手术完成到现在约莫十六个小时。那天他几乎睡了一整天,晚上七点左右又开车回医院,其实这天他休假,不过有一些文书工作要赶着完成。

他忍不住来到加护病房,探视当天清晨被他翻弄过大脑的病人。

"让她多睡一会儿,但要定时查看她的脑波图,我担心脑内可能会肿胀或出血。她想移动手臂的时候,左肩似乎很痛。如果她再醒来,可以每小时给她两毫克的吗啡。"

走出索格恩斯卡医院大门时,他感到异常快活。

住在阿林索斯的牙科护士卡斯培森跟跟跄跄走过森林时,全身不停颤抖。她严重失温,因为身上只穿了一件湿的裤子和薄薄的毛线衣。赤裸的双脚在流血。那个男人把她绑在谷仓里,她好不容易逃出来,却无法解开将双手反绑在背后的绳索。十只手指已毫无知觉。

她自觉有如地球上最后幸存者,所有人都弃她而去。

她不知道自己在哪里。四下一片漆黑,也不知道已经漫无目的地走了多久。还能活命,她自己都感到讶异。

这时她看见林间射出一道光,立刻停下脚步。

她迟疑了几分钟,不敢朝亮光处走去,稍后才穿过丛丛灌木,来到一栋灰砖平房的院子。她诧异地环顾四周。

接着她拖着脚步走到门口，转身用脚跟踢门。

莎兰德睁开眼，看见天花板有一盏灯。过了一会儿转头时，才发现自己戴着护颈。她觉得头隐隐作痛，左肩则剧烈疼痛，于是又闭上眼睛。

医院，她暗想，我怎么会在这里？

她精疲力竭，几乎无法有条理地思考。接着记忆蓦然涌现，短短几秒内，她将自己从坑洞挖出来的片段影像迅速在脑中闪现，令她不由得惊恐起来。但她咬紧牙根，专注地调整呼吸。

她没死，但她不确定这是不是好事。

她无法拼凑出完整的过程，只记得柴房里一些模糊零散的画面，还有她愤怒地抡起斧头砍向父亲——札拉千科——的脸。他是死是活？

和尼德曼之间发生什么事，她已记不清楚，但隐约有印象他意外地逃走了，也不知为什么。

忽然间，她想起看见了王八蛋小侦探布隆维斯特。也许一切都是梦，但她记得一间厨房，想必是哥塞柏加农舍里的厨房，好像看见他朝自己走来。肯定是我的幻觉。

哥塞柏加发生的事仿佛已是久远的记忆，也可能是一场荒谬的梦。她将精神集中在此时此刻，然后再次睁开眼睛。

她伤势很严重，这无须他人告知。她举起右手摸摸头，缠了绷带，脖子上有护颈，这时她全想起来了。尼德曼。札拉千科。那个老王八蛋也有一把手枪。一把点二二的布朗宁。这和其他手枪比较起来，只能算是玩具枪，也因此她才能活命。

我头部中枪，手指伸进伤口还能摸到大脑。

她没想到自己能活下来，但也觉得无所谓。如果死亡就像她醒过来之前那片黑暗空洞，也没什么好担心的。反正几乎感受不到差异。就在这番奇妙的思绪中，她又闭上眼睛再次入睡。

她才打盹几分钟便留意到有动静,随即将眼皮撑开一条缝。她看见穿着白色制服的护士正俯身查看,便又合眼装睡。

"我想你醒了。"护士说。

"嗯。"莎兰德回应道。

"你好,我叫玛莉安,你听得懂我说的话吗?"

莎兰德想点头,但头被护颈卡住了。

"不,不要乱动。你不用怕,你先前受伤开了刀。"

"我可以喝点水吗?"莎兰德小声地说。

护士递给她一个水杯,并插了根吸管。她喝水时,看见左手边又出现一个人。

"嗨,莉丝,你听得到吗?"

"嗯。"

"我是海伦娜·安德林医师。你知道自己在哪里吗?"

"医院。"

"你在歌德堡的索格恩斯卡医院。你动了手术,现在在加护病房。"

"嗯。"

"你不必害怕。"

"我头部中枪。"

安德林略一迟疑,接着才说:"是的,这么说你记得发生了什么事。"

"那个老王八蛋有一把枪。"

"啊……是啊,某人确实有枪。"

"一把点二二。"

"是吗?这个我不知道。"

"我伤势有多严重?"

"你预后相当良好。你伤得很严重,但我们认为应该有机会完全复原。"

莎兰德斟酌着这项信息,然后试图正眼看着医生,视线却变得模糊。

"札拉千科怎么样了？"

"谁？"

"那个老王八蛋。他还活着吗？"

"你指的想必是卡尔·阿克索·波汀了。"

"不，不是，我说的是亚历山大·札拉千科，这才是他的真名。"

"这些我完全不知情。不过和你同时入院那位年长的先生情况一度危急，但已脱离险境。"

莎兰德的心一沉，细想着医生的话。

"他在哪里？"

"就在走廊另一头。不过目前不必担心他，你得专心养好身子。"

莎兰德合上双眼，心想不知自己能不能下得了床，找到可以当武器的东西，把问题解决。但她几乎连眼睛都睁不开。她心想，这次又要让他给逃了。她错过了杀死札拉千科的机会。

"我想给你做个检查。然后你就可以再睡了。"安德林医师说。

布隆维斯特忽然莫名其妙地惊醒过来。他一时不知身在何处，随后才想起自己下榻在城市旅馆。四周漆黑一片。他摸索着打开床头灯，看看时钟。两点。整整睡了十五个小时。

他下床后走进浴室。不可能再睡回笼觉了，于是他刮了胡子并冲澡冲了许久，然后穿上牛仔裤和栗色运动衫。他打电话到柜台，询问这么早能不能叫咖啡和三明治吃，夜班人员说应该没问题。

他穿上运动夹克下楼来，点了咖啡和一份干酪肝酱三明治，顺便买了《歌德堡邮报》。莎兰德被捕的消息上了头版。他带着早餐回到房间，边吃边看报。报道的内容有点杂乱，但方向正确。罗讷德·尼德曼，三十五岁，因杀警遭通缉。警方还想讯问他有关斯德哥尔摩的命案。警方完全没有透露莎兰德的状况，也没有提及札拉千科的名字，只说是一个现年六十六岁、来自哥塞柏加的地主，媒体显然将他视为无辜受害者。

布隆维斯特看完报纸后，打开手机，发现有二十条未读短信。有三条是要他打电话给爱莉卡，两条来自妹妹安妮卡，十四条来自各报社记者，他们表示想和他谈谈，最后则是克里斯特发给他的一个简短建议：你最好搭第一班火车回来。

布隆维斯特皱起眉头，克里斯特说这样的话，很不寻常。短信是晚上七点零六分发的。他压制住凌晨三点打电话吵醒人的冲动，转而打开电脑，连上宽带。前往斯德哥尔摩的头班车五点二十分出发，至于《瑞典晚报》的电子报上则没有什么新消息。

他点开了一个新的 Word 文档，然后点了根烟，盯着空白屏幕坐了三分钟后，开始打字。

> 她名叫莉丝·莎兰德。瑞典人从警方报告、新闻稿与晚报头条认识了她。她今年二十七岁，身高一百五十四厘米。她曾经被称为精神病人、杀人凶手与崇拜撒旦的同性恋。关于她，始终有无穷无尽、异想天开的谣言。本期的《千禧年》将公诸读者，政府官员如何共谋陷害莎兰德，以保护一个精神变态的杀人犯……

他连续写了五十分钟，主要是重述他发现达格与米亚当晚的一些关键点，以及警方之所以锁定莎兰德为杀人嫌疑犯的原因。他并引述报纸头条提到的撒旦教女同性恋，表示媒体显然希望这些命案涉及性虐行为。

他看看时钟，连忙合上笔记本电脑，整理好行李，到楼下柜台用信用卡结账后，便搭出租车前往歌德堡中央车站。

布隆维斯特直接上餐车，又点了咖啡和三明治，然后再次打开电脑，将刚才写的重看一遍。由于看得太入神而没留意到茉迪巡官，直到她轻咳一声，问他能不能一块坐，他才抬起头，不好意思地笑一笑，同时关上电脑。

"要回家吗？"

"看来你也是。"

警官点点头。"我同事还要再待一天。"

"你知不知道莎兰德现在怎么样了?上次和你见面后,我就睡死了。"

"她被送进医院不久就动了手术,昨天傍晚清醒了。医生认为她能完全康复,她实在命大。"

布隆维斯特点头赞同,也才忽然想到自己其实并不担心她。他本来就认定她会活下来,绝不可能有其他结果。

"有什么有趣的事发生吗?"他问道。

茉迪暗自斟酌该对一名记者透露多少,尽管此人比她更了解这整件事。但话说回来,是她要坐到他的桌子旁的,何况现在可能已经有上百名记者在警察总局获得消息了。

"你不能转述我的话。"她声明道。

"我纯粹是基于个人的好奇才问的。"

她告诉他警方已对尼德曼发出全国通缉令,尤其是在马尔默地区。

"那札拉千科呢?你们讯问他了吗?"

"问过了。"

"结果呢?"

"这我不能告诉你。"

"拜托,茉迪。反正再不到一小时,等我进了斯德哥尔摩办公室,还是会知道你们谈了什么。说吧,我一个字也不会写。"

她略一迟疑,才迎向他凝视的目光。

"他说莎兰德企图杀他,所以打算正式提出上诉。她很可能会因为重伤害与杀人未遂被起诉。"

"她大概会说是为了自卫。"

"但愿如此。"茉迪说。

"这听起来不像官方说法。"

"波汀……札拉千科十分狡猾,面对我们他是有问必答。我相信事情多半如你昨天所说,也就是莎兰德一辈子,从十二岁开始,都遭到不公正的待遇。"

"那正是我将会报道的故事。"布隆维斯特说。

"有些人不会喜欢的。"

茉迪再次显得迟疑。布隆维斯特耐心等着。

"半小时前我和包柏蓝斯基谈过,他没有说得很详细,不过关于莎兰德谋杀你那两位友人一案的初步调查似乎被搁置了。焦点转移到尼德曼身上。"

"意思是……"他让问题就这样悬着。

茉迪耸耸肩。

"调查莎兰德的工作将由谁接手?"

"不知道。哥塞柏加发生的事主要是歌德堡方面的问题。我猜斯德哥尔摩这边会派一个人搜集起诉用的所有资料。"

"明白。你觉得调查工作转移给国安局的几率有多高?"

茉迪摇摇头。

就在抵达阿林索斯前,布隆维斯特倾身向前说道:"茉迪……我想你应该了解事情的状况。如果札拉千科的事曝光,将会引起轩然大波。国安局人员与一名精神科医生合谋,将莎兰德关进精神病院。现在他们唯一能做的就是死不认账,坚称莎兰德精神有问题,一九九一年将她关进疗养院是正确的。"

茉迪点点头。

"我会尽一切力量反驳这种说法。我相信莎兰德和你我一样健康,虽然个性确实奇怪,但智力天赋却不容否认。"他停顿了一下,让对方能好好思考他说的话,"我需要一个信得过的内应。"

她与他四目交接。"我没有资格评断莎兰德的精神有没有问题。"

"但你有资格说她是否遭到司法不公的对待。"

"你在暗示什么?"

"我只是想请你帮个忙,如果你发现莎兰德再次受到司法不公的对待,请告诉我。"

茉迪没有搭腔。

"我并不想知道调查细节之类的,只是需要知道她受到什么样的指控。"

"这听起来倒像是让我被解职的好方法。"

"我会当你是消息来源,绝对、绝对不会提到你的名字。"

他从笔记本上撕下一页,写了一个邮箱地址。

"这是一个无法追踪的热邮账号,若有事告诉我,可以写到这里。当然了,不要用局里的信箱,自己设一个热邮的临时账号吧。"

她将账号收进夹克内袋,但没有作出任何承诺。

星期六早上七点,埃兰德巡官被电话声吵醒,听见电视的声音,还闻到厨房飘来咖啡香,妻子已经开始忙着上午的家务了。他是在执勤二十二小时后,于凌晨一点回到门达尔的公寓,因此去接电话时还没清醒。

"我是夜班的李加森,你醒了吗?"

"没有,"埃兰德说,"还不太清醒。什么事?"

"新消息。找到阿妮塔·卡斯培森了。"

"在哪里?"

"波洛斯南边的赛格罗拉郊区。"

埃兰德在脑中想象地理位置。

"往南。"他说,"他走小路,肯定是开上了180号公路,通过波洛斯之后再往南走。通知马尔默方面了吗?"

"是的,还通知了赫尔辛堡、兰斯克鲁纳和泰勒堡,还有卡尔斯克鲁纳。我想到东边的渡轮。"

埃兰德揉揉颈背。

"他几乎已经超前二十四小时,说不定已经逃出国外。卡斯培森是怎么找到的?"

"她出现在赛格罗拉郊区的一栋屋子里。"

"什么?"

"她去敲……"

"你是说她还活着?"

"抱歉,是我没把话说清楚。那个叫卡斯培森的女人在今天凌晨三点十分,用脚踢那间屋子的大门,把已经入睡的屋主夫妇和孩子们吓个半死。她打赤脚,失温非常严重,双手反绑在身后。她现在人在波洛斯医院,她丈夫已经赶去。"

"真是不可思议。我想大家都以为她死了。"

"有时候事情总会出人意料。不过也有坏消息:郡警局副局长史庞柏从早上五点就来了。她要你马上起床赶往波洛斯找那个女人问话。"

现在是星期六上午,布隆维斯特以为杂志社办公室会空无一人。列车即将进站前,他打电话给克里斯特,问他为何以那种口气发短信。

"你吃过早餐了吗?"克里斯特问。

"在车上吃了。"

"好,到我家来,我让你吃得丰盛一点。"

"怎么回事?"

"来了再说。"

布隆维斯特搭地铁到梅波加广场,再走到万圣街。来开门的是克里斯特的男友阿诺·马格努森。不管怎么努力,布隆维斯特每次面对他总觉得像在看广告。阿诺经常在皇家戏剧院登台,是瑞典当红的演员之一,亲眼见到他本人总有种不真实感。布隆维斯特对明星大多印象不深,但阿诺的外表实在太独特,又在电视与电影里扮演过无数令人熟悉的角色,尤其是在一部收视率高的九十分钟电视剧中,饰演暴躁但率直的菲利斯克警官一角。布隆维斯特总是期待他做出与菲利斯克一模一样的举动。

"哈啰,麦可。"阿诺招呼道。

"哈啰。"布隆维斯特回应道。

"在厨房。"

克里斯特正好将刚做好的松饼搭配云莓果酱和咖啡端上桌。布隆维斯特还没坐下便又有了食欲。克里斯特想知道哥塞柏加发生什么事,布隆维斯特便简要叙述了一遍,直到吃到第三块松饼,才想起要问出了什么事。

"你跑到歌德堡去当你的小侦探布隆维斯特的时候,《千禧年》发生了一点小问题。"

布隆维斯特紧紧盯着克里斯特看。

"什么问题?"

"没什么要紧的。爱莉卡接下了《瑞典摩根邮报》总编辑的位子,昨天是她在《千禧年》的最后一天。"

他呆坐了好几秒才领悟这句话的意思,却并不怀疑其真实性。

"为什么她之前没有告诉任何人?"他终于说出话来。

"她想告诉你,而你却到处跑,都已经好几星期找不到人,她八成认为光是莎兰德的事就让你忙不过来了。她显然想第一个告诉你,所以不能跟我们其他人说,时间就这样一天一天过去……到后来她开始内疚得不得了,也非常沮丧。但我们谁也没发现。"

布隆维斯特闭上眼睛。"该死!"他说。

"是啊。结果你变成全办公室最后一个知道的人。我想找机会亲自告诉你,让你了解真正的来龙去脉,免得你以为有人背着你做什么。"

"不,我没那么想,只不过,天哪……如果她想到《瑞典摩根邮报》去,得到这份工作真是太好了……但这下我们怎么办?"

"下一期由玛琳担任总编辑。"

"玛琳?"

"除非你自己想当……"

"不要,当然不要。"

"我也这么想。所以玛琳将会是总编。"

"指定编辑秘书了吗?"

"柯特兹,他已经和我们共事四年,几乎已不算是实习生。"

"我可以表示一点意见吗?"

"不行。"克里斯特断然地说。

布隆维斯特干笑一声。"好吧,就照你们的决定去做。玛琳很强,但缺乏自信。柯特兹有点贸然行动。他们俩,我们得多看着点。"

"会的。"

布隆维斯特捧着咖啡,默默坐着。爱莉卡走了以后会有多空虚,杂志社的前途将会如何他也不敢想。

"我得打个电话给爱莉卡……"

"最好不要。"

"什么意思?"

"她在办公室睡觉,你还是去把她叫醒吧。"

布隆维斯特发现爱莉卡在她办公室的沙发床上睡得正熟。她一整夜都在清理办公桌和书架上的个人物品,并挑出想留下的文件资料,总共装了五大箱。他站在门口望了她一会儿,才走进去坐到沙发边缘摇醒她。

"如果你得在办公室过夜,干吗不上我家去睡?"他问道。

"麦可。"她打了个招呼。

"克里斯特都告诉我了。"

她正要开口说话,他却弯下身亲亲她的脸颊。

"你生气吗?"

"气疯了。"他回答。

"对不起,我实在无法拒绝。可是在这么糟的情况下丢下你们,总觉得不对。"

"我其实最没有资格批评你弃船潜逃。当初我丢下你们的时候,情况比现在更糟。"

"这是两回事。你只是暂时休息,我却要永远离开,而且没有告诉任何人。真的很抱歉。"

布隆维斯特无力地笑笑。

"时候到了就是到了。"接着他又用英语加了一句,"总之就是'女人该做的事就得去做'那套鬼话。"

爱莉卡微微一笑。这是他搬到海泽比时,她对他说过的话。他伸出手,亲密地拨乱她的头发。

"我能了解你为何想离开这个疯人院……但想要领导全瑞典最乏味的老男人报社……我一时还真难以明白。"

"现在已经有不少女孩在那里工作。"

"胡扯。去看看报头,一直以来都没变过。你肯定是个神志不清的受虐狂。要不要一起去喝杯咖啡?"

爱莉卡坐起身来。"我得听听歌德堡发生的事。"

"我现在正在写。"布隆维斯特说道,"刊登以后将会有场大战。发表的时间会和开庭一致。希望你没有打算把这则新闻带到《瑞典摩根邮报》去。事实上,我需要你在离开前,帮忙写一点关于札拉千科的东西。"

"麦可……我……"

"你的最后一篇社论。什么时候写都行。不管何时开庭,几乎都不可能在那之前刊载。"

"这样好像不太好。你觉得应该写些什么?"

"道德。"布隆维斯特说,"并说明因为政府官员在十五年前渎职,导致我们的一名同事遇害。"

爱莉卡完全明白他想要什么样的社论。达格遇害时,她毕竟是社里的领导人。这么一想,顿时整个心胸都开阔了。

"好。"她说,"我的最后一篇社论。"

第四章
四月九日星期六至四月十日星期日

到了星期六下午一点,南泰利耶的佛兰森检察官已经仔细研究过整个案情。尼克瓦恩森林里的埋尸处简直混乱不堪,而且打从星期三,罗贝多在当地仓库与尼德曼打了场拳击之后,暴力犯罪组的警察便累积了大量加班时数。他们要处理的除了发生在仓库附近的至少三起埋尸命案外,还有莎兰德的友人米莉安遭绑架殴打一案,以及最重要的纵火案。

史塔勒荷曼事件与尼克瓦恩的发现有关联,事实上地点也就在南曼兰郡的斯特兰奈斯警局管辖区内。在这整件事当中,硫磺湖摩托车俱乐部的蓝汀是关键人物,但他现在人躺在南泰利耶医院,一脚打了石膏,下巴也钉了钢板。因此,这一切罪行都在郡警局管辖范围,也就是说斯德哥尔摩将掌握最后决定权。

星期五举行了法院听证会。蓝汀因为和尼克瓦恩的关系而遭到正式起诉。最后终于查证出来,仓库属一家进口公司所有,公司登记在五十二岁的安内莉·卡尔森名下。她是蓝汀的表亲,住在西班牙巴努斯港,没有前科。

佛兰森将存放所有初步调查资料的活页夹合上。这些都还只是初步阶段,接下来还需要上百页的详细内容才能交付审判。但此刻得先针对几件事作出决定。她抬头看着同事及同仁。

"我们有足够证据指控蓝汀参与绑架米莉安,因为罗贝多已指证他是面包车的驾驶员。我还要以涉嫌纵火罪起诉他。至于在仓库附近挖到的三具尸体,至少在全部确认身份之前,先不将这些命案列入他的罪行。"

警员们点头响应,这本在预料之中。

"那桑尼·尼米南怎么办?"

佛兰森将桌上数据翻到尼米南的部分。

"此人犯罪记录很辉煌,抢劫、持有非法武器、伤害、重伤害、杀人及毒品罪。他在史塔勒荷曼和蓝汀一起被捕,我相信他也涉案,只不过没有证据能说服法官。"

"他说他从未去过尼克瓦恩仓库,还说只是刚好和蓝汀骑摩托车出去兜风。"代表南泰利耶警局负责史塔勒荷曼一案的警员说道,"他说蓝汀要到史塔勒荷曼做什么,他毫不知情。"

佛兰森心想能不能想办法,把整个案子移交给斯德哥尔摩的埃克斯壮检察官。

"尼米南拒绝透露事情经过,"警员继续说道,"但强烈反驳自己参与任何犯罪。"

"你会以为他和蓝汀才是史塔勒荷曼一案的受害者。"佛兰森气恼地用指尖敲着桌面。"莎兰德,"她又接着说,口气中透着怀疑,"这个女孩看起来简直像未成年,身高只有一百五十四厘米。她看上去没有那么强壮,实在很难想象她能与尼米南或蓝汀较量,更何况是两人联手。"

"除非她有武器。手枪便可补外型的不足。"

"但这和我们重建的事发经过不太相符。"

"的确。她使用梅西喷雾器,并以非常猛烈的力道踢中蓝汀的下体和脸,导致他一个睾丸破裂、下巴骨折。用枪射蓝汀的脚肯定是在踢伤他以后。但我难以相信枪是莎兰德的。"

"实验室已确认射伤蓝汀的枪是波兰制八三式瓦纳德,使用马卡洛夫子弹。枪在歌德堡郊区的哥塞柏加找到,上面有莎兰德的指纹,所以几乎可以确定她带着枪去了哥塞柏加。"

"当然,但根据序号显示这是四年前在厄勒布鲁某家枪枝专卖店抢劫案中失窃的手枪。抢匪最后落网,但枪却被丢弃。他们是经常在硫磺湖摩托车俱乐部出没的当地混混,所以我宁可相信携带手枪的人是蓝汀或尼米南。"

"也许事情很简单,就是蓝汀携枪却被莎兰德夺走,后来意外开枪射中他的脚,我是说莎兰德不可能有杀人意图,因为他还活着。"

"她也可能纯粹出于虐待癖好才开枪射他的脚。谁知道呢?但她又是如何对付尼米南?他并无明显伤势。"

"他胸口倒是有一处,也可以说两处小灼伤。"

"什么样的灼伤?"

"我猜是电击棒。"

"这么说莎兰德可能持有电击棒、一罐梅西喷雾器和一把手枪。这么多东西该有多重?不,我还是很确定枪要不是蓝汀就是尼米南带的,只是被她抢走了。除非涉案者当中有人愿意开口,否则我们不会知道蓝汀究竟是怎么被射伤的。"

"好吧。"

"照目前的情况,依我先前所提的理由起诉蓝汀,但是对尼米南却一点证据也没有。我考虑今天下午就将他放了。"

尼米南离开南泰利耶警局的拘留所时心情坏透了。因为嘴巴很干,所以第一站先到角落的小商店买一瓶百事可乐,当场就咕噜咕噜喝起来,另外又买了一包好彩香烟和一盒哥德堡无烟烟草[1]。他打开手机查看电池量,随后拨电话给汉斯欧克·华达利,此人现年三十三岁,在硫磺湖摩托车俱乐部中排行老三。电话响了四声才接通。

"是尼米南,我出来了。"

"恭喜。"

"你在哪里?"

"尼雪平。"

"你他妈的在尼雪平干什么?"

"你和蓝汀被抓以后,我们决定低调一点,直到局势明朗为止。"

"现在局势已经明朗了,大伙都到哪去了?"

---

[1] 无烟烟草是磨碎的潮湿烟草,以散装或装在迷你茶包袋中的方式置于上唇下方。无烟烟草的尼古丁含量与一般香烟相当,但制作过程可降低烟草中可能致癌的亚硝胺的形成。无烟烟草还有鼻烟、嚼用烟草、湿烟和干烟等形式。约有一百多万瑞典成人使用这类产品。

华达利说出俱乐部其他五名成员的下落,尼米南听了既不高兴也不冷静。

"你们全都像娘们一样躲起来,还有谁在顾店啊?"

"这样说不公平。我们根本不知道你和蓝汀在搞什么东西,忽然间就和那个被通缉的婊子开枪互射,蓝汀受伤,你也被捕。然后他们开始在我们的尼克瓦恩仓库附近挖尸体。"

"所以呢?"

"所以呢?所以我们开始怀疑你和蓝汀可能有事瞒着我们所有人。"

"你说会有什么事?我们可是为了俱乐部才接下这个工作。"

"但从来没人告诉我说仓库还兼做森林坟场。那些尸体都是些什么人?"

尼米南正想破口大骂,但及时忍住。或许华达利是个白痴,现在却不是起争执的时候,当务之急应该是团结大伙的力量。他好不容易撑过五次讯问没有出纰漏,此时若在距离警局不到两百米处,用手机吹嘘自己确实有些内幕消息,恐怕不是明智之举。

"别管尸体了。"他说,"我什么都不知道。不过蓝汀的麻烦可大了。他会在牢里待上一阵子,他不在的时候,俱乐部由我打理。"

"好,那接下来怎么办?"华达利问。

"现在那边由谁看管?"

"贝尼留在俱乐部代为照顾。你们被抓那天,条子就去搜了。不过什么也没找到。"

"贝尼·卡尔森?"尼米南大吼道,"他还是个乳臭未干的小子。"

"别紧张,另外还有那个金发王八蛋,老是和你和蓝汀混在一起的那个。"

尼米南全身血液顿时凝结。他往旁边瞄一眼后,走到离店门较远处。

"你说什么?"他压低声音问道。

"常和你和蓝汀混在一起的那个金发怪物出现了,说他需要藏身的地方。"

"去你妈的,华达利!现在全国警察都在找他呀!"

"是啊……所以他才需要藏身处。不然我们还能怎么办?他是你和蓝汀的兄弟啊。"

尼米南将眼睛闭上整整十秒钟。这几年来,尼德曼为俱乐部带来许多工作机会和利益,但他绝不是朋友,他是个危险的混蛋兼病态……而且警方正在积极搜捕他。尼米南从来就不信任尼德曼。最好的结果就是他头部中弹之后被警方发现,那么搜捕行动至少会稍微缓和些。

"你们怎么处置他?"

"贝尼负责照顾他。他带他到叶朗森家住。"

维克多·叶朗森是俱乐部的出纳兼财务,就住在恩纳近郊。他受过会计训练,一开始为一个开连锁酒吧的南斯拉夫人担任财务顾问,后来整帮人因为诈欺入狱。他是九十年代初在库姆拉监狱结识蓝汀的。俱乐部成员中只有他平常会穿西装打领带。

"华达利,你马上开车到南泰利耶来找我,我四十五分钟后到车站外面等你。"

"好,但为什么这么急?"

"我得掌控局势。你要我搭巴士吗?"

开车前往硫磺湖的路上,尼米南一声不吭,华达利偷偷瞄他一眼。他和蓝汀不同,从来不好相处。他有张模特儿般的俊俏脸庞,看起来不堪一击,其实性情暴躁,是个危险人物,尤其是喝了酒之后。此时的他很清醒,但华达利想到将来换他当大哥便十分不安。以前蓝汀多少总能压制住尼米南,如今蓝汀不在了,不知情势会如何发展。

到了俱乐部,不见贝尼人影。尼米南打了两次手机给他,但无人接听。

他们又继续开了大约半英里路,到尼米南的住处。警方也搜过这里,但显然没有发现任何有利于尼克瓦恩案调查工作的事物。正因如此尼米南才得以被释放。

他去冲澡更衣，华达利则在厨房里耐心等候。接着他们进入尼米南住处后面的森林，走了约莫一百五十米后，扒开一层薄土，露出一只箱子，里头装了六把枪，包括一把 AK 五，还有大量子弹和大约两公斤的炸药。这是尼米南的武器收藏。其中有两把波兰制八三式瓦纳德，和莎兰德在史塔勒荷曼抢走那把属于同一批。

尼米南驱散所有关于莎兰德的思虑，想到她便令人不快。在南泰利耶警局拘留所里，他一次又一次在脑中回想那一幕：他和蓝汀抵达毕尔曼的避暑小屋，看见莎兰德显然正准备离去。

一切发生得迅速且出人意料。他和蓝汀骑车过去，是听从那个该死的金发怪物的命令，为了烧毁那栋该死的避暑小屋。不料无意中遇见那个婊子莎兰德——她独自一人，身高一百五十四厘米，骨瘦如柴。尼米南很好奇她到底多重。接着事情全走了样，还爆发出他们俩谁也想不到的连串暴行。

若以客观的角度，他倒是可以描述出这串过程。莎兰德拿一罐梅西喷雾器，往蓝汀脸上喷。蓝汀本该有所提防，但他没有。她踢了他两下，而踢碎下巴也无须太大力气。她袭击成功，这说得过去。

但接下来，他，就连受过精良训练的人也会避免与其正面冲突的桑尼·尼米南，竟也被她制伏。她动作太快，他还没来得及掏枪。她轻而易举地将他制伏，就像打发一只蚊子。太丢脸了。她有支电击棒，她有……

他苏醒后什么也记不得。蓝汀的脚挨了一枪，警察随后赶到。斯特兰奈斯和南泰利耶警方针对管辖权几经商讨后，把他送进了南泰利耶的拘留所。此外，她还偷了蓝汀的哈雷摩托车。她割下他皮夹克上的标志——在酒吧排队的人见到他之所以会退到一旁，他之所以拥有大多数人渴求不到的地位，正是因为这个标志。她羞辱了他。

尼米南怒不可遏。整个讯问过程中，他始终守口如瓶。他永远无法开口说出史塔勒荷曼发生的一切。在此之前，莎兰德对他而言毫无意义，充其量只是蓝汀搞出来的一个次要小计划……又是那个要命的尼德曼下的命令。如今他痛恨她的程度连他自己都感到讶异。通常他不是个会冷静分析情势的人，但他知道将来总有一天，他会让她付出代价以洗刷耻辱。不过首先他得稳住硫磺湖摩托车俱乐部因莎兰德与尼德曼而陷入的混乱局面。

尼米南拿起剩余的两把波兰手枪，装上子弹，然后将一把递给华达利。

"有什么计划吗？"

"我们要去和尼德曼谈谈。他不是我们的人，也没有前科。我不知道他被抓以后会怎么样，但万一他说了什么，我们可能都得去坐牢。而且速度会快得让你头晕。"

"你是说我们应该……"

尼米南已经决定非解决尼德曼不可，但他知道现在最好不要把华达利吓跑。

"我不知道，得先看看他有何盘算。如果他想尽快出国，我们可以帮他安排。但只要他有被捕的危险，对我们就是一大威胁。"

尼米南和华达利在薄暮时分到达叶朗森住处，屋内没有灯光。这不是好现象。他们坐在车内等着。

"说不定他们出去了。"华达利说。

"是啊，他们和尼德曼去酒吧了。"尼米南边打开车门边说。

前门没上锁。尼米南打开天花板的一盏灯后，两人一个一个房间查看。屋子收拾得整齐干净，很可能得归功于和叶朗森同居的女人，他忘了她叫什么名字。

他们在地下室发现叶朗森和女友被塞在洗衣间。

尼米南弯身看了看尸体，然后伸出一根手指摸摸这个他忘记名字的女人，已经冰冷僵硬。这表示他们可能已经死了二十四小时。

尼米南不需要法医也猜得出他们是怎么死的。她的头被扭转一百八十度，脖子断了。她身穿T恤和牛仔裤，看不到有其他外伤。

然而叶朗森只穿着内裤，还被殴打过，全身都是血渍与淤青。两只手臂弯曲成不可思议的角度，像扭曲纠结的树枝。他所遭受的殴打只能说是凌虐，据尼米南判断，他最后的死因是脖子上挨了一拳，连喉头都深陷进去。

尼米南爬上阶梯，走出大门，华达利跟随在后。尼米南走到五十米外的谷仓，弹开搭扣锁，将门打开。

里面有一辆一九九一年的深蓝色雷诺。

"叶朗森开什么车？"尼米南问道。

"他开萨博。"

尼米南点点头，从夹克口袋掏出几把钥匙，打开谷仓另一头的门。很快地扫视过后，知道他们来得太迟了。重武器柜已门户洞开。

尼米南一脸苦相。"大约八十万克朗。"他说。

"什么？"

"硫磺湖摩托车俱乐部大概藏了八十万克朗在这个柜子里，那是我们的金库。"

只有三个人知道俱乐部所有用于投资、洗钱的现金放在哪里：叶朗森、蓝汀和尼米南。尼德曼在跑路，需要现金，他知道叶朗森是管钱的人。

尼米南关上门，缓缓离开谷仓。他心思飞快地转着，试图分析这场灾难的结果。硫磺湖摩托车俱乐部的资产有一部分是债券，他能动用，还有一些投资也可以靠蓝汀的协助重整。但绝大部分只存在叶朗森的脑子里，除非他曾向蓝汀详细说明，但尼米南认为不太可能，因为蓝汀向来不善理财。他估计叶朗森的死让俱乐部损失了高达六成的资产，这是致命的打击，尤其他们还需要现金应付日常开销。

"现在该怎么办？"华达利问道。

"我们去向警察报告这里发生的事。"

"向警察报告？"

"没错，整间屋子都是我的指纹。我要他们尽快发现叶朗森和他的女人，好让鉴定结果证明他们死的时候我还被关着。"

"我懂了。"

"那就好。去把贝尼找来,我有话跟他说,如果他还活着的话。然后我们得追踪尼德曼,还要动用我们在北欧各地俱乐部的所有人脉睁大眼睛盯着。我非让那个王八蛋好看不可。他八成是开着叶朗森的萨布,去把车牌号码找出来。"

星期六下午两点莎兰德醒来时,有个医生正在戳她的身子。

"早啊。"他说,"我是贝尼·史凡特森医师,你会痛吗?"

"会。"莎兰德说。

"我马上帮你开止痛药,不过我得先检查一下。"

他在她伤痕累累的身上又捏又戳又摸的,检查结束后,莎兰德恼怒到极点,但忍住没有发作。她已经精疲力竭,心想最好不要再因为吵架而住得更不舒服。

"我的情况怎么样?"她问道。

"你会撑过去的。"医生边说边做些记录,之后才站起来。这回答对于了解病情帮助不大。

医生离开后,一名护士进来拿便盆帮莎兰德解便,然后又让她继续睡。

札拉千科——即波汀——吃了一顿流质午餐。脸上肌肉只要稍微一动,下颔与颧骨便感到刺痛,更别说是咀嚼了。前一晚的手术在他下颔骨钉了两根钛合金骨钉。

但疼痛是可以忍受的。札拉千科已习惯疼痛。十五年前,他在车内像火炬一样燃烧过后,痛苦了几个星期,甚至几个月,后续的护理有如漫长的折磨,再也没有什么会比当时更痛苦。

医生判定他已无生命危险,但伤势十分严重。由于年龄的关系,他还要在加护病房多待几天。

星期六,来了四名访客。

早上十点,埃兰德巡官又来了。这回他没有带那个讨厌的女人茉迪,而是由霍姆柏巡官陪同,此人讨喜多了。他们问了关于尼德曼的事，问题与前一晚大同小异。他有条不紊地叙述，没有说溜什么。当他们开始质问他是否涉及毒品交易与其他罪行时，他也再次否认，说自己对此毫不知情。他是靠残障津贴度日，实在不知道他们在说些什么。他将一切过错推诿给尼德曼，并表示愿意尽力协助警方找到逃犯。

只可惜他帮不上太大的忙，因为他不清楚尼德曼平时的交友圈，也不知道他会找谁掩护。

十一点左右，检察官办公室来了个人，没有停留太久，只是正式告知他涉嫌重伤害或谋杀莎兰德未遂。札拉千科耐着性子解释说自己才是受害者，是莎兰德试图谋害他才对。检察官办公室的人表示可以提供法律上的协助，为他请公设辩护人。札拉千科说他会考虑。

但他并不打算这么做。他已经有律师，而且当天上午第一件要紧事就是打电话给律师，要他尽快赶过来。因此当天第三名出现在札拉千科病榻前的访客，正是马丁·托玛森。他优哉悠哉地晃进来，用手梳过浓密的金发，调整一下眼镜，然后与他的当事人握手。他是个圆圆胖胖、十分迷人的人。没错，他涉嫌为南斯拉夫黑手党跑腿当差，案子还在调查中，不过他也是出了名的常胜律师。

五年前，札拉千科需要重整一些与他在列支敦士登某间小型金融公司有关的资金，通过一名合伙人介绍找上了托玛森。其实金额不大，但托玛森技巧高超，使得札拉千科无须缴税，因此后来又委托他办了另外几件事。托玛森知道那是犯罪所得，却似乎并不感到困扰。最后札拉千科决定将整个生意重整到一间登记在尼德曼与他名下的新公司，并主动向托玛森提议让他成为第三名合伙人，但不过问公司业务，只负责处理财务。托玛森立刻接受了。

"波汀先生啊，你这样子看起来一点也不好玩。"

"我被人重伤害，对方还企图谋杀我。"札拉千科回答。

"看得出来。我若猜得没错，应该是一个叫莉丝·莎兰德的人。"

札拉千科压低声音说："你也知道，我们的合伙人尼德曼这回真是出丑了。"

"的确。"

"警方怀疑我涉案。"

"你当然没有。你是受害者,而且我们一定要马上让你以被害人的形象见报。之前莎兰德小姐已经有不少负面新闻……这我会处理。"

"谢谢。"

"不过一开始我就得提醒你,我不是刑事辩护律师,你需要这方面的专业人才。我会替你找一个可靠的人。"

第四名访客是在星期六晚上十一点来的,他向护士出示证件,说是有急事,随后便被带到札拉千科的房间。病人还醒着,嘴里嘟哝着埋怨。

"我叫乔纳斯·桑德伯格。"他自我介绍的同时伸出手来,札拉千科却视若无睹。

此人三十来岁,一头红棕色头发,只简单穿着牛仔裤、格子衬衫和皮夹克。札拉千科细细打量了他十五秒。

"我还在想你们的人什么时候会出现。"

"我是国安局的人。"乔纳斯说着出示自己的证件。

"我不信。"札拉千科说。

"你说什么?"

"你也许在国安局工作,但你不是他们的人。"

乔纳斯环顾病房之后,拉来一张访客椅。

"我这么晚来是不想引人注目。我们讨论过该如何帮助你,现在我们得针对事发经过协商出一致的说法。我来只是想听听你的版本,问问你的打算……以便想出一个共同策略。"

"你们想到什么策略?"

"札拉千科先生……如今已经启动法律程序,后果恐怕难以预料。"乔纳斯说道,"我们已经商量过。哥塞柏加的坟坑,还有那个女孩身中三枪的事实,都很难三言两语搪塞过去。但也不是完全没希望。你和女儿之间的冲突可以解释为你对她的恐惧,以及你为何采取如此激烈的手段……不过你恐怕也得坐牢一阵子。"

札拉千科觉得好笑之至，若非脸上缠满绷带，他真想放声大笑。但此时只能微微翘起嘴唇，做任何再大一点的动作都太痛了。

"这就是你们的策略？"

"札拉千科先生，你也明白损害控制的概念。我们不得不协商出一个共同策略。我们会尽一切力量协助你找律师等等……但也需要你的合作与某种程度的保证。"

"我只会向你们保证一件事。首先你们得想办法让这一切消失。"他手往外画了一圈，"尼德曼是代罪羔羊，我保证谁也找不到他。"

"有鉴定证据——"

"去他妈的鉴定证据。重要的是警方如何调查以及事实如何呈现。我可以保证的是……如果你们不挥挥魔法棒，把这一切都变没了，我就要召开记者会。我知道人名、日期、事件。我想我不需要提醒你我是谁吧？"

"你不明白——"

"我完全明白。你只是跑腿的，所以回去把我的话转告上司，他会了解。告诉他说我手里有副本……所有的副本。我可以把你们全拖下水。"

"我们得达成协议。"

"谈话到此结束，出去吧。跟他们说下一次要和我商量事情，找个大人来。"

札拉千科说完便将头转开。乔纳斯看了他一会儿，才耸耸肩站起来。就在他快走到门边时，又听到札拉千科的声音。

"还有件事。"

乔纳斯转身听着。

"莎兰德。"

"她怎么了？"

"她必须消失。"

"什么意思？"

乔纳斯有一度显得非常紧张，札拉千科忍不住微微一笑，尽管下巴剧痛难当。

"我知道你们这群胆小鬼顾忌太多,下不了手,甚至没有本事杀她。谁来做呢……你吗?不过她非消失不可。她的证词必须被视为无效。她得一辈子关在精神病院。"

莎兰德听见走廊上有脚步声,是以前从没听过的。

她的房门整晚都开着,护士每十分钟就要进来查房。她听到有个男人在她房门外向护士解释,说他有急事要见波汀先生。她听见他出示证件,但从对话完全猜不出他是谁,出示的又是什么证件。

护士先去看看波汀是否还醒着,请他稍等。莎兰德断定,无论他的身份为何,肯定是极具说服力。

她听见护士往左手边的廊道走去,总共走了十七步,同样的距离,那名男性访客只走了十四步。平均大约十五点五步。她估计每一步若是六十厘米,再乘以十五点五,表示札拉千科就在左边走廊上距离九百三十厘米的房间里。好,大约十米。她估计自己房间宽约五米,所以和札拉千科的病房中间应该还隔着一间病房。

根据她床头柜上电子钟的绿色数字显示,探访时间刚好九分钟整。

自称乔纳斯的人走后,札拉千科醒着躺了许久。他猜想那不是他的真名,依他的经验,即使在毫不必要的情况下,瑞典的业余间谍也很爱用化名。如此看来,乔纳斯——或者不管他叫什么——是第一个指针,显示"小组"已经注意到札拉千科的情况。想想媒体关注的程度,这也是难免的。但此人来访证实了他的情况使他们感到焦虑。最好是如此。

他斟酌了正负两面的影响、列出所有可能性、摒除许多选项。他非常清楚情况已经糟得不能再糟。假如没有出差错,现在的他还在哥塞柏加的家中,尼德曼已平安出国,而莎兰德则埋在地底洞穴。尽管他已大致了解事情经过,却怎么也想不通她是怎么自己爬出尼德曼挖的洞、一路走回农场,还用斧头砍了他两下让他差点一命呜呼。她实在太诡计多端。

话说回来,尼德曼出了什么事,又为什么自顾自逃命而没有留下来解决莎兰德,他倒是心知肚明。他知道尼德曼的脑子不太对劲,常会看到幻影——甚至看到鬼。尼德曼不止一次出现不理性的行为,有时还吓得蜷缩起身子,最后都得札拉千科出面解决。

这让他很担忧。他相信既然尼德曼尚未落网,那么从哥塞柏加逃离后的二十四小时,他的行动想必很正常。他很可能去了塔林,向与札拉千科犯罪帝国有联系的人寻求保护。目前令他担心的是,谁也说不准尼德曼的心智功能何时会瘫痪。如果发生在他试图逃离的期间,他可能会犯错,而他一犯错就可能被捕。他绝不会乖乖就范,这么一来警察会死,尼德曼很可能也会死。

想到这里,札拉千科不禁感到心烦。他不想让尼德曼死。尼德曼是他儿子,但遗憾的是他也不能被活逮。他从未被逮捕过,札拉千科无法预料他接受讯问时会有何反应。他理应保持缄默,但札拉千科忧心他做不到,所以最好还是被警察给杀死。儿子死了固然令他伤心,但若非如此情况会更糟。假如尼德曼说了什么,一辈子要待在牢里的就是札拉千科自己了。

如今尼德曼已经逃亡四十八小时,还没有被捕。这是好事,表示尼德曼一切正常,而一切正常的尼德曼无人能敌。

然而长期而言还有另一项隐忧。他不知道少了父亲引导的尼德曼该如何独自度日。这些年来他发现,只要他不再下指令或是给尼德曼太大的自主权,儿子就会不知不觉地进入犹豫不决的怠惰状态。

札拉千科曾多次承认,自己的儿子未能具有某些特质是耻辱也是遗憾。尼德曼无疑是天赋异禀,身体上的一些特质让他成为难以对付且令人畏惧的人。他也是个冷静又优秀的谋划者。但问题在于他完全没有领导天分,总是需要有人告诉他该筹划些什么。

不过眼下这一切都已在札拉千科的掌控之外。现在他得专注在自己身上。他的处境很危险,也许是前所未有的危险。

托玛森律师稍早前的来访，并未让他完全放心。托玛森一直是企业律师，无论他在那方面表现多杰出，这次毕竟是不同领域的事，他的帮助不会太大。

接着又有那个自称乔纳斯的人来访。乔纳斯提出一线强烈许多的生机，但这丝生机也可能是个陷阱，他得下对棋，也得掌控局面。掌控才是最重要的。

最后他还有自己的资源可以依靠。目前他需要医疗护理，但再过几天，也许一星期，他便能恢复体力。万一事情到了紧要关头，他恐怕也只能靠自己，也就是说他必须从将他团团围住的警察眼前消失不见。他将需要一个藏身处、一本护照和一点现金。这些托玛森都能提供。但首先他得强健起来才能逃亡。

凌晨一点，夜班护士进来探了探，他假装睡着。当她关上门后，他费力地坐起身来，两脚垂在床边，静静坐了一会儿，测试自己的平衡感。接着小心地将左脚放到地上，幸好斧头砍中的是已经残废的右脚。他从床边的柜子取出假肢，装到截肢了的脚上，然后站起来，先将全身重量放在完好的一脚，再试着以右脚站立。转移重心时，右脚立刻感到一阵刺痛。

他咬紧牙根，往前迈了一步。他需要拐杖，也知道医院很快就会提供给他。他倚着墙壁，一跛一跛走到门边，花了几分钟时间，而且每走一步就得停下来缓和疼痛。

他以单脚支撑着，将房门打开一条缝往走廊上窥视，一个人影也没有，于是他把头再往外探一点。这时听到左边有微弱的说话声，转头一看，只见走廊另一头约二十米处的护理站内有一群夜班护士。

他转头向右，看见了另一端的出口。

当天稍早他询问过莎兰德的状况，他毕竟是她父亲。护士们显然已接到指示，不得讨论其他病人病情。有一名护士虽只是用平淡的口气说她状况稳定，却仍下意识地瞥了左边一眼。

莎兰德就在他的房间和出口之间的某间病房内。

他小心地关上门，跛行回床，脱下假肢。终于钻入被窝时已是汗水淋漓。

霍姆柏巡官在星期日午餐时间回到斯德哥尔摩，人又饿又累。他搭地铁到市政府站，步行前往柏尔街的警察总局，来到包柏蓝斯基巡官的办公室。茉迪与安德森已经到了。包柏蓝斯基在星期日召集他们开会，因为他知道负责初步调查的埃克斯壮正在其他地方忙着。

"谢谢你们能来。"包柏蓝斯基说道，"我想我们也该安安静静地讨论，试着理出一点头绪来。霍姆柏，有什么新消息吗？"

"我在电话上都说了。札拉千科丝毫不肯松口，坚称自己是无辜的，没什么好说。只不过——"

"什么？"

"茉迪说得没错，他是我见过最卑鄙的人之一。听起来可能很蠢，警察不应该用这种字眼思考，不过他那狡猾的表面底下真的有种很可怕的东西。"

"好。"包柏蓝斯基清清喉咙，"我们有何进展，茉迪？"

她无力地笑笑。

"这一回合私家侦探获胜。我在公家档案中完全找不到札拉千科的名字，倒是有一个卡尔·阿克索·波汀，好像是一九四二年出生在乌德瓦拉。父母亲乔治和玛丽安·波汀，死于一九四六年一场车祸。卡尔·阿克索·波汀由住在挪威的叔叔抚养长大，所以直到他在七十年代搬回瑞典之前都没有他的记录。布隆维斯特说他是从前苏联叛逃的 GRU 情报人员，这点似乎无法证实，但我倾向于相信他。"

"好，所以这是什么意思？"

"很明显地他被赋予了假身份。这肯定经过有关单位的同意。"

"你是说国安局的秘密警察？"

"那是布隆维斯特说的，但我不知道究竟是怎么做的。这说法成立的前提是，他的出生证明与其他不少文件都是造假，然后偷偷塞进公家档案库。我不敢评论这种行为的法律后果，很可能得看是谁作的决定。但要让这些合法，作决定的肯定是相当高级别的人。"

四名刑警思索着此话中的含意，办公室内一片沉寂。

"好吧。"包柏蓝斯基说道，"我们只是四个笨警察。如果这案子涉及政府官员，我不打算讯问他们。"

"嗯。"安德森也说，"这可能导致宪政危机。在美国，可以在一般法院诘问政府官员，但在瑞典却得通过宪政委员会。"

"但我们可以问问老板。"霍姆柏说。

"问老板？"包柏蓝斯基不明白。

"图尔比约恩·费尔丁[1]，他是当时的首相。"

"你是说直接找上门去，问前首相有没有替一个叛逃的俄国间谍假造身份证件？不会吧。"

"费尔丁住在海讷桑德的欧斯，距离我的家乡只有几英里路。我父亲是中央党党员，和费尔丁熟识，我从小到大见过他几次。他很平易近人。"

另外三名巡官诧异地望着霍姆柏。

"你认识费尔丁？"包柏蓝斯基半信半疑。

霍姆柏点点头。包柏蓝斯基撇起嘴来。

"老实说，"霍姆柏接着说道，"如果能得到前首相的陈述，便能解决不少问题，至少可以知道我们在整件事当中的立场。我可以去找他谈。如果他什么都不肯说，只好顺其自然。但如果他愿意说，我们就能省下很多时间。"

包柏蓝斯基考虑他的提议后，摇摇头。眼角则瞥见茉迪和安德森两人在深思后都点头认同。

"霍姆柏……谢谢你的提议，但我想这个想法还是暂时先缓缓。再回到我们的案子吧，茉迪。"

"据布隆维斯特说，札拉千科是一九七六年来的。依我推测，他的消息来源只可能有一个。"

---

1 图尔比约恩·费尔丁（Thorbjrn Flldin，1926—　），一九七六至一九八二年间曾担任三届瑞典首相。一九七一至一九八五年任瑞典中央党领袖。一九八五年第二次大选失败以后，他便辞去党主席职务并退出政坛，返回家乡农场。

"毕约克。"安德森说。

"毕约克跟我们说了什么?"霍姆柏问道。

"不多。他说这全是机密资料,没有上级准许,他什么都不能说。"

"他的上级是谁?"

"他不肯说。"

"那么他接下来会如何?"

"我以违反娼妓法逮捕了他。达格的笔记里有完善的数据。埃克斯壮很气恼,但我已经写了报告,要是他结束初步调查可能会给自己惹上麻烦。"安德森说。

"了解。违反娼妓法。可能会罚他日薪十倍的罚款。"

"应该是。不过反正他已经牵涉进来,我们可以再传讯他。"

"只是现在几乎就要侵犯到国安局的范围,可能会引起一些骚动。"

"问题是如果国安局没有涉入,这一切都不会发生。札拉千科可能真的是叛逃并受到政治庇护的俄国间谍,他也可能以专家、网民或任何头衔为国安局工作,所以有正当理由让他匿名并提供假身份。可是有三个问题:第一,一九九一年导致莎兰德被关的那次调查工作是不合法的;第二,从那时起,札拉千科的活动就和国家安全毫无关系,他只是一个普通的黑道分子,很可能涉及几起命案与其他犯罪活动;第三,莎兰德确实在他哥塞柏加的农场土地上遭到射杀并活埋。"

"说到这个,我还真想看看那份大名鼎鼎的报告。"霍姆柏说。

包柏蓝斯基脸色一沉。

"霍姆柏……事情是这样的:星期五埃克斯壮要求看报告,后来我请他归还,他说他会给我副本,但一直没给,反而打电话告诉我说他和检察总长谈过,发现有个问题。据总长说,报告被列为最高机密就表示不得传播或复印。总长还要求回收所有文件直到案子调查清楚,也就是说茉迪也得交出她手上的资料。"

"这么说报告已经不在我们手上了?"

"是的。"

"该死。"霍姆柏说,"从头到尾没一件事顺利。"

"我知道。"包柏蓝斯基说,"最糟的是显然有人在跟我们作对,而且动作非常迅速又有效率。我们好不容易因为这份报告找到正确线索。"

"所以我们得找出是谁在和我们作对。"霍姆柏说。

"等等。"茉迪说,"我们还有彼得·泰勒波利安。他曾经为我们分析莎兰德,协助调查。"

"没错。"包柏蓝斯基的声音更低沉了,"他怎么说来着?"

"他非常担心莎兰德的安全,也希望她好。但讨论结束后,他说莎兰德有致命的危险性,很可能会拒捕。我们的推断有一大部分是以他所说的内容为依据。"

"法斯特完全受他煽动。"霍姆柏说,"对了,有没有法斯特的消息?"

"他请了几天假。"包柏蓝斯基冷冷地回答,"现在问题在于我们应该从何着手。"

接下来他们花了两小时讨论一些可能性,最后只作出一个实际的决定,就是让茉迪隔天去歌德堡看看莎兰德有没有什么话说。最后解散后,茉迪和安德森一起走到车库。

"我在想……"安德森话说到一半。

"想什么?"

"我们和泰勒波利安谈的时候,只有你对他的回答提出反驳。"

"所以呢?"

"所以……呃……直觉很灵。"他说。

安德森向来不善于赞美人,这绝对是他第一次对茉迪说出这种正面或鼓励的话。他走后,留下茉迪一脸愕然地站在车子旁边。

第五章
四月十日星期日

布隆维斯特与爱莉卡一起度过星期六夜晚。他们躺在床上，详细地谈论札拉千科一案的细节。布隆维斯特对爱莉卡是绝对的信任，从无一刻因为她即将为竞争对手效力而无法畅所欲言，而爱莉卡也从未想过将这篇报道带过去。这是《千禧年》的独家，只不过无法主编这一期让她颇为沮丧，否则这将为她在《千禧年》画下完美的句号。

他们也讨论了杂志社未来的组织结构。尽管不能干涉杂志的内容，爱莉卡仍决心保留她的股份，继续当董事。

"让我到日报去待几年，再来谁晓得呢？也许我退休前还会再回《千禧年》。"她说。

至于他们俩复杂的关系，又何必非要改变不可？只是见面不会再如此频繁了。就像八十年代，《千禧年》尚未成立前，他们各有各的工作时那样。

"我想以后我们见面得先预约。"爱莉卡说着淡淡一笑。

星期日早上，他们匆匆道别后，爱莉卡便开车回家，回到丈夫葛瑞格·贝克曼身边。

她走后，布隆维斯特打电话到索格恩斯卡医院，试图打听莎兰德的情况。没有人肯透露任何消息，他只得打给埃兰德巡官，警官可怜他，这才吐露：以目前的情形看来，莎兰德状况不错，医生们都抱持审慎乐观的态度。他问能不能去看她。埃兰德说莎兰德其实已经被捕，检察官不会答应让她见任何人，但反正她也无法接受讯问。埃兰德又说如果她的情况恶化，会打电话通知他。

布隆维斯特查看手机发现有四十二条短信，几乎全都来自记者。自从得知是布隆维斯特找到莎兰德，甚至很可能还救了她一命之后，媒体便开始胡乱臆测。他显然与事件的发展有密切关系。

他删掉所有来自记者的留言后，打电话给妹妹安妮卡，邀她中午一块吃饭。接着打给米尔顿安保的执行官德拉根·阿曼斯基，他正在利丁粤的家中。

"你对上头条确实很有一套。"阿曼斯基说。

"这个星期本来想打电话给你，听说你在找我，可是一直没时间……"

"我们米尔顿一直都在持续调查。我从潘格兰那里听说你有一些消息，不过你似乎遥遥领先于我们。"

布隆维斯特略一迟疑才说："我能相信你吗？"

"我不明白你的意思。"

"你是不是站在莎兰德这边？我能相信你是真心希望她好吗？"

"我是她的朋友。不过你也知道，这并不表示她是我的朋友。"

"我明白。但我想问的是你愿不愿意和她站在同一阵线，与她的敌人展开激战。"

"我支持她。"他说。

"如果我告诉你某些信息并且和你讨论，你应该不会泄漏给警方或其他人吧？"

"我不能卷入犯罪活动。"阿曼斯基说。

"我不会要求你这么做。"

"只要别告诉我你正在进行某种犯罪活动，那么你可以百分之百相信我。"

"这就好。我们得见一面。"

"今晚我会进市区。晚餐行吗？"

"今天不行，但如果能约明天晚上，我会很感谢。你和我，也许还有其他几个人应该坐下来好好谈谈。"

"欢迎你到米尔顿来，就约六点如何？"

"还有一件事……待会儿我要去见我妹妹安妮卡·贾尼尼律师。她正在考虑为莎兰德辩护，但她不能做白工。我可以自掏腰包付她一部分费用，米尔顿公司能不能也奉献一点？"

"那孩子将会需要一个顶尖的刑事辩护律师，请恕我直言，令妹恐怕不是最佳人选。我已经和米尔顿的首席律师谈过，他正在研究。我想到的是像彼得·阿尔汀[1]之类的人。"

"这样做不对，莎兰德需要的是截然不同的法律协助，我们细谈后你就会明白。不过原则上，你愿意帮忙吗？"

"我都已经认定米尔顿应该为她请个律师了——"

"所以是愿意或不愿意？我知道她出了什么事，我大概知道整个内幕，而且我有策略。"

阿曼斯基笑起来。

"好吧，我就听听你怎么说。合我意的话，就算我一份。"

布隆维斯特亲亲妹妹的脸颊后立即问道："你要替莎兰德辩护吗？"

"我必须拒绝。你也知道我不是刑事辩护律师。即使杀人一项她被判无罪，也还有其他许多罪名。她需要一个影响力与经验与我截然不同的人。"

"你错了。你是律师，而且以争取女权闻名。几经深思熟虑，我认为你正是她需要的律师。"

"麦可……我想你不太了解这涉及什么。这是个复杂的刑事案件，而不只是对女人的性骚扰或施暴这么简单。如果我为她辩护，结果可能会很惨。"

布隆维斯特微笑着说："是你没弄明白。如果她是因为——比方说——达格和米亚的命案被起诉，我会去找席柏斯基[2]等重量级的刑事辩护律师。但这次审理的案子却完全不一样。"

---

[1] 彼得·阿尔汀（Peter Althin, 1941— ），瑞典知名律师与政治人物，二〇〇二至二〇〇七年曾任基督教民主党的国会议员。他曾担任许多重要刑事案件的辩护律师，其中耗费最多心力的便是瑞典前外交部长安娜·林德遭暗杀的案子。

[2] 席柏斯基（Leif Silbersky, 1938— ），瑞典知名律师与作家，曾经手许多备受瞩目的案件，因而拥有极高的知名度。

"你最好解释清楚。"

他们谈了将近两小时,一面吃三明治、喝咖啡。布隆维斯特叙述完毕后,安妮卡也被说服了。他拿起手机,又打了通电话给歌德堡的埃兰德巡官。

"你好,又是我,布隆维斯特。"

"我没有莎兰德的任何消息。"从语气上听得出他十分气恼。

"我想这是好消息。不过我倒是有一些消息。"

"什么?"

"她已经有个律师名叫安妮卡·贾尼尼,现在就在我旁边,我请她和你说。"

布隆维斯特将手机递向桌子另一边。

"我是安妮卡·贾尼尼,我已经决定担任莉丝·莎兰德的辩护律师。我得见见我的当事人,征求她的同意。另外我还需要检察官的电话号码。"

"据我所知,"埃兰德说,"已经为她指派公设辩护人了。"

"是吗?但有没有问过莎兰德的意思?"

"老实说……我们还没有机会问她话。如果她状况够好,希望明天就能和她谈。"

"好,那么我现在就告诉你,在莎兰德小姐开口拒绝之前,你可以把我视为她的法定代理人。除非我在场,否则你们不能讯问她。你们可以跟她打个招呼,问她接不接受我当她的律师。但也仅此而已。明白了吗?"

"明白了。"埃兰德明显地叹了口气。对于这点,他不十分清楚法律究竟如何规范的,"我们的第一要务是想知道她有没有任何关于尼德曼下落的信息。可以问她这个吗……即使你不在场?"

"那没关系……你可以问她有关警方搜捕尼德曼的事,但凡关系到她可能被起诉的问题都不能问,同意吗?"

"我想这没问题。"

埃兰德巡官从办公桌起身,上楼去向初步调查的负责人耶娃转达他与安妮卡的谈话内容。

"显然是布隆维斯特聘请她的,我想莎兰德毫不知情。"

"安妮卡专攻女权,我听过她的演讲。她很精干,但完全不适合这个案子。"

"这得由莎兰德决定。"

"我可能得在法庭对此决定提出异议……为了这女孩着想,她得有适当的辩护人,不能只是个博取新闻版面的名人。而且莎兰德还被宣告为法定失能,不知道这对事情有无影响。"

"我们该怎么办?"

耶娃思索片刻。"真是一团乱。我不知道这个案子将由谁负责,又或者会不会转移到斯德哥尔摩给埃克斯壮。无论如何她都需要一个律师。好吧……问问她要不要安妮卡。"

布隆维斯特在下午五点回到家后,打开电脑,继续接着写他在歌德堡旅馆没写完的文章。持续工作了七个小时,他发现文章里有几个显而易见的漏洞。还有很多需要调查的地方。根据既有的资料,有一个问题他无法回答,那就是国安局内部除了毕约克,还有谁共谋将莎兰德关进精神病院?至于毕约克与精神科医师泰勒波利安之间的关系,他也尚未触及核心。

最后他关上电脑,上床睡觉。一躺下来,马上觉得可以轻松安稳地睡个好觉,几星期以来他第一次有这种感觉。故事已在他的掌控中。不管还有多少问题无解,他掌握的资料也已足以引爆所有新闻头条。

尽管夜已深,他还是拿起电话,打算告诉爱莉卡最新进展。但及时想起她已离开《千禧年》,顿时又感到难以成眠。

列车于晚间七点半抵达斯德哥尔摩中央车站,一名男子提着棕色公文包,小心翼翼地下车,在旅客人海中站了一会儿,观察周遭环境。第二天上午八点刚过,他从拉赫尔姆出发,中途到歌德堡找一位老友吃午饭,之后又继续乘车往斯德哥尔摩。他已经两年没到首都来,其实他压根不打算再来。虽然大半辈子都在这里生活工作,却始终没有归属感,尤其退休后每回来一次,这种感觉便又强烈一分。

他缓步穿越车站,在连锁便利商店买了晚报和两根香蕉,还停下脚步看着两名戴头巾的伊斯兰教女子从身边匆匆经过。他并不反对女人戴头巾,别人想要奇装异服,他无所谓,但是她们非得在斯德哥尔摩市中心作这样的打扮,让他很不舒服。他认为,这种装扮出现在索马里要合适得多。

他走了三百米到瓦萨街老邮局旁边的福雷斯饭店,前几次来都住在这里。这家饭店地点好又干净,而且不贵——因为是自己付钱,得考虑到这点。他提前一天以艾佛特·古尔博的名义订了房间。

上楼进房后,他直接去了浴室。到他这个年纪,经常得上厕所,晚上能一觉到天亮都已经是几年前的事了。

上完洗手间,他脱下帽子——那是一顶窄边的墨绿色英式毡帽——松开领带。他身高一百八十四厘米、体重六十八公斤,身材瘦而结实,身穿犬牙格纹夹克和暗灰色长裤。他打开棕色公文包,拿出两件衬衫、一条领带和内衣裤,收进抽屉柜,然后将外套和夹克挂到门后的衣橱内。

现在上床还太早,出门散步又嫌太晚,反正他也不是很喜欢散步。他坐到旅馆房间必备的椅子上,环顾房内之后打开电视,关掉音量,省得非听不可。他想打电话到柜台点杯咖啡,最后觉得太晚了便作罢,转而打开迷你酒吧,将少许约翰尼·沃克牌苏格兰威士忌倒在玻璃杯中,并加入极少量的水。他翻开晚报,细读每一则关于搜捕尼德曼与莎兰德一案的报道。过了一会儿,他拿出一本皮面笔记本,记下一些东西。

前国安局高级行政官员古尔博现年七十八岁,已退休十三年。但情报人员从来不会真正退休，只是隐身幕后罢了。

战后，十九岁的古尔博投身海军，一开始只是预备军官，后来才开始接受军官训练。但他并未如自己预期的那样被指派一般的海上任务，而是前往卡尔斯克鲁纳担任海军情报系统的讯号追踪员。这项工作他完全能胜任，多半只是查探波罗的海对面的情况，但他觉得单调而无趣。不过他倒是在军中的语言学校学会了俄语和波兰语。这些语言能力是他于一九五〇年被网罗成为秘密警察的原因之一，当时担任秘密警察局第三处处长的正是那个无懈可击的乔治·图林。古尔博刚进去的时候，共有九十六名秘密警察，总预算两百七十万克朗。而他一九九二年退休时，秘密警察的预算已超过三亿五千万克朗，至于有多少雇员他不知道。

古尔博一生都奉献给国王陛下——说得更正确一些，应该是这个社会民主福利国——的情报单位，这其实很有讽刺性，因为选举时他总是一次又一次地投给温和党，只有一九九一年那次故意不支持温和党。他认为卡尔·比尔特[1]是现实政治[2]的祸害。因此投给了英瓦尔·卡尔森[3]。"瑞典最杰出的政府"统治几年下来，更证实了他最深的恐惧。温和党政府开始执政时，正值苏联解体，依他之见，无论在面对东方新兴的政治机会，或是在利用间谍的艺术方面，没有哪一个政府像瑞典这样手足无措。比尔特政府不但以财政为由削减前苏联方面的人事，还同时卷入波斯尼亚与塞尔维亚的国际纠纷——好像塞尔维亚总有一天会威胁到瑞典似的。结果就这样错失了在莫斯科设置长期眼线的大好机会。总有一天，当双方关系再度恶化——古尔博认为这是在所难免——国安局与军情局将会接到荒谬的命令，期望他们挥挥魔法棒就能变出一帮特工来。

---

1 卡尔·比尔特（Carl Bildt, 1949—　）是一九九一至一九九四年的瑞典首相，于一九八六至一九九九年间担任保守派的温和党主席。
2 现实政治（realpolitik），为德文 real（现实的）加上 politik（政治）的复合字。指一个人的所有政治及外交决定，只会依循现实考虑，完全放弃意识形态。
3 英瓦尔·卡尔森（Ingvar Carlsson, 1934—　），瑞典政治家，一九八六年帕尔梅首相遇刺身亡后接任首相和社会民主党主席。一九九一年大选失败下台，一九九四年大选重新担任首相和社会民主党主席。

古尔博起初在国家警察局第三处的俄国组办公,有了两年的经验后,在一九五二与一九五三年首度实地派任试用,于是他以上尉官阶的空军武官身份入驻莫斯科大使馆。奇怪的是,他竟步上另一个知名间谍的后尘。几年前,担任此职位的正是恶名昭彰的温纳斯壮上校[1]。

回到瑞典之后,古尔博从事反间工作。十年后,奥多·丹尼尔森[2]手下数名年轻的秘密警察揭发了温纳斯壮,最后以叛国罪判他终生监禁于长岛监狱,古尔博便是这几名警员之一。

一九六四年,由培·古纳·维涅[3]领导的秘密警察进行重组,成了国家警察局(又称瑞典国安局)的情治部门,人员开始剧增。当时,古尔博已经当了十四年秘密警察,并成为受信任的老将之一。

古尔博从来不用"Säpo"一词称呼秘密警察。在公文中,他会用"SIS"(瑞典国安局),同事之间则称"公司"或直接说"单位",但绝不说"Säpo"。原因很简单。"公司"多年来最重要的任务是所谓的人员管控,也就是调查并记录涉嫌反动思想的瑞典公民。古尔博怎么也想不通,为什么前上司维涅的回忆录《秘警之首:一九六二至一九七〇年》会用"Säpo"的字眼。

一九六四年的重整也决定了古尔博的事业前途。

有了"SIS"的称号,表示国家秘密警察已经转变成司法部备忘录中所描述的现代警察组织,这牵涉到招揽新人以及持续不断的训练问题。这个不停扩展的组织,大大提升了"敌人"安排干员渗入的机会,相对地便必须强化国内安全——昔日的秘密警察局有如警员们的俱乐部,没有谁不认识谁,新进人员最普通的资格条件就是他父亲正是或曾经是秘密警察。但如今全变了。

---

1 瑞典空军的斯蒂格·温纳斯壮上校(Colonel Stig Wennerstrm)于一九六四年因叛国罪遭起诉。二十世纪五十年代,他涉嫌向前苏联泄漏防空计划,一九六三年遭到已被国安局收买的女仆揭发。最初被判无期徒刑,后来在一九七三年减为二十年徒刑,但他只服刑十年。他在二〇〇六年去世,与出现在《龙文身的女孩》和《玩火的女孩》中那个心术不正的金融家汉斯·艾瑞克·温纳斯壮并非同一人。

2 奥多·丹尼尔森(Otto Danielsson),温纳斯壮上校事件发生时的瑞典国安局秘密警察高级探员。

3 培·古纳·维涅(Per Gunnar Vinge, 1923—   )一九六二年被任命为瑞典国安局秘密警察首长,一九七〇年因帕尔梅遇刺事件辞职下台。一九八八年曾出版个人回忆录。

一九六三年，古尔博从反间组调到人员管控组，这个角色在温纳斯壮的双面间谍身份被揭露后，变得更为重要。在那期间奠定了"政治主张记录"的基础，名单上全是被认定抱持不该有的政治观点的瑞典公民，人数在六十年代末达到将近三十万人。查核瑞典公民的背景是一回事，关键问题却在于：国安局内部又该如何实施安全管控？

温纳斯壮的失败在秘密警察圈中引发一连串的窘境。如果国防参谋总部的上校能为俄国工作——他同时也是核子武器与国安政策方面的政府顾问——那么秘密警察当中可能也有俄国派来的同样高级别的干员。谁能保证"公司"里的高层与中级主管不是在为俄国人工作？简单地说，谁来负责暗中监控间谍？

一九六四年八月某天下午，古尔博奉命去和国安局副局长汉斯·威廉·弗朗克开会，与会者还有两名"公司"高层：秘书长和预算主任。会议结束前，古尔博已被任命为某一新成立部门的负责人，部门名称叫"特别小组"，简称 SS。他的第一件事就是将部门改名为"分析小组"，简称 SA。几分钟后，预算主任指出 SA 比 SS 高明不了多少，于是组织最后定名为"特别分析小组"，简称 SSA，平常就叫"小组"，以区别代表整个秘密警察局的"单位"或"公司"等称呼。

"小组"是弗朗克的点子，他称之为"最后防线"。一个在"公司"里占有战略地位却隐形的极机密单位。所有文件，包括预算备忘录，都未曾提及，因此不可能被渗透。而其任务便是监控国家安全。弗朗克有权做这样的事。他需要预算主任与秘书长来建立这个隐形结构，但他们都是老同事，都是一同与敌人交战数十回的战友。

第一年，"小组"成员包括古尔博和三名精挑细选的同事。接下来的十年间，人数增加到十一人，其中有两名老派的行政秘书，其余则都是专业间谍猎人。组织结构只有两个层级，古尔博是组长，通常每天都会和每个组员会面，组里重视效率更甚于背景。

形式上，国安局秘书长手下有一大串人都是古尔博的上司，他得每个月上交报告给他们，但实际上他被赋予的是一个具有特权的独特职位。他——而且只有他——能决定将秘密警察的顶头上司放到显微镜下检视。只要他愿意，他也能将维涅的人生搞得天翻地覆。（他也确实做到了）他可以自行启动调查，或是进行电话监听，而无须作任何解释，甚至无须向上级报告。他效法的对象是在美国中情局扮演类似角色的传奇人物詹姆斯·安格顿[1]，而且两人也有私交。

"小组"成了"单位"内部一个微型组织——不属于、平行且凌驾于国安局其他部门。这也产生了地理位置的影响。"小组"的办公室在国王岛，但为了安全考虑，几乎整个团队都从总局搬到东毛姆区一间有十一个房间的公寓里。该公寓已悄悄改造为防御式办公室，二十四小时都有人驻守，因为忠心耿耿的秘书伊莲娜·巴登布尔克就住在最靠近入口处的两个房间里。她是个难能可贵的同事，深得古尔博的信任。

在组织里，古尔博与手下雇员皆是不见天日——他们的资金由一笔专款供应，但隶属于警察局或司法部的国安局正式架构中却完全没有他们的存在。他们的任务是处理最敏感的敏感事务，就连国安局局长也不知道这些秘密中的秘密。

因此到了四十岁，古尔博已经爬到一定的地位，采取行动无须向任何人报备，并可以对任何人启动调查。

古尔博很清楚"特别分析小组"有可能变成一个政治敏感的单位，因此工作内容的描述故意含糊不清，书面记录少之又少。一九六四年九月，首相埃兰德签署一道命令，明确指示拨款给"特别分析小组"，因为其任务对于保障国家安全十分重要。在某日的下午会议中，国安局副局长弗朗克提到了十二件性质类似的事，这便是其中之一，于是文件盖上了"极机密"章，归入国安局的特殊机密档案。

---

[1] 詹姆斯·安格顿（James Jesus Angleton，1917—1987），自从一九七四年美国中情局成立后，便被招募到反情报部门，其后将近三十年的时间都在全心对付苏联与KGB。电影《特务风云：中情局诞生秘辛》便是参酌他的情报局人生拍摄而成，片中麦特·戴蒙扮演的角色便以他为原型。

首相的签字代表"小组"已是合法机构，第一年的预算为五万两千克朗。古尔博心想，预算这么低倒是高明的手法。如此一来，设立这个小组显得只是例行公事。

　　更广义地说，首相签字表示他认为确实需要有个单位来负责"内部人员管控"。同时也可以解释为首相准许成立一个团体，顺便监视国安局以外一些特别敏感的人物，其中包括首相自己在内，也正因为如此而产生了潜在的严重政治问题。

　　古尔博发现杯中的威士忌喝光了。他并不贪杯，只不过这一天和这一趟行程着实漫长。人生至此，他已经不觉得多喝一两杯威士忌有何要紧。于是他又倒了一点点格兰菲迪威士忌。

　　他所遭遇过最敏感的问题，当然就是帕尔梅事件。

　　古尔博还记得一九七六年选举当天的每个细节。那是瑞典在现代历史上第一次选出保守派政府，最令人遗憾的是首相由费尔丁担任，而不是远比他更胜任的哥斯塔·波曼[1]。不过最重要的还是帕尔梅被打败了，为此古尔博大可松一口气。

　　在国安局走廊上的午休闲谈中，大伙曾不止一次谈论帕尔梅担任首相的合适度。一九六九年，维涅遭到解职，因为他说帕尔梅可能是颇具影响力的克格勃干员。单位内部不少人有同感，以当时的气氛而言，他的想法在单位里根本不受争议。只可惜他却是在访问北博滕时，与拉希南逊郡长公开讨论此事。拉希南逊惊讶不已，立刻向部长报告，维涅也随即被召见，与部长一对一进行说明。

　　令古尔博丧气的是，帕尔梅可能与俄国方面接触的问题始终没有得到解答。尽管"小组"努力不懈试图发掘真相，找出关键证物，却一直毫无所获。在古尔博看来，这并不代表帕尔梅是清白的，而是他特别狡猾聪明，不太可能和其他苏俄间谍犯同样的错。帕尔梅让他们

1　哥斯塔·波曼（Gosta Bohman, 1911—1997），曾于一九七〇至一九八一年间担任瑞典温和党党魁，也曾两度担任瑞典经济部部长，是许多瑞典温和派政治人物的典范人物。

年复一年遭受挫败。到了一九八二年，当他第二度当上首相，他的问题再次浮现，后来斯维亚路响起刺客的枪声后，这事便不再重要了。

一九七六年是"小组"麻烦不断的一年。国安局内部——也就是真正知道"小组"存在的少数几人当中——出现了不少批评声音。过去十年间，有六十五名国安局雇员因为被认定政治立场不可靠而遭到解雇，然而其中大多数都一直提不出证据，因此有些非常资深的人员开始怀疑"小组"是被一群偏执的阴谋论者所把持。

有个案子涉及国安局于一九六八年聘雇的一名人员，古尔博个人认为他不胜任，如今回想起来仍让古尔博忿忿不平。那人是贝格林巡官，瑞典陆军中尉，后来才被发现是苏军情报单位 GRU 的上校。古尔博曾分别四次试图赶走贝格林，但每次都受阻。直到一九七七年，连"小组"以外的人也开始怀疑贝格林，局面才有所转变。这件事成了瑞典秘密警察史上最大的一宗丑闻。

七十年代前期，对"小组"的批评与日俱增，到七十年代中，古尔博曾听到多人提议删减预算，甚至有人认为根本不需要这样一个部门。

有批评就表示"小组"的未来受到质疑。那一年，恐怖主义的威胁成了国安局优先处理的目标。就间谍活动而言，这是他们历史上悲惨的一章，主要应付的都是与阿拉伯或亲巴勒斯坦分子鬼混的迷途青年。秘密警察内部的大问题是应该赋予人员管控组多大的特权去调查瑞典境内的外国公民，或者继续由移民组负责管理。

由于这场堪称秘密的官僚内斗，"小组"觉得有必要派出一名可靠的同事，以加强管控——其实就是监视——移民组的人员。

这项任务落在一个年轻人身上，他于一九七〇年进入国安局，无论就身家背景或政治忠诚度来看，都绝对有资格与"小组"的人员共事。他利用空闲时间加入一个所谓"民主联盟"的组织，社会民主派的媒体则称之为极右派团体。在"小组"里面，这不构成障碍，因为还有另外三人也是民主联盟成员，而且联盟的成立，"小组"其实提供不少助力，也贡献了一部分资金。这名年轻人便是通过该组织获得

"小组"的注意与网罗。

他名叫古纳·毕约克。

札拉千科实在太走运了,一九七六年选举日那天走进马尔姆警局寻求庇护时,受理人刚好是这个叫毕约克的年轻警官,他当时是移民组的主管,而且已经和最高秘密组织牵上线。

毕约克马上意识到札拉千科的重要性,便中断谈话,并将这个叛逃者安置在大陆饭店的房间内。毕约克紧急通报的人是古尔博,而不是他在移民组那个有名无实的上司。他打电话时,投票站刚刚关闭,所有迹象都显示帕尔梅输定了。古尔博也刚回到家,正在看电视上的选举报道。听到年轻警官的激动陈述,一开始他还半信半疑。后来他开车到大陆饭店——距离他今天待的房间不到两百五十米远——便接手掌控了札拉千科事件。

那天晚上,古尔博的一生起了巨变。"机密"的概念有了全新的分量。他随即察觉到有必要为这名叛逃者建立一个新架构。

他决定将毕约克纳入"札拉千科小组"。这是合理的决定,因为毕约克已经知道札拉千科的存在,将他纳入总比冒着风险将他排除在外的好。于是毕约克从移民组调到东毛姆警局的一间办公室里。

在接下来一连串的戏剧性发展中,古尔博一开始就决定只告诉国安局的一个人,那就是已经大致了解"小组"活动的秘书长。秘书长将消息压了几天后,向古尔博解释说叛逃事件太重大,非得报告国安局局长,政府也必须知情。

那时候,新任国安局局长知道内部有一个"特别分析小组",至于"小组"真正的工作内容却只有模糊概念。他最近刚上任,负责收拾一般称为"资讯局事件"[1]的残局,而且已准备在警界平步青云。秘

---

[1] 即所谓的"IB Affair"。一九七三年,瑞典两名记者 Jan Guillou 和 Peter Bratt 揭发了瑞典秘密情报组织"资讯局"存在的事实。该局隶属于瑞典陆军,主要目的是搜集可能威胁国家安全的个人的数据。该组织只向少数内阁官员负责,连瑞典国会也不知道其存在。

书长曾私下告诉局长,说"小组"是政府下令成立的秘密单位,可以不依循正常作业程序,外人也不得质疑。只要问题可能得到令人不快的答案,这位局长便从来不问,相当于默许了。他接受这个事实:有这么一个名叫"特别分析小组"的玩意儿,而且他什么都不能过问。

古尔博满意地接受了现况。他下令要求绝对保密,就连国安局局长在办公室谈论此事也得特别谨慎。局长也同意由"特别分析小组"来处置札拉千科。

即将卸任的首相当然无须告知。由于政局变天,新任首相费尔丁忙得团团转,整个心思都放在任命部长以及与其他保守党派协商上面。一直到新政府成立一个月后,局长才带着古尔博开车到首相办公室所在地罗森巴特,向新任首相报告。古尔博根本不赞成告诉政府,但局长坚持立场——若不向首相报告,在宪法上站不住脚。古尔博凭着三寸不烂之舌想说服首相别让札拉千科的相关消息泄漏出他的办公室,他坚称没有必要让外交部长、国防部长或其他政府官员知情。

前苏联一名重要的情报分子向瑞典寻求庇护,这让费尔丁十分心烦,便开始说起为了公平起见,他必须与联合政府另外两党党魁商议。古尔博早就料到首相会反对,只好亮出手上的王牌。他低声解释,如果首相这么做,他逼不得已只得立刻辞职。这个威胁让费尔丁的心迟疑了起来,古尔博的意思是万一消息外泄,俄国派出暗杀小队来解决札拉千科,首相必须负全责。假如负责札拉千科安全的人自认为非辞职不可,如此意外揭露的信息将成为首相的政治灾难。

费尔丁仍不太能掌握自己的角色,只好应允。他批准由"小组"负责札拉千科的安全并进行盘问,也下令有关札拉千科的消息不能传出首相办公室,这道命令立刻归入机密档案。费尔丁签下命令不只证明他知情,也限制他与任何人讨论。简单地说,他可以把札拉千科抛到一旁去。但费尔丁要求让他办公室的一个人知情,一个由他特别挑选的内阁成员。此人将负责联系那个叛逃者的相关事宜。古尔博勉强同意了。他预料应付一个内阁成员应该没有问题。

局长很满意。如今札拉千科事件有了宪法的保障，也就是说他背后有人撑腰。古尔博也很满意。他好不容易拉起了封锁线，也就是说他将能掌控大量信息。札拉千科只由他一人控制。

回到东毛姆办公室后，他坐到桌前写下知道札拉千科一事的人员名单：他自己、毕约克、"小组"的行动负责人汉斯·冯·罗廷耶、副组长弗德利克·克林顿、"小组"的秘书伊莲娜·巴登布尔克和负责搜集与分析札拉千科可能提供的情报的两名警员。未来几年内，这七个人将成为"小组"中的特别小组，他暗自称之为核心团队。

"小组"以外，知情的除了国安局局长与秘书长之外，还有首相与一名内阁成员，总共十二人。如此重大的秘密竟只有这么少人知情，真是前所未见。

想到这里，古尔博的脸色一沉。还有第十三个人。毕约克最初会见札拉千科时，有一名律师毕尔曼陪同。让毕尔曼进入特别小组是绝对不可能，他不是真正的秘密警察——其实也不过就是国安局的菜鸟——也没有必备的经验与技能。古尔博考虑了各种做法，最后决定小心地将他引出局外。他威胁利诱双管齐下，一边恐吓毕尔曼只要他敢泄漏只字半句，就以叛国罪关他一辈子，另一边又答应替他的未来铺路，甚至还利用甜言蜜语让毕尔曼自我膨胀。他安排毕尔曼进一家颇具名望的律师事务所，并让他案子一宗接着一宗地忙不停。唯一的问题在于毕尔曼实在太不长进，无法好好把握机会。十年后他离开事务所，自行开业，也就是后来在欧登广场那间律师事务所。

接下来的几年间，古尔博一直都小心翼翼地监视着毕尔曼，由毕约克负责。直到八十年代末，前苏联面临瓦解，札拉千科也不再处于优先地位，他才停止监控毕尔曼。

一开始，"小组"将札拉千科视为突破帕尔梅谜团的关键，因此古尔博对他展开长时间盘问时，首先提及的便是帕尔梅。

然而案情有所突破的希望很快便破灭，因为札拉千科从未在瑞典执行过任务，对这个国家毫不所悉。不过他倒是听说过俄国间谍"红色跃行者"的传闻，可能是某个替KGB工作的瑞典高官或其他北欧国家的政治人物。

古尔博列出一串与帕尔梅有关的人名：卡尔·黎波姆、皮埃尔·肖里、史坦·安德森、马里塔·厄夫史考等等。终其一生，古尔博一再地追着这份名单，却始终找不到答案。

古尔博转眼间成了大人物。他在杰出战士的专属俱乐部受到礼遇，这个俱乐部的成员不仅彼此熟识，交情也建立在私人情谊与信任之上，而不是通过官方渠道与官僚体系。此外他还见到安格顿，并在伦敦某间秘密俱乐部与英国军情六处的首脑共饮威士忌。他成了精英分子。

他永远无法将自己的丰功伟业告诉任何人，即使是死后的回忆录也一样。而且他无时无刻不担心敌人会发现他的海外之行，担心自己引人注意，担心自己可能无意间引领俄国人找到札拉千科。如此说来，札拉千科倒是他的最大敌人。

第一年里，这个叛逃者住在小组名下一间不为人知的公寓，任何记录或公开数据上都没有他的名字。"札拉千科小组"成员以为还有充分的时间来计划他的未来。直到一九七八年春天，他才拿到一本名为卡尔·阿克索·波汀的护照和一段费心设计的个人经历——这个伪造的背景却有瑞典档案记录为证。

但那时已经太迟了。札拉千科已经搞上那个原姓休兰德的蠢妓女阿格妮塔，而且还漫不经心地说出自己的真实姓名。古尔博开始觉得这个俄国叛徒脑子不太对劲，还怀疑他是故意想暴露身份，仿佛是需要一个舞台。否则他如此愚蠢的行为又该作何解释？

一会儿是妓女，一会儿是酗酒，一会儿又和保镖等等发生暴力冲突惹麻烦。札拉千科曾三次因酒醉闹事遭瑞典警方逮捕，还有两次则和酒吧斗殴有关。每次"小组"都得谨慎地出面保释他，并确保相关文件从此消失，记录也得加以修改。古尔博派毕约克二十四小时守着札拉千科，这不是简单的任务，但别无他法。

本来一切都可以很顺利。到了八十年代初，札拉千科冷静下来开始适应。但他始终没有抛弃那个妓女阿格妮塔，更糟的是他还生了两个女儿卡米拉和莉丝。

莉丝·莎兰德。

古尔博不悦地念着这个名字。

这两个女孩九岁或十岁时，他对莉丝就有不好的感觉，不用精神科医生诊断也看得出来她不正常。毕约克的报告说她对父亲很凶恶、有攻击性，似乎一点也不怕他。她话不多，却有上千种方式表达她对事情的不满。她将会是个麻烦，但古尔博做梦也想不到这麻烦竟会如此巨大。他最害怕的是莎兰德家里的情况会导致社会福利人员写出一篇提到札拉千科这个名字的报告，因此他一再力促札拉千科与家人断绝关系，从她们的生活中消失。札拉千科每次答应后又总会食言。他还有其他妓女，他有无数的妓女，但几个月后偏偏总会回到那个阿格妮塔身边。

那个王八蛋札拉千科。只要情报员让那话儿支配人生的任何一部分，显然就不是优秀的情报员。那个人似乎自以为不受任何正规约束。假如他只是和妓女上床也就算了，偏偏却一次又一次地凌虐女友。这么做好像是为了激怒看顾他的"札拉千科小组"组员，并引以为乐。

古尔博知道札拉千科毫无疑问是个病态王八蛋，但叛逃的GRU探员也不是他能选择的。他眼前只有一个，而且此人很清楚自己在古尔博心中的价值。

"札拉千科小组"扮演起清洁大队的角色，这点无可否认。札拉千科知道自己可以为所欲为，一切问题他们都会解决。对于阿格妮塔，他更是任性到了极点。

其实并非毫无警讯。莎兰德十二岁那年，曾刺伤札拉千科，虽然没有生命危险，他还是被送到圣约兰医院，组员们要收拾的残局更胜以往。古尔博于是向札拉千科挑明了说，要他绝对不能再和莎兰德一家有来往，札拉千科答应了。这个承诺他遵守了六个多月后，又再次出现在阿格妮塔家，把她打个半死，她最后被送进一家疗养院度过余生。

莎兰德家那个女孩竟会制造汽油弹，倒是古尔博始料未及。那天简直是一团混乱。眼看就要接受各式各样的调查，"札拉千科小组"——甚至于整个"特别小组"——的未来危在旦夕。万一莎兰德说了什么，就会危及札拉千科的掩护，而过去十五年来在欧洲各地布置的行动恐怕也得解除。除此之外，"小组"也可能受到正式审查，这是不计代价都得避免的结果。

古尔博满心忧虑。如果"小组"的档案公开，外界将会发现有些行动不一定符合宪法的规定，更遑论他们多年来对帕尔梅与其他重要社会民主党员所做的调查。帕尔梅才遇刺几年，这还是敏感议题。紧接着当然免不了要起诉古尔博与其他几名"小组"成员。更糟的是，有些野心勃勃的三流记者八成会散布"'小组'是帕尔梅遇刺的幕后黑手"等言论，进而引发更不利于他们的臆测，调查工作也可能更紧锣密鼓地进行。然而最令人担心的还是秘密警察的人事变迁太大，就连现任的国安局局长也不知道这个"小组"的存在。所有与国安局的联系都只到新任秘书长为止，而他已经在"小组"里面待了十年。

组员们陷入极度惊慌，甚至于恐惧的情绪中。解决之道其实是毕约克提出来的。精神科医师泰勒波利安是因为另一个完全不相干的案子，和国安局反间部门拉上关系，当时该部门正在监视一个有嫌疑的工业间谍，而他正是关键的顾问。调查到一个重要阶段，他们需要知道调查对象若遭受极大压力会有何反应。泰勒波利安提出了具体而明确的建议。那一次，国安局人员成功地防止了自杀事件，并让该间谍成为双面间谍。

莎兰德攻击札拉千科后，毕约克偷偷地聘请泰勒波利安担任"小组"的外部顾问。

解决问题的方法很简单。可以让波汀因接受康复护理而消失，阿格妮塔也必须消失在某个长期照顾的疗养院。所有相关的警方报告全都集中到国安局，由秘书长转交给"小组"。

泰勒波利安是乌普萨拉圣史蒂芬儿童精神病院的副主任医师。他们需要的只是一张合法的医疗报告，由毕约克与泰勒波利安联手撰写，接着还要一份简要但毫无争议的地方法院裁决书。问题只在于案件的呈现方式，无关宪法。这毕竟涉及国家安全。

何况莎兰德确实很明显是疯了，让她到医院待几年有益无害。古尔博批准了。

许多问题一并解决之际，"札拉千科小组"也正好面临解散。苏联已经不存在，札拉千科的确愈来愈没有利用价值。

他们从秘密警察资金当中取得一笔丰厚的资遣金，于是安排他接受最好的康复治疗，六个月后送他坐上飞往西班牙的飞机。那时他们便和札拉千科摊牌，他与"小组"从此各自为政。这是古尔博最后负责的任务之一。一星期后，他到达退休年龄，便移交给他钦定的接班人克林顿。此后，古尔博只在特别敏感的事件中担任顾问。他又在斯德哥尔摩待了三年，几乎每天都进"小组"工作，但分派给他的任务愈来愈少，他也就逐渐淡出。接着他回到家乡拉赫尔姆，在那儿找事做，起初还经常上斯德哥尔摩，后来次数逐渐减少，最后压根不来了。

在看见札拉千科的女儿出现在每个新闻广告牌上的那天早上之前，他已经好几个月连想都没想到他。

古尔博既惊慌又困惑地留意整件事的发展。毕尔曼担任莎兰德的监护人当然不是巧合，另一方面他不明白的是札拉千科的往事怎么会浮上台面？莎兰德很明显是精神错乱，杀死这些人并不令人意外，但他万万没想到此事会牵扯上札拉千科。他女儿迟早会被捕，到时一切都完了。于是他开始打电话，并认为该是回斯德哥尔摩的时候了。

"小组"面临了自从创立以来最大的危机。

　　札拉千科拖行着进入厕所。现在有了拐杖，他便能到处走动。星期日这天，他强迫自己做一点短暂而剧烈的训练。下巴依旧疼痛难当，所以只能吃流质食物，不过已经可以下床开始活动。装了这么久的假肢，他很快就习惯拄拐杖。他试着在移动时不发出声响，并在床边来来回回地练习。每当右脚着地，整只腿立刻一阵剧痛。

　　他咬紧牙根，想着女儿就近在咫尺。他花了一整天才推测出她就住在右手边走廊过去第二间病房。

　　夜班护士已经离开十分钟，凌晨两点，万籁俱寂。札拉千科费力地起身，摸索着拐杖。他走到门边倾听，没有声响，于是拉开门，走上廊道，听见护理站传来微弱的音乐声。他走向走廊的尽头，推开门，看了看空无一人的电梯间。再沿着走廊往回走，来到女儿房门口停下，拄着拐杖站立片刻，竖耳聆听。

　　莎兰德听到一个摩擦声，随即睁开眼睛。走廊上好像有人拖行着什么东西。有一会儿寂静无声，她以为是自己的幻觉，接着又听到同样的声音逐渐离去。她开始感到不安。

　　札拉千科就在外头。

　　她感觉被锁在床上。护颈底下的皮肤好痒。她顿时有一股强大的欲望想移动，想起身。她慢慢地坐了起来，目前也只能做到这样，结果又跌回枕头上。

　　她用手摸了摸护颈，找到固定的纽扣，便打开纽扣，将护颈丢在地上，呼吸立刻顺畅许多。

　　现在她最想要的就是一个武器，以及起身去把事情一次解决的力气。

　　她勉强撑起身子，扭开夜灯，往房内张望了一下，没看到什么合用的东西。这时她的目光落在离床三米处墙边的护理桌上，有人留下一支铅笔。

　　她一直等到夜班护士来过又离开。今晚似乎是每半小时巡房一次，护士来的次数减少应该表示医生认为她的情况改善了，因为周末期间至少每十五分钟就会有人来巡视。至于她自己则几乎感觉不到任何差异。

护士走后，她使尽力气坐起来，双脚从床沿垂下。她身上贴着记录脉搏与呼吸的电极片，但电线朝铅笔的方向延伸。她将全身重量放在脚上，站起来，一时间重心不稳晃了一下，她一度以为自己会昏倒，但还是扶着床头稳住了，然后将视线集中在眼前的铅笔。她摇摇晃晃挪出数小步，伸出手，抓起铅笔。

然后缓缓退回到床边，已然精疲力竭。

过了一会儿，她好不容易将被单和毯子拉到下巴处。接着开始研究铅笔。是一支普通的木质铅笔，刚削过。用来当武器还过得去——可以戳脸或眼睛。

她把铅笔放到臀部旁边，这才入睡。

第六章
四月十一日星期一

布隆维斯特起床时九点刚过,便打电话到杂志社给玛琳。

"早啊,总编辑。"他说。

"爱莉卡走了,我都还处于惊吓状态,你竟要我接替她。真不敢相信她已经走了。她的办公室空了。"

"那么你就应该趁今天搬进去。"

"我觉得非常不安。"

"别不安,大家都一致认为你是最佳人选。而且只要有必要,你都可以来找我或克里斯特。"

"谢谢你相信我。"

"这是你应得的。"布隆维斯特说,"继续像以前一样工作就好。无论什么时候有什么问题,我们都能应付。"

他说他整天都会在家写稿。玛琳明白这是在向她报告,就像以前对爱莉卡那样。

"好,需要我们做什么吗?"

"不用。反而是……如果你有什么指示,随时打给我。我还在写莎兰德的故事,试着找出事情真相,不过其他与杂志有关的一切,该轮到你做主了,都由你决定,必要的话我会支持你。"

"万一我做错决定呢?"

"如果看到或听到什么问题,我会找你谈,但那一定是非常不寻常的事。通常不会有百分之百对或错的决定。你做你的决定,也许会和爱莉卡不同,换成是我可能又有不一样的想法,但现在是你说了算。"

"好吧。"

"你若是好的领导人,就会凡事与其他人商量。首先找柯特兹和克里斯特,其次找我,棘手的问题我们再在编辑会议上提出来讨论。"

"我会尽力。"

"祝你好运了。"

他往客厅的沙发上一坐,笔记本电脑摆在大腿上,连续工作一整天。结束时,已经写好两篇草稿,共约二十一页,重点放在达格与米亚之死——他们正在准备什么文章、他们为何被杀、凶手是谁等等。他算了算,要登上夏季号,字数还得再多一倍。另外还要好好想想如何描述莎兰德,才能不违背她的信任,因为他知道一些她绝对不愿公开的事。

古尔博在福雷斯饭店的咖啡馆吃了一片面包、喝过一杯咖啡后,便搭出租车前往东毛姆区的火炮路。九点十五分,他通过门口通话机说明自己的身份,大门随即打开。他搭乘电梯到八楼,迎接他的是"小组"的新组长毕耶·瓦登榭。

古尔博退休时,瓦登榭是小组内最新进的人员之一。他真希望个性果断的克林顿还在。克林顿继古尔博之后担任"小组"组长直到二〇〇二年,后来因为糖尿病与冠状动脉疾病缠身而不得不退休。古尔博不太清楚瓦登榭的底细。

"欢迎,古尔博。"瓦登榭与前上司握手寒暄道,"感谢你拨空前来。"

"我现在有的是空。"古尔博说。

"你也知道我们的工作状况。真希望能有空暇和忠诚的老同事保持联络。"

他话中有话,但古尔博置之不理,径自左转进入昔日的办公室,坐到窗边的圆形会议桌旁。他心想,那几幅夏卡尔和蒙德里安的复制画应该是瓦登榭的主意,他还在的时候,墙上挂的是克罗南号与瓦萨号战船的设计图。他对海一直抱有幻想,他其实是海军,只不过服役期间只在海上待了短短数月。现在办公室里已经有电脑了,但除此之外几乎和他离开时没有两样。瓦登榭倒了咖啡。

"其他人马上就到。"他说,"我想我们可以先大概谈一谈。"

"我那时候的人还有多少留在组上?"

"除了我以外,只有奥多·哈尔贝和乔治·纽斯壮还在。哈尔贝今年要退休,纽斯壮也要满六十岁了。其他都是新人,有些你可能以前见过。"

"现在'小组'还有多少人?"

"我们稍微重整了一下。"

"所以呢?"

"全职人员有七个,也就是缩编了。不过在国安局内共有三十一名雇员在为'小组'工作,其中大多数从来不到这里来。他们平常有自己的正职,有必要或有机会时才暗中替我们兼差。"

"三十一个雇员。"

"加上这里的七人。这个系统毕竟是你创立的,我们只是加以微调。目前有所谓的内部与外部组织。我们募集到新人,就会给他们一段休假时间来上我们的课。哈尔贝负责训练,基本课程需要六星期,上课地点在海军学校。然后他们再回到国安局原来的工作岗位,只是此后开始要为我们工作。"

"了解。"

"这是个很了不起的系统,我们的雇员多半不知道其他人的存在。而我们在'小组'本部的工作基本上就是接收报告,规矩和你那时候一样。我们必须是单一层级的组织。"

"你们有行动小组吗?"

瓦登榭皱了皱眉头。古尔博还在的时候,"小组"有个小小的行动组,共有四人,由机敏的罗廷耶带领。

"不算有吧。罗廷耶五年前死了。我们有一个较年轻的人才负责实地任务,但必要的话通常会用外部组织的人。当然,在技术上,现在情况比较复杂,比方说要监听电话或进入住宅,现在到处都有警铃等设施。"

古尔博点点头。"预算呢?"

"一年总共一千一百万左右。三分之一支付薪水,三分之一是普通开支,三分之一是业务费用。"

"所以说预算缩水了。"

"缩了一点,不过我们人也变少了,所以业务预算实际上增加了。"

"跟我说说我们和国安局的关系。"

瓦登榭摇摇头说道:"秘书长和预算主任是我们的人。当然正式说起来,只有秘书长确切了解我们的活动情形。我们秘密到根本不存在。不过实际上有两个副手知道我们的存在。只要听说我们的事,他们都会尽量忽略。"

"也就是说万一出问题,目前的国安局高层将会大吃一惊。那么国防部高层和内阁方面呢?"

"大约十年前我们就和国防部切断关系。至于内阁总是来来去去的。"

"所以万一面临重大状况,我们只能靠自己了?"

瓦登榭点点头。"那就是这种安排方式的缺点,当然优点也很明显。不过我们的任务也有变化。自从苏联解体后,欧洲兴起一种新的现实政治。我们在辨识间谍方面的工作愈来愈少,现在多半和恐怖主义有关,要不就是评估某个地位敏感人物的政治取向。"

"这一直都是重点。"

这时有人敲门。古尔博一抬头看见两名男子,一个年约六十、穿着入时,另一个较年轻、穿着牛仔裤和粗呢夹克。

"进来……这位是艾佛特·古尔博,这位是乔纳斯·桑德伯格。他已经在这里工作四年,负责行动任务,就是我刚才跟你提的那位。还有乔治·纽斯壮,你认识的。"

"你好,纽斯壮。"古尔博招呼道。

他们互相握手致意后,古尔博转向乔纳斯。

"你是从哪儿来的?"

"最近刚从歌德堡来。"乔纳斯轻轻地说,"我去见过他了。"

"札拉千科?"

乔纳斯点点头。

"请坐吧，各位。"瓦登榭说道。

"毕约克。"古尔博正说着，见瓦登榭点起小雪茄烟不由皱起眉头。他已经将夹克挂起来，一屁股坐到会议桌旁的椅子上，背靠着椅背。瓦登榭瞅了古尔博一眼，才惊觉这个老人竟变得如此消瘦。

"上星期五他因为违反娼妓法被捕。"纽斯壮说，"虽然尚未被正式起诉，但他已经认罪，夹着尾巴溜回家去了。他住在斯莫达拉勒那边，但现在正在请病假。媒体还没发现。"

"他曾是我们组上最优秀的一员。"古尔博说，"札拉千科事件中，他扮演了关键角色。我退休后他是怎么回事？"

"几乎很少有内部同事离开'小组'后又重回外部业务，毕约克却是其中之一。其实在你退休前，他就已经很活跃。"

"没错，我还记得他一度说需要休息一阵子，想拓展自己的视野。所以八十年代担任情报专员时，曾经向'小组'请假两年。从一九七六年起，他就像上瘾一样，几乎二十四小时黏着札拉千科，我心想他确实需要休息一下。他是在一九八五年离开，一九八七年才又回来。"

"他可以说是在一九九四年离开'小组'，转入外部组织。一九九六年他升为移民组副组长，工作占去他许多时间，压力变得很大。当然了，他一直都和'小组'保持联系，也可以说直到最近为止，我们大约每个月都会和他对谈。"

"所以说他病了？"

"不严重，但很痛苦，是椎间盘突出，过去几年来一再犯的老毛病。两年前，他请过四个月病假，去年八月又请一次，本来年初就该回来上班，后来又延长时间，现在正等着开刀。"

"他请了病假还跟妓女鬼混？"古尔博问道。

"是啊。他没结婚，而且据我所知，好像已经和妓女打了好几年交道。"近半个小时几乎都没开口的乔纳斯说道，"我看过达格的手稿。"

"明白。不过有没有人能跟我解释一下现在究竟怎么回事？"

"就目前的情况看来，这一切麻烦事全是毕约克搞出来的，否则一九九一年的报告会落入毕尔曼律师手中一事又作何解释？"

"又是一个把时间花在妓女身上的人？"古尔博问。

"应该不是，达格的数据中没有提到他。不过他是莎兰德的监护人。"

瓦登榭叹了口气。"这可以说是我的错。你和毕约克在一九九一年逮捕了莎兰德，将她送进精神病院。本来以为她会关更久，没想到她认识了一个潘格兰律师，竟然把她给保出来了，还替她安排了一个寄养家庭。当时你已经退休。"

"后来发生什么事？"

"我们一直看着她，在那同时，她的孪生妹妹卡米拉被安置在乌普萨拉的寄养家庭。满十七岁后，莎兰德开始挖掘过去，并翻阅了所有能找到的公家记录想找出札拉千科。结果也不知怎地，被她发现妹妹知道札拉千科的下落。"

"是真的吗？"

瓦登榭耸耸肩。"不知道。这对姐妹几年不见，莎兰德还是想尽办法找到了卡米拉，试图说服她说出她知道的事情。最后两人发生激烈争执，大打出手。"

"后来呢？"

"那几个月当中，我们密切注意莎兰德的行踪，还告知卡米拉说她姐姐有暴力倾向和精神病。莎兰德意外造访的事，就是她来通知我们的，后来我们加强了对她的监视。"

"这么说这个妹妹是你们的眼线？"

"卡米拉怕姐姐怕得要命。莎兰德也在其他方面引起注意，例如她曾经和社会福利部的人起过几次冲突，依我们判断，她对于札拉千科的匿名身份仍是一大威胁。此外还有地铁发生的事故。"

"她攻击一个恋童色情狂……"

"没错。她很明显有暴力倾向,精神也不正常。我们认为无论如何最好还是让她再次关进疗养院,她也可以好好利用机会养病。率先行动的是克林顿和罗廷耶,他们再次请来精神科医师泰勒波利安,并通过中间人向地方法院诉请让她二度入院就医。潘格兰挺身为莎兰德说话,而法院也完全出乎意料地接受他的提议——只不过她必须接受监护。"

"那毕尔曼又是怎么卷入的?"

"潘格兰在二〇〇二年中风。当时莎兰德仍是监视对象,一有她的数据出现,我们都会接获通知,所以我特别安排毕尔曼担任她的新监护人。别忘了,他并不知道莎兰德是札拉千科的女儿。毕尔曼接获的指令只是一旦她开始胡说关于札拉千科的事,就要向我们通报。"

"毕尔曼是个笨蛋。一开始就不该让他插手札拉千科的事,更何况是他女儿。"古尔博看着瓦登榭说,"这是个严重的错误。"

"我知道。"瓦登榭回答道,"但在当时他似乎是适当的人选,我万万想不到……"

"她妹妹现在人在哪?那个卡米拉·莎兰德。"

"不知道,她十九岁那年打包行李逃离了寄养家庭,从此就行踪不明。"

"好吧,说下去……"

"我手下有个正规警员和埃克斯壮检察官谈过,"乔纳斯说,"负责调查的包柏蓝斯基巡官认为毕尔曼强暴了莎兰德。"

古尔博呆若木鸡地瞪着乔纳斯。

"强暴?"

"毕尔曼的肚子上有一片刺青,刻着'我是一只有性虐待狂的猪,我是变态,我是强暴犯'。"

乔纳斯往桌上放了一张彩色的验尸照片。古尔博嫌恶地盯着看。

"会是札拉千科的女儿下的手?"

"很难作其他解释,而且她可不是个会手下留情的人。硫磺湖摩托车俱乐部有两个凶狠的恶棍就被她修理得很惨。"

"札拉千科的女儿。"古尔博喃喃地又说了一次,然后转向瓦登榭,"你知道吗?我觉得你应该网罗她进'小组'。"

由于瓦登榭表情过于震惊,古尔博不得不连忙解释自己只是开玩笑。

"好吧,就假设毕尔曼真的强暴她好了,她也设法报了仇。然后呢?"

"唯一能说出事实真相的当然只有毕尔曼,而他却死了。但重点是他应该不知道她是札拉千科的女儿,所有公家档案中都没有记录。可是不知道为什么也不知道在什么时候,毕尔曼发现了两人的关系。"

"拜托,瓦登榭!她知道自己的父亲是谁,随时都能告诉毕尔曼啊!"

"我知道。我们……我是说我没想明白。"

"这样的无能实在不可原谅。"古尔博说。

"我已经懊悔自责上百次。不过毕尔曼是极少数知道札拉千科存在的人之一,我的想法是让他发现莎兰德是札拉千科的女儿总比被其他随便哪个监护人发现来得好,毕竟她有可能告诉任何人。"

古尔博拉拉耳垂说道:"好吧……继续。"

"这一切都是假设。"纽斯壮说道,"但我们猜想毕尔曼攻击了莎兰德,于是她反击做了这个……"他指指验尸照片中的刺青。

"有其父必有其女。"古尔博口气中透着不少钦佩。

"结果毕尔曼找上札拉千科,希望除掉他女儿。我们都知道,札拉千科有充分的理由憎恨这个女孩。然后他把这个交易交给了硫磺湖摩托车俱乐部和那个常在他身边出没的尼德曼。"

"可是毕尔曼是怎么找到……"古尔博咽下了后半句话。答案很明显。

"毕约克。"瓦登榭说,"毕约克替他牵的线。"

"该死!"古尔博咒道。

早上来了两个护士替她换床单,结果发现了那支铅笔。

"哎呀，怎么跑到这儿来了？"其中一人说着将铅笔收进口袋。莎兰德盯着她的眼中充满恨意。

她再次没了武器，但身体太虚弱也无法抗议。

她头痛难忍，因此吃下强力止痛药。要是不小心动一下或是试图转移重心，左肩便疼痛有如刀刺。她仰躺着，脖子上套着护颈，这玩意还得再戴上几天直到头部伤口开始愈合。星期日她的体温高达三十九度，安德林医师说那是因为她的体内有感染现象。这点不需要量体温莎兰德也知道。

她发现自己再度被困在医院病床上，只不过这次没有皮带绑着，因为不需要。她连坐都坐不起来，更何况是离开病房。

星期一午餐时间，约纳森医师来看她。

"你好，你记得我吗？"

她摇摇头。

"我就是手术后叫醒你的人，是我动的刀。我只是想看看你情况如何，是否一切无恙。"

莎兰德睁大眼睛望着他。一切都不好，这应该再明显不过。

"我听说你昨晚把护颈拿下来了。"

她尽可能地以眼神承认。

"让你戴上护颈是有原因的……愈合过程开始的时候，你的头得保持固定。"他看女孩沉默不语，只好说，"就这样吧，我只是想看看你的情况。"

他走到门边时，听见她开口了。

"你叫约纳森对不对？"

他转身露出诧异的笑容。"没错，既然记得我的名字，就表示你的复原状况比我想象的还好。"

"是你开刀拿出子弹的？"

"是的。"

"请告诉我现在的状况。谁都不肯给我一个合理的答案。"

他走回床边，直视着她的双眼。

"你很幸运。你头部中弹，但我想子弹并没有伤到任何重要部位。现在的风险是脑内可能出血，所以我才希望你尽量别动。你体内有感染，应该是肩膀伤口引起的，如果抗生素不能治愈感染，也许还要再开一次刀，我是说肩膀。将来身体复原期间，你还得吃点苦头，不过依目前的情形看来，我很乐观地认为你会完全康复。"

"这会不会造成脑部损伤？"

他迟疑了一下才点点头。"不无可能，不过一切迹象都显示你已渡过难关。此外你的大脑也可能产生疤痕组织，这或许有点麻烦……因为有可能引发癫痫或其他问题。但老实说，这都只是推测。现在看起来很好，你正在慢慢复原。将来万一出现问题，我们会处理。这样的回答够清楚了吗？"

她闭上眼睛表示清楚了。"我还得像这样躺多久？"

"你是说在医院？至少还得几个星期才能让你出院。"

"不，我是说还要多久才能下床走动？"

"这得看复原的进展。不过至少要等两星期以后才能让你展开物理治疗。"

她盯着他看了良久，才说道："你身上该不会刚好带了香烟吧？"

约纳森医师忍不住大笑，连连摇头说："抱歉，医院里禁烟。但我可以吩咐替你准备尼古丁贴片或口香糖。"

她思索片刻后，目光又回到他身上。"那个老王八蛋怎么样了？"

"你是说……？"

"和我同时进医院那个人。"

"看来他不是你的朋友。他命是保住了，而且已经可以挂着拐杖到处走。其实他的情况比你糟，脸部的伤也让他非常痛苦。据我了解，是你拿斧头砍他的头。"

"因为他想杀我。"莎兰德压低声音说。

"听起来不太妙。我得走了。要不要我再回来看你？"

莎兰德想了想，示意希望他再来。医生走了之后，她瞪着天花板。札拉千科有了拐杖，那就是我昨晚听到的声音。

会议中最年轻的成员乔纳斯被派出去买餐点。他买了寿司和淡啤酒回来,顺着会议桌分发。古尔博顿时袭上一阵怀旧的激动情绪。他那时候,只要某个行动进入关键阶段,大伙得熬夜加班时,就是像现在这样。

他发现差异可能在于以前谁也不敢妄想点生鱼片。他真希望乔纳斯买的是瑞典肉丸配马铃薯泥和越橘。话说回来,其实他也不太饿,便将寿司推到一旁,只吃了一片面包,喝了点矿泉水。

他们边吃边继续讨论,情况很紧急,终究得决定该怎么做。

"我完全不认识札拉千科。"瓦登榭说,"他是个什么样的人?"

"大概和现在差不多吧。"古尔博回答,"聪明过人,几乎过目不忘。但在我眼中他是个猪头,应该说是脑筋不太正常。"

"乔纳斯,你昨天和他谈过,有什么收获?"瓦登榭问道。

乔纳斯放下筷子。

"他要我们听他摆布。我已经跟你们说过他的最后通牒:如果不让这整件事消失不见,他就要踢爆整个'小组'。"

"所有媒体都已经在曝光的事,我们怎么让它消失?"纽斯壮说。

"问题不在于我们能做或不能做什么,而是他想要控制我们。"古尔博说。

"依你看,他会不会诉诸媒体?"瓦登榭问。

古尔博不敢确定。"这几乎是无法回答的问题。札拉千科不会只做口头威胁,他会做对自己最有利的事,这点是可以预期的。如果诉诸媒体对他有好处……如果他自认为能获得特赦或减刑,他就会去做。又或者他觉得遭到背叛而想报复。"

"不计后果?"

"最重要就是不计后果。他的目的是想证明他比我们任何人都强。"

"就算札拉千科开口,也不一定有人相信。为了证明,他们就得掌握我们的档案。"

"你想碰碰运气吗？假设札拉千科松了口，接下来会是谁？假如毕约克在口供上签字核实，我们该怎么办？还有洗肾的克林顿……如果他忽然变得虔诚，受到良心谴责，又该怎么办？万一他想招供呢？相信我，只要有一个人松口，我们'小组'就完了。"

"所以说……我们该怎么办？"

众人都默默无言。最后还是古尔博起了头。

"这个问题可以分成几个部分。第一，札拉千科开口的后果，大伙想必看法一致。整个司法系统压下来，我们也就毁了。我猜会有几个'小组'成员入狱。"

"我们的行动完全合法……我们其实是奉政府的命令行事。"

"别跟我来这套。"古尔博说，"你跟我一样心知肚明，六十年代中随便写写的文件，现在一文不值。我想我们谁也不敢想象札拉千科开口后，会发生什么事。"

众人再度沉默。

"所以我们要做的第一件事就是说服札拉千科闭嘴。"纽斯壮终于出声。

"要想说服他闭嘴，就必须给他实质的好处。问题是他这个人阴晴不定，可能纯粹出于憎恨就毁掉我们。我们得想想怎么样才能制得住他。"

"他的要求怎么办？"乔纳斯问道，"他说要我们让整件事消失，还要把莎兰德重新关进精神病院。"

"莎兰德我们应付得来，问题在札拉千科身上。但这又点出第二部分的问题——损害控制。泰勒波利安在一九九一年写的报告已经外泄，这可能和札拉千科一样是个严重威胁。"

纽斯壮清清嗓子说道："一发现报告曝光，落到警察手中，我就采取了一些行动。我去找了国安局的法律顾问傅留斯，他联络上检察总长。检察总长便下令查扣警方手中的报告，报告还没有传出去也没有副本。"

"检察总长知道多少？"古尔博问。

"什么都不知道。他只是按国安局的公文办事,那是机密文件,检察总长别无选择。"

"哪些警察看过报告了?"

"报告有两份,看过的人包括包柏蓝斯基、他的同事茉迪巡官,最后还有负责初步调查的检察官埃克斯壮。我们可以假设还有两名警员……"纽斯壮翻着笔记说,"……至少有一个叫安德森和一个叫霍姆柏的知道报告内容。"

"也就是说四个警察和一个检察官。对他们了解多少?"

"埃克斯壮检察官,四十二岁,被视为明日之星。他曾担任司法部调查员,处理过不少受瞩目的案件。有冲劲,热衷宣传,是个野心家。"

"社会民主党员吗?"古尔博问。

"很可能,但不积极。"

"那么主导调查的是包柏蓝斯基。我在电视上看过他出席一场记者会,面对镜头好像很不自在。"

"他年纪较大,记录辉煌,不过也是出了名难相处又顽固。他是犹太人,而且相当保守。"

"那个女的呢,她是谁?"

"桑妮雅·茉迪,已婚,三十九岁,有两个孩子。爬升得很快。我和泰勒波利安谈过,他将她形容得很情绪化,问题问个不停。"

"接下来。"

"安德森是个难对付的家伙,现年三十八岁,来自索德的扫黑组,几年前开枪射死一名地痞流氓而声名大噪。根据报告所写,他最后被判无罪。包柏蓝斯基就是派他去逮捕毕约克。"

"明白了。别忘了他曾射杀过人。若有必要对包柏蓝斯基的团队提出质疑,随时可以拿这个凶狠角色当目标。我想媒体方面我们应该还有些关系在。最后一个呢?"

"霍姆柏,五十五岁,来自诺兰,可以说是犯罪现场调查专家。几年前有一个接受督察训练的机会,但他拒绝了。他好像很喜欢现在这份工作。"

"有没有人很热衷政治?"

"没有。霍姆柏的父亲是七十年代中央党的市议员。"

"似乎是个很谨慎的团队,可以想见他们十分团结。能不能想办法分化他们?"

"其实还有第五个警员。"纽斯壮说,"法斯特,四十七岁。我推测他和包柏蓝斯基之间有非常大的分歧,以至于法斯特请了病假。"

"对他了解多少?"

"我问过的人反应不一。他的记录杰出几乎无可挑剔,十分专业,不过要应付不容易。和包柏蓝斯基之间的分歧似乎与莎兰德有关。"

"什么样的分歧?"

"法斯特好像对某报关于撒旦教女同性恋帮派的报道深信不疑。他真的很讨厌莎兰德,似乎将她的存在视为个人的耻辱。传闻恐怕有一半出自于他。有个以前的同事告诉我,说他没法和女人共事。"

"有趣。"古尔博缓缓地说,"既然报纸已经写过女同性恋帮派,应该让他们继续扩大报道。这对莎兰德的信誉绝不会有帮助。"

"但看过毕约克的报告的警员是一大问题。"乔纳斯说,"有什么办法可以孤立他们吗?"

瓦登榭又点了根小雪茄烟。"这个嘛,埃克斯壮是初步调查的负责人……"

"但主导的却是包柏蓝斯基。"纽斯壮说。

"对,可是他不能反对行政决定。"瓦登榭接着转头对古尔博说,"你比我有经验,但这整件事有太多脉络与关联……我觉得最好能把包柏蓝斯基和茉迪从莎兰德身边弄走。"

"没错,瓦登榭。"古尔博说,"那正是我们要做的事。包柏蓝斯基负责调查毕尔曼与安斯基德那对男女的命案,而莎兰德已经没有嫌疑,现在只关系到那个德国人尼德曼。包柏蓝斯基和他的团队得把焦点放在尼德曼身上,莎兰德已不再属于他们的任务。另外还有尼克瓦恩的调查工作……三起悬而未决的杀人案,这也和尼德曼有关。这个案子目前分配给南泰利耶，但应该会合并调查，如此一来包柏蓝斯基暂时会无暇他顾。谁晓得呢？说不定他会抓到尼德曼。这段时间，法斯特……你想他会归队吗？听起来由他来调查莎兰德是最合适的。"

"我明白你的想法。"瓦登榭说，"重点就是让埃克斯壮分案。但这还得要能控制埃克斯壮才行。"

"应该不会有太大问题。"古尔博说着朝纽斯壮瞄了一眼，后者随即点了点头。

"我可以处理埃克斯壮。"他说，"我猜他现在恨不得自己从没听说过札拉千科这个人。国安局一发文，他马上就交出毕约克的报告，而且答应配合任何关系到国安问题的要求。"

"你有什么打算？"瓦登榭问。

"请容我先说个大概。"纽斯壮说，"我想我们要婉转地告诉他应该怎么做才能避免让他的前途毁于一旦。"

"第三部分将是最严重的问题。"古尔博说，"警方并不是自己取得毕约克的报告……而是一名记者提供的。此外你们想必都察觉到了，媒体也是个大问题。《千禧年》。"

纽斯壮翻了一页笔记。"麦可·布隆维斯特。"

与会的每个人都听说过温纳斯壮事件，也都知道这个名字。

"被杀害的达格是《千禧年》的特约记者，本来正在写一则关于非法性交易的报道。也是因为这样而无意中发现札拉千科。布隆维斯特不止发现达格和其女友的尸体，也认识莎兰德，而且始终相信她是清白的。"

"他怎么会认识札拉千科的女儿……这未免太巧了。"

"我们不认为这是巧合。"瓦登榭说，"我们相信莎兰德可以说是连结这一切的关键，至于有什么样的关联，目前还不知道。"

古尔博在笔记上不断画着同心圆，过了好一会儿才抬起头来。

"我得好好想一想。我出去走走，一小时后再继续开会。"

古尔博这一走几乎走了三个小时。其实他真正只走了大约十分钟，便发现一家咖啡馆供应许多种前所未见的咖啡。他点了一杯黑咖啡，坐在门口附近的角落，花了很长时间细细思考，试图剖析目前困境的各个层面，偶尔还会在口袋日志里草草写点摘要。

一个半小时后，计划开始成形。

计划虽不完美，但权衡过所有的可能性后，他认为要解决问题必须采取激烈手段。

幸亏有人事资源可利用，应该可行。

他起身去找电话亭，打给瓦登榭。

"开会时间要往后延一下。"他说，"我得去做件事，所以改到两点好吗？"

古尔博来到史都尔广场，拦了一辆出租车，告诉司机位于布罗马郊区的一个地址。下车以后往南走过一条街，来到一栋小小的双并式住宅前按门铃。应门的妇人年约四十来岁。

"你好，我找弗德利克·克林顿。"

"请问您是？"

"一位老同事。"

妇人点点头，请他进客厅，原本坐在沙发上的克林顿正缓缓站起身来。他只不过六十八岁，看起来却老很多。身体状况不佳让他付出很大代价。

"古尔博！"克林顿惊呼道。

两名老干员站着互望良久，最后才伸手拥抱对方。

"真没想到还会再见到你。"克林顿随后指着晚报头版上尼德曼的照片和新闻标题"杀警凶嫌可能逃往丹麦"，又说，"你应该是为这个来的。"

"你好吗？"

"我病了。"克林顿说。

"看得出来。"

"如果不换肾，我恐怕不久人世。但要在这个国家里找到一颗肾，机会微乎其微。"

方才那名妇人出现在客厅门厅,问古尔博要不要喝点什么。

"麻烦给我一杯咖啡,谢谢。"等她离开后,他转向克林顿问道,"那是谁?"

"我女儿。"

真不可思议,尽管在"小组"里亲密共事多年,闲暇时间却几乎谁也不和谁来往。古尔博知道每个同事最细微的个人特质、长处与弱点,对他们的家庭生活却知之甚少。克林顿很可能是古尔博二十年来最亲密的同事,他知道他结婚生子,却不知道女儿的名字、已故妻子的名字,甚至克林顿平常都上哪度假。就好像"小组"以外的一切都是神圣的,不容讨论。

"你要我做什么吗?"克林顿问。

"能不能跟我说说你对瓦登榭的看法?"

克林顿摇摇头。"我不想卷入。"

"我不是要求你介入。你认识他,他和你共事过十年。"

克林顿又摇头。"他现在是'小组'的头儿,我怎么想已经不重要。"

"他应付得来吗?"

"他不是笨蛋。"

"可是呢?"

"他是个分析家,非常善于解谜,直觉很强,是个杰出的管理者,能用我们认为不可能的方法平衡预算。"

古尔博点点头。克林顿没有说出最重要的特质。

"你准备再回来工作吗?"

克林顿抬起头,犹豫了好一会儿。

"古尔博……我每隔一天就得到医院洗肾九小时,上楼也上气不接下气,我实在没有体力,一点也没有了。"

"我需要你,最后一次任务。"

"我做不到。"

"你可以,而且你还是可以每隔一天去洗肾,上楼可以搭电梯,必要的话，我甚至可以派人用担架抬着你往返。我需要的是你有心。"

克林顿叹了口气。"说说看吧。"

"目前我们面临一个极度复杂的情况，需要好手参与行动。瓦登榭手下有个乳臭未干的小伙子，名叫乔纳斯。整个行动部门只有他一人，我想瓦登榭不会有动力做该做的事。在预算方面耍花招他也许是天才，但他不敢作行动决策，也不敢让'小组'采取必要的实地行动。"

克林顿虚弱地笑了笑。

"行动得分两头进行。一头是札拉千科，我得想办法和他讲道理，这我大概知道该怎么做。另一头要从斯德哥尔摩这边下手，问题是'小组'里面没有能真正负责的人。我要你来带头，最后一次任务。乔纳斯和纽斯壮可以跑腿，你来发号施令。"

"你根本不知道你在说什么。"

"我很清楚，只是你得下定决心要不要接这个任务。我们这些老人若不插手尽点力，再过几个星期，'小组'可能就不存在了。"

克林顿将手肘靠在沙发扶手上，用手撑着头，思考了一两分钟。

"说说你的计划。"他最后说道。

古尔博与克林顿展开一番长谈。

两点五十七分，克林顿紧跟在古尔博身后出现时，瓦登榭不敢置信地瞪大双眼。克林顿简直有如……一副骷髅。他好像连呼吸都很困难，一手还搭着古尔博的肩膀。

"这到底是……"瓦登榭说道。

"继续开会吧。"古尔博用轻快的语气说。

于是大伙重新围着瓦登榭办公室的桌子入座。克林顿重重跌坐在旁人推给他的椅子上，未发一言。

"克林顿你们都认识。"古尔博说。

"没错。"瓦登榭应道，"问题是他来做什么？"

"克林顿决定重回工作岗位，并将领导'小组'的行动部门直到这次危机结束。"古尔博眼看瓦登榭就要出声抗议,立刻举手制止,"克林顿很疲倦,所以需要助手,他还得按时回医院洗肾。瓦登榭,你派两个人协助他处理实际事务。不过我先把话讲清楚……关于这次事件,行动决策将由克林顿负责。"

他暂停片刻,无人出言反对。

"我有个计划。我想我们可以成功地解决这件事,但动作要快,以免错失良机。"他说道,"一切全看你们在'小组'这段日子以来的决心了。"

"说来听听。"瓦登榭说。

"首先,警察方面我们已经讨论过,接下来就这么做。我们试着以冗长的调查工作绊住他们,利用搜寻尼德曼一事转移他们的目标。这个由纽斯壮负责。无论发生什么事,尼德曼都不重要。我们要安排让法斯特来调查莎兰德。"

"这主意恐怕不太好。"纽斯壮说,"何不让我直接去找埃克斯壮密谈?"

"万一他很难搞……"

"我想应该不会。他有野心,也一直在寻找任何有利于升迁的机会。若有需要,我也许能动用一点关系。他一定很不想被卷入任何丑闻。"

"那好。第二步是《千禧年》和布隆维斯特,这也是克林顿归队的原因。这需要采取非常手段。"

"我想我不会喜欢这种做法。"瓦登榭说。

"也许吧。但你无法用同样直截了当的方式来对付《千禧年》。话说回来,这个杂志社构成的威胁只在于一点:毕约克在一九九一年写的警察报告。我猜想现在有两个地方,也可能是三个地方有这份报告。报告是莎兰德发现的,却不知怎么到了布隆维斯特手中,也就是说莎兰德逃亡期间,这两人还保持某种程度的联系。"

克林顿竖起一根手指,这是他抵达后首度开口。

"这也透露出对手的一些特质。布隆维斯特不怕冒险,别忘了温纳斯壮事件。"

古尔博点点头。"布隆维斯特将报告交给总编辑爱莉卡，爱莉卡再转交给包柏蓝斯基，所以她也看过了。我们必须假设他们复印了副本加以保管。我猜布隆维斯特有一份，还有一份在编辑办公室。"

"听起来合理。"瓦登榭说。

"《千禧年》是月刊，所以不会明天就登。我们还有一点时间——去查一查下一期确切的出刊时间——但一定要扣住这两份副本。这件事不能通过检察总长。"

"了解。"

"所以我们所说的行动就是潜入布隆维斯特的住处和《千禧年》办公室。这你应付得来吗，乔纳斯？"

乔纳斯瞄了瓦登榭一眼。

"古尔博……你要明白……我们已经不做这种事了。"瓦登榭说，"现在是新时代，我们做的大多是侵入电脑和电子监控之类的事，我们无法提供资源给你心目中的行动单位。"

古尔博身子往前倾。"瓦登榭，那你就得尽快给我想办法弄出一点资源来。去雇几个人，雇几个南斯拉夫黑手党的混混，必要时可以把布隆维斯特痛扁一顿。但无论如何那两份副本都得拿到手。只要他们没有副本，就没有证据。如果连这点小事都办不好，你干脆用拇指插住屁眼坐在这里，等宪法委员会的人来敲门。"

古尔博和瓦登榭互瞪了好一会儿。

"我做得来。"乔纳斯忽然出声。

"你确定吗？"

乔纳斯点点头。

"很好。从现在开始，克林顿是你的老板，你得听他的命令。"

乔纳斯点头答应。

"这会牵扯到不少监视工作。"纽斯壮说，"我可以建议几个人。外部组织有一个叫莫天森的，在国安局担任贴身护卫工作。他天不怕地不怕，前途十分看好。我一直在考虑要带他进来，甚至想过有一天让他接我的位子。"

"听起来不错。"古尔博说,"克林顿可以决定。"

"我担心可能还有第三份副本。"纽斯壮说。

"在哪里?"

"今天下午我发现莎兰德请了律师,名叫安妮卡·贾尼尼,是布隆维斯特的妹妹。"

古尔博思考着这个消息。"你说得没错,布隆维斯特会给他妹妹一份副本,一定给了。换句话说,在有更进一步的指示前,爱莉卡、布隆维斯特和安妮卡这三个人都得监视。"

"不必担心爱莉卡。今天有个报道说她即将接任《瑞典摩根邮报》的总编辑,已经不待在《千禧年》了。"

"还是查一下的好。只要和《千禧年》有关的人,住处和办公室都要电话监听并装窃听器,要检查他们的电子邮件,要知道他们见了哪些人、和哪些人说过话。我们需要知道他们的计划策略。最重要的还是拿到那份报告的副本。总之事情很多。"

瓦登榭语带怀疑地说:"古尔博,你现在是要我们对付一家颇具影响力的杂志社和《瑞典摩根邮报》的总编辑,对我们来说那应该是最冒险的事吧?"

"大家听好了:你们别无选择。要么你们卷起袖子准备开工,要么就该换人接手了。"

这句挑战性的话仿佛一片乌云笼罩在会议桌上空。

"我想我能处理《千禧年》。"乔纳斯终于说道,"不过这一切都解决不了基本问题。札拉千科该怎么办?只要他泄漏一字半句,我们作再多努力也没用。"

"我知道,那部分由我负责。"古尔博说,"我想有个论点可以说服札拉千科闭嘴,不过需要稍加准备。今天下午晚一点我会前往歌德堡。"

他停下来环视众人,最后目光停留在瓦登榭身上。

"我不在的时候,一切行动由克林顿决定。"他说。

直到星期一傍晚，安德林医师在与约纳森医师商量过后，才认定莎兰德的情况已经够稳定，可以会客。首先，让两名巡官问她十五分钟的话。警官走进病房，拉了椅子坐下时，她只是静静地看着他们。

"你好，我叫马克斯·埃兰德，是歌德堡暴力犯罪组的刑事巡官。这位是我的同事，从斯德哥尔摩警局来的茉迪巡官。"

莎兰德默不作声，表情毫无变化。她认得茉迪是包柏蓝斯基团队的警员之一。埃兰德淡淡一笑。

"听说你不太和官方人士沟通。我先声明你可以什么都不说，但如果你能听我们说，我会很感激。我们有些事情想和你讨论，只不过今天的时间不够，以后还有机会。"

莎兰德依然一声不吭。

"首先，我想让你知道你的朋友布隆维斯特告诉我们，有一个名叫安妮卡·贾尼尼的律师愿意为你辩护，她知道案情。布隆维斯特说他曾经在其他事件中向你提过律师的名字。我需要你证实这的确是你的意愿，我还想知道你要不要安妮卡到歌德堡来为你辩护。"

安妮卡。布隆维斯特的妹妹。他在一封电子邮件中提过她。莎兰德没有想过自己会需要律师。

"很抱歉，但我必须听到你的答案，只要回答愿不愿意就行了。如果你同意，歌德堡的检察官会联络安妮卡律师。如果你不同意，法院会为你指派一名辩护律师。你比较喜欢哪一个？"

莎兰德考虑了一下。她猜想自己可能真的需要律师，但要找王八蛋小侦探布隆维斯特的妹妹，她实在难以忍受。但话又说回来，让法院随便派个陌生律师来可能更糟。她张开嘴发出粗嘎的声音，只说了一句：

"安妮卡。"

"好，谢谢你。现在我有个问题要问你。在律师到达以前，你可以什么都不用说，不过在我看来，这个问题并不会影响你或你的权益。警方正在找一个名叫罗讷德·尼德曼的德国人,他因为杀警而遭到通缉。"

莎兰德登时皱起眉头。她全然不知自己朝札拉千科挥斧头之后发生了什么事。

"歌德堡警方很焦急,希望尽快逮捕他归案。我这位同事也想讯问他有关斯德哥尔摩最近发生的三起命案。你应该知道,你已不再是那些案子的嫌疑犯,所以我们想请你帮忙。你知不知道……你能不能提供任何协助,让我们找到这个人?"

莎兰德心有疑虑,目光在埃兰德和茉迪之间游移。

他们不知道他是我哥哥。

接着她开始思考要不要让尼德曼被捕。其实她最想做的是在地上挖个洞,将他活埋。最后她耸耸肩。实在不该这么做的,因为左肩立刻又是一阵疼痛。

"今天星期几?"她问道。

"星期一。"

她想了想。"我第一次听到尼德曼这个名字是在上星期四。我跟踪他到哥塞柏加。我不知道他在哪里或会到哪去,不过他会尽快想办法逃到国外。"

"为什么他会逃到国外?"

莎兰德又想了想。"因为尼德曼忙着挖洞准备埋我的时候,札拉千科跟我说事情闹得太大,他决定让尼德曼出国避避风头。"

打从十二岁至今,莎兰德从未和警察说过这么多话。

"札拉千科……也就是你的父亲?"

好啊,至少他们发现这点了。恐怕还得归功于王八蛋小侦探布隆维斯特。

"我必须告诉你,你父亲已经正式向警方指控你企图谋杀他。案子已经进了检察官办公室,他得决定要不要起诉。不过你拿斧头砍札拉千科的头,已经因重伤害罪遭到逮捕。"

这次她沉默了许久。后来茉迪向前弯身,低声说道:"我只想告诉你，我们警方并不太相信札拉千科的说辞。好好跟你的律师讨论一下，我们稍后再回来找你谈。"

两名警员一同起身。

"谢谢你提供尼德曼的消息。"埃兰德说。

莎兰德很惊讶警察竟以如此得体且近乎友善的方式对待她。她想着茉迪警官说的话，心想她必定别有居心。

第七章
四月十一日星期一至四月十二日星期二

星期一下午五点四十五分，布隆维斯特合上笔记本，从贝尔曼路住处的餐桌起身，套上夹克，步行到斯鲁森的米尔顿安保公司。他搭电梯上二楼的接待柜台，随即被请进会议室。时间刚好六点整，但他却是最后一个到。

"你好，阿曼斯基。"他握手寒暄道，"谢谢你愿意主持这个非正式会议。"

布隆维斯特往室内环顾一周，另外还有四个人：他妹妹、莎兰德的前监护人潘格兰、玛琳，以及曾干过刑警、目前是米尔顿安保员工的松尼·波曼。在阿曼斯基指示下，波曼从一开始便一直留意对莎兰德的调查。

这是潘格兰两年多来第一次外出。厄斯塔康复中心的席瓦南丹医师并不太赞成让他出来，但潘格兰本人很坚持。他是搭特殊的身障交通车来的，还有私人看护约翰娜·卡罗琳娜·欧斯卡森陪同，这名看护的薪水是由一个专为潘格兰提供最佳护理而秘密成立的基金会支付。欧斯卡森此时坐在会议室旁的另一间办公室，正在看自己带来的书。布隆维斯特随手将门关上。

"我来介绍一下，这位是《千禧年》的总编辑玛琳·艾瑞森。我请她过来是因为我们即将讨论的内容，对她的工作也有影响。"

"好吧。"阿曼斯基说道，"人都到齐了，我洗耳恭听。"

布隆维斯特站到阿曼斯基的白板前，拿起马克笔，看看众人。

"这恐怕是我所参与过最疯狂的一件事。"他说，"等事情全部结束后，我要成立一个名叫'愚桌武士'的协会，每年办一次晚会，专门讲述莉丝·莎兰德的故事。你们都是会员。"

他说到这里稍作停顿。

"好，事情是这样的。"他开始在白板上列出一串标题，整整说了三十分钟之后，才开始进行为时将近三个钟头的讨论。

会议结束后，古尔博坐到克林顿身边，两人低声交谈几分钟后，古尔博才起身与这位老同事握手道别。

古尔博搭了出租车回到福雷斯饭店整理行李，结账退房，然后搭傍晚的列车前往歌德堡。他买的是头等车厢，有专属厢房。过了阿斯塔桥后，他拿出圆珠笔和白纸笔记本，思考许久才开始动笔，写了半页便停下笔来，将纸撕去。

伪造文书向来不是他的领域或强项，不过这次的工作比较简单，因为他现在要写的是由他签名的信，复杂的则是信中内容没有一句是真的。

列车通过尼雪平时，他已经丢了不少草稿，但也大概知道该怎么写了。到达歌德堡时，他手中已经有十二封令他满意的信，并特意在每张信纸上留下清晰的指纹。

到了歌德堡中央车站，他找到一部复印机复印这些信，然后买了信封和邮票，最后将信丢进一个晚上九点还会有人来收信的邮筒。

古尔博搭出租车到位于罗伦斯柏路的城市旅馆，克林顿已经替他订了房间。几天前，布隆维斯特也住在同一家旅馆。古尔博直接进房间，坐到床上，整个人精疲力竭，这才想到自己整天只吃了两片面包。不过他还是不饿。他脱下衣服，平躺到床上，几乎头一沾枕就睡着了。

莎兰德听到开门声立刻惊醒，而且马上就知道不是夜班护士。她把眼睛眯成一条缝，看见门口有一个拄着拐杖的身影。札拉千科正借由走廊上的灯光注视着她。

她头动也不动地瞄向电子钟：凌晨三点十分。

接着又瞄向床头柜，看见水杯，心里默默计算距离。不用移动身体刚好可以够得着。

伸出手再利用桌子坚硬的边缘敲破玻璃杯需要短短几秒钟。如果札拉千科朝她弯下身,将破碎的杯缘划向他的喉咙需要半秒钟。她想找其他方法,但玻璃杯是唯一伸手可及的武器。

她放松下来,等候着。

札拉千科在门口站了两分钟没有动,然后小心翼翼地关上门。

她听见他悄悄地沿走廊远去时,拐杖发出细微的摩擦声。

五分钟后,她以右手肘撑起身子,拿过水杯,喝了一大口水。接着两腿跨下床沿,拔掉手臂与胸前的电极片。她费力地站起来,身体摇摇晃晃,花了大约一分钟才稳下来。她一跛一跛地走到门边后,靠在墙上喘息,全身冒冷汗。刹那间感到一股愤怒的寒意。

去你妈的,札拉千科。我们现在就在这里一决高下吧!

她需要武器。

紧接着便听到走廊上响起急促的脚步声。

该死,电极片。

"你怎么爬起来了?"夜班护士问道。

"我想……想……上厕所。"莎兰德气喘吁吁地说。

"马上回床上去。"

她牵着莎兰德的手,扶她上床,随后取来便盆。

"你想上厕所就按铃叫我们。这就是这个按钮的作用。"

星期二,布隆维斯特在上午十点半醒来,冲过澡,煮上咖啡,便坐到笔记本前面。前一晚到米尔顿开过会后,回家又工作到凌晨五点。文章终于开始有了雏形。札拉千科的生平还很模糊,现在有的只是他威胁毕约克吐露的部分,以及潘格兰所能提供的少许细节。莎兰德的部分则已大致拟定。他按部就班地解释她如何被国安局内部一帮支持冷战的分子锁定,进而关进精神病院以阻止她泄漏札拉千科的底。

他很满意自己写的内容。还得补一些漏洞,但他知道这个故事棒极了,它将在新闻版面造成轰动,也将猛烈引爆政府高层。

他边抽烟边沉思。

看得出有两个脱漏之处特别需要注意。其中一个还算简单，就是得应付泰勒波利安，他还挺期待这一刻到来的。事情结束后，原本享誉全国的儿童精神病专家将成为全瑞典最惹人厌的人之一。这是一件。

另一件比较复杂。

共谋对付莎兰德的那些人——他暗称之为"札拉千科俱乐部"——是秘密警察。他知道其中一个：毕约克，但毕约克不可能是唯一的一个。一定是一群人……某种小组或单位之类的。肯定有带头者，有行动管理者。一定有预算。但他想不出该怎么去找出这些人，甚至不知从何着手。对于秘密警察的组织缘起，他仅有十分模糊的概念。

星期一展开调查之初，他先派柯特兹到索德马尔姆的二手书店去买所有关于秘密警察的书。下午，柯特兹带着六本书来到他的住所。

《瑞典间谍战》，麦可·罗斯奎斯特著（坦帕斯出版社，一九八八年）；《秘警之首：一九六二至一九七〇年》，维涅著（瓦斯壮和威斯坦德出版社，一九八八年）；《秘密警力》，杨·奥托森与拉斯·马格努森合著（帝达出版社，一九九一年）；《秘警的权力斗争》，艾瑞克·马格努森著（寇勒那出版社，一九八九年）；《一项任务》，卡尔·黎波姆著（瓦斯壮&威斯坦德出版社，一九九〇年）；以及有点出人意料的《卧底特务》，托马斯·怀赛德著（巴兰庭出版社，一九六六年），此书探讨的是温纳斯壮事件，不过是六十年代那个事件，而不是布隆维斯特最近揭发的温纳斯壮事件。

星期一晚上到星期二凌晨，他花了不少时间阅读或至少浏览这些书，看完后有几点发现。第一，有关秘密警察的书多半都在八十年代末出版，搜寻网络发现，类似主题几乎没有较新的作品。

第二，关于多年来瑞典秘密警察的活动，似乎没有任何简单明了的基本概要。这可能是因为许多文件都被盖上"极机密"章而无法取得，但似乎也没有任何机构、研究者或媒体针对秘密警察进行严密的审查。

他还注意到另一件奇怪的事：柯特兹找到的书中都没有列出参考书目。反倒是脚注处经常引用晚报的文章或是某位上了年纪已退休的秘密警员的访谈内容。

《秘密警力》一书十分引人入胜，只可惜大多以二战前与大战期间为主。维涅的回忆录，布隆维斯特视之为宣传工具，是一个遭受舆论严重抨击后被解职的秘警头子，为了自我辩白而写的。《卧底特务》的第一章就有太多关于瑞典的错误信息，他随手就扔进垃圾桶。最后只剩下《秘警的权力斗争》与《瑞典间谍战》这两本真正展现其雄心，即描述秘密警察的工作，书中有日期、姓名与组织结构。他觉得艾瑞克的著作尤其值得一读，尽管并未为他此刻的问题提供任何解答，还是详细解释了秘密警察的组织架构与其数十年来主要插手的事务。

最令人意外的是黎波姆的《一项任务》，书中描述了帕尔梅遭暗杀与艾伯·卡尔森事件发生后，前瑞典驻法大使奉命审查秘密警察所遭遇的问题。布隆维斯特从未看过黎波姆的著作，作者那嘲讽的口吻加上锋利的评论倒是让他大吃一惊。不过就连黎波姆的书也未能让布隆维斯特更接近问题的答案，只是他已开始有点明白自己要对抗的是什么样的对手。

他打开手机，拨了电话给柯特兹。

"柯特兹，谢谢你昨天帮我跑腿。"

"你现在又需要什么？"

"再替我跑一趟。"

"麦可，我实在不想说，可是我还有工作要做。我现在是编辑秘书呢。"

"很棒的职务升迁。"

"你要我做什么？"

"这么多年来，有一些关于秘密警察的公开报告。黎波姆写了一份，一定还有其他类似的。"

"我懂了。"

"凡是国会找得到的东西都帮我送来,像预算、公开报告、质询内容等等。还有秘密警察的年度报告,再久以前的都要。"

"遵命。"

"很好。对了,柯特兹……"

"怎么样?"

"明天给我就好。"

莎兰德整天都想着札拉千科。她知道他们只隔着一间病房,知道他晚上会在走廊上闲晃,也知道他今天凌晨三点十分来过她的房间。

她为了杀他一路追踪到哥塞柏加,结果行动失败,札拉千科还活着,而且就安稳地躺在距离她几乎不到十米的床上。她陷入了困境。暂时看不出情况有多糟,但如果不想冒着再度被关进疯人院接受泰勒波利安看管的风险,她就得逃跑,甚至秘密出国。

问题是她几乎连在床上坐正都有困难。不过情况确实改善了。头还会痛,但是一阵一阵而非持续性,左肩的疼痛也略为减轻了,但只要一动又会发作。

她听见门外有脚步声,接着护士开门让一个穿着黑长裤、白衬衫和深色外套的女人进来。她是个身材苗条的美女,一头利落的深色短发,整个人散发出一种开朗的自信。她手上提着黑色公文包。莎兰德立刻看出她的眼睛和布隆维斯特很像。

"你好,莉丝,我是安妮卡·贾尼尼。"她说,"我可以进来吗?"

莎兰德面无表情地打量她。忽然间她一点也不想见到布隆维斯特的妹妹,也后悔不该答应让她替自己辩护。

安妮卡进来以后关上房门,并拉了椅子坐下。她望着当事人,静静坐了好一会儿。

这女孩看起来情况糟透了。她的头缠着绷带,布满血丝的双眼周围全是淤青。

"在我们开始讨论之前,我要知道你是不是真的希望我替你辩护。通常我都是接民事案件,替被强暴或家暴的受害者辩护。我不是刑事律师。不过仔细研究过你的案子之后,我很想为你辩护,如果可以的话。我也应该告诉你,麦可是我哥哥,你想必已经知道,而我的律师费是他和阿曼斯基支付的。"

她暂时打住,见对方没有响应便又继续。

"如果你要我当你的律师,我就会为你工作,而不是为我哥哥或阿曼斯基。我还得告诉你,在任何审判期间,我都会接受你的前任监护人潘格兰的建议与协助。他是个很有韧性的老先生,还拖着病体下床来帮你忙。"

"潘格兰?"

"是的。"

"你见过他了?"

"是的。"

"他现在怎么样?"

"他气炸了,但奇怪的是他好像一点也不担心你。"

莎兰德撇嘴一笑。这是她进索格恩斯卡医院以来首次露出笑容。

"你觉得如何?"

"像一堆大便。"

"那么,你要我当你的律师吗?阿曼斯基和麦可会付我钱,而且……"

"不要。"

"不要是什么意思?"

"钱我自己付。我不要拿阿曼斯基和小侦探的一分钱。不过我得上网才有办法付钱。"

"我明白了。这个问题到时候再说。反正,我的薪水大多是国家付的。那么你要我当你的律师吗?"

莎兰德微微点了点头。

"好。那我先转达麦可的信息。听起来有点让人摸不着头绪,但他说你会懂。"

"哦？"

"他希望你知道他已经告诉我绝大部分的事，只有少数细节例外，其中第一项是他在赫德史塔发现的你的技能。"

他知道我有过目不忘的本领……而且是个黑客。他没说出去。

"好。"

"第二项是DVD。我不知道他指的是什么，但他坚持要让你决定是否告诉我。你知道他在说什么吗？"

毕尔曼强暴我的录像片。

"知道。"

"那就好。"安妮卡忽然变得迟疑，"我有点生我哥哥的气。虽然他雇用我，却只跟我说他想说的事。你也打算对我隐瞒某些事吗？"

"不知道。这个问题晚一点再说好吗？"莎兰德说。

"当然好。以后我们还得经常谈话。今天我没有时间长谈，四十五分钟后我得去见耶娃检察官。我只是想来确认你真的要委任我。不过另外还有一件事得告诉你。"

"什么事？"

"是这样的：我若不在场，你一句话也不要跟警方说，不管他们问你什么。即使他们用话激你或指控你任何罪名。你能答应我吗？"

"我可以做到。"

星期一忙碌一整天的古尔博完全累瘫了，星期二早上一直睡到九点才醒，比平常多睡了四个小时。起床后，他进浴室淋浴刷牙，还照了好久的镜子才关上灯，出来换衣服。他选了棕色公文包内仅剩的一件干净衬衫，并打上棕色花纹的领带。

他下楼到旅馆餐厅喝了一杯黑咖啡，又在一片全麦吐司上涂上少许果酱配着干酪吃，然后喝下一杯矿泉水。

吃完早餐，他到旅馆大厅用公共电话打克林顿的手机。

"是我。现况如何？"

"很不稳定。"

"克林顿，你处理得来吗？"

"可以，就跟以前一样。只可惜罗廷耶不在，行动计划他比我在行。"

"你们俩一样好，随时都可以调换位置。其实以前你们也常这么做。"

"是直觉问题。他总是比我敏锐一点。"

"你们现在怎么样了？"

"乔纳斯比想象中更聪明。我们找来了外部的莫天森支持，他负责跑腿，却是可用之人。布隆维斯特的电话线和手机都装了窃听器，今天会处理安妮卡和《千禧年》办公室的电话。我们正在研究所有相关办公室与公寓的设计图，会尽快动手的。"

"第一件事是要找出所有的副本……"

"已经做了，运气好得出奇。今天早上安妮卡打电话给布隆维斯特，问了他有多少副本流传在外，结果布隆维斯特只有一份。爱莉卡复印了报告，但已经交给包柏蓝斯基。"

"很好，不能再浪费时间了。"

"我知道。但必须一举成擒，如果不一次拿到所有副本，就不会成功。"

"说得对。"

"事情有点复杂，因为安妮卡今天到歌德堡去了。我派了几名外部人员跟踪她，他们现在已经上飞机。"

"很好。"古尔博暂时想不到还要说什么，最后只说，"谢谢你，克林顿。"

"应该的。这比枯坐着等换肾要有趣多了。"

两人道别后，古尔博付清旅馆费走到街上。如今大局已定，接下来只需加以周详规划。

他走向精英公园大道饭店，要求使用传真机，因为不想在自己住的旅馆做这件事。传真完前一天写的信后，走到大道上拦出租车，并在中途将信的复印件撕成碎片丢进垃圾桶。

安妮卡与耶娃检察官谈了十五分钟,想知道检察官打算以什么罪名起诉莎兰德,但很快便察觉耶娃尚未下定决心。

"目前我会暂时用重伤害或杀人未遂的罪名,因为莎兰德拿斧头砍她父亲。我想你会以自卫辩护。"

"也许。"

"老实说,我现在要先处理尼德曼。"

"我明白。"

"我找过检察总长,他们现在还在商量是否将你的当事人所遭受的指控交由斯德哥尔摩一名检察官办理,也连同这里发生的案子一起。"

"我猜案子应该会送交斯德哥尔摩。"安妮卡说。

"无所谓。但我需要向那女孩问话,什么时候可以呢?"

"我问过她的医生约纳森,他说莎兰德还要过几天才能接受问话。她不止伤势严重,现在还在施打强效止痛剂。"

"我也接到了类似的报告,你想必能理解,这实在很令人失望。我要再强调一次,尼德曼是我优先处理的对象。你的当事人说不知道他躲在哪里。"

"她根本不认识尼德曼,只是碰巧认出他并跟踪他到哥塞柏加、札拉千科的农场。"

"等你的当事人身子好一点,可以接受问话,我们再见面吧。"耶娃说。

古尔博手上拿着一束花,和一名穿着深色夹克的短发女子一同走进索格恩斯卡医院的电梯。他按着电梯门,礼让她先出去,只见她走到服务台。

"我叫安妮卡,是个律师,我想再见见我的当事人莎兰德。"

古尔博很慢很慢地转过头来,诧异地看着先他一步走出电梯的女子。当护士正在查验安妮卡的证件并查阅名单时,他瞄了律师的公文包一眼。

"十二号房。"护士说。

"谢谢,我知道在哪里。"她说着便沿走廊走去。

"有什么需要我帮忙的吗?"

"是的,我想送这些花给波汀。"

"他现在不能会客。"

"我知道,我只是想把花留下。"

"我们会替你转交的。"

古尔博带花来纯粹只是当借口,主要是想了解病房的格局设计。他向护士道谢后,顺着指示牌走到楼梯间,中途经过札拉千科的房门,据乔纳斯说是十四号病房。

他在楼梯间等着,透过门上的玻璃窗,看见护士将花束拿进札拉千科的房间。当她回到护理站,古尔博推开十四号房门,迅速入内。

"早啊,札拉千科。"他说。

札拉千科吃惊地抬头看着不速之客。

"我还以为你死了。"他说。

"还没呢。"

"你想做什么?"

"你说呢?"

古尔博拉过椅子坐下。

"八成是想看我死。"

"那我会谢天谢地。你怎么会这么愚蠢?我们给你一个全新的人生,结果你落到这步田地。"

札拉千科要是能笑已经笑了。依他看,瑞典的秘密警察全是门外汉,古尔博和毕约克都不例外,更甭提那个大白痴毕尔曼了。

"这回又得我们救你出火坑。"

这个形容词在札拉千科听来很刺耳,他回想起了遭受过的汽油弹攻击。

"少跟我说教了。赶快把我弄出去。"

"我就是来跟你商量这件事。"

古尔博把公文包放到大腿上,拿出一本笔记本,翻到空白页。然后以锐利的目光注视札拉千科良久。

"有件事我很好奇……我们为你做了这么多,你真的打算背叛我们吗?"

"你说呢?"

"这得看你有多疯狂。"

"别说我疯。我只是求生存。为了活命,我什么都做得出来。"

古尔博摇摇头。"不,札拉千科,你会这么做是因为你坏到骨子里去了。你想听'小组'怎么说,我来告诉你。这次我们不会再采取任何行动帮你。"

霎时间,札拉千科露出犹疑的神情。他打量着古尔博,想看出他是否只是虚张声势吓唬他。

"你别无选择。"他说。

"当然有选择。"古尔博回答。

"我会……"

"你什么都不会做。"

古尔博深呼吸一口气,拉开公文包外袋的拉链,掏出一把枪托镀金的九毫米史密斯威森手枪。这把枪是二十五年前英国情报局送他的礼物,酬谢他提供了一项珍贵的信息:军情五处一名效法费尔比[1]的职员的姓名。

札拉千科面露讶异神色,紧接着放声大笑。

"你拿枪打算做什么?射我吗?那么你将在牢里度过悲惨的下半生。"

"我可不这么想。"

---

1 费尔比(Harold Adrian Russell "Kim" Philby, 1912—1988),暗中为前苏联工作的英国高级情报人员,后来叛逃到前苏联。

札拉千科忽然非常不确定古尔博究竟是不是故弄玄虚。

"这会引发非常大的丑闻。"

"我还是不这么想。也许会上几个头条,但一个星期过后,谁也不会再记得札拉千科这个名字。"

札拉千科眯起眼睛。

"你是个卑鄙小人。"古尔博的口气冷漠得让札拉千科全身发冷。

古尔博扣下扳机,子弹刚好打中札拉千科额头正中央,这时札拉千科正打算将假肢跨下床沿,中弹后随即倒落到枕头上,完好的那只脚踢了四五下才静止不动。古尔博看见床头柜后面的墙上溅出如花朵般的红色血迹,此时他才意识到枪响后自己出现耳鸣,于是用空出来的手揉揉左耳。

他接着起身将枪口对准札拉千科的太阳穴,扣了两次扳机。这回他要这个王八蛋必死无疑。

莎兰德听到第一记枪声立刻惊坐起来,肩膀也随即一阵刺痛。接着又响起两声时,她便试着跨下床来。

安妮卡只来了几分钟。她动也不动地呆坐着,试图分辨尖锐枪声的来处。她从莎兰德的反应看得出即将发生可怕的事。

"好好躺着。"她大喊道,同时用手按住莎兰德的胸口,推她躺下。

接着安妮卡穿过房间,打开房门,看见两名护士冲向隔壁第二间病房。第一个护士跑到门口忽然停住,尖叫一声:"不,不要!"然后倒退一步,撞到了另一名护士。

"他有枪,快跑!"

安妮卡看着她们两人躲进莎兰德隔壁房间。

紧接着便看到一名身形瘦削、头发花白、穿着犬牙格纹夹克的男子步出走廊,手中握着一把枪。安妮卡认出他正是和自己一同搭电梯上楼的人。

此时两人四目交会,他显得有些困惑。随后举起手枪瞄准她,往前一步。她把头一缩，轰一声关上门，绝望地四下张望。身旁刚好有一张护理桌，她连忙把它推到门边，将桌面卡在门把底下。

她听到有动静，转头一看，发现莎兰德正再次试图爬下床。她很快地几步上前，两手环绕住当事人抱她起身。扶她进浴室坐到马桶上，中途把电极片和点滴管都扯落了。接着她转身锁上浴室的门，从夹克口袋掏出手机打了紧急求助电话。

古尔博来到莎兰德门口，压压门把，被卡住了，分毫都动不了。

他一度不知如何是好地站在门外。他知道那个律师安妮卡也在房内，不晓得她公文包内是不是装了一份毕约克的报告。但他进不了病房，也没有力气将门撞开。

反正这本来就不在计划之中。克林顿会解决安妮卡，古尔博只负责札拉千科。

他看看走廊，发现一堆护士、病人与访客正盯着自己看。他举起手枪，朝走廊尽头墙上的一幅画开枪。围观者瞬间消失不见，像变魔法似的。

他最后又瞄了一眼莎兰德的房间，然后才断然走回札拉千科的房间关上门。他坐在访客椅上，望着眼前这个俄国叛徒，他曾是多年来与自己生活那么密切相关的一部分。

他静静坐了将近十分钟才听见走廊上有动静，原来是警察赶到了。此时的他并没有特别想着什么。

他最后一次举起手枪，指着自己的太阳穴，扣下扳机。

事情的后续发展证明在医院里试图自杀是无益的。院方以最快的速度将古尔博送进创伤中心，由约纳森医师接收，并立即展开一连串措施以维持他重大器官的运作。

这是约纳森在不到一星期的时间内，第二次紧急开刀，从人脑组织中取出全金属壳的子弹。经过五个小时的手术，古尔博的情况很危险，但人还活着。

不过古尔博的伤势远比莎兰德严重。他在生死边缘徘徊了数日。

布隆维斯特在霍恩斯路上的咖啡吧里，听见收音机广播：一名姓名不详的六十六岁男子在歌德堡的索格恩斯卡医院中弹身亡，此人生前涉嫌杀害在逃的莎兰德。他咖啡连喝都没喝就拿起电脑袋，匆匆赶往位于约特路的杂志社。他穿越玛利亚广场，正要转上圣保罗街时，手机响了。他边跑边接听。

"我是布隆维斯特。"

"嗨，我是玛琳。"

"我听说了，你知道凶手是谁吗？"

"还不知道，柯特兹正在追。"

"我上路了，五分钟后到。"

布隆维斯特就在《千禧年》办公室的门口碰见柯特兹。

"埃克斯壮三点要召开记者会。"柯特兹说，"我现在正要去国王岛。"

"现在知道些什么？"布隆维斯特在他身后喊道。

"去问玛琳。"柯特兹说完就走了。

布隆维斯特走进爱莉卡——不对，是玛琳的办公室，她正在打电话，手飞快地在黄色的便利贴上写字，一面挥手要他离开。布隆维斯特进到小厨房，倒了两杯加了牛奶的咖啡，杯子上分别印有基督教民主青年党与瑞典社会民主青年联盟的标志。等他回来，玛琳已经打完电话。他将青年联盟的杯子递给她。

"没错，札拉千科在一点十五分被枪杀身亡。"她看着布隆维斯特说，"我刚刚和索格恩斯卡一名护士通过电话，她说凶手是个七十几岁的男人，杀人前几分钟还送花给札拉千科。他朝札拉千科的头部开了几枪，然后自尽。札拉千科死了，凶手勉强还活着，正在动手术。"

布隆维斯特总算呼吸顺畅了些。自从在咖啡吧听到新闻，他始终悬着一颗心，深恐是莎兰德杀的人。若是如此将大大妨碍他们的工作。

"知道杀人犯的名字吗？"

玛琳摇摇头。就在同一时间电话响起，她接了起来，从谈话中布隆维斯特猜想那是玛琳派往索格恩斯卡的特约记者。于是他起身走回自己的办公室，坐了下来。

他好像已经好几个星期没进这个办公室了，桌上堆满未拆的邮件，他用力扫到一旁，然后打电话给妹妹。

"安妮卡。"

"是我，麦可。你听说索格恩斯卡的事了吗？"

"可以这么说。"

"你在哪里？"

"医院。那个王八蛋也拿枪指着我。"

布隆维斯特一时语塞，数秒后才真正听明白妹妹的话。

"这到底……你在那里？"

"是的，我从来没经历过这么可怕的事。"

"有没有受伤？"

"没有，不过他试图闯进莎兰德的房间。我把门卡住，我们两个就反锁在浴室里。"

布隆维斯特顿时觉得整个世界失去平衡。他妹妹差一点就……

"她怎么样？"他问道。

"她没受伤，我是说至少在今天的事件当中没有受伤。"

他默想片刻。

"安妮卡，你有任何关于凶手的信息吗？"

"毫无概念。他是个上了年纪的老人，穿着整齐。我觉得他看起来有点慌张。以前从未见过他，不过事发前几分钟，我是和他一起搭电梯上楼的。"

"札拉千科真的死了，毫无疑问？"

"是的。我听到三起枪声，而且我无意间听说三枪都打在头部。不过这里真是一团乱，来了一大堆警察，现在正在疏散一些实在不应该移动的重病与重伤员。警察抵达现场后,其中一个连问也没问莉丝的情况就打算讯问她。逼得我不得不严厉斥责他们。"

埃兰德巡官从莎兰德的病房门口看见安妮卡,见她手机正贴在耳朵上,便等着她讲完话。

凶杀案发生后两个小时,走廊上仍混乱不已。札拉千科的房间已经被封锁。枪击后医生们立刻展开抢救,但不久即宣告放弃,他已回天乏术。尸体送往法医处,警方也尽可能不破坏犯罪现场,进行调查。

埃兰德的手机响了,是调查小组的菲德烈·曼贝尔。

"已经确定凶手的身份了。"曼贝尔说,"他名叫艾佛特·古尔博,今年七十八岁。"

七十八岁。难得有这么老的杀人犯。

"这个艾佛特·古尔博又是谁呀?"

"已经退休,住在拉赫尔姆,应该是个税务律师。我接到国安局来电,说他们最近刚开始针对他作初步调查。"

"什么时候,又为什么?"

"不知道什么时候,但他显然有个怪习惯,会寄疯狂的恐吓信给政府官员。"

"比方说有谁?"

"司法部部长是其中一个。"

埃兰德叹了口气。原来是个疯子。狂热分子。

"今天早上国安局接到几家报社的电话,说是收到古尔博来信。司法部也打了电话,因为古尔博指名要让波汀死。"

"我要信的复印件。"

"跟国安局要?"

"对,要不然呢?必要的话,你亲自开车到斯德哥尔摩去拿,等我一回到总部就要看到,大概还有一小时。"

他略一思索,又问了一个问题。

"是国安局打电话给你的?"

"我刚才不是说了。"

"我是说……是他们打给你,不是你打给他们?"

"没错。"

埃兰德合上手机。

他不明白国安局哪根筋不对劲,怎会忽然觉得有必要和警方联系,而且还是出于自愿。通常他们总是闷不吭声。

瓦登榭用力推开"小组"办公室的门,正在里面休息的克林顿见状,小心地坐起身来。

"这到底是怎么回事?"瓦登榭扯着嗓子喊道,"古尔博杀了札拉千科然后举枪自尽了!"

"我知道。"克林顿说。

"你知道?"瓦登榭大吼,整个人面红耳赤,好像眼看就要中风,"他开枪射自己啊,你懂不懂?他企图自杀。他是疯了不成?"

"你是说他还活着?"

"暂时还活着,不过脑部严重受创。"

克林顿叹气道:"唉,真可惜。"声音里带着浓浓的忧伤。

"可惜?"瓦登榭又发作道,"古尔博发疯了,你难道不明白……"

克林顿打断他的话。

"古尔博患了癌症,已经扩及胃、大肠和膀胱。他已经濒临死亡好几个月,顶多也只能再撑几个月。"

"癌症?"

"过去半年他一直把枪带在身上,打算只要痛得受不了,就要趁着被病魔折磨成植物人之前自我了断。但他最后还能为'小组'做了一件事。他走得很有尊严。"

瓦登榭激动得几乎不能自己。"你知道?你知道他想杀札拉千科?"

"当然。他的任务就是确保札拉千科再也没有机会开口。而你也知道,那个人根本不受威胁也不可理喻。"

"可是你难道不明白这会变成多大的丑闻吗?你也和古尔博一样精神错乱了吗?"

克林顿费力地站起来,直视瓦登榭的眼睛,同时交给他一叠传真复印件。

"这是行动决策。我为好友感到哀恸,但我恐怕很快也要随他而去。至于丑闻……不过就是一个退休的税务律师写了偏执的信给报社、警方和司法部。这里有一份样本。古尔博把一切都怪罪到札拉千科头上,从帕尔梅遭暗杀到企图以氯毒害瑞典人民。写信的人根本就是个疯子,有些地方还字迹模糊、用大写字体、底下画线或用惊叹号强调。我尤其欣赏他连空白处都写字。"

瓦登榭愈看信愈心惊,不觉抬手擦擦额头。

克林顿说:"无论发生什么事,札拉千科的死都和'小组'无关,开枪的只不过是一个发疯的退休老人。"他顿了一下,"重要的是从现在开始,你也得上我们的船,而且别让船摇晃。"这个病人凝视瓦登榭的眼神中,透露着钢铁般的意志,"你必须了解,'小组'就是整体国防的尖兵,我们是瑞典的最后防线,任务就是为国家的安全把关。其他一切都不重要。"

瓦登榭用怀疑的眼神看着克林顿。

"我们是不存在的人。"克林顿又继续说,"谁也不曾感激过我们。没有人想作的决定,尤其是所有政治人物都不想作的决定,得由我们来做。"他说到政治人物这几个字时,颤抖的声音充满轻蔑,"照我说的做,'小组'或许还能存续。要想有这种结果,我们就得果断地采取强硬手段。"

瓦登榭感觉内心的恐慌逐渐升高。

在国王岛警局公关室里,柯特兹拼命地写,试着记下台上所说的每句话。埃克斯壮检察官已经开始了。他解释说目前已经决定将哥塞柏加杀警案——也就是尼德曼遭通缉一案——交由歌德堡的一位检察官负责侦查,至于其他关于尼德曼的调查工作则由埃克斯壮本人处理。尼德曼是达格与米亚命案的嫌疑犯,但并未提及毕尔曼律师。此外,埃克斯壮还得侦查并起诉涉嫌嫌犯下一大串罪行的莎兰德。

他解释说,有鉴于歌德堡当天发生的多起事件,其中包括莎兰德的父亲波汀遭射杀,他才决定公开这项信息。召开这场记者会最直接的原因就是想澄清已经在媒体圈散布的谣言,他自己就接到好几通关于这些谣言的电话。

"根据最新得到的消息,我可以告诉大家,波汀的女儿目前因涉嫌杀害父亲而在押,她与今天早上发生的事件无关。"

"那么凶手是谁?"《回声日报》的记者喊着问道。

"今天下午一点十五分向波汀开枪致其死亡,随后企图自尽的人,已经确认身份。他已经七十八岁,一直在接受末期癌症以及因癌症所引起的精神疾病的治疗。"

"他和莎兰德有任何关系吗?"

"没有。此人显然是根据自己偏执的妄想而单独行动的悲剧性人物。国安局最近也对此人展开调查,因为他写了许多信给知名政治人物与媒体,信中语气明显很不稳定。就在今天早上,多家报社与政府机关也收到他威胁要杀死波汀的信。"

"警方为何不保护波汀?"

"信是昨晚才寄出的,因此寄达的时间正好与命案同时,根本来不及反应。"

"凶手叫什么名字?"

"在通知他的家属之前,我们不会公布这项信息。"

"他是什么样的背景?"

"据我了解,他原本是会计师兼税务律师,已经退休十五年。调查工作还在进行中,但从他寄出的信中可以看出,如果社会大众多一点关怀,这场悲剧就可以避免了。"

"他还威胁其他人吗?"

"我得到的信息是有的,但我无法告诉你们任何细节。"

"这对莎兰德的案子有什么影响吗？"

"目前没有。我们有波汀亲口向警员陈述的口供，也有大量对莎兰德不利的鉴定证据。"

"那么波汀企图杀害女儿的报告呢？"

"那个也在调查中，但确实有很明显的迹象显示他企图杀害女儿。目前我们能肯定的是，这是一个不正常的悲剧家庭，成员彼此强烈仇视的案子。"

柯特兹搔搔耳朵。这时他发现其他记者也都和他一样振笔疾书。

毕约克听说索格恩斯卡医院枪击案的新闻后，几乎惊恐得难以自制。整个背疼痛不已。

他花了一个小时才下定决心，接着拿起电话，想打给住在拉赫尔姆的昔日保护者。无人接听。

他细听新闻，听见一段记者会内容摘要。枪杀札拉千科的是一位七十八岁的税务专家。

天哪，七十八岁。

他又试了一次古尔博的电话，仍未接通。

最后他终于受不了不安的煎熬，再也无法待在租来的斯莫达拉勒避暑小屋。他感到脆弱且不受保护。他需要思考的时间与空间，于是收拾了衣物、止痛药与盥洗用具。因为不想用自己的电话，便跛着脚走到杂货店打公共电话到兰梭特旧日灯塔改建的旅馆订房。兰梭特地处偏远，应该不会有人上那儿找他。他预定留宿两星期。

他瞄了一眼手表，要赶上最后一班渡轮就得快一点，因此忍着背痛尽速回到小屋。进屋后，他直接到厨房确认咖啡壶已切掉电源，接着到门厅拿行李。此时他的目光无意间扫到客厅，不禁吓了一跳，立刻停下脚步。

起初眼前的景象令他迷惑。

天花板的灯不知被谁给取下，放在茶几上，改吊了一条绳索，正下方还摆了一张平时放在厨房的凳子。

毕约克望着绳圈,实在不明所以。

接着听见身后有声响,膝盖竟不由自主地打颤。

他缓缓转过身去。

有两个男人站在那里,外表看起来像是南欧人。他还来不及反应,他们便已从容上前紧抓他的双臂,将他抬离地面带往凳子。他试图反抗,一阵有如刀刃般的刺痛窜过背脊。他感觉到自己被举放到凳子上,几乎整个人都瘫软了。

陪同乔纳斯的是一个绰号法伦的男子,此人年轻时是专业窃贼,后来及时改行当锁匠。罗廷耶最初在一九八六年雇用法伦为小组工作,那次的行动需要强行进入某个无政府组织的领袖家中。此后便不时会征召他,直到九十年代中期这类行动逐渐减少为止。当天一早,克林顿再次找上法伦分派任务。法伦每工作十分钟,便可净拿一万克朗的酬劳,但他也得发誓不向行动目标窃取财物。"小组"毕竟不是犯罪集团。

法伦并不清楚克林顿代表谁,但应该和军方有关。他看过杨·库卢[1]写的书,他没有提出任何问题,但在被老雇主遗忘这么多年后还能重披战袍的感觉真好。

他的任务是开门。他是闯空门的专家。尽管如此,还是花了五分钟才撬开布隆维斯特住处的门锁。接下来乔纳斯进入屋内,法伦则在楼梯间等候。

"我进来了。"乔纳斯对着免持听筒手机说道。

"好。"耳机传来克林顿的声音,"慢慢来,跟我说你看到什么。"

"我现在在门厅,右手边有一个衣柜和衣帽架,左手边是浴室。剩下是一个开放空间,约五十平方米。右手边最里面有一个小小的美

---

[1] 杨·库卢(Jan Guillou, 1944—),记者出身的瑞典知名畅销作家,年轻时活跃于政治组织,曾因从事秘密情报工作而被瑞典政府判刑十个月。四十二岁时出版他的第一部小说《假面》(Coq Rouge),和读者分享他的入狱经验,并大举揭露新闻媒体与执政当局之间的利益勾当、政府之于人民的种族歧视,以及警察对民众的非法行径等,引起社会哗然。他同时也是揭发"资讯局事件"的两名记者之一。

式厨房。"

"有没有书桌或是……"

"他好像是利用餐桌或坐在客厅沙发工作……等一下。"

克林顿等着。

"对了,没错,餐桌上有一个活页夹,毕约克的报告就在里头。看起来像是原件。"

"非常好。桌上还有其他值得注意的东西吗?"

"有几本书。维涅的回忆录、艾瑞克的《秘警的权力斗争》。还有另外四五本类似的书。"

"有电脑吗?"

"没有。"

"保险箱呢?"

"没有……我没看到。"

"慢慢来,要作地毯式的搜索。莫天森回报说布隆维斯特还在办公室。你戴了手套吧?"

"当然。"

埃兰德趁着和安妮卡两人都刚好没有讲手机的空当交谈了一下,随后走进莎兰德的房间,向她伸出手自我介绍,并打招呼问她感觉如何。莎兰德只是面无表情地瞪着他看。他于是转向安妮卡。

"我需要问几个问题。"

"好。"

"你能不能告诉我今天早上发生了什么事?"

安妮卡说出了与莎兰德反锁在浴室之前,自己所见所闻与反应。埃兰德斜觑莎兰德一眼,又将目光移回律师身上。

"所以你很确定他来到这个房门前?"

"我听到他试图压下门把。"

"这点你非常确定吗?人在害怕或兴奋的时候很容易有幻想。"

"我确实听到他在门外。他看见了我,还举枪指着我,他知道我在这个房里。"

"有什么理由让你认为他是有计划的吗？也就是事先就打算也要对你开枪。"

"我不知道。他拿枪瞄准我时，我立刻头往后缩，将门卡住。"

"这是明智的做法，把你的当事人带进浴室更加明智。这些门太薄，他要是开枪，子弹会直穿而过。我想知道的是他攻击你是为了私人原因，或者纯粹只因为你在看他而起的反应。你是走廊上最靠近他的人。"

"除了两个护士之外。"

"你是否觉得他认识你或是认出了你？"

"不觉得。"

"他会不会在报上见过你？你曾因为几件案子被广泛报道而大出风头。"

"有可能，我不确定。"

"而你从未见过他？"

"在电梯里见过，那是我第一次见到这个人。"

"这件事我不知道。你们有交谈吗？"

"没有。我和他同时进电梯，我隐约注意了他几秒钟，他一手拿着花，另一手拎着公文包。"

"你们的眼神有交会吗？"

"没有。他直视正前方。"

"是谁先进电梯？"

"两人差不多同时。"

"他的表情是否迷惑或者……"

"我说不上来。他走进电梯，笔直地站着，手里拿着花。"

"然后呢？"

"我们在同一层楼出电梯，我就来找我的当事人了。"

"你直接就来这里吗？"

"是……不是。其实我先去了服务台出示证件。检察官禁止我的当事人会客。"

"当时这个人在哪里?"

安妮卡犹疑着。"我不太确定。应该在我后面吧。不对,等一下……是他先出电梯,但停下来帮我按着门。我不是百分之百肯定,不过他好像也去了服务台,我只是脚程比他快。护士们应该知道。"

上了年纪、彬彬有礼的杀人犯。埃兰德暗想。

"是的,他的确去了服务台。"他证实道,"他的确和护士说过话,还遵循护士的指示将花留在柜台。你没有看见吗?"

"没有。我一点印象都没有。"

埃兰德已经没有问题要问,内心被沮丧感啃噬着。他以前曾有过这种感觉,也学会了把它当成直觉引发的警讯。好像有些什么难以捉摸,有些什么不太对劲。

凶手的身份证实为艾佛特·古尔博,当过会计师,偶尔也担任业务顾问兼税务律师。年纪已经很大。因为疯狂地写恐吓信给公众人物,最近国安局已对他启动初步调查。

埃兰德根据多年经验知道外头的疯子多的是,甚至有些病态狂会跟踪名人,并躲在后者别墅附近的树林里求爱。当他们的爱没有获得回报——当然不会有回报!——这份爱很快就会转变成强烈恨意。曾有些跟踪狂从德国尾随一名二十一岁的流行乐团主唱到意大利,参与她每场演唱会,后来却因为主唱不肯抛弃一切与他们交往而发火。也有些好伸张正义者再三抱怨真实或想象的不公正,有时甚至演变成恐吓行为。另外还有精神病人与阴谋论者,总之是一些能解读凡人世界看不见的信息的疯子。

像这类将幻想化为行动的愚蠢实例不胜枚举。前外交部部长安娜·林德[1]遇刺不正是这种疯狂冲动行为的结果吗?

---

[1] 安娜·林德(Anna Lindh, 1957—2003)是瑞典社会民主党的政治人物,自一九九八至二〇〇三年遇刺期间担任外交部部长。许多人看好她是接任约朗·培森(Gran Persson)成为社会民主党党魁兼瑞典首相的热门人选之一。在她遇害身故前几个星期,正积极鼓吹欧元,希望接下来的欧元公投能够过关。

但一想到有个精神异常的会计师——或不论他是何身份———一手拿花、一手拿枪地晃进医院，再想到他竟然枪决了警方——而且是由他负责——调查的对象，埃兰德巡官实在不敢苟同。死者在官方记录中名为卡尔·阿克索·波汀，但据布隆维斯特指称，他的真实姓名是亚历山大·札拉千科，一个背叛苏俄的浑蛋情报人员，也是黑帮分子。

札拉千科至少是个证人，但在最糟的情况下，他也可能与一连串命案有重大关联。埃兰德曾获准向札拉千科进行两次短暂的问话，尽管在这两次谈话中后者坚称自己的清白，埃兰德却丝毫不为所动。

杀害札拉千科的人也对莎兰德，或至少对她的律师感兴趣，试图进入她的病房。

后来他企图自杀。医生们表示他很可能会成功，尽管他的身体尚未接收到停止运作的信息，古尔博能出庭的几率已微乎其微。

埃兰德不喜欢这个情况，一点也不喜欢。但他没有证据证明古尔博还有其他不同于外表显现的开枪动机，因此他决定小心行事。他看着安妮卡。

"我决定让莎兰德搬到另一个房间。服务台右侧连廊上有一间病房，就安全上的考虑，住那里比较好，因为房门刚好正对服务台与护理站。除了你之外，不许其他人探病。没有索格恩斯卡的医生或护士允许，谁也不准进她房间。我还会在她房门外安排二十四小时的警卫。"

"你觉得她有危险？"

"没有任何迹象显示她有危险，但我想小心一点。"

莎兰德倾听着律师与警员的谈话。安妮卡的回答竟能如此精确、清楚又巨细靡遗，令她十分讶异。而律师在压力下保持镇定的工夫，尤其令她印象深刻。

不过，自从被安妮卡拖下床、进入浴室后，她便头痛欲裂。她出于本能，总是尽可能不和医护人员打交道，她不喜欢求助或是显现出柔弱的样子。但头实在痛得无法好好思考，只得伸手按铃呼叫护士。

安妮卡这趟歌德堡之行原本只是揭开长期工作的一段短暂而必要的序曲,是为了认识莎兰德、问问她目前的状况,顺便将他们兄妹俩为这场官司所拼凑出来的初步策略大纲告知当事人。她原本打算当晚便返回斯德哥尔摩,不料在医院碰上这些意外,害她和莎兰德都还没有机会好好说话。莎兰德的情况比她先前听说的更糟,不但头部剧痛还发高烧,一个名叫安德林的医生不得不开给她强力止痛剂、抗生素等等药物。因此,当莎兰德一搬进新病房,门外也开始有警卫站岗后,院方便要求安妮卡离开,而且态度十分强硬。

已经下午四点半了,她不知如何是好。可以回斯德哥尔摩,但明天可能又得乘车到歌德堡。或者也可以留下来过夜,但当事人可能情况太糟,明天仍不得会客。她并没有订旅馆房间。主要是为受虐妇女辩护的她,财源并不丰厚,昂贵的旅馆开支最好能免则免。她先打电话回家,接着打给律师同侪莉莉安·尤瑟弗松,她是妇女网络的会员也是法学院的老同学。

"我现在在歌德堡。"她说,"今晚本来想回家,但发生了一些事,所以得留下来过夜。能不能住你那里?"

"来呀,那会很好玩。我们都多久没见了!"

"不会打扰你吧?"

"不会,当然不会。不过我搬家了,现在住在一条和林内街交叉的小街道。我有一间客房,有兴趣的话,晚一点可以一块上酒吧。"

"我要是还有精力的话。"安妮卡说,"什么时候方便?"

安妮卡和友人说好六点左右到达。

她搭巴士到林内街,在一家希腊餐馆待了半小时,因为觉得饿,便点了烤羊肉串色拉。她坐了许久,回想一整天发生的事,肾上腺素已消磨殆尽的此刻不由得微微打颤,不过她对自己还算满意。在最危险的那一刻,仍始终保持冷静,本能地作出正确决定。知道自己能有临危不乱的反应,这种感觉挺愉快的。

过了一会儿,她从公文包拿出随身手册,翻开到记事部分,仔细地读过一遍。她对于哥哥为她摘要的计划充满疑虑,当时乍听之下很合理,现在看来却不太完善。即便如此,她还是不打算退出。

六点一到,她付了钱,徒步走到莉莉安位于橄榄谷街的住处,按了朋友给的大门密码。进入楼梯间正要找电灯开关,忽然遭人袭击。有人出其不意地将她推撞到门边的瓷砖墙面,她的头遭到猛力撞击,立刻痛得不支倒地。

下一刻她听见脚步声迅速离去,接着大门打开后又关上。她勉强站起身来,用手摸摸额头,手掌沾了血。搞什么鬼?她走到大街上,正好瞥见一个人从街角转进斯维亚广场。受到惊吓的她呆站了一分钟左右,才又走回门边按密码。

这时她发觉公文包不见了。遇上抢劫了。几秒钟后她才开始感到害怕。糟了,札拉千科活页夹。恐慌不安的感觉开始从心窝往上升。

她缓缓地坐到楼梯阶上。

接着忽然跳起来,手伸进夹克口袋。随身手册。谢天谢地。离开餐厅时她把手册塞进口袋,没有放回公文包。那里头写了莎兰德一案的策略摘要,一点一点都写得清清楚楚。

随后她摇摇晃晃爬上六楼,用力敲着朋友的门。

半小时后她才真正平静下来,打电话给哥哥。她的一只眼已经有瘀血,眉毛上方划出一道伤口还在流血。莉莉安用酒精帮她消毒后,贴了一块绷带。不,她不想去医院。好,来杯茶也好。这时她才又开始能够理性地思考。第一件事就是打电话给布隆维斯特。

他还在杂志社办公室,和柯特兹与玛琳一起搜寻关于杀害札拉千科的凶手的资料。他听着安妮卡叙述事发经过,愈听愈心惊。

"没有骨折吧?"他问道。

"眼睛瘀青。只要稍微冷静一下就没事了。"

"你抵抗了抢匪,是这样吗?"

"麦可,我的公文包被抢了,里头有你给我的札拉千科报告。"

"没关系,我还可以再复印一份……"

他话说到一半，顿时觉得寒毛直竖。先是札拉千科，接着是安妮卡。

他关上电脑，塞进肩背包后，不发一语便快速地离开办公室，跑步回到贝尔曼路的公寓又跑着上楼。

门锁着。

一进家门，就发现放在餐桌上的活页夹已不翼而飞。也不必费力寻找了，他很清楚原来放的位置。他颓坐在餐厅椅子上，脑中一片乱糟糟。

有人来过他的公寓。有人企图湮灭札拉千科的痕迹。

他和妹妹的副本都不见了。

包柏蓝斯基手上还有一份。

但还在吗？

布隆维斯特起身走到电话边，刚拿起话筒随即定住。有人来过他的住处。他满心狐疑地盯着电话看，然后拿出手机。

但要窃听手机通话何其容易？

他慢慢地将手机放到室内机旁边，四下看了看。

我现在遭遇的显然是专业级的对手。他们可以不用破坏门锁轻易闯入，窃听想必也是轻而易举。

他再度坐下来。

看着电脑袋。

要入侵我的电子邮件有多难？莎兰德只要五分钟就能办到。

他思考了许久，又走回去用市内电话打给妹妹，遣词用字十分谨慎。

"你还好吗？"

"我没事，麦可。"

"你把你到达索格恩斯卡医院后到遭人袭击中间发生的事，全部跟我说一遍。"

安妮卡花十分钟叙述完毕。布隆维斯特对于其中隐含的意义不置一词，只是不断问问题直到自己满意为止。他的口气仿佛一个焦虑的哥哥，但内心却以截然不同的层面重建关键重点。

她是在当天下午四点半决定留在歌德堡。她用手机打给朋友，问到了地址和大门密码。六点整，抢匪已经在楼梯间内等她。

她的手机受到监听。这是唯一可能的解释。

也就是说她也受到了监听。

否则实在说不过去。

"札拉千科报告不见了。"安妮卡又说一遍。

布隆维斯特踌躇不语。无论是谁偷走报告，都已经知道他手上那份也被偷了。要主动提起听起来才自然。

"我的也是。"他说。

"什么？"

他说当他回到家，原本放在餐桌上的蓝色讲义夹已经不见了。

"这下可惨了。"他闷闷地说，"那是最重要的证物。"

"麦可……真抱歉。"

"我也很抱歉。"布隆维斯特说，"该死！但那不是你的错，我早该在拿到报告那天就公开才对。"

"我们现在怎么办？"

"不知道。发生这种事真是糟透了，会把整个计划都打乱。我们已经没有其他对毕约克或泰勒波利安不利的证据。"

他们又谈了两分钟，布隆维斯特便结束谈话。

"我要你明天就回斯德哥尔摩。"他说。

"我得去见莎兰德。"

"早上去见她。我们得坐下来好好想想接下来怎么办。"

布隆维斯特挂断电话后，坐在沙发上盯着前方发呆。窃听谈话的人已经知道他们弄丢了毕约克的报告以及毕约克与泰勒波利安医师的来往信件，对于布隆维斯特与安妮卡的一筹莫展应该感到很满意。

不过布隆维斯特前一晚研究过秘密警察历史后，至少得知一件事：假情报是所有间谍活动的基础。他刚刚就提供了一些到最后可能珍贵无比的假情报。

他打开电脑袋，取出要给阿曼斯基但尚未送出的副本。这是仅剩的一份，他可不想浪费了。相反地，他会再复印五份，分置于安全地点。

接下来他打了电话给玛琳。她正准备关门下班。

"你刚才匆匆忙忙地上哪去了？"她问道。

"能不能请你再多待一会儿？我有事情想和你商量。"

他已经几个星期都没空洗衣服，衬衫全丢在洗衣篮内。他打包了一支刮胡刀、《秘警的权力斗争》和毕约克报告的仅存副本，又前往Dressman男装店买了四件衬衫、两条长裤和几件内衣裤之后，直接进办公室。他说要先冲个澡，玛琳一边等着一边纳闷这是怎么回事。

"有人闯入我家偷走了札拉千科报告。有人在歌德堡袭击安妮卡，抢走她那份报告。我有证据显示她的电话遭窃听，所以我的很可能也一样。说不定你家里还有杂志社的所有电话都已遭到窃听。对方既然已大费周章闯入我住的地方，不顺便装个窃听器未免也太笨了。"

"我懂了。"玛琳黯然地说，并瞄了眼前办公桌上的手机一眼。

"继续像平常一样工作。可以打手机，但不要透露任何信息。明天，把事情告诉柯特兹。"

"他一小时前回家了，留了一堆官方调查报告在你桌上。不过你到这里来做什么？"

"我今晚打算在这里过夜。如果他们在今天射杀札拉千科、偷走报告，又在我家装窃听器，很可能只是刚开始行动，办公室还没遭殃。这里整天都有人在，我不想让办公室今晚唱空城计。"

"你认为札拉千科的死……可是凶手是个精神不正常的老人。"

"玛琳，我不相信巧合。有人正在湮灭札拉千科的痕迹。我不管别人怎么想那个老疯子，也不管他写了多少疯狂信件给内阁成员，他应该是受雇于人的杀手。他是到医院去杀札拉千科的……也许还有莉丝。"

"但他自杀了,或者是企图自杀。有哪个受雇的杀手会这么做?"

布隆维斯特想了一想,随即迎向玛琳的目光。

"如果已经七十八岁,已不怕失去什么,也许就会这么做。他卷进这整个事件,等我们挖掘到最后就能证明了。"

玛琳细细打量布隆维斯特的脸。她从未见他如此沉着而坚定,不由得打了个寒噤。布隆维斯特留意到她的反应。

"还有一件事。我们作战的对手已不再是一群罪犯,而是一个政府部门。这将是一场硬仗。"

玛琳点点头。

"我没想到事情会走到这一步。玛琳……今天发生的事让我们清楚地知道这会有多危险。如果你想退出,就说一声。"

她心想不知爱莉卡会怎么说。接着她固执地摇了摇头。

第二部
黑客共和国
五月一日至五月二十二日

　　公元六九七年有一条爱尔兰法律禁止女性从军——也就是说在此之前有女性士兵。数百年来募集过女兵的民族包括阿拉伯人、北非的柏柏尔人、西亚的库尔德人、北印度的拉其普特人、中国人、菲律宾人、毛利人、巴布亚人、澳大利亚原住民、麦克罗尼西亚人与美洲印第安人。

　　古希腊关于可怕女战士的传说极为丰富，讲述女性从小接受战艺训练，诸如武器的使用、如何应对体力不支等等。她们与男人分开生活，自己组军队去打仗。这些故事告诉我们她们在战场上征服了男人。例如公元前六百年，荷马所写的希腊文学作品《伊利亚特》中便出现了亚马孙女战士。

　　"亚马孙"一词是希腊人发明的，本义为"没有乳房"。据说女子为了便于拉弓，若非在童年便是在成年后以炽热铁块除去右侧乳房。虽然据说古希腊名医希波克拉底与盖伦都认同这项手术能增进使用武器的能力，但究竟是否有人确实执行却令人怀疑。在此还有一个语言学之谜："亚马孙"（Amazon）的前缀"a"是否果真意味着"没有"？有人认为恰恰相反，亦即亚马孙指的是胸部特别大的女人。而且无论在哪个博物馆都找不到任何描绘少了右胸的女人的素描、护身符或雕像，倘若有关割除右胸的传闻属实，这理应是十分普遍的创作主题。

第八章
五月一日星期日至五月二日星期一

电梯门开时，爱莉卡深吸一口气，走进《瑞典摩根邮报》的编辑办公室。时间上午十点十五分。她穿着黑长裤、红色套头毛衣和深色夹克来上班。今天是个地道的五一好天气，穿越市区途中，她发现劳工团体已经开始聚集，这才忽然想到自己已经二十几年没有参加过类似的游行。

她在电梯门边独自隐身站立片刻。上班第一天。从这里可以看见一大半编辑办公室，编辑台就在正中央。她还看见总编辑办公室的玻璃门，如今那是她的了。

她一点也没有把握自己是领导《瑞典摩根邮报》这个庞杂组织的适当人选。她可是跨了好大一步，才从五人杂志社迈入一间拥有八十名记者、九十名行政人员，外加IT技师、美编、摄影师、广告业务与报纸发行所需一切人员的日报。除此之外还有一家出版社、一家制作公司和一家投资管理公司，员工超过两百三十人。

她站在那里扪心自问，这整件事会不会是个天大错误？

这时两名柜台接待人员当中年纪较长那位发现了刚刚走进办公室的人是谁，连忙起身走出柜台，伸手相迎。

"贝叶小姐，欢迎加入《瑞典摩根邮报》。"

"叫我爱莉卡就好，你好。"

"我是比阿特丽斯，欢迎。要不要我带你去找总编辑莫兰德？或者应该说是即将卸任的总编辑？"

"谢谢，我看见他就坐在那边那个玻璃笼子里。"爱莉卡微笑着说，"我可以自己去，但还是谢谢你。"

她快速地走过编辑室，也察觉到噪音量陡降，每个人的目光都投射在她身上。她来到半空着的编辑台时停下脚步，友善地向大伙点点头。

"待会儿我们再正式自我介绍。"她说完便走到玻璃室前面敲门。

即将离职的总编辑霍肯·莫兰德已在这间玻璃笼里待了十二年。他和爱莉卡一样,都是从外面挖掘来的人才——所以他也曾在上班第一天和她走过同样一段路。他抬起头,有点茫然,随后立刻站起来。

"你好,爱莉卡。"他说道,"我以为你星期一才开始上班。"

"我不能忍受再在家里多待一天,所以就来了。"

莫兰德伸出手,说道:"欢迎,你能接手,我真是说不出的高兴。"

"你还好吗?"爱莉卡问。

他耸耸肩,柜台的比阿特丽斯正好端着咖啡和牛奶进来。

"感觉上我的运作速度已经减半,其实我不太想谈这个。一辈子自以为像个长生不老的青少年跑来跑去,却忽然惊觉所剩的时间不多。不过有一件事是肯定的——我可不想在这个玻璃笼子里度过余生。"

他说着揉揉胸口。他有心血管的毛病,这也是他之所以要走、爱莉卡也得比预定时间提早几个月开始上班的原因。

爱莉卡转身望着外头编辑室的景象,看见一名记者带着摄影师朝电梯走去,可能正要去采访五一游行的新闻。

"莫兰德……如果我会妨碍你或是你今天很忙,我可以明后天再回来。"

"今天的工作是写一篇关于示威游行的社论,我在睡梦中都能写。如果左倾分子想和丹麦开战,我就得解释他们错在哪里。如果左倾分子想避免与丹麦作战,我也得解释他们错在哪里。"

"丹麦?"

"没错。五一的信息必须触及移民融合问题。当然了,不管左倾分子说什么都是错的。"

他说完开怀大笑。

"向来这么愤世嫉俗吗?"

"欢迎加入《瑞典摩根邮报》。"

爱莉卡对莫兰德从无任何想法。在杰出的总编辑群中，他是个不出风头的权力人物，他写的社论给人单调而保守的印象，很善于抱怨税务，论及媒体自由时则是十足的自由主义者。不过她从来没见过他本人。

"你有时间跟我说说工作内容吗？"

"我六月底走，我们会一起工作两个月。你会发现一些好事和一些坏事。我是个愤世嫉俗的人，所以看到的大多是坏事。"

他起身走到她旁边，透过玻璃望向编辑室。

"你会发现随着这份工作而来的是，外头有一帮和你作对的人——日间主编与编辑老鸟们都会自成一个小王国，他们有自己的圈圈是你无法加入的。他们会试图扩张版图，试图让自己的标题和观点强行过关，你得奋力一搏才能站稳立场。"

爱莉卡点点头。

"你的夜间主编是毕林耶和卡尔森……各自都有很多搞头。他们互相憎恨对方，重要的是他们不值同一个班，不过这两人都是一副发行人兼总编辑的架势。另外还有新闻主编安德斯·霍姆，你们接触的时间会很多，我想冲突也少不了。事实上，他是每天让《瑞典摩根邮报》出刊的人。至于记者，有些根本不受约束，还有些真的应该扫地出门。"

"难道就没有一个好同事？"

莫兰德又笑了。

"有啊，但你能跟谁处得来得由你自己决定。外头有一些记者非常优秀。"

"那么管理阶层呢？"

"马纽斯·博舍是董事长，也就是网罗你的人。他很迷人，有点老派却也有点前卫，但最重要的，他是决策者。有些董事——包括拥有报社的家族中的几人——似乎多半是坐在那里消磨时间，有些则是跑来跑去，一副专业董事的模样。"

"你好像不太欣赏你们的董事。"

"必须要分工。我们出报，他们负责财务，所以不应该干涉报道内容，但总会有突发状况。爱莉卡，我私下老实跟你说好了，你会很辛苦。"

"怎么说？"

"自辉煌的六十年代至今，发行量减少了将近十五万份，《瑞典摩根邮报》可能很快就不再获利。我们已经进行重整，从一九八〇年起裁减了不下一百八十份工作。我们改采小型报版面，这早在二十年前就该做了。《瑞典摩根邮报》仍在大报之列，但很快就会被视为二流报纸，说不定现在已经是了。"

"那么他们为什么选上我？"

"因为我们读者的平均年龄超过五十岁，而二十多岁读者的成长率几乎是零，报纸需要重新注入活力。董事们的理论是找来他们觉得最不可思议的总编辑。"

"一个女人？"

"不是随便一个女人，而是击垮温纳斯壮帝国、被视为调查报道女王并且以强悍闻名的那个女人。想想这个画面，他们怎能抗拒得了？如果连你都无法让报社起死回生，就没有人办得到。《瑞典摩根邮报》聘请的不只是爱莉卡·贝叶，而是和这个名字连在一起的所有神秘魅力。"

布隆维斯特走出霍恩斯杜尔街区戏院旁的科帕小馆时，刚过下午两点。他戴上太阳眼镜，转上贝松斯特兰路前往地铁站。他一眼就发现街角停了一辆灰色沃尔沃，但经过时并未放慢脚步。车牌相同，车里空无一人。

这四天来已是第七次看到这辆车。他不知道车子在这一带停了多久，会留意到它纯粹是巧合。第一次是星期三早上，车子停在他贝尔曼路公寓大门附近，是出门上班时看见的。他无意间瞥见车牌号码是"KAB"开头，之所以特别留意是因为那是札拉千科的公司名称"卡尔·阿克索·波汀有限公司"的缩写。但若不是几小时后和柯特兹、玛琳在梅波加广场吃午餐时又发现同一辆车,他也不会多作联想。这回沃尔沃停在《千禧年》办公室附近的一条巷子内。

他怀疑可能是自己的妄想,不料当天下午到厄斯塔的康复中心造访潘格兰时,那辆车又出现在访客停车场。不可能是巧合。布隆维斯特于是开始留意身边的一切。第二天早上再看见同一辆车便不感到讶异了。

但从未见过驾驶员。

打电话到监理处得知车主是住在威灵比维坦吉路的约朗·莫天森。接着搜寻了一小时,发现这个莫天森拥有商业顾问的头衔,名下有一间私人公司,地址则是国王岛佛莱明路的邮政信箱。莫天森的个人资历倒是很有趣。一九八三年十八岁,在海岸巡防队服兵役,后来成了职业军人。一九八九年晋升为中尉之后,转而进入索尔纳的警察学校就读,一九九一年至一九九六年间在斯德哥尔摩警局服务。一九九七年的外勤名单中已经没有他的名字,而一九九九年他便登记成立自己的公司。

如此说来,是秘密警察。

即使比这个更小的事都足以让一个勤奋的调查记者备感猜疑。布隆维斯特认定自己遭到监视,但手法实在太拙劣,要他不注意到都很难。

但真的是手法拙劣吗?最初他之所以留意这辆车,是因为车牌号码刚好对他有特殊意义。若非"KAB"三个字母,他根本不会多看一眼。

星期五,KAB很明显地不见了。布隆维斯特虽无法百分之百确定,但当天似乎有一辆红色奥迪在跟踪他。他没能看见车牌号码。星期六,沃尔沃又回来了。

布隆维斯特离开科帕小馆正好二十秒后,克里斯特在对街罗索咖啡馆的遮阳棚底下举起尼康相机,对准跟在布隆维斯特身后走出咖啡馆、经过街区戏院那两名男子,连拍十二张照片。

其中一人看起来约莫四十岁左右,有一头金发。另一人显得年纪大一些,微红的金发已渐稀疏,并戴着太阳眼镜。两人都穿着牛仔裤与皮夹克。

那两人走到灰色沃尔沃车旁分手。较年长那人上车,较年轻那人则尾随布隆维斯特前往霍恩斯杜尔地铁站。

克里斯特放下相机。布隆维斯特并未多作解释,只是坚持要他在星期日下午到科帕小馆附近晃一晃,找一辆车牌号码开头是 KAB 的灰色沃尔沃,并吩咐他找个好位置,以便拍下上那辆车的人,而且很可能就在三点刚过。布隆维斯特还要克里斯特睁大眼睛留意任何可能在跟踪他的人。

听起来很像典型的布隆维斯特历险记的序曲,克里斯特从来不敢肯定他是天生偏执,或是天赋异禀。自从哥塞柏加事件发生后,布隆维斯特的确变得自闭且难以沟通。其实这也不是什么不寻常的事。只不过每当布隆维斯特在写一则复杂的新闻时,就会变得特别明显——温纳斯壮事件爆发前几个星期,克里斯特便曾见过同样异常而神秘的行为。

但话说回来,克里斯特自己也看见了,布隆维斯特确实遭人跟踪。他隐约感到忧虑,不知又有什么新的噩梦正在酝酿。而不管是什么,都会吸光《千禧年》的时间、精力与资源。此时杂志社的总编辑才刚脱队投奔大报社,《千禧年》好不容易重建的安稳状态转眼间又再度变得混沌不明,克里斯特觉得布隆维斯特实在不应该展开什么疯狂的计划。

但克里斯特已经至少十年没有参加游行——除了同志光荣游行之外。反正这个五一节的星期日也无事可做,还不如迁就一下任性的发行人。尽管没有接到进一步跟踪的指示,他还是优哉地跟在尾随布隆维斯特那人的身后,但到了长岛街却忽然不见人影。

布隆维斯特发现自己的手机被监听后,第一件事就是让柯特兹去买几只二手机子。柯特兹以极低价格买了一大堆爱立信 T10s，布隆维斯特又买了一些 Comviq 电信公司的预付卡，再将手机分发给玛琳、柯特兹、安妮卡、克里斯特、阿曼斯基，另外自己也保留一只。这些手机只有在进行需要绝对保密的对话时才使用，至于日常话题，可以也应该用原本的手机。也就是说每个人都得随身携带两只手机。

周末轮到柯特兹值班，因此傍晚进办公室时，布隆维斯特又看见他。自从札拉千科遭杀害后，布隆维斯特便排出二十四小时的班表，让办公室随时有人在，每晚也会有人在里头过夜。值勤名单包括他自己、柯特兹、玛琳和克里斯特。罗塔是出了名的怕黑，死也不肯独自在办公室过夜。莫妮卡不怕黑，但她工作得太卖力，所以让她下班后回家休息。桑尼已经有点年纪，而且身为营销主任与编辑工作无关。他也快去度假了。

"有什么新消息吗？"

"没什么特别的，"柯特兹回答，"今天全是五一的新闻，再自然不过。"

"我会在这里待几个小时，"布隆维斯特告诉他，"你去休息一下，九点左右再回来。"

柯特兹离开后，布隆维斯特拿出匿名手机打给歌德堡的特约记者丹尼尔·欧森。这些年来，《千禧年》刊登过他的几篇文章，布隆维斯特对他搜集背景资料的能力很有信心。

"欧森，我是布隆维斯特，你方便说话吗？"

"当然。"

"我想找人做个调查。我们可以付你五天的劳务费，而且调查结束不必写报告。当然，你愿意的话还是可以用它写一篇文章，我们会刊登，但主要是调查的部分。"

"好，说吧。"

"这很敏感，除了我你不能和任何人讨论，而且只能透过热邮和我联络。你甚至不能提到你正在替《千禧年》调查事情。"

"听起来很有趣。你想知道什么？"

"我要你到索格恩斯卡医院做一份工作场所报告。我们就把报告简称为'ER',目的是观察真实场所与电视剧之间的差异。我要你到医院的急诊室与加护病房观察几天,和医生、护士、清洁工……总之就是所有的工作人员谈谈。问问他们的工作情形,问他们确实都做了些什么等等。当然还要拍照。"

"加护病房?"欧森问道。

"没错。我要你把焦点放在针对重伤病人进行后续护理的11C病房区。我要知道整个区的规划格局、有谁在那里工作,还有他们的长相与背景。"

"除非我记错了,不然11C区应该有个病人叫莉丝·莎兰德。"

欧森果然不是刚出道的菜鸟。

"那可有趣了。"布隆维斯特说,"找出她住哪间病房、隔壁住了什么人、那一区的例行公事为何。"

"我觉得这应该完全不是这则报道的重点。"欧森说。

"我说过了……我要的只是你调查的结果。"

于是他们交换了热邮信箱。

护士玛莉安进来的时候,莎兰德正仰躺在地板上。

她"咦"了一声,对患者在加护病房的这类行为是否恰当表达质疑。但她也承认,这是病人唯一的运动空间。

莎兰德汗流浃背。她听从理疗师的建议,花了三十分钟做举臂、伸展与仰卧起坐。其实她每天都有一长串的动作要做,以强化三星期前动过手术的肩膀与臀部肌肉。她呼吸粗重,只觉得身体状况奇惨无比。虽然很容易疲倦,左肩很紧,而且稍一用力就痛,但确实正在逐渐复原。手术后不断折磨她的头痛已经减缓不少,现在只偶尔才会发作。

她认为自己已经好了八九成,有可能的话,应该可以大步——或至少一拐一拐地——走出医院,但实际上却不然。首先医生尚未宣布她痊愈,其次她的房门始终都上锁,门外走廊上还坐了一个安保公司派来的该死打手看守着。

以她的健康状况其实可以转入普通康复病房,但经过反复讨论后,警方与院方一致同意让莎兰德暂时留在十八号病房。这个房间看守较容易,一天二十四小时都有工作人员在附近走动,而且是位于L形走廊的尽头。札拉千科命案发生后,11C病房区的人员都提高警觉,加上对莎兰德的情况十分了解,因此最好不要让她搬进以新程序运作的新病房。

无论如何,再过几星期,她在索格恩斯卡的住院生活就要结束。医生一旦宣布她可以出院,她就会被送往斯德哥尔摩的克鲁努贝里看守所等候审判。而决定这个时机的人正是约纳森医师。

哥塞柏加枪击案发生十天后,约纳森医师才准许警方首度进行正式问讯,依安妮卡之见,这对莎兰德有利。只可惜连安妮卡要见当事人也难如登天,这可就很讨厌了。

经过札拉千科命案与古尔博企图自杀等事件的纷扰后,约纳森评估了莎兰德的状况,并考虑到莎兰德涉嫌三起凶杀案,还几乎受到父亲的攻击致死,想必承受了极大压力。他不知道她是否清白,而身为医生,他对这个答案一点也不感兴趣,只是断定莎兰德受到压力、被枪击三次,还有一颗子弹射进大脑差点要了她的命。她高烧不退,又有严重的头痛。

他不敢大意。无论是不是嫌疑犯,她毕竟是他的病人,让她痊愈是他的职责。于是他填了一张"禁止探视"的表格,这与检察官的那张禁止令毫无关系。他开了各种药方,并嘱咐她彻底卧床休息。

但约纳森也明白隔离是一种不人道的处罚方式,事实上几近于刑囚。不得与任何朋友接触,谁也高兴不起来,所以他决定让莎兰德的律师代替朋友的角色。他和安妮卡进行了一番恳谈,解释说她可以每天和莎兰德会面一小时,这段时间内她可以和她说话,也可以只是静静坐着陪她,就是不能谈论莎兰德的问题或是即将展开的法律之战。

"莎兰德头部中弹,伤势非常严重。"他解释道,"我想她已经脱离险境,但随时还是可能出血或出现其他并发症。她需要休息,需要时间复原。只有当她完全康复了,才能开始面对法律问题。"

安妮卡能理解约纳森医师的论点。她会和莎兰德聊一些普通话题,偶尔也会暗示她与布隆维斯特所计划的策略要点,但莎兰德吃了太多药、太疲乏,往往听安妮卡说着说着就睡着了。

阿曼斯基端详着克里斯特所拍下从科帕小馆开始跟踪布隆维斯特那两人的照片。焦距调得非常清晰。

"没有,"他说,"从来没见过他们。"

布隆维斯特点了点头。此时是星期一上午,布隆维斯特从车库进入米尔顿大楼后,便和阿曼斯基待在他的办公室。

"年纪较大的是莫天森,沃尔沃的车主。他像是有愧良知似的跟了我至少一个星期,说不定还更久。"

"你认为他是秘密警察?"

布隆维斯特提到莫天森的经历。阿曼斯基犹豫着。

秘密警察老是出糗,这可以视为理所当然、再自然不过的事,而且不只是瑞典秘密警察,全世界的情报单位恐怕都是如此。法国秘密警察甚至派蛙人到新西兰炸毁绿色和平组织的"彩虹战士号",老天爷!那肯定是有史以来最愚蠢的一次情报运作,但也可能排在尼克松总统疯狂地闯入水门大厦的事件之后。有这么白痴的领导人,也难怪屡屡发生丑闻。秘密警察的成功事迹从未被报道过,但一旦做出任何不当或愚蠢之事,媒体就会发挥事后诸葛的本领大加挞伐。

一方面,媒体将秘密警察视为绝佳新闻来源,几乎每一次政府出的政治错误都会上头条:"秘密警察怀疑……"秘密警察的说辞在头条新闻里举足轻重。

另一方面,各党派的政治人物与媒体一得知有哪个曝光的秘密警察曾监视瑞典公民,总会特别严厉地谴责。阿曼斯基觉得这实在很矛盾。他完全不反对秘密警察的存在。因为总得有人负责看着那些读了太多巴枯宁[1]著作的人——其实谁管这些新纳粹读了谁的作品——以

---

[1] 巴枯宁(Mikhail Alexandrovich Bakunin,1814—1876),知名俄国革命分子与现代无政府主义的创始人。

免他们用肥料和油拼凑成炸弹，放到罗森巴特外的某辆货车内。秘密警察是必要的，阿曼斯基并不觉得稍为偷偷监视一下有何不妥，只要他们的目的是为了保卫国家安全。

当然了，问题是被指派监视公民的组织必须受到严格的公共监督，必须遵守高标准的宪法原则。然而，国会议员几乎不可能监督秘密警察，即使首相指派特别调查员，多半也只是名义上可以插手一切。阿曼斯基手上有布隆维斯特复印的黎波姆所著的《一项任务》，他愈看愈感惊讶。假如发生在美国，将会有十来个资深情报员因为妨碍司法而遭到逮捕，并被迫出席国会的公共委员会。但在瑞典，这些人显然碰不得。

莎兰德一案显示该组织内部似乎乱了套。但是当布隆维斯特特地送来一只安全手机时，阿曼斯基的第一个念头是：这个人有妄想症。直到听完详细过程，审视了克里斯特的照片后，他才勉强承认布隆维斯特的怀疑有理。这并非好预兆，反而显示出十五年前企图除掉莎兰德的阴谋并非过去式。

若说一切都是巧合，也未免太多了。且不论札拉千科可能是被一个疯子杀死的，命案发生时，布隆维斯特和安妮卡手上要用来举证的最重要文件竟也同时被窃。这已经够惨的了，没想到关键证人毕约克也跟着上吊自尽。

"说好了，我可以把这个交给跟我接头的人对吗？"阿曼斯基边整理布隆维斯特的资料边问道。

"你说这是你信得过的人？"

"一个拥有最高道德名望的人。"

"在秘密警察界？"布隆维斯特的口气难掩怀疑。

"我们的意见必须一致。我和潘格兰都接受了你的计划，也愿意和你配合。但我们无法独力厘清整件事，如果不想最后以灾难收场，就得在政府机关里找盟友。"

"好吧。"布隆维斯特勉强点头同意，"我从来不会在文章发表前透露数据。"

"不过在这个案子里,你已经透露了。你已经告诉我、你妹妹还有潘格兰。"

"话是没错。"

"你会这么做是因为连你也明白这绝不只是你们杂志社的一篇独家。这一次,你并非客观的报道者,而是实地参与了逐渐展开的事件,所以你需要帮助,单凭一己之力,你是赢不了的。"

布隆维斯特投降了。反正他也没有对阿曼斯基或妹妹说出完整的事实。他和莎兰德之间还有一两个只有他们俩知情的秘密。

最后他和阿曼斯基握了手。

第九章
五月四日星期三

爱莉卡开始代理《瑞典摩根邮报》总编辑职务三天后,总编莫兰德便在午餐时间过世了。他在玻璃笼中待了一整个上午,爱莉卡则和副主编彼得·弗德列森一起去会见体育版主编,以便多认识同事并了解他们的工作方式。弗德列森现年四十五岁,在报社里还算是新人,虽然沉默寡言但不讨人厌,经验也很丰富。爱莉卡已经决定一旦换自己掌舵,弗德列森的见识是可以仰赖的。她花了不少时间评估哪些人她将来可以信赖,并延揽入自己的新团队。弗德列森绝对是个好人选。

他们回到编辑台时,看见莫兰德起身走到玻璃笼的门边。他好像吓了一跳。

接着他身子往前倾,手抓住一张椅子的椅背,撑了几秒钟,随后便不支倒地。

救护车还没到,他就断气了。

一整个下午,编辑室都弥漫着慌乱的气氛。董事长博舍于两点抵达后,召集员工为莫兰德举行了一个简短的悼念仪式。他提及过去十五年来莫兰德如何为报社尽心尽力,以及身为报人有时需要付出的代价。最后他请众人默哀一分钟。

爱莉卡发觉有几位新同事正看着她。一个未知数。

她清清喉咙,在没有受邀也不知该说什么的情况下往前踏出半步,语气坚定地说:"我认识莫兰德总共整整三天,时间实在太短。尽管对他的了解十分有限,但说实在的我真希望能多认识他一点。"

她从眼角余光瞥见博舍盯着她瞧,便即住口。对于她的主动发言,他似乎很惊讶。她又往前一步。

"你们总编辑的不幸骤逝将会为编辑室造成问题。我预定要在两个月后接替他的工作，本来以为还有时间能多多向他学习。"

她看见博舍张开嘴似乎有意说些什么。

"如今已不可能了，我们将度过一段适应期。但莫兰德是一份日报的总编辑，报纸明天还得照常发行。现在距离送印刷厂还有九个小时，距离头版定稿还有四个小时。我能不能请问……你们当中哪一位和莫兰德的关系最亲密？"

员工们你看我、我看你，一时鸦雀无声。最后爱莉卡听见左侧传来一个声音。

"应该就是我了。"

是头版主编古纳·马格努森，已经在报社工作三十五年。

"需要有人来写一篇讣闻，不能由我执笔……那太冒昧了。能不能请你代劳呢？"

古纳迟疑片刻，但还是说："好，我写。"

"我们要以整篇头版报道，其他的全都往后挪。"

古纳点点头。

"我们需要照片。"她往右边一瞄，正好与图片编辑雷纳·托凯森四目交接。他点了点头。

"我们得开始忙这个了。一开始可能会困难重重。当我需要有人协助作决定，我会询问你们的意见，也会仰赖你们的技能与经验。你们知道发行报纸是怎么回事，而我还得多上点课。"

她转向弗德列森。

"弗德列森，莫兰德非常信任你。目前你得像个导师一样地教我，责任要比平常更重一些。我想请你当我的顾问。"

他点点头。不然还能怎么办？

她接着将话题转到头版的主题。

"还有一件事。今天早上莫兰德在写他的社论。古纳，你能不能进他的电脑，看看他写完了没有？即使还没有完全完稿，我们也要发表。这是他最后一篇社论，若不刊载未免太可耻。我们今天出的报纸依然是霍肯·莫兰德的报纸。"

无人做声。

"如果有人需要一点私人时间,或想休息一下好好思考,就请这么做吧。你们都知道截稿时间。"

无人做声。但她发现有人点头同意。

"开工吧,各位。"她用英语低声说。

霍姆柏无计可施地两手一摊,包柏蓝斯基和茉迪满脸狐疑,安德森则面无表情。他们正仔细检视着霍姆柏当天早上完成的初步调查报告。

"什么都没有?"茉迪问话的口气十分吃惊。

"什么都没有。"霍姆柏摇摇头说,"法医的最终报告今天早上送来了,除了上吊自杀之外没有任何其他迹象。"

他们再次看着在斯莫达拉勒那间避暑小屋客厅拍的照片。一切都指向一个结论:国安局移民组副组长毕约克爬上凳子、在吊灯挂钩上打绳结、套上自己的脖子,然后毅然决然地将凳子踢到客厅另一头。法医无法确定死亡时间,但证明事情发生在四月十二日下午。而四月十九日发现尸体的不是别人,正是安德森巡官,因为包柏蓝斯基一再试图联络毕约克都找不到人,气恼之余才终于派安德森去找他。

在那个星期当中,天花板的吊灯挂钩松了,毕约克的尸体随之跌落地面。安德森从窗口看见尸体,紧急回电告知。包柏蓝斯基与其他抵达避暑小屋的人,从一开始就把它当成犯罪现场,认定毕约克是被某人绞死的。当天稍晚,鉴定小组发现了吊灯挂钩,霍姆柏便受命查验毕约克的死因。

"一点都没有犯罪迹象,也看不出当时除了毕约克还有他人在场。"霍姆柏说。

"吊灯呢?"

"天花板吊灯上有屋主的指纹,两年前是他挂上去的,还有毕约克自己的指纹,也就是说是他取下吊灯。"

"绳子哪来的?"

"花园里的旗杆。有人剪下两码左右的绳索,后门外窗台上有一把随身小刀,据屋主说刀子是他的,平常都放在厨房长台面下的工具抽屉里。刀柄、刀刃还有工具抽屉都留有毕约克的指纹。"

"嗯。"茉迪出声。

"是什么样的绳结?"安德森问。

"祖母结,就连活结也只是一个环圈。这很可能是唯一有点奇怪的地方。毕约克以前是海军,应该知道怎么打绳结。不过谁知道一个企图自杀的人还会多注意绳结呢?"

"那么药物反应呢?"

"根据毒物检定报告,毕约克血液中有强力止痛剂反应,这是医生开给他的药。也有酒精反应,但非常微量。换句话说,他多少算是清醒。"

"法医报告上说他有几处擦伤。"

"左膝外侧有一道三厘米多长的擦伤,真的只是小伤口。我想过,但受伤原因可能有十来种……例如碰撞到桌角之类的。"

茉迪拿起一张毕约克面容扭曲的照片。绳圈深深嵌进皮肉,因此绳索隐藏在脖子表皮底下。整张脸肿得怪异。

"挂钩松脱前他已经吊在那里大约二十四小时。全身血液不是在头部——绳圈让血无法流到身体——就是在下肢。当挂钩脱落,他的身体坠地,胸部撞到茶几,导致这里有很深的瘀痕。但这个伤却是在死后很久才出现。"

"死得还真惨。"安德森说。

"不知道。绳圈很细所以切得很深,阻止了血流。他很可能几秒钟内就陷入昏迷,一两分钟就死了。"

包柏蓝斯基嫌恶地合上初步调查报告,他不喜欢这个。据他们推断,札拉千科和毕约克是同一天死亡,这个事实他一点也不喜欢。但再多的推测也无法改变一个事实,那就是犯罪现场的调查结果丝毫不能佐证有第三者协助毕约克上路的理论。

"他承受了很大的压力。"包柏蓝斯基说,"他知道札拉千科的事恐怕会曝光,他也可能因为性交易罪被判刑坐牢,还要任由媒体宰割。不知道他比较害怕哪一样?他有病,长期受慢性病所苦……不知道。要是留下遗书就好了。"

"很多自杀的人都不会写遗书。"

"我知道。好吧,暂时先把毕约克放到一边,反正也别无选择。"

爱莉卡暂时还无法坐到莫兰德的座位,也无法将他的物品挪到一旁。她安排古纳去找莫兰德的家属,请遗孀找个时间自己来或派个人来清理他的东西。

短时间内,她先在编辑室正中央的编辑台清出一块地方,摆上笔记本电脑,在那里发号施令。现场一片混乱。但她在如此骇人的情况下接掌《瑞典摩根邮报》三小时后,头版付印了。古纳将莫兰德的生平与职场经历拼凑成四栏的文章。版面编排以一张黑边相片为中心,几乎整张照片都在折线之上,他未完成的社论置于左侧,最底部则是一长排相片。这样的设计并不完美,但有很强烈的情绪感染力。

快六点的时候,爱莉卡正在检视第二版的标题并与主编讨论内文,博舍走上前来拍拍她的肩膀。她抬起头来。

"能跟你谈一谈吗?"

他们一起走到员工休息室的咖啡机前。

"我只是想告诉你,我很满意你今天掌控局面的方式。我想你出乎了我们大家的意料。"

"我没有太多选择。不过在真正上轨道之前可能会有点跌跌撞撞。"

"我们能理解。"

"我们?"

"我是说员工和董事们,尤其是董事会。但经过今天的事情后,我更加确信你是理想的人选。你在紧急关头来到这里,还在非常艰难的情形下挑起重任。"

爱莉卡几乎就要脸红。不过她从十四岁起就没有脸红过。

"我可以给你一点建议吗？"

"当然。"

"我听说在某个标题上，你和霍姆有不同意见。"

"我们对于文章中讨论政府税务方案的角度有不同意见。新闻版的标题应该保持中立，他却加入了个人观点。观点应该保留在社论版。既然说到这个，我就顺带一提……以后我偶尔得写社论，但我之前也告诉过你我并不活跃于任何政党，所以我们得解决以后由谁负责社论版的问题。"

"暂时可以让古纳接手。"博舍说。

爱莉卡耸耸肩。"你指派谁我无所谓，但这人必须清楚地表达报社的观点。立场应该在这里表明……而不是在新闻版。"

"说得很对。我刚才要说的是对于霍姆，你可能得稍微让步。他在《瑞典摩根邮报》已经很久，担任新闻主编也已经十五年，他知道自己在做什么。有时候他或许脾气暴戾，但他是无可取代的。"

"我知道，莫兰德跟我说过。不过在政策方面，他必须服从指令。我才是受聘来经营报纸的人。"

博舍想了想，说道："等这些问题浮现后，我们再一一解决吧。"

星期三晚上，安妮卡在歌德堡中央车站搭上 X2000 列车时，既疲倦又生气，觉得自己好像在这班列车上住一个月了。她到餐车买了杯咖啡，回到座位上，打开她和莎兰德最后一次谈话的笔记。莎兰德，这也是她感到疲倦又生气的原因。

她有所隐瞒。那个小笨蛋没有告诉我全部实情。而麦可也有所隐瞒。天晓得他们在玩什么把戏。

她也认定了，既然哥哥和当事人至今尚未沟通过，那么两人之间的阴谋——如果真有的话——肯定是自然而然发展出来的默契。她不明白是什么样的事，但哥哥一定认为非常重要，不得不隐瞒。

她担心事关道德问题，这是他的弱点之一。他是莎兰德的朋友。她了解自己的哥哥，知道他一旦交上朋友，即使这个朋友是个有明显性格缺失的讨厌鬼,他也会对她忠心不二到鲁莽的地步。她也知道他可以容忍朋友做无数蠢事,但不能越过某条界线,至于界线到底在哪里似乎因人而异,只是她知道他曾经因为好友做出他认为出轨的事而与他们彻底绝交,而且毫无通融余地,绝交后便老死不相往来。

安妮卡明白哥哥在想什么,但对莎兰德却毫无头绪,有时候甚至觉得她脑子里根本什么也不想。

安妮卡原本猜想莎兰德可能很情绪化也很封闭,直到见到她本人,才觉得那肯定只是某个阶段,就看能不能得到她的信赖。但经过一个月的交谈——且不论前两星期莎兰德几乎无法说话,因此浪费不少时间——她们之间依然纯粹是单方面的沟通。

莎兰德有时似乎十分沮丧,丝毫不想处理自己的现状与未来。要想为她提供有效的辩护,唯一的方法就是了解所有事实,但她根本不明白也不在乎。安妮卡如何能在黑暗中工作呢!

莎兰德经常闷不吭声,即使说了什么,也总得思考许久、慎选言词。通常她完全不搭腔,有时候却会回答安妮卡几天前提出的问题。警方问讯时,莎兰德也是一声不吭,双眼直视前方。她就是不肯对警方吐露只字半句,几乎从无例外。罕见的例外是当埃兰德警官问她有关尼德曼的事时,她会抬起头看着他,非常明确地回答每个问题。然而一转换话题,她马上失去兴趣。

她知道原则上莎兰德从不和官方人士交谈,这对这次的案子很有利。尽管她不断鼓励当事人回答警方的问题,但内心深处对莎兰德保持沉默还是很高兴。原因很简单,沉默就不会前后不一,就没有会牵绊她的谎言,也没有在法庭上会产生不利影响的矛盾推论。

然而莎兰德的沉着令她十分惊讶。她们俩独处时,她问过她为什么如此固执不肯与警方谈。

"他们会扭曲我说的话,然后用来攻击我。"

"可是如果你不解释清楚,最后还是可能被判刑。"

"那就这样吧。这一堆问题不是我惹出来的,如果他们想要判我的罪,我也没办法。"

最后，莎兰德还是将史塔勒荷曼发生的事几乎全都一五一十地告诉了律师，只有一事除外。她不肯说出蓝汀的脚上怎么会中弹。不管安妮卡如何软硬兼施，莎兰德都只是瞪着她，撇着嘴笑。

她也告诉安妮卡哥塞柏加的事，但完全没有提到自己为什么追踪父亲。她是刻意到那里去杀他——一如检察官所说——或是去和他说理？

当安妮卡提起她前任监护人毕尔曼时，莎兰德只说自己没有开枪杀他，那件命案也不再是她被起诉的罪名之一。而当话题触及这一连串事件的最关键处，亦即一九九一年泰勒波利安医师在精神病院里扮演的角色，莎兰德更是一下子陷入绝对的沉默，仿佛再也不会开口说一句话。

这样下去不会有结果的，安妮卡暗忖，如果她不信任我，官司必输无疑。

莎兰德坐在床沿望向窗外，可以看见停车场另一边的建筑物。自从安妮卡气冲冲地冲出去，砰一声关上房门后，她就这样纹丝不动地坐了一小时。头又痛起来了，是隐约、轻微的痛，但她还是觉得不舒服。

安妮卡令她感到不耐。从实际层面来看，她可以明白律师何以一再追问有关她过去的细节，在理性上她能理解，安妮卡需要知道所有的事实。但她没有一丁点的意愿想谈论自己的感觉或行为，她的人生与别人无关。有一个变态虐待狂兼杀人犯的父亲，不是她的错。有一个杀人犯哥哥，也不是她的错。谢天谢地，还没有人知道他们是兄妹，否则在迟早都免不了要做的精神状态评估，也一定对她不利。达格和米亚不是她杀的，受指派的监护人后来变成猪狗不如的强暴犯，这也不是她的责任。

然而即将被搞得天翻地覆的却是她的人生。她将被迫解释自己的行为，被迫因为自卫而请求原谅。

她只想安安静静地过日子。到头来，她毕竟还是得一个人生活。

她不期望有朋友。那个该死的安妮卡很可能是站在她这边,但那是身为她的律师、一个专业人士所提供的职业友谊。王八蛋小侦探布隆维斯特也不知人在哪里——安妮卡似乎不太愿意提起她哥哥——莎兰德也从来不问。如今达格命案解决了,他要的故事也有了,她并不期望他对她还像以前一样感兴趣。

她很好奇,发生了这么多事,阿曼斯基怎么看她。

她很好奇,潘格兰怎么看待这个情况。

据安妮卡说,他们俩都表示会支持她,但那只是空话。要解决她的私人问题,他们帮不上一点忙。

她很好奇,米莉安对她作何感想。

她很好奇,她对自己又有什么想法,最后才了解到这整个人生对她来说根本无关紧要。

想到这里,思绪被警卫插钥匙开门的声音打断,进来的是约纳森医师。

"晚安,莎兰德小姐。你今天觉得如何?"

"还好。"她回答。

他看了病历表,发现她已经退烧。他每星期都要来巡房好几次,她已经习惯他的到来。在所有碰触她、戳弄她的人当中,只有他让她感到某种程度的信任。她从不觉得他以异样眼光看她。他来到病房,闲聊一阵,检视她复原的情形,从未问过任何关于尼德曼或札拉千科的问题,也没问过她是不是疯了,或者警察为什么把她关起来。他似乎只对她肌肉的运作情形、脑部的复原进度与她的感觉感兴趣。

而且他还真的搜索过她的大脑,能在脑子里东翻西找的人,必须获得礼遇。令她讶异的是尽管约纳森医师会戳她还会为了体温表大惊小怪,他的来访还是让她感到愉快。

"我可以检查一下吗?"

他照常做检查,看看瞳孔、听听呼吸、量量脉搏、血压,也看看她吞咽的情形。

"我怎么样?"

"正逐渐复原中。不过运动要更认真做。还有你会抠头上的痂皮，不能再这样了。"他略一停顿，"我能不能问个私人问题？"

她盯着他看，他则一直等到她点头同意。

"那个龙的刺青……你为什么要刺那个？"

"你之前没看到？"

他忽然微微一笑。

"其实我瞥见过，但是当时你没穿衣服，我正忙着止血、取出子弹等等。"

"你为什么想知道？"

"只是好奇罢了。"

莎兰德思忖了好一会儿，才看着他说：

"我不想讨论我刺青的原因。"

"就当我没问。"

"你想看吗？"

他似乎有点吃惊。"好啊，干吗不呢？"

她背转向他，将病袍拉下肩膀，然后调整坐姿，让窗外射入的光线落在背上。他看着她背上的龙文，刺得很美、很精巧，是个杰作。

过了一会儿，她转过头来。

"满意了吗？"

"很美，不过一定痛死了。"

"对，"她回答，"很痛。"

约纳森离开莎兰德的房间时心里有些困惑。对于她身体的复原进展他很满意，但实在不能了解这古怪的女孩。即使没有心理学学位也能知道她的情绪不太对。她对他说话的口气很有礼貌，但也略带怀疑。他还听说了她对其他护理人员也很有礼貌，唯独警察来的时候一语不发。她把自己封闭起来，与周遭的人保持距离。

警方将她关在病房里，检察官打算依杀人未遂与重伤害的罪名起诉她。他觉得不可思议，如此瘦小的女孩竟有力气犯下这种暴行，尤其受害者还是成年男子。

他问及她的龙文刺青主要是想找个私人话题和她谈谈。他并不特别想知道她为什么要以这种方法装饰自己,但既然她选择如此惊人的图案,想必有其特殊意义。他只是觉得或许可以借此开启对话。

他去探视她并非既定行程,因为安德林才是她的主治医师。不过约纳森是创伤中心的主任,莎兰德被送进急诊室那天晚上他们所做的处理,他深感自豪。他做出正确的决定,选择移除子弹。到目前看来,莎兰德并没有记忆丧失、身体机能退化或因伤势引发其他障碍等并发症。假如她以同样的速度持续康复,离开医院时头皮上会有疤痕,却不会有其他明显伤害。至于心灵上的伤痕则是另一回事。

回到办公室时,他看见一名穿着深色外套的男子倚在门边墙上。那人头发十分浓密,胡子修剪得整整齐齐。

"约纳森医师吗?"

"我是。"

"我叫彼得·泰勒波利安,是乌普萨拉圣史蒂芬精神病院的主任。"

"是,我认得你。"

"很好,如果你有空的话,我想私下和你谈谈。"

约纳森打开办公室门,请来客进入。"有什么需要我帮忙的吗?"

"是有关你的一名病人莉丝·莎兰德。我有必要见她一面。"

"你得先取得检察官的许可。她现在已经被捕,禁止会客。而且所有的会面申请也都得先交给莎兰德的律师。"

"对,对,我知道。我想这个案子应该可以免去这些繁文缛节。我是医生,所以你可以让我以医疗的理由去看她。"

"对,这么做或许行得通,不过我不知道你的目的为何。"

"莎兰德曾经待过圣史蒂芬,我为她治疗过几年,一直到她满十八岁,地方法院下令让她重返社会,只不过需要有监护人。或许我应该告诉你,当时我是反对这项决议。从那时起,她就获准毫无目的地游荡,也才会导致今天这有目共睹的结局。"

"真的吗？"

"我仍然觉得对她有很大的责任，如果能有机会评估一下她过去这十年来的恶化情形，我会很感激。"

"恶化？"

"和她接受妥善照顾的青少年时期比较起来。我们同为医生，应该能够达成共识。"

"趁我的记忆还算清晰，有件事我不太明白，也许你能帮忙解释一下……既然我们同为医生。莎兰德被送到索格恩斯卡医院时，我替她做了一次完整的医疗检查。有一名同事要求看病人的鉴定报告，签署的是一位耶斯伯·罗德曼医师。"

"没错，罗德曼医师还在医院的时候，我是他的助手。"

"原来如此，但我发现那份报告写得非常模糊。"

"是吗？"

"里面并没有诊断结果，看起来简直就像针对一个不肯开口的病人所作的学术研究。"

泰勒波利安笑开了。"是啊，她可真是不容易对付。诚如报告中所写，她坚持不肯与罗德曼医师对话，所以他只好采用模棱两可的措词，他这么做完全没有错。"

"可他还是建议莎兰德应该住院？"

"这是根据她先前的病史作出的判断。我们对她的病已经累积了多年丰富的经验。"

"这正是我不明白的地方。她住进这里时，我们曾向圣史蒂芬请调她的病历，却到现在都还没收到。"

"对此我很抱歉。因为地方法院下令将它列为极机密文件。"

"如果拿不到她的病历，我们又怎么能给她适当的照料？现在她的医疗责任在我们身上，跟其他人都无关。"

"我从她十二岁就开始照顾她，我想全瑞典再也没有其他医生像我这么了解她的病况。"

"病况是……？"

"莎兰德罹患一种严重的精神疾病。你也知道,精神医学并非精密科学,我不想局限于某个精确的诊断,不过她显然会产生幻想,有很明显的妄想型精神分裂症状。此外她的临床症状还包括一些躁郁周期以及缺乏同情心。"

约纳森凝神直视泰勒波利安十秒,接着才说:"泰勒波利安医师,我不会和你争辩诊断结果,但你有没有想过一个相对简单得多的诊断?"

"你是说?"

"例如阿斯伯格综合征。当然了,我还没有对她作精神状态评估,但若以直觉猜测,我会认为是某种自闭症,也因此她才无法遵循社会规范。"

"很抱歉,但阿斯伯格综合征患者通常不会放火烧自己的父母亲。相信我,我从来没见过反社会性格如此明显的人。"

"我认为她是自我封闭,不是一个反社会的偏执狂。"

"她非常善于操弄。"泰勒波利安说,"她会做出她认为你期望她做出的行为。"

约纳森皱起了眉头。泰勒波利安对莎兰德的解读已经自我矛盾。约纳森对这个女孩唯一肯定的一件事,就是她绝对不善于操弄,反而会固执地与周遭的人保持距离,完全喜怒不形于色。他试着将泰勒波利安描述的莎兰德与他自己所认识的莎兰德加以协调。

"你只认识她很短的时间,而且她因为受伤而不得不处于被动。我曾亲眼看见她的暴力与不理性的恨意。多年来我一直试着帮助莎兰德,所以我才会来。我建议索格恩斯卡和圣史蒂芬建立合作关系。"

"你说的是什么样的合作?"

"你们负责她的医疗状况,我相信这是她所能获得最好的照顾。但我非常担心她的心智状态,所以希望能尽早加入。我已经准备好提供一切协助。"

"我明白了。"

"所以我确实需要见到她,以便做第一手的状况评估。"

"只可惜这个我爱莫能助。"

"你说什么?"

"我说过了,她现在已经被捕。如果你想为她进行任何精神治疗,就得向歌德堡的耶娃检察官提出申请。这些事情都由她决定。而且我再强调一次,除了检察官之外还要有她的律师安妮卡的配合。如果事关开庭要用的精神鉴定报告,那么地方法院就会发给你许可令。"

"我就是想避开那些官方程序。"

"了解,但我要为她负责,如果她很快就要出庭,那么无论采取什么措施,都需要有明确的文件。所以我们不得不遵守这些官方程序。"

"好吧。那我还是告诉你实话好了,斯德哥尔摩的埃克斯壮检察官已经正式委任我作精神鉴定报告,审判时需要用到。"

"那么你也可以通过正常渠道获得正式会见她的机会,无须规避规定。"

"但在这么来来回回的申请、批准过程中,她的情况恐怕会持续恶化。我只是为她着想。"

"我也是。"约纳森说,"私下告诉你吧,我并没有发现任何精神疾病的症状。她遭受暴虐对待,也承受很大的压力,但她完全没有精神分裂或妄想的现象。"

泰勒波利安花了很长时间才发现不可能说服约纳森改变心意,于是突然起身告辞。

约纳森坐了一会儿,瞪着方才泰勒波利安坐过的椅子。其他医生来找他寻求治疗的建议或意见,这并非不寻常的事,但通常都是已经开始处理病人病情的医生。他还是头一次见到精神科医生像飞碟一样降临,还要求希望不按规定去见病人,而且病人都已经几年没有接受他治疗了。片刻过后,约纳森瞄了一眼手表,发现都快七点了,于是拿起电话打给玛蒂娜·卡格伦,她是索格恩斯卡医院为创伤病人安排的心理医生。

"哈啰，我想你已经下班了。没有打扰你吧？"

"没问题，我在家，但无所事事。"

"有件事我很好奇。你和我们那个恶名昭彰的病人莎兰德谈过话，能不能跟我说说你对她的印象？"

"这个嘛，我去见过她三次，想和她谈谈。但每次她都很礼貌却也很坚决地拒绝了。"

"你对她印象如何？"

"什么意思？"

"玛蒂娜，我知道你不是精神科医生，但你是个聪明又敏感的人。你对她的性格、她的心理状态的整体印象怎么样？"

玛蒂娜想了一会儿才说："我不确定该怎么回答这个问题。她入院后不久我见过她两次，但她状况实在太惨，所以没有真正接触。后来大约一个星期前，我又应安德林医师的要求去找她。"

"安德林为什么要你去见她？"

"莎兰德开始慢慢恢复，但大多数时间都只是躺在床上盯着天花板看。安德林医师希望我去探视一下。"

"结果呢？"

"我先自我介绍，然后聊了几分钟。我问她感觉如何，需不需要有人和她谈天，她说不需要。我问她有没有需要我帮忙的地方，她请我偷偷带一包烟给她。"

"她有没有表现出愤怒或敌意？"

"我认为没有。她很平静，但会保持距离。我想她要我带烟应该是开玩笑，不是认真的。我问她想不想阅读，要不要带什么书给她。起先她说不要，但后来她问我有没有探讨基因学和大脑研究的科学杂志。"

"探讨什么？"

"基因学。"

"基因学？"

"对，我说医院图书馆有一些关于这类主题的大众科学书籍，但她没兴趣。她说以前看过这类书,还说了几本权威作品,我听都没听过。她比较想看这个领域的纯研究。"

"天呀。"

"我说给病人使用的图书馆恐怕没有更高深的书,在这里钱德勒的侦探小说比科学文献多,不过我会试着找找看。"

"你去找了吗?"

"我到楼上借了几本《自然》杂志和《新英格兰医学杂志》。她很开心,还谢谢我如此费心。"

"可是那些杂志刊的多半是学术报告或纯研究。"

"她显然看得津津有味。"

约纳森半晌说不出话来。

"你认为她的心智状态如何?"

"封闭。她从未和我讨论过任何私人的事。"

"你觉得她有精神上的疾病吗?像躁郁或妄想?"

"没有,完全没有。我要是这么想,早就提出警告了。她很奇怪,这点毫无疑问,她有很大的问题也有压力,但她冷静客观,似乎能够应付目前的状况。你为什么这么问?发生什么事了吗?"

"没有,没发生什么事。我只是试着想判定她的状况。"

第十章

五月七日星期六至五月十二日星期四

布隆维斯特将电脑袋放到桌上,袋子里装了歌德堡特约记者欧森找到的数据。他看着约特路上人来人往,这是他非常喜爱这间办公室的原因之一。约特路不论早晚,总是充满生气,他坐在窗边时从不感到被隔离或孤单。

他觉得压力好大。这几天一直在写准备放进夏季号的文章,写到最后却发现资料实在太多,即使一整期都用来讨论这个主题也嫌不够。到头来又落得和温纳斯壮事件同样结果,他再次决定将所有文章集结成书。目前已经有一百五十页的内容,全部完稿应该有三百二十或三百三十六页。

简单的部分已经写完,是关于达格与米亚的命案以及他为何刚好出现在现场,同时提及莎兰德何以成为嫌疑犯。他首先以一章的篇幅披露平面媒体对莎兰德的描述,其次借埃克斯壮检察官的声明间接揭露警方的整个调查过程。经过深思熟虑后,他对包柏蓝斯基与其团队的批评略为手下留情,因为仔细看了埃克斯壮的记者会录像带,可以明显看出包柏蓝斯基不自在到了极点,也显然对埃克斯壮骤下断语十分气恼。

以戏剧性事件开场后,他开始倒叙札拉千科来到瑞典、莎兰德的童年,以及导致她被关进乌普萨拉圣史蒂芬的一连串事件。他还特别揪出泰勒波利安和如今已死的毕约克,要让他们彻底名誉扫地。他详述了一九九一年的精神状态评估报告,并解释某些不知名的公仆如何负责保护叛逃的俄国人,莎兰德又如何对他们造成威胁,文中便引述了泰勒波利安与毕约克的通信内容。

接着他开始描述札拉千科的新身份与犯罪活动,描述他的助手尼德曼、米莉安遭绑架事件与罗贝多的介入。最后则简略叙述莎兰德在哥塞柏加遭射杀、活埋的结局，还指出警员之死其实是可以避免的灾难，因为当时尼德曼已经被制伏。

接下来的故事发展变得比较窒碍难行，问题在于其中还有不少漏洞。毕约克并非单独行动，在这一连串事件背后，一定有一个拥有资源与政治影响力的更大团队，否则实在说不过去。但他最后作出一个结论：莎兰德遭受的非法待遇不会是政府或秘密警察高层所批准的。之所以下此结论并非对政府的绝对信任，而是对人性的信念。这类行动若有政治动机，绝不可能守得住秘密，一定会有人讨人情让某人开口，那么媒体早在几年前就会发现莎兰德的事。

他认为"札拉千科俱乐部"很小也很隐秘。他无法指认出任何人，就算能也大概只有莫天森，一个被秘密指派负责跟踪《千禧年》发行人的警员。

布隆维斯特的计划是先将书印好，然后在开庭第一天上市。他和克里斯特原本想要印行平装版，以收缩膜包装，连同夏季特刊一起送出。柯特兹和玛琳各接获不同任务，要写一些有关秘密警察历史、资讯局事件之类的文章。

现在局势很明白，莎兰德非接受审判不可。

埃克斯壮在蓝汀一案中以重伤害罪起诉她，又在波汀一案中以重伤害或杀人未遂罪起诉她。

日期尚未确定，但同事们得知埃克斯壮准备七月开庭，如果莎兰德的健康状况允许的话。布隆维斯特了解他的用意，在假期尖峰时期开庭所引起的关注会比其他时间少。

他凝视窗外之际不由得双眉深锁。

事情还没完。阴谋还在持续着。只有这样才能解释电话遭窃听、安妮卡被袭击、莎兰德报告双双被窃等事故。也许札拉千科的死也是阴谋的一部分。

但他没有证据。

他和玛琳与克里斯特共同决定由千禧年出版社出版达格关于性交易的文章，而且也要配合开庭时间。能全部一次呈现会比较好，何况也没有理由延迟出版，这是让此书受到最多关注的最佳时机。布隆维斯特写莎兰德这本书，玛琳是最主要的助手，因此罗塔与克里斯特——尽管心不甘情不愿——成了《千禧年》的临时编辑秘书，而莫妮卡则是唯一有空采访的记者。工作量的增加导致玛琳必须与几名自由撰稿人签约，以准备未来几期的文章。代价昂贵，但别无选择。

布隆维斯特在黄色便利贴上记了一笔，提醒自己记得去和达格家人讨论书的版权问题。他的双亲住在厄勒布鲁，也是他仅有的继承人。其实以达格的名义出书并不需要获得许可，但他还是想去见见他们，征求他们的同意。因为事情太多，造访的时间一拖再拖，现在也该去处理了。

此外还有其他无数细节。有些是关于文章中的莎兰德该如何呈现，要作出最后决定，就得亲自和她谈一谈，请她允许他说出实情，或至少部分实情。但他无法找她谈，因为她已被捕，禁止会客。

在这方面，他妹妹也帮不上忙。她一板一眼地照规矩来，并无意充当布隆维斯特的中间人。而且除了提到他们对她有所隐瞒，她需要帮助之外，安妮卡也从未将她与当事人之间说过的话告诉他。这很令人沮丧，但又非常正确。因此布隆维斯特完全不知道莎兰德是否披露了前任监护人强暴过她、她在监护人腹部刺了一段骇人词句作为报复等等事件。只要安妮卡没有提及此事，他也不能提。

然而莎兰德被隔离造成了另一个严重的问题。她是电脑高手，也是黑客，布隆维斯特知情，安妮卡却不然。布隆维斯特曾答应莎兰德绝不泄漏此秘密，也一直遵守承诺。但现在他非常需要她这方面的专长。

无论如何他都得想办法与她联系。

他叹了口气，再次打开欧森的活页夹。里面有一张护照申请表复印件，申请人名叫伊德里斯·吉第，出生于一九五〇年，是个留着山羊胡、橄榄肤色、黑发但两鬓灰白的男人。

此人是库尔德族人，来自伊拉克的难民。欧森挖出关于吉第的资料远多于其他医院工作人员。吉第似乎曾一度引发媒体瞩目，出现在几篇文章中。

他出生在伊拉克北部的摩苏尔市，机械系毕业，一九八四年进入摩苏尔的建筑技术学院任教。据了解，他在政治上并不活跃，但他是库尔德族人，所以在萨达姆·侯赛因当政的伊拉克是潜在的罪犯。一九八七年，吉第的父亲被怀疑是库尔德族的激进分子而遭到逮捕，没有其他详情，只知道他在一九八八年一月被处决。两个月后，伊拉克秘密警察抓到吉第，送往摩苏尔郊外一座监狱，接着进行十一个月的严刑逼供。吉第始终不知道他们要他供出什么，所以拷问持续不断。

一九八九年三月，吉第的叔叔付了相当于五万克朗的金额给当地复兴党领袖，以弥补吉第对伊拉克全国造成的伤害。两天后，他被释放并交由叔叔监管。当时他体重只有三十九公斤，无法走路，因为在释放他之前，狱方用长柄大槌重击他的左臀，以警告他将来不得再犯错。

他在生死边缘徘徊了数星期，后来开始慢慢康复，叔叔便带他到一座远离摩苏尔的农场，度过一个夏天之后，他终于恢复元气也可以拄着拐杖走路，只不过永远无法完全复原。问题是：将来要做什么呢？八月，他的两个兄弟被捕的消息传来，他知道再也见不到他们。当叔叔听说萨达姆·侯赛因的警察又再次搜索吉第，便以三万克朗的代价安排让他越过边界进入土耳其，再以伪造护照进入欧洲。

吉第于一九八九年十月十九日降落在瑞典的阿兰达机场。他一句瑞典话也不会说，但有人告诉他去找移民局警察，直接请求政治庇护，他就以一口破英语照做了。他被瑞典政府送到乌普兰斯韦斯比的难民营，在那里待了将近两年，直到移民局判定他申请居留的理由不充分。

此时吉第已学会瑞典话，被打成粉碎性骨折的臀部也获得治疗。开了两次刀之后，现在不用拐杖也能走路。在此期间，瑞典举行了舍布辩论[1]，难民营遭受攻击，伯特·卡尔森[2]也创立了新民主党。

吉第之所以经常出现在媒体数据库中，是因为他在最后一刻找到新律师，这位律师直接诉诸媒体报道他的情况。在瑞典的其他库尔德族人随即插手，其中包括相当知名的巴克什家族。他们聚会抗议，并向移民局长比吉特·费里加保请愿，结果吉第不但取得瑞典王国的居留权还拿到工作签证。一九九二年一月，他以自由之身离开了乌普兰斯韦斯比。

吉第很快便发现拥有高学历与建筑技师的经验毫无用处。他当过报童、洗碗工、门房、出租车司机。他喜欢开出租车，只不过有两个缺点。一是他对斯德哥尔摩的街道不熟，一是他只要静坐超过一小时，屁股就会痛得受不了。

一九九八年五月他搬到歌德堡，因为有个远亲看他可怜，便给他介绍了一份办公室清洁公司的固定工作。他只是兼职，在与该公司签约的索格恩斯卡医院担任清洁组组长，工作一成不变。据欧森打听的结果，他每星期要拖六天地板，也包括11C区的走廊。

布隆维斯特端详着护照申请表上吉第的照片。然后登入媒体数据库，挑出欧森引以为据的几篇文章，仔细阅读。他点了根烟。爱莉卡离开后，《千禧年》的禁烟令也很快随之解除。现在柯特兹桌上也摆了一个烟灰缸。

最后布隆维斯特读到欧森调查的关于约纳森医师的资料。

星期一，布隆维斯特没有看见那辆灰色沃尔沃，也不觉得有人在监视或跟踪他，但还是快步从学术书店走到NK百货公司侧门，然后直接穿越百货公司从正门出来。要是有人能在熙攘嘈杂的NK里面进

---

1 一九八〇与九十年代之交，瑞典出现移民危机。寻求庇护的人数增加造成失业问题并引发地方政府反弹，最后导致舍布市市民于一九九八年举行公投，拒绝收容移民。后续的政治辩论使得一九八九年制定的"外人法"结合了移民与融合体制。
2 伯特·卡尔森（Bert Karlsson，1945—　），一九九一年与伊恩·韦斯明斯特（Ian Wachtmeister）伯爵创立了平民政党新民主党，并于同年九月当选国会议员。一九九四年因新民主党内讧而败选之后，便转而进军娱乐圈，目前是瑞典知名唱片公司Mariann Grammofon AB的所有者与经营者。

行监视，铁定是超人。他把两只手机都关掉，沿着商店街走到古斯塔夫阿道夫广场，经过国会大厦进入旧城区。为防仍有人跟踪，他在旧城区的窄巷间拐来拐去，然后来到他要找的地址，敲敲黑与白出版社的门。

此时是下午两点半。他没有事先通知就跑来，但编辑库多·巴克什并未外出，见到他也十分欢喜。

"你好。"他热情地说，"你怎么没再来找过我？"

"我这不是来了吗？"布隆维斯特说。

"是啊，不过离上一次已经三年了。"

他们彼此握了手。

布隆维斯特与巴克什在八十年代结识。事实上，巴克什最初创办《黑与白》杂志时，布隆维斯特也是给予实际协助的人士之一。当时巴克什偷偷在工会联合会大楼里印行杂志，却被培-艾瑞克·欧斯壮[1]逮个正着——就是后来"救助儿童会"那个恋童癖猎人，不过八十年代期间他还是工会联合会的研究秘书。欧斯壮发现了《黑与白》第一期的一叠纸张，还有巴克什在某间复印室里行动鬼祟。他看了封面后说："我的天哪，杂志封面怎么会是这个样子！"之后，便为巴克什设计了一个标志，在《黑与白》杂志刊头印了十五年，直到该杂志寿终正寝为止，后来杂志社成了出版书商。那个时候，布隆维斯特正在工会联合会经历一段可怕的IT顾问期——那也是他唯一一次冒险进入IT领域。欧斯壮征召他来做校对，为《黑与白》提供一点编辑方面的支持。巴克什与布隆维斯特从此便成了朋友。

布隆维斯特坐到沙发上，等巴克什从走廊的咖啡机倒咖啡来。他们闲聊了一会儿，就和多年不见的朋友一样，但却不断被巴克什的手机打断，他会用库尔德语也可能是土耳其语或阿拉伯语或其他布隆维斯特听不懂的语言交谈，口气听起来很紧急。他以前到黑与白出版社

---

[1] 培-艾瑞克·欧斯壮（Per-Erik Åström），曾于担任瑞典"救助儿童会"的反恋童癖热线组织经理时，耗费许多时间精力在电脑前搜索，终于揪出了瑞典最大的恋童癖网络。

来的时候也都是这样，巴克什会接到来自世界各地的电话。

"亲爱的麦可，你好像忧心忡忡，有什么心事吗？"他终于说道。

"你可不可以把手机关掉几分钟？"

巴克什照做了。

"我想请你帮个忙，很重要的事情，必须马上做，而且出了这个房间就不能提。"

"说说看。"

"一九八九年有一个名叫伊德里斯·吉第的难民从伊拉克来到瑞典，眼看就要被驱逐出境，却得到你们家族的帮助，最后取得居留权。不知道是不是你父亲或其他家人帮助他的？"

"是我叔叔玛穆特。我认识吉第，怎么了？"

"他在歌德堡工作，我需要他帮我做一件简单的事情，我愿意付他钱。"

"什么样的事情？"

"你信任我吗，巴克什？"

"当然，我们一直是朋友。"

"我需要他做的事非常奇特，我现在不想说出工作详情，但我保证绝不是非法的事，也绝不会给你或吉第惹来麻烦。"

巴克什打量着布隆维斯特。"你不想告诉我是什么事？"

"这件事愈少人知道愈好。但我需要你引见，那么吉第才会肯听我说。"

巴克什走到办公桌旁翻开电话簿，找了一下才找到号码。他拨了电话，接着以库尔德语交谈。布隆维斯特从巴克什的表情看得出来，一开始只是寒暄闲聊，后来才认真地解释他打电话的目的。片刻过后，他对布隆维斯特说："你想什么时候见他？"

"如果可以的话，星期五下午。问问看我能不能去他家找他。"

巴克什又说了一会儿才挂断电话。

"吉第住在安耶瑞，你有地址吗？"

布隆维斯特点点头。

"星期五下午他五点以前会到家,欢迎你去找他。"
"谢了,巴克什。"
"他在索格恩斯卡医院当清洁工。"巴克什说。
"我知道。"
"我当然免不了会在报上看到你卷进那起莎兰德事件。"
"没错。"
"她遭到枪击。"
"是的。"
"听说她进了索格恩斯卡。"
"那也没错。"

巴克什知道布隆维斯特正忙着计划某种可疑勾当,这是他出了名的专长。他可是从八十年代就认识这家伙了。他们或许不是最要好的朋友,却也从未起过争执,只要巴克什开口请求帮忙,布隆维斯特总是一口应允。

"我是不是应该知道我会被卷进什么样的事情?"

"不会牵累你的。你的角色只是好心替我引见一位熟人。我再说一遍,我不会要他做违法的事。"

有这句保证对巴克什已经足够。布隆维斯特起身说道:"我欠你一份人情。"

"我们总是互相欠来欠去的。"

柯特兹放下电话后,手指敲得桌沿震天响,莫妮卡不禁横了他一眼。但她看得出来他完全陷在自己的思绪中,其实她本来心里就有气,想想就别找他出气了。

她知道布隆维斯特和柯特兹、玛琳、克里斯特老是针对莎兰德的事说悄悄话,却要她和罗塔负责下一期杂志的所有筹备工作。这个杂志社自从爱莉卡离开后根本已群龙无首,玛琳还不错,只是缺乏爱莉卡的经验与分量。而柯特兹也只是个妄自尊大的小伙子。

莫妮卡并不是因为自己被忽略而不开心,也不是希望做他们的工作——老实说那是她最不想要的。她本身的工作是代替《千禧年》留意政府部门与国会,这种工作她喜欢,而且也烂熟于心。此外还有一大堆工作压得她快喘不过气来,像每星期替一份专业刊物写一篇专栏,或到国际特赦组织当义工等等。所以她没兴趣当《千禧年》的总编辑,也不想每天至少工作十二小时还要牺牲周末。

不过她确实感觉到《千禧年》有所改变。这个杂志忽然变得陌生,至于是哪里出错,她也说不上来。

布隆维斯特仍一如往常地不负责任,老是神秘失踪、来去自如。他是《千禧年》的老板之一,当然能决定自己想做什么,可是拜托一下,有点责任感应该无妨吧!

克里斯特是目前留下的另一个共同所有人,但无论他在不在公司帮助都不大。他有才华,这点毋庸置疑,当爱莉卡外出或忙碌时,他可以出面接管事务,但通常只是将别人做好的决定照本宣科。他在美编或排版方面非常杰出,但论及筹划杂志便力有未逮了。

想到这里,莫妮卡皱起眉头。

不对,她这样想不公平。让她心烦的其实是公司里出了状况。布隆维斯特和玛琳、柯特兹一起工作,其他人多少都被排除在外。那三人形成一个核心,老是关在爱莉卡的办公室……呃,应该是玛琳的办公室,然后又默默地成群结队走出来。以前在爱莉卡的领导下,杂志社一直是一体的。

布隆维斯特正在忙莎兰德的故事,内容丝毫不肯透露。不过这已不是新闻。当初温纳斯壮的报道他也是一个字都不肯说,就连爱莉卡也不知情,但这次他有两个心腹。

总而言之,莫妮卡就是火大。她需要放假,她需要离开一阵子。这时她看见柯特兹穿上灯芯绒夹克。

"我要出去一下。"他说,"你跟玛琳说一声好吗?我两个小时后回来。"

"出什么事了?"

"我想我有条线索,了不起的独家,和马桶有关。我想先去查几件事，如果行得通，六月号就会有一篇很棒的文章。"

"马桶。"莫妮卡喃喃自语，"这有什么好报道的。"

爱莉卡咬着牙放下有关莎兰德即将出庭的报道。文章很短，占两栏，预定放在第五页国内新闻版。她瞪着文章看了一会儿，嘟起嘴来。现在是星期四下午三点半，她已经在《瑞典摩根邮报》工作整整十二天。她拿起电话，打给新闻主编霍姆。

"你好，我是爱莉卡。能不能请你尽快找到约翰奈斯·菲利斯克，带他到我办公室一趟？"

她耐心地等着，直到霍姆和记者约翰奈斯一前一后优哉地晃进玻璃笼子。爱莉卡看看手表。

"二十二。"她说。

"什么二十二？"霍姆问。

"二十二分钟。你从编辑台起身，走十五米到约翰奈斯的办公桌，然后拖拖拉拉地带着他来到这里，总共花了二十二分钟。"

"你说不急的，而且我很忙。"

"我没有说不急。我请你找约翰奈斯一起到我的办公室来，我说尽快就是尽快，不是今晚或下星期或随便你高兴什么时候移动你的大驾。"

"可是我以为……"

"把门关上。"

她等到霍姆关上门后，不发一语地盯着他瞧。他无疑是最有能力的新闻主编，他的角色就是确保《瑞典摩根邮报》的报页每天都刊出正确内容、清楚明了，并且依照上午开会所决定的顺序与位置编排。也就是说霍姆每天都要像耍球般耍弄巨量的工作，而他从未掉过一颗球。

他的问题在于他执拗地忽视爱莉卡所作的决定。爱莉卡已经尽力想找出与他共事的方法，她试过和颜悦色地说理也试过直接下命令，她鼓励他有自己的想法，并常常竭尽所能想让他明白她希望报纸如何呈现。

一切都只是徒劳无功。

下午被她否决的稿子可能会在她回家后出现在报上。有个洞要填，我只好随便找一篇。

爱莉卡决定用的标题也会突然被截然不同的标题取代，不一定比较不好，却没有征询她的意见。有挑战的意味。

总之都是些细节。下午两点的编辑会议会在没有告知她的情况下忽然改到一点半，等她到的时候，大都已成定局。很抱歉……我一忙就忘了告诉你了。

爱莉卡怎么也想不通，为什么霍姆会这样对待她？但她明白平心静气的讨论与温和的责备没有用。直到目前为止，她尚未在编辑室里当着其他同事的面与他起冲突，现在也该表明她的态度了，而且是当着约翰奈斯的面，应该能确保这番对话很快就会传得众人皆知。

"我来到这里以后第一件事就告诉过你，凡是莉丝·莎兰德有关的一切我都特别感兴趣，我也说过所有预定的稿子都要事先知会我，所有要刊登的文章都得让我过目并批准。关于这点，我已经提醒你至少六七次，最近一次就在星期五的编辑会议上。我这些指令有哪些地方你听不懂？"

"已经计划好或正在撰写的稿子都在我们内部网络的每日备忘录中，而且全都会送到你的电脑，所以一直都有知会你。"霍姆说。

"狗屁。"爱莉卡说，"今天早上市政版送到我信箱时，在我们最精华的新闻版面有一篇关于莎兰德和史塔勒荷曼事故发展的三栏篇幅报道。"

"那是玛格丽塔·欧琳的文章。她是自由撰稿人，直到昨晚七点才交稿。"

"昨天上午十一点，玛格丽塔打电话给我提出她的想法。你同意了，并在十一点半发稿给她。结果下午两点的会议上你提都没提。"

"每日备忘录里有。"

"是啊……备忘录里面写的是：引述开始，玛格丽塔·欧琳，采访玛蒂娜・佛兰森检察官,关于:南泰利耶查扣了毒品,引述结束。"

"报道内容主要是采访佛兰森,谈有关合成类固醇的扣押。有一个自称硫磺湖摩托车骑士的人因此被捕。"霍姆说。

"完全正确,但备忘录中完全没提到硫磺湖摩托车俱乐部,也没提到采访重点是蓝汀和史塔勒荷曼,也就是莎兰德一案的调查。"

"我想这是采访时聊到……"

"霍姆,我不知道为什么你会站在这里跟我睁眼说瞎话。我和玛格丽塔谈过,她说她很清楚地向你解释过她的采访重点。"

"想必是我没弄明白报道会以莎兰德为主轴,而且又很晚才拿到稿子。你叫我能怎么办,删掉整篇文章?玛格丽塔交了一篇好稿子。"

"这点我同意,的确是很精彩的报道。不过你在差不多同样的时间内,已经撒第三个谎了。玛格丽塔是在下午三点二十分交的稿,比我六点回家的时间要早得多。"

"爱莉卡,我不喜欢你说话的口气。"

"太好了。那我也可以告诉你,我既不喜欢你的口气,也不喜欢你的搪塞和谎言。"

"你好像觉得我在计划什么阴谋对付你。"

"你还没回答我的问题。还有第二点:今天我桌上出现了约翰奈斯的这篇文章,我不记得两点的会议中曾经讨论过这个。你手下有个记者花一整天在写莎兰德,为什么竟然没人告诉我?"

约翰奈斯开始坐立不安。但他懂得察言观色,不至于多嘴。

"这个呀……"霍姆说,"我们发行的是报纸,肯定会有数百篇你不知道的文章。我们《瑞典摩根邮报》有一定的做事程序,每个人都得习惯。我没有时间给特定的文章特殊待遇。"

"我不是要你给特定文章特殊待遇。我只是要求你两件事:第一,凡是与莎兰德一案有关的新闻要让我知道;第二,凡是关于这个主题的文章,要刊登前必须经过我批准。所以我再问一次……我的指令有哪些地方你听不懂?"

霍姆叹了口气,脸上表情显得苦恼万分。

"好。"爱莉卡说,"我就把话说个明明白白。我不想和你争辩这个,只是问你听懂了没有。如果旧事重演,我会解除你新闻主编的职务。到时你会听到一阵五雷轰顶,然后你就可以准备去编家庭版或漫画版之类的。我没法和一个让我信不过,还专用宝贵时间暗中破坏我的决定的新闻主编一起共事。明白了吗?"

霍姆两手往上一摊,像是觉得爱莉卡的指控荒谬至极。

"你听明白了没?有还是没有?"

"你的话我听到了。"

"我是问你有没有听懂。有没有?"

"你真以为这么做不会有事?能有这份报纸是因为我和其他小齿轮拼死拼活地工作。董事会……"

"董事会会听我的。我来就是为了改造这份报纸。我们签约的内容写得很详细,我有权大刀阔斧地更动编辑主管的人事,可以照我的意思丢弃废物注入新血。霍姆……我开始觉得你像个废物了。"

她就此打住。霍姆回瞪着她,眼神充满愤怒。

"我说完了。"爱莉卡说,"我建议你仔仔细细地想想我们今天的谈话内容。"

"我不觉得……"

"随便你。就这样了,出去吧。"

他转身走出玻璃笼。她看着他朝员工休息室方向走去,消失在编辑人海当中。约翰奈斯原本也起身打算跟着出去。

"你等一下,约翰奈斯。你留下,坐着。"

她拿起他的稿子,又看了一遍。

"我猜你是临时聘请人员。"

"对,我待了五个月,这是我最后一个星期。"

"你几岁?"

"二十七。"

"我很抱歉,不该让你当我和霍姆的夹心饼。跟我说说这篇报道吧。"

"今天早上我得到情报，拿去给霍姆看，他要我继续追。"

"了解。这里头说警方正在调查莎兰德可不可能涉及贩卖合成类固醇。这和昨天关于南泰利耶的报道有关吗？昨天也提到了类固醇。"

"我不知道，但有可能。关于类固醇是因为她和拳击人士有关联，就是罗贝多和他那些伙伴。"

"罗贝多会使用类固醇？"

"什么？不是，当然不是。应该说是就整个拳击界而言。莎兰德曾经在索德的一间健身房受过训练，不过那是警方的观点，不是我的。他们似乎是从这里推想出她可能涉及贩卖类固醇。"

"这么说这篇报道并没有实质的根据，只是传闻啰？"

"警方的确在侦查这个可能性，这并非传闻。至于他们是对是错，现在还不知道。"

"好，约翰奈斯，我要你知道我们现在讨论的事无关我和霍姆之间的关系。我觉得你是个优秀的记者，你文笔很好，而且观察入微。总之，这是篇好报道。问题是这内容我不相信。"

"我可以向你保证这是真的。"

"这里头有一个很大的漏洞，我得解释给你听。你的情报哪来的？"

"警局内部的消息来源。"

"是谁？"

约翰奈斯有点迟疑。这是直觉反应。和全世界所有的记者一样，他并不愿意说出消息来源的姓名。但话说回来，爱莉卡是总编辑，也是极少数能要求他透露的人之一。

"是暴力犯罪组一个叫法斯特的警员。"

"是他打给你还是你打给他的？"

"他打给我的。"

"你觉得他为什么要告诉你？"

"在搜捕莎兰德期间，我采访过他几次。他知道我是谁。"

"而且他知道你是二十七岁的特约记者，当他想放出检察官有意外泄的消息，可以用得上你。"

"当然，这些我都了解。可是我是从警方调查人员那里获得情报后，去找法斯特喝咖啡，他就告诉我这些。我完全引述他的话。不然我该怎么做？"

"我相信你引述他的话没错。但事情应该这么做，你应该把消息告诉霍姆，而霍姆应该来敲我的门向我解释情况，然后我们一起决定该怎么做。"

"我懂了。可是……"

"你把资料留在霍姆那里，因为他是新闻主编。你做得没错。但我们来分析一下你的文章。首先，法斯特为什么想泄漏这项信息？"

约翰奈斯耸耸肩。

"这是表示你不知道还是你不在乎？"

"我不知道。"

"如果我告诉你这个消息是假的，莎兰德与合成类固醇毫无关系，你怎么说？"

"我无法提出反证。"

"的确。但你认为既然没有证据显示那是假新闻，我们就应该刊载。"

"不，我们有新闻从业人员的责任，但我们总会平衡报道。当有消息来源发表明确声明，我们不能拒绝发布。"

"但可以问问这个消息来源为什么想要放出这项信息。我告诉你为什么我要下令凡是与莎兰德有关的文章都要先经过我这里。我对这个主题有特殊的了解，是《瑞典摩根邮报》任何人所不能及。法务部门已经知道我拥有相关信息，但不能和他们讨论。《千禧年》即将刊登一则报道，我已签署约定尽管在《瑞典摩根邮报》工作也不得透露。这消息是我利用《千禧年》总编辑职权获得的，现在却不知该效忠哪一方。你明白我的意思吗？"

"明白。"

"我在《千禧年》获知的信息让我可以断定这则消息不实，其目的是为了在开审前中伤莎兰德。"

"从目前已经披露关于她的这许多消息看来，很难再将她伤得更重。"

"那些大多都是扭曲不实的消息。法斯特正是宣称莎兰德是偏执狂，以及有暴力倾向的撒旦教女同志的主要消息来源之一。而所有媒体都买法斯特的账，只因为他看似可靠来源，而且SM的报道向来很酷。现在他又企图以新角度让民众对她产生不良印象，而且还希望《瑞典摩根邮报》帮忙散布消息。抱歉，有我把关不可能。"

"我懂了。"

"真的吗？那就好。我所说的一切可以用两句话总结。你身为记者的工作内容是要以最严谨的态度质问与审视，无论消息来自多高的政府人员，也绝不能不分青红皂白地转述。千万别忘记。你的文笔非常好，但如果你忘记自己的工作内容，这项才华就一文不值了。"

"对。"

"我打算删掉这篇文章。"

"我了解。"

"这并不代表我不信任你。"

"谢谢。"

"所以我想请你回去再写一篇新的报道。"

"好的。"

"这整件事都是因为我和《千禧年》签了约，不得透露我所知道关于莎兰德事件的内情。但与此同时，在我担任总编辑的报社的编辑室却可能因为拿不到我知道的信息而报道有所偏差。我们不能让这种事发生。这是特殊状况，而且只适用于莎兰德。所以我决定挑选一名记者，引导他往正确的方向，那么等《千禧年》一出击我们才不至于措手不及。"

"关于莎兰德，你觉得《千禧年》会发布引人瞩目的东西？"

"我不是觉得，而是确实知道。《千禧年》手中握有一则独家，会让莎兰德的故事一百八十度大转变，不能公开这消息简直快把我逼疯了。"

"你是说你否决我的文章是因为你知道那不是真的,也就是说这其中有些事是其他记者都不知情的?"

"没错。"

"很抱歉,但实在很难叫人相信整个瑞典媒体都遭到蒙骗……"

"莎兰德曾是媒体疯狂报道的焦点,这种时候已不能以常理推论,任何胡言乱语都可能登上新闻版面。"

"你的意思是莎兰德并不完全像她外表呈现的样子?"

"试着去想想她受到的指控都是冤枉的,新闻版面上描绘的她毫无意义,其实是有一些你做梦都想不到的力量在运作。"

"是真的吗?"

爱莉卡点点头。

"这么说我刚刚交给你的东西是故意持续诋毁她的计划的一部分?"

"正是如此。"

约翰奈斯搔搔头。爱莉卡等着他结束思考。

"你要我怎么做?"

"回到座位上开始写另一篇报道。你不必觉得有压力,只是我希望能在开庭前夕刊出一长篇文章,完整检视所有关于莎兰德的说辞的正确性。你先读过所有剪报,列出一切与她相关的报道,然后一一比对删除。"

"好的。"

"要像个记者一样思考。去调查是谁在放消息,为什么要散布这种消息,并且问问自己这么做对谁有利。"

"可是开庭的时候我很可能已经不在报社。这是我最后一个星期。"

爱莉卡从抽屉拿出一个塑料活页夹,抽出一张纸摆在他面前。

"我已经将你的聘期延长了三个月。你把这星期的日常职务做完,星期一到我这里报到。"

"谢谢。"

"当然,这得你愿意继续留在《瑞典摩根邮报》。"

"我当然愿意。"

"依照合约,你除了一般编辑工作之外还要作调查,并直接向我报告。你将是莎兰德审判案的特约记者。"

"新闻主编恐怕会说话……"

"不必担心霍姆。我已经和法务部主任谈妥了,所以不会有任何争议。但你要深入挖掘背景,而不是报道新闻。听起来如何?"

"听起来太棒了。"

"那好……就这样了。星期一见。"

当她挥挥手让他离开玻璃笼,恰好见到霍姆正从编辑台另一端看着她。他连忙垂下视线,假装不是在看她。

第十一章

五月十三日星期五至五月十四日星期六

星期五一早从《千禧年》办公室走向莎兰德旧公寓所在的伦达路那一带时，布隆维斯特格外留意没有被跟踪。他得到哥德堡去见吉第，问题是怎么样才能不被发现或不留下痕迹。他决定不搭火车，因为不想用信用卡。通常他会向爱莉卡借车，但如今已不可能，他也想过请柯特兹或其他人替他租车，但如此一来则会留下线索。

最后他想到这个明显的解决之道。他先在约特路上的提款机领钱。莎兰德那辆酒红色本田的车钥匙在他手上，车从三月起就一直停在她伦达路的公寓大楼外面。他调整好座位，看看油箱还有半满，便启程经由利里叶岛桥上 E4 公路。

两点五十分，他将车停在哥德堡林荫大道的一条小巷内，看到第一间咖啡馆才进去吃一顿延迟的午餐。到了四点十分，他搭电车到安耶瑞，在城区下车后，花了二十分钟才找到吉第的住所，比约定时间晚了十分钟左右。

吉第来开门，与布隆维斯特握手后请他进入装潢简朴的客厅。他走路有点跛。他请布隆维斯特坐下，座位旁边的橱柜上摆了十来个相框，布隆维斯特逐一细看。

"我的家人。"吉第说。

他说话带着浓浓的口音，布隆维斯特怀疑他应该通不过瑞典人民党所建议的语言测试。

"这些是你的兄弟吗？"

"左边是我两个兄弟，八十年代被萨达姆杀害了。中间是我父亲。我的两个叔伯在九十年代被萨达姆杀害，我母亲死于二〇〇〇年。我的三个姐妹都还活着，两个住在叙利亚，最小的妹妹在马德里。"

吉第倒来土耳其咖啡。

"巴克什要我代他向你问好。"

"巴克什说你想请我做一件事，但没说是什么事。我现在就得告诉你，非法的事我绝不会做，我不敢卷入那样的事情。"

"我要请你做的事绝对合法，只不过很不寻常。工作本身会持续几个星期，每天都要做，但每次只需花你几分钟。我愿意每星期付你一千克朗，直接给钱，不会向税务机关报告。"

"我明白了。你要我做什么？"

"你有一份工作是在索格恩斯卡医院——每星期六天，如果我没弄错的话——负责加护中心11C病房区的清洁工作。"

吉第点点头。

"我要你做的是这个。"

布隆维斯特倾身向前，开始解释他的计划。

埃克斯壮检察官端详来客。这是他第三次与警司纽斯壮见面，对方那张布满皱纹的脸外围框着花白短发。纽斯壮第一次来找他是波汀被杀后几天。他出示了替国安局工作的身份证明，接着他们便压低声量展开长谈。

"有一点你一定要了解：我绝不是企图影响你的一举一动或是你办事的方法。我也要强调无论在什么情况下，你都不能公开我给你的信息。"纽斯壮说。

"我明白。"

老实说，埃克斯壮并不完全明白，但又不想问太多问题露出一副蠢样。他所了解的是波汀（札拉千科）的死是必须非常谨慎处理的案子，还有纽斯壮的来访虽有国安局最高级别的背书，却是秘密进行。

"这绝对关乎生死。"纽斯壮开门见山地说，"就秘密警察而言，凡是与札拉千科有关的事都是最高机密。我可以告诉你，他是个叛逃者，曾经是苏俄军情单位的干员，也是七十年代俄国对西欧采取攻势的关键人物。"

"这显然正符合《千禧年》的布隆维斯特所说。"

"在这件事上,布隆维斯特说得没错。他这个记者无意中撞见了瑞典国防部有史以来最秘密的行动之一。"

"他会将这项信息公开。"

"当然。他代表的是媒体,不管优缺点都一大堆的媒体。我们生活在民主国家,自然不能去影响媒体的报道。但本案的问题是关于札拉千科,布隆维斯特只知道部分真相,其他大部分他自以为了解的事都是错的。"

"我懂了。"

"布隆维斯特没搞懂的是,札拉千科的真相一旦曝光,俄国人将很快就会找出我们在俄国的眼线与消息来源。那些为民主冒生命危险的人将可能遇害。"

"不过俄国现在不也是民主国家了吗?"

"那是错觉。我们说的是以前在苏联当间谍的人——全世界没有任何政权能容忍这个,即使事隔多年也一样。而且这其中有些人仍继续提供情报。"

其实并无这种情报员存在,但埃克斯壮不可能知道,只能听信纽斯壮的说辞。得知这项全瑞典最机密的信息之一——当然,不能列入记录——让他忍不住感到荣幸,甚至有些诧异瑞典的情报员竟能像纽斯壮所说的那样深入俄国军方,而且他非常明白这种信息绝不能散播出去。

"我奉命和你接触时,我们对你的背景作了广泛的调查。"纽斯壮又说。

要想怂恿某人,必得发掘他的弱点。埃克斯壮检察官的弱点就是对自己的重要性坚信不疑。他和其他人没两样,也喜欢听好话。技巧就在于要让他觉得他是万中选一的人才。

"我们确信你在警界……当然还有政治圈,都非常受到尊重。"

埃克斯壮显得很得意。既然有不具名的政治人士对他极具信心,就暗示了只要他出对牌,他们便会感激在心。

"简单地说,我的任务是尽可能秘密地为你提供必要的背景资料。

你一定要了解，这件事已经变得不可思议的复杂。一方面，由你肩负重责的初步调查已经展开。不管是政府或国安局或其他任何人都不能干预你如何办案，你的工作是要探查事实真相，将有罪的人送上法庭。这是民主国家最重要的功能之一。"

埃克斯壮点头表示同感。

"万一札拉千科的全部真相外泄，将会是国家的大灾难。"

"所以你来找我究竟有何用意？"

"首先，是让你知道这敏感的状况。我想自从二次大战结束后，瑞典从未暴露在如此危险的处境中。就某种程度而言，也许可以说瑞典的命运就掌握在你手中了。"

"你的上司是谁呢？"

"很抱歉，我不能透露本案中任何相关人士的名字，但我可以说我是奉了最高级别的命令。"

天哪，是政府给他的命令。但他不能说，否则将引发政治风暴。

纽斯壮发觉埃克斯壮已上钩。

"然而我可以为你提供信息。我获得授权可以自行判断要让你看哪些资料，其中有一些还是国家最高机密文件。"

"我懂。"

"也就是说你若有问题，不管什么样的问题，都应该告诉我。不能找国安局里的其他人，只能找我。我的任务是引导你走出这个迷宫，万一造成利害关系的冲突，我们也要彼此协助找出解决之道。"

"我了解。那么我应该大大感谢你和你的同事愿意帮助我，让事情进行得更顺利。"

"即使处境艰难，我们也希望司法程序能照常进行。"

"很好，我向你保证我会采取最谨慎的态度，这毕竟不是我第一次处理最高机密信息。"

"没错，我们十分清楚。"

埃克斯壮提出十来个问题，纽斯壮小心翼翼地记下，然后极尽所能地给予答复。他这第三次来访，将会回答埃克斯壮上次提出的一些问题，其中最重要的一个就是：有关毕约克于一九九一年写的报告，真相究竟为何？

"那件事很严重。"纽斯壮面露忧色，"自从这份报告出现后，我们便派出一个分析小组日夜不停地赶工，想查出究竟怎么回事，现在差不多可以得出结论。结果非常令人不快。"

"我可以想象。那份报告宣称秘密警察和精神科医师泰勒波利安联手将莎兰德送进精神病院。"

"要真是这样就好了。"纽斯壮露出浅浅的微笑。

"我不明白。"

"如果整件事只是这样，很简单，那就表示有犯罪行为，直接起诉就行了。难就难在这份报告和我们档案里的其他报告并不相符。"纽斯壮拿出一个蓝色讲义夹打开来，"这个才是毕约克在一九九一年写的报告。另外还有他和泰勒波利安之间来往信函的正本。这两个版本不一样。"

"请作解释。"

"令人惊愕的是毕约克上吊自尽了。可能是因为他偏差的性行为恐怕即将公之于世。布隆维斯特的杂志社打算揭发他，让他深陷于绝望之中才会结束自己的生命。"

"这个嘛……"

"报告正本是叙述莎兰德企图以汽油弹谋杀她的父亲札拉千科。布隆维斯特发现的报告前三十页与正本吻合。这些内容老实说没什么值得注意之处。直到三十一页毕约克下结论并提出建议的部分，便出现了差异。"

"什么差异？"

"在正本中，毕约克提出五项清楚的建议，是关于对媒体低调处理札拉千科事件等等，这是事实，无须隐瞒。毕约克提议让札拉千科到国外进行康复治疗，因为他灼伤非常严重，诸如此类。此外他还建议让莎兰德获得最好的精神医疗照顾。"

"原来如此……"

"问题是有人巧妙地篡改了其中几个句子。在第三十四页某一段，毕约克似乎是暗示莎兰德既已被贴上精神异常的标签，就算有人开始问及札拉千科，她的话也不会被相信。"

"而原始报告中并没有这句话。"

"正是。毕约克自己的报告中从未有过类似暗示。姑且不论其他，光是这样便已违法。他只是热心地提议说她很明显需要照顾。在布隆维斯特的版本中，这却成了阴谋。"

"我可以看看正本吗？"

"当然可以，但我走的时候得一并带走。在你读之前，我要先请你注意一下附件，那是毕约克和泰勒波利安后来的往来信件，几乎全都是伪造的，而且不只是在细微处作更动，而是大胆地编造。"

"编造？"

"我想这是唯一适合的形容。正本显示泰勒波利安受地方法院指派，为莎兰德进行精神状态鉴定。这并无任何不寻常。莎兰德当时十二岁，还试图杀死父亲，这骇人听闻的事件最后要是没做精神鉴定才真是奇怪呢。"

"说得对。"

"如果由你担任检察官，我猜你会坚持双管齐下，同时调查社会面与精神面。"

"那当然。"

"即使在当时，泰勒波利安已是颇受敬重的儿童精神科医生，也是法医精神科医生。他接受任命，进行一项普通的调查，作出那女孩患有精神疾病的结论。在这里不必使用他们的专有名词。"

"不必，不必……"

"泰勒波利安把结果写进报告送去给毕约克，毕约克再转呈给地方法院，法院于是裁定莎兰德须住进圣史蒂芬接受治疗。布隆维斯特的版本里面漏掉了一整段泰勒波利安的调查经过。取而代之的是毕约克与泰勒波利安的通信，暗示毕约克指示泰勒波利安假造精神检验结果。"

"你是说这是捏造的,是伪造的?"

"毫无疑问。"

"但捏造这种东西对谁有好处?"

纽斯壮放下报告皱起眉头。"你这么一问可就问到重点了。"

"答案是……"

"不知道。我们的分析小组也非常努力想找出答案。"

"会不会有一部分是布隆维斯特杜撰的?"

纽斯壮笑了起来。"我们的第一个想法也是这样,但应该不是。我们倾向于认为那是很久以前假造的,也许和原始报告差不多同一时间出炉。造假的人不仅非常熟知内情,而且还能取得毕约克所使用的打字机。"

"你是说……"

"我们不知道毕约克在哪里写的报告,可能在他家或他的办公室或其他任何地方。我们所能想出的可能性有两种。造假者也许是精神病院或法医部门的人,不知为何想要让泰勒波利安卷入丑闻。否则就是秘密警察内部有人为了截然不同的目的而造假。"

"有可能是什么目的呢?"

"事情发生在一九九一年。当时国安局内部可能有某个俄国情报员发现札拉千科的行踪。目前我们正在检视大量的个人旧档案。"

"但如果是被 KGB 发现……早在几年前就应该泄漏了。"

"你说得没错,但别忘了那也是苏联正面临解体的时期,KGB 被解散了。我们不知道出了什么错,也许是原本计划好的行动被搁置了。KGB 向来善于伪造与泄漏假情报。"

"可是 KGB 怎么会想要伪造这个呢?"

"这点我们也不知道。不过最明显的目的就是要制造瑞典政府的丑闻。"

埃克斯壮撅起嘴来。"所以你的意思是莎兰德的医疗评估结果是正确的?"

"可不是。说得白话一点,莎兰德根本是彻头彻尾的疯子,绝对毫无疑问。判她入院治疗的决定百分之百正确。"

"马桶？"玛琳的口气似乎认为柯特兹在捉弄她。

"马桶。"柯特兹又说了一遍。

"你想写一篇关于马桶的文章？刊在《千禧年》？"

玛琳忍不住笑了。星期五开会见他晃进来时，便已察觉他难掩热情，完全就像一个正在写独家报道的记者模样。

"说说看吧。"

"真的很简单。"柯特兹说，"到目前为止，瑞典最大的产业是建筑业，但即使斯堪雅建筑公司在伦敦设立了分部，这个产业基本上还是无法外包海外。不管怎么说，房子总是得盖在瑞典。"

"这又不是什么新闻。"

"对，不过新鲜的是：就竞争力与效率而言，建筑业领先了瑞典其他产业好几个光年。如果沃尔沃也用同样的方式生产车辆，最新车款可能要卖一百甚至两百万克朗。大多数产业都要面对不断降价的挑战，可是建筑业却恰恰相反，每平方米的价格是持续攀升。国家还要用纳税人的钱来补贴，以免价格高得无人问津。"

"这里头有什么新闻性吗？"

"等一等，这很复杂。假设汉堡的价格曲线从七十年代起就没变过，那么一个大麦克汉堡现在大约要卖一百五十克朗或更贵。再加薯条和可乐要多少钱，我就不猜了，不过以我在《千禧年》的薪水恐怕买不起。现在在座的人有谁会去麦当劳买一个一百克朗的汉堡？"

没有人应声。

"这可以理解。可是当NCC建筑在斯德哥尔摩利丁粤区的果萨加用几片铁皮拼成四方隔间出租时，三房公寓一个月租金就要一万到一万两千克朗。你们有谁付得起这么贵的房租？"

"我付不起。"莫妮卡说。

"当然付不起。可是你已经住在丹维克斯杜尔旁边的一房一厅公寓，那是你父亲二十年前为你买的，如果你打算出售，应该可以卖到一百五十万。但是一个想搬出来自己住的二十岁年轻人要怎么办？他们负担不起。所以只好当二房东或三房东，不然就是赖在家里和母亲住到退休。"

"那这跟马桶有什么关系？"克里斯特问道。

"就快说到了。问题是公寓为什么会贵成这个样子？因为委托盖房子的人不知道怎么定价。简单地说，一个开发商找上斯堪雅，问说盖一百间公寓要多少钱。斯堪雅算一算，回来告诉他们说大概要五亿克朗，也就是每平方米造价多少克朗，如果你想搬进去，每个月就得花一万克朗。但和麦当劳不同的是，你其实别无选择，总得有地方住嘛。所以只好按市价付钱。"

"柯特兹，亲爱的……请说重点。"

"这就是重点啊！为什么得花一万克朗月租去住哈马比罕能那些破烂房子？因为建筑公司根本不在乎要不要压低价钱。无论如何，顾客都得付钱。建材是主要成本之一。建材的买卖要通过批发商，他们也是自行定价，因为竞争不大，所以在瑞典一个浴缸零售价五千克朗，同一个制造商的同款浴缸在德国却只卖两千克朗。不管有哪些额外成本都难以解释这样的差价。"

围坐的众人已开始不耐地低声抱怨。

"九十年代末开始运作的政府组织的建筑成本代表团有一份报告，里面写了很多相关资料，在那之后却没什么进展。没有人去找建筑公司反映价格的不合理，买家欣然支付卖家开出的价格，最后负担就落在租屋房客或纳税人身上。"

"柯特兹，马桶呢？"

"建筑成本代表团写了报告之后，只有局部地方产生改变，主要都在斯德哥尔摩外围。有些买主受够了昂贵的建筑价格。比方说卡尔斯克鲁纳之家，他们自己买建材，盖出了比别人都便宜的房子。瑞典商贸联盟也加入了战局，他们认为建材价格太荒谬，所以一直试着要让那些公司更容易买到质量一样好却比较便宜的产品。结果去年在欧弗休的建筑商展上还引发小小冲突，因为瑞典商盟带了一个泰国人，他卖的马桶一个五百克朗。"

"结果呢？"

"他最主要的竞争者是瑞典一家批发公司叫维塔瓦拉，他们卖的纯正瑞典制马桶一个要价一千七百克朗。精明的都市买家开始搔头苦思，心想既然可以用五百克朗从泰国买到类似的马桶，那又何必花一千七呢？"

"也许质量比较好吧？"罗塔说。

"没有，完全一样。"

"泰国。"克里斯特说，"好像有童工之类的，所以价格低。"

"不是这样，"柯特兹说，"泰国使用童工的产业大多是纺织业和礼品业，当然还有恋童界。联合国特别注意童工的问题，我也查过这家公司，是有名的制造商。这是一家大规模、现代化、享有盛誉的卫浴设备公司。"

"好吧……但我们现在说的是低工资国家，也就是说你写这篇文章恐怕是在暗示瑞典产业竞争不过泰国产业，应该解雇瑞典劳工、关闭此地的工厂，全部都由泰国进口。你根本过不了工会联合会那关。"

柯特兹听了，脸上绽放出微笑，背往后一靠，志得意满的神情有点可笑。

"又错了。"他说，"你们猜猜维塔瓦拉售价一千七的马桶在哪制造的？"

无人出声。

"越南。"柯特兹说。

"你在开玩笑吧？"玛琳说。

"他们至少已经在那里做了十年的马桶。瑞典工人早就在九十年代被淘汰出局。"

"该死！"

"现在重点来了。如果直接从越南的工厂进口，价格大约三百九十克朗。猜猜看泰国和越南的差价该作何解释？"

"可别跟我说是……"

"偏偏就是。维塔瓦拉公司转包给一间名叫丰苏工业的公司,他们被联合国列为使用童工的公司,至少从二〇〇一年就开始接受调查。不过绝大部分的工人都是罪犯。"

玛琳终于放声大笑。"太好了,真是太好了。等你长大一定是个了不起的记者。写完需要多久时间?"

"两星期。我有一大堆国际贸易的东西要查,而且报道里面需要一个坏人,所以我要看看维塔瓦拉的所有人是谁。"

"那么来得及刊在六月号吗?"

"没问题。"

包柏蓝斯基面无表情地听着埃克斯壮检察官说话。会议已持续四十分钟,包柏蓝斯基有一股很强烈的冲动,想抓起检察官办公桌边缘那本《瑞典王国法律》朝他脸上甩去。他暗想着,倘若如此冲动行事不知有何后果?除了肯定会成为晚报头条,也很可能被控伤害,他于是将念头驱离。文明人类的最大特点就是不能屈服于这种冲动,无论对手如何挑衅都不行。当然,每当需要包柏蓝斯基巡官出面,通常就是有人被这种冲动征服了。

"我就当我们达成协议了。"埃克斯壮说。

"不,我们没有达成协议。"包柏蓝斯基边起身边回答,"不过初步调查由你负责。"

他喃喃自语地转进走廊,走回办公室途中把安德森和茉迪同时叫来。这天下午他能找的同事只有他们两人,霍姆柏决定在此时休假两星期真是不巧。

"到我办公室。"包柏蓝斯基说,"顺便倒咖啡。"

三人都坐定后,包柏蓝斯基看了看自己与埃克斯壮开会做的笔记。

"依目前的情况,原本因为几桩命案被通缉的莎兰德,我们的初步调查负责人已经对她撤销所有相关控诉。就我们而言,她已经不再是初步调查的一部分。"

"不管怎么说，这都可以视为有所进展。"莫迪说。

安德森一如往常没有吭声。

"这我就不敢说了。"包柏蓝斯基回答道，"在史塔勒荷曼和哥塞柏加事件中，莎兰德仍涉嫌重伤害，但那些调查已与我们无关，我们得全力找出尼德曼，侦查尼克瓦恩森林里的埋尸洞穴。但话说回来，埃克斯壮一定会起诉莎兰德，案子已移交给斯德哥尔摩，他也下令展开全新的调查。"

"真的吗？"莫迪说。

"猜猜看，要调查莎兰德的人是谁？"包柏蓝斯基说。

"恐怕是最糟的一个。"

"法斯特回来上班了，他将协助埃克斯壮。"

"太过分了！法斯特根本不适合调查和莎兰德有关的任何案子。"

"我知道，但埃克斯壮有一个好理由。法斯特请了多久的病假……嗯……他是四月崩溃的，对他来说，这起案子应该是处理起来最简单、最理想的。"

无人做声。

"总而言之，今天下午要将所有关于莎兰德的资料交给他。"

"那有关毕约克、秘密警察和一九九一年的报告这整件事……"

"……将会由法斯特和埃克斯壮一并处理。"

"我不喜欢这样。"莫迪说。

"我也不喜欢。可是埃克斯壮是老板，又有高层当靠山。换句话说，我们的工作还是找杀人凶手。安德森，现在情况如何？"

安德森摇摇头。"尼德曼好像人间蒸发了似的。我不得不承认当了这么多年警察，还没碰过这种事。我们没有接到任何密告，没有一个网民认识他或是知道他可能去了哪里。"

"听起来难以置信。"莫迪说，"不过他被通缉是因为涉嫌在哥塞柏加杀警、重伤害另一名警员、杀害莎兰德未遂、对牙科护士卡斯培森的绑架与伤害，还有谋杀达格和米亚。每件案子都有明显的鉴定证据。"

"至少有点帮助。硫磺湖摩托车俱乐部财务经理的案子怎么样了？"

"叶朗森，还有他女友蕾娜·尼格伦。叶朗森的尸体上留有指纹和DNA。尼德曼揍人的时候，指节肯定流了很多血。"

"硫磺湖摩托车俱乐部有什么新消息吗？"

"因为蓝汀继续收押，等候米莉安绑架案的开庭，俱乐部由尼米南接管了。有传闻说尼米南悬赏重金打听尼德曼的下落。"

"那更奇怪了，如果黑社会全都在找他，怎么还会找不到？那叶朗森的车呢？"

"在叶朗森住处发现卡斯培森的车，尼德曼想必是换了车。可是他开走的车毫无线索。"

"所以我们要问三个问题：第一，尼德曼是否还躲藏在瑞典？第二，如果是，和谁在一起？第三，他是否已经潜逃国外？你们怎么想？"

"毫无迹象显示他出国了，但那真的是最合逻辑的路线。"

"如果已经走了，那他把车丢在哪里？"

茉迪和安德森都摇头。警方若想找人，十之八九都不算困难。只要展开一连串逻辑性的调查：有哪些朋友？有哪些狱友？女友住在哪里？有哪些酒友？最后一次在哪里使用手机？车子在哪里？循线追踪到最后，逃犯通常就出现了。

尼德曼的问题是他没有朋友、没有女友、没有手机记录，也从未坐过牢。

调查工作集中在寻找叶朗森的车，据推测应该是尼德曼开走了。他们本以为只要几天的时间，车子就会出现，而且很可能是在斯德哥尔摩的某处停车场。但至今仍无影无踪。

"如果他逃出国，会上哪去呢？"

"他是德国公民，按理说会去德国。"

"他好像和汉堡那些老朋友都没联络了。"

安德森摇摇手。"如果他计划去德国……何必开车到斯德哥尔摩？不是应该去马尔默和通往哥本哈根的桥，或是前往某个渡轮码头吗？"

"我知道。早在第一天，哥德堡的埃兰德警官就把追踪工作集中到那个方向。丹麦警方已接获有关叶朗森的车的信息，而我们也确定他没有搭任何渡轮。"

"可是他确实开车到斯德哥尔摩和硫磺湖，杀害了俱乐部的财务经理，而且——可以这么推测——还带走了一笔金额不明的款项。他的下一步会是什么？"

"他得离开瑞典。"包柏蓝斯基说，"最可能就是搭渡轮横越波罗的海。不过叶朗森和女友是在四月九日深夜被杀，尼德曼大可在隔天早上去搭渡轮。我们是在他们死后大约十六小时才接获报案，接着才对车辆发出全面通告。"

"假如他搭了早上的渡轮，叶朗森的车就会停在某个港口。"茉迪说。

"之所以找不到车，也许是因为尼德曼开车经由哈帕兰达出境往北走了。要沿着波的尼亚湾绕一大圈，但十六小时内就能到芬兰。"

"是这样没错，但进芬兰不久就得丢下车子，那现在也该被发现了。"

他们静静坐着无言以对。最后包柏蓝斯基起身走到窗边站着。

"他会不会是找到一个地方先暂时藏身，像避暑小屋或……"

"我不觉得会是避暑小屋。现在这个时节，每个小屋主人都会去查看屋况。"

"他也不会冒险到任何与硫磺湖摩托车俱乐部有关联的地方。他们是他最不想见到的人。"

"整个黑道应该都可以排除……有没有我们不知道的女友？"

他们可以猜测，但没有事实根据。

安德森下班后，茉迪又回到包柏蓝斯基的办公室敲敲门柱。他招手让她进去。

"可以占用你几分钟吗?"她问道。

"怎么了?"

"莎兰德。我不喜欢埃克斯壮和法斯特还有新审判这回事。你看过毕约克的报告,我看过毕约克的报告,莎兰德在一九九一年遭到非法拘禁,埃克斯壮也知道。他到底在搞什么?"

包柏蓝斯基摘下老花眼镜,塞进胸前口袋。"我不知道。"

"你一点概念都没有?"

"埃克斯壮说毕约克的报告还有他和泰勒波利安来往的信函是伪造的。"

"胡说八道。如果是假造的,当初传讯毕约克的时候他怎么不说?"

"埃克斯壮说毕约克不肯讨论这件事,因为这是最高机密。我挨了一顿骂,因为太早采取行动带他来问话。"

"我开始对埃克斯壮有很深的疑虑。"

"他有来自各方面的压力。"

"不能拿这个当借口。"

"茉迪,事实真相不是我们的专利。埃克斯壮说他拿到证据可以证明报告是假的,事实上没有那个文号的报告。他还说伪造得很成功,内容巧妙地混合了真假。"

"哪部分是真、哪部分是假,这个我得知道。"茉迪说。

"整件事的梗概都相当正确。札拉千科是莎兰德的父亲,也是个会打她母亲的混蛋。他们的问题倒也常见——母亲不想提出控诉,所以就这么持续了几年。后来莎兰德企图杀死父亲,毕约克奉命调查事发经过。他和泰勒波利安通过信,但我们所看见的信件格式显然是伪造的。泰勒波利安为莎兰德做了例行的精神鉴定,判定她精神不稳定。某检察官决定不再进一步调查。莎兰德需要治疗,就被送到圣史蒂芬。"

"如果是伪造的……是谁做的,又为什么?"

包柏蓝斯基耸耸肩。"据我了解,埃克斯壮会让莎兰德再接受一次彻底的检验。"

"这我无法接受。"

"这已经不是我们的案子了。"

"而且接手的是法斯特。包柏蓝斯基,这些混蛋如果再敢对莎兰德做什么乱七八糟的事,我会去找媒体。"

"不,茉迪,你不会。第一,报告已经不在我们手上,所以你无法证明你的说辞。你会像个偏执狂,然后职业生涯也到此结束。"

"我还有那份报告。"茉迪低声说,"我替安德森复印了一份,但还没来得及给他,检察总长就把资料都收走了。"

"假如你泄漏这份报告,不但会被撤职,还犯了严重渎职的罪。"

茉迪默默坐了片刻,双眼直盯着上司。

"茉迪,答应我别这么做。"

"不行,我不能答应。这整件事里头有些非常病态的地方。"

"你说得对,是很病态。但我们不知道对手是谁,暂时也无法采取任何行动。"

茉迪将头侧到一边。"你会采取什么行动吗?"

"这种事我不会和你讨论。相信我吧。现在是星期五晚上,休息一下,回家去吧。还有……这段谈话从没发生过。"

赛库达斯安保公司的警卫尼可拉斯·亚当森正在用功准备三星期后的考试。此刻是星期六下午一点半,他听见地板打蜡机低速转动的声音,并看见是那个跛脚的深肤色移民清洁工。此人总会礼貌性地点头招呼,但听到他说的笑话却从来不笑。亚当森看着他拿出一瓶清洁剂,朝服务台上喷两下,再用抹布擦,然后拿起拖把将打蜡机清理不到的角落拖一拖。于是警卫重新埋头于国内经济学的书中,继续研读。

清洁工花了十分钟才来到走廊尽头,亚当森所在之处。他们互相点了点头。亚当森站起来让他打扫摆在莎兰德房门外那张椅子周围的地板。自从被派到这里站岗以后,几乎每天都会看到这个人,却记不得他的名字——是某种奇怪的外国名字——不过亚当森并不觉得有必要查看他的身份证。第一，这个黑鬼不能打扫囚犯房间——上午有两个清洁妇会负责；其次，他不觉得一个跛子会造成任何威胁。

清洁工打扫完走廊后，打开莎兰德隔壁的房门。亚当森觑了他一眼，但这与平日例行工作并无两样，那里是清洁工具室。接下来的五分钟内，他倒掉水桶的水、清洗刷子，并将垃圾桶用的塑料袋补放进清洁推车。最后将清洁车推入小工具室。

吉第早已留意到走廊上的警卫。是个金发年轻人，通常一星期会在那里两三天，看书。兼差的警卫，半工半读的学生。他就像墙上的一块砖，把周遭环境看得一清二楚。

吉第很好奇，若真有人企图进入那个叫莎兰德的女人的房间，亚当森会怎么做。

他也好奇布隆维斯特究竟想做什么。他在报上看过关于这名特立独行的记者的报道，也知道和11C病房区这个女人有关，本以为他会要他偷带东西给她。但他无法进入她的房间，甚至从未见过她。而无论他原本预期什么，总之都不对。

这项工作，怎么看都不违法。他透过门缝看着亚当森，只见他又埋头读起书来。确定走廊四下无人后，吉第从工作服口袋掏出索尼爱立信Z600手机。他看过广告，这款手机要价约三千五百克朗，具有一切最新功能。

他又从口袋拿出一把螺丝起子，踮起脚尖，旋下靠莎兰德房间墙面一个通风口的白色圆盖。然后按布隆维斯特的吩咐，将手机尽可能地推入通风口，接着再将盖子重新旋上。

他只花了四十五秒钟。第二天花的时间会更短。他要做的是取出手机，换电池后将手机放回原位，并将使用过的电池带回家充电。

吉第要做的就是这些。

但这对莎兰德毫无帮助。她房内的墙面应该也有一个用螺丝旋紧的类似圆盖，但除非她有螺丝起子和梯子，否则永远也拿不到手机。

"我知道。"布隆维斯特当时说了,"不过她不需要拿到手机。"

吉第必须每天做这个动作,直到布隆维斯特告诉他不必再做为止。

光做这件事,每星期就能有一千克朗的酬劳直接入袋,而且工作结束后,手机就归他所有。

他当然知道布隆维斯特在打某种怪主意,却想不通会是什么。将一只手机放进上了锁的清洁工具室的通风口内,开了机却没连上线,这实在太疯狂,吉第怎么也想不出这有什么用。如果布隆维斯特想和病人取得联系,还不如买通某个护士偷偷将手机带进去给她。

但话说回来,他并不排斥帮布隆维斯特这个忙——这个忙可是一星期价值一千克朗呢。所以最好别多问。

约纳森回到贺加路住处时,看见一个男人拎着公文包,靠在他那栋公寓外的铁门上,不由得放慢脚步。那人看起来有点面熟。

"约纳森医师吗?"他问道。

"是的。"

"很抱歉在你住家外面的大马路上叨扰你。实在是因为我不想追到你工作的地方,但又得和你谈一谈。"

"有什么事,还有请问你是?"

"我叫布隆维斯特,麦可·布隆维斯特,是《千禧年》杂志社的记者。这事有关莉丝·莎兰德。"

"喔,我认出你来了。是你打的紧急求救电话。她伤口上的绝缘胶带是你缠的吗?"

"是的。"

"做得很好。不过我不和记者讨论我的病人,你得和其他人一样,去找索格恩斯卡医院的公关部。"

"你误会了。我不是来探消息的,而且完全是以私人身份来找你。你什么都不必说,也不必告诉我任何信息。反而是我想告诉你一些事情。"

约纳森皱皱眉头。

"请听我把话说完。"布隆维斯特说:"我不是随便在路上找外科医生搭讪,而是真的有很重要的事要告诉你。能不能请你喝杯咖啡?"

"先告诉我是关于什么事。"

"关于莉丝的未来与幸福。我是她的朋友。"

约纳森心想,来者若不是布隆维斯特他是不会答应的。但此人备受瞩目,不太可能玩什么无聊的把戏。

"无论在什么情况下我都不会接受访问,也不会讨论病人的事。"

"我完全了解。"布隆维斯特说。

约纳森于是陪着布隆维斯特到附近一家咖啡馆。

"首先,我不会在任何一篇文章中引述你的话,甚至不会提及你。至于对我而言,这番对话从未发生过。我来是想请你帮个忙,但我得解释原因,你才能决定帮或不帮。"

"听起来不是什么好事。"

"我只请你听我把话说完。你的职责是照顾莉丝的身心健康,而身为她的朋友,我也有同样责任。我没法直捣她的脑袋取出子弹,但我有另一项技能对她的幸福也一样重要。"

"那是?"

"我是个调查记者,我发现了她真正经历的事实。"

"好。"

"我可以大略地告诉你,而你可以自己下结论。"

"好的。"

"我还应该声明一下,莉丝的律师安妮卡——你应该已经见过——是我妹妹,也是我付钱请她为莉丝辩护。"

"我知道了。"

"我显然无法请安妮卡帮这个忙,她不跟我谈论莉丝的事,她必须为她们俩的对话保密。我猜你已经在报上看过有关莉丝的报道。"

约纳森点点头。

"她被描写成精神病患者,还是个不正常的同性恋杀人狂。这全是胡说八道。莉丝不是精神病患者,她也许跟你我一样正常。至于她的性偏好与他人无关。"

"如果我了解得没有错,这件案子已经改变了侦查方向。现在被追捕的杀人嫌疑犯是那个德国人。"

"据我所知,尼德曼是个毫无道德良知的杀人犯。不过莉丝有敌人,有力又卑鄙的敌人。其中有些是秘密警察。"

约纳森愕然地看着布隆维斯特。

"莉丝十二岁那年,被送进乌普萨拉的儿童精神病院。为什么呢?因为秘密警察不计代价想要守住的一个秘密,被她揭开了。她的父亲札拉千科——也就是在你们医院被杀的波汀——是苏俄的叛逃者,是间谍,是冷战的遗物。他还年复一年地殴打莉丝的母亲。莉丝满十二岁时出手还击,趁父亲坐在车内,朝他丢掷了一颗汽油弹。她就是为此被关。"

"我不懂。如果她企图杀死父亲,让她接受精神治疗当然是名正言顺。"

"我的故事,我要发表的故事是秘密警察知道札拉千科会打妻子,他们知道莉丝受到什么刺激才做这种事,却仍选择保护札拉千科,只因为他能提供珍贵情报。于是他们伪造了诊断书,让莉丝非住院不可。"

约纳森满脸狐疑,布隆维斯特看了忍不住笑起来。

"一切细节我都可以提出证明,我还要赶在莉丝开庭的同时写出完整的叙述。相信我,这将会引起轩然大波。请你记得一件事,激怒莉丝的那番殴打让她母亲下半辈子都得住院。"

"好,请说下去。"

"我要揭发为秘密警察作恶,帮着将莉丝埋葬在精神病院的两个医生,要让他们得到应有的惩罚。其中一个还是德高望重的人。但我说过,我掌握了所有的证据。"

"如果有医生卷入这种事,那真是整个医界之耻。"

"我不认为有必要归罪于群体,这只和直接涉入的人有关。秘密警察也是一样。我绝对相信在秘密警察界也有优秀的人才,这只是一小部分的阴谋者。莉丝十八岁时,他们又再度想把她关进医院,这次没有成功,她反而有了监护人。不论什么时候,只要一开庭,他们就会再一次极尽所能地污蔑她。我或者应该说我妹妹安妮卡将会尽力让她获释,也让法院撤销她目前还存在的失能宣告。"

"我明白。"

"不过她需要弹药,这就是这项策略的背景。也许我应该再提一点,警局里有几个人其实是站在莉丝这边,但对她提起控诉的检察官却不然。总之,莉丝在出庭前需要帮助。"

"可我不是律师。"

"对,但你是莉丝的医生,你能见到她。"

约纳森眯起眼睛。

"我想请你帮忙的事不但违反医德,说不定也是违法。"

"是吗?"

"但是就道德面而言,这么做是对的。她的宪法权利被那些理应保护她的人给剥夺了。我给你举个例子。莉丝不能会客、不能看报或与外界沟通。检察官还强制她的律师不得对外泄密,安妮卡遵守了规定。然而,检察官自己却是记者的主要消息来源,媒体才会不断写那些乱七八糟的报道。"

"真是这样吗?"

"比方说这则新闻吧。"布隆维斯特拿起一星期前的一份晚报,"调查小组内部的消息来源声称莉丝精神失常,导致这份晚报臆测她的精神状态。"

"我读过这篇报道,全是胡说。"

"这么说你不认为她是疯子。"

"这点我不予置评。但我确实知道她没有做过精神状态评估。所以这篇文章是胡说。"

"我可以确切地向你证明泄漏这项消息的人是一个名叫法斯特的

警员，他在埃克斯壮检察官手下做事。"

"喔。"

"埃克斯壮会想方设法让审讯时禁止旁听，那么外人便无从得知也无法衡量对莉丝不利的证据。但更糟的是……因为莉丝遭检察官隔离，将无法作充分的准备为自己辩护。"

"这不是应该由她的律师来做吗？"

"如今你想必也推测到了，莉丝是个很奇特的人。我在无意中发现她的一些秘密，却不能告诉我妹妹。但莉丝应该可以选择开庭时要不要加以利用。"

"我明白。"

"为了让她能这么做，她需要这个。"

布隆维斯特将莎兰德的奔迈T3掌上电脑和一个充电器放在两人之间的桌上。

"这是莉丝的火药库中最重要的武器，非给她不可。"

约纳森难以置信地看着电脑。

"为什么不交给她的律师？"

"因为只有莉丝知道如何取得证据。"

约纳森坐了好一会儿，还是没碰电脑。

"我来跟你说一两件有关泰勒波利安医师的事吧。"布隆维斯特说着从公文包抽出一个活页夹。

星期六晚上八点刚过，阿曼斯基离开办公室，徒步走到位于圣保罗街的索德区犹太会堂。他敲开门后自我介绍，开门的拉比本人请他入内。

"我和一个认识的人约在这里碰面。"阿曼斯基说。

"在楼上，我带你去。"

拉比给了他一顶小圆帽，阿曼斯基略一迟疑才戴上。他是在伊斯兰教家庭长大，戴着这个感觉很蠢。

包柏蓝斯基也戴着小圆帽。

"你好，阿曼斯基。谢谢你来。我向拉比借用一个房间，我们可以安静地谈谈。"

阿曼斯基坐到包柏蓝斯基对面。

"你这么神秘兮兮的，应该有特殊原因吧？"

"我就不兜圈子了。我知道你是莎兰德的朋友。"

阿曼斯基点头承认。

"我需要知道你和布隆维斯特打算捏造什么来帮她。"

"我们为什么要捏造什么呢？"

"因为埃克斯壮检察官问了我十几次，你们米尔顿安保到底对莎兰德的案情调查知道多少。他不是随口问问，而是担心你们会爆出什么震撼弹……震撼媒体。"

"原来如此。"

"既然埃克斯壮这么担心，就表示他知道或是怀疑你们在酝酿什么计划，否则至少是和某个心存怀疑的人谈过。"

"某人？"

"阿曼斯基，别耍把戏了。你知道莎兰德在九十年代初曾遭受司法不公的对待，我只怕一旦开庭又要旧事重演。"

"你是民主国家的警察，如果你有这样的情报，就应该采取行动。"

包柏蓝斯基点点头。"我也正打算这么做。但问题是：怎么做？"

"你说你想知道什么。"

"我想知道你和布隆维斯特在打什么算盘。我猜你们不会只是坐在那里无所事事。"

"事情很复杂。我怎么知道能不能信任你。"

"布隆维斯特发现一份一九九一年的报告……"

"我知道。"

"我已经拿不到那份报告了。"

"我也是。原本在布隆维斯特和他妹妹——也就是莎兰德现在的律师——手中的两份报告都不见了。"

"不见了？"

"有人闯入布隆维斯特住处偷走他那份，而安妮卡则是在哥德堡被人偷袭击倒在地，报告也被抢了。两件事都发生在札拉千科遇害那天。"

包柏蓝斯基沉默良久。

"为什么我们还没听到消息？"

"布隆维斯特是这么说的：出版的好时机只有一个，坏时机却数不胜数。"

"可是你们两个……他打算出版？"

阿曼斯基轻轻地点了点头。

"在哥德堡被偷袭，在斯德哥尔摩被闯空门。同一天。"包柏蓝斯基说道，"这表示我们的对手很有组织。"

"我恐怕还得再提一下，我们知道安妮卡的电话遭到窃听。"

"一大串的罪行。"

"问题是：谁干的？"

"我也很好奇。最可能还是秘密警察，他们有理由不让毕约克的报告曝光。可是阿曼斯基……我们现在说的是瑞典秘密警察，一个政府单位。我不敢相信他们会允许这种事发生，我甚至不相信他们有做这种事的技能。"

"我自己都觉得难以消化，更别提还有人晃进索格恩斯卡医院，轰掉札拉千科的脑袋。在此同时，报告的作者毕约克也上吊了。"

"所以你认为这一切背后有一只黑手？我认识哥德堡负责调查的警官埃兰德。他说所有的迹象都显示这起命案完全是一个生病的人一时冲动之举。我们彻底查过毕约克的住处，一切线索也都指向自杀。"

"古尔博，七十八岁，罹患癌症，最近在接受忧郁症的治疗。我们的行动组长约翰·弗雷克伦查过他的背景。"

"结果呢？"

"他四十年代在卡尔斯克鲁纳当兵，后来研读法律，成了税务顾问。在斯德哥尔摩开了三十年的事务所，很低调，秘密客户……如果真有客户的话。一九九一年退休。一九九四年搬回老家拉赫尔姆。没什么值得注意的，只不过……"

"只不过什么？"

"只不过有一两个令人惊讶的细节。弗雷克伦到处都找不到古尔博的资历。任何报纸或专业期刊都没有提过他，也没有人能告诉我们他有哪些客户。就好像律师界从来没有这个人存在。"

"你的意思是？"

"秘密警察是很明显的关联。札拉千科是苏俄叛徒，除了秘密警察之外还有谁会照顾他？接下来是将莎兰德关进疗养院的共谋问题。现在又出现闯空门、偷袭和电话窃听。我个人并不认为秘密警察是幕后黑手。布隆维斯特称他们为'札拉千科俱乐部'，也就是一小群脱离蛰伏期、躲藏在国安局某个阴暗角落的冷战分子。"

"那么我们该怎么办？"包柏蓝斯基问。

第十二章
五月十五日星期日至五月十六日星期一

国安局宪法保障组负责人托斯登·艾柯林特警司缓缓转动着手上那杯红酒，一面仔细聆听米尔顿安保总裁说话。阿曼斯基毫无预兆地来电，并坚持邀请他星期六到他利丁粤的住处用晚餐。他妻子蕾娃准备了美味的炖菜，他们吃得很开心，也彼此客客气气地闲聊天。艾柯林特猜不出阿曼斯基有何用意。餐后，蕾娃坐到沙发上看电视，留下他们俩在餐桌旁说话。阿曼斯基这才开始说起莎兰德的事。

艾柯林特和阿曼斯基是在十二年前，因某位国会女议员受到死亡恐吓而结识的。当时女议员向党召集人反映此事，国会保安队立刻接获通知，不久也引起秘密警察的注意。在当时，贴身护卫组是所有秘密警察单位中预算最低的单位，但国会议员只要公开出现便会全程受到保护。至于下班后则只能自求多福，而这却也是她最可能遭受攻击的时间。于是女议员开始怀疑秘密警察的保护能力。

某天晚上当她回到家，发现有人闯入她家在客厅涂写淫言秽语，还有在她床上手淫的痕迹。她随即聘用米尔顿安保负责她的人身安全，却并未将自己的决定通知秘密警察。第二天早上，她按照预定行程要前往泰比某间学校时，政府的保安人员与她的米尔顿保镖起了冲突。

那时艾柯林特正是贴身护卫组的代理副组长。他不喜欢看到私人恶霸保镖做政府部门该做的事，却又不得不承认议员有充分的理由抱怨。不过他没有让问题恶化，反而请米尔顿安保总裁吃饭。他们一致认为情况可能比秘密警察所预料的还严重，艾柯林特也了解到阿曼斯基手下的人不仅有做这份工作的技能，而且受到精良的训练，甚至还有更好的装备。最后他们协议让阿曼斯基的人担任保镖，秘密警察则负责犯罪调查与支付酬劳，解决了眼前的问题。

　　这两人发现自己都十分欣赏对方，后续几年当中双方也合作愉快。艾柯林特很尊重阿曼斯基，当他急于请他来吃饭想私下谈谈，他也愿意听。

　　但他没想到阿曼斯基会把一枚点燃的炸弹丢到他腿上。

　　"你是说秘密警察涉入重大犯罪行为？"

　　"不，"阿曼斯基说，"你误会了。我是说秘密警察当中有一些人涉入这种行为。我不认为国安局局长允许他们这样的行为，也不认为有政府的认可。"

　　艾柯林特端详着克里斯特拍的照片，照片上有名男子坐上一辆车牌号码以 KAB 开头的车。

　　"阿曼斯基……这不是恶作剧吧？"

　　"我倒希望它是。"

　　翌日上午，艾柯林特进入总局的办公室后，仔细地将眼镜擦拭干净。他头发斑白，有一双大耳朵和一张刚毅的脸，只是此时的表情却是困惑多于刚毅。昨天他忧虑了一整夜，不知该如何处理阿曼斯基给他的信息。

　　全是令人不快的想法。在瑞典，（几乎）所有党派都认为秘密警察是不可或缺的组织，但也同时存有戒心，进而无中生有地编造关于他们的阴谋论。丑闻确实不少，尤其是左派激进分子当道、出了一些宪法错误的七十年代。但备受批评的秘密警察在经过五次公开调查后，新的一批公职人员诞生了。他们代表较年轻一派的积极分子，来自国家警察队伍的经济、武器与反诈欺等小组，原本就是调查真正犯罪而非追逐政治幻影的警员。秘密警察已经现代化，特别是宪法保障组也担负起显著的新角色，依政府规定，其任务在于揭发与防范国家的内部安全威胁，即利用暴力、威胁或强迫以图改变我们的政体、影响具有决策力的政治实体或有关单位的决策方向，或是阻止公民行使个人受宪法保障的权利与自由等等的非法活动。

总之，就是捍卫瑞典民主不受真正的或推断的反民主威胁。他们主要担心的是无政府主义与新纳粹主义分子，原因是前者坚持以非暴力方式反抗，而后者既然名为纳粹，就定义而言便是民主的敌人。

取得法律学位后，艾柯林特成为检察官，后来在二十一年前加入秘密警察行列。他起初在贴身护卫小组，后来进入宪法保障组担任分析师兼主管，最后当上了负责人，总管捍卫瑞典民主的警力。他自认为是民主人士。宪法由国会制定，他有责任保护宪法完好无瑕。

瑞典的民主只奠基于一个前提：那就是自由言论的权利。这赋予人民一项不可剥夺的权利，对任何事都可以表达、可以有想法也可以相信。这项权利涵盖所有瑞典公民，从住在森林里的新纳粹疯子到丢石头的无政府主义者，以及其他所有人。

其他每项基本权利，如组织政府的权利、自由结社的权利等，都只是自由言论权利的实际延伸。民主能否持续就全看这条律法了。

所有的民主都有其限制，而自由言论权的限制由媒体自由法规来规范，其中定义了民主的四点约束：无论创作者认为多么具有艺术性，皆不得发行儿童色情作品与描绘某些暴力性行为的作品；不得煽动或劝诱他人犯罪；不得中伤或诽谤他人；不得激起族群仇恨。

国会也同样规范了媒体自由，其基准在于就社会面与民主面都可接受的社会限制，也就是构成文明社会框架的社会契约。立法的精髓主张的是没有人有权利骚扰或羞辱其他任何人。

既然自由言论权与媒体自由都是法律，就需要某种机关来确保人民守法。在瑞典，这项功能分属于两个机构。

第一个是检察总长办公室，负责起诉违反媒体自由法的罪行。艾柯林特对此并不满意。依他之见，检察总长对于那些他认为是直接违反瑞典宪法的罪行，处理态度太过宽松。检察总长则总是回答说民主的原则太重要了，若不是非常紧急，他就不应该插手警告。然而近几年来，他这样的态度也愈来愈受到质疑，尤其在瑞典的赫尔辛基委员会[1]秘书长罗伯·霍德提出报告后更是如此。这份报告检视检察总长数年间缺乏机动性的表现，并声称几乎不可能将任何人以违反族群仇恨法起诉并判刑。

第二个机构便是秘密警察局的宪法保障组，艾柯林特警司非常兢兢业业地负起这个责任。他认为这是瑞典警察所能担任的最重要职位，在整个瑞典司法界与警界，无论用什么职位跟他交换他都不愿意。全瑞典可是只有他这个警察可以当政治警察，这任务很棘手，需要莫大的智慧与司法自制力，因为有太多国家的经验显示政治警察部门很轻易就会变成民主的最大威胁。

媒体与民众多半都以为宪法保障组的主要功能是追踪纳粹分子与激进的纯素食主义者。这类团体确实会引起宪法保障组的注意，但还有许多组织与现象也属于该单位的管辖范围。举例来说，假如国王或军队的最高指挥官心里认为议会制度已经过时，应该由独裁体制取代，这位国王或指挥官马上就会被宪法保障组列入观察。再举个例子，假如有一群警察决定扩张法律，以至于侵害到个人受宪法保障的权利，那么宪法保障组就有责任作出反应。若有如此重大案例，检察总长应该也会指挥调查。

当然，宪法保障组的问题就在于他们只有分析与调查的功能，并无行动作业的权力，因此通常要逮捕纳粹分子，出手的若非正规警员就是秘密警察局内其他部门的人员。

艾柯林特对于这样的事态深感不满。几乎每个民主国家都会有某种形式的独立宪法法庭，负责监督权力机关不得任意践踏民主程序。在瑞典，这是检察总长与监督公务员是否渎职的国会监察专员的任务，然而他们也只能实行其他部门转达的建议。如果瑞典有宪法法庭，那么莎兰德的律师便可立即控告瑞典政府剥夺她的宪法权利。接着法庭可以下令调集所有数据，也可以传唤包括首相在内的任何人来

---

[1] 瑞典赫尔辛基委员会（Swedish Helsinki Committee），成立于一九八二年，唯一没有政治与宗教立场的非政府组织，主要宗旨是监督人权是否依照一九七五年的"赫尔辛基协议"受到保护，以及支持促进民主与公民社会的计划。

作证，直到事情解决为止。而以如今的情况，她的律师顶多只能向国会监察专员申诉，但国会监察专员却无权向秘密警察要求提出资料或其他证据。

多年来，艾柯林特一直热烈提倡设立宪法法庭。若有这样的法庭，他便能更轻易地对阿曼斯基提供的信息采取行动：只须拟订一份警察报告，将数据呈交法庭，不容阻挡的程序就能随即启动。

以目前的情况，艾柯林特并无合法的权力启动初步调查。

他塞了一撮无烟香烟到嘴里。

如果阿曼斯基的信息正确，就代表当某个瑞典女人遭受一连串重大伤害之际，资深的秘密警察竟视而不见。接下来她的女儿因为一份伪造的诊断报告，被关进精神病院。最后他们还纵容一名前苏联情报员犯下涉及武器、毒品与性交易的罪行。艾柯林特一脸痛苦的表情，他甚至不想去估计这其中发生了多少不法行为，更别提布隆维斯特住处的窃案、莎兰德律师遭袭案，也许还涉及札拉千科命案，对此艾柯林特实在无法相信。

事情一团乱，艾柯林特并不希望自己非卷入不可。只不过从阿曼斯基请他吃饭那一刻起，他就已经卷入了。

现在该如何处理呢？就事论事的话，答案很简单。假如阿曼斯基所说属实，莎兰德最起码被剥夺了行使受宪法保障的权利与自由的机会。从宪法的观点，这恐怕会一发不可收：政治决策团体的决策方向受到诱导。这也触及了宪法保障组被授予的责任核心。艾柯林特身为警察又得知某犯罪行为，便有义务向检察官报告。但实际上，答案却不这么简单，甚至可以说一点都不简单。

莫妮卡·费格劳拉巡官尽管姓氏相当特别，却是在瑞典中部的达拉纳土生土长，她的家族至少从十六世纪古斯塔夫一世时期就住在瑞典。她是个很容易引人注目的女人，有几个原因：她现年三十六岁，蓝眼，身高一百八十四厘米，留着短短的、淡金色自然鬈发，不仅吸引人还懂得将自己打扮得更迷人，而且身材健美。

青少年时期，她曾是杰出的体操选手，十七岁那年还差一点被选入奥运代表队。后来虽然放弃正统体操运动，却仍持之以恒地每星期上健身房五天。由于太常运动，她体内分泌的脑内啡就像毒品一样，让她一停止运动便痛苦难耐。她会跑步、举重、打网球、练空手道，还曾经十分沉迷于健美，但在几年前已经减缓了这种美化身体的极端手法，当时她可是每天都要举重两小时。不过她依然非常勤于锻炼，身上肌肉极其发达，一些毒舌同事至今仍叫她费格劳拉先生。每当她穿上无袖T恤或夏天洋装，没有人会不去注意她的二头肌与厚实的肩膀。

另外她的聪明也令许多男同事胆怯。她以优异的成绩毕业，二十岁进入警官学校，之后在乌普萨拉警局服务九年，闲暇时候还研读法律。她也修了政治学学位，据说是为了好玩。

她离开巡逻勤务成为刑警，可说是乌普萨拉街头治安维护上的一大损失。她首先在暴力犯罪组，后来加入专门打击经济犯罪的单位，二〇〇〇年申请进入乌普萨拉的秘密警察局，二〇〇一年调到斯德哥尔摩。起初从事反间工作，但几乎立刻就被艾柯林特钦点进入宪法保障组。他刚好与费格劳拉的父亲熟识，这几年来一直在留意她的发展。

当最后决定必须对阿曼斯基的信息有所行动时，艾柯林特把费格劳拉叫进办公室。她进这个小组还不到三年，也就是说还只是个地道的警员，称不上经验丰富的内勤战士。

那天她穿着蓝色紧身牛仔裤，青绿色低跟凉鞋和海蓝色夹克。

"费格劳拉，你现在在忙什么？"

"我们正在追苏纳那起杂货店抢劫案。"

秘密警察通常不会浪费时间侦查杂货店抢劫案，而费格劳拉和手下的五名警员是负责政治犯罪案件的，他们最倚重的工具就是和一般警察局报案系统联机的电脑。呈报到瑞典任一警局辖区的报告，几乎都会送到费格劳拉部门的电脑。软件会扫描每份报告，并对三百一十组关键词有所反应，例如黑鬼、平头族、卍字、移民、无政府主义、希特勒举手礼、纳粹、国家民主主义、卖国贼、亲犹太或亲黑鬼等等。只要一出现这样的关键词，报告便会打印出来受到审查。

宪法保障组会公布一份年度报告，名为"国家安全的威胁"，根据地方警局接获的报案，提供唯一可靠的政治犯罪数据。在苏纳商店抢劫案中，电脑对三组关键词起了反应：移民、臂章和黑鬼。有两名头戴面罩的男人持枪抢劫一间移民开的商店，取走了两千七百八十克朗和一条香烟。其中一名抢匪身穿中长外套，戴着一枚瑞典国旗臂章，另一人对着店主数次高喊"去你妈的黑鬼"，并强迫他躺在地上。

这样便足以促使费格劳拉的团队展开初步调查，查询抢匪是否与韦姆兰的新纳粹帮派有关系，抢劫案又是否能定义为种族歧视罪行。假如是的话，该起事件很可能要列入年度的统计数据，同时也要纳入维也纳联合国中心汇整的欧洲统计数据之中。

"我要给你一个艰难的任务。"艾柯林特说，"这件事可能会让你惹上大麻烦，也可能毁了你的前途。"

"我洗耳恭听。"

"但如果顺利，你就能向灿烂的前途迈进一大步。我想把你调到宪法保障组的行动队去。"

"请恕我直言，可是宪法保障组并没有行动队。"

"有的。"艾柯林特说，"今天早上成立了。目前的队员就是你。"

"明白了。"费格劳拉显得迟疑。

"宪法保障组的任务是捍卫宪法不受所谓的'国内威胁'所害，这多半都是那些极左或极右派。但万一对宪法的威胁来自我们自己的组织，那该怎么办？"

接下来半小时，他将阿曼斯基前一晚说的话告诉了她。

"这些话的来源是？"费格劳拉听完后问道。

"重点在信息内容，不在来源。"

"我的意思是你认为消息来源可靠吗？"

"消息来源绝对可靠。我和此人已经相识多年。"

"这一切听起来有一点……怎么说呢？难以置信吧。"

"可不是吗？很像是间谍小说的内容。"

"你要我怎么做？"

"从现在开始，放下其他任务，你的工作，唯一的工作，就是调查这件事的真相。这些说辞你必须一一加以证明或否决，然后直接向我一人报告。"

"我现在明白你说我会陷入困境的意思了。"

"但万一是真的……即使只有一部分，我们就等于面临宪法危机。"

"你要我从哪里着手？"

"先从简单的开始。先读毕约克的报告，然后确认那些据说在跟踪布隆维斯特的人的身份。根据我的消息来源指出，那辆车登记在莫天森名下，一个住在威灵比维坦吉路的警员。布隆维斯特的摄影师拍下的照片中还有另一个年纪较轻的金发男子，身份也要确认。"

费格劳拉边听边记下来。

"接着查一查古尔博的背景。我从未听过这个名字，但我的消息来源认为他和秘密警察有关联。"

"也就是说国安局内部有人找一个七十八岁的老人去做掉一个老早以前的间谍。这我实在不相信。"

"不管怎么样还是去查。你的整个调查工作，除了我之外谁都不能知道一丁点。在你采取任何行动之前，都要先向我报备。我不要看到水面出现任何涟漪，也不要听到任何风吹草动。"

"好巨大的任务，我一个人怎么做得来？"

"不会只有一个人，你只是先做查证的动作。如果你说查过以后什么也没发现，那就没事。如果发现有任何一点和我的消息来源描述的相符，我们再决定下一步。"

费格劳拉利用午餐时间到警局健身房举重。然后将包括黑咖啡、肉丸三明治配甜菜根色拉的午餐带回办公室吃。她关上门、清理桌子后，开始边吃三明治边读毕约克的报告。

她也看了附录中毕约克和泰勒波利安医师的来往信函，并记下报告中每个需要查证的姓名与事件。两小时后，她起身到咖啡机旁再倒一杯咖啡。离开办公室时顺手将门锁上，这是国安局内的惯例。

她第一个查的是档案文号。她打电话到档案室，对方回答找不到这个文号的报告。接下来是查询媒体档案，结果好一点。一九九一年关键的那一天，有几份晚报和一份早报报道有一人在伦达路的车辆起火案中受重伤。该起意外的受害者是一名中年男子，但未提姓名。有一份晚报写道，根据目击证人指称，那是一个年轻女孩蓄意纵火引发的事故。

撰写报告的毕约克真有其人，是移民组的资深官员，最近请病假，前不久才过世，是自杀身亡。

人事部并不知道一九九一年毕约克在做些什么，档案盖上"极机密"章，即使对国安局其他同仁也不例外。这也是惯例。

此外倒是很轻易便证实，一九九一年时莎兰德和母亲与孪生妹妹同住在伦达路，接下来两年则住进圣史蒂芬儿童精神病院。至少在这些部分，档案与报告的内容吻合。

如今已是知名精神科医生并经常上电视的泰勒波利安，一九九一年在圣史蒂芬工作，目前是院内的资深医生。

费格劳拉随后打电话给人事部副主任。

"我们宪法保障组正在做一项分析，需要评估某个人的可信度和一般精神状况。我想征询某个可以处理机密信息的精神科医生或其他专家，有人向我提到彼得·泰勒波利安医师，我想知道能不能雇用他。"

过了一会儿才得到响应。

"泰勒波利安医师已经为国安局做过几次外部咨询工作。他已经通过安全调查，你可以不太深入地和他讨论机密信息。不过在找他之前，你得按程序来，你的上司必须先批准，然后正式提出申请让你能和泰勒波利安医师接触。"

她的心往下一沉。她刚刚证实了一件只有极少数人知道的事。泰勒波利安确实和国安局有往来。

她放下报告,把注意力转移到艾柯林特交给她的其他信息上。她仔细检视照片中那两人,据说他们在五月一日跟踪布隆维斯特离开科帕小馆。

照片中灰色沃尔沃的车牌清晰可见,查阅监理所的资料发现车主叫约朗·莫天森。接着又从国安局人事部获得证实,此人是局里的员工。她的心沉得更深。

莫天森属于贴身护卫组,是个保镖,也是在正式场合上负责首相安全的几名警官之一。过去这几星期,他出借给反间组,请假时间从四月十日开始,札拉千科和莎兰德住进索格恩斯卡医院之后几天。不过这种暂时性的职务调派并不罕见,可以在紧急情况下弥补人手不足的缺憾。

接下来费格劳拉打给反间组副组长,她认识这个人,之前短期待在反间组时也曾在他手下工作。请问莫天森在忙什么重要的事吗?能不能借用他替宪法保障组做一项调查?

反间组副组长十分困惑。费格劳拉巡官肯定弄错了,莫天森并未被调到反间组。抱歉。

费格劳拉瞪着话筒呆愣了两分钟。贴身护卫组以为莫天森出借到反间组,反间组却说他们绝对没有借用他。像这样的调派必须由秘书长批准。她正想拿起电话打过去,又及时缩手。如果贴身护卫组出借了莫天森,就表示秘书长肯定批准了。但莫天森不在反间组,秘书长一定知道。假如莫天森出借给某个跟踪记者的部门,秘书长想必也知情。

艾柯林特告诉过她:不许泛起涟漪。向秘书长提起此事,恐怕是朝水塘里丢一块大石头。

爱莉卡坐在玻璃笼里的办公桌前。此时是星期一上午十点半,她刚从休息室的咖啡机倒了杯咖啡,现在的她太需要了。工作日一开始的数小时全被会议占满,最早的一场十五分钟,由副主编弗德列森报告这一天的大概行程。由于对霍姆失去信心,她愈来愈倚赖弗德列森的判断。

第二场是和董事长博舍、报社财务总监克利斯特·赛尔伯、预算主任乌夫·弗洛丁的一小时会议,讨论广告萧条与零售量欲振乏力的问题。预算主任与财务总监都决定要削减报社的一般开支。

"今年多亏广告量些微上扬,加上两名高薪的资深员工在年初退休,才勉强撑过第一季。那两个职缺还没有递补。"弗洛丁说,"这一季结算很可能会出现小小赤字。不过免费报纸《都会报》和《斯德哥尔摩城市报》正在抢我们在斯德哥尔摩的广告收入,我预料第三季会损失惨重。"

"那我们应该如何因对?"博舍问道。

"唯一的选择就是削减预算。我们从二〇〇二年起没有解聘过任何人。但在今年底之前,必须裁掉十个人。"

"哪些职位的人?"爱莉卡问。

"我们得采取'刮干酪'原则,这里刮掉一点、那里刮掉一点。体育版目前有六个半的职位,应该缩减为五个全职。"

"据我所知,体育版已经应付不过来了。你现在的提议等于要我们删减体育版面。"

弗洛丁耸耸肩。"我很乐意听听其他的建议。"

"我没有更好的建议,但有个原则:如果裁员,就得发行较小的报纸,如果发行较小的报纸,读者人数将会减少,广告商的数量也一样。"

"恶性循环。"赛尔伯说。

"我受聘就是为了扭转这个下滑的趋势。"爱莉卡说,"我认为我的职责是采取激烈的手段改变报纸风格,让它更吸引读者。如果要裁员,我就做不到。"她转向博舍说道:"报社还能流多少血?我们还能再承受多大的损失?"

博舍撅起嘴来。"打从九十年代初开始,《瑞典摩根邮报》已经吃掉很多老本,我们的股票行情比起十年前掉了差不多三十个百分比。

这些资金大多是用来投资IT的，各项支出也很可观。"

"我听说《瑞典摩根邮报》发展出自己的文字编辑系统AXT，那花了多少钱？"

"开发经费大约五百万克朗。"

"为什么报社要自找麻烦开发自己的软件呢？市面上本来就有不贵的商用程序。"

"这个嘛，爱莉卡……也许真是如此。是我们前任的IT主任大力鼓吹的。他说长期下来会比较便宜，而且我们也可以卖使用权给其他报社。"

"有人买吗？"

"其实是有的，挪威一家地方报社买了。"

"结果呢，"爱莉卡冷冷地说，"我们还坐在这里用五六年前的旧电脑……"

"明年绝不可能花钱买新电脑。"弗洛丁说。

讨论就这样一来一往。爱莉卡发现自己每次抗议都会被弗洛丁和赛尔伯给驳回。对他们而言，删减预算是最重要的，从预算主任和财务总监的立场来说当然可以理解，但她这位新上任的总编辑却无法接受。最令她气恼的是她一发表意见，他们便带着施恩般的笑容加以打发，让她自觉像个在接受随堂测验的青少年。虽然没有说出任何不恰当的言辞，他们对她的态度却古板得近乎可笑。小姑娘，你那漂亮的脑袋不应该烦恼复杂的事情。

博舍的帮助不大。他只是在一旁观望，让其他与会者尽情发言，不过他并没有给她同样高高在上的感觉。

她叹了口气，打开电脑收信，有十九封新邮件，其中四封是垃圾邮件，想向她推销威而钢；"和网络上最性感的罗莉塔"进行网爱，每分钟只要四美元；"兽交，全宇宙最刺激的人马交"；以及订阅裸体时尚电子报fashion.nu。这些垃圾潮从未消退过，不管她试了多少方法还是阻挡不了。另外七封是那些所谓的"尼日利亚诈骗信件"，诸如阿布扎比某家银行前总裁的遗孀愿意给她一大笔钱，只要她赞助一点点资本金之类的骗术。

另外有上午备忘录、午休时间备忘录，有三封是弗德列森写来报告当天头条新闻的最新进展、一封是会计师写来想和她碰面讨论她从《千禧年》跳槽到《瑞典摩根邮报》后薪资的变动，还有一封是牙医告知她每季定期检查的预约日期。她查看完日程表后，马上发现那天不行，因为已经预定要开一个重大编辑会议。

接着她打开最后一封信，寄件人是〈centraled@smpost.se〉，主旨栏写着"致：总编辑"。她缓缓放下咖啡杯。

> 臭婊子！你以为你是谁呀贱货。别以为你能来这里作威作福。有人会拿螺丝起子插你的屄，贱人！你最好快点消失。

爱莉卡抬起头以目光搜寻新闻主编霍姆。他不在位子上，也没看见他在编辑室。她看了寄件人，然后拿起电话拨给IT经理彼得·佛莱明。

"早啊，彼得。〈centraled@smpost.se〉是谁在用的账号？"

"这不是报社里的有效账号。"

"我刚刚收到这个账号寄来的一封邮件。"

"是假造的。邮件里有没有病毒？"

"不知道，至少防毒软件没有反应。"

"那就好。这个地址并不存在，不过要假造一个看似正常的地址非常简单。网络上有些网站可以让人发送匿名邮件。"

"这种邮件有可能追踪吗？"

"几乎不可能，就算这个人笨到用自家的电脑发送也一样。你也许可以借由IP地址追踪到服务器，但如果他用的是热邮之类的账号，追踪也不会成功。"

爱莉卡向他道谢后，自己沉思了一会儿。她不是第一次收到疯子寄来的恐吓邮件或信息，这一封却明显针对她总编辑的新工作，不知道是不是哪个神经病读到她和莫兰德的死有关的新闻，或者发件人就在这栋大楼里。

费格劳拉绞尽脑汁地思考该如何处理古尔博。在宪法保障组有一个好处，只要是瑞典境内可能与种族歧视或政治有关的犯罪案件，她几乎都有权取得警察报告。严格说来，札拉千科是移民，她的职责也包括追查国外出生者所遭受的暴力，以确认该罪行是否涉及种族歧视。因此，她有权介入调查札拉千科命案，查明已知的凶手古尔博是否与任何种族主义组织有关联，又或者有没有人听到他行凶时说出种族歧视的话。她调阅报告，看到写给司法部部长的那些信，发现除了诽谤与人身攻击之外还有亲黑鬼与卖国贼等字眼。

这时已经下午五点。费格劳拉将所有数据锁进保险箱、电脑关机、冲洗咖啡杯后，打卡下班。她快步走到一间位于圣艾瑞克广场的健身中心，花了一小时做一些简单的肌力训练。

结束后，她回到彭通涅街的一房一厅公寓，冲了个澡，吃了一顿时间稍晚却十分丰盛的晚餐。她本想打电话找住在同一条街隔三个路口的丹尼耶·莫格兰。他是木工师傅兼健身教练，已经断断续续当了她三年的健身伙伴。最近几个月他们之间也发生过纯友谊的性爱关系。

对她来说，做爱几乎就像在健身房剧烈运动一样令人满足，但是身为三十来岁，不，应该说将近四十的熟女，费格劳拉开始想到也许应该物色一个稳定的伴侣，作更长远的生活安排。甚至也许该生孩子。但不是和莫格兰。

最后她确定今晚谁都不想见，便拿了一本古代史上床。

第十三章

五月十七日星期二

星期二早上，费格劳拉在六点十分醒来，沿着梅拉斯特兰北路慢跑一大段路后，回家冲澡，八点十分来到警察总局打卡上班。她已备妥备忘录，写下前一天作出的结论。

九点，艾柯林特来了，她先等他处理信件，二十分钟后才去敲门。他读完她的四页报告后，最后，抬起头来。

他说了一句："秘书长。"

"他肯定批准了莫天森外借，所以尽管贴身护卫组说莫天森在反间组，他也一定知道他不在那里。"

艾柯林特摘下眼镜，用纸巾仔仔细细地擦拭。他和秘书长艾伯特·申克曾在聚会与内部会议上见过无数次面，但称不上熟识。申克个子矮小，一头稀疏的淡红金发，如今身材已胖了不少。他年约五十五，在国安局至少待了二十五年，也可能更久。他担任秘书长已经十年，在此之前是副秘书长。艾柯林特觉得他这个人沉默寡言，必要时却也能心狠手辣。他不知道他闲暇时做些什么，但记得有一次在警局车库看见他身穿休闲服，肩上背着高尔夫球袋。还有一次在歌剧院与他不期而遇。

"我忽然想到一件事。"费格劳拉说。

"什么事？"

"古尔博。他在四十年代服役，后来成了会计师之类的，到了五十年代却人间蒸发了。"

"所以呢？"

"我们昨天谈的时候，好像把他当成某种职业杀手。"

"听起来很牵强，这我知道，但是……"

"我想到的是关于他的背景太少，几乎就像烟幕一样。五六十年代期间，国安局和军情局都在外部设立了掩护用的公司。"

"我很好奇你是什么时候想到的。"艾柯林特说。

"我想申请许可，看看五十年代的个人资料。"费格劳拉说。

"不行，"艾柯林特摇头否决，"要看档案就得经过秘书长批准，在我们没有得到更多数据之前，不能引起注意。"

"那接下来呢？"

"莫天森，"艾柯林特说，"查出他现在在做什么。"

莎兰德正在研究房间里的气窗时，听见门口有钥匙转动的声音，进来的是约纳森。此时已是星期二晚上十点过后，她正在盘算如何逃出索格恩斯卡医院，却被他给打断。

她量过窗口大小，发现头可以伸进去，那么要将身体其他部位挤进去，问题应该不大。这里离地面有三层楼高，但只要撕破床单再加上三米长的立灯辅助，应该也没问题。

她一步一步地计划逃亡。问题是要穿什么？她有半长内裤、医院睡衣和一双好不容易借来的塑料拖鞋。身上有两百克朗的现金，是安妮卡借给她到医院零食店买甜食用的，如果能在歌德堡找到救世军商店，这笔钱应该足够买一件便宜的牛仔裤和一件T恤。剩下的钱还得用来打电话给瘟疫，那么一切都会很顺利。她打算在逃出去几天后抵达直布罗陀，再从那里制造一个其他国籍的新身份。

约纳森坐在访客椅上，她则坐在床沿。

"你好，莉丝。很抱歉这几天没来看你，实在是急诊室忙翻天了，而且还要带几个实习医生。"

她没想到约纳森会特地来看她。

他拿起病历细看她的体温表和给药记录，体温十分稳定，介于三十七度到三十七度二之间，而且上个星期都没有吃头痛药。

"安德林医师是你的主治大夫，你和她处得好吗？"

"她还好。"莎兰德淡淡地说。

"我替你作个检查好吗？"

她点点头。他从口袋拿出笔形手电筒，弯身照射她的眼睛，看看瞳孔的收放情形。接着让她张嘴检查喉咙。然后他双手轻轻抱住她的脖子，前后左右转了几下。

"脖子会不会痛？"他问道。

她摇摇头。

"头痛怎么样了？"

"偶尔还会痛，不过很快就过去了。"

"你还在恢复中，到最后就完全不会头痛了。"

她的头发还很短，不需要拨开发绺就能摸到耳朵上方的疤。虽然慢慢复原了，但还有一个小结痂。

"你一直在抓伤口，不要这样。"

她点点头。他抓住她的左手肘，将手臂抬高。

"你可以自己举起来吗？"

她举起手臂。

"会觉得肩膀痛或不舒服吗？"

她摇摇头。

"会觉得紧绷吗？"

"有一点。"

"我想你要多做一点肩膀肌肉的康复运动。"

"被关在这里很难。"

他听了微微一笑。"不会太久的。你按照理疗师的建议做运动了吗？"

她点点头。

他先把听诊器压在自己的手腕上，让它变温，然后坐到床边解开莎兰德的睡衣，听她的心跳并量脉搏。他要她往前倾，然后将听诊器贴在她背上听肺部。

"咳一下。"

她咳了一声。

"好，你可以穿好睡衣上床了。就医疗观点来说，你已经复原得差不多了。"

她以为他会起身说过几天再来,没想到他却继续坐在床边,似乎若有所思。莎兰德耐心地等着。

"你知道我为什么当医生吗?"

她摇头。

"我出身劳工家庭,一直以为自己想当医生。十几岁的时候,还真的考虑过要当精神科医生。我聪明得不得了。"

他一说到"精神科医生"这几个字,莎兰德立刻警觉地看着他。

"不过我不确定自己有办法应付学业。所以毕业以后,我去学焊接,甚至还当了几年焊接工。我心想如果医学院读不来,有个专长备用也不错。而且当焊接工和当医生其实差不多,都是修补东西。现在我就是在索格恩斯卡修补像你这样的人。"

她不确定他是不是在捉弄她。

"莉丝……我在想……"

他接下来沉默了好久,莎兰德几乎忍不住要问他在想什么。不过她还是等他自己开口。

"如果我问你一个私人问题,你会不会生我的气?我想以个人而不是医生的身份问你,你的回答不会留下任何记录,我也不会告诉其他任何人。如果你不想回答也没关系。"

"什么问题?"

"自从你十二岁被关进圣史蒂芬医院后,凡是精神科医生想和你谈话你都拒绝。为什么呢?"

莎兰德的眼神变得有些黯然,但面对约纳森仍未流露出一丝一毫情绪。她静静坐了两分钟。

"为什么要问这个?"她终于开口。

"老实说我也不太确定,大概是想了解些什么吧。"

她嘴唇微微翘起。"我不和疯子医生说话,因为他们从来不听我说。"

约纳森笑起来。"好吧,那你告诉我……你觉得泰勒波利安怎么样？"

约纳森出其不意地丢出这个名字，莎兰德差点跳起来。她眯起眼睛。

"这到底怎么回事，问答猜谜吗？你到底想干什么？"她的声音粗得有如砂纸。

约纳森倾身向前，靠得太近了。

"因为有一个叫泰勒波利安的……你怎么说来着……疯子医生，在我们这行还算有名，前几天他来找过我两次，试图说服我让他替你做检查。"

莎兰德立刻觉得背脊一阵发寒。

"地方法院将指派他为你进行精神状态鉴定。"

"所以呢？"

"我不喜欢这个人，我跟他说他不能见你。上一次他毫无预兆地出现在病房，试图说服护士让他进来。"

莎兰德双唇紧闭。

"他的行为有点怪，也有点急迫。所以我想知道你对他的想法。"

这回轮到约纳森耐着性子等莎兰德回答。

"泰勒波利安是禽兽。"她终于说了。

"你们之间有私人恩怨吗？"

"可以这么说。"

"另外还有一名官员来找我谈，希望我让泰勒波利安见你。"

"结果呢？"

"我问他有什么样的医疗专业能够评估你的情况，然后就叫他去死，当然，我口气还算委婉。最后一个问题，你为什么愿意跟我谈？"

"你在问我问题不是吗？"

"对，可我是医生，我也研究过精神病学，你为什么愿意和我谈？我可以假定你对我有某种程度的信任吗？"

她没有回答。

"那么我就决定这样解读了。我要你知道一点：你是我的病人，意思就是我只为你而不为其他任何人工作。"

她用怀疑的眼神看他，他也回望了她片刻，随后改以较轻松的语气说道：

"就像我刚才说的，以医疗观点来看，你可以算是健康的人，不需要再康复几个星期。只可惜太健康了点。"

"为什么可惜？"

他露出灿烂的笑容说："你好得太快了。"

"什么意思？"

"意思是我就没有合理的理由把你隔离在这里。检察官很快就会把你转移到斯德哥尔摩的看守所，等着六星期以后开庭。我猜应该下星期就会提出要求。也就是说泰勒波利安便有机会观察你。"

她静坐不动。约纳森似乎有点心烦意乱，他俯身替她摆好枕头，一边像是自言自语地说着。

"你已经不会头痛也没有发烧，所以安德林医师很可能会让你出院。"他说着忽然站起来，"谢谢你愿意和我谈，在你被转走之前我会再来看你。"

他都已经走到门边，莎兰德才开口。

"约纳森医师。"

他转过身来。

"谢谢你。"

他轻轻点了一下头，然后走出去锁上门。

莎兰德盯着上锁的门看了许久，然后躺下又盯着天花板。

这时她忽然感觉到枕头底下有个硬硬的东西。她拿起枕头，意外发现一个之前绝对不存在的小布包。她打开一看，不敢置信地瞪着眼前那部奔迈 T3 掌上电脑和充电器，接着再定睛一瞧，发现电脑左上角有一道小刮痕。她的心跳漏了一拍。是我的掌上电脑，可是怎么会⋯⋯她惊讶地瞄了上锁的门一眼。约纳森可真是充满惊奇的人物。

她兴奋万分，随即打开电脑，发现有密码保护。

她沮丧地盯着一闪一闪的屏幕，仿佛在向她挑战。他们怎么会以为我能……这时她看了看小布包里头，发现底下有一张折起的纸。她把纸打开，上面有一行笔迹优美的字：

你是黑客，想办法解开吧！小侦探 B

几个星期以来，莎兰德第一次笑出声来。厉害！她想了几秒钟，拿起触控笔写下"九二七七"这个数字组合，这刚好是 WASP（黄蜂）四个字母在键盘上对应的数字，也是当初小侦探布隆维斯特擅自进入她位于菲斯卡街的公寓，触动了警报器，而被迫猜出的数字。

不对。

她又试了"五二五五三"，对应的是 KALLE（小侦探）几个字母。

也不对。既然布隆维斯特有意让她使用电脑，选的密码一定不会太难猜。他以"小侦探"署名，这是他向来痛恨的外号。她自由联想了一会儿，确定是某种羞辱字眼。于是她打了"七四七七四"，对应的字母是 PIPPI，该死的长袜皮皮。

电脑启动了。

首先屏幕上出现一个微笑标志，旁边还有一个漫画对话泡泡：

你瞧，不难嘛。建议你点进已储存的文档。

她发现最上端有一个"嗨，莉丝"的文档，便点进去看：

先声明，这是你我之间的秘密。你的律师、我的妹妹安妮卡并不知道你拿到这部电脑。要继续保密。

我不知道你对上锁的病房外面发生的事了解多少，但奇怪的是，（尽管你性格怪异）竟有一群忠诚的笨蛋愿意为你尽力。我已经成立一个精英社团名叫"愚桌武士",我们每年会举办晚餐聚会,以说你坏话为乐。(抱歉,你不在受邀名单之列。)

好了,言归正传。安妮卡正在尽最大努力准备你的开庭工作。当然,这其中有个问题:她为你工作的同时也受到那些要命的保密宣誓所约束,所以她不能告诉我你们谈了些什么,如此一来会有点不便。幸好她还愿意接受信息。

我必须和你谈一谈。

别寄到我的电子信箱。

也许是我穷紧张,但我有理由怀疑那个信箱的信不只有我一人看得到。如果你想寄什么,就进入雅虎社群"愚桌"。账号是Pippi,密码是p9i2p7p7i。麦可

莎兰德把信看了两遍,困惑地瞪着电脑。经过这段少了电脑的生活,她受够了网禁之苦。但她实在不明白布隆维斯特到底是用哪根脚指头在想事情,偷偷塞了一部电脑给她,却忘记她需要手机才能联机。

苦思之际,她听见走廊响起脚步声,连忙关掉电脑,塞进枕头底下。听到钥匙开门的声音时才发觉布包和充电器还放在床头柜上。她伸手抓起布包藏到被子下面,电线则用两腿夹住。夜班护士进房时,她乖乖躺着望向天花板,护士礼貌地打了声招呼,问她觉得如何、需不需要什么。

莎兰德回答说自己很好,并想要一包烟。护士口气坚定但和善地拒绝她的要求,倒是给了她一包尼古丁口香糖。护士关门时,莎兰德瞥了一眼坐在走廊上的警卫。她一直等到护士脚步声逐渐走远,才又再次拿起掌上电脑。

她打开电源,搜寻联机。

当电脑忽然显示已经建立联机,她简直像是受到惊吓。连上网络了,不可思议。

她马上跳下床来,但因跳得太急,弄痛了受伤的臀部。她环顾整

个房间。怎么会呢？她绕了一圈，查看每个角落。没有，房间里没有手机。但是她却能联机。这时她忽然露出诡异的笑容。这是无线控制的联机，利用侦测范围在十到十二米的蓝牙连接上手机。她的眼睛无意中注意到天花板正下方的一个通风口。

王八蛋小侦探不知用了什么方法在她房间外围放了一只手机。这是唯一说得通的解释。

但为什么不干脆把手机一起偷送进来？啊，对了，电池。

掌上电脑只需三天充一次电。网络联机的手机，如果上网上得凶，很快就会没电。布隆维斯特——或者应该说受他雇用、就在外头的某个人——必须定时更换电池。

但他把电脑的充电器也送进来了。他还不至于这么笨。

莎兰德开始思索该把电脑放在哪里，得找个藏匿处。门边和床背后的壁板上有插座，为她的床头灯和电子钟供电。还有一个原本摆放收音机的壁凹。她微微一笑。充电器和电脑都能放进那儿去。她可以利用床头柜里面的插座，让电脑在白天充电。

莎兰德高兴极了。两个月来第一次开启电脑悠游因特网，她心跳得好厉害。

用掌上电脑那迷你屏幕和触控笔上网，和用强力笔记本电脑的十七寸屏幕上网的感觉不一样。但她终究连上线了。如今她可以从索格恩斯卡的病床上接触到全世界。

她先上一个网站，上面登的全是宾州贾伯斯维尔一个籍籍无名、技巧也不甚高明的摄影师吉尔·贝茨拍的照片，相当无趣。莎兰德曾经查证过，实际上并没有贾伯斯维尔这个地方。然而，贝茨却拍了两百多张相片，建立一个小缩图相簿。她往下拉到第一百六十七张相片，点了一下放大，显示出来的是贾伯斯维尔的教堂。她将光标移到教堂尖塔点一下，立刻跳出一个对话框，要求键入用户名称与密码。她拿出触控笔，在屏幕上的名称栏写下"Remarkable"，密码栏写下"A（89）Cx#magnolia"。

这时出现一个对话框写着"ERROR｜密码错误",还有一个按键写着"OK——再试一次"。莎兰德知道如果按下"OK"键,再试另一个密码,还是会跳出同样的对话框,不管试几百年都一样。因此她在"ERROR"的"O"字上点了一下。

屏幕顿时呈现空白,接着有一扇动画门打开来,从里面走出一个有如电玩"古墓奇兵"中的劳拉·卡芙特般的人物。她以一个对话泡泡提问:"你是谁?"

她点进泡泡,写下"黄蜂",并立刻获得回应:"提出证明,否则……"动画中的劳拉随即拉开枪的保险。莎兰德知道这威胁不是随便说说而已。假如连续写错三次密码,网站就会关闭,会员名单也会删除"黄蜂"这个名称。因此她小心地写下密码"MonkeyBusiness"。

屏幕再次起变化,现在变成蓝色背景,还有一段文字:

　　黄蜂公民,欢迎来到黑客共和国。你上次来访至今已经五十六天。目前有十一位公民在线。你想要:一、浏览聊天室;二、发送信息;三、搜寻档案;四、聊天;五、性交?

她点了"四、聊天",然后进入"谁在线?"的选单,看见一串名称:安迪、班比、达科塔、贾巴、巴克罗杰斯、曼陀罗、普瑞德、滑溜、珍姐妹、半斤和三一。

〈伙伴们。〉黄蜂写道。

〈黄蜂。真的是你吗?〉半斤写道。〈瞧瞧谁回来了。〉

〈你跑到哪去了?〉三一写道。

〈瘟疫说你惹上麻烦了。〉达科塔写道。

莎兰德不太确定,只是怀疑达科塔是女的。其他在线的公民,包括自称为珍姐妹的那个,都是男生。黑客共和国(在她上次联机时)共有六十二位公民,其中有四名女性。

〈你好,三一。〉黄蜂写道。〈大家好。〉

〈你为什么特别跟三一打招呼?你们之间有什么吗?我们其他人

〈有什么问题吗?〉达科塔写道。

〈我们在约会。〉三一写道。〈黄蜂只和聪明的人来往。〉

他立刻遭到五人围剿。

六十二人当中,黄蜂只和两个人见过面。一个是瘟疫,不知为什么不在线。另一个是三一。他是英国人,住在伦敦。两年前她曾和他碰面几个小时,当时她和布隆维斯特在追踪海莉·范耶尔,因此请他帮忙在圣奥尔本某住宅进行非法窃听。莎兰德笨拙地操作着触控笔,真希望能有个键盘。

〈还在吗?〉曼陀罗写道。

她敲着字母。〈抱歉。只有一部掌上型。快不起来。〉

〈你的电脑怎么了?〉普瑞德写道。

〈电脑没事。有问题的是我。〉

〈跟大哥哥说吧。〉滑溜写道。

〈我被政府逮捕了。〉

〈什么?为什么?〉三人同时争着问。

莎兰德用五行字简略叙述自己的情况,众人似乎都在忧虑地喃喃自语。

〈你还好吗?〉三一问道。

〈我头上有个洞。〉

〈我看不出有什么差别。〉班比写道。

〈黄蜂的脑袋里一直都有风。〉珍姐妹写道,紧接着大伙便七嘴八舌地诋毁黄蜂的智力。莎兰德不由面露微笑。最后达科塔又回到正题。

〈等等。这等于是攻击黑客共和国的公民。我们要怎么回应?〉

〈核子轰炸斯德哥尔摩?〉半斤写道。

〈不要,这样有点过火。〉黄蜂回答。

〈一小颗炸弹?〉

〈你去跳湖吧,八两。〉

〈我们可以让斯德哥尔摩停工。〉曼陀罗写道。

〈用病毒让政府停工？〉

黑客共和国的公民通常不会散布电脑病毒，相反地，因为他们是黑客，因此和那些只为了破坏网络、摧毁电脑而制造病毒的白痴是不共戴天的仇敌。这些公民嗜信息成瘾，只想有个运作正常的因特网可以入侵。

不过他们提议让瑞典政府停工并非虚张声势。黑客共和国并不是一个人人都能加入的俱乐部，而是由顶尖好手中的顶尖分子组成的精英部队，世界各国的国防单位都会愿意以天价请他们协助网络军事技术，只要他们能说服这些公民对特定国家产生忠诚感。但这几乎不可能。

他们个个都是电脑高手，精通于设计病毒，而且只要情况需要，也不必多费唇舌就能让他们投入某种特殊活动。几年前，黑客共和国的某位公民——平时在加州从事软件研发——被一家新成立的网络公司骗取了专利，该公司竟还胆敢拉他上法庭。此事让共和国内的行动主义者在六个月内不眠不休，入侵并摧毁了那家公司的每部电脑。公司内部所有的机密和电子邮件——外加一些可能让人以为公司总裁涉及逃漏税的伪造文件——全都被开开心心地公布在网络上，此外还有关于总裁那位现在已不再那么秘密的情妇的信息和几张好莱坞派对的照片，上面可以看见总裁正在吸食可卡因。公司终于在六个月后倒闭，但即使过了数年，黑客共和国内几名很能记仇的"义勇军"还在搜寻前任总裁的下落。

假如全世界五十名顶尖黑客决定联手攻击一个国家，这个国家或许不至于灭亡，却免不了要面对严重的问题。只要莎兰德点个头，数十亿的损失肯定跑不掉。她想了一下。

〈现在先不要。但如果情况没有照我的需要发展，我可能会求助。〉

〈出个声就行了。〉达科塔写道。

〈我们已经很久没找政府的碴了。〉曼陀罗写道。

〈我建议逆转纳税系统。像挪威这种小国，程序都可以量身定做。〉班比写道。

〈好极了，不过斯德哥尔摩在瑞典。〉三一写道。

〈半斤八两。我们可以这么做……〉

莎兰德躺靠在枕头上，微笑地看着大伙的对话。她真不明白为什么自己那么难以和血肉之躯的真人谈论她自己，而对网络上这群完全陌生的怪人却能尽情吐露最私密的心事。事实上，能称得上莎兰德的家人或是能让她有认同感的群体，也就是这些疯子了。他们谁也不太可能帮她解决她和瑞典政府之间的问题，但她知道只要有需要，他们将不惜花费时间与精力，确实展现他们的力量。通过这个网络，她还能找到国外的藏身处。当初便是通过瘟疫在网络上的关系，才让她弄到一张奈瑟的挪威护照。

莎兰德完全不知道黑客共和国那些公民是谁，对于他们下线后从事的工作也只有模糊的概念——公民们对自己的身份一概含糊其辞。半斤有一度说自己是黑人，美国男性天主教徒，住在多伦多。他也很可能是白人女性路得派信徒，住在瑞典的舍夫德。

她最熟识的就是瘟疫。是他介绍她进入这个家族，除非有人强力推荐，否则谁也无法加入这专属的俱乐部。而且要成为会员，一定得认识某个公民才行。

在网络上，瘟疫是个聪明、交际手腕又好的公民。实际生活中的他却是极度肥胖且有社交障碍的三十岁男子，住在松德比贝里，靠着残障辅助金度日。他太难得洗澡，公寓里的味道像猴子笼一样。莎兰德总是隔很久才去找他一次，她宁可只在网络上和他来往。

继续聊天的同时，黄蜂一面下载寄到她在黑客共和国私人信箱的邮件。有一封是另一个会员"毒药"寄的，附加了她那个 Asphyxia 1.3 程序的加强版，这个程序一直放在共和国的档案中供其他会员使用。Asphyxia 程序可以借由网络控制他人的电脑。毒药说他已成功使用过，而他的升级版涵盖了 Unix、Apple 和 Windows 的最新版本。莎兰德寄了一封短短的回函，感谢他为版本升级。

下一个小时，由于美国已进入夜晚，又有六七名公民上线，先欢迎黄蜂归队后才加入讨论。莎兰德准备注销时，大伙正在讨论可不可能用瑞典首相的电脑送出口气客套但内容疯狂的邮件给其他国家元首，并随即组成一支作业小组进行探测。莎兰德脱机前写了一条短信：

〈继续讨论，但在我点头以前什么都不要做。可以再联机时，我会再回来。〉

众人纷纷送出拥抱和亲吻与她道别，并提醒她头上的洞要保暖。

从黑客共和国下线后，莎兰德才进入雅虎，登入私人社群"愚桌"。她发现只有两个会员：她自己和布隆维斯特。信箱里有一条信息，是五月十五日发送的，主旨写着："先看这个。"

嗨，莉丝：
　　目前情形如下：
　　警方尚未发现你的公寓，也没有拿到毕尔曼的强暴DVD。这片光盘是非常有力的证物，在没有得到你许可之前，我不想交给安妮卡。你公寓的钥匙和一本以奈瑟为名的护照在我这里。
　　不过你背到哥塞柏加的背包，的确在警方手上。不知道里面有没有什么不能泄漏的东西。

莎兰德回想片刻，觉得应该没有。半空的咖啡壶、几只苹果、几件换洗衣物。没问题。

　　你会因为对札拉千科重伤害或杀人未遂，以及在史塔勒荷曼对蓝汀重伤害被起诉，后者是因为你开枪射他的脚还踢得他下颌骨折。但根据可靠的警方消息来源，每起案子的证据都很模糊。以下的事很重要：

　　一、札拉千科遭射杀之前否认了一切，声称肯定是尼德曼开枪并活埋你。他还告你企图谋杀他。检察官会咬定这是你第二次试图杀他。

　　二、关于史塔勒荷曼发生的事，蓝汀和尼米南都只字未提。蓝汀因为绑架米莉安被捕，尼米南已被放回。

这些莎兰德全都和安妮卡讨论过，都不是新闻。她已经告诉安妮卡在哥塞柏加发生的一切，只是绝口不提毕尔曼。

　　我想你还不了解游戏规则。
　　是这样的。札拉千科在冷战期间躲进了秘密警察的羽翼下，十五年间无论闯出什么大祸总会受到保护。有的人事业前途都仰赖札拉千科，因此替他收拾了无数烂摊子。这全是犯罪行为：瑞典官方协助隐瞒对个别公民所犯下的罪行。
　　事情万一爆发，保守党与社会民主党都会受到丑闻牵连，尤其是秘密警察高层将会被揭发为犯罪与不道德行为的共犯。尽管目前有些罪行已超过追诉期，还是会引发丑闻。其中牵涉到的重量级人物若非已退休就是即将退休的。
　　他们会不计一切地减轻自己与手下所受的伤害，也就是说你将会再次成为他们利用的棋子。但这回重点不在于放弃一个棋子，而在于积极地将自己个人的损害降到最低。所以非得再把你关起来不可。
　　事情将会如此演变。他们知道札拉千科的秘密再也隐瞒不了多久。我已经写了报道，他们也知道我迟早会公布。当然，如今他人都死了，其实也无所谓。他们在乎的是自己的存续，因此以下会是他们优先考虑的重点：
　　一、他们必须说服地方法院（其实就是社会大众）相信一九九一年送你进圣史蒂芬的决定是合法的，你的精神真的有问题。

二、他们必须切割"莎兰德事件"与"札拉千科事件"。他们会试着制造一个情况，让他们可以说："没错，札拉千科是个魔鬼，但这和关他女儿的决定无关。她被关是因为精神错乱——任何反面的说法都是那些尖刻记者的病态幻想。没有，我们没有帮助札拉千科犯任何罪，那是一个精神不正常的少女的妄想。"

三、问题是假如你获得释放，就代表地方法院认为你不但无罪也不是疯子，同时也意味着一九九一年关你的决定不合法。所以他们一定会不惜一切代价，再把你关进精神病院。如果法院判定你精神有问题，媒体继续挖掘"莎兰德事件"的兴趣便会逐渐消退。这是媒体的运作方式。

你明白吗？

这一切她自己都已经想到了，问题是不知道该怎么办。

莉丝，老实说，这场仗将要在媒体上而不是法院里一决胜负。只可惜审判时会禁止旁听，以便"保障你的隐私"。

札拉千科被射杀那天，我家中遭窃。门锁没有被撬坏，东西也都没有被碰过或移动过的迹象，只有一样例外。从毕尔曼避暑小屋取得、放着毕约克报告的活页夹不见了。同一时间，我妹妹也遭人袭击，她手上的报告复印件也被抢了。那份活页夹是你最重要的证物。

我放出消息说我们的札拉千科数据不见了。事实上，我还有第三份复印件，本来是准备要给阿曼斯基的。于是我又复印了几份，分别藏在安全地点。

我们的对手——其中包括几名高层人士和某些精神科医生——当然也正在和埃克斯壮检察官一起为开庭作准备。我有一个消息来源，为我提供了事态发展的信息，但我认为你应该更有机会找出相关信息。这很紧急。

检察官会试图把你关进精神病院，协助他的正是你的老朋友泰勒波利安。

检方可以以他们认为恰当的方式泄漏信息（也确实这么做了），安妮卡却无法打这种媒体仗，她根本是缚手缚脚。

但这种限制困扰不了我。我想写什么就写什么，何况我还有一整个杂志社供我支配。

不过现在还缺两个重要的细节：

一、我需要有个东西证明埃克斯壮检察官正在以某种不当方式与泰勒波利安合作，目的是再次把你关进疯人院。我希望能上任何一个谈话性电视节目，公开资料，揭穿检察官的把戏。

二、要想打媒体仗，我就必须公开谈论一些你可能视为隐私的事情。自复活节至今你被写了那么多负面报道，再躲着不出面恐怕是高估情势的做法。我得为你重建一个全新的媒体形象，即使你认为这样做侵犯你的隐私也一样，当然最好能得到你的同意。你懂我的意思吗？

她打开"愚桌"里的文件夹，里头共有二十六个文档。

第十四章
五月十八日星期三

星期三清晨五点，费格劳拉起床后和平日不同，只出去小跑片刻便回家淋浴更衣，穿上黑色牛仔裤、白色上衣和轻便的灰色亚麻夹克。她煮了咖啡倒进保温瓶，又做了三明治。最后还穿上肩背式枪套，并从枪柜取出轻便手枪。六点刚过，就开着她那辆白色萨博九五到威灵比的维坦吉路。

莫天森的公寓位于郊区一栋三层楼房的顶楼。前一天，她已经搜集到有关他的一切公开资料。他未婚，却不代表没有与人同居；在警察记录中毫无污点，没有大笔财富，生活似乎也不放荡，而且极少请病假。

唯一启人疑窦的是他有不下十六把枪械的执照，包括三把猎枪和各式手枪。当然了，只要有执照就不犯法，但对于任何拥有如此大规模武器的人，费格劳拉总是深怀疑虑。

车牌以KAB开头的那辆沃尔沃停放的停车场，距离费格劳拉停车处约三十米。她把黑咖啡倒进纸杯，开始吃起用棍子面包做的莴苣干酪三明治。接着她剥了一粒柳橙，把每一瓣的汁都吸得干干净净。

上午巡房时间，莎兰德很不舒服，头痛得厉害。她讨了一颗泰诺止痛药，而且马上就拿到了。

一小时后，头痛得更厉害。她按铃叫护士再给她一颗泰诺，却还是没效。到了午餐时间，她实在痛得受不了，护士只好找来安德林医师。医生很快地检查过后，给她开了一颗强效止痛药。

莎兰德将药丸藏在舌下，等所有人出去之后才吐出来。

下午两点，她吐了一次，三点左右又吐一次。

四点，就在安德林医师正要回家时，约纳森来了。他们简短商量了一下。

"她觉得不舒服，而且头很痛。我给她开了 Dexofen。不知道是怎么回事，这阵子情况那么好，可能是有点感冒……"

"有没有发烧？"约纳森问。

"没有，一小时前体温三十七度二。"

"今天晚上我会多留意她。"

"接下来我要休三个星期的假。"安德林说，"得由你或史凡特森代为照顾她，不过史凡特森对她的情况不太了解……"

"你休假期间，我会负责当她的主治大夫。"

"那就好。万一发生紧急状况需要协助，随时打给我。"

他们来到莎兰德病床前看了一下，她把被子拉高盖住半张脸，看起来可怜兮兮。约纳森用手摸摸她的额头，觉得有点湿。

"我想我们得做个快速检查。"

他向安德林道谢后，安德林随即离开。

五点，约纳森发现莎兰德病历记录的体温升高到三十七度八。当天晚上他去看了她三次，体温都保持在三十七度八，这样当然太高，但还不至于衍生出大问题。八点，他吩咐做脑部 X 光检查。

X 光片出来后，他十分仔细地研究，没有看到特别值得注意的地方，却发现紧邻子弹孔有一个肉眼几乎看不出来的较黑区块。于是他以谨慎的措词，在病历上写下含糊笼统的评语："放射线检查无法得出确切结论，但白天里病人的情况持续恶化。不能排除微量出血的可能性，只是 X 光片上看不出来。未来几天必须让病人卧床休养并密切留意病情。"

星期三早上六点半进报社后，爱莉卡收到二十三封电子邮件。

其中一封寄自〈editorial-sr@swedishradio.com〉。内容很短，只有两个字。

婊子

她抬起食指准备删除信息，却在最后一刻改变主意。她回到公司内部信箱，打开两天前收到的那则信息。寄件人是〈centraled@smpost.se〉。如此看来……这两封电邮都有"婊子"的字眼，寄件人也都假冒媒体。她建立了一个名为"媒体笨蛋"的新文件夹，将两则信息储存进去。接着便开始忙上午的备忘录。

这天早上，莫天森七点四十分出门，上了他的沃尔沃之后朝市区开去，后来却转向穿越斯多拉·埃辛根岛和葛连达尔进入索德马尔姆岛。他沿着霍恩斯路行驶，经布兰契尔卡路来到贝尔曼路，随后在塔瓦斯街的"主教的手臂"酒吧左转，车子就停在转角处。

就在费格劳拉到达"主教的手臂"酒吧时，有一辆面包车开走，刚好在贝尔曼路的转角处空出一个停车格。她居高临下，一览无遗，而且刚好可以看见莫天森那辆沃尔沃的后车窗。在她正前方的建筑是贝尔曼路一号，就位于朝普里斯巷下降的陡坡上。她面对着建筑侧面，看不到正门，但只要有人走出来，都能瞧见。她非常确信这个地址就是莫天森出现在这里的原因。那里是布隆维斯特的公寓大门。

费格劳拉看得出来，要想监视贝尔曼路一号周围地区简直难如登天。在上贝尔曼路、靠近玛利亚公共电梯与洛林斯卡之家的步行区和天桥，是唯一能直接监看大楼入口的地点。那里根本没有地方停车，而监视者站在天桥上就好像燕子栖息在乡间的老旧电话线一样明显。费格劳拉停车的贝尔曼路与塔瓦斯街交叉口，基本上是她唯一能坐在车内综观全局的地方，可说是异常幸运。不过这里也不是十分理想，因为警觉一点的人就会看见她在车内。只不过她不想下车到处走动，她太容易引人注目。作为一名秘密调查员，她的外表相当不利。

布隆维斯特在九点十分出现了。费格劳拉记下时间。她看见他仰头望向上贝尔曼路的天桥，接着起步上坡正对着她而来。

她打开手提包，翻开放在副驾驶座的斯德哥尔摩地图，然后翻开笔记本，拿出夹克口袋里的笔，又掏出手机假装在打电话，并尽量低下头，让拿手机的手遮住一部分的脸。

她看到布隆维斯特往下瞥了塔瓦街一眼。他知道有人在监视他，想必也看到了莫天森的沃尔沃，却没有多看一眼仍继续往前走。举止镇定冷静。换做别人应该会一把扯开车门，把驾驶员痛打一顿。

紧接着他经过费格劳拉的车。她正忙着一边找地图一边打电话，但仍可以感觉到布隆维斯特经过时看着她。对周遭一切抱持怀疑。她从副驾驶座侧的后视镜看见他继续往下朝霍恩斯路走去。她在电视上看过他几次，这是第一次见到本人。他穿着蓝色牛仔裤、T恤和灰色夹克，背着肩背包，走路时步伐缓慢优哉。是个好看的男人。

莫天森从"主教的手臂"酒吧的角落转出来，看着布隆维斯特离开。他肩背着一个大运动袋，刚用手机打完电话。费格劳拉以为他会尾随猎物，但出乎意料的是他从她车子正前方穿越马路后，下坡走向布隆维斯特的公寓大楼。不一会儿，一个穿着蓝色工作裤的男人从她车旁经过，追上莫天森。喂，你从哪冒出来的？

他们停在布隆维斯特公寓大楼门外。莫天森按了密码，两人随即进入楼梯井。他们在查看公寓。业余狂欢夜吗？他到底以为自己在干什么？

这时费格劳拉抬起眼睛看看后视镜，又见到布隆维斯特时吓了一跳。他站在她后面大约十米处——近得足以越过陡坡顶望向贝尔曼路一号——正在注意莫天森与同伴的一举一动。她注视着他的脸，他没有看她，但却看见莫天森走进他家大楼的正门。片刻过后，他转身继续朝霍恩斯路漫步而去。

费格劳拉静坐不动半分钟。他知道自己被监视，他留意着周遭所有的动静。但为什么没有反应？一个正常人会有所反应，而且会反应非常强烈……他肯定有什么盘算。

布隆维斯特挂上电话，目光停留在桌上的笔记本电脑上。他刚刚从监理处得知，他在贝尔曼路坡顶看见一个金发女子坐在里面的那辆车，车主名叫莫妮卡·费格劳拉，生于一九六九年，住在国王岛的朋通涅街。既然车内坐的是女人，布隆维斯特认为那就是费格劳拉本人。

她当时在打电话，还看着翻开在副驾驶座上的地图，其实没道理觉得她和"札拉千科俱乐部"有任何关联，但布隆维斯特记下了上班日所有脱离常轨的事情，尤其是发生在他住处一带的事。

他把罗塔叫进来。

"这个女人是谁？找出她的护照相片、工作地点，和其他所有找得到的信息。"

赛尔伯简直惊呆了。他把那张纸给推开，上面写了爱莉卡要在预算委员会周会上提出的九个要点。弗洛丁也显得愁眉苦脸。至于董事长博舍则一如往常面无表情。

"这不可能。"赛尔伯带着礼貌性的微笑说道。

"为什么？"爱莉卡问。

"董事会绝对不会接受。这根本毫无道理。"

"需要再从头说一遍吗？"爱莉卡说，"我是被雇用来让《瑞典摩根邮报》能重新赚钱的。要做到这点，就得让我有施力点不是吗？"

"当然是，可是……"

"我不可能坐在玻璃笼里，挥挥魔法棒、念念咒语就变出日报的内容来。"

"你不太了解我们财务困难的情况。"

"也许吧，但我了解怎么编报纸。事实上，过去十五年来，《瑞典摩根邮报》的员工已经减少一百一十八人，其中有一半是美编人员，被新科技所取代了……可是同一时期，负责文字的记者也减少了四十八人。"

"那些是必要的缩编。如果不裁员，报社早就关门大吉了。至少莫兰德了解缩减的必要。"

"我们等着瞧什么是必要、什么是不必要。这三年来，少了十九个记者的职位。此外,目前报社里有九个职位空缺,一部分由特约记者替补。体育版的人手严重不足,本来应该有九名员工,但空出的两个位子,一年多了始终没补上。"

"这是为了省钱,就这么简单。"

"文化版有三个未补的缺,商业版有一个,法律新闻版甚至已经名存实亡……那里的主编每篇报道都得向社会新闻版借记者,诸如此类。《瑞典摩根邮报》也至少已经八年没有正经地报道过公务员与政府机关的相关新闻,一直以来都仰赖自由撰稿人和TT通讯社的题材。你们也都知道,TT通讯社几年前就撤掉公务新闻部,换句话说,瑞典已经完全没有监督公务员与政府机关的新闻编辑部了。"

"现在报业的处境很脆弱……"

"事实是《瑞典摩根邮报》要么马上关门,要么董事会就应该想办法采取强硬措施。现在我们每天需要的稿量更多,员工却减少了,他们交出的稿子很糟糕、很肤浅,也不可靠。就是因为这样,《瑞典摩根邮报》的读者才会减少。"

"你不明白情况……"

"别再说我不明白情况,我受够了。我又不是只为了赚一点交通费来这里打工的!"

"可是你的提议太疯狂了。"

"怎么说?"

"你提议说报社不应该赚钱。"

"听着,赛尔伯,今年你将付给报社的二十三名股东巨额股利,另外还有那些荒谬到极点的额外分红,光是董事会上九个人就几乎要花掉一千万克朗。你还因为实施裁员,给了自己四十万克朗的奖金。当然,比起斯堪的亚公司某些主管掠取的巨额分红,这还算小巫见大巫,但在我眼里,你连一分钱的奖金都不配拿。分红奖金应该付给那些壮大报社的人,而你的裁员政策根本是在削弱报社,让我们在困境中愈陷愈深。"

"这样说太不公平了。我提出的措施全都经过董事会批准。"

"董事当然会批准你的做法，因为你保证每年会有股利。这一点非停止不可，而且是马上。"

"这么说你是非常认真地建议董事会取消股利与分红。你想股东怎么会同意呢？"

"我是建议今年编列零利润的营运预算，那将会节省将近两千一百万克朗，也能借此增加报社人力、强化财务状况。我还提议主管减薪。我每个月领八万八千克朗，对于连体育新闻版一个职缺都补不上的报社来说，这实在太荒唐。"

"所以你想减自己的薪水？你是在倡导某种薪资共产主义吗？"

"少跟我扯这些。你如果加上年度奖金，每个月可领十一万两千克朗。那才是疯狂。如果报社营运稳定，赚进大把钞票，你想发多少奖金都随便你。但现在可不是让你提高自己奖金的时候。我建议所有主管都减薪一半。"

"你不明白的是股东之所以买我们的股票是因为想赚钱，那叫资本主义。如果你打算让他们赔钱，他们就再也不会想当股东。"

"我不是要他们赔钱，不过最后结果有可能是这样。所有权也涵盖了责任。你自己刚刚也说了，重点在于资本主义。《瑞典摩根邮报》的所有人想牟利，但赚钱或赔钱得由市场决定。依照你的理论，你只想把资本主义套用在报社的员工身上，而你和股东们却能豁免。"

赛尔伯翻了个白眼，叹了一口气。他向博舍投以求救的眼光，董事长却正专注地研究爱莉卡那九点计划。

费格劳拉等了四十九分钟，莫天森和穿着工作裤的同伴才走出贝尔曼路一号。他们上坡朝她走来时，她稳稳举起尼康三百毫米远摄镜头拍了两张照片。随后将相机放到驾驶座下方的空间，正要再假装查看地图时，不经意地往玛利亚电梯方向瞄，登时瞪大双眼。上贝尔曼路尽头，就在玛利亚电梯门口旁边，站着一个深色头发的女子，拿着数码相机在拍莫天森和他的同伴。怎么搞的？今天贝尔曼路这边是在开什么间谍大会吗？

他们两人在坡顶分手，一句话也没说。莫天森回到停在塔瓦斯街的车上，启动后驶离路边，消失在视线之外。

费格劳拉从后视镜还能看到穿蓝色工作裤的男子背影。这时她也看到拿相机的女子不再拍照，而是朝她的方向走来，经过洛林斯卡之家。

先追谁？她已经知道莫天森的身份与意图，而穿蓝色工作裤的男子和拿相机的女子都是不明实体。但假如下车，很可能会被那名女子瞧见。

她静坐不动，从后视镜看见蓝色工作裤男子转进布兰契尔卡路。女子来到她面前的路口，却没有继续跟踪穿工作裤的男子，而是转一百八十度下坡走向贝尔曼路一号。费格劳拉估计她约莫三十五六岁，留着深色短发，穿着深色牛仔裤和黑色夹克。等她稍微走远后，费格劳拉推开车门奔向布兰契尔卡路，却见不到蓝色工作裤。下一秒钟便有一辆丰田面包车从路边驶离。费格劳拉看见那男子的侧脸，随即记下车号。但即使记错号码还是能追踪到他，面包车侧面有"拉斯·佛松锁行"的广告，还有电话号码。

不需要去追面包车。她慢慢地走回坡顶，刚好看见那个女人进入布隆维斯特公寓大楼的大门。

她回到车上，写下车号和拉斯·佛松的电话号码。这天上午，布隆维斯特住处附近有不少神秘活动。她抬头看着贝尔曼路一号的楼顶，她知道布隆维斯特住在顶楼，但根据市政府建管处的平面图，公寓位于大楼另一侧，有老虎窗可以眺望旧城区与骑士湾水域。在高级古老文化区中一个独特的地点。她心想不知他是不是一个爱炫耀的暴发户。

十分钟后，拿相机的女子又走出大楼，但并未上坡往回走向塔瓦斯街，而是继续下坡到了普里斯巷右转。嗯。如果她车停在普里斯巷，就是费格劳拉运气不佳，但如果她步行，那条死巷只有一个出口，就是从葡斯特巷往斯鲁森方向走到布兰契尔卡路。

费格劳拉决定把车留下，走到布兰契尔卡路左转向斯鲁森。快来到葡斯特巷时，那名女子出现了，正朝着她而来。中了。她跟着女子经过索德马尔姆广场的希尔顿，又经过斯鲁森的市立博物馆。女子的脚步快速果断，未曾东张西望。费格劳拉跟在她身后约三十米处。当她走进斯鲁森地铁站，费格劳拉连忙加紧脚步，但见她并未通过收票口而是走向书报摊，也随即停了下来。

她看着女子在书报摊前排队，身高约一百七十厘米，身材相当不错，脚上穿着运动鞋。见她双脚稳稳地站立在书报摊窗口旁，费格劳拉忽然觉得她是名女警。她买了一罐 Catch Dry 无烟烟草后，又回到索德马尔姆广场，然后右转越过卡塔莉娜路。

费格劳拉尾随在后，几乎可以确定女子没有看见她。女子转过麦当劳的转角，费格劳拉匆匆赶上去，但当她到达转角，女子已经消失无踪。费格劳拉猛然定住，惊愕不已。该死。她缓缓走过一栋栋建筑的大门，眼角瞥见有一块铜牌上写着"米尔顿安保"。

费格劳拉走回到贝尔曼路。

她开车来到《千禧年》杂志社所在的约特路，在附近的街道转了半小时，没看见莫天森的车。午餐时间，她回到国王岛总局，在健身房里待了两小时，一面举重一面思索。

"碰上问题了。"柯特兹说。

正在看关于札拉千科一案的书稿的玛琳和布隆维斯特都抬起头来。这时是下午一点半。

"坐吧。"玛琳说。

"和维塔瓦拉有关，就是那家在越南制造价值一千七百克朗的马桶的公司。"

"有什么问题？"布隆维斯特问道。

"维塔瓦拉是斯维亚建筑独资开设的子公司。"

"原来如此，那是一家非常大的公司。"

"没错，董事长博舍是个专业董事，也是《瑞典摩根邮报》的董事长，拥有百分之十的股份。"

布隆维斯特目光锋利地射向柯特兹。"你确定吗？"

"确定，爱莉卡的老板是个该死的骗子，专门剥削越南童工。"

"真糟糕！"玛琳说。

下午两点，副主编弗德列森来到爱莉卡的玻璃笼前敲门时，似乎心情不佳。

"有什么事？"

"这事有点尴尬，不过编辑室有人接到你的电子邮件。"

"我寄的？上面写什么？"

他将打印出来的几封邮件递给她，那是寄给伊娃·卡尔森，文化版一名二十六岁的特约记者，寄件人是〈erika.berger@smpost.se〉：

心爱的伊娃：

我想爱抚你，亲吻你的胸脯。我激情难耐，无法自制。求你回报我的感情。我们见个面好吗？爱莉卡

还有接下来几天的两封邮件：

最最亲爱的伊娃：

求求你不要拒绝我，我已欲火焚身。我想要拥抱赤裸的你，我想要拥有你。我会让你非常快活，你永远不会后悔。我要吻遍你的每寸肌肤，你美妙的胸脯，和你可爱的洞穴。爱莉卡

伊娃：

你为什么不回信呢？别怕我。别把我推开。你已不是纯真女孩，这一切你都懂。我想和你发生关系，我会给你丰厚的报酬。只要你对我好，我也会对你好。你曾要求延长工作期限，我有权力延长甚至让你成为全职。今晚九点到车库我的车旁见面吧。你的爱莉卡

"好。"爱莉卡说,"所以说她在怀疑这是不是我写的,是吗?"

"也不是这样……我是说……天哪。"

"弗德列森,请跟我说。"

"收到第一封信,她虽然很吃惊,却有点半信半疑。后来她发觉这不太像你的作风,而且……"

"而且什么?"

"她觉得很尴尬,又不知道该怎么办。有一部分原因很可能是她对你印象深刻,也很喜欢你……我是说喜欢你这个老板。所以她才来问我的意见。"

"你怎么跟她说的?"

"我说有人冒用你的邮箱地址,明显是在骚扰她,也可能是在骚扰你们两人。我说我会跟你谈谈。"

"谢谢。麻烦你叫她十分钟后到我办公室来一趟好吗?"

这段时间爱莉卡写了自己的电子邮件。

  我接获报告说有一名报社员工收到几封看似我寄出的电子邮件,内容包含粗俗的性暗示。我自己也收到过类似邮件,寄件人自称是《瑞典摩根邮报》的"centraled"。但该邮箱地址并不存在。

  我问过 IT 部经理,他告诉我要假造寄件人地址非常容易。我不知道是怎么做的,总之可以通过网络上某些网站办到。我不得不断定有个变态正在做这种事。

  我想知道有没有其他同事收到奇怪的信件。若有的话,请他们立刻告知弗德列森。如果这些卑劣的恶作剧继续下去,我们就得考虑报警了。

  总编辑爱莉卡·贝叶

她打印出内容后,将信件送出给公司所有员工。这时,伊娃敲了门。

"你好，请坐。"爱莉卡说，"弗德列森说你收到我寄的信。"

"其实我并不认为是你寄的。"

"三十秒前我的确寄了一封信给你。那是我亲自写的，并发送给公司所有的人。"

她将打印出来的信交给伊娃。

"好，我明白了。"伊娃说。

"做这种丑陋事情的人把你当成目标，我感到很遗憾。"

"你不必为某人的白痴行为道歉。"

"我只是想确定你没有一丝一毫的怀疑，认为我和这些信件有关。"

"我从来就不相信是你寄的。"

"谢谢。"爱莉卡浅浅一笑说道。

费格劳拉花了整个下午搜集资料。第一先调拉斯·佛松的护照相片，然后查看前科记录，马上就有收获。

佛松四十七岁，外号法伦，十七岁展开犯罪生涯开始偷车。七八十年代期间曾两度被捕，因强行入侵、偷盗与收受赃物遭到起诉。第一次只是轻判入监服刑，第二次判了三年。当时他在罪犯圈内被视为"前途无量"，并因涉及其他三起偷盗案遭到侦讯，其中一起发生在维斯特洛斯一家百货公司，是相当复杂、媒体也广为报道的保险柜抢劫案。一九八四年出狱后，他金盆洗手——或至少没再干过什么坏事而再次被捕、被判刑。不过他重新学习开锁技术（还真巧），一九八七年自己成立了锁钥公司，地点在斯德哥尔摩的诺杜尔。

确认那个拍摄莫天森与法伦的女子身份，比她预期的还要简单。她直接打电话到米尔顿安保，说自己想找前一阵子接洽过的女职员，但一时忘了她的名字。她仔细描述了女子的长相。总机说听起来像是苏珊·林德，便替她转接。苏珊接了电话后，费格劳拉连忙道歉说自己打错电话了。

户政数据中，斯德哥尔摩郡共有十八个苏珊·林德，其中有三人在三十五岁左右。一个住在北泰利耶，一个在斯德哥尔摩，一个在纳卡。她调阅她们的护照相片，立刻认出她从贝尔曼路一路跟踪的女子是住在纳卡的苏珊·林德。

她将一天下来的工作整理记录后，便去见艾柯林特。

布隆维斯特合上柯特兹的调查报告活页夹，厌恶地推到一旁。克里斯特也放下这篇已经读了四遍的文章。柯特兹坐在玛琳办公室的沙发上，满脸内疚。

"喝咖啡。"玛琳说着起身离去，回来时端了四个马克杯和一壶咖啡。

"这是个很棒的烂故事。"布隆维斯特说，"一流的调查，完备的考据，完美的编剧，讲述一个坏人利用体制——而且合法地——诈骗瑞典的房客，可是又那么贪婪、那么愚蠢地外包给越南这家公司。"

"写得也很好。"克里斯特说，"我们刊登后第二天，博舍就会变成不受欢迎的人物。电视台也会有所反应，他马上就和斯堪的亚那些主管成了一丘之貉。《千禧年》的大独家。干得好，柯特兹。"

"只是这事牵扯到爱莉卡，实在扫兴。"布隆维斯特说。

"这有什么好困扰的？"玛琳说，"又不是爱莉卡做的坏事。我们有权检视任何一个董事长，即使她的上司也一样。"

"真是难以取舍。"布隆维斯特说。

"爱莉卡并没有完全离开这里。"克里斯特说，"她拥有《千禧年》百分之三十的股份，是我们的董事之一。事实上，直到下一次董事会，也就是要等到八月份，重新选任海莉之前，她也还是董事长。另外爱莉卡在《瑞典摩根邮报》工作，而且也担任董事，现在我们却要揭发她的董事长。"

众人一片抑郁的沉默。

"那我们到底该怎么办？"柯特兹问道，"抽掉吗？"

布隆维斯特直视着柯特兹。"不，柯特兹，这篇我们不会抽掉。

这不是《千禧年》的作风。不过需要多奔走一下。我们不能把这个当成新闻丢到爱莉卡桌上。"

克里斯特举起一根手指摇了摇。"我们真的把爱莉卡逼到窘境了。她不得不作出选择，看是卖掉《千禧年》的股份、退出董事会……或者更惨的是她可能被《瑞典摩根邮报》炒鱿鱼。不管怎么样，她都会面临可怕的利益冲突。老实说，柯特兹……我赞成麦可说的，报道应该要刊，但可能得延后一个月。"

"因为我们也面临情义的冲突。"布隆维斯特说。

"要不要我打电话给她？"

"不用了，克里斯特。"布隆维斯特说，"我来打给她安排碰面。就今晚好了。"

费格劳拉简单叙述了布隆维斯特位于贝尔曼路的住处附近忽然出现的热闹场景。艾柯林特听了以后，觉得椅子下方的地板似乎微微晃动起来。

"国安局职员和一名改行当锁匠的保险柜劫匪一起进入布隆维斯特的公寓大楼？"

"没错。"

"你想他们在楼梯井做什么？"

"不知道。不过他们在里面待了四十九分钟，我猜法伦打开了门，这段时间莫天森在布隆维斯特的公寓里。"

"他们去那里做什么？"

"不可能是装窃听器，因为那大概只需要一分钟。莫天森肯定翻看了布隆维斯特的文件或是任何他放在家里的东西。"

"但布隆维斯特已经有所警觉……他们从他家偷走了毕约克的报告。"

"就是呀。他知道自己被监视，而且他也在监视这些监视他的人。他有打算。"

"什么打算？"

"我是说他有计划。他正在搜集信息,想揭发莫天森。这是唯一合理的解释。"

"那么这个叫苏珊的女人呢?"

"苏珊·林德,以前当过警察。"

"警察?"

"她警察学校毕业,在索德马尔姆犯罪小组待了六年后,忽然辞职。档案中完全没有提到原因。失业几个月后,被米尔顿安保雇用。"

"阿曼斯基。"艾柯林特若有所思地说,"她进入大楼多久?"

"九分钟。"

"做什么?"

"我猜她在记录他们的行动,因为她在街上拍摄莫天森和法伦。也就是说米尔顿安保和布隆维斯特合作,事先已经在他的住处或楼梯井架设监视录像机。她很可能是进去拿带子。"

艾柯林特叹了口气。札拉千科的事开始变得极度复杂。

"谢谢你。你回去吧,我得想一想。"

费格劳拉去了圣艾瑞克广场的健身房。

布隆维斯特用另一只手机拨打爱莉卡在《瑞典摩根邮报》的电话。接到他的电话时,她正和编辑们讨论该用什么角度处理一篇关于国际恐怖主义的文章。

"喔,嗨,是你呀……等一下。"

爱莉卡用手按住听筒。

"我想这样就可以了。"她说着又给他们最后一道指令。等所有人都走了之后,她才说:"哈啰,麦可。抱歉一直没跟你联络,这里实在让我忙不过来,有一大堆事情要学。莎兰德的事怎么样了?"

"很好。不过我打给你不是为了那个。我得见你一面,今天晚上。"

"但愿可以,不过我得待到八点。真是累坏了,我天刚亮就来了。有什么事?"

"见面再说，但不是好事。"

"我八点半到你家去。"

"不，不能在我家。说来话长，总之目前我家不适合。我们到'萨米尔之锅'去喝杯啤酒吧。"

"我开车了。"

"那就喝杯淡啤酒。"

爱莉卡走进萨米尔之锅时略显烦恼。她内心有些愧疚，因为自从走进《瑞典摩根邮报》那天起，她一次也没跟布隆维斯特联络过。

布隆维斯特坐在角落朝她挥手，她在门口停下脚步，一时间觉得他很陌生。那边那个人是谁？天哪，我好累。接着他起身亲她的脸颊，她这才惊觉到自己竟然已经几个星期没想到他，也惊觉到自己有多想念他。仿佛在《瑞典摩根邮报》这段时间是一场梦，她也许会在《千禧年》的沙发上惊醒过来。感觉好不真实。

"嗨，麦可。"

"嗨，总编。吃过了吗？"

"现在是八点半。我可没有你那种讨厌的饮食习惯。"

萨米尔拿着菜单过来的时候，她发现自己饿了，便点了一杯啤酒和一小盘炸花枝和希腊马铃薯。布隆维斯特则点了粉蒸鸡和啤酒。

"你好吗？"她问道。

"这是个有趣的时代，我也忙翻了。"

"莎兰德怎么样？"

"她就是让生活有趣的部分原因。"

"麦可，我不会偷你的故事。"

"我不是逃避你的问题，只是现在一切都有点混乱。我很想全部都告诉你，但那得花掉大半个晚上。总编辑当得如何？"

"那里和《千禧年》可不一样。我一回到家就像被吹熄的蜡烛一样倒头就睡，每天一睁开眼睛就看到预算表格。我很想你。我们不能回你那儿去睡觉吗？我没有精力做爱，但我很想缩在你身旁睡一觉。"

"对不起,小莉,现在我那里不是适当的地方。"

"为什么?出了什么事吗?"

"这个嘛,有几个间谍在那里装了窃听器,应该会听到我说的每句话。我装了摄影机录下我不在的时候发生什么事。我想最好不要让你裸体的影像出现在国家档案中。"

"你在开玩笑吧?"

"没有。不过这不是我今晚见你的主因。"

"有什么事?告诉我。"

"那我就直说了。我们发现一则对你们董事长不利的消息,是有关他在越南利用童工并剥削政治犯。我们面临了利益冲突。"

爱莉卡放下叉子,定定地看着他,一眼就看出他不是开玩笑。

"事情是这样的。"他解释道,"博舍是一家名叫斯维亚的建筑公司董事长兼大股东,而这家公司又独资开设了一家子公司名叫维塔瓦拉。他们找越南的一家工厂制造马桶,这家工厂曾被联合国指责使用童工。"

"你再跟我重说一遍。"

布隆维斯特将柯特兹搜集的资料详细地说给她听。他打开电脑包,拿出所有相关信息的复印件。爱莉卡慢慢地将文章读完,最后抬起头来正好与布隆维斯特四目交接。她感觉到一股不理性的恐惧夹杂着怀疑。

"我不懂,为什么我前脚才踏出《千禧年》,你们后脚就跟着去查《瑞典摩根邮报》董事会成员的背景?"

"不是这样的,小莉。"他向她解释这篇报道的发展经过。

"你们知道这个多久了?"

"今天,今天下午才知道。事情发展至此,我感到非常难受。"

"你打算怎么办?"

"不知道。我们非刊登不可,不能只因为和你的老板有关就破例。可是我们谁都不想伤害你。"他双手一摊,"这个情形让大家都难过得不得了,尤其是柯特兹。"

"我还是《千禧年》董事会的一员，我是共同所有人……外人会以为……"

"我非常清楚外人会怎么看。这下你在《瑞典摩根邮报》麻烦可大了。"

爱莉卡顿时感到疲惫不堪。她咬咬牙，克制住冲动，没有开口要求布隆维斯特将消息压下。

"真该死。"她咒道，"你心里毫无怀疑……"

布隆维斯特摇摇头。"我花了整个下午看过柯特兹的证据资料。博舍只能任我们宰割。"

"那么你们打算怎么做，什么时候？"

"如果我们在两个月前发掘这则消息，你会怎么做？"

爱莉卡目不转睛地凝视眼前这个过去二十年来的友人兼情夫，过了一会儿垂下双眼。

"你知道我会怎么做。"

"这一切都是不幸的巧合，无一是针对你个人，我实在非常、非常遗憾。所以我才坚持要立刻见你，我们得决定该怎么做。"

"我们？"

"你听好了……这则报道原本预定在六月号刊登，我把它延迟了，最早也会等到八月，但如果你需要多一点时间，也还可以再延。"

"我了解了。"她声音中带着一丝苦涩。

"我建议暂时先不要作任何决定，把资料带回家去看，好好想一想。在我们达成策略共识前，什么都不要做。还有时间。"

"策略共识？"

"要么你得在我们刊登前辞去《千禧年》的董事职位，否则就得向《瑞典摩根邮报》辞职。你不能鱼与熊掌兼得。"

她点点头。"我和《千禧年》的关系太密切，不管有没有辞职，谁也不会相信我没有插手。"

"还有一个选择。你可以把报道带到《瑞典摩根邮报》和博舍对质，要求他辞职。我很确定柯特兹会同意。不过在所有人都同意之前,什么都不要做。"

"结果我一开始就把挖我的人给轰走了。"

"对不起。"

"他不是个坏人。"

"我相信你。但他是个贪心的人。"

爱莉卡站起来。"我要回家了。"

"小莉,我……"

她打断他的话头。"我只是累坏了。谢谢你的警告,我再跟你联络。"

她没有亲吻他便离去,留下他付账单。

爱莉卡停车的地方离餐厅约两百米,走到一半,她忽然心悸得厉害,不得不停下来靠在墙边,只觉得想吐。

她站了好久,呼吸着五月的清新凉风。自从五月一日起,她每天工作十五个小时,至今将近三星期了。三年后她会有什么感觉?莫兰德猝死在编辑室时就是这种感觉吗?

十分钟后她回到萨米尔之锅,朝着正要走出大门的布隆维斯特奔去。他吃惊地定在原地。

"爱莉卡……"

"麦可,什么话都不要说。我们已经是那么久的朋友,没有任何事能破坏得了。你是我最好的朋友,现在的情形就跟两年前你躲到赫德史塔的时候一模一样,只不过角色对调罢了。我觉得压力好大,好不快乐。"

他伸出手臂搂着她。她泪水已在眼眶打转。

"在《瑞典摩根邮报》三个星期已经让我精疲力竭。"她说。

"算了吧,爱莉卡·贝叶可没这么容易被打倒。"

"你的住所不安全,我又累到没法开车回家,我会开到一半睡着,然后撞车死掉。我决定了,我要走到斯堪的皇冠饭店订一个房间。跟我来吧。"

"那里现在叫希尔顿。"

"半斤八两。"

他们默默地走了一小段路。布隆维斯特一手揽着她的肩膀,爱莉卡觑他一眼,发现他也和自己一样疲倦。

他们直接走到柜台要了一间双人房,用爱莉卡的信用卡付款。进房间之后,两人脱衣、冲澡、上床。爱莉卡的肌肉痛得像是刚跑完斯德哥尔摩的年度马拉松竞赛。他们温存拥抱了一下,很快便都睡着了。

他们俩都没注意到大厅里那个看着他们步入电梯的男人。

第十五章
五月十九日星期四至五月二十二日星期日

　　星期三夜里到星期四清晨，莎兰德多半时间都在读布隆维斯特的文章和他那本书中大致完成的章节。由于埃克斯壮检察官曾提到预计七月开庭，布隆维斯特便设定六月二十日为付梓的最后期限，也就是说他大约要在一个月内完稿并填补所有的缺漏。

　　她无法想象怎能来得及，不过那是他的问题，与她无关。她该烦恼的是如何回答他的提问。

　　她拿出掌上电脑，登入雅虎的"愚桌"社群，看看过去二十四小时他有没有放什么新的东西，结果没有。她打开他命名为"核心问题"的文档。其实内容早已烂熟于心，但还是又读了一遍。

　　他概述了安妮卡已经对她解释过的策略。当初律师跟她说的时候，她并没有用心听，几乎像是事不关己。但有些关于她的事布隆维斯特知道，安妮卡却不知道，因此前者说起话来较有说服力。她直接跳到第四段。

　　　　唯一能决定你的未来的人是你自己。不管安妮卡多么努力，也不管阿曼斯基和潘格兰和我和其他人多么用心地支持你，都是一样。我并不是想办法要说服你，你得自己作决定。你可以让审判变得对你有利，也可以让他们判你的罪。但如果你想打赢，就得奋力一搏。

　　她切断联机，望着天花板。布隆维斯特希望她答应让他在书中说出真相。他并不打算提及毕尔曼强暴她的事实。那一段已经写好了，空缺的部分他只说毕尔曼因为和札拉千科交易不成而失控，于是尼德曼不得不杀死他。布隆维斯特并未推测毕尔曼的动机。

这个王八蛋小侦探把她的人生搞得太复杂了。

凌晨两点，她打开 Word，建了一个新文档，拿出触控笔开始点起数字键盘上的字母。

> 我叫莉丝·莎兰德，出生于一九七八年四月三十日，母亲是阿格妮塔·苏菲亚·莎兰德。她在十七岁时生下我。我父亲是个精神变态、杀人犯，还会殴打妻子，他名叫亚历山大·札拉千科。他原先被前苏联军情局 GRU 派到西欧工作。

用触控笔点字速度很慢，而且每写一句之前她总要思之再三，写了之后一次也没有更改过。她一直写到四点才关闭电脑，放进床头柜后面的壁凹里充电。此时，她完成了约莫两张 A4 大小、单行间距的内容。

午夜过后，值班护士曾探头进来两次，但莎兰德远远就能听到，甚至在她转动钥匙之前就能藏起电脑装睡。

爱莉卡在七点醒来。虽然连续睡了八小时，却一点也没有休息的感觉。她瞄了一眼布隆维斯特，他还在她身旁熟睡着。

她打开手机查看短信。贝克曼——她丈夫——打了十一通电话。要命，忘了打电话。她拨了号码，解释自己身在何处又为什么没回家。他很生气。

"爱莉卡，不要再做这种事。这和麦可无关，但我一整晚都担心死了，好怕出什么事。你也知道，如果你不回家就得打电话告诉我，这种事绝对不能忘记。"

贝克曼完全不介意布隆维斯特当妻子的情夫，他们的婚外情是在他的同意下持续的。只不过每当她决定在布隆维斯特家过夜，都会打电话告诉丈夫。

"对不起。"她说，"昨天晚上我实在是累坏了。"

他不满地嘟哝了一声。

"贝克曼，别跟我生气，我现在应付不来，要骂今天晚上再骂吧。"

他又嘟哝几句，说等她回家一定要好好骂她一顿。"好了，麦可还好吗？"

"他都睡死了。"她忽然笑出声来，"信不信由你，我们上床没几分钟就都睡着了。以前从没发生过这种事。"

"这很严重，爱莉卡，我觉得你应该去看医生。"

挂断电话后，她打回办公室留言给弗德列森，说临时出了点事，会比平常晚一点到，原本预定和文化版编辑开的会也请他取消。

她找到自己的肩背包，从里头搜出一根牙刷便进浴室去。然后回到床上叫醒布隆维斯特。

"快点，去梳洗一下，刷个牙。"

"什么……什么？"他坐起来，迷惑地环顾四周。经爱莉卡一提醒，才想起自己在斯鲁森的希尔顿饭店。他点了点头。

"好了，快去浴室。"

"干吗这么急？"

"因为等你出来，我要和你做爱。"她很快瞄了一下手表，"我十一点要开会，不能延后。我得让自己体面一点，化妆打扮至少需要半小时。而且去公司的路上还要买件替换的洋装什么的。所以只剩下两小时可以弥补我们失去的那一大段时间。"

布隆维斯特随即进了浴室。

霍姆柏开着父亲那辆福特来到海讷桑德郡兰姆威外围的欧斯，将车停在前首相费尔丁家门外的车道上。他下车后四下看了看。已届七十九岁高龄的费尔丁，几乎不可能还在从事农活，霍姆柏不禁好奇是谁替他播种收割。他知道厨房窗内有人在看他，这是村民的习惯。他自己是在兰姆威郊外的海勒达长大的，距离沙桥非常近，那可是世上数一数二的美景。至少霍姆柏这样以为。

他敲敲前门。

中央党的昔日领袖已显老态，但似乎仍然机敏且精力旺盛。

"你好，我叫叶尔凯·霍姆柏，我们见过面，但已经是多年前的事。家父是古斯塔夫·霍姆柏，七八十年代中央党的党代表。"

"对，我认得你，霍姆柏。你好。你现在在斯德哥尔摩当警察，对吧？我们大概有十年或者十五年没见了。"

"恐怕还要更久呢。我可以进来吗？"

霍姆柏坐在餐桌旁等费尔丁替两人倒咖啡。

"希望你父亲一切都好。不过你应该不是因为他来的，对吧？"

"不是，我父亲很好。他还能修小屋的屋顶呢。"

"他今年多少岁了？"

"两个月前刚满七十一。"

"是吗？"费尔丁回到餐桌旁，说道，"那么你来找我是为什么事？"

霍姆柏望向窗外，看见一只鹊鸟飞落在他车旁，啄着地面。随后他才转头看着费尔丁。

"很抱歉没有事先通知就跑来，不过我碰上个大问题。我们谈话结束后，我可能会被开除也不一定。我是为了公事来的，但我的老板，斯德哥尔摩暴力犯罪组的包柏蓝斯基巡官并不知道我来找你。"

"听起来很严重。"

"如果长官知道我来，我就麻烦了。"

"我明白。"

"但话说回来，如果不做点什么，我又怕有个女人的权利会遭到严重剥夺，更糟的是这不是第一次发生。"

"你还是从头说起吧。"

"这事和一个名叫亚历山大·札拉千科的人有关。他是前苏联GRU的干员，在一九七六年瑞典选举当天叛逃。他获得庇护，并开始为秘密警察工作。我有理由相信你知道他的事情。"

费尔丁定睛凝视霍姆柏。

"说来话长。"霍姆柏于是开始向费尔丁讲述自己过去几个月来参与的初步调查。

爱莉卡最后翻了个身趴着,头歇靠在手上,脸上露出大大的笑容。

"麦可,你有没有怀疑过我们两个根本是疯子?"

"什么意思?"

"至少我是。对你的迷恋让我无法自拔,就好像一个疯狂的少女。"

"真的吗?"

"可是我又想回家,和我老公上床。"

布隆维斯特笑着说:"我认识一个不错的心理治疗师。"

她往他肚子一戳。"麦可,我开始觉得《瑞典摩根邮报》这件事是个重大错误。"

"胡说,这是你天大的机会。如果真有人能为那个垂死的躯体注入生气,那就是你。"

"也许吧。但那也正是问题所在。《瑞典摩根邮报》已经奄奄一息,你还投下有关博舍的这个炸弹。"

"你得让事情缓下来。"

"我知道。不过博舍的事会是个大问题。我完全不知道该怎么应付。"

"我也是。但总会想出办法的。"

她静静躺了一下。

"我很想你。"

"我也很想你。"

"要怎么做才能让你到《瑞典摩根邮报》来当新闻主编?"

"不管怎么做我都不会去。新闻主编不是那个……他叫什么来着……霍姆吗?"

"对,不过他是个白痴。"

"我同意。"

"你认识他？"

"当然。八十年代中期，我曾经在他手下兼差三个月。他是个讨厌鬼，专爱挑拨离间，而且……"

"而且什么？"

"没什么。"

"说嘛。"

"有个女孩叫邬拉什么的，也是特约记者，曾申诉他性骚扰。我不知道是真是假，不过工会丝毫没有反应，她的合约也没有延长。"

爱莉卡看看时间，叹一口气便下床去淋浴。直到她出来擦干身子、换好衣服，布隆维斯特动也没动。

"我想我还要再小睡一会儿。"他说。

她亲亲他的脸颊，手一挥便先离开了。

费格劳拉把车停在伦特马卡街靠近欧洛夫帕尔梅路转角的地方，和莫天森停在前方的沃尔沃中间隔了七辆车。她看着莫天森走到收费机器去付停车费后，往斯维亚路走去。

费格劳拉决定不去付费。如果走到机器那边再回来就会把人跟丢，因此直接尾随而去。他左转上国王街，走进国王塔咖啡馆。她等了三分钟才跟进去，看见他在一楼和一个身材相当好的金发男子说话。是警察，她暗想，同时也认出那正是五月一日那天克里斯特在科帕小馆外面拍到的另一人。

她自己买了杯咖啡，坐到另一头，翻开手上的《每日新闻报》。莫天森与同伴低声交谈。尽管两人都没有注意到她，她还是拿出手机佯装打电话，顺便拍一张照片。虽然手机屏幕的分辨率只有七十二dpi，画质不佳，但仍可作为两人见面的证据。

过了十五分钟左右，金发男子起身离开咖啡馆。费格劳拉暗咒一声。刚才真该留在外面，他一出去她就能认出来。她很想跳起来追出去，但莫天森还在那里慢条斯理地喝他的咖啡，她不希望因为太快跟着他那个身份不明的同伴而引起注意。

随后莫天森去了趟洗手间。他一关上门，费格劳拉立刻起身走到国王街上，往路的两头看去，金发男子已不见踪影。

她想碰碰运气，匆匆赶往斯维亚路口，不见人影，于是走下地铁站，依然毫无希望。

她紧张地回到国王塔，莫天森也离开了。

爱莉卡回到前一晚停放宝马车的地方时，忍不住破口大骂。

车子还在，但夜里不知哪个王八蛋把四个轮胎都戳破了。去你妈的龟孙子王八蛋，她气炸了。

她打电话给修车厂，告诉他们她没时间等，钥匙就放在排气管内。说完便走到霍恩斯路拦出租车。

莎兰德登入黑客共和国，发现瘟疫也在线就敲他。

〈嗨，黄蜂。索格恩斯卡如何？〉
〈很适合休养。我需要你的帮助。〉
〈说吧。〉
〈我从没想到会要开这个口。〉
〈事情一定很严重。〉
〈约朗·莫天森，住在威灵比。我需要进入他的电脑。〉
〈好。〉
〈里面所有的东西都要复制给《千禧年》的布隆维斯特。〉
〈我会处理。〉
〈老大哥在窃听布隆维斯特的电话，很可能也会监看他的电子邮件。你得把资料寄到一个热邮信箱。〉
〈好。〉
〈万一联络不上我，布隆维斯特会需要你的帮助。你得让他和你联络。〉
〈哦？〉

〈他有点古板，但你可以信任他。〉
〈嗯。〉
〈你要多少钱？〉

瘟疫停了好一会儿。

〈这和你现在的情况有关吗？〉
〈有。〉
〈那就免费。〉
〈谢啦。不过我从来不欠人情。一直到开庭都会需要你帮忙，我会给你三万克朗。〉
〈你付得起吗？〉
〈可以。〉
〈那好吧。〉
〈我想我们也会需要三一。你能说服他来瑞典吗？〉
〈做什么？〉
〈做他最拿手的事。我会付他标准费用加开销杂费。〉
〈好，要做什么事？〉

她于是向他解释需要做些什么。

星期五上午，约纳森坐在办公桌前，面对着怒气冲冲的警官法斯特。

"我不懂。"法斯特说，"莎兰德不是已经痊愈了吗？我之所以来哥德堡有两个原因：一个是讯问她，一个是让她准备移送到斯德哥尔摩看守所，也是她该去的地方。"

"很抱歉让你白跑一趟。"约纳森说，"其实我也很希望让她出院，因为医院里已经没有空床位。可是……"

"她会不会是装病？"

约纳森露出礼貌性的微笑。"我真的不这么认为。你要知道,莎兰德是头部中枪。我从她脑袋里取出一颗子弹,她存活的几率只有一半。她确实活了下来,康复情况也非常令人满意……所以我和我的同事也正准备让她出院。结果昨天她病情恶化,不止头痛得厉害,体温也起伏不定。昨晚她发烧到三十八度,还吐了两次。夜里烧退了,情况几乎回复到正常,我以为只是暂时的变化。但今天早上替她量体温,又升高到将近三十九度。这很严重。"

"那么她到底是怎么了?"

"不知道,但她的体温起伏不定就表示不是感冒或其他病毒感染。至于究竟是什么原因,我说不准,但也可能只是对药物或是她接触到的某样东西过敏而已。"

他点了电脑上一个画面,然后将屏幕转向法斯特。

"我替她照了脑部 X 光,你可以看到这里,就在枪伤旁边,有个区比较黑。我不能确定那是什么,有可能是复原过程产生的疤痕组织,但也可能是微量出血。在我们找到问题之前,我不能让她出院,无论警方认为多紧急都一样。"

法斯特知道和医生多辩无益,因为他们扮演着地球上最接近上帝使者的身份。或许除了警察之外。

"你们现在要怎么做?"

"我已经下令让她完全卧床休息,暂停康复运动——因为肩膀和臀部受伤,所以需要运动治疗。"

"了解。我得通知斯德哥尔摩的埃克斯壮检察官。这有点出人意料,我该怎么告诉他?"

"两天前我已经准备批准出院,也许就是这个周末。依目前的情况看来,会拖久一点。你得让他有心理准备,下星期恐怕也还无法决定,要移送她到斯德哥尔摩可能还得等两个星期。总之要视她的复原速度而定。"

"开庭时间已经定在七月。"

"没有意外的话,到那时她早已康复了。"

包柏蓝斯基以怀疑的眼神觑着隔桌对面坐着的健壮女子，他们正在梅拉斯特兰北路一间咖啡馆的露天座上喝咖啡。今天是五月二十日星期五，空气中已能感觉到五月的暖意。证件上显示她是国安局的莫妮卡·费格劳拉巡官。她正好赶在他下班回家前找到他，并提议一起喝个咖啡聊聊，就是这样。

起初他几乎抱持敌意，但她直截了当地承认自己并无权向他问话，而他若不想说，当然也可以什么都不说。他问她有何意图，她说是上司派她私下调查所谓的札拉千科案以及莎兰德案中，哪些是真哪些是假。

"你想知道什么？"包柏蓝斯基最后说道。

"请告诉我你对莎兰德、布隆维斯特、毕约克与札拉千科了解多少。他们彼此之间有何关联？"

他们交谈了两个多小时。

事情该如何进行，艾柯林特不断地斟酌推敲。经过五天的调查，费格劳拉给了他一些毫无争议的事证，显示国安局内部有腐化现象。他明白在得到足够的信息前，一举一动都要异常小心。再者就宪法而言，他目前也处于两难的困境，因为他并没有权限进行秘密调查，尤其是针对自己的同事。

因此他必须设法想出个理由让自己的作为合理化。万一最糟的情形发生了，他还是可以借口说调查犯罪是警察的职责，只不过这项罪行就宪法的观点来说太敏感，他只要踏错一步就肯定会被解职。所以星期五一整天，他独自一人在办公室里沉思。

他最后的结论是：尽管看似不可思议，但阿曼斯基说得没错。国安局内部确实有阴谋在酝酿着，有一些人在正规作业之外采取行动，也可能两者并行。因为这已行之有年，至少从一九七六年札拉千科抵达瑞典就开始了，所以肯定是高层筹划批准的。至于阴谋者级别到底有多高，他毫无概念。

他在便条纸簿上写了三个人名。

　　约朗·莫天森，贴身护卫组，刑事巡官
　　古纳·毕约克，移民组副组长，已故（自杀？）
　　艾伯特·申克，国安局秘书长

费格劳拉认为贴身护卫组的莫天森本应调到反间组，实际上人却不在那里，这一定是秘书长下的命令。莫天森忙于监视记者布隆维斯特的行动，和反间作业一点关系也没有。

名单上还得加上几个国安局外部的人：

　　彼得·泰勒波利安，精神科医师
　　拉斯·佛松（法伦），锁匠

泰勒波利安是在八九十年代之交受国安局聘请担任几个特定案子的精神科顾问，说得确切一点是三件案子，艾柯林特查过档案里的报告。第一件案子很不寻常：反间组在瑞典通讯产业界发现一名俄国的眼线，而该间谍的背景显示一旦行动曝光，他有可能自杀。泰勒波利安对他作了非常精准的分析，协助他们拉拢此人成为双面间谍。另外两份报告没怎么涉及重要的评鉴。第一份是关于国安局内部某职员的酗酒问题，第二份则是分析某非洲外交官怪异的性行为。

泰勒波利安和法伦——尤其是法伦——在国安局内都没有任何职位。然而借由这些任务他们关系到什么呢？

阴谋与已故的札拉千科密切相关，他似乎是在一九七六年瑞典大选当天现身叛逃的GRU情报员，一个谁也没听说过的人。这怎么可能？

艾柯林特试着想象自己若是一九七六年札拉千科叛逃时的国安局局长，会是什么样的情形。他会怎么做呢？绝对保密，这应该是最重要的。叛逃一事只能让一小群人知道，以免消息泄漏回俄国，而……

多小的一群人呢？

一个作业部门？

一个不明的作业部门？

理想的情况下，他应该受军情局保护，但他们既无资源也无专业技术从事这类的作业。这么说就是国安局了。假如事件处理得当，札拉千科的案子最后应该会落到反间组。

但反间组从来没有他这个人。毕约克是关键，他是当初处置札拉千科的人之一，而他与反间组毫无渊源。毕约克是个谜，表面上他从七十年代起在移民组任职，实际上却很少在组上见到他，直到九十年代才忽然一跃而成副组长。

不过毕约克是布隆维斯特的主要消息来源。布隆维斯特怎能说服毕约克揭露如此爆炸性的资料呢？而且揭露对象还是记者。

嫖妓。毕约克和一些未成年的妓女胡搞，《千禧年》打算揭发他。布隆维斯特肯定是以此要挟。

接着莎兰德上场。

已故律师毕尔曼曾同时和已故的毕约克在移民组工作。札拉千科便是他们负责处理的。但他们对他做了些什么？

一定有人作决定。处置这种身份的叛逃者，下令的肯定是最高级别。

是政府。背后一定有政府撑腰，否则实在难以想象。

真是这样吗？

艾柯林特顿时感到不寒而栗。事实上这一切都不难理解。像札拉千科这么重要的叛逃者理应以最高机密处理，他自己应该也会这么想，费尔丁的内阁肯定也是这么想。这个合理。

但一九九一年发生的事却不合理。毕约克雇请泰勒波利安，以精神错乱的借口将莎兰德关进儿童精神病院，那是犯罪行为，如此恶劣的罪行让艾柯林特更加感到忧虑。

一定有某个人作了决定。但绝不可能是政府。当时的首相是卡尔森，接着是比尔特，但无论哪个政治人物都绝不敢涉及这种违反一切法律正义的决定，一旦被发现就会引发天大丑闻。

假如政府果真插手，那么比起全世界任何一个专制政权，瑞典也好不到哪去。

不可能。

那么四月十二日的事件呢？札拉千科就那么凑巧地被一个精神不正常的狂热分子杀死在索格恩斯卡医院，而同一时间布隆维斯特的公寓遭窃，律师安妮卡也遭到袭击。在后两起事件中，都丢失了毕约克于一九九一年所写的奇怪报告。这消息来自阿曼斯基，但完全是私下告知，他们并未报警。

另外艾柯林特原本希望能和毕约克好好谈一谈，不料他也选在这个时候上吊自尽。

艾柯林特不相信这么多事凑在一起纯属巧合，包柏蓝斯基巡官也不相信，布隆维斯特也不相信。艾柯林特再次拿起麦克笔写下：

艾佛特・古尔博，七十八岁。税务专家？？？

这个古尔博又是哪号人物？

他想找国安局局长，最后还是克制住了，原因很简单：他不知道这项阴谋涉及多高级别，不知道能相信谁。

有一度他还想找正规警员。有关尼德曼的调查工作由包柏蓝斯基负责，任何相关信息他显然都会有兴趣。但单纯就政治立场而言，这绝对不可行。

他感觉到肩上负担沉重。

现在只剩一个合乎宪法程序的选择，如果最后卷入政治风暴，或许也能提供他些许保护。他现在做的事，只能找老板给予他政治支持。

此刻是星期五下午快四点了，他拿起话筒打给司法部部长，他们相识多年，曾多次在部门会议上碰面。不到五分钟便接通了。

"你好，艾柯林特，好久不见。有什么事吗？"

"老实说……打这通电话应该是为了看看你认为我有多可靠。"

"可靠？这可真是个怪问题。依我看，你是百分之百可靠。怎么会这么问？"

"因为我有一个很不寻常的重大要求。我需要和你与首相开个会，事情很紧急。"

"就这样？"

"很抱歉，我想等我们私下见面后再详细解释。我遇上一件非常惊人的事，我想你和首相都应该被告知。"

"和恐怖分子或威胁评估有关吗？"

"不是，比这个还要严重。我向你提出这个要求，是赌上了我的名誉和前途。"

"我明白了，所以你才会问到你的可靠性。你需要多快见到首相？"

"可能的话今天晚上。"

"你这样倒让我有点担心了。"

"不幸的是你的确应该担心。"

"会面时间要多长？"

"大概一个小时。"

"我再打给你。"

部长在十分钟后回电，要艾柯林特在晚上九点半前往首相官邸。放下电话时，艾柯林特手心里全是汗。明天早上我的前途可能就完了。

他打给费格劳拉。

"费格劳拉，今晚九点来找我。最好穿得正式一点。"

"我一向都穿得很正式。"费格劳拉说。

首相用审慎的眼光看着这个宪法保障组组长良久。艾柯林特觉得首相眼镜后面仿佛有齿轮在高速旋转。

首相随后将目光转向在组长作报告的这段时间始终一语不发的费格劳拉。他看到一个异常高大而健壮的女子也正看着他，脸上的表情礼貌中还带着期望。接着他再转向司法部部长，只见他听完报告后已是脸色苍白。

过了一会儿，首相深吸一口气，拿下眼镜，向着远方发呆片刻。

"我想我们需要再喝点咖啡。"他说。

"好的，谢谢。"费格劳拉说。

部长拿着保温壶倒咖啡时，艾柯林特点点头致谢。

"我简单重复一遍，以确保我的了解没有错。"首相说道，"你怀疑秘密警察内部有个阴谋集团在从事一些活动，并不符合宪法赋予的权限，而且多年来这个集团还犯下堪称情节重大的罪行。"

"是的。"

"而你来找我是因为不信任秘密警察的领导阶层。"

"不完全是。"艾柯林特说，"我决定直接找首相您是因为这类行为违宪，但我不知道该阴谋集团的目的，也不知道自己是否误解了什么。说不定这是政府所批准的合法活动，那么我可能会依照错误的或是误解的信息采取行动，进而破坏了某个秘密任务。"

首相看了看部长，两人都明白艾柯林特是为求自保。

"我从未听说过这种事。你知情吗？"

"完全不知道。"部长回答，"秘密警察交给我的报告里头，完全没有和此事相关的内容。"

"布隆维斯特认为秘密警察内部有派系，他称之为'札拉千科俱乐部'。"艾柯林特说道。

"我甚至从未听说瑞典曾收容并保护一个如此重要的俄国叛逃者。"首相说，"你说他是在费尔丁执政期间叛逃的？"

"我不认为费尔丁会隐匿这种事。"部长说道，"像这种叛逃行为事关重大，应该会移交给下一任政府。"

艾柯林特轻咳一声清清喉咙。"费尔丁的保守派政府由帕尔梅接手。有件事其实众所周知，我们国安局有些前辈对帕尔梅有些特殊看法……"

"你的意思是说有人忘了告知社会民主党政府？"

艾柯林特点点头。"请各位别忘了费尔丁曾两度执政。每一次联合政府都垮台。第一次他将政权交给于一九七九年组成少数党政府的乌尔斯腾[1]。后来温和党弃守，政府再度垮台，费尔丁于是与人民党联合执政。我猜在那些交接时期，政府内阁应该是一片混乱。也可能只有一小群人知道札拉千科的事，费尔丁首相并不真正知情，所以也没有什么可以移交给帕尔梅。"

"那么负责的人是谁？"首相问道。

除了费格劳拉之外，其他人都摇头。

"我想媒体一定会风闻。"首相说。

"布隆维斯特和《千禧年》就打算刊载。换句话说，我们陷入了所谓进退维谷的困境。"艾柯林特刻意用了"我们"一词。

首相点头认同。他明白事态严重。"那么我得先谢谢你这么快就来告诉我这件事。通常我不会答应这种没有事先安排的会面，不过部长说你是个谨慎的人，既然不通过正常渠道来见我，想必是有重大事情。"

艾柯林特稍稍松了口气。无论如何，首相的怒火是不会延烧到他了。

"现在我们得决定该如何应对。你们有什么建议吗？"

"也许可以算有。"艾柯林特试探地说道。

接着他沉默许久，费格劳拉只好清清嗓子说道："我可以说几句话吗？"

"请说。"首相说。

"如果政府真的不知情，那么这项行动就是非法的，行动负责人因为逾越权限而成了犯罪的公务员。如果我们能证实布隆维斯特的所有说辞，就表示国安局内有一群警员长期以来都在从事犯罪活动。那么问题将分为两个部分。"

---

1 乌尔斯腾（Ola Ullsten，1931—　），瑞典自由派政治人物，前任自由人民党党魁，曾于一九七八至一九七九年间担任瑞典首相，一九七九年组成少数党政府之后不久，便辞职下台。

"这是什么意思？"

"首先我们得问问：这种事怎么可能发生？谁要负责？一个组织完善的警察机构怎么会发展出这种阴谋？我本身在国安局工作，也很引以为傲。这种事怎么可能持续这么久？这种行动如何隐瞒又如何获得资金？"

"说下去。"首相说。

"将来很可能会出版很多书讨论这第一部分。但有一点很明显，他们一定有资金，而且每年恐怕至少有几百万克朗。我查过秘密警察的预算，并没有发现任何像分配给'札拉千科俱乐部'的额度。但你们也知道，有些秘密资金由秘书长和预算主任掌控，我无法取得资料。"

首相沉着脸点了点头。为什么管理秘密警察总是有如一场梦魇？

"第二部分是：有谁涉入其中？或者说得更明确一点，应该逮捕哪些人？依我之见，这所有问题的答案都取决于您在接下来几分钟内所作的决定。"她对首相说。

艾柯林特不禁倒抽一口气。要是可以的话，他真想往费格劳拉的胫骨踢一脚。她完全省略委婉的客套话，直指首相本人应该负责。他自己也打算最后要作出同样结论，但事先可得迂回曲折地兜好大一圈。

"你认为我应该作出什么决定？"

"我想我们关心的事是一样的。我在宪法保障组工作三年了，我认为这个单位对瑞典民主制度非常重要。近几年来，秘密警察都在宪法体制内恰如其分地工作，我当然不希望丑闻影响到国安局。我们必须知道这起案例只是少数个人犯下的罪行，这点很重要。"

"这种行动绝对不可能是政府批准的。"部长说。

费格劳拉点点头，想了几秒钟。"在我看来，最要紧的是不能让这件丑闻牵连到政府，但如果政府企图掩盖，就可能受牵连。"

"政府并没有掩盖犯罪行为。"部长说道。

"对，可是假设，只是假设，政府可能会想这么做，那么将会引起莫大的公愤。"

"接着说。"首相说道。

"我们宪法保障组为了调查这件事，不得不执行一项本身就违规的行动，也导致情况变得复杂。所以我们希望一切都能合法合宪。"

"我们都这么希望。"首相说。

"那么我建议您以首相的身份指示宪法保障组尽快厘清此事。"费格劳拉说，"以书面下令，授予我们必要的权限。"

"我想你的提议恐怕不合法。"部长说。

"绝对合法。只要有违宪之虞，政府就有权利采取极大范围的措施。如果有一群军人或警察开始实施独立的外交政策，瑞典实际上已经发生政变了。"

"外交政策？"部长不解。

首相忽然点了点头。

"札拉千科背叛了外国政权。"费格劳拉解释道，"据布隆维斯特的说法，他将信息提供给外国的情报单位。如果政府不知情，就等同于政变了。"

"你的论点我明白。"首相说，"现在换我说说我的看法。"

他站起来绕桌子一圈，最后在艾柯林特面前站定。

"你有个非常有才干的同事。她可说是一针见血。"

艾柯林特咽了一下口水，点点头。首相接着转向司法部部长。

"把你的国务秘书和法务司司长找来。明天早上，我就要看到一份特别授权宪法保障组处理此事的文件。他们的任务是确认我们刚刚讨论的事究竟是真是假、搜集证据证明其牵连范围有多广，并找出负责或涉及的有哪些人。文件上不得注明你们在进行初步调查，我也许弄错了，但我以为在这个情况下，只有检察总长能指派初步调查的负责人。但我能授权让你进行个人调查，因此你要做一份正式公开的报告，你懂吗？"

"我懂，不过我想声明一下，我自己以前也当过检察官。"

"我们请法务司司长看一看，究竟该如何措词才正确。总之，调查工作由你一人负责，但可以挑选你需要的助手。如果发现犯罪证据，必须交给检察总长，由他决定起诉事宜。"

"我得查一查究竟有哪些适用条款，不过我想您得告知国会发言人和宪法委员会……消息很快就会泄漏出去。"部长说。

"换句话说，我们的动作得更快。"首相说。

费格劳拉举手示意发言。

"有什么事？"首相问。

"还有两个问题：第一，《千禧年》的出刊会和我们的调查冲突；第二，莎兰德一案再过几个星期就要开庭。"

"能不能问出《千禧年》打算什么时候刊登？"

"可以问，"艾柯林特回答道，"不过我们最不想的就是和媒体打交道。"

"至于这个叫莎兰德的女孩……"司法部部长起了个头，随即住口停了一会儿，"如果她真受到如《千禧年》所说的不公对待，就太可怕了。真的有可能吗？"

"恐怕是真的。"艾柯林特说。

"那么我们非得弥补她所受到的这些伤害，尤其绝不能让她再次遭受不公的待遇。"首相说。

"要怎么做呢？"部长问道，"政府不能干涉已经起诉的案子，否则就是违法。"

"能找检察官谈谈吗？"

"不行，"艾柯林特说，"您身为首相，绝不能影响司法程序。"

"换句话说，莎兰德只能上法院碰碰运气。"部长说，"只有当她打输官司后上诉，政府才能插手，或是特赦她或是要求检察总长审查是否可能重新开庭。但这也只有在她被判徒刑时才适用，假如她被判入精神疗养院，政府便无计可施。那是医疗问题，首相无权判定她是否正常。"

星期五晚上十点，莎兰德听到门上钥匙转动的声音，立刻关掉掌上电脑并把它藏进床垫底下。抬头一看,约纳森正要关门。

"晚安,莎兰德小姐。"他说,"今天晚上感觉怎么样?"

"头痛得要命,好像还发烧。"

"听起来不太好。"

莎兰德似乎并不特别因为发烧或头痛感到困扰。约纳森花了十分钟替她做检查,发现晚上这段时间她的体温又急剧蹿高。

"你过去几个星期复原情况那么好,现在却得强迫卧床休息,真是遗憾。很可惜你至少还得多待两个星期才能出院。"

"两个星期应该够了。"

从伦敦到斯德哥尔摩陆路距离约一千九百公里,理论上开车约需二十小时,实际上二十小时只能到达德国北部与丹麦交界处。星期日天空乌云密布,当化名"三一"的男子来到连接丹麦与瑞典的俄勒海峡大桥中央,天开始下起倾盆大雨。他于是减慢车速,启动雨刷。

三一发现在欧陆开车真是要命,因为路上每个人都坚持开在错误的一边[1]。他在星期五上午将行李装上货车,从多佛搭渡轮到法国加来,然后经由列日横越比利时,在亚琛通过德国边界后,由高速公路北上汉堡,再继续前往丹麦。

他的同伴"巴布狗"在后座睡觉。他们轮流开车,除了有几次暂停一小时休息外,一直都维持九十公里的时速前进。这辆车已是十八年的老车,开不了更快。

虽然从伦敦到斯德哥尔摩有更便利的方法,但要带着三十公斤的电子仪器上飞机似乎不太可能。他们总共越过六个国界,却一次也没被海关或护照查验人员拦下。三一是欧盟的热情支持者,他们的规定让他造访欧陆的行程简化许多。

三一出生于布拉德福德,但从小就住在伦敦北区。他没受过良好的正规教育,后来上职业学校拿到一份通讯技师的证书,满十九岁

---

1 因为在伦敦开车是靠左行驶,而欧陆其他国家都是靠右行驶。

后，在英国电讯公司当了三年工程师。当他了解电话系统如何运作，也明白该系统已经老旧得无可救药之后，便转行当私人安保顾问，为人安装警报系统防范盗窃，还会为特别的客户提供监视录像机与电话窃听设备。

现年三十二岁的他熟知电子与计算机理论，而且远远超越该领域的任何教授。他从十岁就与电脑为伍，十三岁便成功侵入第一部计算机。

他从此胃口大开，十六岁已经进阶到足以与世界顶尖人士相抗衡。有一段时期，他只要醒着就待在电脑前面写自己的程序，在网络上散布垃圾邮件。他还入侵过BBC广播公司、英国国防部和伦敦警察厅，甚至曾经成功地（短时间）支配一艘在北海巡逻的核子潜艇。好在三一只是好奇，而非恶劣的电脑掠夺者。一旦破解了电脑防线，入侵后得知了秘密，他也就不再着迷。

他是黑客共和国的创建人之一。而黄蜂则是共和国的公民。

星期日晚上七点半，他和巴布狗已逐渐接近斯德哥尔摩。经过凯尔岛孔根斯库瓦的宜家家居时，三一打开手机拨了他背下来的电话号码。

"瘟疫。"三一叫道。

"你们在哪里？"

"你不是说要我们经过宜家家居的时候打电话？"

瘟疫已经在长岛的青年旅馆为英国的伙伴们订了房间，于是他便向三一报路。因为瘟疫几乎从不离开住处，他们说好第二天早上十点在他家碰面。

瘟疫决定破例作一番努力，洗了碗、大致打扫一下并打开窗户，迎接客人到来。

第三部
磁盘损毁
五月二十七日至六月六日

　　公元前一百年西西里的历史学家狄奥多罗斯（其他史学家认为他的论述并不可靠）曾描述过利比亚的亚马孙女战士，当时利比亚指的是埃及以西整个北非地区。这段亚马孙族统治期是由妇女当政，也就是只有妇女能担任官职，包括军职在内。传说该王国的统治者是米芮娜女王，她率领三万名女战士与三千名女骑兵横扫埃及与叙利亚，并挥戈直捣爱琴海，一路击退男性军伍。直到最后米芮娜女王葬身沙场，她的军队才溃散。

　　但这支军队确实在这一带留下印记。安纳托利亚的妇女在男性战士遭到大规模屠杀而尽数灭亡后，以刀剑击败了高加索的侵略者。这些妇女练习使用各种武器，包括弓箭、长剑、战斧与长矛，并复制希腊人的铜制护胸甲与盔甲。

　　她们将婚姻视为屈从而予以排斥。若想生育可以请假，随便在邻近城镇挑选男性进行性交。

　　只有在战场上杀死过男人的女性才能放弃童贞。

第十六章
五月二十七日星期五至五月三十一日星期二

　　布隆维斯特于星期五夜晚十点半离开《千禧年》办公室，搭电梯下到一楼后没有走出大门，而是左转走过地下室、穿越中庭，再通过他们大楼背面的建筑来到贺钱斯街。他迎面遇上一群从摩塞巴克走来的年轻人，但似乎没有人特别留意到他。监视杂志社大楼的人会以为他和平常一样在社内过夜。他从四月就建立了这个模式，其实今晚换克里斯特值夜班。

　　他在摩塞巴克的大街小巷内绕了十五分钟，才往菲斯卡街九号走去。他按了大门密码进入，爬楼梯上顶楼公寓，然后用莎兰德的钥匙开门进去，关掉警报器。每次进到这间公寓总觉得有点头昏：总共二十一个房间，但只装潢了三间。

　　他首先煮咖啡、做三明治，接着才进入莎兰德的工作室启动她的强力笔记本电脑。

　　自从四月中毕约克的报告被窃，布隆维斯特察觉到自己受到监视后，便在莎兰德的公寓设立自己的总部。他将最重要的文件移放到她的桌上，每星期会有几晚在这里度过，睡她的床、用她的电脑工作。她去哥塞柏加找札拉千科前，已将硬盘清理得干干净净。布隆维斯特猜想她并不打算再回来。他用她的系统盘将电脑还原到运作状态。

　　四月以来，他甚至没有将宽带线插到自己的电脑上。他用她的宽带连接，启动ICQ聊天程序，用她替他建立的地址通过雅虎的"愚桌"社群敲她。

　　〈嗨，莉丝。〉
　　〈说吧。〉
　　〈我正在写这星期稍早我们讨论过的那两个章节。新版本已

经贴上雅虎。你那边怎么样？〉

〈写完十七页了。正在上传。〉

搞定。

〈好，收到了。我先看看，晚一点再谈。〉
〈我还有其他的。〉
〈其他的什么？〉
〈我建立了另一个雅虎社群叫"武士"。〉

布隆维斯特不禁莞尔。

〈愚桌武士。〉
〈密码是 yacaraca12。〉
〈四个会员，你、我、瘟疫和三一。〉
〈你的神秘夜间伙伴。〉
〈需要保护。〉
〈OK。〉
〈瘟疫复制了埃克斯壮检察官电脑的数据。我们在四月入侵的。如果我的电脑没了，他会告诉你最新消息。〉
〈好，谢谢。〉

布隆维斯特登入 ICQ，进入新成立的雅虎社群"武士"，却只看到从瘟疫连结到一个只由数字组成的匿名网址。他将网址复制到浏览器，按下回车键，来到某个网站，里面有埃克斯壮那十六 GB 的硬盘。

瘟疫显然为了简化程序，直接将埃克斯壮的整个硬盘都拷贝过来了，布隆维斯特花了一个多小时逐一检视其中的内容。他不去管系统文档、软件和似乎涵盖了数年前初步调查的无数档案，只下载了四个文件夹,其中三个的名称分别为"初调／莎兰德""废弃／莎兰德"和"初调／尼德曼"。第四个是前一天下午两点复制的埃克斯壮电子邮件文件夹。

"谢啦,瘟疫。"布隆维斯特喃喃自语。

他花了三个小时看过埃克斯壮的初步调查与开庭策略。果不其然,多半都着重在莎兰德的精神状态。埃克斯壮希望进行全面的精神状态检查,而且寄出许多邮件,目的是想以最快的速度将她移送到克鲁努贝里看守所。

布隆维斯特看出来埃克斯壮在搜捕尼德曼一事上毫无进展。该调查工作由包柏蓝斯基负责,他已成功搜集到一些鉴定证据可以证明尼德曼涉及达格／米亚命案,以及毕尔曼命案。布隆维斯特自己在四月进行的三次长谈是让他们追踪到这条线索的关键,如果尼德曼有朝一日被捕,布隆维斯特便得出庭当检方的证人。另外从毕尔曼住处采集到的汗滴和两根头发所验出的 DNA,也终于证实与尼德曼在哥塞柏加房中物品所验出的 DNA 相符,而且在硫磺湖摩托车俱乐部的叶朗森的遗体上,也发现了大量相同的 DNA。

然而,埃克斯壮对于札拉千科资料的掌握却少得出奇。

布隆维斯特点了根烟,站在窗边望向王室狩猎场。

埃克斯壮正在领导两起个别的初步调查。凡是与莎兰德有关的事件由刑警法斯特负责调查,包柏蓝斯基只针对尼德曼。

当初步调查出现札拉千科的名字,埃克斯壮理当联系国安局局长以确认札拉千科的真实身份,但在埃克斯壮的电子邮件、日志或笔记中却找不到类似的查询,只在笔记里面发现几个谜样的句子。

莎兰德的调查是假的。毕约克的原件与布隆维斯特的版本不符。列为"极机密"。

接着有一连串字句指称莎兰德有妄想症与精神分裂症。

一九九一年把莎兰德关起来是正确的。

在"废弃／莎兰德"文件夹中,他发现了调查的链接资料,也就是检察官认为与初步调查无关的补充信息,也因此不会当做呈堂证供或是成为对她不利的证据。其中几乎包括与札拉千科背景有关的一切。

他们的调查根本不充分。

布隆维斯特很好奇这其中有多少是巧合,又有多少是人为的。界线在哪里?埃克斯壮知道有界线存在吗?

会不会有人故意提供埃克斯壮可信却会误导人的消息?

最后,布隆维斯特登入热邮,花十分钟检查他先前成立的六个匿名电邮账号。他每天都会查看他给茉迪警官的邮箱账号,但其实并不抱太大希望她会来信,因此当他打开信箱看见〈ressallskap9april@hotmail.com〉寄来的信,不禁略感讶异。信中只有一行字:

玛德莲咖啡馆,楼上,星期六上午十一点。

瘟疫半夜敲莎兰德时,她正写到潘格兰担任她监护人的时期,句子写到一半被打断,不免气恼地瞪了屏幕一眼。

〈干吗?〉
〈嗨,黄蜂,我也很高兴听到你的消息。〉
〈好啦好啦,什么事?〉
〈泰勒波利安。〉

她立刻从床上坐起,热切地盯着电脑屏幕。

〈说吧。〉
〈三一解决了,时间破纪录。〉
〈怎么解决?〉
〈那个疯子医生就是待不住,老在乌普萨拉和斯德哥尔摩之间跑来跑去,所以没法恶意接收。〉
〈我知道,结果呢?〉
〈他每星期会打两次网球,大概两小时。电脑放在车库里的

〈车内。〉

〈啊哈。〉

〈三一轻易就破解了车子的警报器,拿到电脑。花了三十分钟利用火线接口全部复制,并安装 Asphyxia。〉

〈在哪里?〉

瘟疫给了她储存泰勒波利安的硬盘的服务器网址。

〈套一句三一说的……他是个下流的王八蛋。〉

〈?〉

〈去看他的硬盘就知道。〉

莎兰德切断与瘟疫的联机后,进入他给的服务器,花了将近三小时,一个接着一个文件夹地仔细检视泰勒波利安的电脑。

她发现有一个人用热邮信箱寄了加密的邮件给泰勒波利安,因为她有泰勒波利安的 PGP 钥匙,很轻易地就将信件解密了。寄件人名叫乔纳斯,没写姓氏。乔纳斯和泰勒波利安都有不良兴趣,希望莎兰德健康状态不佳。

没错……我们可以证明这其中有阴谋。

但莎兰德真正感兴趣的是包含了将近九千张儿童色情图片的四十七个文件夹。她一张一张点进去看,多半是十五岁左右或更小的孩子的画面,有几张还是幼儿,大多数是女孩,而且很多是性虐照片。

她还找到至少十来个国外交换儿童色情照的连结。

莎兰德咬咬嘴唇,但仍旧面无表情。

她想起十二岁那年许多个夜里,自己被绑在圣史蒂芬的无刺激病房,泰勒波利安一次又一次进入房间,借着夜灯的光注视着她。

她知道。他从未碰过她,但她一直都知道。

早在几年前就该处置泰勒波利安,但她压制了对他的记忆,选择忽略他的存在。

过了一会儿，她到 ICQ 上敲布隆维斯特。

布隆维斯特就在莎兰德位于菲斯卡街的公寓过夜，直到早上六点半才关电脑，上床睡觉时脑海中不断盘旋着儿童色情照的恶心画面。他在十点十五分醒来，翻下莎兰德的床，冲了个澡，然后叫出租车到梭德拉剧院门口接他。十点五十五分在毕耶亚尔路下车后，走进玛德莲咖啡馆。

茉迪已经在等他，面前摆着一杯黑咖啡。

"你好。"布隆维斯特招呼道。

"我可是冒了天大的风险。"她省略了客套的招呼。

"谁都不会从我口中听说我们碰面的事。"

她显得很紧张。

"我有个同事最近去见了前首相费尔丁。他是自己私下行动的，现在也同样暴露在危险中。"

"我明白。"

"我要你保证绝不披露我们两人的身份。"

"我根本不知道你说的同事是谁。"

"我待会儿会告诉你。我要你答应把他当成消息来源保护。"

"我答应你。"

她看了看手表。

"你赶时间吗？"

"是的，我十分钟后得到史都尔商店街和我先生孩子们碰面。我先生以为我还在上班。"

"包柏蓝斯基对此也一无所知？"

"对。"

"好，你和你的同事是消息来源，会获得百分之百的保护。两个都是。只要你们还活着。"

"我的同事叫叶尔凯·霍姆柏，你在歌德堡见过他。他父亲是中央党员，霍姆柏从小就认识费尔丁首相。他人好像很亲切，所以霍姆柏就去找他问札拉千科的事。"

布隆维斯特的心跳开始加速。

"霍姆柏问他对于叛逃一事知道多少,但费尔丁没有回答。当霍姆柏告诉他我们怀疑莎兰德遭到那群保护札拉千科的人监禁,他倒是真的很愤慨。"

"他有没有说他知道多少?"

"费尔丁说在他当上首相没多久,当时的秘密警察主管就和一名同事去找过他,说了一个关于俄国情报员叛逃到瑞典、很不可思议的事情,还告诉他说那是瑞典最敏感的军事机密……瑞典军情局所有情报的重要性都远远比不上这件事。费尔丁说他不知道该如何处理,他的政府里面没有一个经验丰富的人,因为社会民主党已经执政四十多年。他们建议他独自作决定,如果他和内阁商量的话,秘密警察就会撒手不管。他记得那件事整个过程都让人非常不快。"

"结果他做了什么?"

"他知道自己除了接受秘密警察代表的提议之外别无选择,便下达指令将叛逃者交由秘密警察全权处理,并保证绝不和任何人提及此事。费尔丁始终不知道札拉千科的名字。"

"不可思议。"

"之后在他两任期间便几乎不曾再听到任何消息。不过他做了一件非常精明的事。他坚持要让一位国务秘书知道这项秘密,以便在必要时充当政府内阁与札拉千科保护者的中间人。"

"他记得是谁吗?"

"是贝蒂尔·杨瑞德,现在派驻在海牙的大使。费尔丁得知这个初步调查的严重性后,立刻坐下来写信给杨瑞德。"

茉迪随手将一个信封推到桌子对面。

亲爱的杨瑞德:

　　在我任内我们俩共同守护的秘密如今受到非常严重的质疑。事件中的关系人已经死亡,再也不会受牵累,然而其他人却可能会。

目前当务之急是某些问题必须得到答案。

送信者是私下行动，也是我信任的人。请你务必听他说，并回答他的问题。

请运用你卓越的判断力。

T.F

"这封信上指的人是霍姆柏？"

"不是，霍姆柏请费尔丁不要指名道姓。他说他还不知道会让谁去海牙。"

"你是说……"

"霍姆柏和我讨论过了。我们脚下的冰实在太薄，因此需要的不是冰凿而是划桨。我们无权前往荷兰去找大使。但你可以。"

布隆维斯特将信折好，放进夹克口袋后，茉迪忽然抓起他的手，紧紧握住。

"情报换情报，"她说，"我们要知道杨瑞德告诉你的每一句话。"

布隆维斯特点点头。茉迪随即起身。

"等一下。你说有两个国安局的人去找费尔丁，一个是局长，另一个是谁？"

"费尔丁只见过他一次，不记得他的名字。会面过程并无记录。他只记得那人瘦瘦的，留了一道细细的山羊胡。不过他确实记得国安局局长介绍时说他是什么'特别分析小组'的组长。费尔丁后来看了国安局组织结构，却找不到那个单位。"

"札拉千科俱乐部"，布隆维斯特暗忖。

茉迪似乎在斟酌言词。

"算了，就冒着被砍头的危险吧！"她最后说道，"其实有一个记录费尔丁和他的访客都没想到。"

"什么记录？"

"费尔丁在首相办公室的访客登记簿。那是公开的资料。"

"所以呢？"

莫迪又犹豫了一下。"登记簿上只说首相与国安局局长及一位国安局同仁会面讨论一般的问题。"

"有注明名字吗?"

"有,叫古尔博。"

布隆维斯特顿时觉得全身血液都冲上脑门。

"艾佛特·古尔博。"他说。

布隆维斯特在玛德莲咖啡馆用匿名手机订了前往阿姆斯特丹的机票,飞机将于两点五十分从阿兰达机场起飞。他走到国王街的Dressmann男装店买了一件衬衫和一套换洗内衣裤,然后到药房买牙刷等盥洗用品。他小心翼翼地确定无人跟踪后,匆匆搭上阿兰达快线。

飞机于四点五十分降落在阿姆斯特丹国际机场,六点半他便住进一家距离海牙中央车站约十五分钟脚程的小旅馆。

他找瑞典大使找了两个小时,最后在九点左右用电话联络上了。他鼓起三寸不烂之舌,解释自己这趟前来肩负着十万火急的任务。大使终于不再拒绝,答应在星期日上午十点见他。

随后布隆维斯特到旅馆附近找了一家餐馆,吃了点简便的晚餐。十一点上床睡觉。

杨瑞德大使在佛尔豪特长街的官邸内为布隆维斯特递上咖啡时,毫无聊天的兴致。

"说吧……什么事这么紧急?"

"亚历山大·札拉千科,一九七六年从苏俄叛逃到瑞典的人。"布隆维斯特说着将费尔丁的信交给他。

杨瑞德显得很吃惊,读完信后随手放在一旁的桌上。

布隆维斯特向他说明来龙去脉以及费尔丁写信给他的原委。

"我……我不能讨论这件事。"杨瑞德最后才说。

"我想你可以。"

"不行，我只能向宪法委员会提起。"

"将来你非常有可能也得这么做。不过这封信上请你运用你自己的卓越判断力。"

"费尔丁是个诚实的人。"

"这点我相信。我并不打算损毁你或费尔丁的名声，也没有要求你告诉我任何可能从札拉千科那里得知的军事机密。"

"我什么机密都不知道，甚至不知道他叫札拉千科。我只知道他的化名，大家叫他鲁本。但你若以为我会和一个记者讨论这件事，未免太过荒谬。"

"我可以给你一个非常好的理由。"布隆维斯特边说边挺起胸膛，"这整件事很快就会被公开，到时候媒体要不是让你粉身碎骨，就是把你形容成一个善处逆境的忠诚公务员。费尔丁指派你负责和札拉千科的保护者沟通，这个我已经知道了。"

杨瑞德沉默片刻。

"你听好了，我根本什么都不知情，对你所说的背景毫无概念。我当时还很年轻……不知道该怎么和这些人周旋。我担任公职期间，每年大概和他们碰两次面。他们告诉我说鲁本，也就是你说的札拉千科，活得很健康也很合作，说他提供的情报非常珍贵。我从未过问细节，我没有知道的必要。"

布隆维斯特等着他说下去。

"那个叛逃者之前在其他国家工作，对瑞典一无所知，所以他始终不是国家安全政策的重要因子。我向首相报告过几次，但其实也没什么可说的。"

"了解。"

"他们总说依例行程序处置他，他提供的情报也通过适当渠道处理。我还能说什么？如果我问那是什么意思，他们就会笑着说我级别不够高，不能参与这项秘密。我觉得自己像个笨蛋。"

"你从未想过事情的安排可能有问题吗？"

"没有，事情的安排没有问题。我理所当然地认为国安局知道自己在做什么，也有适当的办事程序与经验。可是我不能谈论这个。"

在此之前，杨瑞德已经谈论了好几分钟。

"好……其实这些全都不是重点。现在重要的只有一件事。"

"是什么？"

"和你碰面的人的名字。"

杨瑞德困惑地看了布隆维斯特一眼。

"照管札拉千科的人大大超越了自己的权限，犯下严重罪行，将会成为初步调查的目标。所以费尔丁才派我来找你，他不知道他们是谁，和他们见面的人是你。"

杨瑞德紧张地眨眨眼，紧抿双唇。

"有一个是艾佛特·古尔博……他是首脑。"

杨瑞德点头承认。

"你见过他几次？"

"他每次都会来，只有一次例外。费尔丁当首相时，我们大概见了十次面。"

"在哪里碰面？"

"某间饭店的大厅，通常是喜来登，有一次在国王岛的雅马兰斯，有时候则是在大陆饭店的酒吧。"

"还有谁会出席？"

"都已经那么久了……我不记得。"

"想想看。"

"有一个叫……克林顿，和美国总统同名。"

"名字呢？"

"弗德利克，我见过他四五次。"

"其他人呢？"

"汉斯·冯·罗廷耶。我是通过我母亲认识他的。"

"令堂？"

"是的，我母亲和罗廷耶一家熟识，汉斯一直是个讨人喜欢的小伙子。有一次他忽然跟着古尔博出席，在那之前我并不知道他在国安局上班。"

"他没有。"布隆维斯特说。

杨瑞德听了脸色发白。

"他是在一个叫'特别分析小组'的地方上班。"布隆维斯特说，"你听说过这个'小组'的哪些事？"

"什么也没有，我是说除了他们负责照顾叛逃者之外。"

"好。只是他们完全不存在于国安局的组织结构中，这不是很奇怪吗？"

"很荒谬。"

"是吧？那么他们怎么安排会面？是他们打电话给你，还是你打给他们？"

"都不是。每次会面都会敲定下一次会面的时间地点。"

"万一你需要和他们联络怎么办？比方说要更改会面时间之类的。"

"我有一个电话号码。"

"号码多少？"

"我怎么可能还记得。"

"你打去是谁接的？"

"不知道，我从没打过。"

"下一个问题。这一切你移交给谁？"

"什么意思？"

"费尔丁任期结束后，谁接你的位子？"

"不知道。"

"你写过报告吗？"

"没有，一切都是机密，我甚至不能记录。"

"你从未向接任者简单说明过？"

"没有。"

"所以事情经过是怎么样？"

"这个嘛……费尔丁离开，乌尔斯腾进来。我被告知说得等到下一次选举过后。后来费尔丁再次当选，我们也重新会面。接着是一九八五年的选举，社会民主党获胜，我想帕尔梅应该是指派了某人接替我的位子。我调到外交部，成了外交官，先后派驻埃及和印度。"

布隆维斯特又问了几分钟的问题，但可以确定杨瑞德已经将自己所知都告诉他了。三个名字。

弗德利克·克林顿。

汉斯·冯·罗廷耶。

艾佛特·古尔博——枪杀札拉千科的人。

"札拉千科俱乐部"。

他谢过杨瑞德后，沿着佛尔豪特长街走一小段路到印度饭店，再从饭店搭出租车到中央车站。直到上出租车后，他才伸手按掉夹克口袋内的录音机。

爱莉卡抬起头扫视了玻璃笼外半空的编辑室。霍姆今天休假。她没发现任何人公然或暗地里在留意她，也没有理由认为哪个编辑室员工想对她不利。

电子邮件是在一分钟前送达，发件人是〈editorial@aftonbladet.com〉。为什么是《瑞典晚报》？邮箱地址又是假造的。

今天的内容没有文字，只有一个 jpeg 文档，她用 Photoshop 打开。

是一个色情画面：上头有个胸部大得惊人的裸体女子，脖子上套着狗项圈，趴跪在地，被人从背后插入。

女人的脸已被换成爱莉卡的脸，拼贴的技术并不纯熟，但那应该不是重点。这是她以前《千禧年》签名文件内使用的照片，在网络上即可下载。

照片底下有两个字，是用 Photoshop 的喷画功能写成的。

婊子。

这是她收到第九封含有"婊子"字眼的匿名信，似乎是从瑞典知名传播集团内送出。她显然是被某个网络跟踪狂给缠上了。

窃听电话要比监视电脑更为困难。三一轻而易举就找出埃克斯壮检察官住家室内电话线的位置，但问题是埃克斯壮很少、甚至从不用这部电话谈公事。三一也没想过要窃听埃克斯壮在国王岛总局的办公室电话，这得大量利用瑞典的电缆网络，他办不到。

但三一和巴布狗投注了几乎整整一星期的时间，从警察总局方圆一公里内、将近二十万只手机的背景噪声中，确认并分离出埃克斯壮的手机。

他们用的是随机频率追踪系统，这种技术并不罕见。这是由美国国安局研发出来的，内建在为数不详的卫星上，针对全球各重要城市与特别值得注意的危险地点进行精确的监控。

美国国安局拥有庞大资源，并利用广大网络在某一地区同时截取大量的手机对话。每通电话都会被分离出来再以电脑进行数位处理，电脑会先设定好某些字眼，如恐怖分子或卡拉什尼科夫冲锋枪，类似字眼一旦出现，电脑便会自动送出警讯，也就是说会有某个技师以手动方式操作听取对话内容，以决定重要与否。

若想认出特定的手机，问题更复杂。每只手机都有一个以电话号码形式呈现的专属标记，就像指纹一样。美国国安局可以利用灵敏度极高的设备，针对某一特定区域，过滤并监听手机对话。这项技术很简单，却非百分之百有效，尤其外拨电话更难确认。打进来的电话比较简单，因为前面会有数字指纹以便让电话接收到讯号。

同样是试图窃听，三一与美国国安局的差异可能就在经济条件。美国国安局每年有数十亿美元的预算、将近一万两千名全职干员，还拥有最先进的 IT 与通讯技术；三一只有一辆面包车载着三十公斤重的电子设备，其中大多还是巴布狗安装的自制玩意。美国国安局通过全球卫星监测，能以高敏感度天线瞄准世界任何地方的特定建筑物；三一的天线是巴布狗架设的，有效距离只有五百米左右。

由于技术十分有限，三一只能将面包车停在柏尔街或邻近某条街道上，费力地调整设备直到确认出埃克斯壮手机号码的指纹。但他听不懂瑞典话，所以还得用另一只手机将谈话内容转接给在家里的瘟疫，让他负责实际监听。

五天下来，瘟疫徒劳无功地听着从警察总局与周围建筑打出去的无数电话，眼窝逐渐下陷。他听到了正在进行的调查工作的片段，发现了幽会计划，也录下许多许多毫无重点的对话。到了第五天深夜，三一送来一个讯号，从数字显示可以立刻看出是埃克斯壮的手机号码。瘟疫将网状抛物面天线锁定在正确的频率。

随机频率追踪技术主要是对从外面打给埃克斯壮的电话比较有效。当讯号在空中搜寻埃克斯壮的手机时，三一的抛物面天线便会加以截取。

由于三一可以录下埃克斯壮外拨的电话，因此也取得了声纹供瘟疫处理。

瘟疫将埃克斯壮数字化的声音输入一种所谓的声纹辨识系统。他先订出十来个经常出现的字眼，如"OK"或"莎兰德"等，当同一字眼有了五个实例，便根据发声的时间长度、声调与频率范围、尾音是否上扬等十多个特征制成图表。如此瘟疫便能监控埃克斯壮打出去的电话。他的抛物面天线会持续留意任何一通包含这十多个常见字眼并呈现埃克斯壮特有声谱的电话。这项技术并不完善，但埃克斯壮在总局附近任何地方的手机对话，约莫能监听并录下一半。

但这方法有一大弱点。只要埃克斯壮一离开总局，便再也无法监听他的手机，除非三一知道他人在哪里，还能把车停在很近的地方。

有了最高级别的许可，艾柯林特得以设立一个合法的行动部门。他挑了四名同事，而且刻意选择较年轻、受过正规警察训练、刚加入国安局不久的人才。其中两人待过反诈骗组，一人有经济组的背景，一人来自暴力犯罪组。艾柯林特将他们召进办公室解释任务内容，并要求他们绝对保密。他坦白地说这项调查是首相明令进行的。负责人由费格劳拉巡官担任，她指挥调度的气势与外形颇为相符。

不过调查进度十分缓慢，主要是因为没有人确实知道应该调查谁或调查什么。艾柯林特与费格劳拉不止一次考虑要讯问莫天森，但最后还是决定再等等。若逮捕他便会泄漏调查工作。

最后到了星期二，与首相会谈的十一天之后，费格劳拉来到艾柯林特的办公室。

"好像有进展了。"

"坐下说。"

"是古尔博。我们有一名调查员去找埃兰德谈了，他负责调查札拉千科的命案。据埃兰德说，命案才发生两小时，国安局就主动联络歌德堡警方，提供关于古尔博写恐吓信的信息。"

"还真快。"

"甚至有点太快。国安局传真了据说是古尔博写的九封信，里头有一个问题。"

"什么问题？"

"其中有两封是寄到司法部，给部长和次长。"

"这我知道。"

"好，可是给次长的信直到第二天才有记录，信晚了点才到。"

艾柯林特盯着费格劳拉看，深恐自己的疑虑即将成真。费格劳拉丝毫不为所动地接着说。

"所以国安局传真了一封还没有送达目的地的恐吓信。"

"老天哪！"艾柯林特叹道。

"是贴身护卫组的人传真过去的。"

"谁？"

"我想和他无关。信是上午放到他桌上，命案发生不久，他就奉命和歌德堡警局联络。"

"谁指示他的？"

"秘书长的助理。"

"天啊，费格劳拉，你知道这代表什么吗？这代表国安局涉入札拉千科命案。"

"不一定。但肯定意味着命案发生前，国安局内部已经有人知情。

问题是：哪些人？"

"秘书长……"

"对，但我开始怀疑'札拉千科俱乐部'不在国安局内。"

"什么意思？"

"莫天森。他从贴身护卫组被调走，现在独立作业。过去一星期，我们一天二十四小时地盯着他。他有一只手机的来电我们无法监控，我们不知道号码，总之不是他平常使用的手机。他还会和一个浅色头发的男子碰面，但还没能确认那人的身份。"

艾柯林特皱起眉头。这时安德斯·贝伦德来敲门。他是新团队的一员，曾待过经济犯罪组。

"我想我找到古尔博了。"贝伦德说。

"进来吧。"艾柯林特说。

贝伦德将一张老旧的黑白照片放到桌上。艾柯林特和费格劳拉一齐看着照片，两人都一眼认出那是传奇人物双面间谍温纳斯壮上校。两名壮硕的便衣警员正带领他穿过大门。

"这张照片是奥伦斯和欧克伦出版社提供的，一九六四年春季号的《Se》杂志使用过。这是出庭的时候拍的。温纳斯壮身后可以看到有三个人，右边是逮捕他的奥多·丹尼尔森警司。"

"好……"

"看看丹尼尔森背后左边那个人。"

他们看到一个高高的男人，留着细细的山羊胡，戴着帽子。艾柯林特隐约觉得他有点像推理作家达希尔·汉密特。

"把他的脸和古尔博这张六十六岁拍的护照相片对照一下。"

艾柯林特皱眉道："我没法肯定这是同一个人……"

"但的确是，"贝伦德说道，"你把照片翻过来看。"

背面有个戳印显示照片属奥伦斯和欧克伦出版社所有，摄影师名叫朱留斯·艾斯特霍姆。字是用铅笔写的：史提·温纳斯壮由两名警员陪同进入斯德哥尔摩地方法院。背景是丹尼尔森、古尔博与弗朗克。

"古尔博。"费格劳拉说,"他是国安局人员。"

"不,"贝伦德说,"严格说来他不是,至少拍照的时候还不是。"

"哦?"

"国安局是在四个月后才成立。在这张照片中,他还是国家秘密警察。"

"弗朗克是谁?"费格劳拉问道。

"汉斯・威廉・弗朗克。"艾柯林特说,"九十年代初去世,但在五六十年代交替时是国家秘密警察局副局长。他和丹尼尔森一样,称得上传奇人物。我见过他本人几次。"

"是吗?"费格劳拉说。

"他在六十年代末离开国安局。弗朗克和维涅一直不对脾气,所以在五十或五十五岁左右被迫辞职,后来自己开了店。"

"他开店?"

"他成了工业界的安保顾问,办公室在史都尔广场,不过国安局的训练课程偶尔也会请他来讲课。我就是在课堂上见到他的。"

"维涅和弗朗克为什么不合?"

"就是个性不合。弗朗克有点牛仔性格,觉得KGB情报员无所不在,而维涅则是老派的官僚。后来没多久维涅也被解职了。有点讽刺,因为他认为帕尔梅在替KGB做事。"

费格劳拉看着古尔博与弗朗克并肩站立的照片。

"我想我们应该再找司法部谈谈。"艾柯林特说。

"《千禧年》今天出刊了。"费格劳拉说。

艾柯林特的犀利眼神朝她射来。

"札拉千科的事只字未提。"她说。

"所以到下一期之前还有一个月。好消息。不过我们得应付布隆维斯特。在这团混乱当中,他就像一颗拔去保险插销的手榴弹。"

第十七章
六月一日星期三

布隆维斯特回到贝尔曼路一号的顶楼公寓时，完全没想到楼梯井会有人。当时是晚上七点。一看到有个留着金色鬈曲短发的女人坐在最顶端的楼梯上，他立刻停住，也随即认出她是国安局的费格劳拉，罗塔已经找到她的护照相片。

"你好，布隆维斯特。"她合上刚才在看的书，口气愉快地打招呼。布隆维斯特看了那书一眼，发现是有关古代对上帝看法的英文书。他打量着此时已起身的不速之客。她身穿短袖的夏天洋装，把一件砖红色皮夹克放在楼梯顶端。

"我们得和你谈谈。"她说。

她很高，比他还高，尤其站在比他高两级楼梯的地方，更强化了这种感觉。他看了她的手臂，接着看她的双脚，发现她比自己强壮得多。

"你每星期会花几个小时上健身房吧。"他说。

她微微一笑，拿出证件来。

"我叫……"

"莫妮卡·费格劳拉，生于一九六九年，住在国王岛的朋通涅街。你是达拉纳省的博尔兰格人，曾经待过乌普萨拉警局，已经在国安局宪法保障组工作三年。你是运动狂，有一度是顶尖的运动选手，差点进了瑞典的奥运代表团。你找我做什么？"

她大吃一惊，但很快便恢复冷静。

"很好。"她低声说，"你知道我是谁，所以你不必怕我。"

"是吗？"

"有人想平心静气地和你谈谈。但你的公寓和手机好像都被窃听了，我们又有必要保密，所以他们派我过来邀请你。"

"我为什么要跟一个替秘密警察工作的人走？"

她想了一想。"这个嘛……你大可以接受友善的私人邀访，要不然如果你宁可让我给你上手铐、强行带走也行。"她露出迷人的笑容，"布隆维斯特，我明白你没有理由相信国安局派来的人。但并不是每个在那里工作的人都是你的敌人，而且我的上司真的很想和你谈。所以你说呢？上手铐还是自己走？"

"我今年已经让警察上过一次手铐，那就够了。我们要去哪里？"

她把车停在普里斯巷转角。他们坐上她新买的萨博九一五后，她打开手机按了一个快拨键。

"我们十五分钟后到。"

她请布隆维斯特系上安全带，然后经由斯鲁森驶到东毛姆区，将车停在火炮路的一条巷弄内。她定定坐了片刻看着他。

"布隆维斯特，这是友善的邀请，你没有任何风险。"

布隆维斯特未发一语，一切要等到他弄明白这是怎么回事再作定夺。她走到一扇门前按下密码。他们搭电梯上六楼，来到一间门牌上写着"马汀森"的公寓。

"这个地方是为了今晚的会面借用的。"她说着打开大门，"右手边，进客厅。"

布隆维斯特看见的第一个人是艾柯林特，这不令人意外，因为发生的一切与秘密警察密切相关，而艾柯林特又是费格劳拉的上司。宪法保障组的组长如此大费周章将他带来，可见有人紧张了。

接着他看到窗边有个人。是司法部部长。这倒是出乎他意料之外。

再接着他听见右边有人出声，随即看到首相从扶手椅上站起来。这是他做梦也想不到的。

"你好，布隆维斯特先生。"首相说道，"请原谅我们如此仓促地请你过来，但我们讨论过目前的情况，也都认为应该和你谈谈。要不要来点咖啡或其他饮料？"

布隆维斯特环顾一周，看见一张深色木质餐桌上杂乱地堆放着玻璃杯、咖啡杯和吃剩的三明治。他们肯定已经来了几个小时。

"拉姆罗沙矿泉水。"他回答。

于是费格劳拉倒给他一杯矿泉水。当他们坐到沙发时,她则退到后面。

"他认得我还知道我的名字、我的住处、我的工作地点以及我热爱运动的事。"费格劳拉说着,没有特别针对谁。

首相很快地瞄向艾柯林特,接着是布隆维斯特。布隆维斯特立刻察觉自己的处境相当有利。首相需要从他这里得到些什么,而且可能不知道他知道多少。

"你怎么知道费格劳拉警官的身份?"艾柯林特问道。

布隆维斯特看着这个宪法保障组组长。他不太确定首相为何在东毛姆区借来的公寓里与他会面,但突然间灵光一闪,其实可能性并不多。应该是阿曼斯基向某个可信赖的人披露信息,而引发这一连串事件。而那个人想必是艾柯林特,或是他身边的人。因此布隆维斯特决定碰碰运气。

"我们共同的朋友和你谈过。"他对艾柯林特说,"所以你派费格劳拉来一探究竟,结果她发现有几个秘密警察在对我进行非法监听,并闯入我家偷东西。这表示你证实了我所谓的'札拉千科俱乐部'的存在。你大为紧张,也知道非得有进一步的作为,但你在办公室里枯坐了好一会儿,不知该如何是好。于是你去找司法部部长,而他又去找首相。结果我们就全来了这里。你们想要我做什么?"

布隆维斯特充满自信的口气好像在暗示他有直捣核心的线索,对艾柯林特走的每一步都了如指掌。一见艾柯林特睁大双眼,他就知道自己猜得八九不离十。

"'札拉千科俱乐部'的人在监视我,我在监视他们。"布隆维斯特继续说道,"你们也在监视'札拉千科俱乐部',这个情况让首相既生气又不安。他知道这番谈话结束后,将会爆发一桩可能关系到政府存亡的丑闻。"

费格劳拉发现布隆维斯特只是在故弄玄虚,她知道他怎能突如其来地说出她的名字和鞋子尺寸。

他在贝尔曼路上看见我在车内。他记下车号,作了调查。但其他全是猜测。"

但她没有做声。

首相此时确实显得很不安。

"真的会这样吗?"他说,"真的会有让政府垮台的丑闻吗?"

"政府的存活与我无关。"布隆维斯特说,"我的角色是揭发像'札拉千科俱乐部'这种垃圾。"

首相说:"而我的责任则是根据宪法施行国政。"

"也就是说,我的问题绝对是政府的问题,反之却不必然。"

"我们能不能不要再兜圈子了?你以为我为什么安排这场会面?"

"想查出我知道些什么,又打算怎么做?"

"只说对一部分。但说得更明确一点,我们陷入了宪政危机。我想先声明一点,政府绝对没有插手此事,我们无疑是被打得措手不及。我从未听说过……你所谓的'札拉千科俱乐部'。人在这里的部长也从无耳闻。艾柯林特是国安局的高层,而且已经进入国安局多年,也从未听说。"

"这仍然不是我的问题。"

"我明白。我想知道的是你们打算何时刊登文章,又究竟想刊些什么。不过这无关损害控制。"

"真的吗?"

"布隆维斯特先生,就目前的情况,我如果企图影响你的报道形式或内容,将会是最糟的做法。其实我反而想提议合作。"

"请解释。"

"既然证实了在一个极其敏感的行政部门有阴谋集团存在,我已经下令调查。"首相接着转向司法部部长说道,"请你向他解释政府下了哪些命令。"

"非常简单。"部长说,"艾柯林特负责查明我们有没有办法证实此事。他要搜集可以交给检察总长的数据,再由检察总长判定该不该起诉。这项指示非常清楚。今晚,艾柯林特也报告了调查的进展。我们讨论了许多牵涉到宪法的问题,我们当然希望能处理得宜。"

"这是当然。"布隆维斯特说话的语气显示他还不太相信首相的保证。

"调查已经到达一个敏感的阶段,但还没有确认出牵涉到哪些人,这需要时间。所以我们才请费格劳拉巡官出面邀请你见个面。"

"这也不完全是邀请。"

首相皱起眉头,瞟了费格劳拉一眼。

"那不重要。"布隆维斯特说,"她完全是按规矩办事。请说重点吧。"

"我们想知道你的出刊日期。这项调查进行得非常隐秘,如果你在艾柯林特完成调查前出刊,一切就完了。"

"那么你们希望我什么时候出刊呢?下次大选过后吗?"

"你自己决定,这不是我能影响的事情。你只要说出日期,让我们知道最后期限就行了。"

"我懂了。你刚才说要合作……"

首相说:"是的,但我要先声明,在正常情况下我绝对不会想到找记者开这种会。"

"我猜在正常情况下,你应该会极尽所能地避免让记者参与这种会吧。"

"说得没错。但我了解你背后有几个动力。只要牵涉到腐败议题你从不手软,这已是众所皆知的事实。在这件案子上,我们算是志同道合。"

"是吗?"

"是的,一点也没错。又或者……可能在法律层面上有一些差异,不过目标是一致的。假如真有这个'札拉千科俱乐部'存在,它不只是犯罪阴谋集团,也威胁到国家安全。这些活动必须加以制止,那些负责人也必须绳之以法。在这点上,我们应该是有共识的,对吧?"

布隆维斯特点点头。

"我知道你对这件事的了解比任何人都多,我们建议你将一切所知说出来。如果这是一般警察针对普通犯罪的调查,初步调查负责人可以决定传唤你接受讯问,但你也了解,这是关系到国家大事的非常情况。"

布隆维斯特略加斟酌。

"我能得到什么回报呢……如果我合作的话?"

"什么都没有。我并不打算和你讨价还价。假如你想明天一早就出刊,那也请便,我不想卷入有违宪之嫌的交易。我是为了国家的利益请求你合作。"

"若是这样,'什么都没有'也可能是很多。"布隆维斯特说,"有一点……我非常、非常气愤。我很生气国家、政府、秘密警察和这所有的混账王八蛋,竟然毫无理由地把一个十二岁女孩关进精神病院,直到她被宣告失能为止。"

"莎兰德已经变成政府关切的问题。"首相微笑着说,"麦可,对于她的遭遇我个人也非常愤怒。请你相信我说的话,那些负责人必须好好作个说明。但在此之前,我们得知道他们是谁。"

"我认为释放莎兰德并撤销失能宣告,才是首要之务。"

"那个我帮不上忙。我并不在法律之上,无法指挥检察官与法院的决定。她的开释必须由法院执行。"

"好吧。"布隆维斯特说,"你要我合作,那就让我知道一点有关艾柯林特的调查,我再告诉你出刊的时间和内容。"

"这我不能答应,否则我和你的关系就会像前任司法部部长和记者艾伯·卡尔森的关系一样。"

"我不是艾伯·卡尔森。"布隆维斯特冷冷地说。

"我知道。但话说回来,艾柯林特可以自行决定在他的任务架构当中,可以跟你分享哪些信息。"

"嗯。"布隆维斯特说,"我想知道古尔博是谁。"

众人均默不作声。

"据推测,古尔博应该在国安局内部、你所谓'札拉千科俱乐部'

的单位，担任了多年的负责人。"艾柯林特最后说道。

首相严厉地瞪他一眼。

"我想他已经知情了。"艾柯林特以解释作为道歉。

"没错。"布隆维斯特说，"他是在五十年代当上秘密警察，六十年代成为某个所谓'特别分析小组'的团队负责人，专门处理札拉千科事务。"

首相摇了摇头。"你不该知道这么多。我很想了解你这些信息都是从哪来的，但我不会问。"

"我的报道里面还有很多漏洞，"布隆维斯特说，"得把它们填满。给我信息，我不会牵累你们。"

"身为首相我不能传递这类信息，而艾柯林特若是这么做也非常危险。"

"别骗我了，我知道你想要什么，你也知道我要什么。如果你提供情报，就等于是我的消息来源，这也意味着你的身份永远不会曝光。但请别误会……我会在发表的文章中实话实说。假如你涉入其中，我会揭发你并且尽一切力量让你永远不会再当选。不过目前我毫无理由认为你涉案。"

首相瞄艾柯林特一眼，片刻过后点了点头。布隆维斯特视之为首相违法的暗号——纯就理论而言——同意与记者分享机密信息。

"这一切可能很轻易就能解决。"艾柯林特说，"我有我的调查团队，并自行决定征召哪些同仁进行调查。我不能雇用你，否则你就必须签署保密约定。不过我可以雇你当外部顾问。"

爱莉卡一接下莫兰德的棒子，一天二十四小时的生活全被会议与工作填满了。

一直到星期三晚上，布隆维斯特把柯特兹针对博舍所作的调查报告拿给她都快两个星期了，她才有时间处理这件事。一打开活页夹她才明白，之所以耽搁至今也是因为自己其实不太想面对问题。她已经知道不管怎么做，都避免不了灾难。

她七点回到位于索茨霍巴根的家，时间早得出奇，却在关闭门厅警报器时才想起丈夫不在家。当天早上她还特别送他一个长吻，因为他要飞往巴黎演说，周末才会回来。至于要去哪里演说、说些什么，她毫无概念。

　　她上楼放热水、脱衣后，拿着柯特兹的活页夹进浴室，花了半小时看完。她忍不住露出微笑，这孩子将来会是了不起的记者。他今年二十六岁，一从新闻学校毕业就进入《千禧年》，至今都四年了。她隐隐然感到骄傲。这篇报道从头到尾都展现出《千禧年》的特色，所有细节一丝不苟。

　　但她也觉得异常沮丧。博舍是个好人，她喜欢他。他说话轻声细语、聪明机敏又迷人，似乎也不重虚名。除此之外，他还是她的老板。该死的博舍！他怎么会愚蠢到这种地步？

　　她一边心想也许有什么其他原因或情有可原的情况，一边却也知道不可能。

　　她把活页夹放在窗台上，整个人躺进浴缸思索着。

　　《千禧年》会刊登报道，这点毫无疑问。要是她还在，她一刻也不会迟疑。《千禧年》事先向她泄漏报道内容，纯粹出于好意，希望降低对她个人的伤害。如果情况反过来，是《瑞典摩根邮报》发现了有关《千禧年》董事长（刚好是她本人）的不利消息，他们也不会迟疑。

　　报道刊出后，对博舍将是致命的打击。严重的不在于他的公司维塔瓦拉向一家因为使用童工而被联合国列入黑名单的公司进口商品——而且这间公司还奴役罪犯，其中无疑有一些政治犯。真正严重的是博舍全都知情，竟还继续向丰苏工业订购马桶。在其他资本家如斯堪的亚前总裁所犯下的罪行被披露后，瑞典民众恐怕难以接受他这种贪婪的行径。

　　博舍当然会宣称自己不知道丰苏的状况，但柯特兹握有铁证。假如博舍采取这个策略，说谎的事实就会被揭发。一九九七年六月，博舍去了越南签订第一批合约。那次他待了十天，还到处参观该公司的工厂。如果他说不知道许多工人都只有十二三岁,未免显得太过愚蠢。

柯特兹举证在一九九九年,联合国的反童工委员会将丰苏工业列入剥削童工公司的名单中,当时还成为杂志报道主题。有两个反童工的团体——其中一个是位于伦敦、全球知名的国际反童工联合组织——曾经写信给向丰苏下订单的公司。维塔瓦拉收到了七封,其中两封寄给博舍本人,伦敦的组织非常乐意提供证据。而维塔瓦拉一封信也没回。

更糟的是,博舍后来为了续约又去了越南两趟,分别在二〇〇一和二〇〇四年。这才是致命的一击。博舍再也不可能说自己不知情。

无可避免的媒体风暴只会导向一个结果。假如博舍够聪明,就该辞去所有董事职务,道歉下台。如果他决定奋战到底,终将走向灭亡。

爱莉卡不在乎博舍是不是维塔瓦拉的董事长,她在乎的是他是《瑞典摩根邮报》的董事长。报社现在岌岌可危并且正在进行更新计划,容不得他这样的董事长。

爱莉卡下定决心了。

她要去见博舍,把资料拿给他看,希望能说服他在报道曝光前辞职。

假如他坚持立场,她将召开临时董事会,解释情况,迫使董事们开除博舍。万一他们不肯,她便只好立刻请辞。

她考虑好久,洗澡水都变凉了才出来冲澡、擦干身子,回到卧室里穿上睡袍。接着拿起手机打给布隆维斯特,无人回应。她下楼煮咖啡,然后打算看看电视上有没有电影可看,放松一下,这可是她进《瑞典摩根邮报》以后的头一遭。

走进客厅时,脚底下忽然感到刺痛,低头一看流血了。再走一步,整只脚又是一阵剧痛,她只得单脚跳到古董椅前面坐下。她举起脚一看大吃一惊,脚跟上竟然插着一块玻璃碎片。一开始有点晕眩,随后强自镇定下来,抓住碎片拔出来,简直痛得要命,血也立刻从伤口涌出。

她拉开门厅里放围巾、手套和帽子的抽屉，找到一条围巾，把脚缠住绑紧。光是这样不够，便又拿一条充当临时绷带加以固定，出血状况才明显缓和。

她讶异地看着沾血的玻璃片。这是哪来的？接下来又看到门厅地板上还有更多。我的老天……她往客厅看去，发现落地窗破了，地板上满是碎玻璃。

她走回到前门，穿上回家时踢掉的外出鞋，不，应该说穿上一只鞋后将伤脚的趾头塞进另一只，才跳着进入客厅观看损害情形。

这时她发现客厅地板中央有一块砖头。

她跛着脚从阳台门走到外头的花园。有人在后墙上喷了两个一米高的字。

婊子

晚上九点刚过，费格劳拉替布隆维斯特打开车门，然后自己才绕一圈上驾驶座。

"要我载你回家或是你想去的地方？"

布隆维斯特直盯着前方。"老实说，我还有点搞不清方向。我从来没有和首相正面冲突过。"

费格劳拉笑起来。"你牌打得很好。"她说，"我真没想到你是这么厉害的扑克好手。"

"我是说真的。"

"当然，不过我的意思是你假装自己知道很多，其实不然。当我想出你是怎么认出我以后就明白了。"

布隆维斯特转过头看着她的侧面。

"我把车停在你家外面的山坡上时，你记下了我的车号。你却一副好像知道我们在首相办公室讨论了些什么的样子。"

"你为什么不说破？"布隆维斯特问道。

她很快地将目光扫向他，又随即转回格雷夫杜尔街。"游戏规则。我本不该挑那个地点，但又没有其他地方能停车。你很留意四周环境对吧？"

"你坐在车里打电话，前座摊着一张地图。我记下你的车号，做个例行查询。只要引起我注意的车，我都会查，但通常都没有结果。不料查了竟发现你是国安局的人。"

"我在跟踪莫天森。"

"啊哈，就这么简单。"

"后来我发现你也利用米尔顿安保的苏珊在跟踪他。"

"是阿曼斯基派她留意我住处附近的动静。"

"因为她进入你的公寓大楼，我猜想米尔顿应该在你那层楼装了隐藏式监视器。"

"没错。我们清楚录下了他们闯入屋内翻找文件的经过。莫天森随身带了一部可携式复印机。你查出莫天森那个同伙的身份吗？"

"他不重要。只是一个有前科的锁匠，很可能是收钱办事。"

"叫什么名字？"

"消息来源有保护？"

"当然。"

"拉斯·佛松，四十七岁，又名法伦。八十年代犯下保险柜盗窃案和其他一些小案子。他在诺杜尔有一间店。"

"多谢。"

"不过我们就把秘密保留到明天再碰面的时候吧。"

方才谈话结束时已达成协议，布隆维斯特将在第二天到宪法保障组与他们进行情报交换。布隆维斯特心里想着事情。车子刚刚开过市中心的赛格尔广场。

"你知道吗？我饿坏了。中午很晚吃，本来打算回家煮面吃，却被你拦截了。你吃过了吗？"

"有好一会儿了。"

"找一家餐厅吃点好吃的吧。"

"所有的食物都好吃。"

他看着她。"我还以为你是健康食品狂。"

"不是,我是健身狂。你如果在健身,就什么都能吃。在合理的范围内。"

她在克拉拉贝尔高架路踩了刹车,想着能上哪去。最后她没有往南转向索德马尔姆,而是直驶向国王岛。

"我不知道索德那边有什么餐厅,但我知道和平之家广场上有一家很棒的波斯尼亚餐厅,他们的布瑞克烤饼真是人间美味。"

"听起来不错。"布隆维斯特说。

莎兰德一个字一个字地敲她的报告。她每天平均工作五小时,遣词用字都非常小心而精准,所有可能对她不利的细节一律略去不提。

其实被关对她而言,反而是件好事。每当听到钥匙圈晃动或钥匙插进锁孔的声音,她总能有充分的时间藏起电脑。

我从毕尔曼在史塔勒荷曼郊区的小屋出来正要锁门时,蓝汀和尼米南骑着摩托车来了。他们已经替札拉千科和尼德曼找了我很久,所以看到我在那里很惊讶。蓝汀跨下摩托车,开口就说:"我看得让这个女同性恋尝尝老二的滋味。"但他和尼米南的行为实在太具威胁性,我迫不得已只好行使自卫的权利。我骑着蓝汀的摩托车离开现场,后来将车弃置在欧弗休的购物中心。

她没有理由主动提及蓝汀骂她婊子,或是她弯身拾起尼米南的八三式瓦纳德,开枪射蓝汀的脚作为惩罚等等事情。警方应该可以猜得出来,不过他们得提出证据。她可不想承认自己做了什么可能被判刑坐牢的事,那未免便宜了他们。

文章内容已经增加到三十三页,也将近尾声了。她对于细节特别谨慎,总会耗费精力提防着,不为自己先前作的许多声明提供可能的证据,甚至还会模糊一些明显的事证,然后进到一连串事件的下一个环节。

她将文章往上拉，将描述毕尔曼律师如何以粗暴虐待的方式强暴她的段落再重读一遍。这部分她花了最多时间，也是少数重写了几次之后才满意的部分之一。她总共写了十九行，清楚地记录他如何打她、如何将她压趴在床上、如何用胶带封住她的嘴，又如何替她上手铐。接着讲述他如何反复对她施行性暴力。接着又提到在强暴到某个阶段时，他会用一块布——其实是她自己的T恤——缠绕她的脖子用力勒紧，时间长得让她暂时失去知觉。接下来几行说明他强暴时使用的器具。

她皱着眉头细读。最后拿起触控笔又多敲了几行字。

有一次我的嘴巴还被胶带封住，毕尔曼对于我身上有几处刺青与穿洞（其中包括左侧的乳环）作了评论，他问我是不是喜欢被刺的感觉，说完就离开房间。回来的时候手上多了根针，他拿着针刺穿了我的右乳头。

她如实描述的笔触反而让文章感觉很不真实，有如一篇荒谬的幻想作品。

这个故事听起来就是令人难以置信。

这也正是她的用意。

这时她听见警卫钥匙圈的晃动声，连忙关掉电脑，放进床头柜后面的壁凹。原来是安妮卡。她蹙起眉头。都已经晚上九点，安妮卡通常不会这么晚来。

"你好，莉丝。"

"你好。"

"你觉得如何？"

"我还没准备好。"

安妮卡叹了口气。"莉丝，开庭日期已经定在七月十三日。"

"那好。"

"不，那不好。快没时间了，你却什么都还没告诉我。我开始觉得接下这份工作是个天大的错误。如果想有丝毫的胜算，你就得相信我。我们必须合作。"

莎兰德端详她好一会儿，最后头往后一靠，看着天花板。

"我知道我们应该怎么做。我了解麦可的计划，他想得没错。"

"我可没那么有把握。"

"但是我有。"

"警方想再讯问你一次。是一个斯德哥尔摩的警员，叫汉斯·法斯特。"

"让他来问吧，我一个字也不会说。"

"你得提出声明。"

莎兰德以锐利的眼神瞪着安妮卡。"我再说一遍：我们一个字也不会对警方说。我们进法院的时候，检察官不会有任何讯问资料作为凭据。他们只会拿到一份我现在正在构想的声明，大部分内容看起来都很荒谬。我会在开庭前几天给他们。"

"那么你什么时候才好好坐下来，拿起纸笔写这份声明？"

"你几天后就会拿到。不过要在开庭前才交给检察官。"

安妮卡面有疑色。莎兰德忽然露出谨慎的笑容。"你说要信任。我能信任你吗？"

"当然可以。"

"好，那么你能偷偷带一部掌上电脑进来，让我可以上网和人联系吗？"

"不行，当然不行。万一被发现，我不但会被判刑还会被吊销执照。"

"那如果有人替我带进来……你会告诉警方吗？"

安妮卡扬起眉头。"如果我不知道的话……"

"可是如果你知道了，你会怎么做？"

"我会装聋作哑。怎么样？"

"这个假设的电脑不久会寄一封假设的电子邮件给你，希望你读过之后再来找我。"

"莉丝……"

"等等。事情是这样的。检察官在打假牌,不管我怎么做都处于劣势,这次开庭的目的就是把我关进精神疗养院。"

"我知道。"

"如果我想活命,就得耍点手段。"

安妮卡终于点了头。

"你第一次来见我的时候,"莎兰德说,"替布隆维斯特带了口信。他说除了少数几件事之外,他几乎全告诉你了。那例外的几件事之一就是我们在赫德史塔时,他发现我拥有的技能。"

"没错。"

"他指的是我很会玩电脑,甚至厉害到可以浏览并复制埃克斯壮电脑上的东西。"

安妮卡顿时脸色发白。

"你不能卷入这件事,也不能在法庭上使用这些数据。"莎兰德说。

"你说得对,确实不能。"

"所以你毫无所知。"

"好。"

"不过其他人,比方说你哥哥,可以公布一些摘录的片段。你计划策略时得考虑到这个可能性。"

"我懂。"

"安妮卡,这次开庭谁使出的手段最强,谁就会是赢家。"

"我知道。"

"我很高兴你能当我的律师。我信任你,也需要你的帮助。"

"嗯。"

"但如果你很难接受我将使用不道德的方法,我们就会输掉官司。"

"对。"

"如果是这样,请现在就告诉我,我得另外找个新律师。"

"莉丝，我不能违法。"

"你完全不必违法，只不过你得对我违法的事装聋作哑。你办得到吗？"

莎兰德耐心地等了将近一分钟，安妮卡才点头。

"很好。我来告诉你我的声明里要写的重点。"

费格劳拉说得没错，这里的布瑞克烤饼真是人间美味。她从洗手间回来时，布隆维斯特仔细地打量着她，虽然举止优雅得有如芭蕾舞者，身体却像……呃……布隆维斯特忍不住看得入迷，好不容易才压制住伸手摸她腿部肌肉的冲动。

"你健身有多长时间了？"他问道。

"十几岁就开始了。"

"一个星期运动几小时？"

"每天两小时，有时候三小时。"

"为什么？我是说我明白一般人为什么运动，可是……"

"你觉得太过度了。"

"我也不知道自己到底怎么想。"

她淡淡一笑，似乎完全不为他的问题感到恼怒。

"也许你只是不习惯看到女生有肌肉。你觉得这样会让人失去性欲或是不女性化吗？"

"不，一点也不。还蛮适合你的。你很性感。"

她笑出声来。

"我现在的运动时数已经减少了。十年前我做的是很扎实的健身训练，很酷。但现在却得小心别让肌肉变成脂肪。我不想要一身松垮垮的肉，所以每星期举重一次，其余时间就跑跑步、打打羽毛球、游游泳之类的。只是运动而不是认真的训练。"

"了解。"

"我之所以健身是因为感觉很棒。对于做极限训练的人，这是很常见的现象。身体会制造一种抑制痛苦的化学物质，久而久之就会上瘾。如果不每天跑步，过一阵子就会出现类似戒毒的症状。当你为某样东西奉献出全部，会有一种非常幸福的感觉，几乎就像享受美好的性爱一样。"

布隆维斯特笑了。

"你也应该开始健身。"她说，"你的腰部开始变粗了。"

"我知道。"他说，"我老是觉得内疚。有时候会定时跑步，瘦个几公斤，然后碰上什么事忙得没时间，又会停一两个月。"

"最近这几个月你一直很忙。我读了很多关于你的文章，你领先警方好几步追踪到札拉千科，并确认尼德曼的身份。"

"莎兰德更快。"

"你是怎么知道尼德曼在哥塞柏加的？"

布隆维斯特耸耸肩。"例行调查工作。不是我找到他的，而是我们的编辑秘书，呃，应该说我们的现任总编辑玛琳，从公司资料中发掘出来的。他是札拉千科创立的KAB进口公司的董事。"

"就那么简单……"

"你是怎么加入秘密警察的？"他问。

"信不信由你，我可以说和民主党员一样老派。我是说警察是必要的，而民主需要一道政治防线。所以我对于在宪法保障组工作感到很自豪。"

"真的是值得自豪的事吗？"布隆维斯特问道。

"你不喜欢秘密警察。"

"凡是不受议会正常监督的组织我都不喜欢。无论立意如何冠冕堂皇，那都会引诱人滥用权力。你为什么对古代宗教感兴趣？"

费格劳拉不解地看着他。

"你刚才在我家楼梯间读一本相关的书。"他说。

"这种主题很让我着迷。"

"啊。"

"我对很多事都有兴趣。我在警局的时候，研读过法律和政治学，在那之前我还修过哲学和思想史。"

"你有弱点吗？"

"我不看小说，不上电影院，只看电视新闻。你呢？你为什么当记者？"

"因为有一些像秘密警察这样的组织缺乏议会监督，不时都需要有人揭发。其实我也不太清楚，也许和你的答案一样吧：我相信宪政民主制度，而有时候它是需要保护的。"

"就像你对付汉斯-艾瑞克·温纳斯壮那样？"

"大概吧。"

"你没有结婚，你和爱莉卡·贝叶在一起吗？"

"爱莉卡结婚了。"

"这么说关于你们两人的传闻都是空穴来风啰。你有女朋友吗？"

"没有固定的。"

"那传闻到底还是真的了。"

布隆维斯特笑了一笑。

玛琳在阿斯塔家中的餐桌上工作到凌晨。她埋首于《千禧年》的预算表，完全专注其中，最后男友安东索性也不和她说话了。他洗了碗盘、做了夜宵，又煮了咖啡，然后坐下来看"CSI犯罪现场"影集的回放，让她安静地工作。

玛琳以前应付过最复杂的也不过就是家用预算，但她曾经和爱莉卡一起平衡每月开销，她了解原则。如今她一夕之间成了总编辑，预算的责任也随之而来。午夜过后，她决定无论如何都要请个会计师来帮忙。每星期记一天账的欧斯卡森无须负责预算，至于该付多少钱给自由撰稿人，或是想买一部新的打印机，但又不包含在资本投资与IT升级的预算中，公司负不负担得起等等问题，欧斯卡森更是完全帮不上忙。实际上的情况很荒谬：《千禧年》在赚钱，但那是因为爱莉卡总能以极度紧缩的预算平衡收支。因此他们没有花四万五千克朗买一部基本的彩色激光打印机，而是将就着用一部八千克朗的黑白打印机。

有一度她曾经羡慕过爱莉卡。以她在《瑞典摩根邮报》所能运用的预算，这么一点费用应该只是零头吧。

上次开年度大会时，《千禧年》的财务状况很健全，但盈利主要都来自布隆维斯特那本关于温纳斯壮事件的书本。拨出来作投资的收入缩水速度惊人，原因之一便是布隆维斯特为了写莎兰德的报道所带来的花费。《千禧年》没有资源能让每一名员工预算无上限地租车、住饭店、搭出租车、购买调查器材、新手机等等。

玛琳签了欧森在歌德堡的一张请款单，同时叹了口气。布隆维斯特批准一笔一万四千克朗的费用，让他进行一星期的调查，结果现在却不刊登报道了。付给吉第的钱在预算中归入不能指名的消息来源费用项目，也就是说会计师会抗议少了发票或收据，并坚持要由董事会认可。《千禧年》付给律师安妮卡的费用应该属于一般经费，但她也会拿火车票根与其他费用的收据来向杂志社请款。

她将笔放下，看着总计的金额。布隆维斯特在莎兰德的报道上花了十五万克朗，远远超出预算。这种情况不能再继续下去。

她得找他谈一谈。

这个晚上，爱莉卡不是坐在沙发上看电视，而是在纳卡医院的急诊室度过。玻璃碎片插得太深以至于血流不止，后来发现她脚跟里还留有一块碎片，必须取出。她作了局部麻醉，手术后伤口缝了三针。

在医院的时候，爱莉卡咒骂个不停，也不断试着打电话找丈夫和布隆维斯特，不料两人都选择不接电话。到了十点，她脚上缠着厚厚的绷带，拄着院方给的拐杖搭出租车回家。

她一拐一拐地在客厅里扫地收拾，花了好一会儿工夫。接着打电话给紧急玻璃安装公司订购新窗。她运气还不错，这天夜里很平静，他们二十分钟内就赶到了。但客厅的窗子太大，他们没有库存，工人提议先暂时用三夹板把窗子封死，她欣然接受了。

装三夹板的时候，她打了电话给纳卡全防安保的值班人员，质问为何有人拿砖头砸碎她家最大的窗户，那昂贵的防盗警铃却没响。

安保公司派人来查看损坏情形，才发现几年前安装警铃的人竟忘了给客厅的窗户接线。

爱莉卡气炸了。

安保公司的人说第二天一早就会来处理。爱莉卡告诉他不用麻烦了，接着转而打给米尔顿安保解释自己的情况，并希望他们第二天早上就能来安装一套完整的防盗系统。"我知道得签合约，不过跟阿曼斯基说我是爱莉卡·贝叶，明天早上非要派人过来不可。"

最后她才打电话报警。对方说目前没有车子，无法派人过来替她做笔录，并建议她明天早上联络当地的警所。谢谢，滚你妈的蛋。

接下来她坐着生了好久的闷气，直到肾上腺素下降，才开始想到今晚得独自睡在一间没有警报器的屋内，而那个骂她婊子、砸碎她窗户的人还在附近游荡。

她考虑着是否应该进市区去住饭店，不过爱莉卡不是个喜欢被恐吓的人，更不喜欢屈服于恐吓之下。

但她确实做了一些基本的防范措施。

布隆维斯特曾跟她说过莎兰德用一根高尔夫球杆了结连环杀人犯马丁·范耶尔。于是她便到车库，花了几分钟找高尔夫球袋，她都已经大约十五年没想起它了。她挑了一根比较有点重量的铁杆，放在床边伸手可及的地方，又在门厅摆一支推杆、厨房摆一支八号铁杆。她在地下室的工具箱里拿了一根铁槌，也放到主卧室。

她将原本放在肩袋里的梅西喷雾器摆到床头柜上，最后找来一块橡胶门挡卡放在浴室门底下。一切就绪后，她几乎希望那个骂她婊子、砸坏她窗户的白痴会笨到当晚再回来。

当她觉得防护得够周全时，已经凌晨一点。她八点得进办公室，看了日程表发现有四个会要开，第一个会是十点。脚还是痛得厉害。她脱下衣服爬上床去。

接下来当然是忧虑得难以入眠。

婊子。

先前收到过九封电子邮件，里头都有"婊子"的字眼，而且似乎都来自不同媒体。第一封还是从她自己的编辑室寄出，不过邮箱地址是假造的。

她下床拿出新的戴尔笔记本电脑，那是进入《瑞典摩根邮报》后报社分配给她的。

第一封邮件说要拿螺丝起子插她，这是最粗鲁骇人的一封，寄件时间五月十六日，几个星期前。

第二封在两天后，五月十八日送达。

接着过了一个星期，邮件又开始陆续寄来，每封都间隔大约二十四小时。再就是攻击她的住家。还是那个字眼，婊子。

在这段时期，文化版的伊娃收到一封假借爱莉卡的名义寄出的下流邮件。如果伊娃收到这种信，寄件人很可能是忙着到处发信，其他人显然也会收到她发送的邮件而她却不知情。

想到这里真是令人不快。

而最令人不安的还是住家遭到攻击。

有人特意查出她的住所，开车前来，丢砖块砸破窗户。这显然是预谋，因为攻击者还带了喷漆罐。想到这她顿时寒毛直竖，因为想到还有另一起攻击意外。她和布隆维斯特在斯鲁森希尔顿饭店过夜时，车子的四个轮胎都被割破。

结论既明显也让人不悦。她被跟踪了。

有人为了某个不明的原因，决定骚扰她。

住家成为攻击目标，这可以理解，因为房子就在那里藏不了。但假如随意停在索德马尔姆街上的车受到毁损，那么停车之际，跟踪她的人想必就在附近。他们肯定时时刻刻跟在她身后。

第十八章
六月二日星期四

爱莉卡的手机响了。时间九点零五分。
"早啊，爱莉卡小姐。我是阿曼斯基，听说你昨晚来电了。"
爱莉卡解释事情发生的经过后，问米尔顿安保能不能接手纳卡全防的合约。
"我们当然能安装一套运作正常的警报系统。"阿曼斯基回答说，"问题是我们夜间最靠近你那里的车辆在纳卡市中心，反应时间约需半小时，如果接受你的委托，势必要将你的房子转包出去。我们和当地一家安保公司签了约，是菲斯克赛特拉的亚当安保，如果没有意外，他们的反应时间是十分钟。"
"那也比根本不出现的纳卡全防来得好。"
"亚当安保是家族企业，父亲带着两个儿子，还有几个表亲。希腊人，人很好。我认识那个父亲很多年了。他们一年里面大约承担我们三百二十天的工作，若碰到假期或其他原因无法工作也会事先告知，我们在纳卡的车辆便会接手。"
"我没问题。"
"今天早上我会派人过去。他叫戴维·罗辛，其实他现在已经上路了。他会先作安保评估，如果你要出门，得把钥匙留给他，而且他也需要你的允许，对房子进行彻底的检查。另外他还会拍下整栋建筑物和周遭环境的照片。"
"好的。"
"罗辛很有经验，我们会给你一份建议书。几天后就会备妥完整的安保计划，其中涵盖人身安全警报器、消防安保、疏散与防盗设备。"
"好。"

"万一发生什么事,在菲斯克赛特拉的车抵达之前那十分钟,我们也希望你知道该怎么办。"

"很好。"

"我们今天下午就会安装警报器,之后还得签合约。"

和阿曼斯基讲完电话,爱莉卡才发现自己睡过头了,于是拿起手机打给弗德列森说自己受伤了,请他取消十点的会。

"怎么回事?"他问道。

"我的脚割伤了。"爱莉卡说,"等情况好一点,我会尽快跛着脚去公司。"

她在主卧房的浴室上完厕所,套上一件黑色长裤,并借用贝克曼的一只拖鞋穿在伤脚上。随后挑了一件黑衬衫,又套上夹克。将浴室门底下的门挡移走前,她将梅西喷雾器随身带着。

她提高警觉地在屋里走动。启动咖啡壶后,在厨房餐桌上吃早餐,一边倾听着周围的任何声响。刚倒第二杯咖啡,前面便传来敲门声。是米尔顿安保的罗辛。

费格劳拉徒步走到柏尔街,一大早便召集四名同事开会。

"现在有期限了。"她说,"我们必须在七月十三日,莎兰德的庭讯开始以前完成任务,已经不到六个星期。我们得就当务之急达成共识。谁先发言?"

贝伦德清了清喉咙说道:"和莫天森在一起那个金发男子。他是谁?"

"我们有照片,但不知道怎么找他。又不能发出全面通告。"

"那么古尔博呢?肯定有线索可以追踪。我们知道他从五十年代到一九六四年,国安局成立那年,都在国家秘密警察局。后来就失踪了。"

费格劳拉点点头。

"那么能不能下结论说札拉千科俱乐部是一九六四年成立的组织?可是当时札拉千科根本还没到瑞典来。"

"一定有其他目的……是组织内的秘密组织。"

"那是在温纳斯壮上校事件发生后,每个人都有妄想症。"

"是一种秘密间谍警察吗?"

"其实海外也有类似的组织。六十年代,美国的中情局内部就另外成立了一个驱逐内部间谍的特别小组,由安格顿领军,几乎破坏了整个中情局。安格顿的党羽是一群偏执狂,怀疑中情局里面每个人都是俄国特工。结果中情局的活动大多都瘫痪了。"

"但那只是臆测……"

"旧人事数据放在哪里?"

"古尔博不在里头,我查过了。"

"那预算呢?像这样的作业一定得有资金。"

他们一直讨论到午餐时间,费格劳拉先告退离席,一个人到健身房打算好好想一想。

爱莉卡直到中午才到编辑室。脚伤实在太痛,根本不能施力。她一跛一跛地走进玻璃笼,重重跌坐在椅子上,总算松了口气。埋首于办公桌的弗德列森刚好抬起头,她招招手请他进来。

"发生了什么事?"他问道。

"我踩到玻璃,有块碎片插进我的脚跟。"

"哎呀……那可不太妙。"

"可不是。弗德列森,还有没有人收到奇怪的电子邮件?"

"我没听说。"

"好,你多留意些。报社里如果发生什么怪事要告诉我。"

"哪种怪事?"

"好像有个白痴家伙会发送一些很下流的邮件,而且似乎是针对我。所以你如果听说了什么,记得告诉我。"

"你是说伊娃收到的那种信?"

"对,不过只要觉得奇怪都要说一声。我已经收到一大堆疯狂的邮件,用各种难听话骂我,还说要用各种变态的手段对待我。"

弗德列森脸色一沉。"有多久了？"

"几个星期。你眼睛睁亮一点……好了，跟我说说明天报纸要刊些什么？"

"这个嘛……"

"怎么样？"

"霍姆和法务部主任在大发雷霆。"

"为什么？"

"为了约翰奈斯。你延长了他的合约，还要他写一篇特别报道，他却不肯将内容告诉任何人。"

"是我不准他说的，是我的命令。"

"他也这么说，所以霍姆和法务部主任都很气愤。"

"我可以理解。下午三点安排和法务部开个会，到时我会解释。"

"霍姆很不高兴……"

"我对霍姆也很不高兴，我们刚好扯平。"

"他愤怒到去向董事会申诉。"

爱莉卡猛地抬起头来。糟了，我还得处理博舍的问题。

"博舍今天下午会过来，说是想和你谈一谈。我猜是霍姆干的好事。"

"好吧，什么时间？"

"两点。"弗德列森说完便回到自己的座位写中午的备忘录。

约纳森在午餐时间来巡视莎兰德。她将营养师调配的一盘蔬菜浓汤推到一旁。他一如往常地为她做简单的检查，但她发现医生已不再那么费心。

"你复原的情况良好。"他说。

"嗯。你得想办法改善这里的伙食。"

"怎么了？"

"就不能让我吃块比萨吗？"

"抱歉，超过预算。"

"我就知道。"

"莉丝,明天我们要讨论你的身体状况……"

"明白了,我的复原状况良好。"

"你现在已经可以转移到克鲁努贝里看守所,我也许可以再拖延一个星期,不过我的同事们会开始起疑。"

"你不必那么做。"

"真的吗?"

她点点头。"我准备好了,而且迟早都得面对。"

"那么我明天就批准出院。"约纳森说,"你应该很快就会移送了。"

她又点点头。

"可能就是这个周末,院方并不希望你留在这里。"

"这也不能怪他们。"

"呃……你那个东西……"

"我会留在这桌子后面的壁凹里。"她指着说。

"好主意。"

他们默默无言地坐了片刻之后,约纳森才起身。

"我得去看其他病人了。"

"一切多谢了。我欠你一份情。"

"我只是做我分内的事。"

"不,你做得更多。我不会忘记的。"

布隆维斯特从波尔罕街入口进入国王岛的警察总局,由费格劳拉陪同前往宪法保障组办公室。他们在电梯里只是眼神交流,并未交谈。

"你觉得我在总局里晃来晃去这样好吗?"布隆维斯特问道,"可能会有人看见我们在一起而起疑心。"

"这是我们唯一一次在这里碰面,以后会改到我们在和平之家广场租用的办公室,明天就能使用了。不过这也没关系。宪法保障组是一个很小、也算是独立自主的单位,国安局里面谁也不把它放在眼里。何况我们和其他单位的楼层不同。"

他只和艾柯林特点头致意，没有握手，接着又和另外两名组员打招呼。他们显然是他团队的成员，自我介绍时只说自己叫史蒂芬和贝伦德。他不禁心里暗笑。

"从哪开始呢？"他问道。

"不妨先来杯咖啡吧……费格劳拉？"艾柯林特说。

"谢谢，这是好主意。"费格劳拉说。

艾柯林特应该是示意她去倒咖啡。布隆维斯特发觉这位组长仅略一迟疑，便起身将咖啡壶拿到已经摆好杯子的会议桌来。布隆维斯特发现艾柯林特也在暗笑，心想这是个好兆头。不一会儿艾柯林特的神情转趋严肃。

"我真的不知道该如何处理这个情况。记者参与秘密警察会议，这肯定是史上头一遭。我们现在要讨论的议题在很多方面都是被列为极机密的秘密。"

"我对军事机密没兴趣。我感兴趣的只有'札拉千科俱乐部'。"

"但我们得找到折衷的解决之道。首先，你不得在文章里面提到今天与会者的名字。"

"同意。"

艾柯林特对布隆维斯特投以诧异的眼神。

"其次，除了我和费格劳拉，你不能和其他人谈。能告诉你哪些事，只有我们两人能决定。"

"如果你有一大串条件，昨天就应该明说。"

"昨天我还没彻底地想过。"

"那么我也有话要说。这应该是我职业生涯中第一次也是唯一一次，将尚未刊登的报道内容透露给警察知道。所以，套用你的话……我真的不知道该如何处理这个情况。"

在座所有人一时无言。

"也许我们……"

"如果我们……"

艾柯林特和费格劳拉同时开口，又陷入沉默。

"我的目标是'札拉千科俱乐部'。"布隆维斯特说，"你们也想起诉'札拉千科俱乐部'成员。我们就坚持这个原则。"

艾柯林特点了点头。

"好吧，你们那边有什么？"布隆维斯特问道。

艾柯林特向布隆维斯特说明了费格劳拉与其团队发掘的事实，并出示古尔博与温纳斯壮上校的照片。

"好，我要一份副本。"

"在奥伦斯和欧克伦出版社的档案数据里有。"费格劳拉说。

"它现在就放在我面前的桌上，背面还有文字说明。"布隆维斯特说。

"给他一份吧。"艾柯林特说。

"这就表示札拉千科是被'小组'谋杀的。"

"谋杀，外加一个癌症末期男子的自杀。古尔博还活着，不过医生们说顶多只能再拖几个星期。他自杀的枪伤严重损害大脑，几乎已经成为植物人。"

"札拉千科叛逃时的主要负责人就是他。"

"你怎么知道？"

"札拉千科叛逃六个星期后，古尔博去见了首相费尔丁。"

"你有证据吗？"

"有。首相办公室的访客登记簿。古尔博是和当时的国安局局长一起去的。"

"局长后来死了。"

"但费尔丁还活着，而且愿意谈论此事。"

"难道你……"

"我没有，是其他人，我不能透露名字。保护消息来源。"

布隆维斯特说出费尔丁对于札拉千科一事的反应，以及他到海牙造访杨瑞德的经过。

"这么说'札拉千科俱乐部'就在这栋大楼的某个角落。"布隆维斯特指着照片说。

"一部分。我们认为它是组织内的组织。若没有这栋大楼内的关键人物支持,你所谓的'札拉千科俱乐部'不可能存在。但我们怀疑那个'特别分析小组'在外面另起炉灶。"

"所以就是这样运作的?受国安局聘请、拿国安局薪水的人,事实上却要向另一个雇主报告?"

"大概是这样吧。"

"那么这栋大楼里,谁在替'札拉千科俱乐部'做事?"

"还不知道,不过有几个嫌疑人。"

"莫天森。"布隆维斯特试探着说。

艾柯林特点点头。

"莫天森替国安局工作,当'札拉千科俱乐部'需要他时,他就停止正规任务。"费格劳拉说。

"实际上怎么运作呢?"

"问得非常好。"艾柯林特无力地笑了笑,"你想不想来替我们工作?"

"你一辈子也别想。"布隆维斯特说。

"我当然只是说笑,不过这的确是个好问题。我们在怀疑一个人,但还无法证实。"

"看来……这肯定是个握有行政权力的人。"

"我们怀疑的是秘书长申克。"费格劳拉说。

"这是我们遇到的第一块绊脚石。"艾柯林特说,"我们给了你名字,却没有证据。所以你打算怎么处置?"

"我不能没有证据就公布姓名。如果申克是清白的,他可以告《千禧年》诽谤。"

"很好,那我们就有共识了。这次的合作必须建立在相互信任的基础上。该你了。你有什么?"

"三个名字。"布隆维斯特说,"前两个是八十年代'札拉千科俱乐部'的成员。"

艾柯林特与费格劳拉立刻竖起耳朵。

"汉斯·冯·罗廷耶和弗德利克·克林顿。罗廷耶死了,克林顿已经退休,但他们两人都是与札拉千科最亲近的圈子的人。"

"第三人呢?"艾柯林特问道。

"泰勒波利安和他有联系,只知道他叫乔纳斯,不知道姓什么,但可以确定他在二〇〇五年是'札拉千科俱乐部'的一员……我们甚至怀疑他可能就是照片中和莫天森在科帕小馆那个人。"

"乔纳斯这个名字是从哪里冒出来的?"

"莎兰德侵入泰勒波利安的电脑,使我们得以追踪他的信件,并发现他如何与乔纳斯共谋,就和一九九一年与毕约克共谋的方式如出一辙。

"他给泰勒波利安下了指令。现在又碰上另一块绊脚石了。"布隆维斯特带着微笑对艾柯林特说,"我可以证明我的说辞,可是一旦把证据给你就会泄漏消息来源。所以你得相信我说的。"

艾柯林特似乎陷入苦思。

"也许是泰勒波利安在乌普萨拉的同事。好吧,我们先从克林顿和罗廷耶着手。说说看你知道些什么。"

博舍在董事会会议室隔壁的办公室见爱莉卡,一脸心事重重的模样。

"听说你受伤了。"他指着她的脚说。

"不会有事的。"爱莉卡说着将拐杖靠在桌旁,坐到访客椅上。

"那……那就好。爱莉卡,你来上班一个月了,我想了解一下现状。你觉得情况如何?"

我得和他谈谈维塔瓦拉。但要怎么谈?什么时候谈?

"我已经开始掌握情况。可以就两方面来说:一方面报社有财务问题,快被预算勒死了;另一方面编辑室里面有一大堆废物。"

"难道没有任何正面观点?"

"当然有,有许多经验老到的专业人士知道该怎么做好自己的工作，问题是有人不让他们做事。"

"霍姆找我谈过……"

"我知道。"

博舍有些困惑。"他对你有不少意见，几乎都是负面的。"

"无所谓，我对他也有不少意见。"

"也是负面的？这样不好，如果你们两人无法共事……"

"我可以和他共事，没问题，是他有问题。"爱莉卡说，"我都快被他搞疯了。他经验非常丰富，也无疑是我所见过最有能力的新闻主编。但他混账的程度也是无与伦比。他总喜欢沉溺在阴谋当中，挑拨离间。我在媒体界二十五年了，从没见过管理层有像他这样的人。"

"他必须够强悍才能把工作做好。他得承受各方的压力。"

"强悍，那当然，但不代表要做出笨蛋行为。很不幸，霍姆是个活灾难，也是我们员工几乎无法发挥团队精神的主要原因之一。他把分化管理当成他的工作。"

"言重了吧。"

"我会给他一个月的时间调整态度。到时候如果他还办不到，我就要解除他主编的职位。"

"你不能这么做。你的工作并不是分解运营部门。"

爱莉卡凝视着董事长。

"请恕我直言，但这正是你雇用我的原因。我们还签约明订我可以视需要自由更动编辑人事。我来这里的任务就是让报社重生，但我只有改变组织与工作程序才能办得到。"

"霍姆把一生都奉献给报社了。"

"没错，而他今年五十八岁，还有六年才退休，我可负担不了他这个累赘这么久的时间。博舍，你别误会。从我坐进玻璃笼的那一刻开始，我的人生目标就是提升《瑞典摩根邮报》的质量与销售数字。霍姆有得选择：要么照我的意思做，不然就另谋高就。凡是造成阻碍或企图以某种方式伤害《瑞典摩根邮报》的人，我都会这样恫吓他。"

该死……我得提维塔瓦拉的事。博舍会被解雇。

博舍忽然面露微笑。"看来你也很强悍。"

"我是,但在这件事情上很遗憾,因为不必这样的。我的工作是办个好报,要想做到这点,就得有运作良好的管理和工作愉快的同事。"

与博舍会谈完后,爱莉卡跛着脚回到玻璃笼,满心沮丧。刚才和博舍待了四十五分钟,却只字未提维塔瓦拉。换句话说,她对他并没有特别直接或诚实。

坐到电脑前,发现〈MikBlom@millennium.nu〉发了一封信来。她心知肚明《千禧年》根本没有这个邮址。她将信打开:

你以为博舍救得了你啊,臭婊子!你的脚感觉怎么样?

她不由自主地抬起双眼,望向外头的编辑室,目光正好落在霍姆身上。他也正看着她,随后微微一笑。

只可能是《瑞典摩根邮报》里的人做的。

在宪法保障组的会议一直开到五点过后,他们说好下星期再碰一次面。布隆维斯特若有需要提前联系国安局,可以找费格劳拉。他收好笔记本电脑站起身来。

"我怎么出去?"他问道。

"你当然不能自己乱跑。"艾柯林特说。

"我会带他出去。"费格劳拉说,"等我几分钟,我去办公室拿几样东西就好。"

他们一起穿过克鲁努贝里公园,走向和平之家广场。

"那现在怎么办?"布隆维斯特问。

"保持联络。"费格劳拉回答。

"我开始喜欢和秘密警察接触了。"

"待会儿想一起吃饭吗?"

"又是波斯尼亚餐厅?"

"不,每天外食我可负担不起。我是想在我家简单吃个便饭。"

她停下来，微笑看着他说：

"你知道我现在想做什么吗？"

"不知道。"

"想把你带回家，剥光你的衣服。"

"这样会有点奇怪。"

"我知道。不过我并不打算告诉我的老板。"

"现在还不知道这件事会如何变化，最后我们可能会打对台。"

"我愿意冒个险。好啦，你是要乖乖跟来还是要我上手铐？"

爱莉卡七点左右回到家，米尔顿安保的顾问还在等她。她的脚抽痛得厉害，蹒跚走进厨房后，随即跌坐在最近的一张椅子上。他煮了咖啡，便替她倒了一点。

"谢谢。煮咖啡也是米尔顿的服务项目吗？"

他礼貌地笑了笑。罗辛是个矮矮胖胖、五十多岁的人，留着微红的山羊胡。"谢谢你今天让我借用厨房。"

"这是我能做的最低限度。情况如何？"

"我们的技术人员已经来安装了警报器，待会我示范给你看。我也从地下室到阁楼仔仔细细看过一遍，并研究了周围环境。我会和米尔顿的同事商量你的情况，几天后再向你报告我们的评估结果。不过在此之前得先讨论一两件事。"

"说吧。"

"第一，有一些形式上的手续要办理。正式合约晚一点再说，要看我们协议提供哪些服务，这只是一份同意书，说你今天委托米尔顿安保来安装警报器。这是标准格式的文件，说明我们米尔顿会要求你一些事，也会承诺一些事，诸如客户保密协议等等。"

"你们对我有要求？"

"是的。警报器就是警报器，如果有个疯子拿着冲锋枪站在你们家客厅，就完全没用。为了确保安全，我们希望你和你先生能注意一些事情，并采取一些例行措施。我会把细节从头跟你说一遍。"

"好。"

"我并不想提前预测最后的评估结果，但我对整体状况的看法是这样的。你们夫妻俩住在一栋独立的房子里，后面有海滩，还紧邻着几间大宅。邻居无法一览无遗地看到你们家。这房子相当孤立。"

"没错。"

"所以当入侵者接近你们家，很可能不会有人看见。"

"右边的邻居已经出门很久，左边邻居是一对老夫妇，通常很早上床。"

"正是如此。除此之外，各栋房子都是山形墙对着山形墙，几乎没有窗户等等。一旦有人入侵你的住处——而且只要五秒钟就能转过道路，到屋子的背后去——视野是完全遮蔽的。房子后面则有围篱、车库和那间独栋建筑挡住视线。"

"那是我先生的工作室。"

"我猜他应该是艺术家吧？"

"是的。所以呢？"

"不管是谁砸碎你的窗户又在外墙喷漆，都不会受到干扰。也许会有人听见玻璃破碎的声音，而有所反应……但你的房子坐落成L形，声音被墙面给挡掉了。"

"我明白。"

"第二件事，你这房子很大，起居空间大约有两百五十平方米，还不包括阁楼和地下室。两层楼共有十一个房间。"

"这房子像只怪兽，是我先生的父母留给他的。"

"还有一些不同方法可以进屋，例如从前门、后面阳台、二楼走廊和车库，另外一楼有几扇窗户和地下室的六扇窗户，先前的安保业者并没有装警报器。最后，我还可以利用屋后的防火梯，从屋顶通往阁楼的活板门进来，那只是简单用弹簧栓拴住而已。"

"听起来好像有好几个旋转门可以进来。我们该怎么办？"

"今天装设的警报器只是暂时的。我们下星期会再回来，把一楼和地下室的每扇窗户都安装妥当。那是当你和你先生不在家时的防盗设施。"

"好。"

"但目前的情况是你受到某特定人士的直接威胁,这要严重得多。虽然不知道这个人是谁、他的动机何在,或者他会做到什么地步,但可以作几个假设。如果只是匿名恐吓信,我们会认为威胁不大,但这次有人特地开车到你家来进行攻击——何况索茨霍巴根可不近——这比较令人担心。"

"这点我同意。"

"我今天和阿曼斯基谈过,我们想法一致:在得知更多关于恐吓者的信息之前,必须小心行事。"

"意思是……"

"首先,今天安装的警报系统包含两部分,一个是你们不在家时开启的防盗警铃,另一个则是晚上你们上楼后要启动的一楼传感器。"

"嗯。"

"这有点不方便,因为每次下楼都得关掉警报器。"

"我懂了。"

"其次,我们今天也换了卧室的门。"

"你们把整扇门换掉?"

"是的,改装了一道铁制安全门。放心……门漆成白色,和一般卧室门没有两样,差别只在于关上后会自动上锁。从房里开门只要压下门把,和所有普通门一样。但若要从外面开门,就得在门把的面板上输入三位数的密码。"

"你们今天就做了这么多事啊……"

"如果你在家中遭到威胁,就能有一个安全的房间自我防御。门的材质非常坚固,就算攻击你的人手边有工具,也得花好一段时间才能破坏那扇门。"

"这倒让人安心。"

"第三,我们会安装监视录像机,那么你们在卧室里便能看见庭院和一楼的动静。这会在这个星期内完成,同时我们也会在屋外装设移动侦测器。"

"听起来以后卧室就不再那么浪漫了。"

"只是个小小的监视器,可以放进衣橱或柜子,就不会看得很清楚。"

"谢谢。"

"过几天我会换掉你书房和楼下另一个房间的门。万一发生什么事,你要尽快寻找掩护、将门锁上,等候救援。"

"好的。"

"如果不小心误触防盗铃,你得立刻打电话到米尔顿警报中心取消出动紧急车辆。要取消的话,就得说出事先登记的密码。万一忘了密码,紧急车辆还是会来,到时就得向你收取一笔费用。"

"明白。"

"第四,现在屋内有四个地方有人身安全警报器,厨房这边一个,还有门厅、楼上书房和卧室。这个警报器有两个按钮,你要同时按住三秒,这个动作可以一手完成,又不可能误触。假如人身安全警报器响起,接着会发生三件事。第一,米尔顿会派车过来,最近的车来自菲斯克赛特拉的亚当安保,十到十二分钟内就会有两名彪形大汉赶到。第二,米尔顿的车会从纳卡过来,但反应时间最快要二十分钟,但比较可能是二十五分钟。第三,警方也会得到自动通报。换句话说,很短的时间内,也就是几分钟之内,就会有好几辆车赶来。"

"好。"

"人身安全警报器不能像防盗警报器那样取消,你不能打电话来说是误触。即使你来到车道上告诉我们没事,警察还是会进屋。我们要确保屋内没有人拿枪抵着你先生的头之类的。所以人身安全警报器只能在遇到真正危险时使用。"

"了解。"

"但不一定非得肢体受到攻击,如果有人试图闯入或出现在庭院里等等都可以。只要你觉得受威胁,就应该启动警报器,不过要善用你的判断力。"

"我会的。"

"我发现你在这里和其他几个地方都摆了高尔夫球杆。"

"对,昨晚我一个人睡。"

"要是我就会去住饭店。我不反对你自己采取防卫措施,但你要知道用高尔夫球杆很轻易就能杀死入侵者。"

"嗯。"

"若是这样,你很可能被控过失致人死亡。假如你坦承是为了自卫而到处摆放高尔夫球杆,说不定还会被认定是谋杀。"

"如果有人攻击我,那我可能真的有意把他的脑袋敲碎。"

"这我明白。但雇用米尔顿安保的用意就是让你可以不必那么做。除了可以打电话求救,最重要的是你不该让自己走到非得敲碎别人脑袋的地步。"

"很高兴听到你这么说。"

"顺带一提,如果入侵者有枪,你打算怎么用这些球杆?安全防护的关键就是要比有意伤害你的人提早一步行动。"

"那你告诉我,如果被跟踪,我怎么能提早一步?"

"你要让他永远没机会靠近你。现在警报器的装设还要几天才会全部完成,而且我们也得和你先生谈谈,他也必须拥有同样的安全意识。"

"他会的。"

"在那之前,我希望你不要待在这里。"

"我没法到其他地方去。我先生过几天就会回来,不过他和我都经常出远门,所以我们当中偶尔总会有一个人落单。"

"我了解,但我指的只是在一切安装妥当之前的这几天。你没有朋友家里可以借住吗?"

爱莉卡一度想到布隆维斯特,但随即想起现在恐怕不是好时机。

"谢谢,但我宁可待在这里。"

"我想也是。那么我希望接下来这几天能有人和你做伴。"

"这个嘛……"

"有没有朋友能过来陪你？"

"平常当然有，可是现在已经是晚上七点半，外头还有个疯子晃来晃去。"

罗辛沉思片刻。"你会不会反对让米尔顿的员工在这里过夜？我可以打电话问我同事苏珊，看她今晚有没有空。她肯定不介意赚个几百克朗当外快。"

"实际金额是多少？"

"你得和她谈，这并不包含在正式合约中。不过我真的不希望你单独留在这里。"

"我不怕黑。"

"我知道，否则你昨晚不会在这里过夜。苏珊以前也当过警察，而且这只是暂时的。如果有必要安排贴身保镖，那又是另一回事，价码会贵得多。"

罗辛郑重其事的态度起了作用。她渐渐明白他正冷静地谈论她可能遭遇生命危险。是他夸大其词吗？应该将他的谨慎视为职业习性而不予理会吗？若是如此，当初又何必打电话请米尔顿安保来安装警报系统？

"好吧，打给她，我去准备客房。"

直到晚上十点，费格劳拉和布隆维斯特才裹着床单到她家厨房，从冰箱取出剩下的金枪鱼和培根做凉面色拉，然后配着白开水吃。

费格劳拉咯咯地笑。

"什么事这么好笑？"

"我想到如果艾柯林特看见我们现在这副模样，应该会很气恼。我想他叫我紧紧盯着你的意思，应该不是要我和你上床。"

"都是你起的头。我只有两个选择，若不想上手铐就得乖乖跟来。"布隆维斯特说。

"没错，不过你并不难说服。"

"也许你自己不知道——但我想不太可能——你全身散发着不可

思议的性魅力。你想有谁能抗拒得了？"

"多谢你的赞美，但我并不性感，我也不常做爱。"

"不可能。"

"是真的，我没有跟太多男人上过床。今年春天我有个约会对象，但已经结束了。"

"为什么？"

"他人很好，只是后来变成一种很累人的腕力竞赛。我比他强，他受不了。你是那种会想和我比腕力的男人吗？"

"你是说我会不会在乎你比我健美、外形也比我强壮吗？我不会。"

"谢谢你说实话。我发现有不少男人一开始对我有兴趣，后来却开始挑战我，并想方设法要支配我。尤其当他们知道我是警察的时候。"

"我不会和你竞争。在我的专业领域我比你强，而在你的专业领域你比我强。"

"这种态度我可以接受。"

"为什么选中我？"

"我完全根据自己的欲望，而你给了我这种欲望。"

"可你是秘密警察，这可不是一般职业，何况还正在调查一起和我有关的案子……"

"你是说我不够专业。你说得对，我不该这么做，万一被人知道我麻烦可大了。艾柯林特一定会大发雷霆。"

"我不会告诉他。"

"很有绅士风度。"

他们沉默了一会儿。

"不知道接下来会如何演变。我猜你比一般男人更爱冒险，对不对？"

"很不幸，正是如此。我可能不会想有固定的女朋友。"

"多谢警告。我很可能也不想有固定的男友。我们就维持在朋友阶段好吗？"

"我想这样是最好的。费格劳拉，我们的事我不会告诉任何人，但如果不小心一点，我可能会和你的同事爆发很大的冲突。"

"我想应该不会。艾柯林特非常老实，而且你和我们的人目标一致。"

"以后就知道了。"

"你和莎兰德也有过一段。"

布隆维斯特盯着她说："听着……我不是个完全没有秘密的人。我和莉丝的关系和其他人都无关。"

"她是札拉千科的女儿。"

"没错，这点她必须承担。但她不是札拉千科，差别可是很大的。"

"我不是那个意思。我只是好奇你怎么会卷入这件事。"

"莉丝是我的朋友。这样的解释应该够了。"

米尔顿安保的苏珊穿着牛仔裤、黑皮夹克和布鞋，在晚上九点抵达盐湖滩，罗辛带她看了看房子。她随身带了一只绿色军用袋，里头装着她的笔记本电脑、一支伸缩警棍、一罐梅西喷雾器、手铐和牙刷，进入客房后她便将东西一一取出。

爱莉卡煮了咖啡。

"谢谢你的咖啡。你可能把我当成客人一样招待，事实上我不是客人，而是忽然出现在你生活中的必要之恶，不过只是几天的时间。我在警界待了六年，在米尔顿四年，是个训练精良的贴身保镖。"

"我懂。"

"你受到恐吓，所以我来这里当守门人，好让你安心地睡觉、工作、看书或是做任何你想做的事。如果需要找人说话，我很乐意倾听。否则我自己带书来了。"

"好的。"

"我的意思是你就过你的日子，不必觉得有必要招呼我，不然你很快就会觉得我碍事。你最好能把我当成临时的工作伙伴。"

"这种情况确实让我很不习惯。以前在《千禧年》当总编辑时也遭受过恐吓,但那和工作有关,现在却是一个非常令人讨厌的人……"

"特地纠缠你。"

"大概可以这么说。"

"如果要安排全天候的保镖,得花很多钱。为了让钱花得值得,一定要是非常清楚而明确的恐吓。对我来说,这只是额外的工作。这星期剩下的几天我都会来这里过夜,每晚我只收五百克朗,这非常便宜,远比我接米尔顿的工作所要求的酬劳来得低。你可以接受吗?"

"完全没问题。"

"如果有事情发生,我要你锁在卧室里,其余交给我来应付。你的任务就是按下人身安全警报器,如此而已。如果遇上麻烦,我不希望你造成妨碍。"

爱莉卡在十一点准备睡觉。关上卧室门时,听见门锁咔嗒一声,随后心事重重地脱衣上床。

苏珊要她不必觉得有义务招待"客人",但她们还是在厨房餐桌旁聊了两个小时。她发现和苏珊很处得来。她们讨论了某些男人之所以跟踪女人的心理。苏珊说她不信心理学那套,最重要的还是阻止这些王八蛋,她很喜欢米尔顿这份工作,因为她的任务多半都是对付这些疯子。

"那你为什么不继续待在警界呢?"爱莉卡问。

"你应该问说我当初怎么会当警察。"

"好,你怎么会去当警察?"

"因为我十七岁那年,有个很要好的朋友遭人袭击,还在车内被三个混账王八蛋给强暴了。我进入警界是因为我很理想化地以为,警察的存在就是为了防范类似的犯罪。"

"结果……"

"我预防不了。身为警察的我总是在罪行发生以后才抵达现场。我无法忍受自己像个白痴一样问一些白痴问题,而且不久以后我发现有些罪行根本没有人管,你就是典型的例子。事情发生时你有没有打电话报警?"

"有。"

"他们有人来吗?"

"应该说没有。他们要我向地方派出所报案。"

"所以你就知道了。我替阿曼斯基工作,并且会在罪行发生以前插手。"

"处理的大多是受恐吓的妇女吗?"

"我会处理各种事件,像安全评估、贴身保护、监视等等,但通常都是有人受到恐吓威胁。我在米尔顿比当警察更有成就感,只可惜有个缺点。"

"什么缺点?"

"只能为付得起钱的人服务。"

上床后,爱莉卡回想苏珊说的话,不是每个人都负担得起安保费用。她自己接受罗辛的建议换了几扇门、请来技术人员、安装替代性的警报系统等等,眼睛眨都没眨一下。这林林总总算起来花了将近五万克朗。但她付得起。

她思考着自己对于这名恐吓者可能与《瑞典摩根邮报》有关的疑虑。无论如何都是知道她脚受伤的人。她想到霍姆。她不喜欢他,也因此更不信任他,不过打从她拄着拐杖进编辑室那一刻,受伤的消息早已传开了。

而且她还有博舍的问题。

想到这里她忽然坐起身来,皱着眉头环顾卧室。柯特兹那份关于博舍和维塔瓦拉的资料,她放到哪去了?

她下床穿上睡袍,倚着拐杖走到书房,打开电灯。不对,自从她……前一晚在浴室看过资料后就没有进过书房。她把它放在窗台上了。

她进浴室一看,不在窗台上。

她站了好一会儿,开始担心起来。

她不记得当天早上看到过文件夹，也没有拿到其他地方。

她心中一凛，连忙花了五分钟搜寻浴室，并一一检视堆在厨房与卧室的文件与报纸。最后不得不承认活页夹不见了。

当天早上，从她踩到玻璃碎片到罗辛抵达的这段时间内，有人进入她的浴室拿走了《千禧年》所搜集到的有关维塔瓦拉的资料。

接着她又想到屋里还有其他秘密，于是跛着脚回到卧室，打开床边柜子最下层的抽屉。她的心倏地往下沉。每个人都有秘密，她的秘密就保存在卧室的抽屉柜里。爱莉卡并没有定期写日记，但有一段时间倒是天天写。此外还有青少年时期写的旧情书。

还有一个信封里装了当年感觉很酷的照片，然而……爱莉卡二十五岁时曾加入极端夜总会，参与过为皮绳爱好者筹办的私人派对。各种派对上都拍了照，如果拍照时是清醒的，她会承认自己完全像个疯婆子。

最糟的是还有一卷录像带，是九十年代初她和贝克曼受玻璃艺术家托克尔·柏林格邀请到西班牙阳光海岸度假时拍摄的。假期当中，爱莉卡发现丈夫有非常明显的双性恋倾向，最后两人一起和托克尔上了床。那是个很美好的假期。当时摄影机还是相当新鲜的玩意。他们玩闹中拍下的影片绝对不适合当众播放。

抽屉空了。

我怎么会这么笨？

抽屉底部被人用喷漆喷上了她已经很熟悉的那两个字。

第十九章
六月三日星期五至六月四日星期六

莎兰德在星期五清晨四点写完她的自传，并借由雅虎的"愚桌"社群传了副本给布隆维斯特。然后静静躺在床上盯着天花板。

她知道自己在今年五朔节前夕满二十七岁了，但当时根本没想起生日这回事。她被监禁着，就如同在圣史蒂芬一样。假如事情不顺利，她可能还得在某种监禁的形式下度过许多生日。

她不会让这种情况发生。

上一回被关时，她才刚要进入青春期。如今她长大了，也拥有更多的知识与技能。她心想不知要花多长时间才能安全脱逃到其他国家定居下来，为自己建立新身份与新生活。

她下床走进浴室照镜子。脚已经不跛了，用手指摸摸臀部，伤口也已愈合结痂，接着扭扭手臂、前前后后地伸展左肩，感觉有点紧绷，但差不多痊愈了。她又敲敲自己的头，虽然被一颗全金属壳的子弹贯穿，大脑似乎没有受到太大损伤。

实在太幸运了。

在取得电脑之前，她一直设想着如何逃离索格恩斯卡医院这间上锁的病房。

后来约纳森医师和布隆维斯特偷偷将她的掌上电脑送进来，打乱了她的计划。她读完布隆维斯特的文章后，不断反复思考。她作了风险评估、考虑了他的计划、衡量了自己的机会有多大，最后决定听他一次。她要测试这个体系。布隆维斯特说服了她，让她相信自己已不怕再失去什么，而他可以提供另一种非常不同的逃脱机会。假如计划失败，她再计划从圣史蒂芬或其他疯人院逃出来就好了。

其实真正让她决定照布隆维斯特的方式玩这场游戏的原因在于复仇的欲望。

她没有原谅任何人。

札拉千科、毕约克和毕尔曼都死了。

然而泰勒波利安还活着。

还有她哥哥，那个叫尼德曼的人也是，只不过他不是她要解决的问题。没错，他曾经帮忙杀害并活埋她，但似乎只是次要角色。如果哪天碰上他，到时再说吧，在此以前他是警察的问题。

不过布隆维斯特说得对：在阴谋背后肯定还有她不知道的其他人也参与塑造她的人生。她得把这些人的名字、身份一一揪出来。

于是她决定依布隆维斯特的计划行事，也因此用四十页的篇幅写下极为简短生硬的自传，描述她这一生赤裸裸的真相。她用字十分精确。自传中的一切都是事实。她接受了布隆维斯特的说法：瑞典媒体已经用各种可笑言词对她百般中伤，这么一点胡言乱语不可能对她的名声有更进一步的损害。

但这篇自传也可以说是假造的，因为她并未说出全部的事实。她也不想这么做。

她回到床上，盖上被子。

心里有种说不出的烦躁。她拿出安妮卡给她、但几乎没有用过的笔记本，翻到第一页，上面写着：

$(x^3 + y^3 = z^3)$

去年冬天在加勒比海，她花了几个星期疯狂地研究费马定理。回到瑞典后，在尚未开始寻找札拉千科前，她也还不停玩着这个公式。现在让她心烦的是她好像看到了答案……她找出了答案。

但却不记得是什么了。

不记得某件事对莎兰德而言是一种陌生的现象。她为了测试，便上网随便挑选了网页 HTML 码，瞄一眼记下来，然后完整无误地再背出来。

她向来视为诅咒的记忆力并未丧失。

脑袋里的运作一如往常。

除了她觉得好像看到了费马定理的答案,却不记得过程、时间与地点。

最糟的是她对它已经毫无兴趣。费马定理再也吸引不了她。这不是好预兆。她从前就是这样,会沉迷于某个问题,但一旦解开后便兴趣全无。

这正是她对费马的感觉。他再也不是骑在她肩膀上的魔鬼,攫取她的注意力、蒙蔽她的理智。这只是一个普通的公式,一张纸上的涂鸦,她一点也不想和它有什么瓜葛。

这让她很困扰。她放下笔记本。

应该睡一会儿了。

但她又拿起掌上电脑重新上网。想了一下,进入阿曼斯基的硬盘,自从拿到电脑后她还没进去过。阿曼斯基正和布隆维斯特合作,不过没有特别需要知道他现在在做什么。

她心不在焉地读着他的电子邮件。

发现了罗辛为爱莉卡住处所作的评估报告。她简直不敢相信眼前看到的内容。

爱莉卡·贝叶遇上跟踪狂了。

接着又看到苏珊的信息,她前一晚显然是在爱莉卡家过夜的,报告是深夜寄出的。莎兰德看了寄信的时间,凌晨快三点,报告上说爱莉卡发现原本放在卧室柜子抽屉中的日记、信函与照片,还有一卷极为私人的录像带遭窃。

> 与贝叶小姐讨论过后,我们认定是她在纳卡医院那段时间失窃。屋内没人的时间大约有两个半小时,而纳卡全防安保所装设有缺陷的警报器也没启动。在发现窃案之前的其他时间里,爱莉卡和罗辛都至少有一个人在。
>
> 结论:跟踪爱莉卡的人一直待在附近,因此看见她坐上出租车,可能也看到她受伤了。然后再趁机入屋。

莎兰德更新了她下载的阿曼斯基的硬盘，然后关机，陷入沉思。内心五味杂陈。

她没有理由喜欢爱莉卡。她还记得一年半前的除夕夜，看见爱莉卡和布隆维斯特走下霍恩斯路时的羞辱感。

那是她这一生中最愚蠢的时刻，她再也不容许自己产生类似的感觉。

她还记得当时心中那股可怕的恨意，以及追上前去伤害爱莉卡的念头。

真难为情。

她痊愈了。

但也没有理由同情爱莉卡。

她很好奇那卷极为私人的录像带里录了些什么。她自己也有一部极为私人的影片，录的是那个王八蛋律师毕尔曼强暴她的过程，目前由布隆维斯特保管。她心想若有人闯入她家偷走那张光盘，不知自己会有何反应。按说，布隆维斯特也是这么做的，只不过动机不是为了伤害她。

哼。伤脑筋。

星期二夜里，爱莉卡根本无法入眠。她急躁地跛着脚走来走去，苏珊则在一旁看顾着。她的焦虑有如浓雾般笼罩整栋屋子。

两点半，苏珊好不容易劝爱莉卡上床休息，尽管她还是没睡，但听见卧室门关上的声音，苏珊还是松了口气。她打开笔记本电脑，发了一封电子邮件给阿曼斯基简述情况。刚送出邮件，便听到爱莉卡又下床走动。

七点半，她让爱莉卡打电话到报社请病假。爱莉卡勉强答应，随后便在客厅面对着三夹板封钉起来的落地窗的沙发上睡着了。苏珊替她盖上毯子，然后煮了咖啡，再打电话给阿曼斯基解释自己现在在现场，是罗辛叫她来的。

"留在那里陪爱莉卡。"阿曼斯基对她说，"你自己也要睡几个小时。"

"我不知道这要怎么计费……"

"以后再说吧。"

爱莉卡一直睡到下午两点半，醒来后发现苏珊也斜躺在客厅另一头的沙发上睡着。

星期五早上费格劳拉起晚了，没有时间出去晨跑。她把事情怪到布隆维斯特头上，冲完澡后也拖他起床。

布隆维斯特开车到杂志社上班，每个人见他这么早起都很惊讶。他嘟哝敷衍几句便去煮咖啡，随后叫玛琳和柯特兹进办公室。他们花了三小时讨论主题专刊的文章，并掌握书的进度。

"达格的书昨天送印了。"玛琳说，"走一般胶订平装版流程。"

"特刊将定名为《莉丝·莎兰德的故事》。"柯特兹说，"开庭的日期一定会改，但目前暂定在七月十三日星期三。到时候杂志已经印好了，只是还没订好发行日期。你可以到时候再决定。"

"好，那就剩下札拉千科那本书到现在还是场噩梦。我打算把书名定为《小组》，前半部基本上就是杂志刊登的内容，从达格和米亚的命案开始，接下来则是先后对莎兰德、札拉千科和尼德曼的追捕。后半部是关于我们对'小组'所知道的一切。"

"麦可，就算印刷厂每次都为我们破纪录，我们最晚也要在这个月底把最后定稿交给他们。"玛琳说，"克里斯特也需要两三天做版面设计，排版就假设一个星期吧，那么只剩两个星期要完成内文。我不知道我们要怎么办到。"

"我们没有时间挖出整个故事。"布隆维斯特坦承道，"不过我想就算用一整年恐怕也挖不完。这本书的用意是为了阐述发生过的事，如果没有消息来源就直说，如果是我们的猜测也要说清楚。所以我们要写出发生了哪些事，哪些是有佐证，而哪些则是我们的推测。"

"这样很模棱两可。"柯特兹说。

布隆维斯特摇摇头说："如果我说国安局干员闯入我家，而且有这件事和这个人的录像带，那就是有证据。如果我说他是'小组'派来的，那就是臆测，但根据我们陈述的所有事实，这是个合理的臆测。这样说有道理吗？"

"有。"

"这些缺漏的部分，我没有时间自己写。我这里有几篇文章，柯特兹你得把它们拼凑起来，大约是五十页的内容。玛琳，你支持柯特兹，就像我们编辑达格的书一样。我们三人的名字都会出现在书的封面和内封上，你们两个觉得如何？"

"可以。"玛琳说，"不过我们还有更紧急的问题。"

"比如说？"

"你全心投入札拉千科的故事的时候，我们这里有一大堆事要做……"

"你是说我没帮上忙？"

玛琳点点头。

"你说得对，对不起。"

"不必道歉。我们都知道只要你一头栽进某篇报道，其他事都不重要。但我们其他人不能这样，尤其是我。爱莉卡可以倚赖我，我有柯特兹，他也是一流的人才，可是他还要放同样的时间在你的故事上面。就算把你都算进来，我们还是少两个编辑人员。"

"两个？"

"而且我不是爱莉卡。我不像她那么驾轻就熟，我还在学习。莫妮卡拼了命地工作，罗塔也是。谁都没有办法停下一分一秒来思考。"

"这只是暂时的，只要法院开庭……"

"不，麦可，到时候也不会结束。一旦开庭，将会是更大一场混仗。你还记得温纳斯壮事件那段时间吧，你将会在电视摄影棚之间跑来跑去，三个月见不到人影。"

布隆维斯特叹气道："你有什么建议？"

"如果想让杂志社到秋天还能正常运作，就需要加入新血。至少两个人，或三个。我们真的没有足够的编辑人力应付现在的情况，而且……"

"什么？"

"而且我不认为自己作好了准备。"

"我知道了，玛琳。"

"我说真的。我是个很棒的编辑秘书，有爱莉卡当老板轻松得很。我们说好这个夏天让我试试看……好啦，已经试过了，我不是个称职的总编辑。"

"胡说八道。"柯特兹说。

玛琳摇摇头。

"我知道了，"布隆维斯特说，"但别忘了现在是非常时期。"

玛琳苦笑一下。"你就当做是员工的抱怨吧。"

星期五一整天，宪法保障行动小组都在试着厘清布隆维斯特提供的信息。有两名组员搬到和平之家广场的临时办公室，负责汇整所有的数据。但很不方便，因为警局内部网络在总局，所以一天下来他们得在两栋大楼之间往返好几趟，尽管只有十来分钟脚程，还是很累人。到了中午休息时间，已经搜集到许多资料证明克林顿与罗廷耶两人在六十与七十年代初与秘密警察有关联。

罗廷耶出身军情单位，有几年专门负责协调军事国防与秘密警察间的联系。克林顿是空军背景，一九六七年开始进入秘密警察的贴身护卫组服务。

两人都已离开国安局：克林顿在一九七一年，罗廷耶一九七三年。克林顿投身商场担任管理顾问，罗廷耶则进入公务部门，为瑞典原子能机构做调查工作，派驻在伦敦。

直到傍晚，费格劳拉才得以向艾柯林特做出较确切的报告：克林顿和罗廷耶离开国安局后的职业都是假的。克林顿在做什么很难追踪，担任企业顾问几乎什么可能性都有，而且扮演这种角色的人不一定要向政府报告他的活动。从报税单可以清楚看出他赚了不少钱，但他的客户大多都是总公司位于瑞士或列支敦士登的企业，因此要证明他的业务造假并不容易。

然而应该在伦敦工作的罗廷耶则从未进过那里的办公室。他声称的办公大楼其实已在一九七三年拆除，由国王十字车站的扩建部分所取代。显然有人在捏造事实的时候出了错。白天的时间里，费格劳拉团队与一些瑞典原子能机构的退休人员面谈，他们谁也没听说过罗廷耶。

"现在我们知道了，"艾柯林特说，"接下来就要找出他们到底在做什么。"

费格劳拉说："那布隆维斯特怎么办？"

"什么意思？"

"我们答应过，如果发现任何有关克林顿和罗廷耶的消息就会告诉他。"

艾柯林特考虑了一下。"如果他再继续挖下去，也迟早会发现的，我们还是跟他保持良好关系。你们的发现就告诉他吧。但要善用你的判断力。"

费格劳拉答应会小心。他们又花了几分钟安排周末，费格劳拉组上有两人要继续工作，她自己可以休假。

随后她打卡下班前往圣艾瑞克广场的健身房，利用两个小时加紧努力以弥补错失的时间。她七点回到家，冲过澡后做了简单的晚餐，然后打开电视听新闻。但她开始感到急躁，便穿上跑步装，来到门口时停下来想了想。该死的布隆维斯特。她打开手机拨打他的爱立信手机。

"我们找到不少有关罗廷耶和克林顿的资料。"

"告诉我。"

"你来我才说。"

"听起来像勒索。"布隆维斯特说。

"我刚换上慢跑装想去消耗一点多余的体力。"费格劳拉说，"我是现在出门呢，还是等你过来？"

"我九点过后再去可以吗？"

"好啊。"

星期五晚上八点,约纳森医师来看莎兰德。他坐在访客椅上,身子往后靠。

"你要替我做检查吗?"莎兰德问道。

"不用,今晚不用。"

"好。"

"今天我们研究过你的病况,也通知检察官我们准备让你出院了。"

"我明白。"

"他们想今晚把你送到歌德堡的看守所。"

"这么快?"

他点点头。"斯德哥尔摩那边有意见。我说明天还要再给你做最后几项检测,所以星期天以前不能让你出院。"

"为什么?"

"不知道,大概只是气他们这么霸道。"

莎兰德露出一抹真正的微笑。如果给她几年时间,她应该有办法让约纳森医师变成地道的无政府主义者。总之,他其实也有不听话的倾向。

"弗德利克·克林顿。"布隆维斯特瞪着费格劳拉床上的天花板说道。

"你如果点燃那根烟,我就把它插到你的肚脐捻熄。"费格劳拉说。

布隆维斯特诧异地看着刚从夹克拿出来的香烟。

"抱歉,"他说,"可以借用你的阳台吗?"

"只要你事后记得刷牙。"

他在腰间围上一条床单。她跟着他来到厨房,倒了一大杯冷水,然后靠在阳台门框上。

"先说克林顿吗?"

"他如果还活着,就是和过去的联系。"

"他快死了，他需要换肾，洗肾和其他治疗就花了他大半的时间。"

"但他还活着。我们应该联络他，直接质问他。也许他会说实话。"

"不行。"费格劳拉说，"第一，这属于初步调查范围，得由警方处理，所以没有所谓的'我们'；第二，我们是根据你和艾柯林特的协议提供这项信息给你，但你保证过绝不采取任何可能干涉调查的行动。"

布隆维斯特微笑看着她说："哇，秘密警察在拉我脖子上的狗链了。"说完便捻熄香烟。

"麦可，这不是开玩笑。"

星期六上午，爱莉卡开车上班时仍忐忑不安。她本来觉得自己已经开始抓到编报纸的真正诀窍，并打算休息一个周末奖赏自己——也是她进《瑞典摩根邮报》以后的头一次——没想到她最私密的物品连同博舍的报告都被偷了，让她根本无法放松。

前一晚爱莉卡几乎一夜未眠，大部分时间都和苏珊待在厨房，她认为"毒笔"会出击，散播一些可能对她造成严重打击的图片。因特网对这些变态而言，是何等便利的工具。天哪……*我和丈夫与另一个男人的性交画面……最后我将出现在全世界一半的网站上。*

惊慌恐惧纠缠了她一整夜。

苏珊费尽唇舌才总算哄她上床。

八点她便起床开车进办公室。她无法躲着不出面。如果有风暴正在酝酿，她也想赶在其他人听到风声之前第一个去面对。

但在人员减半的星期六编辑室内，一切如常。当她跛行经过编辑台，大伙都和她打招呼。霍姆今天休假，编辑职务由弗德列森代理。

"早，我以为你今天休假。"他说。

"我本来也这么以为。可是我昨天人不舒服，有些事必须做完。有没有发生什么事？"

"没有,今天很平静。最新得到的消息是达拉纳的木材工业突然景气回春,北雪平发生一宗抢劫案,有一人受伤。"

"好,我会在玻璃笼里待上一会儿。"

她坐下来,将拐杖靠在书架旁,然后联机上网。先收信。有几封信,但都不是来自毒笔。她皱了皱眉头。那人闯入至今两天了,却还没利用这难能可贵的机会采取行动。为什么呢?也许他打算改变战略。勒索吗?也可能只是想让我胡思乱想。

没有什么特别的工作要做,于是点进正在替报社写的策略文件。瞪着屏幕看了十五分钟,却一个字也看不进去。

她试着打给贝克曼,没找到人,甚至不知道他的手机在国外能不能通。当然,稍微用点心还是能找到他的下落,但她觉得懒到极点。不对,她觉得无助又无力。

她也试着打给布隆维斯特,想告诉他博舍的活页夹被偷了,但他没接电话。

到了十点,她一件事也没做,便决定回家。正伸手要关掉电脑,忽然看见有人敲她的ICQ账号,不由惊讶地看着图标列。她知道ICQ是什么,但她很少聊天,而且进报社以后就没用过这个程序。

她犹豫了一下才点了回应。

〈嗨,爱莉卡。〉
〈嗨,你是谁?〉
〈秘密。你一个人吗?〉

是诡计吗?毒笔?

〈你是谁?〉
〈小侦探布隆维斯特从沙港回来的时候,我们在他家碰过面。〉

爱莉卡睁大眼睛盯着屏幕,几秒钟后才联想起来。莉丝·莎兰德。不可能。

〈你还在吗?〉
〈在。〉
〈别说名字。你知道我是谁了吗?〉
〈我怎么知道你是不是骗人的?〉
〈我知道麦可脖子上的疤是怎么来的。〉

爱莉卡咽了一下口水。这世上只有四个人知道他那道疤痕的由来。莎兰德便是其中之一。

〈但你现在怎能和我聊天?〉
〈我是电脑高手。〉

莎兰德是个电脑狂。但从四月就被隔离在索格恩斯卡医院的她,到底怎么和外界沟通?

〈我相信。〉
〈我能信任你吗?〉
〈什么意思?〉
〈这番对话不能外泄。〉

她不想让警方知道她能上网。当然不了。所以现在才会和瑞典数一数二的大报社的总编辑聊天。

〈没问题。你有什么事?〉
〈还债。〉
〈我不懂。〉
〈《千禧年》帮过我。〉

〈我们只是做自己该做的。〉
〈没有其他刊物这么做。〉
〈你并没有犯下你被指控的罪行。〉
〈有人在跟踪你。〉

爱莉卡的心登时狂跳不止。

〈你知道些什么？〉
〈录像带被偷，住家遭闯入。〉
〈没错，你能帮忙吗？〉

爱莉卡不敢相信自己会问这个问题。太荒谬了。莎兰德在索格恩斯卡进行康复治疗，自己的问题都处理不完了。爱莉卡若想求助于人，她是最不可能的人选。

〈不知道，让我试试。〉
〈怎么试？〉
〈问题：你觉得那个变态是你们报社的人吗？〉
〈无法证明。〉
〈为什么会这么想？〉

爱莉卡思索片刻才回答。

〈只是直觉。我进报社以后才开始受到骚扰。还有其他同事收到毒笔的下流信件，看起来却像是我寄的。〉
〈毒笔？〉
〈我替那个变态取的外号。〉
〈好，你怎么会成为毒笔的目标？〉
〈不知道。〉

〈有任何迹象显示他是针对个人吗？〉

〈什么意思？〉

〈《瑞典摩根邮报》总共有多少员工？〉

〈包括出版社大约有两百三十人。〉

〈你认识的有几个？〉

〈说不准。这几年来我碰见过几个记者和其他同事。〉

〈你进报社前和谁起过争执吗？〉

〈我印象中没有。〉

〈有没有谁可能想报复的？〉

〈报复？报复什么？〉

〈报复是很强烈的动机。〉

爱莉卡盯着屏幕，试图揣测莎兰德的意思。

〈还在吗？〉

〈在。为什么会问到报复？〉

〈罗辛列出你和毒笔有关的意外事件，我看过了。〉

我怎么不感到意外呢？

〈所以呢？？？〉

〈感觉不像跟踪狂。〉

〈为什么？〉

〈跟踪狂的动力是性妄想。这个看起来比较像在模仿跟踪狂。拿螺丝起子插你的屄……拜托！模仿得还真可笑。〉

〈你这么认为？〉

〈我见过真正的跟踪狂。他们更变态、更低级、更诡异得多。他们会同时表达爱与恨。这个感觉就是不对。〉

〈你觉得这还不够变态？〉

〈没错，发信给伊娃更是完全不对。是有人想讨回公道。〉
〈我没想到这方面。〉
〈不是跟踪狂。是针对你个人。〉
〈好，你有什么建议？〉
〈你相信我吗？〉
〈也许。〉
〈我需要进入《瑞典摩根邮报》的内部网络。〉
〈哇，先等等。〉
〈现在就要。我很快会被移送，到时就不能上网了。〉

爱莉卡迟疑了十秒钟。向……谁？一个十足的疯子，敲开报社的大门？莎兰德或许没有杀人，但她肯定不正常。

但她又有什么损失呢？

〈怎么做？〉
〈我得灌一个程序到你的电脑。〉
〈我们有防火墙。〉
〈你得帮忙。连接因特网。〉
〈已经连上了。〉
〈Explorer 吗？〉
〈是。〉
〈我会打一个地址，复制后贴上 Explorer。〉
〈好了。〉
〈现在你看到一串程序名称，点进 Asphyxia Server 然后下载。〉

爱莉卡照着她的话做。

〈好了。〉
〈启动 Asphyxia。点"安装"，选择 Explorer。〉

过程花了三分钟。

〈完成了,好,现在你得重新启动电脑,我们会暂时断线。〉
〈明白了。〉
〈重新启动时,我会复制你的硬盘到网络上的一个服务器。〉
〈好。〉
〈重新启动吧。待会再聊。〉

电脑缓缓重新启动时,爱莉卡愣愣地盯着屏幕出神,心想自己是不是疯了。接着莎兰德敲了她的 ICQ。

〈嗨,又是我。〉
〈嗨。〉
〈你来做比较快。启动因特网,复制我寄给你的地址。〉
〈好了。〉
〈现在你看到一个问题框。点"开始"。〉
〈好了。〉
〈现在你要为硬盘取名,就叫它"瑞典摩根邮报 -2"。〉
〈好了。〉
〈去喝杯咖啡,接下来要花点时间。〉

星期六早上费格劳拉八点醒来,比平时晚了约两个钟头。她坐在床上看着身边的男人,他在打鼾。好吧,没有人是完美的。

她很好奇自己和布隆维斯特这段关系会如何发展。他显然不是个忠实的人,所以不必期望长久的关系。这些信息多半是从他的传记看来的。反正,她自己应该也不想要发展稳定的关系——有伴侣、房贷和小孩的那种。从十几岁开始,经过十多次感情失败的经验,她倾向于相信稳定关系被高估的理论。她最长的一段是和乌普萨拉的一名同事，两人同居了两年。

不过她并不是喜欢搞一夜情的人，虽然她认为性爱几乎是被低估的可以治百病的良药，而且和布隆维斯特——尽管身材已变形——做爱的经验也很不错，老实说还不止不错。此外，他是个好人，他让她想要更多。

一段夏日浪漫恋情？一段风流韵事？她恋爱了吗？

她走进浴室洗脸刷牙，然后穿上短裤和薄外套，静静地出门。先做了暖身操后慢跑四十五分钟，经过罗兰姆秀夫医院，绕过弗瑞德霍尔区，再经由史密角回来。九点到家时发现布隆维斯特还在睡，便俯身咬他的耳朵。他迷迷糊糊地睁开眼睛。

"早啊，亲爱的。我需要有人帮我搓背。"

他看着她嘟哝了几句。

"你说什么？"

"不必洗澡，你现在就已经全身湿透了。"

"我去跑步，你应该一起来的。"

"我要是想跟上你的速度，恐怕会在梅拉斯特兰北路心脏病发。"

"胡说。来吧，该起床了。"

他替她搓背，替她抹肥皂。先是肩膀、臀部，接着腹部、胸部。不一会儿，她再也不想洗澡，直接又把他拖回床上去。

他们到梅拉斯特兰北路的路边咖啡座喝咖啡。

"你可能会让我养成坏习惯。"她说，"我们才认识几天而已。"

"我觉得你有一种不可思议的吸引力。不过这你已经知道了。"

"你为什么会这么觉得？"

"抱歉，无法回答。我从来不明白为什么会被某个女人吸引，却对另一个人毫无感觉。"

她若有所思地笑了笑。"我今天休假。"她说。

"我没有。开庭前我有堆积如山的工作，而且前三个晚上我都和你在一起，没有赶工。"

"真可惜。"

他起身亲亲她的脸颊。她趁势抓住他的衣袖。

"布隆维斯特,我希望能有多一点时间和你相处。"

"我也是,不过在将这个故事送印以前,恐怕还会有点起伏不定。"

他说完便沿着手工艺街离去。

爱莉卡喝了咖啡,盯着屏幕。整整五十三分钟毫无动静,除了屏幕保护程序偶尔会启动之外。接着她的 ICQ 又被敲了。

〈准备好了。你的硬盘里一大堆乱七八糟的东西,还有病毒。〉

〈抱歉,接下来呢?〉

〈《瑞典摩根邮报》的内部网络由谁负责?〉

〈不知道,应该是 IT 经理彼得·佛莱明。〉

〈好。〉

〈我该怎么办?〉

〈什么都不必做。回家去吧。〉

〈就这样?〉

〈我会再联络。〉

〈电脑要不要开着?〉

但莎兰德已经脱机。爱莉卡沮丧地瞪视屏幕,最后把电脑关了,出去找个咖啡馆坐下来好好思考。

第二十章

六月四日星期六

布隆维斯特花了二十五分钟在地铁里不断改换不同方向的车。他最后在斯鲁森下公交车，跳上卡塔莉娜电梯来到摩塞巴克，然后绕路走到菲斯卡街九号。他在郡议会旁的迷你超市买了面包、牛奶和干酪，进屋后直接摆进冰箱，然后打开莎兰德的电脑。

想了一下，也把爱立信T10打开，平常用的手机就不管它了，现在他不想和任何与札拉千科故事无关的人说话。他发现过去二十四小时内有六个未接来电：柯特兹三个、玛琳两个、爱莉卡一个。

先打给柯特兹，他正在瓦萨城区某家咖啡馆，找他没什么急事，只是有几个细节需要讨论。

玛琳找他，据她的说法，只是为了保持联络。

接着打给爱莉卡，占线中。

他登入雅虎"愚桌"社群网站，看见莎兰德自传文章的最后版本。他微微一笑，将文档打印出来后立刻开始阅读。

莎兰德打开她的奔迈T3，利用一小时的时间，借由爱莉卡的账号侵入并浏览《瑞典摩根邮报》的内部网络。她没有窃用佛莱明的账号，因为不需要完整的管理员权限。她感兴趣的是报社的人事数据，用爱莉卡的账号便已绰绰有余。

她真希望布隆维斯特够好心，能把她的强力笔记本电脑连同真正的键盘和十七寸屏幕一起偷送进来，而不是只有这部掌上型。她下载所有员工的名单，开始核对。员工共有两百二十三人，其中八十二名女性。

她一开始便将女性剔除。排除女性的可能性并非因为她们不会做出如此疯狂的事，而是统计显示骚扰妇女的绝大多数是男性。那么就剩下一百四十一人。

统计数据还显示大部分毒笔作者若非青少年便是中年人。报社没有青少年员工,因此她画出年龄曲线,删除所有超过五十五岁与不满二十五岁的人。如今剩下一百零三人。

她略一思索。所剩时间不多了,说不定还不到二十四小时。于是她当机立断,一笔划掉营销、广告、图像、维修与IT部门的所有人员,只锁定一群记者与编辑人员当中,四十八名年纪介于二十六至五十四岁之间的男性。

这时门外响起钥匙串的声音。她连忙关掉电脑,放进被子底下夹在两腿中间。这将是她在索格恩斯卡的最后一顿星期六午餐,她认命地打量着包心菜浓汤。她知道午餐过后会有一阵子不能做事,便将电脑放回床头柜后面的壁凹,等候两名厄立特里亚妇女吸地板、换床单。

她们其中一人叫莎拉,过去几个月都会定期为莎兰德偷带一些万宝路淡烟进来,还给了她一个打火机,现在藏在床头柜后面。莎兰德心存感激地收下两支烟,打算夜里到气窗旁边抽。

一直到两点,病房才恢复安静,她也才拿出电脑上网。原本打算直接回到《瑞典摩根邮报》的文档,但自己的问题也得解决,便展开每天例行的扫描,先从雅虎社群"愚桌"开始。布隆维斯特已经三天没有上传任何新数据,不知道在忙些什么。这王八蛋很可能在外头和哪个波霸鬼混。

接着进入雅虎社群"武士",看看瘟疫有没有新增什么。没有。

再来检视埃克斯壮和泰勒波利安的硬盘,前者只有一封关于开庭的例行信件。

每当她进入泰勒波利安的硬盘,总觉得体温仿佛下降了几度。

她发现他已经写好她的精神鉴定报告,都还没有机会替她做检查,显然还不应该写才对。内容有些进步,但没啥新鲜之处。她下载了报告传到"愚桌"。然后开始一封一封点阅泰勒波利安这二十四小时来的电子邮件。其中有一条极为简短的信息,她差点就错过了。

星期六三点，中央车站天井。乔纳斯

要命。乔纳斯。泰勒波利安的信中常常出现这个名字。使用热邮账号。身份不明。

莎兰德瞄了一眼床头柜上的电子钟，两点二十八分。她立刻敲布隆维斯特的ICQ。没有回应。

布隆维斯特打印出两百二十页的完稿之后，便将电脑关机，拿着编辑用的铅笔坐到莎兰德的餐桌前。

文章很不错，只是还有一个大漏洞。他要如何才能找到"小组"的余党？玛琳说得也许没错：这恐怕是不可能的任务。就快没有时间了。

莎兰德懊恼地咒了几声，又敲瘟疫，他也没回应。再看看时钟，两点半。

她坐在床沿，接着找柯特兹，然后是玛琳。星期六，大家都没上班。两点三十二分。

随后她试着联络爱莉卡，还是失败。我叫她回家了，该死。两点三十三分。

她应该可以发短信给布隆维斯特……但电话被监听了。她用力扯着嘴唇。

最后逼不得已只好按铃叫护士。

两点三十五分，她听到开锁的声音，护士阿格妮塔探头进来看她。

"哈啰，你还好吗？"

"约纳森医师在吗？"

"你觉得不舒服吗？"

"我没事，但我需要和他谈一下，如果可能的话。"

"我刚才还看到他。有什么事？"

"我只是有话跟他说。"

阿格妮塔皱起眉头。莎兰德很少按铃叫护士，除非头疼得厉害或有其他同样严重的问题。她从来不找他们麻烦，也从未要求找特定的医师。不过阿格妮塔发现约纳森医师花了不少时间在这个被警方逮捕、却又看似与世隔绝的病人身上。也许就是这样和她建立了某种良好关系吧。

"我去看看他有没有空。"阿格妮塔轻轻说完后，关门上锁。这时两点三十六分，紧接着时钟嗒一声跳到两点三十七分。

莎兰德从床边站起来，走到窗户旁。眼睛始终盯着时钟。两点三十九分。两点四十分。

到了两点四十四分，她听见走廊响起脚步声，然后是警卫钥匙串的匡啷声。约纳森好奇地瞄她一眼，看见她绝望的神情立刻定住脚步。

"发生什么事了吗？"

"现在正在发生。你身上带了手机吗？"

"什么？"

"手机，我得打通电话。"

约纳森转头朝门口看去。

"约纳森……我需要一只手机。马上就要！"

一听到她绝望的口气，他马上从内口袋掏出自己的摩托罗拉递给她。莎兰德一把抢了过去。不能打给布隆维斯特，因为他没把爱立信T10的号码告诉她。他想都没想过，因为怎么也没料到她能从隔离的房间打电话给他。她仅仅迟疑十分之一秒，便拨了爱莉卡的号码。响三声就接通了。

手机响时，爱莉卡正开着宝马车要回盐湖滩，离家还有约半英里路。

"爱莉卡。"

"我是莎兰德,没时间解释了。你有没有麦可另一只手机的号码?没有被监听的那只?"

"有。"

莎兰德今天已经让她惊吓过一次。

"现在马上打给他!泰勒波利安和乔纳斯约好三点在中央车站天井碰面。"

"什么……"

"快打就是了。泰勒波利安。乔纳斯。中央车站天井。三点。还有十五分钟。"

莎兰德啪地关上手机,以免爱莉卡问一些不必要的问题浪费宝贵时间。

爱莉卡把车停到路边。从袋子里拿出电话本,找到布隆维斯特约她在萨米尔之锅碰面那天晚上给她的电话。

布隆维斯特听到手机响了,从餐桌前起身走到莎兰德的工作室,拿起桌上的电话。

"喂?"

"是爱莉卡。"

"嗨。"

"泰勒波利安和乔纳斯约好三点在中央车站天井碰面。你只剩下几分钟。"

"什么?什么?什么?"

"泰勒波利安……"

"我听见了,但你是怎么知道的?"

"别多问了,马上行动。"

麦可瞄向时钟,两点四十七分。"谢了,拜!"

他抓起电脑包,没等电梯直接走楼梯,同时边跑边打柯特兹的T10手机。

"柯特兹。"

"你现在在哪里？"

"学术书店。"

"泰勒波利安和乔纳斯约好三点在中央车站天井碰面。我已经在路上，但你比较近。"

"天哪，我马上去。"

布隆维斯特沿着约特路往斯鲁森方向加速奔去，来到斯鲁斯普兰时已是上气不接下气。也许费格劳拉说得没错。他不可能赶到。于是开始以目光搜寻出租车。

莎兰德将手机还给约纳森医师。

"谢谢。"她说。

"泰勒波利安？"约纳森很难不听到这个名字。

她注视着他。"泰勒波利安是个十足、十足的大坏蛋。你想都想不到。"

"没错，但我看出来刚才发生的事让你很激动，从我照顾你以来从没见过你如此激动。希望你知道自己在做什么。"

莎兰德对约纳森撇嘴笑了笑。

"你应该很快就会知道答案了。"她说。

柯特兹像个疯子般跑出学术书店，从山缪牧师高架路穿越斯维亚路直接来到克拉拉诺拉，然后转上克拉拉贝尔高架路、越过瓦萨街。飞奔过克拉拉贝尔街时从一辆巴士和两辆轿车间穿越，其中一名驾驶员还愤怒地捶打挡风玻璃，最后他就在车站大钟敲响三点整时，冲进中央车站大门。

他三阶一跨地跑下手扶梯来到售票大厅，又跑过口袋书店之后才放慢脚步，以免引人侧目。他仔细瞧着每一个站在天井附近或从旁经过的人。

没有看到泰勒波利安，也没看到克里斯特在科帕小馆外面拍到、他们认为就是乔纳斯的人。柯特兹又看看时钟，三点零一分。他气喘如牛，仿佛刚跑完马拉松。

他趁机疾步走过大厅，来到门外的瓦萨街，停下来四下环顾，凡在视线内的每张脸都一一检视，没有泰勒波利安。没有乔纳斯。

他又回到车站内。三点零三分。天井区几乎空荡荡的。

这时他抬起头，正好在一刹那间瞥见满头乱发、留着山羊胡的泰勒波利安的身影从售票大厅另一头的便利商店走出来。一秒过后，克里斯特照片中那名男子也出现在泰勒波利安身边。乔纳斯。他们穿过中央大厅，由北门走到瓦萨街上。

柯特兹松了口气，用手背揩去眉毛上的汗水后，开始尾随这两人。

布隆维斯特的出租车在三点零七分抵达中央车站。他快步走进售票大厅，却没看见泰勒波利安或任何看起来像乔纳斯的人，也没见到柯特兹。

正打算打电话给柯特兹，手机就响了。

"我找到他们了。他们现在正坐在瓦萨街上，通往阿卡拉地铁线楼梯旁的'Tre Remmare'酒吧。"

"谢了，柯特兹，你人在哪里？"

"我在吧台，正在喝下午啤酒。我值得奖赏。"

"好极了。他们认得我的长相，所以我就不去了。我想你应该没有机会听到他们的对话内容吧。"

"完全没希望。我只能看到乔纳斯的背影，而那个该死的心理医生说话的时候嘴都不张开，甚至看不到他嘴唇在动。"

"明白了。"

"不过我们有个问题。"

"什么？"

"乔纳斯把皮夹和手机放在桌上，皮夹上面还放了车钥匙。"

"好，我会处理。"

费格劳拉的手机响起电影《西部往事》的主题曲，她只好放下手边有关古代上帝的书,这本书好像永远都看不完。

"嗨,我是麦可。你在做什么?"

"坐在家里整理旧情人的照片。我今天被甩得更早,真丢脸。"

"你的车在附近吗?"

"据我所知就停在外面的停车格。"

"很好,你下午想不想到市区来?"

"不太想,怎么了?"

"有个叫泰勒波利安的心理医生正在瓦萨街上和一个代号乔纳斯的特务喝啤酒。既然我要配合你们这种东德秘警的官僚作风,我想你应该有兴趣一起来跟踪。"

费格劳拉已经起身拿车钥匙。

"你该不是开玩笑吧?"

"当然不是。而且乔纳斯的车钥匙就放在他面前的桌上。"

"我马上到。"

玛琳没有接电话,但布隆维斯特幸运地找到罗塔,她正在奥伦斯百货公司买丈夫的生日礼物。他拜托她赶到酒吧支持柯特兹,算是加班。接着打给柯特兹。

"计划是这样的。五分钟后我就会有车,车子会停在从酒吧往下走的加瓦斯加坦上。过几分钟罗塔会过去支持你。"

"好。"

"他们离开酒吧时,你跟着乔纳斯,随时用手机告诉我位置。你一看到他往车子走去,就要让我们知道。罗塔会尾随泰勒波利安。如果我们来不及赶到,就记下他的车牌号码。"

"好的。"

费格劳拉在紧邻机场快线月台的诺地克光饭店旁边停车,一分钟后布隆维斯特便打开驾驶座的门。

"他们在哪间酒吧?"

布隆维斯特跟她说了。

"我得请求支持。"

"最好不要。已经有人看着他们了，人多反而容易坏事。"

费格劳拉狐疑地看着他。"你怎么知道他们要碰面？"

"我必须保护消息来源，抱歉。"

"难道你在《千禧年》还有自己的情报单位？"她发作道。

布隆维斯特似乎很开心。能在秘密警察的专业领域中打败他们，真好。

事实上，他完全不知道爱莉卡怎么会突然打电话告知他这场会面的消息。打从四月初，她就已经不再插手杂志社的编辑工作。当然，她肯定知道泰勒波利安，但乔纳斯却是五月才出现。据他所知，爱莉卡根本不知道此人的存在，更不可能知道他是国安局与《千禧年》高度怀疑的焦点。

他得找爱莉卡谈谈。

莎兰德紧抿着嘴，看着掌上电脑屏幕。借用过约纳森的手机后，她暂时搁置有关"小组"的所有念头，专注于爱莉卡的问题。经过仔细考虑，她又删除所有二十六岁到五十四岁之间的已婚男性。这么做有点草率，她自己也明白，她的挑选方式几乎毫无数据、社会或科学原理作根据。毒笔很可能是个已婚男性，有五个小孩和一只狗，也可能在维修部门工作，甚至可能是个女的。

只是她非得缩减名单人数，上次删减成四十八人，现在又减少到十八人。名单上的成员大多是较有名的记者、主管或中层主管，年龄至少三十五岁。如果这群人当中找不到任何线索，再将网撒大一点也不迟。

四点她登入黑客共和国，将名单上传给瘟疫。几分钟后他回敲了她。

〈十八个名字。干什么的？〉

〈一个额外的小计划。就当作训练吧。〉

〈好……吧。〉
〈这里头有个讨厌鬼,把他找出来。〉
〈有什么准则?〉
〈要快。明天我就会被断线了,必须早一步找到他。〉

她概述了毒笔的情况。

〈做这个有什么好处吗?〉

莎兰德想了一秒钟。

〈有。我不会跑到你们那个沼泽区,放火烧你家。〉
〈你真会这么做?〉
〈每次请你帮忙我都会付钱。但这次不是为了我自己,你就当做是节税用的公益支出吧。〉
〈你开始显现社会责任感了。〉
〈怎么样?〉
〈好吧。〉

她将进入《瑞典摩根邮报》编辑室的密码传给他后,便注销了ICQ。

柯特兹到了四点二十分才来电。
"他们好像要离开了。"
"我们准备好了。"
沉默。
"他们在酒吧外面分手,乔纳斯往北走。泰勒波利安往南,罗塔就跟在他后面。"
布隆维斯特举起一根手指,指着瓦萨街上从他们面前闪过的乔纳斯。费格劳拉微一点头,发动引擎。几秒钟过后,布隆维斯特也看到柯特兹了。

"他正要过瓦萨街,朝国王街走去。"柯特兹在手机里说道。

"保持距离,别让他发现你。"

"放心,路上挺多人的。"

沉默。

"他转上国王街,往北走。"

"国王街往北。"布隆维斯特说。

费格劳拉换挡后上行瓦萨街,接着被红灯给挡下。

"他现在在哪里?"他们转上国王街后,布隆维斯特问道。

"在PUB百货对面,他走得很快。哎呀,现在到陀特宁街往北转。"

"陀特宁街北转。"布隆维斯特说。

"好。"费格劳拉说着随即违规左转上克拉拉诺拉,朝欧洛夫帕尔梅路驶去,转过街角后在工业技术与文书雇员工会大楼外停下车来。乔纳斯穿越欧洛夫帕尔梅路后右转,朝斯维亚路走去。柯特兹还留在对街。

"他朝东走……"

"你们两个我们都看见了。"

"他转进荷兰人街了。喂……车子,红色奥迪。"

"车子。"布隆维斯特边说边写下柯特兹念给他的车号。

"他往哪边开?"费格劳拉问。

"往南。"柯特兹回报说,"他会在你们前面转上欧洛夫帕尔梅路……就现在。"

费格劳拉已经启程,通过了陀特宁街。她打着灯号,阻止几个试图闯红灯的行人。

"多谢了,柯特兹。再来由我们接手。"

红色奥迪在斯维亚路往南转。费格劳拉边跟踪边用左手打开手机按了一个号码。

"能帮我找一辆红色奥迪的车主吗？"她一口气说出了号码。

"乔纳斯·桑德伯格，一九七一年生。你说什么？契斯塔，赫辛佑街。谢谢。"

布隆维斯特将信息写下。

他们跟着红色奥迪经由港口街驶往海滨大道，然后转上火炮路。乔纳斯将车停在距离军事博物馆一个路口外，然后徒步过街，走进一栋一八九〇年代的建筑大门。

"有趣。"费格劳拉转头对布隆维斯特说。

乔纳斯进入的大楼，和首相借用来与他们私下会面的公寓仅一街之隔。

"干得漂亮！"费格劳拉说。

就在此时，罗塔也来电告知说泰勒波利安从中央车站的手扶梯上了克拉拉贝尔街之后，便去了国王岛的警察总局。

"星期六下午五点去警察总局？"

费格劳拉和布隆维斯特以怀疑的眼神互望一眼。费格劳拉针对这局势的变化思考了几秒钟，然后拿起手机打给刑事巡官包柏蓝斯基。

"你好，我是国安局的费格劳拉。前一阵子我们在梅拉斯特兰北路见过面。"

"有什么事？"包柏蓝斯基问道。

"这个周末你手下有人值班吗？"

"茉迪。"包柏蓝斯基说。

"我需要她帮个忙，你知道她人在不在总局？"

"应该不在。天气这么好，又是星期六下午。"

"你能不能联络她或是任何调查小组的人，请他们到埃克斯壮检察官的办公室走廊……看看他现在是不是在办公室开会？"

"什么样的会？"

"现在还不能细说。我只想知道他现在是不是在和谁开会，如果是的话，跟谁。"

"你要我去窥视检察官，而且还是我的上司？"

费格劳拉挑起眉头,接着又耸耸肩。"是的。"

"我尽量。"他说完便即挂断。

茉迪离总局很近,比包柏蓝斯基想象的还近。她正和丈夫在某位朋友位于瓦萨街住处的阳台上喝咖啡。孩子们跟着外祖父母去度周末了,所以他们夫妻俩打算做点老派的事,像上馆子、看电影之类的。

包柏蓝斯基解释了来电的原因。

"我要用什么借口去打断埃克斯壮?"茉迪问道。

"我答应昨天要给他有关尼德曼的最新消息,结果下班前忘了把报告拿到他的办公室。就放在我桌上。"

"好吧。"茉迪转而看着丈夫和朋友说,"我得去局里一趟。我开车去,运气好的话,一小时内就会回来。"

她丈夫听了叹气。朋友也叹气。

"这个周末我当班。"茉迪道歉着解释。

茉迪把车停在柏尔街,搭电梯上包柏蓝斯基的办公室拿那三页A4大小、关于追捕尼德曼的报告,内容少得可怜。实在不怎么亮眼,她心想。

她爬楼梯上一层楼,来到通往走廊的门前停下。这个夏日午后,总局里几乎空无一人。她其实不算蹑手蹑脚,只是脚步很轻。走到埃克斯壮关起的办公室门口她停了下来,听见里面有说话声,忽然勇气顿失。她觉得自己像个笨蛋。平常她会敲门、推开门进去说:"嗨!原来你还在啊?"然后轻轻松松就走进去。但现在好像全都不对劲。

她环顾四周。

包柏蓝斯基为什么找她?这是什么样的会议?她瞥向走廊对面,正对着埃克斯壮办公室的是一间足以容纳十个人的会议室,她自己就曾经在里面听过几场报告。她走进会议室,关上门。百叶窗没有拉开,而面对走廊的玻璃隔墙则有布帘遮住。里面很暗。她拉过一张椅子坐下,然后将窗帘拉开一条缝往走廊上看。

她觉得不安。万一有人开门,问她在这里做什么,她恐怕有得解释了。她拿出手机,看看上面显示的时间,快六点了。她将铃声转为静音后,背靠椅子,留意看着埃克斯壮办公室的门。

七点,瘟疫在线敲了莎兰德。

〈好了,我是《瑞典摩根邮报》的管理员了。〉
〈在哪里?〉

他传了一个网址过来。

〈二十四小时内应该不可能做到。就算有这十八个人的邮箱地址,要入侵他们家里的个人电脑也要几天时间。而且星期六晚上,大多数人恐怕根本没上线。〉
〈你专攻他家里的个人电脑,报社那边我来负责。〉
〈我也这么想。你那部掌上型比较有限制。要我特别帮你注意哪个吗?〉
〈不用,每个都试就对了。〉
〈好吧。〉
〈瘟疫?〉
〈嗯。〉
〈如果明天以前没有任何线索,我要你继续试。〉
〈好。〉
〈那样的话我会付你钱。〉
〈算了,反正好玩。〉

她注销后便进入瘟疫上传了所有《瑞典摩根邮报》管理员权限的网址。一开始先看看佛莱明有没有在线工作。没有。于是她借用他的身份进入报社的邮件服务器,如此便能看到电子邮件系统中的一切活动,甚至包括早已从个人信箱删除的信息。

她先从恩斯特·提欧多·毕灵开始，他是报社的夜间编辑之一，现年四十三岁。她打开他的信箱，开始往回点阅，每则信息约花两秒钟，刚好可以知道发件人与大概的内容。几分钟后，她已经看出每日备忘录、日程表与其他琐碎事项等等例行邮件的端倪，便开始略过这些邮件。

她一一查看三个月份的信息，随后跳着月份只看主旨栏，引起她注意的才点进去看内容。她得知毕灵和一个名叫苏菲亚的女人约会，而且和她说话的口气很令人不舒服。但这似乎没什么不寻常，因为毕灵给大多数人写邮件的口气都是这样，无论是记者、美编等等。不过她还是觉得奇怪，一个男人竟会不断对女友使用死肥猪、死笨蛋、臭婊子之类的字眼。

搜寻一小时后，她关掉毕灵的信箱并将他从名单上剔除。接着看拉斯·厄杨·沃尔贝，法律新闻线一位五十一岁的资深记者。

艾柯林特于星期六晚上七点半走进警察总局。费格劳拉与布隆维斯特正在等他，而且就坐在前一天布隆维斯特坐的同一张会议桌旁。

艾柯林特暗中提醒自己现在如履薄冰，当他允许布隆维斯特走进这道走廊时，就已经违反了一堆规定，费格劳拉更无权擅自邀请他来这里。即使同事们的配偶也不准进入国安局的廊道，要找另一半的话就得在楼梯口等着。而最糟的是布隆维斯特还是记者。从现在起，只能让他出入和平之家广场的临时办公室。

不过外人只要经过特别邀请，反而能进入这些走廊，例如外国宾客、研究人员、学者、兼职顾问……他将布隆维斯特列为兼职顾问。这些个无聊的安全分类其实也就是文字罢了。总会有人决定是否应该给某人特殊的通行许可，因此艾柯林特想好了，一旦出现批评的声音，他会说是他个人对布隆维斯特放行的。

当然，这是万一出事时的做法。他坐下来看着费格劳拉。

"你怎么知道他们要碰面？"

"布隆维斯特在四点左右打给我。"她带着满意的笑容回答。

艾柯林特转向布隆维斯特。"那你又是怎么知道的？"

"我得到线报。"

"难道你在对泰勒波利安进行某种跟踪监视？"

费格劳拉摇摇头。"一开始我也这么想。"她语气愉快地说着，仿佛布隆维斯特不在场似的，"但不合理。就算有人替布隆维斯特跟踪泰勒波利安，也不会事先知道他正要去见乔纳斯。"

"那么……还有什么？非法窃听之类的吗？"艾柯林特质问道。

"我可以向你保证，"布隆维斯特出声以提醒他们他也在一旁，"我没有对任何人进行非法窃听。实际说起来，非法窃听是政府当局的专利。"

艾柯林特蹙眉说道："所以你是不打算告诉我们你如何得知消息啰？"

"我已经说过我不会说。这是消息来源提供的消息，我得保护消息来源。我们何不将重点放在最新的发现上？"

"我不喜欢事情悬而未决。"艾柯林特说，"不过好吧。你们发现了什么？"

"他名叫乔纳斯·桑德伯格，"费格劳拉说，"受过海军蛙人训练，在九十年代初进入警察学校。先后在乌普萨拉和南泰利耶服务。"

"你也来自乌普萨拉。"

"对，但我们大约差了一年。他在一九九八年被延揽进国安局反间组，二〇〇〇年转派任国外一个秘密职位。根据我们的资料，他在马德里大使馆工作，我向大使馆查证过了，人事名单上没有乔纳斯。"

"就和莫天森一样。形式上调往某个并没有他存在的单位。"

"只有秘书长能做这样的安排。"

"正常状况下，一切都可以推说是官僚作业疏失。我们之所以会发现是因为特别去留意的缘故。如果有人开始问一些奇怪的问题，他们会说这是机密，不然就说和恐怖分子有关。"

"这里头有不少预算需要核对。"

"你是说预算主任？"

"也许。"

"还有什么？"

"乔纳斯住在绍伦吐纳，未婚，但和南泰利耶一名教师生了一个孩子。没有不良记录，拥有两把枪的执照，认真负责、滴酒不沾。唯一比较不协调的是他似乎是福音派教徒，九十年代还加入生命之道教会。"

"你怎么查出来的？"

"我去找以前乌普萨拉的上司谈过，他对乔纳斯的印象很深刻。"

"一个信基督教的蛙人，有两把枪和南泰利耶的一个孩子。还有吗？"

"我们确认他的身份也才大约三个小时，你得承认我们动作已经很快了。"

"的确。对火炮路那栋建筑有什么了解？"

"还不多。史蒂芬去找过建管处的人，拿到建筑的平面图，是一八九〇年代的住屋协会建筑，共六层楼、二十一间公寓，另外中庭一栋小建筑里还有八间公寓。我查过房客，但没有特别的发现。里头有两个住户有前科。"

"是谁？"

"三楼的林斯壮，六十三岁，在七十年代犯了保险欺诈罪。五楼的卫菲特，四十七岁，曾两度因为殴打前妻被判刑。其余似乎就是典型的瑞典中产阶级。不过有一间公寓倒是启人疑窦。"

"哪间？"

"位于楼顶，十一个房间，明显像栋豪宅。屋主是一间名叫贝洛纳的公司。"

"做什么的？"

"天晓得。他们做市场分析，年营业额大约三千万克朗，所有人都住在国外。"

"啊哈。"

"啊哈什么？"

"没什么,就是啊哈。再深入调查贝洛纳。"

这时候,布隆维斯特只知道名叫史蒂芬的警员走了进来。

"嗨,老板。"他向艾柯林特打招呼,"这实在太酷了。我去查了贝洛纳那间公寓的背景。"

"结果呢?"费格劳拉问道。

"贝洛纳公司成立于七十年代,公寓是他们向前屋主买来的,那位屋主拥有大片房产,是个名叫克里斯蒂娜·赛德霍姆的女人,生于一九一七年,丈夫弗朗克,也就是国安局成立时和维涅起争执的那个大炮型人物。"

"很好。"艾柯林特说,"非常好。费格劳拉,派人二十四小时监视那间公寓,找出他们用的电话。我要知道有哪些人进出,有哪些车载人到那个地址。总之就是例行工作。"

艾柯林特转头看着布隆维斯特,似乎欲言又止。布隆维斯特也看着他,等他开口。

"你对这样的信息交流还满意吗?"艾柯林特终于说道。

"非常满意。那你对《千禧年》的贡献满意吗?"

艾柯林特勉强点了个头。"你要知道我可能因此惹上很大的麻烦。"

"那不是因为我。我会把从这里得到的信息当作消息来源保护,我会报道事实,但不会提到我用什么方法、在什么地方取得信息。报道送印之前,我会正式采访你,你若不想回答某个问题,就说'没有意见',否则你也可以详细说明你对'特别分析小组'的想法。由你决定。"

"好啊。"艾柯林特点点头。

布隆维斯特很高兴。才几个小时,"小组"成员已明确成形,真是一大突破。

埃克斯壮办公室内的会议持续许久,让茉迪非常沮丧,幸好有人在会议桌上留了一瓶矿泉水。她发了两条短信给丈夫,告诉他自己还走不开,并承诺回到家后一定会有所补偿。但她开始坐立不安,自觉有如非法入侵者。

会议直到七点半才结束。当门打开,法斯特走出来,她着实吓了一大跳。接着是泰勒波利安医师,跟在他们后面的是一个年纪较大、头发花白的男人,茉迪从未见过。最后是埃克斯壮检察官,他穿上夹克后随手关灯锁门。

茉迪将手机伸到窗帘缝隙,对着站在埃克斯壮办公室门外那群人,拍了两张低分辨率照片。几秒钟后,他们一起往走廊另一头走去。

她屏住气息直到他们远离困住她的会议室。听到楼梯间的门关上的声音时,她已经冒出一身冷汗,站起来的时候竟然双脚发软。

包柏蓝斯基在八点刚过打了电话给费格劳拉。
"你说想知道埃克斯壮是不是在开会。"
"没错。"费格劳拉回答。
"会议刚结束。和埃克斯壮会面的有泰勒波利安医师和我的前同事法斯特巡官,还有一个年纪较大但我们不认识的先生。"
"等一下。"费格劳拉说完,用手遮住话筒,转而对其他人说,"泰勒波利安直接去找埃克斯壮了。"
"喂,你还在吗?"
"抱歉,能形容一下第三个人吗?"
"不止能形容,我还可以传照片给你。"
"照片?真是感谢你。"
"只要告诉我是怎么回事就好了。"
"我会再和你联络。"
他们围坐在会议桌旁,沉默了好一会儿。
"这么说,"最后是艾柯林特先开口,"泰勒波利安和'小组'的人碰面,然后直接去见埃克斯壮检察官。我愿意悬赏重金打听他们谈话的内容。"

"你干脆直接问我。"布隆维斯特说。

艾柯林特和费格劳拉都转头看他。

"他们碰面是为了制订最后策略，好在法庭上定莎兰德的罪。"

费格劳拉瞄他一眼之后，缓缓地点点头。

"那只是猜测，"艾柯林特说，"除非你有超能力。"

"不是猜测。"布隆维斯特说，"他们是在讨论关于莎兰德的精神鉴定报告。泰勒波利安刚刚写完了。"

"胡说，莎兰德都还没做检查呢。"

布隆维斯特耸耸肩，打开电脑包。"以前也是这样，泰勒波利安照写不误。这是最新版本。你自己看，上面的日期就在预定开庭的那个星期。"

艾柯林特与费格劳拉看了眼前的这篇报告，最后两人交换眼神并一齐掉头看着布隆维斯特。

"你又是从哪弄来这个的？"艾柯林特问道。

"一个我必须保护的消息来源。"布隆维斯特回答。

"布隆维斯特……我们必须能够互相信任。你分明有所保留，你袖子里是不是还藏有更多令人意外的秘密呢？"

"是的，我当然有秘密，而我也深信你们并未充分授权让我看国安局里的所有数据。"

"这是两回事。"

"绝对是一样的事。这次的安排需要双方合作，你自己也说：我们必须相互信任。我保留的部分对于你们对'小组'的调查并无帮助，对于已犯下的各项罪行也无法提供新的线索。我已经交出泰勒波利安在一九九一年与毕约克共同犯罪的证据，我也告诉你们他将会受雇再重蹈覆辙。现在这份文件证明我说得没错。"

"但你还是隐瞒了关键数据。"

"当然了，你如果无法忍受，我们可以停止合作。"

费格劳拉举起手指打岔道："抱歉，但这是否意味着埃克斯壮在替'小组'做事？"

布隆维斯特皱着眉头说:"这个我不知道。但我觉得他比较像是被'小组'利用的傻瓜。他有野心,但我想他还算诚实,只是有点笨。确实有个消息来源告诉我,当初还在追捕莎兰德时,泰勒波利安做了有关于她的报告,埃克斯壮几乎照单全收。"

"也就是说你觉得要操控他并不难?"

"正是。而刑警法斯特则是个百分之百的笨蛋,他以为莎兰德是同性恋撒旦信徒。"

爱莉卡在家。她觉得全身瘫软,无法集中精神做正事,好像随时都会有人打电话来告诉她,某个网站上张贴了她的照片。

她发现自己一再地想着莎兰德,但心里知道她能帮上忙的希望十分渺茫。莎兰德被关在索格恩斯卡,禁止会客,甚至不能看报。不过这个女孩异常地诡计多端,尽管被隔离,却还是有办法先后用ICQ和电话联络上爱莉卡。而且两年前,她也曾经独力毁灭温纳斯壮的金融帝国,拯救了《千禧年》。

八点,苏珊来到门口敲门。爱莉卡惊跳起来,好像有人在客厅开枪似的。

"哈啰,爱莉卡。你怎么愁眉苦脸地坐在这里,也没开灯。"

爱莉卡点点头,扭开了灯。"嗨,我去煮点咖啡……"

"不,还是我来吧。有什么新消息吗?"

可被你说中了。莎兰德跟我联络,掌控了我的电脑。后来又打电话来说泰勒波利安今天下午要和一个叫乔纳斯的人在中央车站碰面。

"没有,没什么新消息。"她说,"不过有件事我想问问你。"

"问吧。"

"你觉得这不是跟踪狂,而是我认识的人想找我麻烦的几率有多高?"

"有什么差别吗?"

"对我来说,跟踪狂是我不认识的人盯上了我,而另一种则是为了私人原因想要报复我,破坏我的生活。"

"有趣的想法。怎么会想到这个？"

"我……今天和某个人讨论过，不能告诉你是谁，但她认为真正跟踪狂的威胁会不一样。她说跟踪狂绝不会写邮件去给文化版那个女孩，因为好像完全偏离重点。"

苏珊说："她说得有点道理。说真的，我一直没看过那些邮件，能让我看看吗？"

爱莉卡于是启动放在餐桌上的笔记本电脑。

费格劳拉在晚上十点陪布隆维斯特走出警察总局，来到克鲁努贝里公园前停下，就跟前一天同一个地点。

"又来到这里了。你是要消失去工作，还是想去我家和我上床？"

"这个嘛……"

"你不必觉得有压力，麦可。如果有事要做，就去做吧。"

"你知道吗，费格劳拉，我真担心你会让我上瘾。"

"而你却不想依赖任何东西，意思是这样吗？"

"不，我不是这个意思。不过今晚我得和某个人谈谈，时间可能会有点长。等我谈完你已经睡了。"

她耸耸肩。

"再见。"

他亲亲她的脸颊，然后往和平之家广场的巴士站走去。

"布隆维斯特。"她喊道。

"怎么了？"

"我明天早上也没事。可以的话，过来一起吃早餐吧。"

第二十一章
六月四日星期六至六月六日星期一

莎兰德浏览新闻主编霍姆的电子邮件时，有一些不祥的感觉。他今年五十八岁，并不在她设定的范围内，但因为他和爱莉卡互相看对方不顺眼，因此还是将他纳入了。他是个爱耍心机的人，会写信给不同的人说别人怎么批评他们表现很差。

莎兰德一眼就看出霍姆不喜欢爱莉卡，他确实利用不少空间谈论这个烂女人说了什么、做了什么。他上网只会上与工作有关的网站，如果还有其他兴趣，想必是用另一部电脑上 Google 搜寻。

她将他保留为毒笔的可能人选之一，但可能性不是最大。莎兰德花了一点时间思忖自己何以不认为是他，最后得到的结论是他实在太傲慢，根本不会费心寄匿名信。如果想骂爱莉卡是贱女人，他会大声骂出来。而且他似乎也不像是会在半夜溜进爱莉卡家的那种人。

晚上十点，她暂停一下，进入"愚桌"，发现布隆维斯特还没回来，心里有点焦躁，不知道他在搞什么，也不知道有没有赶上泰勒波利安的约会。

随后她又回到《瑞典摩根邮报》的服务器。

名单上的下一个人是体育版副主编柯雷斯·伦汀，二十九岁。刚打开他的信箱，她就打住，咬咬嘴唇。然后又关闭，改进入爱莉卡的信箱。

她往回拉，信箱里的信不多，因为五月二日才启用账号。第一封信是弗德列森发来的中午备忘录。爱莉卡上班的第一天，有几个人发信来欢迎她加入《瑞典摩根邮报》。

莎兰德仔细阅读爱莉卡信箱里的每封信。她看得出来，从第一天起，她和霍姆的通信便隐含敌意。他们似乎对任何事都没有共识，莎兰德还看出霍姆发了几封信，说一些鸡毛蒜皮的小事，纯粹是想激怒爱莉卡。

她跳过广告邮件、垃圾邮件和新闻备忘录，只专注于私人信件。她看了预算的计算、广告与营销计划，以及和财务总监赛尔伯之间持续一星期的对话，差不多都是为了裁员争吵不休。法务部主任为了一个名叫约翰奈斯的特约记者，也寄了几封口气愠怒的信给爱莉卡，好像是因为她派他写一篇报道，惹得主任不高兴。除了一开始的欢迎信之外，似乎没有一个主管对爱莉卡的主张或提议抱持正面态度。

过了一会儿，莎兰德又拉回到最前面，一边在心里默数。报社内所有中高层主管当中，只有四人没有加入诋毁中伤的行列，就是董事长博舍、副主编弗德列森、头版主编古纳与文化版主编塞巴斯提恩·史特兰伦德。

他们在《瑞典摩根邮报》从来没听说过女人吗？部门的负责人全都是男的。

这四人之中，爱莉卡和史特兰伦德来往最少，彼此只互写过两封电子邮件，而最友善也最感人的信则来自头版主编古纳。博舍的信息总是直指重点，十分简要。

这群男人如果要把爱莉卡五马分尸，当初到底为什么要雇用她？

和爱莉卡关系最密切的同事似乎就是弗德列森。他有点像是扮演影子的角色，她开会时就在一旁观察。他会准备备忘录，替爱莉卡写各种文章与议题的摘要，让工作顺利进行。

他每天会发十几封电子邮件给爱莉卡。

莎兰德挑出弗德列森寄给爱莉卡的信，全部看了一遍。有几次，他反对爱莉卡所作的决定，并提出相对的建议。爱莉卡好像很信任他，因为后来大多都改变了自己的决定或是接受他的反对意见。他从不展现敌意，但与爱莉卡之间也没有丝毫的私人情谊。

莎兰德关闭爱莉卡的信箱后，寻思片刻。

接着打开弗德列森的信箱。

瘟疫整晚都在弄《瑞典摩根邮报》各个员工的家庭电脑，却没啥收获。他最后终于进入霍姆的电脑，因为家中电脑和办公室电脑一直都联机；无论早晚，他都能进去读取自己正在写的东西。霍姆的个人电脑几乎是瘟疫所入侵过最无聊的一部，至于莎兰德名单上那十八个人，入侵过程也不顺利。原因之一是这些人星期六晚上都没有上线。他正开始对这项不可能的任务感到厌倦，莎兰德在十点半敲他。

〈什么事？〉
〈彼得·弗德列森。〉
〈好。〉
〈其他人就算了。针对他就好。〉
〈为什么？〉
〈只是第六感。〉
〈需要一点时间。〉
〈有快捷方式。弗德列森是副主编，他在家会用一个叫综合者的程序随时掌握办公室电脑动态。〉
〈我对综合者一无所知。〉
〈那是几年前发布的一个小程序，现在已经过时了。综合者有个缺陷，黑客共和国的档案里有。理论上，你可以反转程序，从报社进入他的家庭电脑。〉

瘟疫叹了口气。这个女孩曾经是他的学生，如今已经比他厉害了。

〈好，我会试试。〉
〈如果你发现什么，我又不在线，就把它传给小侦探。〉

布隆维斯特就在午夜前几分钟回到莎兰德在摩塞巴克的公寓。他觉得很累。冲澡、煮咖啡之后，启动莎兰德的电脑，敲她的ICQ。

〈你也该出现了。〉

〈抱歉。〉

〈你这几天跑哪去了？〉

〈和一个秘密警察做爱。追踪乔纳斯。〉

〈你及时赶到了吗？〉

〈是，是你跟爱莉卡提供情报的？〉

〈唯一能联络到你的方式。〉

〈聪明。〉

〈我明天要移送看守所了。〉

〈我知道。〉

〈网络的事瘟疫会帮忙。〉

〈好。〉

〈那现在只剩最后结局了。〉

〈莉丝……我们会做我们该做的。〉

〈我知道，你很好预料。〉

〈一如往常，我的小魔术师。〉

〈还有什么我该知道的吗？〉

〈没有了。〉

〈那么我在网络上还有很多事要做。〉

〈祝好运。〉

苏珊听到耳机发出哔哔声立刻惊醒，有人触动了装在一楼门厅的传感器。她用手肘撑起身子看了时间，星期日清晨五点二十三分。她静悄悄地溜下床，穿上牛仔裤、T恤和布鞋，然后将梅西喷雾器塞进背侧口袋，并拿起伸缩警棍。

她悄然无声地通过爱莉卡卧室门口，发现门还关着，因此也上了锁。

她站在楼上楼梯口侧耳倾听，听见一楼有微弱的杯盘碰撞声和行动声。于是她慢慢下楼，到了门厅停住再听。

厨房里有拉椅子的声音。她紧握住警棍,偷偷移到厨房门边,随即看到一个没刮胡子的光头男子坐在餐桌旁,正一边喝柳橙汁一边看《瑞典摩根邮报》。他感觉到有人,便抬起头来。

"你是谁啊?"

苏珊松了口气靠在门柱上。"葛瑞格·贝克曼吧,我猜。你好,我是苏珊·林德。"

"是吗?你是要打我的头还是想喝果汁?"

"好啊,"苏珊说着放下警棍,"我是说果汁。"

贝克曼从厨房长台面上拿了个玻璃杯,替她倒了一点。

"我是米尔顿安保的员工。"苏珊说,"我想最好还是由尊夫人来解释我在这里的原因。"

贝克曼站了起来。"爱莉卡出事了吗?"

"尊夫人没事,不过出了一点麻烦。我们一直试着联系人在巴黎的你。"

"巴黎?为什么是巴黎?我在赫尔辛基啊。"

"是吗?对不起,但你太太以为你在巴黎。"

"那是下个月。"贝克曼说完便往厨房门口走。

"卧室门上锁了,你需要密码才打得开。"苏珊说。

"你说什么……什么密码?"

她将开卧室门的三位数密码告诉他。他随即奔上楼去。

星期日上午十点,约纳森来到莎兰德的房间。

"哈啰,莉丝。"

"哈啰。"

"只是想来告诉你一声:警察会在午餐时间过来。"

"好。"

"你好像不太担心。"

"我是不担心。"

"我有个礼物要送你。"

"礼物？为什么？"

"你是我长久以来最有意思的病人之一。"

"真的吗？"莎兰德不太相信。

"听说你对DNA和基因很感兴趣。"

"是谁在大嘴巴？八成是那个女心理医生。"

约纳森点点头。"你在看守所如果觉得无聊……这是有关DNA的最新研究。"

他递给她一本名为《螺旋——DNA的奥秘》的书，作者是东京大学的高村义人教授。莎兰德翻开书，看了一下目录。

"漂亮。"她说。

"哪天我真想听你说说，你怎么看得懂这些连我都看不懂的教科书。"

约纳森一离开，莎兰德马上拿出电脑。最后的机会了。她从《瑞典摩根邮报》的人事部得知弗德列森已经在报社工作六年。这段时间内，他曾经请过两次不短的病假：二〇〇三年两个月和二〇〇四年三个月。她也从人事数据看出两次请假的原因是体力透支。爱莉卡的前任总编辑莫兰德曾一度质疑，弗德列森是否真能继续担任副主编。

废话、废话、废话。都没什么具体的发现。

十一点四十五分，瘟疫敲她。

〈怎样？〉

〈你还在医院吗？〉

〈你说呢？〉

〈是他。〉

〈确定？〉

〈半小时前他从家里和办公室电脑联机，我趁机进去了。他把爱莉卡的照片扫描到家里的硬盘。〉

〈谢啦。〉

〈她看起来很可口。〉

〈拜托，瘟疫。〉

〈知道啦。你要我怎么做？〉

〈他把照片放上网了吗？〉

〈在我看来没有。〉

〈你能破坏他的电脑吗？〉

〈已经做了。如果他企图用电子邮件发送或是上传任何大于20KB 的东西，他的硬盘就毁了。〉

〈酷。〉

〈我要去睡了。你保重。〉

〈一直都是。〉

莎兰德注销 ICQ，瞄向时钟才发现就快中午了，于是很快地传了一条信息到雅虎"愚桌"社群：

麦可。重要。马上打电话给爱莉卡，告诉她毒笔是弗德列森。

发出信息后便听到走廊上有动静，于是她擦了擦奔迈 T3 的屏幕，然后才关机放进床头柜后面的壁凹。

"嗨，莉丝。"门口出现的是安妮卡。

"嗨。"

"待会儿警察就要来了。我给你带了几件衣服，希望大小刚好。"

莎兰德看着她挑选的那些深色利落的棉质长裤和粉色衬衫，满脸疑虑。

歌德堡两名穿着制服的女警来带她，安妮卡也要一起到看守所。

从病房开始沿着走廊走去时，莎兰德发现有几名医护人员好奇地注视着她。她向他们友善地点头致意，其中有几个还挥手回礼。仿佛巧合一般，约纳森就站在服务台旁边，他们彼此互望点了点头。她们都还没转弯，莎兰德就注意到他已经往她的房间去了。

移送看守所的整个过程中，莎兰德对警方始终一言不发。

布隆维斯特在星期日上午七点关上电脑，不安地在莎兰德的桌前坐了一会儿，呆呆瞪着前方。

随后走进她的卧室，看着那张巨大的双人床，稍后又回到她的工作室，打开手机打给费格劳拉。

"嗨，是我麦可。"

"哈啰，你已经起床啦？"

"我刚做完事情，正要上床。只是想跟你打个招呼。"

"只是想打电话打个招呼的男人通常都别有居心。"

他笑了起来。

"布隆维斯特……你愿意的话，可以来这里睡觉。"

"我会是个很糟的伴侣。"

"我会习惯的。"

于是他搭上出租车去了朋通涅街。

星期天，爱莉卡和丈夫一直躺在床上，一会儿聊天一会儿打盹，下午才换上衣服，到汽船码头去散散步。

"《瑞典摩根邮报》是个错误。"回到家时爱莉卡说道。

"别这么说。现在确实很艰难，但这是你意料中的事。过一阵子，事情就会顺利了。"

"我不是说工作，这我可以应付，而是氛围。"

"我懂。"

"我不喜欢那里，但话说回来，都已经去了几个星期又不能说走就走。"

她坐在厨房餐桌旁，眼神阴郁地瞪着前方发呆。贝克曼从未见过妻子如此无助。

星期日上午十一点半，一名女警将莎兰德带进歌德堡警局埃兰德警官的办公室,这是法斯特巡官头一次与她会面。

"你还真是难抓。"法斯特说。

莎兰德注视他良久,认定他是个笨蛋而暗自高兴,并决定不浪费太多时间去关心他的存在。

"葛妮拉·华林巡官会和你们一起去斯德哥尔摩。"埃兰德说。

"好。"法斯特说,"那就马上出发吧。有不少人想和你认真谈谈呢,莎兰德。"

埃兰德向她道别,她置若罔闻。

为了方便起见,他们决定开车将她移送斯德哥尔摩,由华林驾驶。刚启程时,法斯特坐在前座,每当想和莎兰德说话便将头往后转。到了阿林索斯,就因为脖子酸痛不得不停止。

莎兰德望着窗外的景致。在她心里法斯特并不存在。

泰勒波利安说得对,她就是个白痴智障。法斯特暗想。到了斯德哥尔摩,非想办法改变你的态度不可。

他不时偷瞄莎兰德,试图对自己拼命追捕了这么久的女人作出一点评价。第一眼看到骨瘦如柴的她,就连法斯特也不禁存疑,她才多重啊?但他提醒自己,她是个同性恋,所以不算真正的女人。

不过关于撒旦教的说法可能是夸大其词,她看起来不像。

有讽刺意味的是他很想以她最初涉嫌的三起命案的名义逮捕她,但事实省去了他的调查。即便是瘦巴巴的女孩也能玩弄武器。结果她被捕的原因却是伤害了硫磺湖摩托车俱乐部的老大,她毫无疑问是有罪的。她肯定会试图反驳,但他们有相关的鉴定证据。

费格劳拉在下午一点叫醒布隆维斯特。她一直坐在阳台上,终于看完那本关于古代上帝的书,同时一边听着卧室传来的布隆维斯特的鼾声。好平静。走进去看他时,她忽然惊觉这么多年来从未有一个男人如此吸引她。

这种感觉令人很愉快也不安。他就在眼前,但他不是她生命中的安定元素。

他们一起到梅拉斯特兰北路喝咖啡，之后她又带他回家，整个下午都待在床上。他在七点钟离去。他亲完她的脸颊离开后，她一度觉得怅然若失。

星期日晚上八点，苏珊敲了爱莉卡家的门。既然贝克曼已经回家，她便无须在那里过夜，此刻来访与工作无关。她在爱莉卡家的这段时间，两人已经习惯于在厨房里长谈。她发现自己很喜欢爱莉卡，也察觉到她是个深感绝望却巧妙地隐藏自己真实性情的女人。她上班时表面上若无其事，其实内心非常紧张不安。

苏珊怀疑她的焦虑不只因为毒笔，不过爱莉卡的生活与问题与她毫无干系。这只是个友善的拜访。她来只是为了看看爱莉卡，确认一切没事。他们夫妻俩脸色凝重地坐在厨房，好像整个星期天都在试图解决一两个重大问题。

贝克曼煮了咖啡。苏珊才来不到几分钟，爱莉卡的手机就响了。

这一天，爱莉卡始终带着厄运即将来临的感觉接每通电话。

"爱莉卡。"她说。

"嗨，小莉。"

布隆维斯特，该死，我还没告诉他博舍的数据不见了。

"嗨，麦可。"

"莎兰德今天被带到歌德堡看守所，等着明天移送斯德哥尔摩。"

"喔。"

"她有个……有个信息要给你。"

"是吗？"

"好像什么暗号一样。"

"她说什么？"

"她说：'彼得·弗德列森是毒笔。'"

爱莉卡脑中一时千头万绪，静静坐了十秒钟。不可能。弗德列森不像那种人。一定是莎兰德搞错了。

"就这样吗？"

"就这样。你知道她在说什么吗？"

"知道。"

"小莉……你和那个女孩在搞什么？她还打电话要你转告我关于泰勒波利安和……"

"谢了，麦可。我们晚点再聊。"

她关掉手机，以不敢置信的惊讶神色看着苏珊。

"说吧。"苏珊说。

苏珊有点犹豫不决。爱莉卡被告知那些恶意信件是她的副主编寄的，她说个没完。接着苏珊问她怎么会知道弗德列森是那个跟踪狂，爱莉卡却又沉默不语。苏珊观察她的眼神，发觉她的态度有些改变。她在转眼间变得束手无策。

"我不能告诉你……"

"什么叫你不能告诉我？"

"苏珊，我就是知道事情是弗德列森做的，但我不能告诉你消息从何而来。我该怎么办？"

"如果要我帮你，你就得告诉我。"

"我……不行，你不懂。"

爱莉卡起身站到厨房窗边，背对着苏珊。最后转过身来。

"我要去他家。"

"你绝不能做这种事。你哪儿也不能去，尤其是一个显然恨你入骨的人的家。"

爱莉卡显得心烦意乱。

"坐下来，告诉我发生什么事。刚才是布隆维斯特打给你的，对吧？"

爱莉卡点头。

"我……我今天请一个黑客过滤员工的家庭电脑。"

"啊哈，你这么做很可能犯了重大的电脑罪行。你不想告诉我那个黑客是谁吗？"

"我答应过不告诉任何人……这还牵连到其他人。跟麦可目前的工作有关。"

"布隆维斯特知道电子邮件和这里被人闯入的事吗？"

"不知道，他只是传达信息。"

苏珊头一偏，脑子里忽然出现一串联想。

爱莉卡。布隆维斯特。《千禧年》。恶警闯入布隆维斯特的公寓装窃听器。我监视那群监视者。布隆维斯特疯狂地写一篇有关莎兰德的报道。

莎兰德是个电脑怪杰，这在米尔顿安保公司内部众所周知。没有人知道她从何处学到这些技术，苏珊也从未听说过莎兰德可能是黑客的传闻。不过阿曼斯基有一次说过，莎兰德进行私调时交出了十分不可思议的报告。黑客……

但莎兰德正在歌德堡的病房受看管。

太荒谬了！

"你现在说的是莎兰德吗？"苏珊问道。

爱莉卡的表情像触电似的。

"我不能讨论消息的来处。一个字也不能说。"

苏珊放声大笑。

是莎兰德没错。爱莉卡的反应再清楚不过。她完全失去了平衡。

可是不可能呀！

莎兰德受到看管，却还是找出了毒笔的身份。太疯狂了！

苏珊绞尽脑汁思考。

她不明白莎兰德事件的来龙去脉。当初她在米尔顿工作时，她们大概见过五次面，却一次也未曾交谈过。在她眼中，莎兰德是个阴沉、不善交际的人，外表的保护层厚得有如犀牛皮。她听说是阿曼斯基亲自雇用莎兰德，她很敬重阿曼斯基，相信他对这个阴沉的女孩展现无比耐心，必然有他的原因。

毒笔是弗德列森。

她说的是真的吗？她有什么证据？

接下来苏珊花了很长时间询问爱莉卡对弗德列森了解多少、他在《瑞典摩根邮报》扮演什么角色，以及他们之间的关系如何。得到的答案毫无帮助。

爱莉卡摇摆不定到了沮丧的地步。她一会儿坚决要开车到弗德列森的住处找他对质，一会儿又不肯相信这是真的。最后苏珊说服她绝不能一时意气用事冲到弗德列森家去当面指控他——万一他是清白的，她可就糟大了。

因此苏珊答应替她去调查，但话一出口她就后悔了，因为根本不知道从何着手。

她开车来到菲斯克赛特拉，将她的菲亚特尽可能停在离弗德列森住的大楼最近的地方。她把车上锁后，四下张望一番，不太知道该做什么，但她心想无论如何还是得去敲他的门，让他回答一些问题。她非常清楚这份工作早已超出米尔顿限定的范围，也知道阿曼斯基一旦发现定会勃然大怒。

这计划不好，但还没来得及付诸行动就流产了。她刚进入中庭，正要走向弗德列森住的那栋，门就开了。苏珊立刻认出是他，先前研究爱莉卡电脑上的人事数据时看过他的照片。她仍继续往前走，与他擦肩而过。他往车库的方向走去。这时快十一点了，弗德列森还打算出门。苏珊转身奔回自己的车上。

爱莉卡挂断后，布隆维斯特呆望手机良久，思忖着究竟怎么回事。他丧气地看着莎兰德的电脑，此时她已经被送到歌德堡的看守所，没机会再问她任何问题。

他打开爱立信T10，拨给安耶瑞的吉第。

"你好，我是布隆维斯特。"

"你好。"吉第应道。

"只是想告诉你先前拜托你的工作可以停止了。"

吉第早已料到布隆维斯特会来电，因为莎兰德已经出院。

"我明白。"他说。

"你可以依照约定留下那只手机，至于尾款这个星期会汇给你。"

"谢谢。"

"是我应该谢谢你的帮忙。"

布隆维斯特启动他的笔记本电脑，过去二十四小时发生的事意味着原稿中有极大部分需要修改，甚至很可能要加入一个全新的章节。

他叹了口气，开始工作。

十一点十五分，弗德列森将车停在距离爱莉卡家三条街外。苏珊已经猜到他的目的地，因此不再紧盯着他不放。他将车停妥整整两分钟后，她才开车经过。车上已经没人。她驶过爱莉卡家后又开了一小段路，把车停在视线以外的地方。此时她手心开始冒汗。

她掀开 Catch Dry 无烟烟草罐的盖子，往上唇内侧塞了小小一撮。随后她打开车门，环顾四周。当她看出弗德列森要到索茨霍巴根时，就知道莎兰德的情报没错。他这么一趟路过来，显然不是为了好玩。麻烦正在酝酿中。但她无所谓，只要能当场将他逮个正着就好。

她从车门边的置物袋里拿起伸缩警棍，在手里掂了掂，接着按下手把上的按钮，立刻弹出一条很粗的弹性钢缆。她咬了咬牙。

这正是她离开索德马尔姆警局的原因。

当时哈莱斯坦有个女人三天内打了三次电话报警，尖叫着说丈夫殴打她希望求援，而前两次，警察赶到时情况都已经解决。但到了第三次巡逻车开到女人的家时，苏珊已经气疯了。

他们将她丈夫押在楼梯间，另外讯问那名妇女。不，她不想报警。不，这全都是误会。不，他很好……其实都是她的错。是她激怒了他……

而那个王八蛋就一直站在那里狞笑，双眼直视着苏珊。

她也说不出为什么这么做。总之内心里忽然有个东西爆发了，她拿出警棍，往男人的脸挥打过去。第一下不够力，只让他嘴唇肿起、双脚跪地。接下来的十秒钟内，直到同事们抓住她，半拖半抱地将她拉到外面之前，她手中的警棍如雨点般落在他的背部、后腰部、臀部和肩膀。

她始终没有被提起控诉，但就在当天晚上她递出辞呈，回家哭了一个星期。后来心情平复下来之后，她去见阿曼斯基，解释自己的行为与离开警界的原因，说她要找工作。阿曼斯基心存疑虑，只说需要一点时间想想。等了六个星期她都已经绝望了，才接到他来电表示愿意试用她。

苏珊皱起眉头，将警棍插进后腰的皮带里。她检查了一下，梅西喷雾器放在右边口袋，布鞋鞋带也绑紧了，这才往回走到爱莉卡家，溜进庭院。

她知道屋外尚未安装移动侦测器，因此沿着宅院边缘的树篱，悄然无声地通过草坪。她看不见他。绕过屋子站定后，才在贝克曼工作室附近的暗处发现他的身影。

他绝对想不到自己再回这儿来有多愚蠢。

他半蹲下身子，试图从客厅隔壁房间的窗帘缝往里偷窥。接着他移往门廊，透过大落地窗拉起的窗帘隙缝往里面瞧。

苏珊登时微微一笑。

她穿过草坪来到屋子的角落，而他仍背对着她。她蹲在山形墙尽头的醋栗灌木丛后面，等候着。她可以从枝叶间看见他。从弗德列森所在的位置，可以俯视门厅并看到一部分厨房。他似乎发现什么有趣的事，看了十分钟才又开始移动。这回他往苏珊这边靠近。

当他绕过屋角经过她身边时，她站起身来低声说道：

"你好啊，弗德列森。"

他猛地站定，转过身来。

她看见他的双眼在黑暗中闪闪发光。虽然看不见他的表情，却听得出他屏住气息，也感觉得到他的惊恐。

"解决的方法可以很简单也可以很复杂，"她说，"我们现在走到你的车子那边……"

他忽然转身想逃跑。

苏珊举起警棍，重重地、毫不留情地朝他左边膝盖打下去。

他哀嚎一声倒地。

她再次举起警棍，但及时制止了自己。她似乎可以感觉到阿曼斯基的双眼正在背后盯着她看。

她弯下身，将他翻身压在地上，一边膝盖跪在他的后腰处，抓起他的右手扭到背后，铐上手铐。他很虚弱，并未加以反抗。

爱莉卡关掉客厅的灯，跛着上楼。现在已不需要拐杖，只不过稍一用力，脚底还是会痛。贝克曼熄了厨房的灯，也跟着妻子上楼。他从未见她如此不快乐。无论他说什么都安抚不了她，也减轻不了她内心的焦虑。

她脱衣上床后，背转向丈夫。

"不是你的错，贝克曼。"她听见丈夫往她身旁靠拢时说道。

"你人不舒服，"他说，"我要你待在家里休息几天。"

他伸手搂住她的肩膀，她虽没有推开，却也毫无反应。他低下头小心地亲吻她的脖子，搂抱她。

"不管你说什么或做什么都无法让情况好转。我知道我需要休息。我觉得自己好像搭上一辆特快车后，才发现上错车了。"

"我们可以出海几天，远离这一切。"

"不行，我不能远离这一切。"

她转头看着他说："现在我最不能做的事就是逃避，我得先解决事情，然后才能走。"

"好吧。"贝克曼说，"我好像没帮上什么忙。"

她无力地笑笑。"是啊，你是没有。不过谢谢你在旁边陪我，我爱你爱疯了，你知道的。"

他喃喃不知说了什么。

"我就是不敢相信会是弗德列森。"爱莉卡说，"他从来没让我感受到一丁点的敌意。"

苏珊正盘算着该不该去按爱莉卡家门铃时，看见一楼的灯熄了。她低头看着弗德列森，他一声不吭，也没有动弹。她思索良久才下定决心。

她弯身抓住手铐，拉他站起来，然后将他押靠在墙上。

"你能自己站好吗？"她问道。

他没有搭腔。

"好，我们就挑简单的方式。你要是稍微挣扎一下，右脚就会遭受同样待遇。要是再挣扎，我就打断你的手臂。明白吗？"

她听见他粗重的呼吸声。出于恐惧吗？

她一路推着他走到街上停车处，见他跛得厉害，不得不扶他一把。刚来到车旁，便遇见一个出外遛狗的男人。那人停下来看着上了手铐的弗德列森。

"警察办案。"苏珊口气坚定地说，"回家去。"男人随即转身往回走。

她让弗德列森坐在后座，由她开车回到他菲斯克赛特拉的家。时间是十二点半，走进大楼时一个人也没看见。苏珊搜出他的钥匙，随他爬上五楼。

"你不能进我家。"弗德列森说。

这是他被上手铐后说的第一句话。她开了公寓的门，推他进屋。

"你没有权利这么做，你得申请搜查令……"

"我不是警察。"她压低声音说。

他不禁狐疑地瞪着她。

她拉住他的衬衫，把他拖进客厅，推他坐到沙发上。这间两房公寓维持得很整洁，卧室在客厅左侧，厨房在门厅对面，客厅旁边有一个小工作室。

她往工作室里探头，大大松了口气。证据确凿。第一眼就看到爱莉卡相簿里的照片散布在电脑旁边的桌上，他还将三十来张照片钉在电脑背后的墙上，她看着这片展示成果大为吃惊。爱莉卡是个漂亮的女人，而她的性生活甚至比苏珊的还更活跃。

她听见弗德列森在动,便回到客厅,又打了他的下背部一下,然后拖他进工作室,让他坐在地板上。

"你乖乖待在这里。"她说。

她进入厨房,找到昆萨姆超市的纸袋。接着将照片一一取下,并找到被掏空的相簿和爱莉卡的日记本。

"录像带呢?"她问道。

弗德列森没有回答。苏珊便到客厅打开电视,录像机里面有一卷带子,但她花了好一会儿才找到看录像带的频道,然后进行检视。她取出录像带后,四处翻找了一下,确认没有拷贝带。

她找到爱莉卡青春期的情书和博舍的文件夹后,注意力转移到弗德列森的电脑。他的个人电脑连着一部全友扫描机,一掀起盖子便看见爱莉卡在某个极端夜总会派对上拍的照片,根据墙上挂的旗帜,那是一九八六年的新年除夕。

她启动电脑,发现需要输入密码。

"密码是什么?"她问道。

弗德列森硬是不肯开口回答。

苏珊忽然感到无比冷静。她知道严格说来,今晚自己已经犯了一桩又一桩的罪行,包括非法拘禁,甚至于绑架。但她不在乎,反而觉得几近狂喜。

片刻后她耸耸肩,从口袋掏出瑞士军刀,拔掉所有电脑线,把电脑转过来,用螺丝起子打开背面。拆解电脑移除硬盘,花了她十五分钟的时间。

她拿走一切,但为了安全起见,还是又仔仔细细搜查书桌抽屉、一堆堆文件和书架。她无意间瞥见窗台上摆了一本老旧的毕业纪念册,是尤尔霍姆高中一九七八年的纪念册。爱莉卡不就是出身尤尔霍姆的上流社会吗?她翻开纪念册,开始浏览当年的毕业生。

她找到了爱莉卡,十八岁,戴着学生帽,还露出酒窝笑得灿烂。身上穿着薄薄的白棉洋装,手里捧着一束花。看起来就是个典型的天真无邪、成绩优异的高中生。

苏珊差点就忽略了两者的关联，不过就在下一页，若非有文字说明，她无论如何也认不出他来。彼得·弗德列森。他和爱莉卡不同班。苏珊端详照片中这个戴着学生帽、表情严肃地看着镜头的瘦弱男孩。

她的眼神恰巧与弗德列森交会。

"那时候她就已经是个婊子。"

"真有趣。"苏珊说。

"她和学校里每个男生都上过床。"

"我很怀疑。"

"她是个下贱的……"

"别说出来。究竟发生什么事？她不让你脱她的裤子？"

"她简直把我当空气，还嘲笑我。刚进《瑞典摩根邮报》的时候，她甚至不认得我。"

"好啦，"苏珊厌烦地说，"我敢说你的童年过得很悲惨。我们好好来谈一谈如何？"

"你想怎么样？"

"我不是警察。"苏珊说，"而是专门对付你这种人的人。"

她暂时打住，让他自己去联想。

"我要知道你有没有把她的照片放到网络上去。"

他摇摇头。

"是真的吗？"

他点点头。

"爱莉卡会自己决定是针对你的骚扰、恐吓、破坏与入侵提出控诉，还是私下和解。"

他没有说话。

"如果她决定不理会你——我想你这种人也不值得理会——那么我会盯着你。"

她说着举起警棍。

"要是你再敢靠近她家一次，或发电子邮件给她又或是骚扰她，我就会回来，把你痛打到连你母亲都认不得你。我说得够清楚吧？"

他还是不做声。

"所以你有机会左右这件事的结局。有兴趣听吗？"

他缓缓点了点头。

"那么我会建议爱莉卡小姐放你一马，但你别想再回来上班。也就是说从此刻起，你被炒鱿鱼了。"

他点点头。

"你要从她的生活中消失，搬离斯德哥尔摩。我不屑于管你怎么过日子或要上哪去，可以去歌德堡或马尔默找工作，可以再请病假，随便什么都好。总之别再骚扰爱莉卡。说定了吗？"

弗德列森开始啜泣。

"我并不想伤害她，"他说，"我只是……"

"你只是想让她生活在水深火热之中，你的确成功了。你到底答不答应？"

他点点头。

她俯身将他转过来压趴在地上，然后解开他的手铐。她拿起装着爱莉卡生活点滴的昆萨姆超市的纸袋离去，留下他倒卧在地板上。

苏珊离开弗德列森的公寓时已是星期一凌晨两点半。她考虑将事情搁到第二天，后来又想到万一事情发生在自己身上，她一定想马上知道。何况，她的车还停在盐湖滩。于是她叫了出租车。

她都还没按门铃，贝克曼就开门了。他穿着牛仔裤，看起来不像刚下床。

"爱莉卡还醒着吗？"苏珊问道。

他点点头。

"又发生什么事了吗？"换他问道。

她只是面露微笑。

"进来吧，我们还在厨房里聊天。"

他们一起进屋。

"嗨，爱莉卡。"苏珊招呼道，"你得学着偶尔睡一下。"

"怎么了？"

苏珊递出昆萨姆超市的纸袋。

"弗德列森答应从现在起不再找你麻烦。天晓得能不能信任他，不过如果他遵守承诺，就不必辛辛苦苦地到警局做笔录还要上法院。由你决定。"

"这么说真的是他？"

苏珊点头回应。贝克曼倒了咖啡，但她不想喝，过去几天她实在喝了太多咖啡。她坐下来告诉他们这天晚上屋外发生了什么事。

爱莉卡沉默了一会儿，然后上楼去，回来的时候拿着她的毕业纪念册。她盯着弗德列森的脸看了许久。

"我记得他。"她终于说道，"可是我不知道他们是同一人。如果不是这里写了，我根本不记得他的名字。"

"发生了什么事？"苏珊问道。

"没有，什么事也没发生。他是一个安静又无趣到极点的别班男生，我想我们应该修过同一堂课。没记错的话，是法文课。"

"他说你好像把他当空气。"

"也许吧，我并不认识他，他不是我们圈子的人。"

"我知道小圈圈是怎么回事。你有没有欺凌他之类的？"

"没有……当然没有。我最恨欺凌了。我们在校园发起拒绝欺凌运动，我还是学生会会长。我记得他从来没跟我说过话。"

"好。"苏珊说，"不过他显然记恨于你。他曾经因为压力和过度劳累，请过两次很长的病假，或许也有其他我们不知道的原因。"

她起身套上皮夹克。

"我扒了他的硬盘。严格说来这是赃物，所以不应该留给你们。你不必担心，我一回家就会把它销毁。"

"等等，苏珊。我该怎么谢你？"

"嗯，阿曼斯基的雷霆往我头上劈的时候，替我说说话就行了。"

爱莉卡担忧地望着她。

"你会因此惹上麻烦吗？"

"不知道,真的不知道。"

"我们能不能付钱给你……"

"不用。不过阿曼斯基会把今晚记到账上。但愿他会,这样就表示他认同我的作为,也比较可能不会炒我鱿鱼。"

"我一定会让他寄账单来。"

爱莉卡站起来给了苏珊一个长长的拥抱。

"谢谢,苏珊。只要你需要朋友,我都会在。如果有什么我能帮得上忙的……"

"谢啦。那些照片别乱放。说到这个,米尔顿可以帮你安装一个质量好得多的保险箱。"

爱莉卡微笑着目送贝克曼陪苏珊走回她的停车处。

第二十二章
六月六日星期一

爱莉卡在星期一早上六点醒来,才睡了不到一小时,却觉得精神异常饱满,应该是某种身体反应吧。几个月来,她第一次穿上慢跑装,以剧烈而快速的冲刺奔向汽船码头。但跑了大约百来米,脚跟便疼得受不了,只得放慢速度,较轻松地慢跑。每跑一步便享受着脚上的刺痛感。

她仿佛重生了。就好像死神来到她门前,却在最后一刻改变心意,继续往前到下一户去。她至今仍不敢相信自己有多幸运,弗德列森已经拿到照片四天,竟没有采取任何动作。他做了扫描就表示有所计划,只是尚未付诸行动罢了。

她决定今年要送苏珊一个非常昂贵的圣诞礼物。她会想个很特别的东西。

她没吵醒丈夫,七点半便开车到诺杜尔上班。她把车停进车库,搭电梯上编辑室,进入玻璃笼内坐定后,第一件事就是打电话请维修部派人过来。

"弗德列森离职了,不会再回来。"她说,"请派人拿箱子过来收拾他的个人物品,今天早上送到他家去。"

她往编辑台望去,霍姆刚刚进来,正好与她四目交会,便点了点头致意。

她也点了一下。

霍姆是个故意找碴的混蛋,但经过几个星期前的口角之后,他已经不再惹麻烦。如果他继续保持同样的正面态度,或许能保住新闻主编的位子。或许。

她应该可以扭转局势,她觉得。

八点四十五分,她看见博舍走出电梯后随即消失在通往楼上办公室的内部楼梯间。今天一定要跟他谈。

她倒了咖啡，写了一会儿上午的备忘录。看来今天版面有点冷清，唯一有趣的是一则通讯社报道，大意是莎兰德已在前一天被移送斯德哥尔摩看守所。她许可后转寄给霍姆。

八点五十九分，博舍来电。

"爱莉卡，现在马上到我办公室来。"说完就挂断了。

爱莉卡看见他坐在办公桌前，脸色惨白。他站起来，拿起一叠厚厚的纸往桌上摔。

"这是什么玩意？"他吼道。

爱莉卡的心往下一沉。她只瞄了一眼封面，就知道博舍今天早上收到什么样的邮件。

弗德列森没能来得及对她的照片动手脚，却寄出了柯特兹的文章与对博舍做的调查。

她强自镇定地坐到他对面。

"那是一个叫亨利·柯特兹的记者写的文章。《千禧年》原本打算在上星期刊登。"

博舍露出绝望的神情。

"你竟敢这么对我？我把你带进《瑞典摩根邮报》，而你做的第一件事就是挖我的黑幕。你是哪种媒体婊子？"

爱莉卡眯起眼睛，脸上罩了一层霜。她受够了"婊子"这个字眼。

"你真以为会有人在乎吗？你以为用这一文不值的东西就能扳倒我？你又为什么要匿名寄来给我？"

"事情不是这样的，博舍。"

"那就告诉我是怎么样。"

"匿名寄那篇文章给你的人是弗德列森，他昨天已经被解雇了。"

"你在胡说些什么？"

"说来话长。总之我拿到这篇稿子已经两个多星期，一直在想该如何向你提起。"

"这是你在背后策划的?"

"不,不是我。完全是柯特兹个人做的调查、写的文章。我毫不知情。"

"你以为我会相信?"

"《千禧年》的老同事们一发现报道涉及你,布隆维斯特就先压了下来。他打电话来又给我一份副本,纯粹是考虑到我的立场。后来文章从我这儿被偷,结果送到你这儿来了。《千禧年》希望在他们出刊之前,让我有机会找你谈谈。他们打算刊在八月号。"

"我这辈子从来没见过比你更厚颜无耻的媒体婊子,实在叫人难以置信。"

"既然你看过报道,应该也考虑过背后所作的调查。柯特兹的铁证如山,这你也知道。"

"这又是什么意思?"

"如果《千禧年》刊出报道时你还在这里,那会伤害到报社。我自己担心得要命,一直想找个解决方法……但找不到。"

"什么意思?"

"你必须走。"

"笑话,我没有做任何非法的事。"

"博舍,你难道不明白此事被揭发的后果?我不希望非要召开董事会不可,这样太尴尬了。"

"你什么都不必召开,你在《瑞典摩根邮报》玩完了。"

"错了,只有董事会能开除我。也许你可以召开一个临时董事会,我建议最好是今天下午。"

博舍绕过桌子,把脸贴近爱莉卡,她甚至能感觉到他的气息。

"爱莉卡,你只有一个存活的机会。你得去找你在《千禧年》那些该死的同事,叫他们抽掉这篇报道。如果你处理得好,我也许能忘记你先前做过的事。"

爱莉卡叹了口气。

"博舍,你不明白这件事有多严重。《千禧年》要刊什么,我一点影响力也没有。不管我怎么说,这篇文章都刊定了。我唯一在乎的是《瑞典摩根邮报》会遭受什么影响,所以你非辞职不可。"

博舍双手按住椅背。

"爱莉卡,如果你的《千禧年》伙伴们知道这篇胡说八道的东西一泄漏出去,你就得马上卷铺盖走路,他们可能会改变心意。"

他挺起腰杆。

"我今天要到北雪平开会。"他愤怒又傲慢地看着她说道,"就是斯维亚建筑。"

"明白了。"

"等我明天回来,你要来向我报告事情已经解决。懂了吗?"

他穿上外套,爱莉卡则半眯起眼睛看着他。

"到时候或许你还能待下来,现在滚出我的办公室。"

她回到玻璃笼,静坐了二十分钟,然后拿起电话请霍姆进办公室一趟。这回他不到一分钟就来了。

"坐。"

霍姆扬起一边眉毛,坐了下来。

"这次我又做错什么了?"他语带讽刺地问。

"霍姆,今天是我在报社最后一天,我从现在这一刻起辞职。午餐时间,我会找副董事长、也会尽力找到各个董事来开会。"

他掩不住满脸震惊地瞪着她。

"我会建议由你担任总编辑。"

"什么?"

"你可以吗?"

霍姆往椅背一靠,看着她。

"我从来就不想当总编辑。"他说。

"我知道,但以你的强悍足以胜任。而且你为了刊载一篇好的报道,会排除万难。要是你能有多一点常识就好了。"

"发生了什么事?"

"我和你的作风不同,我们老是为了报道的角度争论不休,从来没有共识。"

"没错。"他说,"永远也不会有。不过也可能是我的作风古板。"

"我不知道用古板来形容恰不恰当,你是个非常优秀的报人,偏偏行为举止像个混蛋,根本不必要这样。不过我们最不合的一点,就是你说新闻编辑进行新闻评估时,绝不能受私人因素影响。"

爱莉卡忽然对霍姆狡黠一笑,随后打开手提袋,拿出博舍那篇报道的原稿。

"我们就来测试你评估新闻的能力吧。我这里有一篇《千禧年》记者写的报道。早上我在想我们应该把它当成今天的头条。"她将活页夹丢到霍姆的腿上,"你是新闻主编,我很想听听你的评估是否和我一样。"

霍姆打开活页夹读了起来。光是开头便已经让他睁大双眼,他直起身子凝视着爱莉卡,随即又垂下眼睛将整篇文章看完。最后他又研究了参考资料十分钟,才缓缓将活页夹放到一旁。

"这将会引起天大的骚动。"

"我知道,所以我才要离开。《千禧年》原本打算在六月号刊登,但被布隆维斯特压下了。他把文章拿给我,要我在他们刊登前找博舍谈一谈。"

"结果呢?"

"博舍命令我把消息压下来。"

"原来如此。所以你为了泄恨,才打算刊在我们报上?"

"不是为了泄恨,不是。我们别无他法。如果《瑞典摩根邮报》做了报道,就有机会在这场混战中全身而退。博舍除了离开别无选择,但这也代表我不能继续留下来。"

霍姆沉默了两分钟。

"该死,爱莉卡……没想到你这么强硬。我从没想到自己会说这种话,不过如果你的皮这么厚,我真的很遗憾你不能留下。"

"你可以阻止刊登,但如果你和我都OK……你想你会刊吗?"

"当然要刊了,反正消息迟早会曝光。"

"对极了。"

霍姆起身后，有点迟疑地站在桌旁。

"去工作吧。"爱莉卡说。

霍姆离开后，她等了五分钟才拿起电话拨给玛琳。

"你好，玛琳，柯特兹在吗？"

"在，在他座位上。"

"你能不能把他叫进你的办公室，然后打开扩音器？我们得开个会。"

柯特兹不到十五秒就到了。

"怎么了？"

"柯特兹，我今天做了一件不道德的事。"

"是吗？"

"我把你关于维塔瓦拉的报道拿给我们报社的新闻主编了。"

"什么？"

"我要让新闻明天上报，撰稿人是你，当然也会付钱给你。事实上，价码由你来开。"

"爱莉卡……这到底是怎么回事？"

她简述了过去几个星期发生的事，以及自己如何差点毁在弗德列森手上。

"我的老天！"柯特兹惊呼。

"我知道这是你的报道，柯特兹。但我也没有其他办法。你能同意吗？"

柯特兹缄默了好一会儿。

"谢谢你来问我。"他说，"用我的名字刊登报道没关系，我是说如果玛琳不介意的话。"

"我无所谓。"玛琳说。

"谢谢你们了。"爱莉卡说，"麻烦你们告诉麦可好吗？我想他应该还没来。"

"我会跟麦可谈。"玛琳说,"不过爱莉卡,这是不是表示你从今天起失业了?"

爱莉卡笑着说:"今年剩下的时间我打算好好休个假。相信我,在《瑞典摩根邮报》待几个星期就够了。"

"我觉得你还不能想放假的事。"玛琳说。

"为什么?"

"你今天下午能不能过来一趟?"

"做什么?"

"我需要人帮忙。如果你想再回来当总编辑,可以从明天早上开始。"

"玛琳,总编辑是你,没有其他可能性。"

"那么你就来当编辑秘书。"玛琳笑着回答。

"你是说真的?"

"爱莉卡啊,我实在想死你了。我之所以来这里上班就是为了有机会和你共事,结果你却跑到其他地方去了。"

爱莉卡安静了一分钟。她没想到还能重回《千禧年》。

"你们真的欢迎我吗?"她犹豫地问。

"你说呢?我想我们可以先来个盛大庆祝会,由我亲自筹备。而且你回来得正是时候,我们刚好要出版……你知道的。"

爱莉卡看看桌上的时钟,十点五十五分。短短几小时内,她的整个世界颠覆了。她突然领悟到自己有多渴望再次爬上《千禧年》办公室的阶梯。

"接下来几小时,我这里还有事要处理。我四点左右过去好吗?"

苏珊直视着阿曼斯基,一五一十说出前一晚发生的事。唯一只隐瞒一点,就是她直觉弗德列森家的电脑遭入侵可能和莎兰德有关。她保守这个秘密有两个原因。第一,她觉得太匪夷所思。第二,她知道阿曼斯基已经和布隆维斯特一头栽进莎兰德事件当中。

阿曼斯基专注地听着。苏珊说完后,他才说:"贝克曼一小时前打过电话。"

"哦?"

"他和爱莉卡过几天会来签约。他说要谢谢我们米尔顿为他们所做的,尤其更要感谢你。"

"明白,能让客户满意真好。"

"他还想订一个家用保险箱。我们会在周末以前去安装,并完成整个警报系统。"

"那很好。"

"他说要我们把你这个周末的费用账单寄过去,那账单的金额会很可观。"阿曼斯基叹气道,"苏珊,弗德列森可以到警局去指控你一堆罪名,这你知道吧?"

她点头不语。

"没错,他自己到头来也会三两下就入狱,但他也许觉得值得。"

"我很怀疑他有胆子去报警。"

"也许你想得没错,但你的作为已经远远超出我的指示。"

"我知道。"

"那么你觉得我应该有什么反应?"

"这得由你决定。"

"那你觉得我会有什么反应?"

"我怎么想不重要。你还是可以开除我。"

"很难,我可承担不起失去你这么优秀的专业人员。"

"谢谢。"

"不过你要是再犯一次,我会非常生气。"

苏珊点点头。

"你怎么处理那个硬盘?"

"毁掉了,今天早上用老虎钳把它夹碎了。"

"那么就把这一切都忘了吧。"

爱莉卡利用上午剩余的时间打电话给《瑞典摩根邮报》的董事

们。副董事长人在瓦克斯霍姆附近的避暑度假屋，她好不容易说服他尽快开车进市区。午餐时间，只有少数几人凑合着开董事会，爱莉卡一开始便解释自己如何取得柯特兹的活页夹，以及已经产生的后果。

她说完后，一如她所预期的，有人提议找找其他的解决方案。爱莉卡告诉他们《瑞典摩根邮报》将在翌日刊载这篇报道，也告诉他们说这是她最后一天上班，而且她心意已决。

她请董事们批准两项决定，并载入会议记录。一是要求博舍即刻让出董事长之位，一是指定霍姆担任总编辑。接着她告退出来，让董事们自行商讨。

两点时，她到人事部请他们拟出一份合约，然后去找文化版主编史特兰伦德与记者伊娃。

"据我观察，你认为伊娃是个很有能力的记者。"

"的确。"史特兰伦德说。

"过去两年申请预算时，你都要求至少要增加两名员工。"

"是的。"

"伊娃，因为你日前收到那种邮件，如果我雇用你当全职，可能会有难听的谣言。不过你还有兴趣吗？"

"当然有。"

"那么我在报社所做的最后一件事就是跟你签这份聘用合约。"

"最后一件事？"

"这事说来话长。我今天要离职了，能不能拜托你们两个先暂时保密一个小时左右？"

"这是……"

"很快就会有备忘录出来。"

爱莉卡在合约上签名后，推给了桌子对面的伊娃。

"祝你好运。"她微笑着说。

"星期六和埃克斯壮开会的人当中年纪较大那个叫乔治·纽斯壮，是一名警司。"费格劳拉说着将茉迪用手机偷拍下的照片放到艾柯林特桌上。

"警司。"艾柯林特喃喃说道。

"史蒂芬昨晚确认了他的身份。他去了火炮路的公寓。"

"对他了解多少?"

"他是正规警察出身,一九八三年开始为国安局效力。一九九六年开始担任调查员,有他自己的专责领域,除了内部管控还要查核国安局已经完成的案子。"

"好。"

"从星期六早上起,共有六个值得注意的人进去过。除了乔纳斯和纽斯壮之外,里面肯定还有克林顿。今天早上他搭救护车去洗肾了。"

"另外三个是谁?"

"一个名叫奥多·哈尔贝,八十年代待过国安局,目前则属于国防参谋单位,在替海军与陆军情报局做事。"

"了解。怎么好像不令人惊讶呢?"

费格劳拉又放下一张照片。"这个人身份还没确认。他去找哈尔贝吃午餐,今晚等他回家的时候,看能不能拍一张清楚点的照片。不过最有趣的是这个人。"她又往桌上放了一张照片。

"我认得他。"艾柯林特说。

"他叫瓦登榭。"

"没错。大约十五年前,他在反恐特遣队,是坐办公桌的。他曾经是我们'公司'大老板的人选之一。我不知道他后来怎么样了。"

"他在一九九一年退休了。猜猜看,大约一小时前他在和谁吃午饭?"

她放下最后一张照片。

"秘书长申克和预算主任古斯塔夫·阿特波姆。我想二十四小时盯着这些人,我要确实知道他们见过谁。"

"这样不实际。"艾柯林特说,"我能派用的人只有四个。"

艾柯林特边沉思边捏下唇。然后抬起头看着费格劳拉。

"我们需要更多人手。"他说,"你可不可以偷偷联络包柏蓝斯基,请他今天跟我一起吃晚饭?七点左右,如何?"

艾柯林特接着拿起电话,拨了一个已经背下的号码。

"你好,阿曼斯基,我是艾柯林特。承蒙你那晚盛情款待,能不能让我回请一顿?不,我非请不可。就约七点好吗?"

莎兰德在克鲁努贝里看守所一间二乘四米大小的囚室中过夜。囚室设备十分简单,但门上锁之后没几分钟她就睡着了。星期一一早醒来,她乖乖地依索格恩斯卡医院理疗师的嘱咐做伸展运动。接着送来了早餐,然后她就坐在床铺上发呆。

九点半,她被带到走廊尽头的审讯室。警卫是个矮小、秃头的老男人,圆圆的脸上戴着一副玳瑁框眼镜,态度开朗有礼。

安妮卡热情地跟她打招呼,她则对法斯特视而不见。这是她第一次与埃克斯壮检察官见面,但接下来的半小时她只是坐在椅子上,定定地瞪着埃克斯壮头部正上方墙面的某一点,一言不发、动也不动。

到了十点,埃克斯壮中断这毫无结果的审讯,对于她丝毫没有反应感到很气恼。观察了这个瘦弱得有如布偶的年轻女子之后,他头一次有不确定感。她怎么可能在史塔勒荷曼殴打蓝汀和尼米南这两个恶棍?即使他握有可靠的证据,法官真的会相信吗?

莎兰德吃了一顿简单的午餐后,花了一小时在脑子里默解方程式,焦点放在球面天文学领域,她两年前看过一本相关书籍。

两点半,她又被带回审讯室,这回警卫是个年轻女子。莎兰德坐在审讯室中的空椅子上,思考一个特别复杂的方程式。

十分钟后门开了。

"你好啊,莉丝。"口气很和善。是泰勒波利安。

他对她微笑,她却全身血液凝结,原本在空气中建构的方程式元素一个个跌落在地,她甚至听到数字和数学符号蹦跳擦撞的声音,仿佛是有形的实物。

泰勒波利安站着看了她一会儿,才与她隔桌面对面坐下。她仍继续盯着墙上那一点。

片刻过后,他们俩四目交接。

"真遗憾你落到如此下场。"泰勒波利安说,"我会尽全力帮助你,希望我们能建立某种互信关系。"

莎兰德从头到脚地看他。乱七八糟的头发、胡子、门牙中间的细缝、薄薄的嘴唇、全新的褐色夹克、领口敞开的衬衫。她聆听着他那圆滑又和善得可怕的声音。

"我也希望这次能比上次帮上更多忙。"

他往桌上放了一本小笔记本和笔。莎兰德垂下眼睛看着那支笔,尖尖的银色笔管。

风险评估。

她克制住伸手夺笔的冲动。

她的视线移到他左手的小指上,看见一个不明显的白色痕迹,那是她十五年前的齿痕,当时她死命地咬住他,差点把他的手指咬断,靠着三名警卫合力才扳开她的嘴。

那时候我还是个尚未进入青春期、吓坏的小女孩,现在我长大了,随时可以杀了你。

她再次将目光定在墙上那一点,收拾起散落一地的数字与符号开始重组方程式。

泰勒波利安面无表情地打量着莎兰德。他能成为国际知名心理医生并非浪得虚名,而是确实有看穿情绪与心情的才能。他可以感觉到有个冷冷的阴影通过室内,照他的解读,这是病人尽管外表沉着内心却感到恐惧与羞耻的迹象。他认为自己的出现对她产生了影响,见她态度多年未变也很高兴。她上法院是自找死路。

爱莉卡在《瑞典摩根邮报》所做的最后一件事就是写一份备忘录给所有员工。一开始,她情绪很激动,写了满满两页解释自己辞职的原因,其中包括对一些同事的观感,但后来还是全部删除,以较平静的口气从头写过。

她没有提到弗德列森。若是提到他，所有的注意力都会转移到他身上，性骚扰事件必定会造成轰动，而她离职的真正原因也会被掩盖。

她说了两个原因。主要的一个是她提议主管与股东应该降低薪水与分红，却遭到管理层强力阻挠。也就是说她才刚到报社上任就必须忍痛裁员，这不仅违反了她当初接下工作时公司给予她的承诺，也使得她为了壮大报社而打算作长期改变的强心全部付诸流水。

她提出的第二个理由是揭发博舍一事。她说他命令她掩盖这则报道，这完全与她心目中的工作大相径庭，因此她除了辞去总编辑一职别无他法。她最后说《瑞典摩根邮报》的危险处境不是出于人事问题，而是管理问题。

她重读了一次备忘录，订正打字错误后，寄给报社内所有职员，同时寄了副本给《新闻报》以及商业杂志《报人》。之后她收起笔记本电脑，走到霍姆的座位旁。

"再见了。"她说。

"再见，爱莉卡。和你工作真痛苦。"

他们交换了一个微笑。

"最后一件事。"她说。

"说吧。"

"约翰奈斯一直在替我跑一条新闻。"

"对，而且谁也不知道他在搞什么。"

"给他一点后盾。他已经查到不少东西，我会和他保持联络，让他做完这个工作吧。我保证结果会让你很满意。"

他似乎有点警觉。但后来还是点了头。

他们没有握手。她把卡片锁放在他桌上，便搭电梯下车库。四点刚过不久，她的宝马车已经停在《千禧年》办公室附近。

第四部
重新启动系统
七月一日至十月七日

尽管古希腊、南美洲、非洲等地都有丰富的亚马孙女战士传说，但真正有历史考据的实例却只有一个。那就是西非达荷美（今日的贝宁）的丰族女子军队。

公开的军事历史中从未提及这些女战士，也无人拍过有关她们的传奇电影，如今她们的存在也不过如同历史的脚注。只有一部学术作品写过这些女人，那是斯坦利·阿尔帕恩著的《黑色斯巴达的亚马孙》（赫斯特出版社，一九九八年），然而她们所构成的战斗力却足以媲美殖民强国中任何一支男性精英部队。

丰族女子军队成立的确切时间不详，有些数据追溯到十七世纪第一个十年。最初是皇室护卫队，后来却发展成由六千名士兵组成、具有半神化地位的军队。她们并不只是用来装饰门面。将近两百年间，她们都是丰族对抗欧洲殖民者的前锋部队。她们打败过法国军队数次，令后者丧胆。直到一八九二年，法国派出炮兵队伍、外籍兵团、海军陆战队与骑兵队，才击败这支女子军队。

这些女战士当中战死沙场的人数不明。多年来，幸存者仍持续打着游击战，甚至到了二十世纪四十年代也还有退伍士兵接受访问与拍照。

第二十三章
七月一日星期五至七月十日星期日

莎兰德开庭前两星期，克里斯特完成了这本三百五十二页的书的版面设计，书名简洁有力就叫《小组》。封面蓝底黄字，克里斯特在底部放了七张瑞典首相的照片，都是邮票大小的黑白照，上方飘浮着一张札拉千科的照片。他用的是札拉千科的护照相片，并强化对比效果，只让最暗的部分突显出来，像是蔓延到整个封面的影子。这不是特别先进的设计，但效果不错。布隆维斯特、柯特兹和玛琳并列为作者。

清晨五点，他已经工作了一整夜，觉得有点厌烦，只想回家睡觉。玛琳也陪着一起熬夜，克里斯特看过说 OK 以后她又一页一页做最后校对，然后印出来。此时她已经躺在沙发上睡着了。

克里斯特将所有文字与插图放进一个文件夹，启动 Toast 程序，刻了两张光盘。一张放在保险箱，另一张在七点前几分钟被睡眼惺忪的布隆维斯特接收了。

"回去休息一下吧。"布隆维斯特说。

"我正要走。"

他们让玛琳继续睡，并启动大门警报器。柯特兹会在八点进来接班。

布隆维斯特走到伦达路，再次未经允许借用了莎兰德弃置的本田。他朝乌普萨拉西边开去，前往摩根戈瓦铁道旁的哈维格·雷克兰印刷厂。这种事他不会交给邮局去处理。

他慢慢地开，不肯承认自己内心的压力，一直撑到印刷厂确认光盘没问题。他也再次叮咛，书务必要在开庭第一天上市。问题不在于印刷，而在于耗时的装订。但印刷厂经理杨·柯宾答应当天至少会送出首印一万册当中的五百册，是一般平装版。

最后布隆维斯特也再次确认大家都了解到高度保密的必要性，只是这或许是不必要的提醒。两年前，霍尔维格斯瑞克拉姆印刷厂便曾经在非常类似的情况下，印出布隆维斯特所写关于温纳斯壮的书。他们知道这个独特的出版社《千禧年》出版的书，总会有其特别之处。

布隆维斯特慢条斯理地开回斯德哥尔摩，将车停在贝尔曼路一号外面，回家打包换洗衣物与盥洗用具。接着继续开往瓦姆多的史塔夫斯奈斯码头，停好车后，便搭渡轮去沙港。

圣诞节过后，这是他第一次到小屋来。他卸下窗板让空气流通，然后喝了一杯拉姆罗沙矿泉水。和往常一样，每当完成送印后，再也不可能改变什么了，他就觉得空虚。

他花了一小时清洁打扫、冲洗淋浴排水口、将电冰箱插电、检查水管、更换卧室夹层的床单，又到杂货店买这个周末的必需品。回家后按下咖啡壶开关，然后坐到阳台上抽烟、胡思乱想。

快五点时他走到汽船码头，遇见了费格劳拉。

"你不是说不能休假？"他边问边亲她的脸颊。

"我本来是这么以为。但我跟艾柯林特说过去几个星期，我只要睁开眼就开始工作，实在快撑不住了。我说我需要放两天假充充电。"

"在沙港？"

"我没告诉他要去哪里。"她微笑着说。

费格劳拉在布隆维斯特这间二十五平方米大的小屋里东张西望，并严格检查了厨房、浴室与夹层等区域后，才满意地点点头。她去洗了澡换上轻薄的夏日洋装，布隆维斯特则趁这段时间煮红酒炖羊肉，并在阳台上摆设餐桌。他们静静地吃着，一面观看码头上一艘接着一艘进出的帆船。两人一块把剩下的红酒都喝光。

"这间小屋真棒。你会把所有女朋友都带到这儿来？"费格劳拉说。

"只有重要的才会。"

"爱莉卡来过吗？"

"来过很多次。"

"莎兰德呢?"

"我写温纳斯壮那本书的时候,她在这里待了几个星期。两年前,我们也在这里过圣诞。"

"这么说在你的生命中,爱莉卡和莎兰德都很重要?"

"爱莉卡是我最好的朋友,我们已经认识二十五年。莉丝则完全是另一回事。她确实很特别,也是我所认识最不善交际的人。我们第一次见面的时候,她可以说让我印象非常深刻。她是我的朋友。"

"你不替她感到难过?"

"不会。发生在她身上那一大堆烂事都得怪她自己,但我的确很同情她,也觉得和她休戚与共。"

"可是你既不爱她也不爱爱莉卡吗?"

他耸耸肩。费格劳拉看着一辆阿米哥23帆船噗噗地超越一艘汽船往码头驶去,因为来得较晚,航行灯已亮起。

"如果非常非常喜欢某人就是爱,那么我应该算是爱着几个人。"布隆维斯特说。

"而现在是爱着我?"

布隆维斯特点点头。费格劳拉皱起眉头看着他。

"你觉得困扰吗?"

"你是说对于你带女人来这里?不会,但让我觉得困扰的是我实在不知道我们之间到底是怎么回事。我想我没法和一个随心所欲乱搞女人的男人发展关系……"

"我不会为自己的生活方式道歉。"

"我想就某方面来说,正因为你是这样的人,我才会爱上你。和你上床很简单,因为你不会废话又让我感到安全。但这一切的开始都是因为我屈服于一种疯狂的冲动。这种事不常发生,也不在计划之中。结果现在走到这步,我只是变成你邀请上这儿来的另一个女人罢了。"

两人沉默以对片刻。

"你可以不必来。"

"不,我非来不可。麦可啊……"

"我知道。"

"我很不快乐。我不想爱上你。结束的时候会让我痛得受不了。"

"听我说。自从我父亲去世、母亲搬回诺兰后,我便拥有这间小屋,至今二十五年了。当时我们分了家,妹妹取得我们的公寓,小屋归我。除了早期一些交情不深的人之外,在你之前有五个女人来过这里:爱莉卡、莉丝、八十年代和我在一起的前妻、九十年代末我曾认真交往过的一个女人,还有我两年前认识的一个人,我们现在偶尔还会见面。我和她的情况有点特殊……"

"我想也是。"

"我留下这栋小屋是为了能够远离尘嚣,享受些许宁静,所以多半是自己来。我会看书、写作,也会坐在码头上看船,放松自己。这不是一个秘密的爱巢。"

他起身去拿方才放在阴凉处的酒。

"我不会作任何承诺。我之所以离婚是因为爱莉卡和我离不开彼此,"接着他用英语说道,"去了哪里?做了什么?T恤哪来的?"

他说完为两人斟了酒。

"但我已经好久没有遇见像你这么有趣的人。我们的关系好像从一开始就全速冲刺。从你在我家门外等我的那一刻起,我大概就爱上你了。在那之后偶尔几次在自己家里睡觉,总会半夜因为想要你而醒来。我不知道自己是否想要一段稳定的关系,但我真的很怕失去你。"他看着她,"所以你觉得我们该怎么办?"

"我们好好想想吧。"费格劳拉说,"我也是深深被你吸引。"

"事情开始变得严重了。"布隆维斯特说。

她忽然感觉到一股巨大的忧伤。他们没有聊很久,天色转黑后便收拾桌子进屋,关上了门。

开庭前的星期五,布隆维斯特站在斯鲁森的 Pressbyrn 报摊前,阅读早报头版。《瑞典摩根邮报》的总经理兼董事长博舍终于屈服，递出辞呈。布隆维斯特买了报纸，走到霍恩斯路的爪哇咖啡馆吃稍晚了点的早餐。博舍以家庭因素解释自己突如其来的辞职。外界指称他命令爱莉卡掩盖一则有关他涉入零售企业维塔瓦拉的新闻，迫使爱莉卡也一并辞职，对此他不愿表示意见。不过边栏有一则报道说瑞典企业联盟的主席决定成立道德委员会，调查瑞典公司与东南亚那些已知剥削童工的企业间的往来情形。

布隆维斯特开怀大笑，然后折起早报打开爱立信手机，打给TV4电视台"She"节目的女主持人，她正在吃午餐三明治。

"你好，亲爱的。"布隆维斯特说，"我想你应该还有兴趣跟我吃晚餐吧。"

"嗨，麦可。"她笑着说，"抱歉，可惜你不是我要的类型。"

"没关系，那今晚出来和我谈谈工作如何？"

"你手边在做什么？"

"两年前，爱莉卡和你谈了有关温纳斯壮事件的交易，我也想和你谈一笔类似的交易，结果会一样精彩。"

"我洗耳恭听。"

"还没谈定条件之前，不能告诉你。我们正在准备一篇报道，将来会出书和杂志特刊，一定会造成轰动。只要你不在我们发表前泄漏任何消息，我可以破例让你看所有的数据。这次的出刊特别麻烦，因为必须选在特定的日子。"

"新闻有多大？"

"比温纳斯壮还大。"布隆维斯特说，"有兴趣吗？"

"你是说真的？在哪碰面？"

"萨米尔之锅如何？爱莉卡也会来。"

"她是怎么回事？被《瑞典摩根邮报》扫地出门后又回到《千禧年》了？"

"她没有被扫地出门，而是和博舍意见不合，所以请辞。"

"这个男人好像真的很差劲。"

"这点你说对了。"布隆维斯特说。

克林顿用耳机听着威尔第的作品。如今生活中几乎只剩音乐能让他远离洗肾机以及下背部与日俱增的痛楚。他没有哼出曲调,只是闭上眼睛,右手随着音乐挥动,仿佛独立于这个分崩离析的躯体之外,拥有自己的生命。

世事便是如此。诞生、生存、变老、死亡。他已经尽完自己的责任,接下来只剩崩解了。

他对人生感到异常满意。

他是为了友人古尔博而表演。

今天是七月九日星期六。只剩四天就开庭,"小组"可以开始将这堆乱七八糟的事全抛到脑后。上午他接到了消息。古尔博比他所认识的任何人都坚强。把一颗九毫米的全金属壳子弹射进自己的太阳穴,应该必死无疑,但古尔博的身躯却撑了三个月才放弃。除了运气之外,很可能也和医生们为了让古尔博活命而奋斗不懈有关。而且最后夺走他性命的是癌症,不是子弹。

古尔博死得很痛苦,这让克林顿感到哀伤。虽然无法与外界沟通,他偶尔仍处于半清醒状态,医护人员轻抚他的脸颊时他会露出微笑,痛苦时也会唧唧哼哼。有时候他会试图说出单字甚至句子,但谁也听不懂。

他没有家人,也没有一个朋友来探病。他最后接触到的生命是一个名叫莎拉·纪塔玛的厄立特里亚籍夜班护士,她一直在病榻前照顾他,并在他合眼时握着他的手。

克林顿知道自己很快就要随昔日战友而去,毫无疑问。活着等到换肾的机会,一天比一天渺茫。每次做检查,肝脏与肠道功能似乎愈来愈弱。

他希望能活到圣诞节过后。

不过他满足了。在所剩无几的日子里还能忽然重返工作岗位,进行如此惊人的任务,让他几乎有种不真实的、轻飘飘的满足感。

这是他意想不到的恩赐。

威尔第的最后几个音符消失之际，刚好有人打开房门。这是火炮路上"小组"总部里供他休息的小房间。

克林顿睁眼一看，是瓦登榭。

他已经认定瓦登榭会是个累赘。他完全不适合担任瑞典最重要的国防先锋部队的指挥官。克林顿怎么也想不出自己和罗廷耶怎会如此失算，竟将瓦登榭视为合适的继任者。

瓦登榭是个需要顺风推助的战士，若遇上危机就显得意志薄弱、犹豫不决。一个胆小又没有骨气的累赘，将来很可能全身瘫痪、无力行动，任由"小组"灭亡。

事情就是这么简单。有些人有天分，有些则是一到紧要关头就畏畏缩缩。

"你找我？"

"坐吧。"克林顿说。

瓦登榭坐了下来。

"我人生走到这一步已经不能再浪费时间，所以我就直话直说。等这一切事情告一段落，我要你辞去'小组'的主管职务。"

"是吗？"

克林顿口气转为缓和。

"瓦登榭，你是个好人，只可惜你完全不适合接古尔博的位子，我们不该给你这个责任。我生病之后，我和罗廷耶无法好好处理接任人选的事，是我们的错。"

"你们一直都不喜欢我。"

"你错了。我和罗廷耶担任'小组'负责人的时候，你是个很优秀的管理者，没有你的话我们会很无助，而且我也很欣赏你的爱国心。你的缺点就是没有决断力。"

瓦登榭苦笑着说："经过这些事，我甚至不知道自己还想不想待在'小组'。"

"现在古尔博和罗廷耶都不在了，我不得不自己作出重大决定。"

克林顿说,"过去几个月来,你一直阻挠我所作的每个决定。"

"我依然认为你作的决定太荒谬,将来会酿成大祸。"

"有可能,但你的优柔寡断却会让我们必败无疑。现在我们至少有个机会,而且似乎行得通。《千禧年》不知道该从何下手,他们或许已稍微察觉到我们的存在,却缺乏证据,也找不到证据或我们。至少我们知道的和他们一样多。"

瓦登榭放眼望向窗外的一片屋顶。

"目前还有一件事非做不可,就是除掉札拉千科的女儿。"克林顿说,"如果有人开始挖她的过去又让她开口说话,谁也不知道会发生什么事,不过再过几天就要开庭,到时候一切也就结束了。这回我们得把她埋得够深,让她再也无法回来纠缠我们。"

瓦登榭摇了摇头。

"你的态度我不明白。"克林顿说道。

"看得出来。你已经六十八岁,来日不多,你的决定并不理智,可是纽斯壮和乔纳斯却好像着了你的魔,把你当成天父一般唯命是从。"

"只要和'小组'有关的事,我就是天父的地位。我们是有计划的,我们决定采取的行动已经给了'小组'机会。当我说'小组'将永远不会再面临如此大的曝光风险时,我是非常有把握的。等这一切过去,我们将着手彻底检验我们的活动。"

"我明白了。"

"纽斯壮会担任新组长。他实在太老了,但却是唯一的选择,他也答应至少会再待六年。乔纳斯太年轻也太缺乏经验,这是你的管理政策直接导致的结果,否则他现在应该早已经验老到。"

"克林顿,你还不知道自己做了什么吗?你谋杀了一个人呀。毕约克为小组奉献了三十五年,你竟然下令让他死。你难道不明白……"

"你很清楚这是必要的。他背叛了我们,当警方渐渐逼近,他一定承受不了压力。"

瓦登榭站了起来。

"我还没说完。"

"那只好晚一点再继续。你可以躺在这里幻想自己是万能之神,我却还有工作要做。"

"既然你这么义愤填膺,怎么不去向包柏蓝斯基坦承你的罪行呢?"

"相信我,我确实考虑过。但不管你怎么想,我正在尽自己的一切力量保护'小组'。"

他打开门,刚好碰上正要进门的纽斯壮和乔纳斯。

"嗨,克林顿。"纽斯壮说道,"我们得谈谈。"

"瓦登榭正要走。"

纽斯壮等到门关上后,说道:"克林顿,我非常担心。"

"怎么了?"

"乔纳斯和我想了很久,却始终想不明白。今天早上莎兰德的律师向检察官递交了她的自传。"

"什么?"

埃克斯壮拿起保温壶倒咖啡时,法斯特不住地打量着律师安妮卡。当天早上埃克斯壮到办公室以后拿到的文件,让他们两人都吓了一跳。他和法斯特读完莎兰德四十页的自传故事后,针对这份特殊文件展开详细的讨论,最后他认为非得请安妮卡来做个非正式谈话不可。

他们坐在埃克斯壮办公室内的小会议桌旁。

"谢谢你答应前来。"埃克斯壮说,"今天早上送来的这份……呃……说明,我看过了,里面有几点我想澄清一下。"

"我会尽可能帮忙。"安妮卡说。

"我不知道该从何说起。这么说好了,我和法斯特巡官都非常惊讶。"

"是吗?"

"我想知道你的用意何在。"

"什么意思？"

"这份自传，或者你想称为什么都好……重点在哪里？"

"重点非常清楚。我的当事人想要对她的遭遇发表自己的说法。"

埃克斯壮温和地笑了笑。他轻捻着山羊胡，由于同样的动作重复太多次，安妮卡不禁恼怒起来。

"对，不过你的当事人之前有好几个月的时间可以解释，但法斯特每次审讯，她都一言不发。"

"据我所知，法律并没有规定我的当事人只能在法斯特巡官认为适当的时候开口。"

"当然，但我的意思是……莎兰德再过四天就要出庭，却在最后一刻跑出这个。老实说，我觉得自己得负一点超越检察官职责的责任。"

"是吗？"

"我一点也不想冒犯你，这不是我的用意。但在我们国家上法院是有一定程序的。安妮卡女士，你是专攻女权的律师，以前从未替刑事罪犯辩护过。我起诉莎兰德不是因为她是女性，而是以重伤害的罪名。我相信就连你想必也察觉到她有严重的精神疾患，需要国家的保护与协助。"

"你是担心我不能为莎兰德提供恰当的辩护？"安妮卡以友善的口气说道。

"我并不想批判，"埃克斯壮说，"也不是质疑你的能力，我只是指出你缺乏经验的事实。"

"我当然明白，而且完全赞同。在刑事案件方面，我确实经验非常不足。"

"可是一直以来你却始终不肯接受经验比你丰富许多的律师的帮助……"

"这是我的当事人特别要求的。莎兰德委托我当她的律师，因此我会上法庭为她辩护。"她给了他一个礼貌性的微笑。

"很好,不过我很好奇,你真的打算把这份声明的内容呈给法官吗?"

"当然。这是她的经历。"

埃克斯壮和法斯特互瞄一眼,法斯特眉头耸得老高,他想不通埃克斯壮在气什么。如果安妮卡不知道自己正让当事人走上毁灭一途,又不是检察官的错。他们只需说谢谢,收下文件,将问题搁到一旁就行了。

依他看来,莎兰德是个疯子。先前他用尽一切技巧想说服她至少说出自己的住处,但审讯了一次又一次,那个该死的女孩却只是坐在那里,像个哑巴,眼睛盯着他身后的墙壁。请她抽烟她拒绝,咖啡或冷饮也都不喝。无论他低声下气地恳求或是偶尔气极了提高声量,她都毫无反应。法斯特从来没有经历过如此令人沮丧的审讯过程。

"安妮卡女士,"埃克斯壮最后说道,"我想这次开庭,你的当事人应该不用出庭。她的状况并不好。我有一份精神鉴定报告为证,这是一位非常资深的医生所写的。她应该接受精神医疗护理,这么多年来她一直非常需要。"

"看来你应该会向地方法院作出这项建议。"

"我确实打算这么做。你应该如何为她辩护,这与我无关,但假如你真的计划采取这条路线,那么情况实在非常荒谬。这份声明中对一些人提出无凭无据的疯狂指控……尤其是对她的监护人毕尔曼律师与泰勒波利安医师。希望你别天真地以为法院会在没有丝毫证据的情况下,接受一份质疑泰勒波利安医师的声明。如果比喻不当请见谅,不过这份文件将会是你当事人的最后一道催命符。"

"你的话我都听到了。"

"开庭期间,你可能会宣称她没病,并要求再次做精神状态鉴定,然后就能把案子呈交给医学会。但老实说,她的声明几乎让我更加确定,无论哪个精神鉴定医生都会作出和泰勒波利安医师同样的结论。光是这份声明的存在,就证实了所有指称她是妄想型精神分裂症患者的证明文件没有错。"

安妮卡依然礼貌地微笑，说道："还有另一个可能性。"
"什么可能性？"
"就是她所说的每字每句都是事实，而法官也选择相信。"
埃克斯壮似乎被搞糊涂了。随后才露出笑容，又摸起胡子来。

克林顿坐在办公室窗边的小茶几旁，仔细听纽斯壮和乔纳斯说话。虽然脸上布满深深的皱纹，但那双胡椒粒般的眼珠依然目光锐利。

"我们从四月起就开始对《千禧年》的主要员工进行电话监听与电子邮件往来的监视，"克林顿说，"也证实了布隆维斯特和玛琳还有这个叫柯特兹的，都相当意气消沉。我们看过下一期杂志的大纲版本，现在似乎连布隆维斯特都改变立场，认为莎兰德的精神状态毕竟还是不稳定。他从社会面为她辩护——说是社会放弃了她，所以她试图杀死父亲也不能全怪她。不过这种说法几乎不能成立。另外有关公寓被闯入、妹妹在歌德堡遭袭，以及报告失窃等等，他都只字未提。他知道自己根本没有证据。"

"问题就在这里。"乔纳斯说，"布隆维斯特肯定知道有人盯上了他，却好像完全无视自己的怀疑。请恕我直言，但这不是《千禧年》的作风。而且爱莉卡又回杂志社了，但这整期的内容却如此平淡空洞，简直像个笑话。"

"你想说什么？这是个陷阱吗？"

乔纳斯点点头。"夏季号本来预定在六月最后一个星期出刊。玛琳在某封电子邮件里头说已交给南泰利耶某家印刷厂，但我今天早上打电话去问，他们说根本没拿到稿件，只有大约一个月前接到估价的要求。"

"他们以前在哪一家印刷？"克林顿问。

"在摩根戈瓦一家叫霍尔维格斯瑞克拉姆的印刷厂。我打电话去询问印刷的进度，我说我是《千禧年》的人。经理什么都不肯说。我今天晚上想开车去瞧瞧。"

"合理。纽斯壮你呢？"

"我重新检查了上个星期的通话记录。"纽斯壮说，"很奇怪，《千禧年》的员工从来没讨论过有关开庭或札拉千科的事。"

"完全没有？"

"没有。只有在和杂志社以外的人谈话时会提起。比方说，你听听这个。这是布隆维斯特接到《瑞典晚报》一名记者的电话，询问他对于即将展开的庭讯有什么想法。"

他将一部录音机放到桌上。

"抱歉，但我无可奉告。"

"你从一开始就涉入这件事。是你在哥塞柏加发现了莎兰德，后来却没有刊载过只字半句。你打算什么时候公开呢？"

"等时机成熟。如果我有话要说的话。"

"你有吗？"

"这个嘛，你可以买一份《千禧年》自己看看。"

他关掉录音机。

"我们之前没想过这个，但我又回去随便听了几段对话，一直都是这样。他几乎不提札拉千科的事，即使提了，也总是含糊其辞。而他妹妹是莎兰德的律师，他竟然也没和她讨论过。"

"也许他真的无话可说。"

"他从头到尾都不肯作任何揣测。他好像二十四小时都待在公司，几乎很少在家。如果像这样夜以继日地工作，不管下一期的内容是什么，都应该会更丰富才对。"

"我们还是没能窃听他们办公室的电话吗？"

"是的。"乔纳斯说，"那里一天二十四小时都有人在，重要的是这种情形是从我们第一次进入布隆维斯特家之后开始的。办公室的灯永远亮着，要不是布隆维斯特就是柯特兹或玛琳，或是那个玻璃……我是说克里斯特。"

克林顿搓搓下巴,思忖片刻。

"结论是什么?"

纽斯壮说:"除非有更好的解释,否则我觉得他们在演戏给我们看。"

克林顿顿时感到脊背发凉。"怎么没有早点想到呢?"

"我们只专心听他们说了什么,而不是他们没说什么。我们一旦在电话或电子邮件中发现他们惊慌失措,就欣慰不已。布隆维斯特心知肚明有人从他和他妹妹那里偷走了一九九一年的莎兰德报告,结果他做了什么?"

"他妹妹遭袭之后,他们没有报警?"

纽斯壮摇摇头。"莎兰德接受审讯时,安妮卡都在场。她彬彬有礼,却从未说过任何重要的话。莎兰德自己更是什么也不说。"

"但那对我们有利。她愈不肯开口愈好。埃克斯壮怎么说?"

"几个小时前我见过他,他刚拿到莎兰德那份陈述。"他指指克林顿腿上那叠纸。

"埃克斯壮很困惑。幸好莎兰德不善于用文字表达自我,在一个外人看来,这简直就像添加了色情元素的疯狂阴谋论。不过她还是差点正中红心。她很精确地描述自己是怎么被关进圣史蒂芬,还说泰勒波利安在替秘密警察工作等等。她说这一切应该都和秘密警察内部的一个小集团有关,显示她怀疑有类似'小组'这样的东西存在。大致上都相当正确。但我也说了,这太不真实。埃克斯壮很慌,因为安妮卡好像也打算以这个作为她的辩护方向。"

"该死。"克林顿咒道。他低下头,专注沉思了几分钟,最后抬起头来。

"乔纳斯,今晚开车到摩根戈瓦看看有没有什么动静。如果他们在印《千禧年》的杂志,弄一份给我。"

"我会带法伦一起去。"

"好。纽斯壮,我要你今天下午去找埃克斯壮,替他把把脉。到目前为止一切都很顺利,但你们两个刚才说的话不能忽视。"

克林顿又静默了一会儿。

"如果不开庭,那是最好……"他终于说出。

他抬起眼睛看着纽斯壮。纽斯壮点了头。乔纳斯也点了头。

"纽斯壮,你能不能查查看有哪些可能性?"

乔纳斯和绰号法伦的锁匠将车停在距离铁轨稍远处,徒步穿过摩根戈瓦。时间是晚上八点半。现在还太亮也太早,什么事都不能做,但他们想先勘察地形,看看周遭的环境。

"如果厂内有警报器,我不干。"法伦说,"最好还是从窗户往里看,如果看见什么东西,只要丢一块石头砸破玻璃,跳进去,抓起你要的东西,然后拼命跑就好了。"

"那也行。"乔纳斯说。

"如果你只需要一份杂志,可以去翻翻后面的垃圾桶,肯定会有超印或试印之类的东西。"

哈维格·雷克兰印刷厂是一栋低矮的红砖建筑。他们从对街南侧慢慢接近,乔纳斯正要过街时,法伦一把抓住他的手肘。

"继续往前走。"法伦说。

"什么?"

"继续往前走,装作是晚上出来散步的样子。"

他们经过印刷厂,在附近绕了一圈。

"这是怎么回事?"乔纳斯说。

"你眼睛得尖一点。这个地方不只装设了警报器,厂外墙边还停了一辆车。"

"你是说车内有人?"

"那是米尔顿安保的车。印刷厂受到监护啊,拜托。"

"米尔顿安保?"克林顿觉得腹部挨了一拳。

"要不是法伦,我就直接落入他们的陷阱了。"乔纳斯说。

"事情有点古怪。"纽斯壮说,"一个郊区的小印刷厂没道理雇用米尔顿安保做全天候监护。"

克林顿双唇抿得紧紧的。已经过了十一点，他需要休息。

"也就是说《千禧年》真的有什么图谋。"乔纳斯说。

"这我看得出来。"克林顿说，"好吧，我们来分析现况。最糟的情况会是什么？他们有可能知道什么？"他迫切的眼神投向纽斯壮。

"一定是莎兰德报告。"他说，"报告副本被我们偷走以后，他们就加强了安保，想必是猜到自己受到监视。最糟的是他们手上还有那份报告。"

"但报告失踪后，布隆维斯特已经无计可施。"

"我知道，但我们也可能被他给骗了。不能忽略这个可能性。"

"这个假设稍后再讨论。"克林顿说，"乔纳斯？"

"我们已经确知莎兰德的辩护方式，她会说出她所认知的事实。我读过她那篇自传，事实上她在不知不觉中帮了我们的忙，因为里头关于强暴与剥夺她的权利等等指控太骇人听闻，最终还是会被视为妄想的谵语。"

纽斯壮说："何况她提不出任何证据。埃克斯壮会用这篇声明来反击她，摧毁她的可信度。"

"好。泰勒波利安的新报告写得好极了。当然，安妮卡有可能申请传唤自己的专家，说莎兰德没有疯，然后整个案子便会移交到医师会去。但同样地，除非莎兰德改变策略，否则她还是会拒绝对他们开口，然后他们就会判定泰勒波利安是对的。她是她自己最大的敌人。"

"不过最好还是根本不要开庭。"克林顿说。

纽斯壮摇着头说："几乎不可能。她现在在克鲁努贝里看守所，和其他囚犯毫无接触。每天在屋顶的小区域内做一小时运动，但在那里我们无法接近她。而且看守所里我们也没有内线。"

"或许还有时间。"

"如果要收拾她，就应该在索格恩斯卡医院动手。现在若是派杀手，被逮的机会是百分之百，要上哪找愿意自投罗网的枪手？而且时间这么紧迫，也不可能安排自杀或意外。"

"我也这么想,何况意外死亡可能会受到怀疑。好吧,只能看看开庭情况如何了。其实一切都没改变,我们一直都预期他们会采取某种反制手段,这篇所谓的自传似乎就是了。"

"问题是《千禧年》。"乔纳斯说。

"《千禧年》和米尔顿安保。"克林顿思索着说,"莎兰德曾经替阿曼斯基工作,而布隆维斯特则曾经和她发生过关系。是不是应该假设他们联手了?"

"那么米尔顿安保护卫着替《千禧年》印刷的工厂就显得合理了。这不可能是巧合。"

"他们什么时候出刊?乔纳斯,你说他们比预定日期晚了将近两个星期。如果假设米尔顿在印刷厂戒备是为了不让人拿到杂志,就表示他们不想泄漏刊物内容,要不就是杂志已经印好了。"

"为了在开庭第一天上市。"乔纳斯说,"这是唯一合理的解释。"

克林顿点点头。"好,那么杂志里面写了什么?"

他们思考了好一会儿,最后是纽斯壮打破沉默。

"就像我们刚才说的,最糟的情况是他们有一九九一年报告的副本。"

克林顿和乔纳斯也作出相同结论。

"但他们能拿来做什么呢?"乔纳斯问道,"报告牵涉到毕约克和泰勒波利安。毕约克已经死了,他们可以猛打泰勒波利安,但他也会说自己只是做例行的精神鉴定。到时将会是他们双方针锋相对。"

"如果他们发表报告,我们能怎么做?"纽斯壮问道。

"我想王牌在我们手中。"克林顿说,"假如因为报告引起骚动,焦点会是国安局而不是'小组'。等记者们开始提问,国安局只要从档案室拿出报告就行了……"

"那不是同一份报告。"乔纳斯说。

"申克已经将修改过的版本放进档案室,也就是埃克斯壮看到的那个版本。它有档案序号,所以我们很快就能向媒体提供许多假情报……我们有毕尔曼拿到的那个正本,《千禧年》却只有副本,我们甚至可以散播布隆维斯特自己假造正本的风声。"

"很好。《千禧年》还可能知道些什么？"

"他们不可能知道任何有关'小组'的事，绝对不可能。因此他们只能把箭头指向国安局，布隆维斯特也会因此被当成阴谋论者。"

"现在的他相当有名。"克林顿缓缓地说，"自从在温纳斯壮事件展现了果断态度后，大家都很相信他。"

"能不能多少削减一点他的可信度？"乔纳斯说。

"你想你能弄到……比方说五十克可卡因吗？"

"也许可以找南斯拉夫帮。"

"试试看吧。动作得快点，再三天就要开庭了。"

"我不懂。"乔纳斯说。

"这是我们这一行打一开始就用的伎俩，不过还是非常有效。"

"摩根戈瓦？"艾柯林特皱起眉头说。费格劳拉来电时，他正穿着睡袍坐在家里的沙发上，将已经看了两遍的莎兰德自传再看了一遍。由于已过午夜，他心想应该出了什么事。

"摩根戈瓦。"费格劳拉又说了一次，"今晚八点半，乔纳斯和法伦去了那里。包柏蓝斯基手下的安德森巡官跟踪他们前去，我们也在乔纳斯的车内装了雷达发射器。他们把车停在旧火车站附近，到处走了一下，然后回到车上返回斯德哥尔摩。"

"了解。他们去见了谁或是……"

"没有，奇怪就在这里。他们只是下车，在附近走动了一下，然后就直接开车回斯德哥尔摩，安德森是这么跟我说的。"

"知道了。你为什么在半夜十二点半打电话给我说这个？"

"我花了一点时间才查出原因。他们经过哈维格·雷克兰印刷厂。我和布隆维斯特谈过，那是《千禧年》印刷杂志的地方。"

"该死！"艾柯林特咒了一声。他马上就看出其中的关联。

"因为法伦也跟着去，我不得不假设他们本来想深夜造访印刷厂，但后来放弃了冒险。"费格劳拉说。

"为什么？"

"因为布隆维斯特请阿曼斯基派人看守工厂，直到杂志发行为止。他们很可能是看到米尔顿安保的车。我想你应该会希望马上知道。"

"没错。这表示他们开始察觉到不对劲了。"

"看到安保车之后，他们一定有所警觉。乔纳斯让法伦在市区下车后，自己又回到火炮路。我们知道克林顿在那里，纽斯壮也大约在同一时间抵达。问题是他们打算做什么？"

"星期三就要开庭……你能不能联络布隆维斯特，请他加强《千禧年》的安保？以防万一。"

"他们已经有万全的防备。看他们对着遭窃听的电话吞云吐雾的模样，简直和专家没两样。布隆维斯特已经偏执到使用声东击西的招数，倒值得我们学学。"

"这样很好，不过还是要打给他。"

费格劳拉合上手机，放到床头柜上，然后抬头端详着赤裸躺在身边、头靠在床尾的布隆维斯特。

"他要我打电话给你，让你加强《千禧年》的安保。"她说。

"多谢建议。"他语带讽刺地回答。

"我是说真的。如果他们开始觉得不对劲，恐怕会不经大脑做出什么事来。他们有可能会闯进去。"

"柯特兹今晚在那里过夜，而且我们安装了和米尔顿安保联机的防盗系统，他们只要三分钟就会赶到。"

他闭上眼睛躺着。

"偏执。"他喃喃地说。

第二十四章
七月十一日星期一

星期一早上六点，米尔顿安保的苏珊打了布隆维斯特的T10手机。

"你们这些人都不睡觉的吗？"布隆维斯特带着浓浓的睡意说。

他瞄了费格劳拉一眼，见她已经起床并换上慢跑短裤，但尚未穿上T恤。

"当然睡，只是被夜班警卫吵醒了。我们在你家装设的静音警报器在凌晨三点被触动了。"

"是吗？"

"我去看了一下，情况有点诡异。你今天早上能不能来米尔顿一趟？愈快愈好。"

"这下可严重了。"阿曼斯基说。

八点刚过，阿曼斯基、布隆维斯特和苏珊便齐聚在米尔顿安保会议室的电视机前面。阿曼斯基另外还招来弗雷克伦（一名自索尔纳警局退休的刑警，现今是米尔顿的行动小组长）和从一开始就插手莎兰德事件的前警员波曼。众人思考着苏珊刚刚播放的监视录像带画面。

"这里我们看到秘密警察乔纳斯在三点十七分打开麦可的家门，他自己有钥匙。你们应该记得几个星期前，锁匠法伦和莫天森闯入时就做了备份。"

阿曼斯基严肃地点点头。

"乔纳斯进入屋内大约八分钟，在这段时间做了以下几件事。首先，他从厨房拿了一个小塑料袋装东西，接着旋开麦可你客厅的音响喇叭背板，然后将袋子放进去。他从你的厨房拿袋子这件事很重要。"

"那是昆萨姆的袋子。"布隆维斯特说，"我留下来装干酪之类的东西。"

"我也会这么做。当然重点是那上面有你的指纹。接着他从门厅的回收桶里拿了一份《瑞典摩根邮报》，撕下一页包东西之后放在你衣橱最上面的架子上。还是一样：报纸上有你的指纹。"

"我懂了。"布隆维斯特说。

"我是五点左右到达你家。"苏珊说，"我找到几样东西：现在喇叭里面有将近一百八十克的可卡因，我这里采了一点样本。"

她将一个小证物袋放到会议桌上。

"衣橱里有什么？"布隆维斯特问。

"大约十二万克朗的现金。"

阿曼斯基示意苏珊关上电视后，转身面向弗雷克伦。

"所以说布隆维斯特涉及可卡因交易。"弗雷克伦和和气气地说，"他们显然开始对布隆维斯特目前的动作有点担心。"

"这是一个反制动作。"布隆维斯特说。

"反制什么？"

"他们昨晚在摩根戈瓦撞见巡逻的米尔顿安保人员。"

他将费格劳拉告诉他有关乔纳斯前往印刷厂的事说了出来。

"这个小坏蛋还真忙。"波曼说。

"可是为什么是现在？"

"他们肯定很紧张，不知道《千禧年》会在开庭后刊登什么。"弗雷克伦说，"如果布隆维斯特因为交易可卡因被捕，他的信用将会一落千丈。"

苏珊点点头。布隆维斯特则面露疑色。

"我们要如何处理？"阿曼斯基问道。

"应该什么都不要做。"弗雷克伦说，"牌全在我们手上。我们有乔纳斯到你家里栽赃的铁证，继续看他们要耍什么把戏，反正我们马上就能证明你的清白，而且'小组'的罪行也将多一份证据。这些家伙被带上法庭的时候，我还真想当检察官。"

"我不知道。"布隆维斯特缓缓地说，"后天就要开庭了，杂志会在星期五上架,开庭后的第三天。如果他们打算以交易可卡因陷害我,杂志出刊前我绝对没时间解释这一切,恐怕还得进看守所而错过一开始的庭讯。"

"所以你这星期更应该隐藏行踪。"阿曼斯基说。

"可是……我得上 TV4 电视台,还有其他许多事要做,会非常不方便……"

"为什么偏偏是现在?"苏珊忽然开口。

"什么意思?"阿曼斯基问道。

"之前他们有三个月的时间整垮布隆维斯特,为什么要等到现在?不管发生什么事,都阻止不了杂志出刊。"

大伙一时无言以对。

"也许是因为不知道你要刊些什么,麦可。"阿曼斯基说道,"他们不得不假设你在酝酿什么……不过他们可能以为你手上只有毕约克的报告,他们绝不可能知道你打算掀开整个'小组'。若只是为了毕约克的报告,那么抹黑你便绰绰有余。无论你揭露什么,一旦你被捕定罪后就会被湮灭。这是大丑闻。著名的麦可·布隆维斯特因毒品交易被捕,判刑六到八年。"

"能不能拷贝两份录像带给我?"布隆维斯特问。

"你要做什么?"

"一卷交给艾柯林特。另外我三小时后要去 TV4,我想随身带着,万一出什么差错可以随时交给电视台播放,这样比较保险。"

费格劳拉关掉 DVD 播放器,将遥控器放在桌上。他们此时聚在和平之家广场的临时办公室。

"可卡因。"艾柯林特说,"他们玩的可是非常肮脏的把戏。"

费格劳拉若有所思地瞥着布隆维斯特。

"我想最好还是让你们全都知道最新进展。"他耸耸肩。

"我觉得不太对。"费格劳拉说,"这是鲁莽行事,有人没把事情好好想清楚。他们一定知道你不会乖乖就范,不会让人以毒品交易的罪名把你打进库姆拉监狱。"

"我同意。"布隆维斯特说。

"即使你被判刑,民众也很可能会相信你说的话,还有你《千禧年》的同事也不会默不作声。"

"还有,这让他们付出很大的代价。"艾柯林特说,"他们有足够的预算可以弄出十二万克朗而不眨一下眼睛,再加上可卡因也不知花了多少钱。"

"我知道,不过这计划确实不差。"布隆维斯特说,"他们打算让莎兰德回精神病院,而我则消失在疑云之中。他们还认定所有的注意力都会集中在国安局,而不是'小组'。"

"但他们要怎么说服毒品查缉小组去搜索你的住处?我的意思是,光靠匿名检举恐怕很难让警方踢破一个明星记者的大门。而且若要发挥效果,也得在四十八小时内让你蒙上嫌疑。"

"老实说,真的不知道他们有什么计划。"布隆维斯特说。

他觉得精疲力竭,只希望这一切早点结束。他站起身来。

"你要去哪里?"费格劳拉说,"我要知道你接下来几天的行程。"

"我中午要去TV4开会。六点要到萨米尔之锅和爱莉卡吃炖小羊肉,顺便仔细商讨新闻稿的内容。下午和晚上的其他时间都会在杂志社,我想。"

费格劳拉一听到爱莉卡的名字,眼睛立刻微微眯起。

"我要你白天里保持联络。开庭前最好能保持密切联系。"

"也许我应该搬到你家住几天。"布隆维斯特笑着打趣道。

费格劳拉立刻拉下脸来,同时很快地斜了艾柯林特一眼。

"费格劳拉说得对。"艾柯林特说,"我觉得你暂时最好少现身。"

"你们管好自己的事。"布隆维斯特说,"我也会管好我的事。"

TV4"She"节目的主持人看到布隆维斯特带来的录像带资料,简直难掩兴奋,布隆维斯特见她如此兴高采烈也觉得有趣。一星期以来,他们每天拼了命地将"小组"的资料整理出来以便播放。TV4的节目制作人与新闻编辑都确信这将是非常珍贵的独家新闻。制作过程保密到家,只有极少数几人参与。布隆维斯特坚持要让这则消息成为开庭第三天晚间新闻的头条,他们答应了,并决定做一小时的特别报道。

布隆维斯特交给她许多照片,但对电视台而言什么都比不上动态画面。当他让她看了一名身份可确认的警员偷偷将可卡因藏进他家的录像带,而且画面清晰无比时,她真是乐坏了。

"很棒的电视转播。"她说,"画面:国安局人员正将可卡因偷偷藏入记者家中。"

"不是国安局……是'小组'。"布隆维斯特纠正道,"别把两者搞混了。"

"拜托,乔纳斯是国安局的人。"她反驳道。

"没错,但实际上他应该被视为内线。界线要分得一清二楚。"

"明白了。这里要报道的是'小组',不是国安局。麦可,你能不能解释一下,为什么你老是卷入这么轰动的大事?你说得没错,这会比温纳斯壮事件还大。"

"我就是有这个能耐。出人意料的是这个故事也是从温纳斯壮说起,就是六十年代的间谍丑闻。"

爱莉卡四点打电话来,说她正在和报业公会开会,分享她对于《瑞典摩根邮报》计划裁员的想法,自从她辞职后,裁员之举在报社引起了极大的冲突。她恐怕赶不及六点半吃饭。

乔纳斯帮着让克林顿从轮椅移到房间的沙发床上,这个房间是克林顿在火炮路"小组"总部的指挥中心。他一个早上都在洗肾,刚刚才回来,觉得自己老态龙钟,疲惫到极点。过去几天他几乎都没合眼,真希望这一切早点告一段落。纽斯壮出现时,他坐在床上,好不容易让自己舒服了些。

克林顿集中精力问道:"准备好了吗?"

"我刚刚去见了尼西德兄弟。"纽斯壮说,"需要五万克朗。"

"我们付得起。"克林顿说。

天哪,要是再让我年轻一次就好了。

他转头轮番打量着纽斯壮和乔纳斯。

"不会良心不安吧?"他问道。

两人都摇头。

"什么时候?"克林顿问。

"二十四小时内。"纽斯壮说,"很难确定布隆维斯特会在哪里过夜,但若是逼不得已,他们会在《千禧年》办公室外面动手。"

"今天晚上,两个小时后也许有机会。"乔纳斯说。

"真的吗?"

"爱莉卡前不久打电话给他,他们会在萨米尔之锅吃晚餐,这间餐厅在贝尔曼路附近。"

"爱莉卡……"克林顿有些迟疑。

"拜托,她该不会……"纽斯壮说。

"那也没什么大不了的。"乔纳斯说。

克林顿和纽斯壮都瞪着他看。

"我们一致认为布隆维斯特是最大的威胁,他会在下一期的《千禧年》发表不利的消息。我们阻止不了杂志发行,所以只好摧毁他的信誉。如果他在一场看似典型的黑道火拼中丧生,接着警方又从他家搜出毒品与现金,调查人员便会下某种结论。他们不会一开始就调查与秘密警察有关的阴谋。"

"说下去。"克林顿说。

"爱莉卡其实是布隆维斯特的情妇。"乔纳斯说得铿锵有力,"她对丈夫不忠。如果她也牺牲了,将会更引人猜疑。"

克林顿和纽斯壮交换了一下眼色。在制造烟幕方面,乔纳斯是天生好手,学得很快。但克林顿与纽斯壮心里顿时涌起一股焦虑。乔纳斯对于生死太满不在乎,这不是好现象,不能只因为出现机会便使用极端手段。杀人并非方便之道,除非别无选择否则不该轻易诉之于此。

克林顿摇了摇头。

连带损害，他暗想。忽然间对这整个行动充满厌恶。

为国家奉献一生之后，如今却像一群野蛮佣兵似的坐在这里。札拉千科有必要。毕约克……令人遗憾，但古尔博说得对：毕约克会投降。布隆维斯特……或许也有必要。但爱莉卡可能只是个无辜的旁观者。

他定睛注视着乔纳斯，暗自希望这个年轻人不会变成个精神变态。

"尼西德兄弟知道多少？"

"一无所知，我是说关于我们。他们只见过我一人，我用了另一个身份，他们追踪不到。他们以为杀人一事和毒品交易有关。"

"暗杀后他们怎么办？"

"马上离开瑞典。"纽斯壮说，"就像干掉毕约克以后那样。假如命案调查没有结果，几个星期后他们就能非常小心地回来了。"

"用什么方法？"

"西西里作风。走向布隆维斯特，把弹匣里的子弹全打到他身上，然后走开。"

"武器呢？"

"他们有自动枪，不知道是哪一种。"

"他们可千万别扫射餐厅……"

"这你大可放心。他们不是冲动型的人，知道该怎么做。不过假如爱莉卡坐在同一张桌子……"

连带损害。

"听好了，"克林顿说，"重要的是不能让瓦登榭听到一点风声，尤其是爱莉卡也一起遇害的话。他已经压力大到崩溃边缘，等事情结束后，恐怕就得让他退休。"

纽斯壮点点头。

"也就是说当我们听到布隆维斯特被射杀的消息，就要好好演场戏。我们要召开紧急会议，要表现出对情势发展的震惊。可以推测幕后的主使者，但在警方找到证据之前，绝口不提毒品。"

布隆维斯特在快五点时与"She"的主持人道别。他们花了一个下午填补资料的空缺,接着布隆维斯特去上了妆,拍一段很长的访谈节目。

他被问到一个问题,却一直无法给予前后连贯的答案,只得重拍好几次。

瑞典政府的公务员怎么可能走到杀人这一步?

早在"She"的主持人提问前,布隆维斯特便考虑过这个问题。"小组"必定将札拉千科视为不能接受的威胁,但这个答案仍不令人满意。而他对于自己最后给的回答也还是不满意:

> "我唯一能作出的合理解释就是多年下来,'小组'发展成一个地地道道的邪教,成为像克努特比[1]教派,或吉姆·琼斯[2]牧师之类的组织或人物。他们制定自己的法律,其中对与错的观念已经不重要。也因为这些法律,他们自以为独立于正常社会之外。"
>
> "听起来像一种精神病,不是吗?"
>
> "这样描述不能说不正确。"

布隆维斯特搭地铁到斯鲁森。此时去萨米尔之锅还太早,他在索德马尔姆广场站了一会儿,内心还是感到担忧,不过另一方面生活又忽然重新上了轨道。直到爱莉卡重回杂志社上班后,他才发觉自己有多想念她。而且她重披战袍并未引起任何内斗,玛琳欢欢喜喜地回去当编辑秘书,如今生活恢复正常令她感到——套她自己的话——近乎欣喜若狂。

爱莉卡重回岗位也让大伙发现过去三个月内,人手不足的情况是

---

[1] 克努特比(Knutby),位于乌普萨拉郡的一个小村庄,曾发生宗教杀人事件。
[2] 吉姆·琼斯(Jim Jones, 1931—1978),原名 James Warren Jones,美国福音集团人民圣殿教领袖,自封为弥赛亚。一九七七年时带领信众至圭亚那建立一农民公社琼斯镇,借以操控与威胁信徒。一九七八年,美国国会调查员至琼斯镇进行调查,琼斯命令信徒喝下掺了氰化物的饮料,他自己则死于枪伤。琼斯镇大屠杀的死亡人数高达九百一十三人,其中有许多儿童。

多么不可思议。爱莉卡不得不全速重掌《千禧年》,并在玛琳的协助下才终于处理掉一些日积月累的组织问题。

布隆维斯特决定去买份晚报,然后在和爱莉卡碰面前,上霍恩斯路的"爪哇"喝咖啡消磨时间。

检察总长办公室的兰西德·古斯塔夫森检察官将老花眼镜放到会议桌上后,仔细打量着这群人。她现年五十八岁,有一张双颊丰满但布满皱纹的脸,一头花白短发,担任检察官已二十五年,自九十年代初进入检察总长办公室。

仅仅三个星期前,她毫无预兆地被召到总长办公室见宪法保障组组长艾柯林特警司。当天她正忙着结束一两件例行公事,以便无牵无挂地前往胡沙罗岛的小屋度假六星期。不料临行前却被指派负责调查一群被称为"小组"的公务员,度假计划只得暂缓。她被告知说接下来这段时间都要以本案为主,而且可以相当自由地组织自己的行动团队,作出必要的决定。

"这可能会是瑞典有史以来最轰动的犯罪调查之一。"检察总长对她说。

她开始觉得总长说得有理。

听着艾柯林特简述整个情况以及他奉首相之命所做的调查,她愈来愈惊讶。艾柯林特的调查尚未结束,但他相信已经得到够多证据可以将案子送交检察官。

古斯塔夫森首先检阅艾柯林特呈上来的所有数据。当犯罪活动的范围开始清楚呈现时,她便了解到自己所作的每个决定总有一天会受到历史学家与其读者们的审视。自此之后,她只要醒着便时时刻刻努力地应付这许多罪行。此案是瑞典法律史上的特例,要追查的犯罪活动时间至少长达三十年,因此她认知到这需要一支非常特殊的行动团队。她想起七八十年代意大利政府内的反黑手党调查员,为了求生不得不将工作几乎全部地下化。她知道为什么艾柯林特自己也得秘密行动,因为他不知道能信任谁。

她采取的第一步就是找来检察总长办公室的三名同事,挑选的都是认识多年的人。接着再聘请一位知名历史学家，此人曾协助犯罪预防委员会分析数十年来秘密警察的责任与权力的增长。她也正式指派费格劳拉警官担任调查负责人。

至此，针对"小组"的调查工作已具备合乎宪法效力的形式，就和警方的其他调查工作没有两样，只不过是在极度保密的状况下进行。

过去两星期，古斯塔夫森检察官正式但非常秘密地传讯了许许多多人，陪同讯问的除了艾柯林特和费格劳拉，还有刑警包柏蓝斯基、茱迪、安德森与霍姆柏。至于被传唤的人包括布隆维斯特、玛琳、柯特兹、克里斯特、安妮卡律师、阿曼斯基与苏珊，检察官甚至还亲自造访莎兰德的前任监护人潘格兰。《千禧年》的员工原则上不回答可能泄漏消息来源身份的问题，但除此之外，所有人都欣然提供翔实的答案，有时还有证明文件。

对于要按照《千禧年》提出的时间表办案，也就是必须在特定日期下令逮捕一些人，古斯塔夫森检察官极为不悦。她知道理想状况下，到达目前的调查阶段之前，会有几个月的准备时间，但她却没得选择，布隆维斯特非常强硬。《千禧年》不受政府的法令规章约束，他又打算在莎兰德开庭后第三天刊出报道，因此古斯塔夫森逼不得已也得调整自己的作业，在同一时间出击，以免让那些嫌疑犯有机可乘，连同证据一起消失。布隆维斯特从艾柯林特与费格劳拉方面获得令人意想不到的支持，而检察官也发现布隆维斯特的计划有某些明显的优点。身为检察官的她刚好可以利用完全聚焦的媒体作为她所需的后盾，来加快起诉的速度。此外，整个过程的进展将会异常快速，让这个复杂的调查内容来不及泄漏到政府机关的走廊上，进而被"小组"所察觉。

"布隆维斯特最优先的考虑是为莎兰德平反。逮捕小组成员只是附带的结果。"费格劳拉说。

莎兰德的开庭日预定在星期三，还剩两天的时间。星期一的会议主要是再次检视最新数据与分派任务。

出席的共有十三人。从检察总长办公室，古斯塔夫森带来了两名与她最亲近的同事；从宪法保障组来的，有费格劳拉巡官和手下的史蒂芬与贝伦德。而宪法保障组组长艾柯林特则是列席旁听。

但古斯塔夫森认为如此重要的事，为求公信，不能只局限于国安局。因此她也找来包柏蓝斯基与他手下的正规警员，包括茉迪、霍姆柏与安德森，他们毕竟也从复活节就开始侦查莎兰德的案子，对所有细节都了如指掌。另外古斯塔夫森还找了耶娃检察官与歌德堡警局的埃兰德警官，因为"小组"的调查与札拉千科命案的调查有直接关联。

当费格劳拉提到前首相费尔丁可能得出庭作证时，霍姆柏和茉迪几乎掩不住内心的不安。

五个小时内，他们针对已被确认为"小组"活跃分子的个人一一检视，接着列出各个可能与火炮路公寓有关的罪行。后来又有九人被确认与"小组"有关，尽管他们从未去过火炮路。他们主要是在国王岛的国安局上班，但曾与"小组"的几名活跃分子见过面。

"现在还说不准阴谋的范围到底有多大。我们并不知道这些人是在哪些情况下与瓦登榭或任何其他人见面。他们可能是内线，也可能自以为在做内部管控或类似的工作。所以他们涉入的程度不太确定，只能等有机会讯问他们才能得到答案。还有，这些只是我们开始进行监视后那几个星期观察到的人，也许还有更多我们还不知道的。"

"可是秘书长和预算主任……"

"我们必须假设他们是'小组'的人。"

星期一下午六点，古斯塔夫森让每个人休息一小时并用餐，之后再继续开会。

正当所有人起身开始走动时，费格劳拉在宪法保障行动小组的同事耶斯伯·托马斯将她拉到一旁，报告前几个小时监视的结果。

"克林顿几乎整天都在洗肾，三点才回到火炮路。只有纽斯壮的动静值得注意，不过不太确定他到底在做什么。"

"说来听听。"费格劳拉说。

"一点半,他开车到中央车站和两个人见面。他们一起走到喜来登,进酒吧喝咖啡。会面时间约二十分钟,之后纽斯壮就回火炮路了。"

"好,那两人是谁?"

"新面孔。两个都三十五六岁,似乎是东欧裔。只可惜进地铁以后就跟丢了。"

"知道了。"费格劳拉疲惫地说。

"这里有照片。"托马斯说着交给她一连串的跟踪时拍的照片。

她瞄了那两张陌生面孔的放大照一眼。

"谢了。"她说完便将照片放在会议桌上,拿起手提包准备去吃点东西。

刚好站在一旁的安德森弯下身,想就近把照片看仔细。

"该死!"他诅咒了一声,"尼西德兄弟也卷进来了吗?"

费格劳拉顿时停了下来。"你说谁?"

"这两个是坏到骨子里的家伙。"安德森说,"尼西德兄弟托米和米洛。"

"你和他们交过手?"

"当然。从呼丁格来的一对兄弟,塞尔维亚人,二十几岁的时候就被监视过几次,我当时在扫黑组。米洛比较危险,因为重伤害已经被通缉一年左右。我还以为他们回塞尔维亚去从政什么的了。"

"从政?"

"是啊。他们在九十年代初到南斯拉夫去协助净化族群,替一个叫阿肯的黑手党领袖做事,这个人指挥着某种秘密的法西斯民兵。他们是有名的枪手。"

"枪手?"

"杀手。他们在贝尔格莱德和斯德哥尔摩之间飞来飞去,有个叔叔在马尔姆开餐厅,所以好像偶尔会在那里打工。我们的报告显示他们至少涉及两起杀人案,都是所谓的'香烟战争'事件,但一直没能将他们移送法办。"

费格劳拉默不作声地凝视照片,脸色瞬间变得惨白。她转而瞪着艾柯林特。

"布隆维斯特。"她大喊一声,声音中带着惊恐,"他们不只是想让他卷入丑闻,还打算杀死他。案发后警方会在调查时发现可卡因,并自行下定论。"

艾柯林特也瞪着她看。

"他应该是在萨米尔之锅和爱莉卡碰面。"费格劳拉说完,转身抓住安德森的肩膀问道,"带枪了吗?"

"带了⋯⋯"

"跟我来。"

费格劳拉冲出会议室。隔着三道门便是她的办公室,她跑进去从办公桌抽屉拿出配枪,接着奔向电梯时竟违反规定地让办公室门敞开未上锁。安德森犹豫了一下。

"去吧。"包柏蓝斯基对他说,"茉迪,你也一起去。"

布隆维斯特在六点二十分到达餐厅。爱莉卡也刚到,在吧台旁边找到一张桌子,离门口不远。他亲亲她的脸颊。两人都向侍者点了炖羊肉和浓啤酒。

"'She'那个女的怎么样?"爱莉卡问道。

"很酷,一如往常。"

爱莉卡笑着说:"你要是不小心,会对她着迷的。想想看,竟然有女人能抗拒大名鼎鼎的布隆维斯特的魅力。"

"其实这么多年来没爱上我的女人还不少。"布隆维斯特说,"你今天过得如何?"

"白费力气。不过我受邀到公关俱乐部去辩论《瑞典摩根邮报》这整件事。这将是我最后的贡献。"

"好极了。"

"能回到《千禧年》真让人松了好大一口气。"

"你都不知道你能回来有多好。我到现在还乐不可支。"

"再回来工作很有趣。"

"嗯。"

"我很高兴。"

"我得去一下洗手间。"布隆维斯特说着站起身来。

他几乎和一个刚进门的男人撞在一起。布隆维斯特发觉对方有点像东欧人,而且正看着他。紧接着他便看见那把冲锋枪。

他们行经骑士岛时,艾柯林特来电告知说布隆维斯特和爱莉卡都没接手机。大概是用餐时关掉了。

费格劳拉咒骂了一声,并以接近八十公里的时速驶过索德马尔姆广场。她一路按着喇叭,到了霍恩斯路时来了个急转弯,安德森整个人都贴到门上了。他拿出枪来检查弹匣,后座的茉迪也做了同样动作。

"我们得请求支援。"安德森说,"尼西德兄弟可不是闹着玩的。"

费格劳拉咬牙切齿。

"我们这么做。"她说道,"我和茉迪直接进餐厅,希望他们还坐在里面。安德森,你认得这两人,所以就留在外面看守。"

"好。"

"如果一切顺利,我们会带布隆维斯特和爱莉卡出来直接上车,载他们到国王岛。如果怀疑情势有异,我们就留在餐厅里面请求支援。"

"好。"茉迪回答。

就快开到餐厅时,仪表板底下的警用无线电发出噼里啪啦的声响。

"各单位注意。索德马尔姆区塔瓦斯街发生枪击。地点萨米尔之锅餐厅。"

费格劳拉顿时感到心窝一阵绞痛。

爱莉卡看见布隆维斯特经过大门往男盥洗室走去时撞到一名男

子，不知为何地皱起眉头。她看到那人以一种惊讶的表情盯着布隆维斯特，心想会不会是认识的人。

随后她看见那人后退了一步，往地上丢了一只袋子。起初她没弄明白自己看到的情景，当对方举起像枪的东西瞄准布隆维斯特时，她只是呆坐着动弹不得。

布隆维斯特想也没想便作出反应。他挥出左手抓住枪管，把它往上扭向天花板，在一刹那间枪口从他眼前闪过。

冲锋枪开火的声音在小空间里震耳欲聋。米洛·尼西德连扫十七枪，头顶上的灰泥与灯具玻璃纷纷落到布隆维斯特身上。他还一度直视袭击者的双眼。

接着米洛倒退一步，猛力一拉将枪口对准他。布隆维斯特一时大意，没把枪管抓牢，他马上知道自己身陷险境。出于直觉，他没有蹲下或找掩护，而是往袭击者扑过去。稍后他才领悟到若是低下身子或后退，立刻就中枪了。他再次抓住冲锋枪管，并用尽全身力气将对方逼到墙边，这时又听到六七声枪响，便奋不顾身地强拉住枪，让枪口转向地板。

第二串枪声响起时，爱莉卡下意识地寻找掩护，却不小心绊倒在地，头还撞到椅子。她躺在地板上抬头一看，方才座位后方的墙面出现了三个洞。

她惊吓之余转过头来，看见布隆维斯特正在门边和那个男人扭打。他已经跪倒下来，双手紧抓着枪，试图从对方手中夺过来。她看见袭击者挣扎着想要脱身，重重的拳头一次又一次落在布隆维斯特的脸和太阳穴。

费格劳拉来到萨米尔之锅对面紧急刹车，猛地打开车门，朝对街的餐厅奔去。她留意到停在餐厅门口的那辆车，连忙握住轻便手枪，拉开保险。

她看见尼西德兄弟之一坐在驾驶座,随即用枪隔着车窗指着他的脸。

"警察,手举起来。"她嘶喊道。

托米·尼西德举起双手。

"下车,脸朝下趴在人行道上。"她怒吼着。然后转头瞄向身旁的安德森与茉迪,说道:"餐厅。"

茉迪想到自己的孩子。支援尚未抵达又不清楚确切的情况便拔枪冲入建筑物内,完全违反警察的教条。

她正想着,餐厅里又传来更多枪声。

布隆维斯特见米洛还要继续开枪,便将中指卡进扳机与护环之间。他听见身后玻璃碎裂的声音,又感到灼热的疼痛,因为袭击者不断地扣扳机挤压他的手指。只要他的手指保持在原位,枪就开不了火。但是米洛抡起拳头一再殴打他的头部侧边,他才忽然惊觉四十五岁的自己已经不适合做这种事。

非得结束不可,他心想。

这是他发现这个带着冲锋枪的男人之后,第一个涌起的理智念头。

他咬紧牙根,把指头又往扳机后面的空间伸得更进了。

随后他奋力一振,用肩膀去撞杀手的身体,然后勉强拉回身子站稳。他右手松开了枪,举起手肘护着不让对方打到脸,米洛于是转而打他的腋下和肋骨。有一瞬间,他们又再次四目交接。

下一秒钟,布隆维斯特感觉到杀手被人给拉开了,手指最后一次剧痛过后,他看见安德森的巨大身影。这名警员几乎是紧抓住米洛的脖子给拎起来,再拿他的头去撞门边的墙。米洛应声瘫倒在地。

"趴下!我们是警察,不许动。"他听见茉迪大喊。

他一转头便见到她跨开双脚、两手握枪,一面观察着混乱的现场。最后她把枪指向天花板,看着布隆维斯特。

"你受伤了吗?"她问道。

布隆维斯特看着她，只觉得头晕目眩。他的眉毛和鼻子都在流血。

"我好像断了一根手指。"他说完便坐到地上。

费格劳拉用枪押着托米来到人行道还不到一分钟，前来支援的索德马尔姆武装反应小组便赶到了。她出示证件后，将犯人交给警员处理，然后往餐厅里面跑。她在大门口停下来，评估情势。

布隆维斯特和爱莉卡并肩坐着，前者的脸血迹斑斑，似乎惊魂未定，后者则大大吐了口气。他没死。这时爱莉卡伸手搂住布隆维斯特的肩膀，她不由得皱起眉来，至少脸色铁青。

茉迪来到他们身边蹲下，检视布隆维斯特手上的伤势。安德森正在给米洛上手铐，米洛一副被卡车撞到的模样。接着她看到地上躺着一把瑞典军用M四五型冲锋枪。

费格劳拉抬起头，发现餐厅员工与顾客全都吓坏了，另外瓷器碎落一地，桌椅东倒西歪，还有枪弹扫射后的满目疮痍。她闻到火药味，但没发现餐厅里有任何死伤。此时武装反应小组的警员开始持枪涌进餐厅。她伸手碰碰安德森的肩膀。他站起身来。

"你说米洛是通缉犯？"

"是的。重伤害罪，大约一年前，哈伦达的一场街头斗殴。"

"好，那我们这么做。"费格劳拉说，"我会尽快带布隆维斯特和爱莉卡离开，你留下来。事发经过是你和茉迪来这里用餐，因为你待过扫黑组所以认出了米洛，当你试图逮捕他，他拿出武器开始扫射。所以你就把他解决了。"

安德森露出无比讶异的神情。"这说不通的，还有目击证人呢。"

"证人们会说有人在打架还开枪。只要能撑到明天晚报出来不被识破就行了。就说尼西德兄弟被捕纯粹是碰巧被你认出来。"

安德森环顾四下的凌乱场面，终于点头答应。

费格劳拉挤过街上成群的警察，将布隆维斯特和爱莉卡安置在她车子后座，然后回头找反应小组的组长低声交谈了半分钟。她指指布隆维斯特和爱莉卡此时已坐上的车辆，组长有些困惑，但最后还是点了头。她开到辛肯斯达姆，停下车，转头看着后座乘客。

"你伤得有多严重？"

"我被打了好几拳，牙齿都还在，不过中指受伤了。"

"我送你到圣约兰挂急诊。"

"这是怎么回事？"爱莉卡问道，"你又是谁呢？"

"抱歉。"布隆维斯特说，"爱莉卡，这位是莫妮卡·费格劳拉警官，是国安局的干员。费格劳拉，这位是爱莉卡·贝叶。"

"我已经猜到了。"费格劳拉声音平平地回答，却仍忍不住偷瞄爱莉卡一眼。

"我和费格劳拉是在调查过程中认识的，她是代表国安局和我接触的人。"

"原来如此。"爱莉卡说完全身开始发抖，像是忽然才感觉到惊吓。

费格劳拉狠狠地瞪着爱莉卡。

"发生什么事了？"布隆维斯特问。

"我们误解了可卡因的原因。"费格劳拉解释道，"我们以为他们栽赃给你是为了制造丑闻，现在才知道他们想杀你，到时候警方搜索你的住处时自然会发现可卡因。"

"什么可卡因？"爱莉卡问。

布隆维斯特暂时闭上双眼。

"带我到圣约兰去吧。"他说。

"被捕了？"克林顿咆哮道，同时感觉到一种轻微的压力，仿佛有蝴蝶在心脏四周飞舞。

"我们觉得没关系。"纽斯壮说，"好像纯粹是运气不佳。"

"运气不佳？"

"米洛因为以前的一桩伤害案件被通缉，他走进萨米尔之锅刚好被一个扫黑组的警员认出来，想要逮捕他。米洛一紧张就开枪企图逃命。"

"那布隆维斯特呢？"

"没有涉及他，甚至不知道他当时在不在餐厅里。"

"怎么可能发生这种鸟事！"克林顿说，"尼西德兄弟都知道些什么？"

"关于我们吗？什么也不知道。他们以为暗杀毕约克和布隆维斯特都是因为毒品交易。"

"但他们知道布隆维斯特是目标吗？"

"当然，但他们不太可能主动泄漏被雇杀人的事，就算到了地方法院也还是会守口如瓶。他们除了持有非法枪械还八成会因为拒捕去坐牢。"

"真是成事不足败事有余的笨蛋！"克林顿骂道。

"唉，他们真的搞砸了。我们暂时只能放布隆维斯特一马，不过并没有造成真正的伤害。"

苏珊与米尔顿安保贴身护卫组的两名彪形大汉，在十一点来到国王岛接布隆维斯特和爱莉卡。

"你还真会到处乱跑。"苏珊说。

"抱歉。"爱莉卡闷闷不乐地说。

开车前往圣约兰途中，爱莉卡始终处于惊吓状态。她忽然领悟到自己和布隆维斯特是从鬼门关前转了一圈回来。

布隆维斯特在急诊室待了一个钟头，照头部的X光，包扎脸部。左手中指用夹板固定住，末端的指关节淤伤严重，指甲恐怕保不住。出人意料的是伤势之所以如此严重，是因为安德森赶来援救时一把将米洛拉开，当时布隆维斯特的中指还卡在冲锋枪的扳机护环里，立刻啪一声折断。虽然疼痛万分，却没有生命危险。

一直到两个小时后，来到国安局宪法保障组向包柏蓝斯基警官与古斯塔夫森检察官报告时，布隆维斯特才真正感到惊恐。他开始浑身发抖、精疲力竭，问题回答到一半还几乎睡着。于是大伙便闲聊了一阵。

"我们不知道他们有何计划，也不清楚麦可是不是唯一的设定目标，"费格劳拉说，"或者爱莉卡也应该会死。我们不知道他们会不会再试一次，或者有没有其他《千禧年》员工也被锁定。为什么不杀死莎兰德呢？她毕竟是真正对'小组'构成威胁的人。"

"麦可包扎伤口的时候，我已经打电话给杂志社的同事。"爱莉卡说，"杂志出刊前，每个人都会非常低调，办公室也不再派人驻守。"

艾柯林特第一个反应就是派人贴身保护布隆维斯特和爱莉卡，但仔细一想，他和费格劳拉都认为联系国安局贴身护卫组恐怕不是明智之举。爱莉卡主动婉拒警方保护，也替他们解决了难题。她打电话给阿曼斯基解释整件事的经过，因此当晚稍晚，苏珊才会被叫来值班。

布隆维斯特和爱莉卡被安置在一栋安全藏身房的顶楼，房屋地点位于刚过皇后岛通往易克略岛的路上。这是一栋宽敞的三十年代别墅，俯瞰梅拉伦湖，有一个令人难忘的花园、一些附属建筑和广大的土地。这是米尔顿安保的产业，但玛蒂娜·薛格兰住在这里。她是他们多年的同事汉斯·薛格兰的遗孀，汉斯则是在十五年前出任务时意外丧生，葬礼结束后，阿曼斯基找薛格兰太太恳谈了一番，随后便聘请她担任此地的总管。她免费住在一楼侧厅，并将顶楼随时准备好接待客人，因为每年总有几次，米尔顿安保会临时需要为一些担心自身安全的人——不管理由是真的或是想象的——寻找藏身之处。

费格劳拉也一起去了。她一屁股坐到厨房的椅子上，让薛格兰太太为她倒咖啡，此时爱莉卡和布隆维斯特在楼上放行李，苏珊则忙着检查房屋四周的警报器与电子监视设备。

"浴室外面的柜子抽屉里有牙刷之类的东西。"薛格兰太太朝楼上喊道。

苏珊和米尔顿的保镖睡在楼下房间。

"我四点被吵醒后就一直忙个没完。"苏珊说，"你们可以排个轮值表，不过至少先让我睡到五点。"

"你就睡一整晚吧，这个交给我们。"一名保镖说。

"谢啦。"苏珊说完直接就上床了。

费格劳拉心不在焉地听着保镖们开启院子里的移动侦测器，并抽签决定谁先值班。输的那人自己做了三明治，到厨房旁边的房间看电视。费格劳拉细细端详那些绘有花卉图案的咖啡杯。她也是一早醒来就忙个不停，现在觉得疲惫不堪，正打算开车回家时，爱莉卡下楼来给自己倒了一杯咖啡，然后坐到费格劳拉对面。

"麦可头一沾枕就睡得不省人事了。"

"肾上腺素消退的缘故。"费格劳拉说。

"现在该怎么办？"

"你们得保持几天的低调，不管结果如何，一个星期之内都会结束。你现在感觉如何？"

"还好，还有点心惊，这种事不会天天发生。我刚刚打了电话给我先生，解释我不回家的原因。"

"喔。"

"我先生是……"

"我知道他是谁。"

沉默。费格劳拉揉着眼睛打呵欠。

"我得回家睡个觉。"她说。

"拜托，别再装了，就去和麦可睡吧。"爱莉卡说。

费格劳拉望着她。

"有这么明显吗？"她问道。

爱莉卡点点头。

"是不是麦可说了什么……"

"他什么也没说。他对于女性友人的事向来很会保密，不过有时候又可以一目了然。而你看我的眼神明显充满敌意。你们两个之间显然有不可告人的事。"

"因为我老板。"费格劳拉说。

"跟他有什么关系?"

"要是他知道我和麦可……肯定会大发雷霆。"

"我懂了。"

又是沉默。

"我不知道你们俩之间是怎么回事,但我不是你的情敌。"爱莉卡说。

"不是吗?"

"我偶尔会和麦可上床,但我没嫁给他。"

"我听说你们俩交情特殊。我们在沙港的时候,他跟我说过你的事。"

"这么说你去过沙港?看来他的确认真了。"

"别取笑我。"

"费格劳拉,我希望你和麦可……我会尽量不妨碍你们。"

"如果你办不到呢?"

爱莉卡耸耸肩。"他前妻发现麦可跟我的事之后,整个人抓狂,把他给轰了出来。那是我的错。只要麦可还是单身,我就不会内疚。但我答应自己一旦他有认真交往的对象,我就会保持距离。"

"我不知道自己敢不敢相信他。"

"麦可是个很特别的人。你爱他吗?"

"应该吧。"

"那好,只是不要太快告诉他。好了,上床去吧。"

费格劳拉思考了一会儿才上楼去,脱下衣服爬到布隆维斯特身边。他喃喃不知说了什么,接着便伸手抱住她的腰。

爱莉卡在厨房独坐许久,内心感到非常不快乐。

第二十五章
七月十三日星期三至七月十四日星期四

　　一直以来布隆维斯特始终想不通，为什么地方法院扩音器的声音如此微弱，近乎呢喃。广播莎兰德一案将于十点在五号法庭开审时，他几乎听不清内容。不过他到得很早，就站在法庭门边等候，也是最早获准进入的人之一。他在左手边旁听席挑了一个位子，可以最清楚看到被告桌。席上很快便坐满了人。随着开审日期的接近，媒体愈来愈关注，在过去这一星期，埃克斯壮检察官更是天天接受访问。

　　莎兰德在蓝汀一案中被控伤害与重伤害；在波汀（即已故的札拉千科）一案中被控恐吓、杀人未遂与重伤害；被控两起非法侵入：一起是侵入已故的毕尔曼律师位于史塔勒荷曼的避暑小屋，另一起是侵入毕尔曼位于欧登广场的住家；被控窃车：硫磺湖摩托车俱乐部一名叫尼米南的人所拥有的一辆哈雷摩托车；被控三起持有非法武器：一罐梅西喷雾器、一支电击棒和一把波兰制八三瓦纳德手枪，全都在哥塞柏加被发现；被控盗取或隐瞒证物：陈述并不明确，但指的是她在毕尔曼的避暑小屋所发现的文件；另外还有其他几项轻罪。莎兰德被指控的罪名，林林总总共有十六项。

　　埃克斯壮一直没闲着。

　　他还泄漏消息暗指莎兰德的精神状态是引起恐慌的原因。他首先引述罗德曼医师在她十八岁生日时所写的精神鉴定报告，其次又引述泰勒波利安医师的一份报告，该报告结果与地方法院预审的判决一致。由于这名精神不正常的女孩一如既往地拒绝与精神科专家沟通，因此开审前被羁押在克鲁努贝里看守所的那个月当中，医师只能根据"观察"对她进行分析。对该名病人具有多年经验的泰勒波利安认定她患有严重的精神疾患，并使用了精神病态、病态自恋、妄想型精神分裂症等等字眼。

媒体还报道警方曾七度审讯莎兰德，而每一次被告都拒绝，甚至不与讯问的警员打招呼。前几次审讯由歌德堡警局负责，其余则在斯德哥尔摩的警察总局进行。审讯过程的录音显示警方想尽办法劝说与反复提问，却仍得不到任何回应。

她甚至连喉咙也没清一下。

偶尔录音当中会听见律师安妮卡的声音，是当她察觉当事人显然不打算回答任何问题的时候。因此对莎兰德的指控完全基于鉴定证据以及警方在调查中所能判定的事实。

莎兰德的沉默有时让辩护律师立场尴尬，因为她不得不也和当事人一样沉默。她们两人私下讨论的内容一律保密。

埃克斯壮并未掩饰自己的首要目标是将被告送进精神疗养机构，其次才是实际的徒刑。一般正常程序应该是相反，但他认为本案中精神错乱的情形如此清晰可见，精神鉴定评估报告又如此明确，他其实别无选择。法官几乎不可能作出违反精神鉴定报告的判决。

他也认为莎兰德的失能宣告应该撤销。他在某次采访中忧心忡忡地解释道，在瑞典有许多反社会者精神严重错乱，不仅对自己也对他人造成危害，现代医学唯一能做的就是将这些人安全隔离。他举了有暴力倾向的安妮特为例，这个女孩在七十年代经常引起媒体关注，三十年后的今天仍关在精神病院治疗。每当试图解除限制时，她就会焦躁而粗暴地攻击亲人与看护，要不就是企图伤害自己。依埃克斯壮看来，莎兰德也罹患了类似的精神疾病。

莎兰德的辩护律师安妮卡没有对媒体发表过任何声明，光是这点便足以吸引媒体的焦点。她拒绝一切的采访要求，因此媒体多次表示"无法得知控辩观点以作平衡报道"。记者们因而相当为难：检方不断地丢出信息，而被告方面却很不寻常地丝毫不肯透露莎兰德对自己被起诉的罪名有何反应，或是辩方可能采取何种策略。

某家晚报负责追踪这场庭讯的法律专家对此状况发表了评论。该专家在专栏中写道，安妮卡律师是个受敬重的女权律师，但在接下本案之前毫无刑事诉讼经验，因此他推断她并不适合为莎兰德辩护。布隆维斯特也从妹妹口中得知，有几位知名律师主动表示愿意帮忙。安妮卡则代表当事人——婉拒了。

等候庭讯开始时，布隆维斯特很快地环视其他旁听者，正好瞥见阿曼斯基坐在出口附近，两人对视片刻。

埃克斯壮桌上放了一大叠纸张。他向几名记者打了招呼。

安妮卡坐在埃克斯壮对面，正低头整理文件。布隆维斯特觉得妹妹看起来有点紧张。怯场吧，他心想。

接着法官、陪席法官与陪审团进入法庭。约根·艾弗森法官现年五十七岁，一头白发，脸颊瘦削，走起路来步伐轻盈。布隆维斯特查过艾弗森的背景，发现他是个经验丰富、刚正不阿的法官，曾主审过许多备受关注的案件。

最后是莎兰德被带进法庭。

尽管布隆维斯特对莎兰德的奇装异服已习以为常，但见到妹妹竟允许她如此出庭仍不免诧异。她穿了一件裙边磨损的黑色皮制迷你裙和一件印着"我被惹毛了"的黑色上衣，身上那许多刺青几乎一览无遗。除了耳朵打了十个洞之外，还有下唇和左眉也都穿了环。头上参差不齐的短发是手术后留了三个月的结果。她涂了灰色口红，眉毛画得又浓又黑，睫毛膏也是布隆维斯特前所未见的黑。他和莎兰德相处的那段期间，她几乎对化妆毫无兴趣。

说得委婉的话，她的样子有点低俗，几乎是哥特风，让他想起六十年代某部B级片中的吸血鬼。布隆维斯特注意到记者席上有几名记者或是惊讶地屏息或是露出大大的微笑，写了那么多关于这名丑闻缠身的女子的新闻，如今终于见到庐山真面目，她果然是不负众望。

接着他发现这是莎兰德的戏服。她的风格通常是邋遢而且没有品位，布隆维斯特猜想她对时尚并不真正感兴趣，只是试图强调个人特色罢了。莎兰德似乎向来将自己的私人领域划为危险地盘，他想到她皮夹克上的铆钉就像自卫机制，像刺猬的硬毛。这等于是在暗示周边的每个人：别想碰我，会痛的。

但今天在法院，她不止夸张还甚至到滑稽的地步。

这不是巧合，而是安妮卡策略的一部分。

假如莎兰德进来的时候头发平整、穿着套装和端庄的鞋子，就会像个要来法院编故事的骗子。这是可信度的问题。她以自己而不是他人的面目示人，甚至太过火了，反而让人看得更明白。她并不打算假装自己是另一个人。她传达给法庭的信息是她没有理由感到羞耻或演戏。如果法庭对她的外表有意见，那不是她的问题。国家指控她许多罪名，检察官把她拉进法院，光是这身装扮就已经显示她打算将检察官的指控斥为无稽之谈。

她自信满满地走到律师身旁坐下，目光环顾旁听席，眼中没有好奇，反而像是带着挑战意味地观察并记下那些已经将她定罪的记者。

自从在哥塞柏加看到她像个血淋淋的布偶躺在长凳上之后，今天是布隆维斯特第一次见到她，而距离上次在正常情况下与她见面也已经一年半——如果可以用"正常情况"来形容与莎兰德的关系的话。他们两人的视线交会了几秒钟，她的目光停留在他身上，却仿佛看着陌生人。不过她似乎端详着布隆维斯特遍布淤伤的脸颊与太阳穴，以及贴着胶布的右侧眉毛。布隆维斯特隐约觉得她眼中有一丝笑意，但又怀疑是自己的幻想。这时艾弗森法官敲下木槌宣布开庭。

旁听群众在法庭里待了整整三十分钟，聆听埃克斯壮陈述起诉要旨。

每位记者——布隆维斯特除外——都忙着抄笔记，尽管大家都已经知道埃克斯壮打算用什么罪名起诉。而布隆维斯特已经写好他的报道了。

埃克斯壮的陈述花了二十二分钟，接着轮到安妮卡，却只花了三十秒。她口气十分坚定。

"对于被控罪名，除了其中一项之外辩方一律否认。我的当事人坦承持有非法武器，亦即一罐梅西喷雾器。至于其他罪状，我的当事人否认有犯罪意图。我方将证明检察官的主张无效，以及我的当事人的公民权遭受严重侵犯。我将请求法庭宣判我的当事人无罪，撤销其失能宣告，并当庭释放。"

记者席上传出窃窃私语声。安妮卡律师的策略终于公开了，但显然出乎记者们的预料，他们大多猜测安妮卡多少会利用当事人的精神疾病为她开脱。布隆维斯特则是面露微笑。

"好。"艾弗森法官说着速记了一笔，然后看着安妮卡问道，"你说完了吗？"

"我陈述完毕。"

"检察官还有没有什么要补充的？"艾弗森法官问。

这时候埃克斯壮请求到法官办公室密谈。到了办公室后，他主张本案的关键在于一个身心脆弱者的精神状态与福祉，而且案情牵涉到的一些事若在法庭公开，可能会危害到国家安全。

"我想你指的应该是所谓的札拉千科事件吧？"法官说道。

"正是。札拉千科从一个可怕的集权国家来到瑞典请求政治庇护，虽然他人已经去世，但在处理他的个案的过程中有些元素，比方私人关系等等，至今都仍列为机密。因此我请求不要公开审理此案，审讯中若涉及特别敏感的部分也应该规定保密。"

"我想我明白你的重点。"艾弗森法官紧蹙起眉头说道。

"除此之外，大部分的审议内容将会触及被告的监护议题，这些事项在一般案件中几乎会自动列为机密，所以我是出于尊重被告才要求禁止旁听。"

"安妮卡女士同意检察官的要求吗？"

"对我们来说无所谓。"

艾弗森法官与陪席法官商讨后，宣布接受检察官的请求，令在场记者们气恼不已。于是布隆维斯特便离开了法庭。

阿曼斯基在法院楼下的楼梯口等布隆维斯特。这个七月天十分闷热，布隆维斯特都能感觉到腋下冒汗。他一走出法院，两名保镖便靠上前来，向阿曼斯基点头致意后，随即专注地留意周遭环境。

"有保镖在身旁晃来晃去，感觉很奇怪。"布隆维斯特说，"这些总共要花多少钱？"

"都算公司的，我个人也想让你活命。不过既然你问起了，过去这几个月我们为了这项慈善工作大概花了二十五万克朗。"

"喝咖啡吗？"布隆维斯特指了指柏尔街上的意大利咖啡馆问道。

布隆维斯特点了拿铁，阿曼斯基点了双份浓缩加一茶匙牛奶。两人坐在外面人行道的阴凉处，保镖则坐在邻桌喝可乐。

"禁止旁听。"阿曼斯基说。

"预料之中，无所谓，因为这表示我们能更确切地掌握信息流。"

"你说得对，对我们没有影响，只不过我对埃克斯壮检察官的评价急转直下。"阿曼斯基说。

他们边喝咖啡，边注视着将决定莎兰德未来的法院。

"最后殊死战。"布隆维斯特说。

"她已有万全准备。"阿曼斯基回答道，"我不得不说令妹的表现令人印象深刻。她开始计划策略时我觉得没道理，但后来愈想愈觉得好像有效。"

"这个审判不会在里面决定。"布隆维斯特说。几个月来，这句话他已经重复说了无数次，像念咒语一样。

"你会被传出庭作证。"阿曼斯基说。

"我知道，也准备好了，不过不会是在后天之前。至少我们是这么希望。"

埃克斯壮把老花眼镜忘在家里了，只得把眼镜推到额头上眯起眼睛，才能看清最后一刻手写的补充数据。他捻捻金色山羊胡之后，才又戴上眼镜环顾庭内。

莎兰德挺直背脊端坐，以深不可测的表情看着检察官。她的脸和眼睛都毫无表情，也显得有些心不在焉。此时轮到检察官质问她。

"我想提醒莎兰德小姐，她曾发誓说实话。"埃克斯壮终于开口。

莎兰德不动如山。埃克斯壮似乎预期她会有所反应，等了几秒钟，一面观望着她。

"你发过誓会说实话。"他又说。

莎兰德微微偏了一下头。安妮卡正忙着阅读初步调查的资料，仿佛完全不在意检察官说了什么。埃克斯壮整理着纸张的顺序。经过一段困窘的沉默后，他清清喉咙。

"很好。"埃克斯壮说，"那我们就直接进入今年四月六日在史塔勒荷曼郊区已故毕尔曼律师的度假小屋所发生的事件，这也是我今天早上陈述的第一个起诉要点。我们将试图厘清你怎么会开车到史塔勒荷曼并射杀蓝汀。"

埃克斯壮以挑衅的眼神看着莎兰德。她依然动也不动。检察官顿时无可奈何，高举起双手做投降状，求助地看着法官。艾弗森法官显得很谨慎。他觑了安妮卡一眼，见她仍埋首于文件中，好像对周遭的事浑然不觉。

艾弗森法官轻咳一声，看着莎兰德问道："你的沉默是否代表你不愿回答任何问题？"

莎兰德转过头，直视法官的双眼。

"我很乐意回答问题。"她说。

艾弗森法官点点头。

"那么也许你可以回答我的问题。"埃克斯壮插嘴道。

莎兰德望着埃克斯壮不发一语。

"你能回答问题吗？"法官催促她。

莎兰德回望着法官，扬起眉头，声音清晰明确。

"什么问题？直到现在那个人"——她说着朝埃克斯壮抬抬下巴——"作了许多未经证实的声明，但我还没听到问题。"

安妮卡抬起头来，手肘靠在桌上，双手撑着下巴，露出饶有兴味的表情。

埃克斯壮一时乱了方寸。

"你能把问题重复一遍吗？"艾弗森法官说。

"我说……你是不是开车到毕尔曼律师位于史塔勒荷曼的避暑小

屋，企图射杀蓝汀？"

"不对，你说你要试图厘清我怎么会开车到史塔勒荷曼并射杀蓝汀。这不是一个问题，而是一个你期望我响应的普通陈述句。我不对你所作的陈述负责。"

"别说歪理了，回答问题。"

"不是。"

沉默。

"不是什么？"

"不是就是我的回答。"

埃克斯壮叹了口气，今天可难捱了。莎兰德望着他等候下一个问题。

"我们还是从头来好了。"他说，"今年四月六日下午，你人是不是在已故律师毕尔曼位于史塔勒荷曼的避暑小屋？"

"是。"

"你怎么去的？"

"我先搭区间列车到南泰利耶，再搭斯特兰奈斯的巴士。"

"你去史塔勒荷曼的原因是什么？你安排了和蓝汀与他的友人尼米南碰面吗？"

"没有。"

"他们怎么会出现在那里？"

"这你得问他们。"

"我在问你。"

莎兰德没有回答。

艾弗森法官又清清喉咙。"我想莎兰德小姐没有回答是因为——纯就语义而言——你再度用了陈述句。"法官主动协助解释。

安妮卡忽然咯咯一笑，声量刚好能让在场的人都听到，但她随即敛起笑脸重新研读数据。埃克斯壮恼怒地瞪她一眼。

"你想蓝汀和尼米南为什么会到小屋去？"

"不知道，我怀疑他们是去纵火的。蓝汀用塑料瓶装了一公升汽油放在他那辆哈雷摩托车的马鞍袋里。"

埃克斯壮嘟起嘴来。"你为什么会去毕尔曼律师的避暑小屋？"

"我去找资料。"

"什么资料？"

"我怀疑蓝汀和尼米南要去烧毁的资料，也是可以帮助厘清谁杀了那个王八蛋的资料。"

"你认为毕尔曼律师是个王八蛋？我这样解读正确吗？"

"对。"

"你为什么这么认为？"

"他是一只有性虐待狂的猪，是变态，是强暴犯，所以是个王八蛋。"

她引述了刺在毕尔曼腹部的文字，也等于间接承认那是她所为。然而莎兰德被起诉的罪名当中并未包含这项纷争，因为毕尔曼从未报警，如今也不可能证明他是出于自愿或是被迫文身。

"换句话说你在指控你的监护人强暴你。你能不能告诉法庭他是什么时候侵犯你的？"

"分别发生在二〇〇三年二月十八日星期二和同年三月七日星期五。"

"警方试图讯问你的时候，你始终拒绝作答。为什么？"

"我跟他们没什么好说的。"

"几天前你的律师毫无预兆地送来一份所谓的'自传'，我读过了。我不得不说那是一份奇怪的文件，其中细节我们稍后再谈。不过你在文中宣称毕尔曼律师第一次强迫你进行口交，第二次则是整晚一再地以凌虐的方式强暴你。"

莎兰德没有回应。

"是这样吗？"

"是的。"

"你受强暴后有没有报警？"

"没有。"

"为什么?"

"以前我想跟警察说什么事,他们从来都不听,所以那时候去报警好像也没用。"

"你有没有和哪个朋友谈过这些事?和女性朋友谈过吗?"

"没有。"

"为什么?"

"因为和他们无关。"

"你有没有试着找律师?"

"没有。"

"你说自己受了伤,有没有去找医生治疗?"

"没有。"

"你也没有去向任何妇女庇护中心求助。"

"你又用了陈述句。"

"抱歉。你有没有去找任何妇女庇护中心?"

"没有。"

埃克斯壮转向法官说:"请法庭注意,被告声称自己两度遭受性侵犯,第二次应该被视为相当严重。她指称犯下这些强暴罪行的是她的监护人,已故的毕尔曼律师。值此关头,下列事实应该纳入考虑……"他指着自己面前的文章,"在暴力犯罪小组进行的调查中,毕尔曼律师过去没有任何言行能证实莎兰德所言属实。毕尔曼从未被判刑、从未有前科,也从未接受过调查。他之前曾担任过其他几名年轻人的监护人或受托人,其中没有一个人声称遭受到任何形式的攻击。相反地,他们都坚称毕尔曼对他们总是举止得当态度和善。"

埃克斯壮翻过一页。

"我同时也有责任提醒法庭,莎兰德曾被诊断为妄想型精神分裂症患者。这位小姐有暴力倾向的记录,从青少年初期便有严重的人际互动问题。她在儿童精神病院住过几年,并从十八岁起接受监护。然而尽管令人遗憾,这却是有原因的。莎兰德对自己与周遭的人都很危险,我深信她需要的不是牢狱徒刑,而是精神医疗治疗。"

他略作停顿以制造效果。

"讨论一个年轻人的精神状态是极度令人不快的工作，不但要侵犯到太多隐私，她的精神状态也成为解释的重点。然而在本案中，我们有莎兰德本身混乱的世界观作为判断的依据，这在她名为'自传'的文中尤为清晰可见。再也没有什么比这篇文章更能显现出她的不切实际。在此我们不需要那些经常互相矛盾的证人或解释，我们有她自己说的话，我们可以自行判断她这些言词的可信度。"

他目光落在莎兰德身上，两人正好视线交会，她微微一笑，神色狡黠。埃克斯壮不禁皱眉。

"安妮卡女士有什么话要说吗？"艾弗森法官问道。

"没有。"安妮卡说，"不过埃克斯壮检察官的结论实在荒谬。"

下午一开庭便是诘问证人。第一个是监护局的乌莉卡·冯·里本斯塔。埃克斯壮传唤她前来作证，毕尔曼律师是否曾遭受申诉。冯·李班斯塔强烈地加以反驳，说这根本是恶意中伤。

"监护案件有非常严格的监督制度。在如此令人震惊地遇害身亡之前，毕尔曼律师已经为监护局服务了将近二十年。"

她惶恐地瞅了莎兰德一眼，但其实莎兰德并未被控杀人；事实已经证明毕尔曼是尼德曼所杀。

"这么多年来，毕尔曼律师从来没有被投诉过。他是个诚实尽责的人，对他的受监护人向来全心全意地付出。"

"所以你认为他会对莎兰德严重性侵犯的这种说法不可信，是吗？"

"我认为这个说法荒谬之至。毕尔曼律师每个月会向我们提交报告，我也亲自见过他几次，讨论个案的情形。"

"安妮卡女士要求法院撤销莎兰德的监护，并立即生效。"

"若能撤销监护，没有人会比我们监护局工作人员更高兴。只可惜我们有责任，也就是说我们必须遵循适当的规定。就监护局而言，我们得依照正常程序让精神科专家证明莎兰德确实健康，之后才可能谈论法定身份的变更。"

"明白。"

"也就是说她必须接受精神状态检验。可是大家都知道她不肯。"

冯·李班斯塔的诘问持续了大约四十分钟，同一时间并检视了毕尔曼的每月报告。

在让冯·李班斯塔离开前，安妮卡只问了一个问题。

"二〇〇三年三月七日到八日的夜里，你在毕尔曼律师的卧室吗？"

"当然没有。"

"换句话说，你根本不知道我的当事人的供述是真是假？"

"对毕尔曼律师的指控太过荒唐。"

"那是你的想法。你能为他提出不在场证明，或是以任何方式证实他没有侵害我的当事人吗？"

"当然不可能，可是那几率……"

"谢谢你。我没有问题了。"安妮卡说。

七点左右，布隆维斯特和妹妹在斯鲁森附近的米尔顿办公室见面，讨论当天的过程。

"大致和我们预期的一样。"安妮卡说，"埃克斯壮买了莎兰德自传的账。"

"很好。那她还好吗？"

安妮卡笑了起来。

"她好得很，看起来完全就像个精神病人。她只是做她自己罢了。"

"好极了。"

"今天多半都在谈论史塔勒荷曼小屋发生的事。明天就会提到哥塞柏加，还会传讯鉴定组人员等等。埃克斯壮会努力证明莎兰德去那里是为了杀害她父亲。"

"这个嘛……"

"不过可能会有个技术性的问题。今天下午埃克斯壮传唤监护局的冯·李班斯塔出庭。这个女人却开始不断强调我无权替莉丝辩护。"

"为什么?"

"她说莉丝目前接受监护,不能自己选律师。所以严格说来,如果没有监护局的许可我不能当她的律师。"

"结果呢?"

"艾弗森法官明天上午会作出裁定。今天庭讯结束后,我和他谈了一下。我想他应该会让我继续为她辩护。我的论点是监护局有整整三个月时间可以提出抗议,如今开庭了才提出这种抗议其实是没有正当理由的挑衅。"

"我猜泰勒波利安会在星期五出庭作证。一定要由你来诘问他。"

星期四,埃克斯壮检察官向法官与陪审团解释说在研究过地图与照片,并听取鉴定专家对于哥塞柏加事件所下的结论后,他确定证据显示莎兰德前往哥塞柏加的农场是为了杀死父亲。在证据链当中最强力的一环便是她随身带了一把波兰制八三瓦纳德。

札拉千科(根据莎兰德的供述)或者涉嫌杀害警员的尼德曼(根据札拉千科在索格恩斯卡遇害前的证词)轮番企图杀害莎兰德并将她活埋在邻近树林坑洞中的事实,都无法抵消她追踪父亲到哥塞柏加并蓄意杀害他的事实。何况当她拿斧头劈父亲的脸时,差一点就得逞了。埃克斯壮请求法官判莎兰德杀人未遂或预谋杀人暨重伤害罪。

莎兰德自己的供述宣称她到哥塞柏加是为了与父亲对质,为了说服他坦承杀害达格与米亚。这项声明对于犯罪意图的确定非常重要。

埃克斯壮诘问完歌德堡警局鉴定组人员梅尔克·韩森后,安妮卡律师也问了几个简短的问题。

"韩森先生,在你的调查过程中或你所搜集到的所有鉴定资料中,有没有任何证据能证明莎兰德对于她造访哥塞柏加的原因说谎?你能证明她是为了杀害她父亲而去的吗?"

韩森考虑片刻。

"不能。"他最后终于说道。

"对于她的意图你有什么要说的吗？"

"没有。"

"如此说来，埃克斯壮检察官虽然滔滔不绝地作出结论，其实只是臆测了？"

"应该是。"

"莎兰德声称她带着那把波兰制八三瓦纳德手枪纯粹只是巧合，因为前一天在史塔勒荷曼从尼米南那里取得后不知该如何处理，便放进自己的袋子。请问有没有任何鉴定证据能证明她所言不实？"

"没有。"

"谢谢你。"安妮卡说完坐了下来。韩森接受诘问的时间长达一小时，她却只问了这几句话。

瓦登榭在星期四下午六点离开小组在火炮路的公寓，自觉被一片混乱的、即将造成灾害的不祥云雾团团围住。从数星期前他就知道自己这个负责人的头衔，也就是"特别分析小组"组长的头衔，只不过是没有意义的标签，他的意见、抗议与恳求根本毫无分量。所有的决策都已经由克林顿接手。倘若"小组"是个公开透明的单位，这不会是问题——他只需要去找上司表达抗议即可。

事到如今，他无人可申诉，只能孤军奋斗，还要看一个被他视为疯子的人的脸色。最糟的是克林顿具有绝对的权威。乳臭未干的小子如乔纳斯，还有忠心耿耿的老仆如纽斯壮……似乎全都任凭这个病得不轻的疯子使唤。

克林顿确实并非大刺刺的掌权者，也不是为了自己的利益工作，瓦登榭甚至承认克林顿是为了"小组"的最大利益着想，或者至少是他认为的最大利益。如今整个组织仿佛自由落体，所有人都沉溺在幻想中，经验丰富的同事不肯承认自己的一举一动与所作出进而执行的决定，这一切只会让他们一步步迈向深渊。

瓦登榭转上林内街走向前一天找到的停车处时，胸口隐隐感到沉重。他解除防盗器正要开车门，忽然听见后面有声响，便转过头面向阳光眯起眼睛，几秒钟后才认出站在自己面前人行道上的高大男子。

"你好，瓦登榭先生。"艾柯林特说道，"我已经十年没有亲自出马，不过今天觉得有此必要。"

瓦登榭困惑地看着艾柯林特身边的两名便衣。包柏蓝斯基他认得，却不认得另一人。

蓦地，他大概猜到是怎么回事了。

"很遗憾，我基于职责必须告诉你检察总长决定逮捕你，因为罪名实在太多，肯定得花好几个星期才能列举完毕。"

"现在是怎么回事？"瓦登榭气愤地问。

"现在是你因为涉嫌协助杀人被捕了，此外你还涉嫌勒索、贿赂、非法窃听、多次伪造文书、侵占公款、私闯民宅、滥用职权、从事间谍活动，以及一长串罪名较小、情节却同样重大的罪行。我们俩得到国王岛找个安静的地方好好谈谈。"

"我没有杀人。"瓦登榭简直透不过气来。

"调查过后就知道了。"

"是克林顿。从头到尾都是克林顿。"瓦登榭说。

艾柯林特满意地点点头。

每个警察都知道对嫌疑犯有两种典型的审讯法：坏警察和好警察。坏警察会威胁、咒骂、往桌上搥拳头，而且通常举止粗暴，意图让嫌疑犯心生恐惧而屈服认罪。好警察则多半是个头不高、头发灰白的年长者，会递烟、倒咖啡、感同身受地点头附和，说话口气也很正常。

许多（但不是全部）警察也都知道若想问出结果，好警察的讯问技巧有效得多。坏警察对那些冷酷老练的窃贼最起不了作用，至于摇摆不定的菜鸟也许一经恐吓便会吐实，但也很可能不管用什么审讯技巧，他们都会全盘招供。

布隆维斯特在隔壁房间听着瓦登榭接受审讯。他的出席引发了内部不少争议，最后艾柯林特还是决定让他参与，他的观察很可能派得上用场。

布隆维斯特发现艾柯林特使用的是第三种审讯招数：不感兴趣的警察，在这个特别的案子里效果似乎更好。艾柯林特优哉地晃入审讯室，用瓷杯倒了咖啡，按下录音机后身子往椅背一靠。

"事情是这样的，所有可以想象得到对你不利的鉴定证据，我们都有了，所以除非你加以证实，否则我们一点也不想听你的说辞。不过有个问题我们倒想问问：那就是为什么？又或者你怎么会笨到决定要在瑞典杀人，就像在皮诺切特独裁政权下的智利一样？录音带在转了，如果你有话要说，就趁现在。如果你不想说，我会关掉录音机，然后除去你的领带和鞋带，把你安置到楼上的囚室，你就等着律师、开庭和不久以后的判刑吧。"

艾柯林特啜了一口咖啡，静静地坐着。见他两分钟都没开口，便伸手关上录音机，站起身来。

"待会儿我会派人带你上楼，晚安。"

"我没有杀任何人。"艾柯林特已经打开门，听到瓦登榭忽然出声，便在门口止步。

"我没兴趣和你闲聊。如果你想解释你的行为与立场，我就坐下来再打开录音机。瑞典所有官员，尤其是首相，都急着想听听你怎么说。如果你告诉我，我今晚就可以去见首相转告你的说辞。如果你不肯说，到头来还是会被起诉判刑。"

"请坐下吧。"瓦登榭说。

大家都看得出来他已经认命了。布隆维斯特吐了口气。在场除了他还有费格劳拉、古斯塔夫森检察官、只知道名叫史蒂芬的秘密警察，和另外两个完全不知名的人士。布隆维斯特怀疑其中至少有一人是代表司法部部长前来。

"那些命案都和我无关。"艾柯林特重新按下录音机后，瓦登榭说道。

"那些命案？"布隆维斯特低声对费格劳拉说。

她嘘了他一声。

"是克林顿和古尔博。我发誓，我真的不知道他们的意图。当时听说古尔博射杀札拉千科，我都吓呆了，根本不敢相信……真的不敢相信。后来又听说毕约克的事，我觉得自己都快心脏病发了。"

"跟我说说毕约克的命案。"艾柯林特口气毫无改变地问道，"是怎么进行的？"

"克林顿雇了几个人。我甚至不清楚事情的经过，只知道是两个南斯拉夫人。没记错的话，是塞尔维亚人。纽斯壮和他们签的约，事后付钱。我发现之后就知道事情不会善了。"

"可以从头说起吗？"艾柯林特说道，"你什么时候开始替'小组'做事？"

瓦登榭一开口便再也停不下来。这场审讯持续了将近五个小时。

第二十六章
七月十五日星期五

　　星期五上午泰勒波利安坐上法庭的证人席，展现出令人信任的气度。埃克斯壮检察官诘问了大约九十分钟，他始终镇定且具威信地回答每个问题，脸上的表情时而忧虑时而含笑。

　　"总而言之……"埃克斯壮翻着那一大叠文件说，"以你多年精神科专业的判断，莎兰德罹患了妄想型精神分裂症，是吗？"

　　"我说过她的情况很难作出确切的评鉴。诚如你所知，这名病人在医生和其他权威人士面前几乎是自闭的。依我判断，她患有严重的精神疾患，但目前我无法给予精确的诊断，而且没有进一步的评估，我也无法确定她现在的病情处于哪个阶段。"

　　"不管怎么说，你都不认为她是正常的。"

　　"的确，她的个人经历在在都证明她并不正常。"

　　"莎兰德将她称为'自传'的文章呈交给法院，你已获准阅读过了。你有什么看法？"

　　泰勒波利安双手一摊，耸了耸肩。

　　"你认为她的供述有几分可信度？"

　　"没有可信度。那是对不同个人所作的一连串主张，里头的故事一个比一个离谱。整体说来，她的书面解释更证实了我们对她患有妄想型精神分裂症的怀疑。"

　　"你能举例吗？"

　　"最明显的当然就是描述她被监护人毕尔曼律师强暴的那一段。"

　　"你能加以说明吗？"

　　"这段描述巨细靡遗。儿童常会有一些怪异幻想，这就是典型的例子。乱伦案件中也有许多类似的例子，其中儿童的供词往往因为太不可思议又缺乏鉴定证据而不足相信。这是连非常年幼的儿童都可能会有的色情幻想……他们就好像在看电视上的恐怖片。"

"但是莎兰德不是小孩，而是成年女子。"埃克斯壮说。

"没错，虽然她实际的心智年龄现在不得而知，但基本上你说得没错，她是成年人，也许她相信自己所写的供词。"

"你是说那一切都是谎言？"

"不，如果她相信自己所说的，就不是谎言，而是一篇显示她分不清幻想与事实的故事。"

"这么说她并没有遭毕尔曼律师强暴？"

"没有，那是完全不可能的事。她需要专家照顾。"

"你本身也出现在莎兰德的供述中……"

"是的，那部分相当有趣，但同样也是她凭空想象出来的。如果这可怜女孩的话可信，那么我就类似有恋童癖……"他笑一笑接着又说，"但这和我之前所说的一样，只是表达方式不同。莎兰德在自传中说自己在圣史蒂芬医院长期受到束缚与虐待，说我夜里会到她的房间……这是她无法诠释现实的一个很典型的表现，或者也可以说她以自己的方式来诠释现实。"

"谢谢。接下来交给辩方，如果安妮卡女士想要提问的话。"

由于开庭前两天安妮卡都没有提出任何问题或抗议，法庭的众人本以为她又会问一些形式上的问题，然后结束诘问。辩方律师一点也不尽心，实在丢脸，埃克斯壮暗想。

"有的，"安妮卡说，"我确实有一些问题要问，而且可能得花一点时间。现在是十一点半。我们能不能先休息，等用餐过后再让我一口气进行反诘问？"

艾弗森法官同意了，于是宣布暂时休庭。

安德森在两名穿着制服的警察陪同下，于中午十二点整来到手工艺街的"安德斯大师"餐厅外。他伸出巨大手掌按住警司纽斯壮的肩膀，纽斯壮诧异地抬起头看着这个把警察证件直接伸到他眼皮底下的人。

"哈啰，你被捕了，因为涉嫌协助杀人与杀人未遂。今天下午的听证会上，检察总长会向你解释罪名。我建议你乖乖跟我们走。"安德森说。

纽斯壮好像听不懂安德森说的话，但却看得出最好别反抗这个人。

中午十二点整，在宪法保障组的史蒂芬的放行下，包柏蓝斯基带着茉迪和七名警察进入国王岛秘密警察办公的封闭区域。他们跟着史蒂芬穿过走廊，直到他停下来指着一道门。秘书长的助理抬头看见包柏蓝斯基亮出证件，完全一头雾水。

"请坐在位子上不要动。警察办案。"

他大步走向内门。秘书长申克正在打电话。

"这是怎么回事？"申克问道。

"我是刑事巡官包柏蓝斯基，你因为违反瑞典宪法被捕了。你有一大串不同的起诉罪名，下午会向你解释。"

"真是太过分了。"申克说。

"可不是嘛。"包柏蓝斯基回道。

他将申克的办公室查封后，命两名警员在门外看守，任何人不得跨入门槛一步。若有人试图强行进入封锁的办公室，他们可以使用警棍甚至配枪加以阻止。

他们继续沿着走廊走去，直到史蒂芬又指向另一道门，预算主任阿特波姆随之经历同样的程序。

霍姆柏巡官以索德马尔姆武装反应小组为后盾，在中午十二点整来到约特路上，《千禧年》办公室正对面一间位于五楼、暂时租用的办公室敲门。

由于无人应门，霍姆柏便命令索德马尔姆警员撬开门锁，不过就在铁撬出动前，门打开了一条缝。

"警察。"霍姆柏说，"举起双手出来。"

"我也是警察。"莫天森说道。

"我知道，而且你还有很多枪支执照。"

"对，这个……我是警察，正在执行勤务。"

"说得好听。"霍姆柏说。

他让同事们将莫天森压靠在墙壁，好没收他的警枪。

"我要以非法窃听、严重失职、多次侵入布隆维斯特位于贝尔曼路的住处等罪名逮捕你。给他上手铐。"

霍姆柏很快地巡视室内一周，发现屋里的电子设备都足以用来装设录音室了。他指示一名警员守在屋内，但要静坐在椅子上以免留下指纹。

莫天森被带出大楼正门时，柯特兹用他的尼康相机一连拍了二十二张照片。当然，他不是专业摄影师，照片质量有待加强。但最好的几张第二天就被他以天价卖给某家晚报。

当天的突击行动，只有费格劳拉遭遇到意想不到的事故。当她在中午十二点走进火炮路那栋大楼正门，爬楼梯来到顶楼这间登记在贝洛纳公司名下的公寓时，身后有马尔姆的小队和三名国安局同事支援。

行动计划得很仓促。所有人员一聚集到公寓门口，她便作势进攻。马尔姆小队两名魁梧的警察抬起四十公斤重的铁头锤，目标精准地撞了两下便将门撞开。配备有防弹背心与突击步枪的武装小队破门而入后，短短十秒便掌控了公寓。

根据从当天清晨开始的监视结果，上午共有五名被确认为"小组"成员的人进入公寓，这五人都已被逮捕上铐。

费格劳拉身穿着防弹背心，巡视这间从六十年代起便是"小组"总部的公寓，将房门一一撞开。每间房里全是一堆又一堆的纸张，这恐怕需要找考古学家来整理。

她进入公寓几秒后，打开里面一个小房间的门，发现是过夜用的地方，而且正好和乔纳斯四目交接。他在他们当天上午的任务分派中是个问号，因为前一晚被指派监视他的警员把他跟丢了。他的车停在国王岛，人也整夜没回家，没想到今天早上能找到他加以逮捕。

他们为了安全，派人晚上驻守这个地方。当然了。乔纳斯值完夜班后在这里过夜。

乔纳斯身上只穿着内裤，看起来还昏昏欲睡。他伸手要拿床头柜上的配枪，但费格劳拉已弯身把枪扫到地上。

"乔纳斯……你因为涉嫌协助杀害毕约克和札拉千科，而且共谋杀害布隆维斯特和爱莉卡，我现在要逮捕你。把裤子穿上吧。"

乔纳斯朝费格劳拉挥出一拳，她本能地挡了下来。

"你开什么玩笑？"她一把抓住他的手臂，使劲地扭他的手腕，逼得他后退倒地。她让他整个人翻身趴着，一脚膝盖跪压在他的下背部，然后亲自为他上手铐。这是她进国安局以来第一次在出任务时使用手铐。

她将乔纳斯交给一名支援警察，又继续查看公寓，直到打开最里面的最后一扇门。根据平面图，这是一个面向中庭的小隔间。她在门口停下来，看着一个前所未见的消瘦人形，此人毫无疑问已经病得快死了。

"克林顿，我现在要以协助杀人、杀人未遂和许许多多其他罪名逮捕你，"她说，"你继续躺在床上，我们已经叫救护车来带你到国王岛。"

克里斯特就等在火炮路公寓大楼外面。他和柯特兹不同，知道如何运用自己的尼康数码相机。他用了一个小小的远摄镜头，拍出的照片质量绝佳。

照片中可以看到"小组"成员一一被带出前门，走向警车。最后救护车抵达载走克林顿。快门按下时，他的眼睛正好对着镜头，神情紧张而慌乱。

这张照片后来赢得了年度最佳新闻照片奖。

第二十七章

七月十五日星期五

艾弗森法官在十二点三十分敲下木槌,宣布重新开庭。他发现安妮卡律师的桌前多了一个人,是坐着轮椅的潘格兰。

"你好啊,潘格兰。"艾弗森法官招呼道,"好久没在法庭上见到你了。"

"你好,艾弗森法官。有些案子实在太复杂,这些年轻律师难免需要一点协助。"

"我还以为你退休了。"

"我生病了。不过安妮卡女士聘请我担任本案的助理。"

"明白。"

安妮卡清清喉咙。

"我要特别指出,潘格兰律师直到生病之前都是莎兰德的监护人。"

"对于这点我不想发表意见。"艾弗森法官说。

他点头示意安妮卡开始诘问,她便站起身来。她向来不喜欢瑞典这种不正式的庭讯传统,大伙围坐在桌旁简直像在参加餐宴派对。站着发言让她感觉好一些。

"我想我们应该从今天早上的结论开始。泰勒波利安医师,你为什么如此坚持地认为莎兰德所说的一切都不是真的呢?"

"因为她的说辞非常明显就不是真的。"泰勒波利安回答。

他气定神闲。安妮卡转向法官。

"艾弗森法官,泰勒波利安医师宣称莎兰德说谎而且幻想。现在辩方将证明她的自传所言句句属实。我方将会提出大量的影像与书面证据,以及证人的证词。本案审讯至此,检察官已经提出了他起诉的要旨,我们仔细聆听过了,现在也知道莎兰德究竟被指控了哪些罪名。"

安妮卡忽然觉得口干舌燥，手也开始发抖，于是深吸一口气，顺便啜了一口矿泉水。接着两手稳稳抓住椅背，以免泄漏自己内心的紧张。

"从检察官的陈述可以断定他有许许多多想法，证据却少得可怜。他相信莎兰德在史塔勒荷曼射杀蓝汀。他指称莎兰德去哥塞柏加是为了杀她父亲。他假定我的当事人罹患妄想型精神分裂症，精神完全不正常。而他是根据单一的消息来源，也就是泰勒波利安医师，作出这个假定。"

她暂停下来喘了口气，强迫自己放慢说话速度。

"照此情形看来，检察官起诉的重点就在泰勒波利安医师的证词。如果他说得对，那么我的当事人最好能接受他与检察官所提出的专业精神治疗。"

停顿。

"但假如泰勒波利安医师是错的，这个起诉案件就得从不同的观点来看。再者，假如他说谎，那么我的当事人现在在这个法庭上就等于被剥夺了公民权利，而且已经被剥夺了许多年。"

她转头面向埃克斯壮。

"今天下午我们将会证明你的证人是个假证人，而身为检察官的你则是受到欺瞒而接受了这些假证词。"

泰勒波利安脸上闪过一抹微笑。他伸出双手，向安妮卡微微点头，仿佛在为她的表现鼓掌。安妮卡接着转向法官。

"审判长，我会证明泰勒波利安医师所谓的精神鉴定调查，根本从头到尾就是一场骗局。我会证明他针对莎兰德说的话都是谎言。我会证明在过去我的当事人的权利受到严重剥夺。我还会证明她和本法庭所有人一样正常且聪明。"

"抱歉，可是……"埃克斯壮开口道。

"等一等。"她竖起指头制止，"我让你尽情地说了两天都没有打断，现在该轮到我了。"

她又转向艾弗森法官。

"如果没有充分的证据，我不会在法庭上作出如此严重的指控。"

"那当然，继续吧。"法官说道，"不过我不想听到任何拉拉杂杂的阴谋论。别忘了你也可能因为在法庭上所作的陈述而被告诽谤。"

"谢谢法庭，我会记住的。"

她这回转向泰勒波利安。他似乎仍感到有趣。

"辩方一再地要求，希望能看看莎兰德十几岁在圣史蒂芬接受你的治疗时的病历，为什么我们无法取得这些资料？"

"因为地方法院下令将它列为机密。作这样的判决是出于对莎兰德的关心，如果有更高层的法院撤销这项判决，我当然可以交出来。"

"谢谢。莎兰德在圣史蒂芬那两年当中，有多少夜晚是被绑在床上的？"

"我没法马上回想起来。"

"她自己说了，她在圣史蒂芬总共待了七百八十六个日夜，被绑了三百八十个晚上。"

"我不可能答得出确切的日数，不过她说得太离谱夸张。这些数字从哪来的？"

"她在自传里写的。"

"你相信今天的她能确实记得她当时被束缚的每一晚吗？这太荒唐了。"

"是吗？那么你记得是几晚呢？"

"莎兰德是个具有极端攻击性且有暴力倾向的病人，偶尔会被安置在无刺激室是毋庸置疑的。也许我应该解释一下无刺激室的作用……"

"不用了，谢谢。根据理论，病人在这种房间里不会接收到任何可能引发兴奋的感觉。十三岁的莎兰德被绑在这种房间里几天几夜呢？"

"应该是……我想她住院期间应该有过三十次。"

"三十次。这和她所说的三百八十次差距颇大。"

"的确。"

"甚至还不到十分之一。"

"是的……"

"她的病历能不能提供较正确的信息呢?"

"也许可以。"

"好极了。"安妮卡说着从公文包拿出一大叠纸张,"那么我请求呈上一份莎兰德在圣史蒂芬的病历资料。我数过注明使用束缚带的次数,发现是三百八十一次,比我的当事人说的还多一次。"

泰勒波利安瞪大了眼睛。

"等等……这是机密资料,你从哪里拿到的?"

"《千禧年》杂志社的一名记者给我的。如果数据随便放在某间杂志社的桌上,恐怕就不是什么机密了。也许我应该补充一下,《千禧年》已经在今天刊出这份资料的摘录。因此我认为今天在这个法庭上的人也应该看看。"

"这是违法的……"

"不,没有违法。莎兰德已经许可杂志社刊登这些摘要。我的当事人没有什么可隐藏的。"

"你的当事人被宣告失能,没有权利自行作这样的决定。"

"她被宣告失能的事稍后再说。但首先我们得看看她在圣史蒂芬发生了什么事。"

艾弗森法官皱着眉头接过安妮卡递交上来的文件。

"我没有多准备一份给检察官。但话说回来,他早在一个多月前就已经收到这份侵犯隐私的文件了。"

"那是怎么回事?"法官问道。

"埃克斯壮检察官在今年六月四日星期六下午五点,在他的办公室召开了一场会议,当时就从泰勒波利安那里取得这些机密记录的复印本。"

"是真的吗?"艾弗森法官问。

埃克斯壮不假思索地就想否认,但一转念便想到安妮卡可能握有证据。

"我请求在签署保密协议后阅读一部分数据。"埃克斯壮说,"我得确认莎兰德确实有过她所宣称的经历。"

"谢谢。"安妮卡说,"也就是说我们现在证实了泰勒波利安医师不止说谎,还违法散布他自己供称被列为机密的资料。"

"记下了。"法官说。

艾弗森法官顿时提高警觉。安妮卡极不寻常地对一名证人发动凌厉攻势,而且已经推翻他很重要的部分证词。她还宣称她所说的一切都有证据资料。艾弗森法官调整了一下眼镜。

"泰勒波利安医师,根据你自己写的这些病历……能不能请你告诉我莎兰德被束缚了几天?"

"我不记得次数有那么多,但如果病历上这么写,应该就是吧。"

"总共三百八十一个日夜。你不觉得太多了吗?"

"多得很不寻常……的确是。"

"如果你十三岁时,有人把你绑在铁架床上超过一年,你会作何感想?像不像是酷刑?"

"你要了解,病人对自己和他人都可能造成危险……"

"好,我们来说说对她自己造成危险。莎兰德曾经伤害过自己吗?"

"有这样的疑虑……"

"我把问题重复一遍:莎兰德曾经伤害过自己吗?有还是没有?"

"身为精神科医生,我们必须学会诠释事情的全貌。关于莎兰德,举例来说,你可以看到她身上有许多刺青和环洞,这也是一种自戕的行为模式,一种伤害自己身体的方法。我们可以把它解读为自我憎恨的表现。"

安妮卡转向莎兰德。

"你的刺青是一种自我憎恨的表现吗?"

"不是。"莎兰德回答。

安妮卡又转回来面向泰勒波利安。"这么说，我戴耳环还在身体某个私密处刺青，你也觉得我会对自己造成危害？"

潘格兰忍不住窃笑，但最后将笑声转化成清喉咙的声音。

"不，当然不会……刺青也可以是社会仪式的一部分。"

"你的意思是莎兰德不属于这个社会仪式的一部分？"

"你自己也看到了她的刺青奇形怪状，还几乎遍布全身。这并非正常的物恋或身体装饰。"

"比例多少？"

"你说什么？"

"刺青占身体多少比例就不再是物恋，而是精神疾病？"

"你扭曲了我的话意。"

"是吗？那么为什么你认为在我或其他年轻人身上的刺青，是可以接受的社会仪式的一部分，而用来评估我当事人的精神状态时就变得危险呢？"

"身为精神科医生，我必须纵观全貌，刺青只是一个指标。诚如我先前所说，我评估她的状况时必须考虑到许多指标，而这只是其中之一。"

安妮卡沉默了几秒钟，目不转睛地凝视着泰勒波利安。接着她用非常慢的速度说道：

"可是泰勒波利安医师，你从我当事人十二岁，即将满十三岁的时候开始绑她。当时她身上一个刺青也没有，不是吗？"

泰勒波利安沉吟不语，安妮卡又接着说。

"我想你应该不是因为预料到她将来会开始刺青，才绑住她的吧？"

"当然不是。她的刺青和她一九九一年的情况无关。"

"那么我再回到最初的问题。莎兰德是否曾经伤害过自己，以至于必须将她绑在床上一整年？比方说，她有没有拿刀或刮胡刀片之类的东西割过自己？"

泰勒波利安似乎一度没有把握。

"不是的……我是用刺青来举例说明自戕行为。"

"我们刚才已经达成共识,刺青属于一种正当的社会仪式。我问你为什么将她绑了一年,你回答说是因为她会危害自己。"

"我们有理由相信她会危害自己。"

"有理由相信。所以说你绑她是因为某种猜测啰?"

"我们作了评估。"

"同一个问题我已经问了差不多五分钟。你说在你照顾我当事人的两年当中,她被绑了一年多的原因之一在于她的自戕行为。现在能不能请你举出几个她在十二岁时自戕的例子?"

"例如这个女孩极度营养不良,部分原因就是她拒绝进食。我们怀疑她有厌食症。"

"原来如此。她有厌食症吗?你也看到了,我的当事人至今都还是骨架异常瘦小。"

"这个问题很难回答。我得长期观察她的饮食习惯。"

"你已经观察了两年的时间。现在你是在暗示你混淆了厌食症和我当事人天生瘦小的事实。你说她拒绝进食。"

"我们有几次对她强迫喂食。"

"为什么?"

"当然是因为她不肯吃东西呀。"

安妮卡转头问当事人。

"莉丝,你在圣史蒂芬的时候真的不肯吃东西吗?"

"对。"

"为什么?"

"因为那个王八蛋在我的食物里加了精神病药物。"

"原来如此。这么说泰勒波利安医师想让你吃药。你为什么不吃呢?"

"我不喜欢他们给我的药,吃了会变迟钝,无法思考,醒着的时候老是昏昏沉沉。那个王八蛋又不肯告诉我药的成分。"

"所以你才拒绝吃药?"

"是的。后来他开始把药加进食物里面,所以我也不再吃东西。每次只要食物里加了什么东西,我就会绝食五天。"

"所以你只好挨饿。"

"不一定。几个医护人员会偷偷塞三明治给我,其中还有一个会在深夜给我食物。这是常有的事。"

"这么说你认为圣史蒂芬的医护人员是知道你饿了才给你食物,以免你挨饿吗?"

"我为了精神病药物和这个王八蛋抗争那段时间是这样的。"

"告诉我们当时的情况好吗?"

"他想给我下药,我不肯吃。他开始把药加进食物里,我就绝食。他又开始强迫喂食,我就把食物吐掉。"

"所以说你有非常合理的绝食原因。"

"是的。"

"不是因为你不想吃东西?"

"不是,我老觉得饿。"

"自从你离开圣史蒂芬之后……饮食正常吗?"

"我饿了就吃东西。"

"我们可以说你和泰勒波利安医师之间发生冲突吗?"

"可以这么说。"

"你被送到圣史蒂芬是因为你朝你父亲泼汽油,使他身上着火。"

"是的。"

"你为什么这么做?"

"因为他对我母亲施暴。"

"你曾经向任何人解释过吗?"

"有。"

"向谁?"

"我告诉过审讯我的警察、社工、儿童福利人员、医生、一个牧师,还有那个王八蛋。"

"你说'那个王八蛋'指的是……"

"那个人。"她指着泰勒波利安。

"你为什么这么叫他？"

"我刚进圣史蒂芬的时候，曾试着向他解释一切经过。"

"泰勒波利安医师怎么说？"

"他根本不想听，说是我在幻想，还把我绑起来作为惩罚，直到我不再幻想为止。然后他又试图强迫我吃精神病的药。"

"胡说八道。"泰勒波利安说。

"所以你才不肯跟他说话吗？"

"我满十三岁那天晚上起，就没有再和那个王八蛋说过一句话。我被绑在床上。那是我送给自己的生日礼物。"

安妮卡转向泰勒波利安。"听起来我的当事人之所以拒绝进食，是因为不想吃你强迫她吃的精神病药物。"

"也许她是这么看的。"

"那你怎么看呢？"

"我这个病人异常难对付。我坚持认为她的行为显示她会危害自己，但这或许是解读的问题。然而她很暴力，也表现出精神异常的行为，毫无疑问会对他人造成伤害。她是在企图杀害父亲之后才来到圣史蒂芬的。"

"这点我们稍后会提到。说到你将她束缚了三百八十一天，你会不会是利用这种方式来处罚我的当事人，因为她不听你的话？"

"完全是一派胡言。"

"是吗？我从病历中发现，束缚的日子大多都是在前一年……三百八十一天当中有三百二十天。为什么后来不再继续绑了？"

"应该是病人行为有了变化，变得比较不激动。"

"是不是有其他医护人员认为你的方法过度粗暴？"

"什么意思？"

"是不是有人对于强迫喂食莎兰德等等事件提出申诉？"

"每个人难免都会有不同的评估，这没什么奇怪。可是后来强迫喂食变成一种负担，因为她抗拒得太厉害……"

"因为她拒绝吃那些会让她倦怠萎靡的精神病药物。当她不用药的时候便没有饮食的问题,这样的治疗方式难道不是比采取强迫手段更合理吗?"

"请恕我直言,安妮卡女士,我可是医生。我猜我的医疗经验应该比你更丰富。决定应该采用何种治疗方式是我的职责。"

"没错,我不是医生,泰勒波利安医师,然而我并非全然没有专业知识。我除了律师资格外,也取得了斯德哥尔摩大学心理学学位。这是我专业上必要的背景训练。"

此时法庭安静得可以听见针落地的声音。埃克斯壮与泰勒波利安惊讶地瞪着安妮卡,她丝毫不为所动地继续。

"你治疗我当事人的方法到最后是不是和你的上司,也就是当时医院的主任约翰纳斯·卡尔丁的意见严重分歧?"

"没有,没这回事。"

"卡尔丁医师几年前过世了,无法作证。但在这个法庭有一个人曾经见过卡尔丁医师几次,那就是我的助理律师潘格兰。"

她转过去面向他。

"你能告诉我们事情的经过吗?"

潘格兰清清喉咙。他仍为中风的后遗症所苦,必须集中精神专注于咬字。

"莎兰德的母亲被她父亲痛殴成身心障碍后,无法再照顾女儿,我便被指派为莉丝的受托人。她母亲是永久性的脑损伤,并不断地脑出血。"

"我想你说的是札拉千科吧?"埃克斯壮特意倾身向前问道。

"正是。"潘格兰回答。

埃克斯壮说:"我要提醒你,我们现在讨论的是极机密的事。"

"札拉千科一再对莉丝的母亲施暴,这几乎不是秘密。"安妮卡说。

泰勒波利安举起手来。

"事情恐怕不像安妮卡女士所陈述的那么显而易见。"

"你这么说是什么意思？"安妮卡问。

"莎兰德无疑目睹了一出家庭悲剧……某件事引发了一九九一年那场毒打。但没有证据显示这种情形如安妮卡女士所说持续多年，它可能是独立的意外事故，或是一时失控的争吵。老实说，甚至没有任何证据指出攻击莉丝母亲的人是札拉千科。据我们所知，她是娼妓，所以犯案者也可能另有其人。"

安妮卡讶异地看着泰勒波利安，似乎一时无言以对，但目光随即转为锐利，仿佛要穿透他似的。

"你能说得更详细一点吗？"她问道。

"我的意思是实际上我们只有莎兰德的说辞作为凭据。"

"所以呢？"

"首先，她们有两姐妹，事实上是孪生姐妹。卡米拉·莎兰德从未作过这样的声明，甚至她否认有这样的事发生。如果真有你的当事人所坚称如此严重的虐待，社会福利报告等档案中肯定会有记载。"

"有没有卡米拉的面谈资料可以让我们看看？"

"面谈资料？"

"你有没有任何证据资料显示确实有人问过卡米拉她家出了什么事？"

莎兰德听到他们提起妹妹，身子不安地扭动起来，同时瞟了安妮卡一眼。

"我猜想社会福利部有存档……"

"你刚刚说卡米拉从未说过札拉千科对母亲施暴，甚至还加以否认。这是很明确的声明。你的信息是从哪来的？"

泰勒波利安静默了几秒钟。安妮卡看出来他发现自己犯了错，眼神也变得不一样了。他可以预料到她想引导他说出什么，但却避不开这个问题。

"我好像记得警方的笔录里提到过。"他终于说道。

"你好像记得……我自己可是想尽办法要找到关于札拉千科在伦

达路严重灼伤那起意外事故的笔录,结果只找到现场警员写的简要报告。"

"有可能……"

"所以我很想知道辩方无法取得的警方报告,你又怎么能看到呢?"

"这我无法回答。"泰勒波利安说,"我是在一九九一年你的当事人企图谋杀她父亲之后,为她作精神状态鉴定的时候看到那份报告的。"

"埃克斯壮检察官看到过报告吗?"

埃克斯壮局促不安地捻着山羊胡。现在他知道自己低估了安妮卡,然而他没有理由说谎。

"是的,我看过了。"

"为什么辩方无法获得这些数据?"

"我不认为它和这次开庭有关。"

"能不能请你告诉我你怎么能看到这份报告?我问警方时,他们只告诉我没有这样的报告存在。"

"报告是由秘密警察写的,是机密。"

"原来是国安局写了一份关于一名妇人遭受重伤害的报告,并决定将它列为机密。"

"那是因为犯案人……札拉千科。他是政治难民。"

"报告是谁写的?"

沉默。

"我没听到回答。标题页上写的是谁的名字?"

"是国安局移民组的古纳·毕约克写的。"

"谢谢。我的当事人说一九九一年有个古纳·毕约克和泰勒波利安医师一起假造她的精神鉴定报告,这是同一人吗?"

"应该是的。"

安妮卡重新将注意力转回泰勒波利安。

"一九九一年你将莎兰德送进圣史蒂芬儿童精神病院的监禁病房……"

"事实并非如此。"

"不是吗?"

"不是,莎兰德是被判决关入精神病房,这是经过地方法院完整的法律程序所得到的结果。她是个有严重精神障碍的少女,那不是我个人的决定……"

"一九九一年地方法院判决将莎兰德关进儿童精神病院。地方法院为何作此判决?"

"地方法院仔细评估了你的当事人的行为与精神状态,毕竟她试图用汽油弹杀害自己的父亲。这不是一个正常青少年的作为,不管有没有刺青。"泰勒波利安露出一个礼貌性的微笑。

"地方法院判决的依据是什么?如果我的了解正确,他们只有一份医学鉴定报告,也就是你和那个名叫毕约克的警员写的那份。"

"这是莎兰德小姐的阴谋论,安妮卡女士。在这里我必须……"

"很抱歉,但我还没有提问。"安妮卡说完再次转向潘格兰,"潘格兰,刚才我们提到你见过泰勒波利安医师的上司卡尔丁医师。"

"是的,以莉丝受托人的身份。那阵子我每次见莉丝的时间都很短,我也和其他人一样,觉得她有严重的精神疾病。但由于职责所在,我开始调查她整体的健康状况。"

"卡尔丁医师怎么说?"

"她是泰勒波利安医师的病人,所以除了例行性的评估之外,卡尔丁医师并未特别留意她。直到她入院一年多,我才开始和院方讨论如何能让她重返社会。我建议寄养家庭。我不太清楚圣史蒂芬内部发生了什么事,但一年过后卡尔丁医师忽然开始对她感兴趣了。"

"你怎么看出来的?"

"我发现他提出和泰勒波利安医师不同的意见。"潘格兰说,"有一回他告诉我说他决定改变莉丝的护理方式,我后来才知道他指的是绑束缚带一事。卡尔丁医师认为不应该再束缚她,他觉得没有必要。"

"所以他违背了泰勒波利安医师的嘱咐？"

埃克斯壮打岔道："抗议，那是传闻。"

"不。"潘格兰回答道，"并不全然是。我申请一份关于莉丝该如何重返社会的报告，卡尔丁医师写了那份报告，我至今还保留着。"

他将文件交给安妮卡。

"你能告诉我们里面的内容吗？"

"这是卡尔丁医师在一九九二年十月写给我的信，当时莉丝已经在圣史蒂芬住了二十个月。卡尔丁医师在信中明白地写道：我决定不再束缚或强迫喂食病人之后也产生了显著的效果，她现在稳定下来了，不再需要吃精神病药物。然而病人非常封闭而沉默寡言，需要继续进行支持性治疗。"

"这么说他很明白地写出这是他的决定？"安妮卡说。

"是的。而且也是卡尔丁医师自己决定应该为莉丝安排寄养家庭，让她重返社会。"

莎兰德点点头。她记得卡尔丁医师，就如同她记得自己在圣史蒂芬那段日子的一切细节。她不肯和卡尔丁医师说话……他是"疯子医生"，又一个想要刺探她情绪的白袍人。不过他很友善，脾气也很好。她曾坐在他的办公室里，听他解释一些事情。

见她不肯和自己说话，他似乎很难过。最后她直视着他的眼睛，说出自己的决定：我绝对不会再和你或其他任何疯子医生说话，你们根本没有人会听我说。就算你把我关到死也一样，我不会再和你们任何一个人说话。他凝视着她，眼神流露出诧异与难过，接着仿佛理解似的点点头。

"泰勒波利安医师，"安妮卡说道，"我们已经确认是你把莎兰德送进儿童精神病院。是你提供报告给地方法院，而这份报告也是判决的唯一依据，对不对？"

"基本上是如此没错。但我想……"

"之后你还有很多时间解释你的想法。莎兰德即将满十八岁时，你又再次介入她的生活，试图将她关进医院。"

"那次的精神鉴定报告不是我写的……"

"没错，那是罗德曼医师写的。他当时正好在准备博士论文，而你是他的指导老师。所以是因为你的评估才让报告被接受。"

"那些报告并无任何不道德或不正确之处，那是根据医界的规定作出来的。"

"如今莎兰德二十七岁，你又第三度试图说服法院相信她精神有问题，必须关进精神病院。"

泰勒波利安深深吸了口气。安妮卡是有备而来，不但有几个狡猾的问题让他乱了方寸，还扭曲他的回答。她没有被他的魅力所迷惑，更全然无视他的权威。他已习惯自己说话的时候，旁人点头附和。

她到底知道多少？

他瞥了埃克斯壮一眼，但明白不能期望他的帮忙。他得独自度过风暴。

他提醒自己，无论如何他都是权威。

不管她说什么，我作的评估才算数。

安妮卡拿起他的精神鉴定报告。

"我们更仔细地来看看你最新的报告。你花费很大的精力分析莎兰德的感情生活。有一大部分是你对她的性格、行为与性爱习惯的分析。"

"在这份报告中，我试着呈现出全貌。"

"很好。你根据这个全貌得出的结论是莎兰德患有妄想型精神分裂症。"

"我不想局限于确切的诊断。"

"可是你并不是通过和我的当事人交谈作出这样的结论，对吧？"

"你非常清楚，你的当事人坚决不肯回答我或其他任何权威人士对她提出的问题。这个行为本身就很明显。我们或许可以断定患者的妄想特性已经发展到她几乎无法与任何权威人士进行简单的交谈的地步，她相信每个人都想伤害她，感觉受到莫大威胁，因而将自己封闭在坚不可摧的保护壳内，保持沉默。"

"我发现你的用词非常小心。例如，你说我们或许可以断定……"

"没错，我的用词是非常小心。心理学并非精密科学，我下结论必须很小心。而且我们精神科专家绝不会毫无事实根据便信口开河。"

"你的小心谨慎只是为了保护自己。真正的事实是自从我的当事人在十三岁生日那天晚上拒绝和你说话开始，你就没有和她交换过只字片语。"

"不只是对我，她似乎是无法和任何精神科医生对话。"

"意思就是像你这里写的，你下的结论是根据经验以及对我当事人的观察。"

"正是。"

"对一个抱着手坐在椅子上不肯和你说话的女孩，你能观察到什么？"

泰勒波利安叹了口气，似乎觉得这么明显的事还要说明很是厌烦。但他带着微笑说：

"从一个坐着不说话的病人，你只能得知他就是一个只会坐着不说话的病人。就连这个也是行为障碍，不过那不是我作判断的根据。"

"今天下午稍晚我会传唤另一名精神科医生，他名叫史凡泰·布兰丹，是法医学院的资深医生也是精神鉴定专家。你认识他吗？"

泰勒波利安再次有了信心。他原本就预期安妮卡会传唤另一名精神科医生，询问他的结论。这个情况他已有所准备，而且还能轻而易举地反驳一切异议。与学院派的同事进行友谊辩论，确实比面对安妮卡这种毫不克制又每每扭曲他的话意的人简单多了。他不禁微微一笑。

"他是非常受敬重也很有经验的精神鉴定医师。不过安妮卡女士，你得了解这种报告的产生是一种学术与科学的过程，你本身或许不同意我的结论，另一个精神科医生也可能对某种行为或事件有不同看法。你可能会得到不同的观点，又或许这纯粹是医生对患者了解多少的问题。他对莎兰德可能作出非常不同的结论。这在精神医学上一点也不罕见。"

"这不是我传唤他的目的。他没有见过莉丝也没有替她作过检查，他不会对她的精神状态作任何评估。"

"哦，是这样吗？"

"我是请他阅读你的报告以及你对莎兰德所写的全部数据，并且看她在圣史蒂芬的病历。我请他作了评估，但不是针对我当事人的健康，而是请他纯就科学观点看看在你的记录中有没有足够的依据能作出你的那番结论。"

泰勒波利安耸了耸肩。

"请恕我直言，我想我比国内其他任何精神科医生都了解莎兰德。我从她十二岁起就开始追踪她的病史，遗憾的是她的行为一再地证实我的结论没有错。"

"很好。"安妮卡说，"那么我们就来看看你的结论。你报告中说她十五岁被安置到寄养家庭后，治疗就中断了。"

"是的。那是个重大错误。如果当时能完成疗程，今天可能就不必开这个庭了。"

"你是说如果你有机会再把她绑上一年，她可能就会变得比较温顺？"

"这样说太过分了。"

"我向你道歉。你大量引述你的博士学生罗德曼在莉丝即将满十八岁时整理的报告。你写道：莉丝·莎兰德从圣史蒂芬出院后出现滥用药物与乱交的情形，更加证实了她的自戕与反社会行为。你这句话是什么意思？"

泰勒波利安静默了几秒钟。

"这个嘛……我得再往回追溯一点。莎兰德出院后，如我所料地产生了酗酒与吸毒的问题。她屡屡被警方逮捕。有一份社会福利报告也判定她与年纪较长的男性有放荡的性关系，很可能是在卖淫。"

"这个我们来分析一下。你说她酗酒。她多长时间会喝醉？"

"你说什么？"

"从出院后到满十八岁为止,她每天都喝醉吗?还是每星期喝醉一次?"

"我当然无法回答。"

"但你刚刚才说她有酗酒问题。"

"她未成年,却屡屡因为酒醉被警察逮捕。"

"这是你第二次说她屡屡被捕。多长时间发生呢?是每星期一次或者每两星期一次?"

"不,没有这么频繁……"

"莎兰德有两次因喝醉被捕,一次在十六岁,一次在十七岁,其中一次还因为醉死了被送到医院。这就是你所谓的屡屡。除此之外她还喝醉过吗?"

"我不知道,但我们担心她的行为……"

"抱歉,我没有听错吧?你不知道她青少年时期除了那两次之外还有没有喝醉过,但你担心有这种状况,而且还写报告主张莎兰德一再地酗酒吸毒?"

"那是社会福利部的信息,不是我的。那和莎兰德的整个生活形态有关。也难怪她在中断治疗后预后极差,她的生活就在酗酒、警方介入与失控乱交之间不断循环。"

"你说'失控乱交'?"

"是的,这个用词显示她对自己的生活毫无控制力,并和年长男性发生性关系。"

"这并不犯法。"

"没错,但对一个十六岁少女而言却是不正常的行为。我们或许应该问问她从事这种活动是出于自愿或是被强迫。"

"但你说她很可能在卖淫。"

"因为她缺乏教育,没能继续升学或接受更高的教育,以至于找不到工作,自然可能产生这样的结果。也有可能她将年纪较大的男性视为父亲,性交易得到的金钱报酬只是附带的好处。这种案例我视为精神官能症的行为。"

"所以你认为一个有性行为的十六岁少女患有精神官能症?"

"你扭曲了我的话。"

"但你不知道她性交后是否真的拿了钱。"

"她从未因卖淫被捕。"

"她不太可能因此被捕,因为在我国卖淫并不犯法。"

"呃,是的。以她的情形来说,这和精神官能症的强迫行为有关。"

"你就根据这些未经证实的假设,一口咬定莎兰德有精神病?我十六岁的时候从我父亲那里偷了一瓶伏特加,喝掉半瓶以后醉得糊里糊涂。你觉得我这样也有精神病?"

"不,当然不是。"

"请恕我冒昧,你自己十七岁时不也曾在一个派对上喝得烂醉,还和一大伙人到乌普萨拉市中心到处砸窗子?你被警察逮捕后,一直拘留到你清醒付了罚款才被释放。"

泰勒波利安惊呆了。

"有没有这回事,泰勒波利安医师?"

"有。十七岁的时候往往会做很多蠢事,不过……"

"不过那并没有让你——或其他任何人——认为你有严重的精神疾病,对吧?"

泰勒波利安感到愤怒。那个可恶的律师不断扭曲他的话,还专挑小细节,就是不肯看事情的全貌。还有他自己那幼稚的越轨行为……她又是怎么打听到这个消息的?

他清清喉咙,提高说话的声音。

"社会福利部的报告写得非常清楚,确定莎兰德的生活形态绕着酒精、毒品与乱交打转。社会福利部还说她是妓女。"

"不,社会福利部从来没有说过她是妓女。"

"她被逮捕过,在……"

"不,她没有被捕。"安妮卡说,"她十七岁时和一个年纪大她许多的男人在丹托伦登遭到警察盘问。同一年她因为酒醉被捕，也是和一个年纪大了许多的男人在一起。社会福利部担心她可能从事卖淫，但始终没有提出证据。"

"她和很多人都很随便就发生性关系，不论男女。"

"在你的那份报告中，很详尽地描述了我的当事人的性习惯。你说她和她的朋友米莉安的关系证实了性精神变态的疑虑。为什么她们的关系会证实这种事？"

泰勒波利安没有回答。

"我真诚地希望你不是想说同性恋是一种精神疾病。"安妮卡说，"那甚至可能是违法的声明。"

"不是，当然不是。我指的是她们关系中性虐的部分。"

"你觉得她是性虐狂？"

"我……"

"我们这里有米莉安的供词。上面说她们的关系当中并无暴力。"

"他们从事 SM 性爱，而且……"

"我开始觉得你看了太多晚报。莎兰德和友人米莉安偶尔会玩一些性爱游戏，米莉安会将我的当事人绑起来，给予她性方面的满足。这既不是特别不寻常也没有违法。你就因为这样想把我的当事人关起来？"

泰勒波利安不屑地挥挥手。

"我十六岁还在学校的时候，曾经多次喝醉酒，也尝试过毒品，我抽过大麻，大约二十年前甚至还试过可卡因。十五岁的时候和学校同学发生第一次性关系，二十岁和一个男孩发生关系，他把我的双手绑在床架上。二十二岁时和一个四十七岁的男人交往了几个月。依你看，我是不是精神有问题？"

"安妮卡女士，你在开玩笑，但你的性经验与本案无关。"

"为什么无关？当我看你那份所谓的莎兰德精神鉴定报告时，如果不看上下文，我发现每一点都和我自己的经验吻合。为什么我很健康而莎兰德就被视为危险的性虐狂呢？"

"这些不是重要的细节。你并没有两度试图杀害自己的父亲……"

"泰勒波利安医师,事实上莎兰德想和谁上床都不关你的事,她的伴侣的性别或是他们如何做爱也不关你的事。但是你却硬扯出她生活中的细节作为依据,说她有毛病。"

"莎兰德的一生——从中学开始——就是一连串的暴力记录,经常无缘无故对老师与其他学生发怒施暴。"

"等一等。"安妮卡的声音顿时有如刮冰刀刮过车窗,"大家看看我的当事人。"

所有人都转头看莎兰德。

"我的当事人在可怕的家庭环境中成长。在几年的时间里,她父亲持续地虐待她母亲。"

"那是……"

"请让我说完。莎兰德的母亲怕死了札拉千科,她不敢反抗,不敢去看医生,不敢去找妇女庇护中心。她受尽凌虐,最后被打到脑部损伤无法复原。不得不负起责任的人,唯一一个早在进入青春期之前便试着扛起家庭责任的人,就是莎兰德。她只能独力肩负起这个重担,因为对国家与社会福利部来说,那个间谍札拉千科比莉丝的母亲更重要。"

"我不能……"

"很抱歉,最后导致的结果就是社会摒弃了莉丝的母亲和两个孩子。莉丝在学校制造问题,你们觉得惊讶吗?看看她。她又瘦又小,总是班上个头最小的一个。她内向、性情古怪、没有朋友。你们知道小孩通常怎么对待与众不同的同学吗?"

泰勒波利安叹了口气。

安妮卡继续说道:"我可以回顾莉丝在学校的记录,一一检视她出现暴力行为的情况。每次总是因为先受到某种挑衅。我可以轻易辨识出欺凌的迹象。让我告诉你一件事。"

"什么?"

"我很钦佩莎兰德。她比我强。如果我十三岁时被绑在床上一年,恐怕整个人早就崩溃了。但她以自己所拥有的唯一武器反击，那就是鄙视你。"

她早已不紧张了。她觉得一切都在掌握中。

"你今天早上的证词里不断提到幻想。例如，你说莎兰德供称自己被毕尔曼律师强暴是幻想。"

"没错。"

"你这么说有什么依据？"

"根据我的经验，她经常幻想。"

"根据你的经验，她经常幻想？你怎么认定她是在幻想？当她说自己被绑在床上三百八十个日夜时，你觉得那是她的幻想，然而你自己的记录告诉我们事实的确如此。"

"这完全是两回事。根本没有丝毫证据证明毕尔曼强暴莎兰德。我的意思是，用针刺穿乳头等如此过火的粗暴行为，她理应会被救护车送到医院吧？所以显然并未发生这种事。"

安妮卡转向艾弗森法官。"我事先要求今天要准备投影机……"

"已经准备好了。"法官说。

"请拉上窗帘好吗？"

安妮卡打开她的强力笔记本电脑，连上投影机，随后转向当事人。

"莉丝，我们要看影片了，你准备好了吗？"

"我都亲身经历过了。"莎兰德冷冷地说。

"你同意我在这里播放吗？"

莎兰德点点头，目光直盯着泰勒波利安。

"你能告诉我们影片是什么时候拍的吗？"

"二〇〇三年三月七号。"

"是谁拍的？"

"是我。我用了隐藏式摄影机，米尔顿安保的标准配备。"

"等等。"埃克斯壮检察官大喊，"这愈来愈像耍猴戏了。"

"你要让我们看什么？"艾弗森法官用带点尖锐的语气问道。

"泰勒波利安医师声称莎兰德所供述遭毕尔曼律师强暴一事是幻想，我要让各位看看反面的证据。影片共九十分钟长，但我只会放几个短的片段。我先警告大家这里面有一些令人非常不舒服的画面。"

"你在耍什么把戏吗？"埃克斯壮说。

"只有一个办法能知道。"安妮卡随即开始播放笔记本电脑内的DVD。

"你连时间也不会看吗？"毕尔曼一开门便粗鲁地说。接着摄影机进入他的公寓。

九分钟过后，艾弗森法官敲下木槌。画面上毕尔曼律师正粗暴地将假阳具插入莎兰德的肛门。安妮卡将音量转大，莎兰德的尖叫声传遍法庭，但因嘴巴被绝缘胶带缠住而削弱了些。

"不要再播了。"艾弗森法官以洪亮而威严的声音说道。

安妮卡按下停止键，天花板的灯再次亮起。艾弗森法官满脸通红，埃克斯壮检察官呆坐着仿佛化为石头，泰勒波利安的脸色则惨白如死尸。

"安妮卡女士……你说影片有多长？"

"九十分钟。强暴的过程分阶段持续了将近五六个小时，但我的当事人只隐约还记得最后一两个小时所遭受的暴力。"安妮卡转向泰勒波利安，"其中有一幕是毕尔曼拿针穿过我的当事人的乳头，也就是泰勒波利安医师坚称是莎兰德荒唐想象的说辞。发生的时间是在第七十二分钟，我现在可以马上播放这一段。"

"谢谢，不用了。"法官说，"莎兰德小姐……"

他瞬间失去头绪，不知该如何进行下去。

"莎兰德小姐，你为什么录下这影片？"

"毕尔曼已经强暴过我一次，却还不满足。第一次那个老变态要我替他吹喇叭，我以为这次又是一样。我想我可以留下清楚的证据然后威胁他，让他离我远一点。我估计错了。"

"既然你有这么……有力的证据，为什么不去报警呢？"

"我不和警察说话。"莎兰德口气平平地说。

潘格兰从轮椅上站起来，身子撑靠在桌边，声音非常清楚。

"我的当事人基本上不和警察或任何权威人士说话，更不用说是精神科医生。原因很简单，从她还小的时候就曾经一次又一次试着向警察和社工人员解释札拉千科对她母亲施暴，但每一次的结果都是她被处罚，因为政府的公务员认为札拉千科比她更重要。"

他清清喉咙又继续说。

"当她终于认定没有人会听她说话，她能保护母亲的唯一方法就是以暴制暴。结果这个自称医生的混账东西"——他指着泰勒波利安——"写了一份假造的精神诊断书说莎兰德精神异常，让他有机会把她关在圣史蒂芬长达三百八十一天。真是混账！"

潘格兰坐了下来。艾弗森法官见他情绪如此激动颇感诧异。他转向莎兰德。

"你想不想休息一下……"

"为什么？"莎兰德问。

"好吧，那我们继续。安妮卡女士，这段录像要接受检验，我会请专家鉴定其真伪。但目前我无法容忍再看到更多类似的骇人画面。继续诘问吧。"

"乐意之至。我也觉得这些画面骇人。"安妮卡说，"我的当事人多次遭受这种不合法的身心暴力，最该怪罪的人就是泰勒波利安医师。他违反了医生的宣誓，背叛自己的病人。他伙同国安局内部某个体制外团体的成员毕约克，拼凑出一份精神鉴定报告，目的是为了将碍事的证人关起来。我相信本案肯定是瑞典司法史上独一无二的案件。"

"这些指控太过分了。"泰勒波利安说，"我已经尽力想帮助莎兰德。她试图杀害自己的父亲，很明显就是有不对劲的地方……"

安妮卡打断他的话。

"我现在想请法庭看看泰勒波利安对我的当事人作的第二份精神

鉴定报告，该报告也是今天的呈堂证据之一。我主张那份报告说谎，就和一九九一年那份一样。"

"这实在是……"泰勒波利安急促地说。

"艾弗森法官，能不能请证人不要一直打断我？"

"泰勒波利安先生……"

"我会保持安静。但这些指控太过分了，也难怪我生气……"

"泰勒波利安先生，在律师问你问题之前请保持安静。继续吧，安妮卡女士。"

"这是泰勒波利安医师呈给法庭的精神鉴定报告。他宣称是根据对我的当事人的'观察'所作的，理应发生在她六月五日移送克鲁努贝里看守所以后，检查结果应该是在七月五日提出。"

"据我的了解是这样没错。"艾弗森法官说。

"泰勒波利安医师，六月六日以前你是不是应该没有机会检查或观察我的当事人？我们都知道，在那之前她人还被隔离在哥德堡的索格恩斯卡医院。"

"是的。"

"你曾两度到索格恩斯卡，试图接触我的当事人，但两次都遭到拒绝。"

安妮卡打开公文包，拿出一份文件。她绕过桌子，交给艾弗森法官。

"好，这应该是泰勒波利安医师的报告副本。你的重点是什么？"

"我想传两名证人。他们已经在庭外候传。"

"证人是谁？"

"是《千禧年》杂志社的布隆维斯特和国安局宪法保障组组长艾柯林特警司。"

"他们现在在外面？"

"是的。"

"让他们进来。"艾弗森说。

"这太不合程序了。"埃克斯壮抗议道。

埃克斯壮眼看安妮卡把自己的关键证人剁得面目全非,心里着实不是滋味。那部影片是极具杀伤力的证物。法官不理会埃克斯壮,打手势示意法警开门让布隆维斯特和艾柯林特进来。

"我想先请布隆维斯特作证。"

"那么就请泰勒波利安先生先下来一下。"艾弗森法官说。

"我这边你问完了吗?"泰勒波利安问道。

"还没,早着呢。"安妮卡说。

布隆维斯特取代泰勒波利安坐上证人席。艾弗森法官很快地走完例行程序,布隆维斯特也完成宣誓。

"麦可,"安妮卡唤了一声,随即微笑道,"请法庭原谅,我觉得叫自己的哥哥布隆维斯特先生很拗口,所以我还是称呼他的名字。"

她走到艾弗森法官席前,要求拿回方才呈给他的那份鉴定报告,然后转交给布隆维斯特。

"你之前看过这份文件吗?"

"看过,我手上有三份。第一份是在五月十二日取得,第二份在五月十九日,第三份,也就是这份,是在六月三日。"

"你能告诉我们你是如何取得这些副本的吗?"

"我是记者,这是某个消息来源提供给我的,我不想说出他的姓名。"

莎兰德瞪着泰勒波利安,他又再度面如死灰。

"你如何处理这份报告?"

"我交给了宪法保障组的艾柯林特。"

"谢谢你,麦可。我现在要传艾柯林特。"安妮卡说着顺手拿回报告,递给艾弗森法官,接着宣誓程序又重复一遍。

"艾柯林特警司,你是不是从布隆维斯特那里拿到一份关于莎兰德的精神鉴定报告?"

"是的。"

"你何时拿到的?"

"国安局的正式记录是六月四日。"

"就是我刚才呈给艾弗森法官那一份吗？"

"如果后面有我的签名，就是同一份。"

法官翻到文件背后，看见上头有艾柯林特的签名。

"艾柯林特警司，能不能请你解释一下，这份精神鉴定报告据称是分析一个还被隔离在索格恩斯卡医院的病人，怎么会到你手上？"

"好的。泰勒波利安医师的报告是假的，是他和一个名叫乔纳斯的人一起伪造的，他在一九九一年和毕约克也假造过类似的文件。"

"他说谎。"泰勒波利安有气无力地说。

"你说谎吗？"安妮卡问。

"不，当然没有。"艾柯林特说，"也许我应该提一下，今天检察总长下令逮捕了十来个人，乔纳斯也是其中之一。乔纳斯是因为共谋杀害毕约克而被捕，他是国安局内部某犯罪组织的一员，这个组织从七十年代就开始保护札拉千科，也是这批官员在一九九一年决定将莎兰德关起来。我们有确凿的证据，该单位负责人也已坦承不讳。"

此话一出全场愕然，肃静无声。

"泰勒波利安先生对这番话有什么意见吗？"艾弗森法官问道。

泰勒波利安摇摇头。

"那么我有义务告诉你，你恐怕会被以伪证罪起诉，也可能还有其他罪名。"艾弗森法官说。

"审判长，请容我打岔。"布隆维斯特说。

"什么事？"

"泰勒波利安先生还有更大的问题。法庭外有两名警员想带他去问话。"

"我知道了。"法官说，"是和本庭有关的事吗？"

"我想是的，审判长。"

艾弗森法官向法警打个手势，随即让茉迪和另一个埃克斯壮检察官没能立刻认出的女子进入法庭。那女子名叫莉莎·柯雪，是特别调查处的刑警，那是国家警察局内专门负责调查儿童色情与性侵犯案件的单位。

"你们来这里有什么事?"艾弗森法官问。

"我们前来逮捕泰勒波利安,希望您能准许,也希望不会干扰庭讯的进行。"

艾弗森法官看着安妮卡律师。

"我还有些话要问他……不过法庭可能已经听够了泰勒波利安先生的证词。"

"你们可以带走他了。"艾弗森法官对两名警察说。

柯雪直接走到证人席。"泰勒波利安,我现在要以违反儿童色情法的罪名逮捕你。"

泰勒波利安静坐不动,几乎无法呼吸。安妮卡发现他眼中似乎光芒尽失。

"说得明确些,我们在你的电脑上发现大约八千张儿童色情照片。"

她弯身拿起他随身携带的电脑包。

"这要扣押当做证物。"她说。

他被带离法庭时,莎兰德目光灼灼地紧盯泰勒波利安的背影。

第二十八章
七月十五日星期五至七月十六日星期六

随着泰勒波利安的离去，法庭上扬起一片窃窃私语，艾弗森法官用笔敲着桌沿让众人安静。他似乎不太确定该如何继续。最后他转向埃克斯壮检察官。

"对于过去一小时内所看到和听到的事情，你有什么意见要补充吗？"

埃克斯壮站起来看看艾弗森法官，再看看艾柯林特，最后转头刚好迎上莎兰德坚定不移的目光。他明白这场仗输了。他视线扫过布隆维斯特时顿时满心惊恐，因为他发现自己可能也受到《千禧年》调查……而这可能会毁了他的前途。

他实在不明白怎会发生这种事。开庭前他还信心满满，自以为对本案知之甚详。

和纽斯壮警司多次恳谈后，他能了解国防单位希望寻求的那种微妙平衡。他们向他解释过一九九一年那份莎兰德报告是伪造的，他得到了他需要的内部情报。他提出问题——数百个问题——也全部获得解答。为了国家利益的欺瞒手段。如今，据艾柯林特说，纽斯壮被捕了。他曾经相信泰勒波利安，毕竟他看起来那么……那么能干。那么有说服力。

老天哪，我这是蹚了哪门子浑水？

接下来，我又该怎么脱身呢？

他摸摸山羊胡，清清喉咙，缓缓地摘下眼镜。

"我很遗憾必须这么说，这次调查当中，我接收到的一些重点是错误的。"

他心想不知能不能把错怪到调查警员身上，与此同时脑海中浮现出包柏蓝斯基巡官。包柏蓝斯基绝对不会挺他。假如埃克斯壮走错一步，包柏蓝斯基会召开记者会毁掉他。

埃克斯壮与莎兰德视线交会。她耐着性子坐在那里，他从她眼中看到好奇与复仇。

绝不妥协。

他还是可以让她因为史塔勒荷曼的重伤害罪被判刑，也八成可以让她因为在哥塞柏加杀害父亲未遂被判刑，也就是说他得立刻改变战略；要放弃与泰勒波利安有关的一切。绝不能再提及她是精神病人，但这也意味着她一路回溯到一九九一年的说辞变得更有力。失能宣告全是假的，除此之外……

她还有那卷要命的影片……

这时他猛然想到。

天哪，她完完全全是个受害者。

"艾弗森法官……我想我不能再信赖自己手上这些文件了。"

"我想也是。"艾弗森法官说。

"我不得不请求休庭或者暂缓开庭，直到我能针对起诉事项作某些调整为止。"

"安妮卡女士呢？"法官问道。

"我要求立刻无罪开释我的当事人。我也要求地方法院在关于莎兰德被宣告失能的问题上表达明确立场。此外，她的权利遭受剥夺，我认为也应该给予适当的赔偿。"

莎兰德转头看着艾弗森法官。

绝不妥协。

艾弗森法官看了看莎兰德的自传，接着又抬头看看埃克斯壮检察官。

"我也认为最好能调查清楚究竟发生了什么事，而导致这令人遗憾的局面，但你恐怕不是主导调查权的适当人选。我当了这么多年法官与审判者，从未面临过在法律上如此两难的情况。坦白说，我不知该说什么才好。我甚至从未听说过检察官的主要证人在庭讯期间被逮捕，或是十分具有说服力的主张结果竟是捏造的。我实在看不出检察官还有什么起诉的理由。"

潘格兰轻轻咳了一声。

"什么事？"艾弗森问道。

"身为辩方的代理人，我也只能认同您的感觉。有时候我们得退一步，让常识引导正式的程序。我想强调的是有一桩丑闻即将撼动整个体制，而身为法官的您只看到了第一阶段。今天有十名国安局警察遭到逮捕，并将会以杀人等罪被起诉，由于罪名太多，光是写起诉书就要花一段时间。"

"我想我不得不将这个庭讯延后了。"

"请原谅我这么说，我觉得这样的决定不太好。"

"请说。"

"莎兰德是无辜的。她的自传虽然被埃克斯壮先生不屑地斥为'异想天开'，事实上却是真的，而且全都可以加以证明。她的权利遭到无情的剥夺。既然已开庭，我们可以坚持正常程序，继续庭讯直到我们获得无罪开释的判决，但另外还有一个明显的替代方案，就是针对与莎兰德相关的一切启动新的调查。如今已经有一项调查工作正在进行，以解决这整个混乱的纠纷。"

"我明白你的意思。"

"身为本案的审判长，您有一个选择。明智的做法是摒弃检察官整个初步调查的结果，要求他做好他的功课。"

艾弗森法官紧紧盯着埃克斯壮看了许久。

"而正当的做法则是立刻释放我的当事人。此外她也应该获得道歉，不过平反需要时间，也要视调查的其余部分而定。"

"我知道你的重点，潘格兰律师。但在宣判你的当事人无罪之前，我必须对整件事了解得一清二楚。这恐怕得花一点时间……"

他顿了一下，看着安妮卡。

"如果我延到星期一开庭，并答应你们的请求，因为我看不出有什么理由继续羁押你们的当事人，这也意味着不管发生什么事，她应该都不会被判刑，那么你们能保证在接下来的程序中，她会随传随到吗？"

"当然。"潘格兰马上就说。

"不行。"莎兰德尖声说道。

所有人的目光都随之转向这整出悲剧的核心人物。

"你这是什么意思？"艾弗森法官问道。

"我一被释放就要离开这个国家。我不想再多浪费一分钟在这个庭讯上。"

"你拒绝出庭？"

"没错，如果你还要问我问题，就要把我关起来。你一旦释放我，就表示我这部分都结束了。那我就不必要让你、让埃克斯壮或其他任何警察随时都找得到人。"

艾弗森法官叹了口气。潘格兰似乎也被搞糊涂了。

"我同意我当事人的想法。"安妮卡说，"是政府和官方人士对莎兰德犯了罪，而不是相反的情形。至少也应该让她能无罪走出这扇门，让她有机会把整件事抛到脑后。"

绝不妥协。

艾弗森法官瞄了手表一眼。

"现在三点。也就是说我不得不下令羁押你们的当事人。"

"如果这是您的决定，我会接受。我身为莎兰德小姐的代理人，就埃克斯壮检察官起诉的罪名，请求法庭宣判全部无罪。我请求法庭无条件并立刻释放我的当事人。我也请求法庭撤销她之前的失能宣告，立即恢复她的公民权。"

"关于失能宣告一事的过程明显要长得多。我得看过精神科专家为她检查后所作的声明，不能骤下决定。"

"不行。"安妮卡说，"这我们不能接受。"

"为什么？"

"莎兰德必须和其他瑞典公民拥有相同权利。她是某项罪行的受害者，她是被不实地宣告失能，我们都听到那次伪造文书的证词了。因此让她接受监护的判决缺乏法律基础，必须毫无条件地撤销。我的当事人没有任何理由接受精神状态检验。没有人需要在受害之后还得证明自己精神正常。"

艾弗森法官考虑了片刻。

"安妮卡女士,我明白这是特殊状况。我先宣布休庭十五分钟,让大家可以伸伸腿、理理思绪。如果你的当事人是无辜的,我不希望她今晚遭到羁押,但这也表示今天本庭必须继续到最后。"

"我没有意见。"安妮卡说。

布隆维斯特抱抱妹妹。"事情进行得如何?"

"麦可,我对付泰勒波利安真是太精彩了。他完全被我击垮。"

"我就说你是天下无敌的。说到底,这件案子主要并不是关于间谍和政府秘密单位,而是关于妇女所受到的暴力对待与施暴的男人。我虽然听到看到的不多,但你真是了不起。她会无罪开释的。"

"你说得对。这点绝无疑问。"

艾弗森法官敲响木槌。

"能不能请你把事实从头到尾简述一遍,让我能清楚了解真正的经过?"

"好的,"安妮卡说,"那我就从那个骇人的故事说起。七十年代中秘密警察局内有一个自称'小组'的团体,他们掌控了一个前苏联的叛徒。这个故事已经刊在今天的《千禧年》杂志。我想这应该会是今晚所有新闻报道的头条……"

晚上六点,艾弗森法官决定释放莎兰德,并宣布她的失能宣告无效。

但有一个条件。艾弗森法官要求莎兰德接受讯问,就她所知为札拉千科事件作证。起初她不肯答应。她的拒绝一度引发争执,直到艾弗森法官将身子往前倾直视着莎兰德,并提高声量说道:

"莎兰德小姐,我撤销你的失能宣告就表示你和其他公民拥有一模一样的权利,也表示你拥有同样的义务。因此你有责任管理自己的财务、缴税、守法,并协助警方调查重大刑事案件。所以我现在要传你出庭应讯,凡是拥有可能有助于办案的重要情报的公民都应该这么做。"

这番理论的逻辑似乎起了作用。她嘟着嘴像是不高兴,但已不再争辩。

"等警方约谈过你之后,初步调查的负责人——在本案就是检察总长——将会决定未来的诉讼程序中要不要传你作证。和其他任何瑞典公民一样,你可以拒绝应讯。你要怎么做与我无关,但这可不能全由你做主。如果你拒绝出庭,那么就像其他成年人一样,可能会被以妨碍司法或伪证罪起诉。不会有例外。"

莎兰德的脸色更加阴沉。

"所以你决定怎么做?"艾弗森法官问。

思考了一会儿之后,莎兰德轻轻点了个头。

好吧,妥协一点点。

当晚简述札拉千科事件时,安妮卡对埃克斯壮检察官毫不留情地展开攻击,最后埃克斯壮坦承事情经过差不多就如安妮卡所描述。初步调查期间他获得纽斯壮警司的协助,并从泰勒波利安医师那里取得信息。埃克斯壮本身并未涉及阴谋,他与"小组"合作纯粹出于身为初步调查负责人的诚意。当他终于了解整个阴谋的范围,便决定撤销对莎兰德的一切指控,这个决定也表示可以省略许多行政手续。艾弗森法官看似松了口气。

潘格兰在法院待了一整天,这是多年来第一次,因而感到疲惫万分。他得回到厄斯塔康复之家,上床休息。米尔顿安保的一名警卫护送他回去。临走时,他一手按住莎兰德的肩膀,两人默默地互相注视。顷刻后她点了一下头。

安妮卡在七点打电话给布隆维斯特告知莎兰德被判无罪,但可能还得在警察总局待上几个小时接受审讯。

消息传来时，《千禧年》所有工作人员都在办公室。自从当天中午派专人将第一批杂志送往全市各新闻编辑室之后，电话便响个不停。傍晚时分，TV4也播放了第一个关于札拉千科与"小组"的特别节目。今天的媒体可真是大显身手。

布隆维斯特走进大办公室，手指伸进嘴里吹了一声响亮的口哨。

"好消息。莎兰德无罪开释。"

现场立刻响起掌声。但每个人随即又若无其事地继续讲电话。

布隆维斯特抬头看着编辑室内开着的电视，TV4的新闻刚刚开始，预告是一个显示乔纳斯偷偷将可卡因藏进他贝尔曼路公寓的短片。

"我们可以清楚看到一名国安局警员将某样物品藏入《千禧年》杂志记者麦可·布隆维斯特的住处，后来得知该物品是可卡因。"

接着主播出现在屏幕上。

"今天有十二名国安局警察因多项罪名遭到逮捕，其中包括杀人罪。欢迎收看今日延长播出的新闻报道。"

"She"开始以后，布隆维斯特关掉电视的声音，接着便看见自己坐在摄影棚的扶手椅上。他已经知道自己说了什么。他遥望着达格坐过的位子，他那些关于性交易活动的调查数据都不见了，桌上再次摆满一堆堆的报纸和谁也没时间整理的凌乱纸张。

对布隆维斯特而言，札拉千科事件是从那张桌子开始的，真希望达格也能看到事件的结局。他刚刚出版的新书和布隆维斯特自己那本关于"小组"的书并列堆放在桌上。

你一定会爱上这一刻的，达格。

这时他听见自己办公室里的电话响了，却没力气去接，于是将门拉上，转而走进爱莉卡的办公室，一屁股坐到窗边那张舒服的椅子上。爱莉卡正在打电话。他四下张望一番。她已经回来一个月，却还没将四月离职时一并带走的画作与相片挂回去，书架也还是空空如也。

"感觉如何？"她挂上电话后问道。

"我想我很高兴。"他说。

她笑起来。"《小组》会大卖。每个新闻编辑室都为它疯狂。你想不想上九点的'时事'，接受访问？"

"不太想。"

"我猜也是。"

"这个话题还会持续几个月，不必急在一时。"

她点点头。

"你今天晚上要做什么？"爱莉卡问道。

"不知道。"他咬咬嘴唇，"爱莉卡……我……"

"费格劳拉。"爱莉卡面带微笑地说。

他点点头。

"这么说你是认真的？"

"我不知道。"

"她非常爱你。"

"我想我也爱上她了。"他说。

"我答应会保持距离直到……你知道的，也许，有一天。"她说。

八点，阿曼斯基和苏珊出现在《千禧年》办公室。他们觉得应该庆祝一下，因此从酒类专卖店搬来一箱香槟。爱莉卡与苏珊拥抱后，将她介绍给每个同事认识。阿曼斯基则到布隆维斯特的办公室坐下。

他们喝着香槟，有好一会儿两人都没开口，最后是阿曼斯基打破沉默。

"你知道吗，布隆维斯特？我们第一次见面，谈赫德史塔那份工作的时候，我不太喜欢你。"

"真的吗？"

"你来签约雇用莉丝当调查员。"

"我记得。"

"我想我是嫉妒你。你才认识她几个小时，她却和你有说有笑。

而我努力了几年想做她的朋友,却一次也没能让她露出微笑。"

"这个嘛……其实我也没那么成功。"

他们再度陷入沉默。

"一切都结束了,真好。"阿曼斯基说。

"谢天谢地。"布隆维斯特说完,他们一同干杯。

包柏蓝斯基与茉迪负责对莎兰德进行正式审讯。他们两人在历经特别繁忙的一天后,本已回到家与家人在一起,却又立刻奉命返回警察总局。

莎兰德由安妮卡陪同。包柏蓝斯基与茉迪提出的每个问题,她都详实地回答,安妮卡几乎都没有发表意见或打岔。

莎兰德有两点始终没有说真话。在陈述史塔勒荷曼的事发经过时,她坚称是她用电击棒攻击尼米南时,尼米南开枪误射了蓝汀的脚。她哪来的电击棒?从蓝汀那儿搜括来的,她如是说。

包柏蓝斯基和茉迪都抱持怀疑,却又没有证据和证人能反驳她的说辞。尼米南当然反驳,但却拒绝谈论那场意外,事实上被电击棒击昏后那几秒钟,他根本不知道发生什么事。

至于哥塞柏加之行,莎兰德自称唯一的目的是说服父亲向警方投案。

莎兰德看起来诚实无欺,实在无法判断她有没有说谎。安妮卡对此毫无所悉。

只有一个人确知莎兰德前往哥塞柏加是为了一次性了结与父亲之间的关系,那就是布隆维斯特。但重新开庭后不久,他便被请出法庭。谁也不知道莎兰德被监禁在索格恩斯卡的夜里,曾与布隆维斯特联机长谈。

媒体完全错过了她被释放的消息。如果释放时间被知道,警察总局门口将会被挤得水泄不通。不过《千禧年》上架后以及秘密警察遭其他秘密警察逮捕的消息所引发的混乱激动,已经让不少记者焦头烂额。

TV4 "She" 节目主持人是唯一知道来龙去脉的记者。她为时一小时的报道成了经典,数月后还赢得年度最佳电视新闻报道奖。

茉迪将莎兰德送出警局的方法很简单,就是直接带她和安妮卡到楼下车库,开车载她们到安妮卡位于国王岛教堂广场的办公室,然后换开安妮卡的车。茉迪离去后,安妮卡开往索德马尔姆,经过国会大厦时她打破沉默。

"要上哪去?"

莎兰德想了几秒钟。

"你可以让我在伦达路下车。"

"米莉安不在。"

莎兰德看着她。

"她出院后不久就到法国去了。如果你想联络她,她住在父母家。"

"你怎么没告诉我?"

"你一直都没问。她说她需要一点空间。今天早上麦可给了我这个,说你应该会想拿回去。"

她递出一串钥匙。莎兰德收下后说道:"谢谢。那你能不能让我在福尔孔路下车?"

"你甚至不想跟我说你住在哪里?"

"晚一点。现在我想一个人静一静。"

"好吧。"

离开警局后,安妮卡便将手机开机。经过斯鲁森时,手机响了。她看了来电显示。

"是麦可,这几个小时内他每十分钟就打一次电话。"

"我不想跟他说话。"

"告诉我……我能问一个私人问题吗?"

"可以。"

"麦可对你做了什么让你这么恨他?我是说,要不是他,你今晚很可能又得回精神病院。"

"我不恨麦可，他也没对我做什么。我只是现在不想见他。"

安妮卡斜觑着她的当事人。"我不是想探人隐私，不过你爱上他了对不对？"

莎兰德看向窗外没有回答。

"我哥哥在男女关系方面很不负责。他一辈子都在乱搞，有些女人对他产生了特殊感情，他却好像不知道她们会有多痛苦。"

莎兰德回头看着她说："我不想和你讨论麦可。"

"好。"安妮卡说。她来到厄斯塔街路口，未过街便将车停到一旁，问道："这里可以吗？"

"可以。"

她们静静坐了片刻。莎兰德没有转身开门，安妮卡于是熄掉引擎。

"接下来会怎么样？"莎兰德终于问道。

"从今天开始你再也不受监护了，想怎么过日子都可以。虽然在地方法院打赢了官司，却还是有一堆繁文缛节要处理，像监护局内的责任调查报告和赔偿的问题等等，还有刑事调查也会继续。"

"我不想要什么赔偿。只希望不要有人再来烦我。"

"我了解。不过你的希望起不了太大作用，这个过程不是你能控制的。我建议你给自己找个律师。"

"你不想再当我的律师了？"

安妮卡揉揉眼睛。承受了一整天的压力，她觉得自己已经油尽灯枯，现在只想回家洗个澡，让丈夫给她揉揉背。

"我不知道。你不信任我，我也不信任你。一想到这漫长的过程中，每当我提出建议或想要讨论什么事，都只换来令人沮丧的沉默，我就不想卷入。"

莎兰德好一阵子没吭声。

"我……我不擅长经营关系。但我的确是信任你的。"

听起来几近于道歉。

"也许吧。你不善于经营关系并不是我的问题,但假如我担任你的律师,这就变成我的问题了。"

沉默。

"你希望我继续当你的律师吗?"

莎兰德点点头。安妮卡叹了口气。

"我住在菲斯卡街九号,摩塞巴克广场上面。你能载我过去吗?"

安妮卡看了看她的当事人,然后发动引擎。她让莎兰德沿途报路,在离大楼不远处停下来。

"好吧。"安妮卡说,"我们就试试看。我可以受你委任,但有几个条件。当我需要联络你的时候,你要有响应。当我需要知道你希望我怎么做的时候,你要给我清楚的答案。如果我打电话说你得和警察或检察官或任何与刑事调查有关的人谈话,就表示我已经认定这是必要的,你就得准时出现在约定的地点,不能闹脾气。你可以做到吗?"

"可以。"

"只要你开始惹麻烦,我就不再当你的律师。明白吗?"

莎兰德点点头。

"还有一件事。我不想卷入你和我哥哥之间的不愉快。你跟他要是有问题,就得解决。不过希望你记住他不是你的敌人。"

"我知道。我会处理的,只是需要一点时间。"

"你现在打算做什么?"

"不知道。你可以用电子邮件和我联络,我保证会尽快答复,只是我可能不会天天收信……"

"你不会因为有一个律师而变成奴隶的。好啦,暂时就先这样。下车吧,我累死了,想回家睡觉。"

莎兰德开了门下车,正要关门时又忽然停住,好像想说什么却找不到适合的语句。这一刻,她在安妮卡眼中几乎是脆弱的。

"没关系,莉丝。"安妮卡说,"回去好好睡个觉,暂时先别惹麻烦。"

莎兰德站在路边看着安妮卡的车渐渐远去,直到尾灯消失在街角。

"谢谢。"她这才说出口。

第二十九章
七月十六日星期六至十月七日星期五

莎兰德在门厅桌上看见自己的奔迈T3，旁边则放着她在伦达路公寓门外被蓝汀袭击时弄丢的车钥匙和肩背包，另外还有寄到她在霍恩斯路的邮政信箱的邮件，有些拆了有些没拆。麦可·布隆维斯特。

她缓缓地绕了公寓摆放家具的部分一圈，到处都能看到他的痕迹。他睡过她的床，在她的桌前工作，用过她的打印机，废纸回收篮里也有《小组》的草稿和丢弃的笔记。

他买了一公升牛奶、面包、干酪、鱼子酱和一盒超大包装的比利牌厚皮比萨，放在冰箱里。

厨房餐桌上，她看到一个白色小信封，上面写了她的名字。是他留的字条，很简短，他的手机号码，如此而已。

她知道现在轮到她了。布隆维斯特不会跟她联络，他已经写完故事、交回她的公寓钥匙，他不会打电话给她。如果她想要什么，可以打电话给他。该死的猪头王八蛋。

她煮了一壶咖啡，做了四份开面三明治，然后坐到窗边的位子上眺望王室狩猎场。她点了根烟，陷入沉思。

一切都结束了，但她的生活却似乎比以往更封闭。

米莉安去了法国。都是我差点害死你。原本一想到要见米莉安就忍不住发抖，却还是决定被释放后的第一件事就是去找她。不料她去了法国。

她忽然亏欠了好多人。

潘格兰。阿曼斯基。应该去向他们道谢。罗贝多。还有瘟疫和三一。就连那些该死的警察，包柏蓝斯基和茉迪，也都很明显地站在她这边。她不喜欢亏欠人的感觉，好像成了棋盘上自己无法控制的棋子。

该死的小侦探布隆维斯特。也许还有那个脸上有酒窝、穿着昂贵服饰、浑身散发自信的该死的爱莉卡。

但一切都结束了，离开警局时安妮卡这么说。没错，庭讯是结束了，对安妮卡来说结束了，对布隆维斯特来说也结束了。他出了书，最后会上电视，很可能还会拿个什么乱七八糟的奖。

但对莎兰德来说还没结束。她后半生的第一天才刚开始。

到了凌晨四点，她不再想了。她把那身朋克服丢在卧室地板，进浴室冲了个澡，卸掉出庭时化的浓妆，穿上宽松的深色亚麻长裤、白上衣和薄夹克。接着打包过夜用的换洗内衣裤和几件上衣，穿上轻便的步行鞋。

她拿起掌上电脑，打电话叫出租车到摩塞巴克广场接她，直奔阿兰达机场，抵达时还差几分钟就六点。她看着起飞时间表，第一眼看上哪里就买了机票。她用的是自己的护照、自己的名字。没想到售票柜台和出关柜台竟没有人认出她来，或是对她的名字有反应。

她搭了早班飞机飞往马拉加，在正午的炎炎烈日下降落。她在航站楼里站了一会儿，不太知道怎么办。最后去看地图，想想来到西班牙可以做些什么。片刻过后，她决定了。她没有浪费时间研究巴士路线或其他交通方式。在机场商店内买了一副太阳眼镜后，便走到外头的出租车招呼站，爬上第一辆车的后座。

"直布罗陀。我刷信用卡。"

沿着海岸的新公路开了三个小时。出租车让她在英国的护照检查哨下车，她徒步通过国界，走到欧罗巴路上的岩石饭店，就位于四百二十五米高的独立巨石斜坡中间。她问前台有没有房间，他们说还有一间双人房，于是她订了两星期，并递出信用卡。

她淋浴后裹着浴巾坐在阳台上，眺望直布罗陀海峡，可以看见货轮和几艘游艇。隔着雾气，只能隐约看见海峡对岸的摩洛哥。感觉很平和。

过了一会儿，她进到房间躺下就睡了。

第二天早上莎兰德五点醒来,起床淋浴后,到饭店一楼的酒吧喝咖啡,七点离开饭店去买芒果和苹果。她搭乘出租车到岩顶,走向猩猩群。由于时间太早,游客少之又少,几乎只有她和动物独处。

她很喜欢直布罗陀。这个位于地中海的英国城镇,人口稠密到荒谬的地步,这是她第三次造访镇上的怪岩。直布罗陀是个非常与众不同的地方。这座殖民城镇隔离了数十年,始终不肯并入西班牙。西班牙人当然会抗议土地被占领。(但莎兰德认为只要西班牙人还占着对岸摩洛哥领土上的休达,就应该闭嘴)这是个与世隔绝却有趣的地方,镇上矗立着一块奇怪岩石,约占两平方公里城镇面积的四分之三,还有一个起点终点都是大海的机场。殖民地实在太小,每寸土地都利用到了,只要一扩建就是在海上。就连旅客进城,也得先走过机场的起跑道。

直布罗陀为"紧密生活空间"的观念赋予了全新的意义。

莎兰德看着一只巨大的公猩猩爬上小路旁的岩壁。它怒视着她。那是一只北非无尾猿。她知道最好别去抚摸那样的动物。

"哈啰,朋友。"她说道,"我回来了。"

第一次来直布罗陀时,她甚至没听说过这些猩猩。当时只是想爬到岩顶看风景,后来跟着几名游客走,才赫然发现身旁有一群猩猩在小路两旁灵活地爬来爬去。

走在一条小路上,忽然被二十多只猩猩围绕的感觉很奇妙。她小心翼翼地盯着它们看。猩猩们并不危险或粗暴,但假如被惹恼或感觉受威胁,肯定能狠狠咬你一口。

她找到一名管理员,给他看了自己那袋水果,问他能不能喂猩猩吃。他说没关系。

于是她拿出一颗芒果,放在离公猩猩有点距离的墙上。

"吃早餐。"她说完倚在墙上,咬了一口苹果。

公猩猩瞪着她,露出牙齿,随后心满意足地拿起芒果。

五天后的下午三四点时,莎兰德从哈利酒吧的凳子上跌落下来,酒吧位于大街的某巷弄内,与饭店隔着两条街。自从离开岩石上的猩猩之后,她几乎都处于酒醉状态,而且多半都是和酒吧老板哈利·欧康纳一起喝。哈利一辈子没去过爱尔兰,那口爱尔兰口音是装的。他忧心忡忡地看着莎兰德。

几天前她开始点酒喝时,他还要求看她的证件。她名叫莉丝,这他知道,他都喊她莉莉。她会在午餐过后进来,坐在吧台最尽头的高脚凳上,背靠着墙,然后喝下为数可观的啤酒或威士忌。

喝啤酒时,她不在乎品牌和种类,他倒什么她就喝什么。若是点威士忌,她总会选特拉莫尔露,只有一回她研究了吧台后面的酒瓶之后改点拉加维林。酒杯递到她面前时,她会先闻了闻,瞪着看了一会儿,然后啜一小口。她放下酒杯,又盯着看了好一会儿,表情仿佛觉得那杯中物是致命的敌人。

最后她将酒杯推到一旁,要哈利再给她倒一杯没那么难喝的东西。他另外倒了一杯特拉莫尔露,她又继续喝起来。过去四天来,她喝了将近一整瓶,至于啤酒他没算。哈利很惊讶像她这么瘦小的女孩竟然这么会喝,但他心想如果她想喝酒,就算不在他这里,也会到其他地方喝。

她喝得很慢,不跟其他客人说话,也不惹是生非,除了喝酒之外,唯一做的事好像就是玩一部偶尔会和手机联机的掌上电脑。有几次他试着找话题聊天,她却沉着脸不应声,似乎不想找伴。有时候酒吧里太多人,她会移位到外面的露天座,也有时候会到隔两道门的意大利餐馆用餐。吃过饭又会回到哈利酒吧,再点一杯特拉莫尔露。她通常会在十点离开酒吧,摇摇晃晃地离去,每次都往北走。

今天她比往常喝得更多、更快,哈利一直在留意她。见她在两个小时多一点的时间里干掉七杯特拉莫尔露,便决定不再给她倒酒,也就在此时听到她砰地一声跌落高脚凳。

他放下手中正在擦拭的杯子,绕出柜台扶她起身。她似乎生气了。

"我觉得你喝够了,莉莉。"他说。

她看着他,眼神朦胧。

"我想你说得对。"她以出奇清醒的声音说。

她一手扶着吧台,另一手从上衣口袋掏出几张纸钞,然后踉踉跄跄朝大门走去。哈利轻轻搭着她的肩膀。

"等一等。你何不到厕所去把最后那一点威士忌吐掉,然后在吧台坐一会儿?你这个样子,我不想让你走。"

她没有反对,乖乖地跟着他到厕所去。她把手指伸进喉咙。等她回到吧台,哈利倒了一大杯苏打水,她整杯喝光还打了嗝。他再倒一杯。

"你明天早上会痛苦死。"哈利说。

她点点头。

"这不关我的事,但换作是我,我会让自己清醒几天。"

她点点头,然后又走回厕所去吐。

她又在酒吧里待了一个小时,直到看起来够清醒了,哈利才让她走。她摇摇摆摆地离开酒吧,朝机场的方向走,然后沿着海岸线绕行游艇停泊港。她一直走到过了八点,等脚底下的土地不再晃动,才回饭店去。搭电梯回到房间,刷牙洗脸换衣服,再下楼到饭店酒吧点了一杯黑咖啡和一瓶矿泉水。

她坐在一根柱子旁边的隐蔽角落,静静地观察酒吧里的人。有一对三十多岁的男女正在轻声交谈,女子穿着浅色夏日洋装,男子放在桌下的手握着她的手。隔两张桌子是一个黑人家庭,男子两鬓已开始发白,女子穿着黄、黑、红色彩缤纷的美丽洋装,另外还带着两个幼儿。她继续观察一群商业人士,他们穿白衬衫打领带,外套披挂在椅背上,正在喝啤酒。她又看到一群较年长的人,无疑是美国游客,男性都戴着棒球帽,穿着 POLO 衫与宽松长裤。她看着一个穿淡色亚麻外套、灰色衬衫配深色领带的男人从街上走进来,到柜台拿了房间钥匙后才进酒吧点啤酒喝,他距离她大约三米。他拿出手机开始用德语打电话,她以观望的眼神看着。

"嗨,是你吗?……一切都还好吧?……很顺利,明天下午开下一场会……不，我想应该会解决……我至少会在这里待五六天后再去马德里……不，下个周末前不会回去……我也爱你……当然……过两天再打给你……亲亲。"

他大概一百八十五厘米再高一点，五十岁左右，也可能五十五岁，稍长的金发略转花白，下巴很短，身材已经发福，但保持得还算不错。他正在看《金融时报》。他喝完啤酒往电梯走去时，莎兰德也起身随后跟去。

他按了六楼。莎兰德站在他旁边，头靠在电梯侧边。

"我喝醉了。"她说。

他低头微笑着说："是吗？"

"我整整喝了一个星期。我猜猜看，你应该是生意人，从汉诺威或德国北部其他地方来的。结婚了，很爱老婆，还要在直布罗陀待上几天。你刚才在酒吧打电话我听到了。"

男子看着她，惊讶不已。

"我来自瑞典，现在有很强烈的做爱欲望。我不在乎你结婚了，也不要你的电话号码。"

他有点受到惊吓。

"我住七一一号房，就在你的楼上。我现在要回房间洗澡上床，如果你想陪我，半小时内来敲我的门，不然我就睡了。"

"你是在开玩笑吗？"电梯停时，他问道。

"不是。我只是懒得上酒吧去钓男人。要不要来敲我的门随便你。"

二十五分钟后，莎兰德的房外有人敲门。她裹着浴巾去开门。

"进来吧。"她说。

他进房后疑虑地四下环视。

"只有我一个人。"她说。

"你到底几岁？"

她拿起放在抽屉柜最上层的护照递给他。

"看起来比较年轻。"

"我知道。"她说着除去浴巾丢到椅子上,然后走到床边拉开床罩。

她转头看见他正盯着自己的刺青。

"这不是陷阱。我是个单身女子,会在这里住几天。我已经好几个月没做爱了。"

"为什么选上我?"

"因为你是酒吧里唯一看起来没带伴的男人。"

"我结婚了……"

"我不想知道你老婆是谁,甚至不想知道你是谁,我也不想谈社会学。我想性交。脱衣服,不然就回你的房间去。"

"就这样?"

"是啊,有何不可?你是个成年男子了,知道自己该做什么。"

他思考了整整三十秒,看起来好像要离开似的。她坐在床沿等着。他咬咬嘴唇,随后脱下裤子和衬衫,只穿着四角裤站在那里犹疑不定。

"脱掉。"莎兰德说,"我不想跟穿着内裤的人上床,而且你得用保险套。我知道自己做了什么,却不知道你做了什么。"

他脱掉短裤走到她身边,一手按着她的肩膀。当他俯身亲吻时,莎兰德闭上了眼睛。他的味道不错。她任由他将自己推倒在床上,重重地压上身来。

事务律师杰里米·麦米伦来到位于游艇停泊港上方皇后道码头布坎南馆的办公室,正要开门之际,颈背寒毛直竖。门锁已经打开了。他一开门便闻到烟草味还听到椅子的吱嘎声。此时七点不到,他第一个念头是撞见闯空门的窃贼了。

接着他闻到小厨房传出咖啡香。几秒钟后,他迟疑地跨过门槛、走下廊道,往装潢优雅的宽敞办公室探头一看,莎兰德就坐在他的办公椅上,背向着他,双脚跷在窗台上。他的个人电脑开着,她显然毫不费力便破解了他的密码,也毫不费力地打开了他的保险箱,因为她腿上正摆着他存放着最私密的信件与账本的活页夹。

"早啊，莎兰德小姐。"他终于开口。

"啊，你来了。"她说，"厨房里有刚煮好的咖啡和牛角面包。"

"谢谢。"他说完，认命地叹了口气。

这间办公室毕竟是用她的钱、依她的吩咐买的，只是没想到她会毫无预兆地出现。而且她还发现了他藏在办公桌抽屉里的一本同志色情刊物，并显然翻阅过了。

真难为情。

也或许还好。

说到莎兰德，他觉得从未见过比她更具批判性格的人，但对于他人的弱点她却从未表现过一丝轻蔑。她知道他表面上是异性恋，其实在不为人知的一面他是喜欢男人的；自从十五年前离婚后，他便开始实现自己最私密的幻想。

但说也奇怪，和她在一起我觉得很安全。

既然都已经来到直布罗陀，莎兰德决定去拜访为她处理财务的麦米伦。自从新年刚过之后，她便未再和他联络过，她想知道这段时间他有没有忙着让她破产。

不过不急，她可不是为了他才会一被释放就直奔直布罗陀。这么做是因为她热切地渴望逃离一切，而直布罗陀正是绝佳选择。她几乎醉醺醺地过了一个星期，接下来几天和那个德国生意人上床，他后来说他叫迪特，但她怀疑这不是真名，却也懒得去查证。那几天他白天开会，晚上和她一起用餐之后便回到他的或是她的房间。

他的床上功夫很不赖，莎兰德心想，只不过有点疏于练习，有时则显现不必要的粗鲁。

迪特似乎真的很惊讶，她竟会一时冲动挑上一个肥胖的德国商人，何况他原本根本无意于此。他确实结婚了，也没有在出差时出轨或打野食的习惯。但机会自动送上门来，而且还是个瘦小的刺青女郎，他实在禁不住诱惑，至少他是这么说的。

莎兰德不太在意他说什么,反正她只想放松地享受性爱,但还是感激他确实努力地满足她。到了第四个晚上,他们在一起的最后一夜,他忽然惊慌起来,开始担心太太会怎么想。莎兰德觉得他应该闭上嘴,对妻子绝口不提。

不过她没有把自己的想法告诉他。

他已经是成年人,当初也可以拒绝她的邀约。如今无论他是否感到内疚或是否向老婆坦白,都不是她的问题。她背对他躺着,听他唠叨了十五分钟,最后气得眼珠子一翻,转过身来跨骑到他身上。

"你能不能不要再烦恼那些有的没的,再给我一次高潮?"她说。

麦米伦则完全是另一回事。他对她毫无性吸引力,他是个骗子。有趣的是,他和迪特长得很像:四十八岁,有点胖,深金色鬈发开始转白。他把头发整个往后梳,露出高高的额头,戴着一副细金框眼镜。

他剑桥毕业,曾经在伦敦当商业律师兼证券经纪人,是某家以大企业以及对房地产与税务规划感兴趣的富有雅痞为主要客户的律师事务所的合伙人,一度前景看好。在活络的八十年代,他常与暴发户名人为伍,不仅酒喝得凶,还和一些人吸食可卡因,但偏偏又很不想第二天一睁眼就看到这些人躺在自己身旁。他从未被判过刑,却因为搞砸了几件案子,又醉茫茫地出席一场调解听证会,而先后失去了妻儿与工作。

他酒醒之后也没多想,便夹着尾巴逃离伦敦。为何选择直布罗陀,他不知道,但就在一九九一年和当地一名事务律师合伙,开了一家从事地下业务的小事务所,表面上处理诸如不动产规划、遗嘱之类不太起眼的事,私底下麦米伦-马克斯事务所也会协助设立邮政信箱公司,并为欧洲一些可疑人物担任守门员的工作。在莎兰德将她从瑞典金融家温纳斯壮即将垮台的帝国中偷来的二十几亿克朗交由麦米伦管理之前,他们事务所的收支几乎只是打平。

麦米伦是个骗子,这点毫无疑问,但她把他视为自家的骗子,连他自己也很惊讶在处理她的事务上竟能如此诚实。她起先只是雇用他做一项简单的工作。他以微薄的酬劳设立好几家邮政信箱公司供她使用，她各放了一百万美元进去。她曾以电话和他联络，始终只是个遥远的声音。他从未试图打探这些钱的来源，只是照她的吩咐做，然后拿百分之五的佣金。过了一阵子，她转了一大笔钱要他用来成立黄蜂企业，接着购买斯德哥尔摩的一间豪宅。与莎兰德的交易尽管仍只是小额外快，但利润愈来愈高了。

两个月后，她来到直布罗陀，并打电话邀他到岩石饭店的房间一起用餐，这间饭店在直布罗陀即使不是最大也肯定是最有名的一间。他其实不太知道自己有何预期，但实在不敢相信客户竟是这个仿佛才十来岁、像个娃娃一样的女孩。他心想八成是被当成恶作剧的对象给耍了。

他很快就改变了想法。这个奇怪的女孩和他说话丝毫不带情感，从来不笑也不展现丝毫热情，甚至连冷淡也没有。短短几分钟内，她便将他一直小心维护的专业体面形象完全抹杀，他呆坐在那里无法动弹。

"你想要什么？"他问道。

"我偷了一笔钱。"她非常严肃地回答，"我需要找个骗子来处理一下。"

他瞪着她，暗自怀疑这女孩不正常，但还是假装配合。也许可以设个骗局，从她身上捞到一点好处。接下来当她解释这笔钱是从谁那儿，又是如何偷来的，金额有多少时，他简直有如五雷轰顶。温纳斯壮事件是全球国际金融圈最热门的话题。

"我明白了。"

他脑中闪过许多可能性。

"你是个杰出的商业律师兼证券经纪人。如果你很笨，就拿不到你在八十年代做的工作。不过你却做出笨蛋行为，害自己被炒鱿鱼。"

他畏缩了一下。

"将来我会是你唯一的客户。"

她用一种他前所未见的纯真表情看着他。

"我有两个条件。第一，你绝对绝对不能犯罪或卷入可能给我们制造麻烦的事情，而导致有关当局注意到我的公司和账户。第二，绝对不要跟我说谎，绝对，一次也不行，不管什么原因都不行。假如你说谎，我们的业务关系马上终止，要是惹毛了我，我会毁掉你。"

她替他倒了杯酒。

"你没有理由对我说谎，因为你一生中值得知道的事我都知道了。我知道你旺季一个月赚多少，淡季一个月赚多少。我知道你花费多少。我知道你的钱其实从来就不够花。我知道你的长期和短期债务总共欠十二万英镑，而且总会冒险偷一点钱来付贷款。你穿昂贵的衣服努力维护门面，实际上却很落魄，都已经几个月没买一件新的运动夹克。倒是两个星期前曾经拿旧夹克去补衬里。你以前会搜集善本书，但已开始慢慢出售，上个月才以七百六十英镑卖出一本早期出版的《孤雏泪》。"

她不再出声，只是目不转睛地看着他。他干咽了一口口水。

"其实你上星期大赚了一笔。诈骗那个委托你的寡妇，手法相当高明。你偷了她六千英镑，她可能永远也不会发现。"

"你怎么会知道这个？"

"我知道你结过婚，有两个孩子在英国却不想见你，离婚后生活起了巨变，现在以同性恋的关系为主。你可能觉得羞耻，所以避免进出同志俱乐部，也尽量不和男性友人一同出现在城里。你常常越过边界到西班牙去和男人约会。"

麦米伦震惊到了极点，也忽然感到恐惧。不知道她是怎么得知这些信息，但光是这些便足以毁灭他。

"这话我只说一次。你跟谁做爱是你的事，与我无关。我想知道你是什么样的人，但绝不会利用我知道的事去威胁或勒索你。"

麦米伦不是傻瓜。他当然非常清楚她对自己所知的一切已经构成威胁，控制权在她手上。有那么一刻，他真想把她揪起来丢出露台，但最后压抑了下来。他这辈子从未如此害怕过。

"你想要什么？"他强自镇定地问。

"我要和你合伙。你把现在手边的其他业务都结束掉,只为我工作。我的公司能让你赚很多钱,多到你做梦也想不到。"

她将自己要他做的事以及希望他怎么安排的方式解释了一遍。

"我要隐身幕后。"她说,"所有事情都由你来代我管理。一切都要合法。我自己赚的钱不会和我们共同的事业扯上任何关系。"

"我懂了。"

"你有一个星期可以解决其他客户,终止所有的小计谋。"

他也明白这个提议是千载难逢的机会,考虑了六十秒钟后答应了。他只有一个问题。

"你怎么知道我不会坑你?"

"想都别想,不然你凄惨的下半辈子都会后悔。"

他没有理由作弊。莎兰德提出的条件有可能让他从此脱离困境,若只为一点蝇头小利而冒险未免太愚蠢。只要他够谨慎,不要在账目上出错,未来就有保障了。

因此他没想过要坑莎兰德小姐。

他很诚实地,或者应该说以一个穷途末路的律师最诚实的态度,管理一笔天文数字般的赃款。

莎兰德对于财务管理毫无兴趣。麦米伦的工作就是替她投资,并随时有足够的钱支付她的信用卡。她会告诉他钱怎么处理,他只要照着做就是了。

大部分的钱都投资在优质基金,可以让她后半辈子即使生活挥霍无度,经济也能独立自主。她的信用卡费用就是用这些基金支付的。

剩下的钱他可以自由利用与投资,只要不沾上任何可能招惹警察的事就行了。她禁止他犯一些愚蠢的小罪或设一些低劣的骗局,否则倒霉的话可能会被调查,连带她也会受到盘查。

最后只剩一件事要谈,就是他的酬劳。

"我会先预付你五十万英镑,你可以用这笔钱去还清债务,剩下的也还不少。然后你得自己赚钱。你要用我们俩的名义开一家公司,公司盈利你拿百分之二十。我要你够有钱以免心生歹念,但又不能太有钱以免变得怠惰。"

他从前一年二月一日开始新工作,到了三月底便还清所有债务,个人财务状况也稳定下来。莎兰德坚持要他先打理好自己的事,解决所有债务。五月时,他与酗酒的同事乔治·马克斯解除合伙关系,虽然对昔日的伙伴有点过意不去,但让他涉入莎兰德的业务是绝不可能的。

七月初他找莎兰德谈论了此事。当时她毫无预兆地回到直布罗陀,发现麦米伦的办公地点在自己的住处,而不是原先的办公室。

"我的合伙人是个酒鬼,无法处理这些事情,而且可能是个巨大的危险因子。可是十五年前他找我合伙,救过我一命。"

她凝视着麦米伦的脸,思考了一会儿。

"我明白了,你是个忠心的骗子,这或许是值得赞许的优点。我建议你开个小额账户让他玩玩,顺便确保他每个月有几千克朗的进账,日子可以过得下去。"

"你没关系吗?"

她点点头,环顾了一下他的单身公寓。他住在医院附近巷弄内的公寓,附有一个小厨房。这地方唯一可取之处就是景色。但话说回来,这样的景色在直布罗陀随处可见。

"你需要一个办公室和好一点的住处。"她说。

"我没时间。"他说。

于是她便出去替他找办公室,最后选了位于皇后道码头布坎南馆内一个一百三十平方米大的地方,还有一个面海的小阳台,这里肯定是直布罗陀的高级地段。她还聘请室内设计师进行翻新装潢。

麦米伦还记得当自己忙着处理文件之际,莎兰德亲自监督装设了警报器、电脑设备与保险箱,就是今天早上他进办公室时她已经翻搜过的那个。

"我遇上麻烦了吗?"他问道。

她放下正在浏览的信函活页夹。

"不，麦米伦，你没有遇上麻烦。"

"那就好。"他说着给自己倒了杯咖啡，"你总会在最意想不到的时候出现。"

"我最近很忙。我只是想知道现在情况如何。"

"据我所知，你涉嫌杀了三个人、头部中弹还因为各式各样的罪名被起诉。我担心了好一阵子，以为你入狱了。你该不是越狱逃跑吧？"

"不是，我被判无罪开释了。你听说了多少？"

他迟疑了一下。"是这样的，我一听说你有麻烦，就请一家翻译社搜寻瑞典媒体报道，定期给我最新消息。一切细节我都很清楚。"

"如果你的消息都是从报上看来的，那么你什么也不清楚。不过我敢说你发现了我的一些秘密。"

他点点头。

"接下来要怎么办？"他问道。

她吃惊地看他一眼。"没怎么办，还是跟以前一样。我在瑞典的问题对我们的关系毫无影响。跟我说说我不在的时候发生了什么事。你情况还好吧？"

"我没喝酒，如果你想问的是这个。"

"不是。只要不危害我们的事业，你的私生活与我无关。我是说比起一年前，我是更有钱还是更穷？"

他拉过一张访客椅坐下。其实他并不在意她坐他的椅子。

"你汇了二十四亿给我，我们用两亿替你投资基金，其他的由我全权处理。"

"所以呢？"

"你的个人基金只多出利息。我可以让你增加收益，只要……"

"我对增加收益没兴趣。"

"好吧，你花的钱微不足道，主要的支出就是我替你买的公寓和你为那个潘格兰律师设立的基金会，其余花费都很正常。利率还算不错，所以差不多打平。"

"好。"

"其他的我拿去投资了。去年获利不多,我有点生疏了,所以又花时间重新熟悉市场。前段时间只有支出,直到今年才开始有收入。从今年初起大约赚进七百万,我是说美元。"

"其中你拿百分之二十。"

"其中我拿百分之二十。"

"你满意吗?"

"我在六个月内赚了一百多万美元。是的,我很满意。"

"你要知道……人不应该太贪心。当你满意的时候可以减少工作时间,只要偶尔花几个小时留意我的事就行了。"

"一亿美元。"他说。

"什么?"

"等我赚到一亿美元就收山。我生命中有你出现是件好事,我有很多事想跟你谈谈。"

"说吧。"

他两手往上高举。

"这么多钱实在把我吓死了,我不知道如何处理。我不知道公司除了赚钱还有什么目的。这些钱又要做什么用?"

"我不知道。"

"我也是。但赚钱本身也可能变成目的,这太疯狂了,所以我决定一旦给自己赚进一亿就从此罢手,不想再承担任何责任。"

"好啊。"

"但在我结束之前,希望你能决定将来如何管理这笔钱。总得要有个目标、方针和某种可以接手的组织。"

"嗯。"

"现在这种经营方式根本不可行。我已经分配好了,一部分金额作固定的长期投资,房地产、有价证券等。电脑上有完整的列表。"

"我看过了。"

"另一半我拿去作投机买卖,但因为金额太大很难追踪,所以我在泽西成立了一家投资公司。目前你在伦敦有六名员工。两个是年轻又优秀的经纪人,还有几个办公职员。"

"黄舞厅有限公司?我还在想那会是什么呢!"

"是我们的公司。在直布罗陀这里我雇用了一个秘书和一个前途看好的年轻律师。对了,他们再过半个小时就会到。"

"我知道。莫莉·佛林特,四十一岁,和布莱恩·狄莱尼,二十六岁。"

"你想见他们吗?"

"不用。布莱恩是你的情人吗?"

"什么?不是。"他似乎很震惊,"我不会公私不……"

"好。"

"顺带一提,我对年轻小伙子没兴趣……我是说缺乏经验的那些。"

"对……成熟健壮的男人比乳臭未干的小子更吸引你,这还是不关我的事,不过麦米伦……"

"什么?"

"小心点。"

本来莎兰德并不打算在直布罗陀待超过两个星期,她心想两星期刚好足够让自己厘清现状,但却忽然发现不知道要做什么或该上哪去,于是一住便是三个月。她每天会收一次信,难得几次安妮卡来信联络,她也会立刻回复,只是没有告诉她自己身在何处。至于其他电子邮件,她一概不回。

她还是会上哈利酒吧,但现在只是晚上来喝个一两杯啤酒。白天大部分时间都待在饭店,要不是在阳台就是在床上。曾和一名三十岁的皇家海军军官发生过关系,不过纯粹是一夜情,而且十分无趣。

她觉得无聊了。

十月初某日,她和麦米伦一块吃晚饭。她停留的这段时间,他们只见过几次面。此时天色暗了,他们喝着一种果香浓郁的白酒,一面讨论她那数十亿的用途。说到一半,他出其不意地问她有什么心烦的事。

她端详了他许久,一面暗自琢磨。随后也同样出其不意地说出自己与米莉安的关系,以及米莉安如何差点被殴致死的经过。而这都要怪她莉丝。除了托安妮卡问候过一次之外,莎兰德毫无米莉安的音讯。现在她人去了法国。

麦米伦默默地听着。

"你爱她吗?"他最后问道。

莎兰德摇摇头。

"不,我想我不是那种会爱人的人。她是我的朋友,而且我们发生过关系。"

"没有人能不爱人。"他说,"他们也许想否认,但友谊很可能是最常见的一种爱。"

她惊讶地看着他。

"如果我说些你私人的事,你不会生气吧?"

"不会。"

"拜托你,去巴黎吧。"他说。

她在下午两点半降落在戴高乐机场,搭上机场巴士前往凯旋门,在附近一带闲晃了两个小时,想找下榻的饭店。她朝着塞纳河往南走,最后在哥白尼街找到一家小旅馆叫"维克多·雨果"。

她冲澡之后打电话给米莉安。当天晚上两人在圣母院附近一家酒吧碰面,米莉安穿了一件白衬衫外搭夹克,看起来美极了,莎兰德顿时感到羞怯。她们互相亲吻脸颊。

"对不起,没打电话给你,你开庭的时候我也没去。"米莉安说。

"没关系,反正庭讯也是禁止旁听。"

"我在医院待了三个星期,后来回到伦达路以后整个一团乱,晚上都睡不着,一直做噩梦梦见那个王八蛋尼德曼。我打电话给我母亲,跟她说我想来巴黎。"

莎兰德说她明白。

"请你原谅我。"米莉安说。

"别傻了，我才是来这里请求你原谅我的。"

"为什么？"

"我当时没想仔细。我万万没想到把旧公寓让给你住，会让你面临那么大的危险。你差点遇害都是我的错，你恨我也是应该的。"

米莉安似乎不敢置信。"莉丝，我从来没这样想。企图杀我的人是尼德曼，不是你。"

她们沉默对坐片刻。

"好吧。"莎兰德终于开口。

"对。"米莉安应道。

"我追你追到这里来不是因为我爱你。"莎兰德说。

米莉安点点头。

"我们做爱的感觉很棒，但我并不爱你。"

"莉丝，我想……"

"我只是想说我希望你……哎呀！"

"什么？"

"我没有太多朋友……"

米莉安又点头。"我会在巴黎待一阵子。在瑞典念书念得乱七八糟，所以转到这儿的大学注册，应该至少会待一学年。之后我也不知道，不过我终究会回斯德哥尔摩。我现在还在付伦达路的管理费，那间公寓我打算留下，如果你没意见的话。"

"那是你的公寓，你想怎么样就怎么样。"

"莉丝，你是个非常特别的人。"米莉安说，"我还是想当你的朋友。"

她们聊了两个小时。莎兰德没有理由向米莉安隐瞒自己的过去，凡是能看到瑞典报纸的人都知道札拉千科的事，而且米莉安还兴致勃勃地密切留意相关报道。她也向莎兰德详细叙述那天晚上罗贝多在尼克瓦恩救她一命的经过。

接着她们一起回到米莉安在大学附近的学生宿舍。

尾声　遗产清单
十二月二日星期五至十二月十八日星期天

安妮卡和莎兰德约九点在梭德拉剧院的酒吧碰面，莎兰德喝啤酒，而且快喝完第二杯了。

"抱歉我来晚了。"安妮卡瞄着手表说，"刚才有个人要应付。"

"没关系。"莎兰德说。

"你在庆祝什么？"

"没有，只是想喝醉。"

安妮卡狐疑地看着她，然后坐下。

"你经常有这种感觉吗？"

"我被释放后喝得烂醉，不过没有酗酒的倾向。我只是想到这辈子我第一次可以在瑞典合法地喝醉酒。"

安妮卡点了一杯金巴利酒。

"好吧。你想一个人喝，还是想有个伴？"她问道。

"最好是一个人，但如果你话不多，可以跟我一起坐。我想你应该不想和我回家做爱。"

"你说什么？"安妮卡惊讶地问。

"没错，我不该这样想。你是那种根深蒂固的异性恋者。"

安妮卡忽然觉得有趣。

"我这辈子第一次有当事人提议要跟我上床。"

"有兴趣吗？"

"没有，一点也没有，抱歉。但还是谢谢你的提议。"

"那么你有什么事呢，大律师？"

"两件事。要么我现在马上终止你的委任，要么我打电话你就得接。你被释放的时候我们就讨论过了。"

莎兰德望着安妮卡。

"我已经找你一个星期,又打电话又寄信又发邮件。"

"我出门去了。"

"事实上几乎一整个秋天都找不到你的人,这样真的不行。我说我会代表你和政府进行一切协商,这里头有程序要跑、有文件要签名、有问题要回答,我必须能联络上你,我可不想像个白痴一样不知道你跑哪去了。"

"我后来又离开了两个星期,昨天回家以后,一知道你找我就马上打电话了。"

"这样还不够。你得让我知道你在哪里,每星期至少联络一次,直到这些赔偿事宜全部解决为止。"

"我才不要什么赔偿,我只要政府让我清静一点。"

"可是不管你多想,政府都不会让你清静。你的无罪开释启动了一长串的后续发展,而且不止关系到你。泰勒波利安将因为他对你做的事而被起诉,你必须出面作证;埃克斯壮因为失职要接受调查,如果最后发现他听命于'小组'而故意忽视职责,恐怕也会被起诉。"

莎兰德双眉高耸,一度显得颇感兴趣。

"但我想应该不会,他是被'小组'诱入陷阱,事实上和他们并无关联。不过就在上个星期,某位检察官针对监护局启动初步调查,有几份报告送交国会监察专员,还有一份送到司法部。"

"我没有投诉任何人。"

"没错,但那很明显是严重失职,影响到的人不止你一个。"

莎兰德耸耸肩。"这和我无关。但我答应你会更密切联络,前两个星期是例外情形。我在工作。"

安妮卡似乎并不相信。"你在做什么?"

"咨询。"

"我明白了,"她说,"另一件事,遗产清单已经准备好了。"

"什么遗产清单?"

"你父亲的。因为好像没有人找得到你,所以政府的法定代理人找上了我。你和你妹妹是他仅有的继承人。"

莎兰德面无表情地看着安妮卡。随后招引女侍注意，并指指自己的酒杯。

"我不要继承我父亲的任何东西。你想怎么办就怎么办吧。"

"错。是你想怎么处理遗产就怎么处理，我只是负责让你有机会这么做。"

"我不会拿那只猪的一毛钱。"

"那就把钱捐给绿色和平或其他组织。"

"我才不鲸鱼呢。"

安妮卡的口气忽然变得轻柔。"莉丝，如果你要当一个负法律责任的公民，那么从现在起就要做出样子来。我一点也不在乎你怎么处理你的钱。只要你在这里签收以后，就可以清清静静地买醉了。"

莎兰德瞄她一眼，然后低头看着桌子。安妮卡认为这是一种妥协的姿态，在莎兰德有限的表情中应该相当于道歉。

"金额有多大？"

"不算小。你父亲有价值三十万克朗左右的股票，哥塞柏加的土地市值约一百五十万，其中包括一块小林地。另外还有其他资产。"

"什么样的资产？"

"他好像投资了不少钱。价值都不大，但他在乌德瓦拉拥有一栋包含六间公寓的小楼房，为他带来些许租金收入。不过建筑物的状况不是很好，他没有费心维修，甚至还被租屋委员会给公告出来。卖掉的话不会一夕致富，但能赚一笔。他在斯莫兰还有一间避暑小屋，价值约二十五万克朗。另外北泰利耶郊区还有一个荒废的工业用地。"

"他到底买这些破烂东西做什么？"

"我不知道。不过遗产扣税后还有四百多万克朗的价值，只是……"

"只是什么？"

"遗产得由你和妹妹平分。问题是没有人知道你妹妹在哪里。"

莎兰德看着安妮卡，一言不发。

"所以呢？"

"所以什么？"

"你妹妹在哪里？"

"不知道。我已经十年没见到她。"

"她的档案被列为机密，但从记录看来她人好像不在国内。"

"喔。"莎兰德虚应一声。

安妮卡气恼地叹了口气。

"我会建议清算所有的资产，然后将一半的金额存入银行，直到找到你妹妹为止。只要你点头，我就开始协商。"

莎兰德耸耸肩。"我不想和他的钱有任何牵连。"

"我明白。但账还是得算清楚，这是你身为公民的一部分责任。"

"那就把那些乱七八糟的东西全卖了，一半存进银行，另一半你爱给谁就给谁。"

安妮卡直愣愣地瞪着她。虽然知道莎兰德有自己的钱，却没想到这个当事人富裕到不把至少一百万克朗的遗产放在眼里。再者，她完全不知道莎兰德的钱有多少，又是从哪来。但无论如何，她一心只想赶紧结束这所有的行政程序。

"莉丝，拜托……你能不能把遗产清单看一遍，让我好办事，也可以赶快把这件事给解决了？"

莎兰德嘟哝抱怨了一会儿，最后还是点头，将活页夹塞进肩背包。她答应会在看完后，告诉安妮卡该怎么做，接着又开始喝起啤酒。安妮卡陪了她一小时，喝的多半是矿泉水。

一直到几天后安妮卡来电提醒关于遗产清单的事，莎兰德才拿出皱巴巴的文件，坐到餐桌旁，把纸抚平后开始读起来。

清单共有几页，各种各样的垃圾都详细列举出来，像哥塞柏加橱柜里的瓷器、衣物、相机与其他私人财产。札拉千科留下的东西实际价值都不高，对莎兰德而言也毫无情感价值。她确定了，当时在剧院酒吧与安妮卡碰面时的态度依然没变。把这些烂东西都卖了，钱送出去，或者怎么样都好。父亲的财产，她肯定是一毛钱也不要，但她也很确定札拉千科真正的资产藏在税务稽查员都查不到的地方。"

接着她翻开北泰利耶的土地所有权证书。

这是一处工业用地,上有三栋建物,共占地两万平方米,地点位于北泰利耶与凌波之间的榭德里一带。

遗产管理人似乎大概勘查过现场,记录说那是一栋老旧砖厂,六十年代关闭后多少已经清空废置,只有七十年代一段时期曾用来存放木材。记录上还写建筑"状况极差",几乎不可能翻修作其他用途。"北栋建筑"也被形容为"状况极差",其实根本已经被火焚毁。"主建筑"则做过一些修缮工作。

令莎兰德感到吃惊的是这块地的历史。札拉千科在一九八四年三月十二日,以极低的价钱买下这块地,但买卖合约上签名的人是安奈妲·苏菲亚·莎兰德。

如此说来莎兰德的母亲才是真正的地主。不过她的所有权到一九八七年便终止了。札拉千科以两千克朗买下土地后,就这样弃置不用十五年。清单上显示二〇〇三年九月十七日,KAB 进口公司聘请了诺毕格建筑公司前来翻修,包括整修地板与屋顶,以及更新排水与电力系统。整修工作进行了两个月,直到十一月底才中断。诺毕格送来请款单,费用也付清了。

在她父亲所有的遗产当中,这是唯一令人不解的一项。莎兰德十分困惑。假如父亲想让外界觉得 KAB 进口公司做的是合法事业或拥有某些资产,这块工业用地的所有权可以说得通。先用她母亲的名义购买,再以低价买回的做法也说得通。

但他到底为什么要花四十四万克朗翻修一栋摇摇欲坠的建筑?而且根据遗产管理员的记录,这栋建筑在二〇〇五年仍然完全没有使用。

她想不通,但也不打算浪费时间去多想。她合上活页夹,打了电话给安妮卡。

"清单我看过了,还是那句老话,把那些烂东西卖了,钱你爱怎么处理都行。他的东西我一样也不要。"

"很好。我会安排将属于你妹妹的那一半存入银行账户,也会为剩下的钱找一些适当的受赠人。"

"好。"莎兰德没有多谈就挂上电话。

她坐在窗边点起香烟,看着外头的盐湖。

接下来一星期,莎兰德协助阿曼斯基处理一桩紧急事务,追踪一名儿童绑架犯的身份。有一名瑞典妇女正在和黎巴嫩籍的丈夫办离婚,并争夺孩子的监护权,嫌疑犯很可能受雇于其中一人。莎兰德的任务就是检查涉嫌教唆绑架的人的电子邮件。当双方循法律途径解决后,米尔顿安保扮演的角色也随之下场。

十二月十八日,圣诞节前的星期天,莎兰德在六点醒来,想起得买个礼物送潘格兰。她还想了一下是不是也应该送礼给其他人,比方说安妮卡。她起床后温吞吞地冲了个澡,然后吃干酪果酱奶酪、喝咖啡当早餐。

这天没有特别的计划,花了点时间清理桌上的纸张和杂志,忽然目光落在遗产清单的活页夹上。她翻开来,将有关北泰利耶土地所有权登记的那一页重新看了一次。她叹了口气。好吧,我得去瞧瞧他到底在那里搞什么鬼。

她穿上保暖的衣服和靴子。将酒红色本田开出菲斯卡街九号楼下车库时,是早上八点半。外头冷冽却美丽,阳光闪耀,天空蔚蓝。她行经斯鲁森和克拉拉贝尔环行道,迂回绕上 E18 公路,朝北泰利耶方向北行。她慢慢地开。十点,转进榭德里郊外数公里处一家汽车加油站商店,想问问旧砖厂怎么走。刚停好车就发现根本不必问。

从她所在的山坡地,马路对面整片山谷正好一览无遗。左手边北泰利耶方向可以看到一间涂料仓库、一个堆放建材的院子,还有另一个院子停放推土机。右手边在工厂区边缘,距离马路约四百码处,有一栋破落的砖造建筑,高耸的烟囱已然倾倒。屹立的工厂犹如整个厂区的最后哨兵,有点孤零零地坐落在道路与小溪的另一头。她若有所思地观望着那栋建筑,自问到底是哪根筋不对竟大老远开车到北泰利耶来。

她转身瞄向汽车加油站，一辆印有国际公路运输联盟徽章的长途货运车刚刚驶进来。她这才想起此处是通往卡佩薛尔码头的主要道路，瑞典经由这个码头与波罗的海诸国的货运往来十分频繁。

她启动引擎，上路驶往旧砖厂，将车停在院子中央后下车。户外的气温在零度以下，她戴上黑色针织帽和皮手套。

主建筑有两层楼。一楼的窗户全部用三夹板钉死了，也看得出二楼许多窗户都被打破。工厂的规模比她想象的还要大，荒废的程度令人难以置信。看不出有整修过的痕迹。丝毫没有人影，但有人把一个用过的保险套丢在院子里，外墙上也布满涂鸦。

札拉千科为什么要买下这栋建筑？

她绕过工厂，发现后方那摇摇欲坠的北栋建筑。由于主建筑的门都上了锁，她失望之余开始打量一扇侧门。其他门都用挂锁外加铁栓和镀锌钢条封锁住，似乎只有山形墙那面的锁比较不坚固，只用钉子粗略地固定。该死，这是我的地方呀。她四下搜寻，在一堆废弃物中找到一根细铁管，便用来撬开固定挂锁的钉子。

她走进楼梯井，那里有一道门通往一楼厂区。因为窗户被钉死，里面一片漆黑，只有木板边缘的缝隙渗入几丝光线。她静静站立几分钟，直到眼睛适应黑暗。这时她看见一个大约四十五米长、二十米宽，有粗大柱子支撑的工作坊，里面堆满大量垃圾、木栈板、老旧机器零件与木材。旧砖炉似乎已拆除，取而代之的是几个大水池，和地面上大片发霉的痕迹。整座废墟散发出凝滞的臭味，她嫌恶地皱皱鼻子。

她转身爬上楼梯。楼上干燥，分隔成两个类似的房间，每间约二十米见方，高度至少有八米。在接近天花板之处有一些高不可及的窗户，虽看不到外面景象却光线充足。楼上也和楼下一样堆满破烂。堆着数十个一米高的货箱，她抓住其中一个，却移动不了。箱子上写着：机器零件〇-A七七，底下一行似乎是同义的俄文。她发现第一个房间墙面中央有一架货物升降机。

这像是存放机器的仓库，但让机器放着生锈可赚不了钱。

她走进里面的房间，看来应该是当初整修的地方。里面还是乱七八糟的垃圾、箱子和办公室旧家具，活像个迷宫。有一部分地板露出水泥底，铺上了新的木地板。莎兰德猜想翻修工程是突然中断。工具、一把横锯和一把圆锯、一把钉枪、一支铁撬棍、一根铁杆和工具箱都还在。她不由得蹙眉。就算工程中断了，工匠也应该会将工具带走。当她拿起一把螺丝起子放到光线下，看见手把处写着俄文，这个问题也就有了答案。工具是札拉千科进口的，很可能连工人也是。

她按下圆锯开关，绿灯亮起。有电力。她随即关掉。

房间最内侧有三道门通往更小的房间，可能是旧办公室。她扳了扳北侧那间的门把，锁住了，便回到堆放工具处拿铁撬棍，花了一点时间才破门而入。

室内伸手不见五指，并有一股霉味。她用手顺着墙摸索，找到一个开关，点亮了天花板一盏裸露灯泡。莎兰德诧异地环顾一周。

房间里有三张床垫脏污的床，地上还有另外三张床垫。污秽不堪的床单四处散置。右手边有一个双口电炉，生锈的水龙头旁边放了几个锅。角落里则摆着一个马口铁桶和一卷卫生纸。

有人在这住过。而且不止一个。

接着她发现门的内侧没有把手，登时一股寒意窜下脊背。

房间最里边有一个大大的家庭日用织品柜。她打开后发现两个行李箱，上面的箱子里有一些衣服。她随手翻弄了一下，拿起一件有俄文标签的洋装，又找到一个手提包，把里面的东西倒在地板上，在化妆品与其他小东西当中混着一本护照，是一个深色头发的年轻女子所有。那是一本俄国护照，她拼出持照人的名字叫瓦伦蒂娜。

莎兰德缓缓走出房间，感觉似曾相识。两年半前，她也曾在海泽比的某个地下室检视过类似的犯罪现场。女性的衣服。一座监狱。她站立许久，寻思着。令她困扰的是护照和衣服被留在这里。感觉不对。

随后她走回混杂的工具堆东翻西找，最后找到一支强力手电筒。

她查看电池发现还有电,便下楼到较大的工作坊。地面上一摊摊的水渗进她的靴子。

愈接近工作坊,恶心的腐臭味愈浓,来到正中央处似乎最臭。她走到其中一个砖炉基座旁站定,看见里头的水几乎就要溢出来。她拿起手电筒照向乌黑水面,却什么也看不见。部分水面上覆盖着水草,形成一片绿色黏稠物。她在一旁发现一根长铁棍,便拿来插入水池搅动。水深约莫只有五十厘米,铁棍几乎马上就碰到硬物。她左右摆弄了几秒钟后,一具尸体浮出水面,脸朝上,一副龇牙咧嘴的死亡与腐烂面具。莎兰德吐了一口气,借着光线注视那张脸,发现是个女人,也许就是护照照片中的那个。她对于在冰凉死水中的腐烂速度毫无概念,但尸体看起来已经浸泡许久。

水面上好像有东西在移动。蛆之类的吧。

她让尸体沉回水底,拿铁棍继续搅动,在水池边又碰到东西,或许是另一具尸体。她没有把它捞起来,直接抽出铁棍丢到地上,然后站在水池边沉思。

莎兰德重新上楼,用铁棍撬开中间那扇门。房里是空的。

她走到最后一扇门前,将铁棍插进去,但还没用力门就啪一声开出一条缝。本来就没锁。她以棍子轻轻推开门,四下看了看。

这个房间大约三十米见方,有一扇普通高度的窗子,可以看见砖厂前方的院子,还能看见山坡上的汽车加油站。里面有一张床、一张桌子和一个堆了盘子的水槽。接着她看到地上有个摊开来的袋子,里面装着钞票。她诧异地上前两步,才留意到房里很温暖,中央有个电暖器,紧接着又看到咖啡机的红灯亮着。

现在有人住在这里。建筑物里除了她还有别人。

她猛然转身奔出内室的门,冲向外面工作坊的出口,但却在距离楼梯井五步处停下来,因为出口已经被关上并上了挂锁。她被反锁了。她慢慢地转身,往四面八方张望,但没有人。

"哈啰,小妹。"右手边传来一个愉快的声音。

她一转头便看见尼德曼的巨大身形从几个货箱背后冒出来。

他手里握着一把大刀子。

"我一直希望能有机会再见到你。"尼德曼说,"上次一切都发生得太快了。"

莎兰德左顾右盼。

"别费心了。"尼德曼说,"这里只有你和我,而且除了你身后那道上锁的门之外,没有其他出口。"

莎兰德将目光转向同父异母的哥哥。

"手怎么样了?"她问道。

尼德曼微笑看着她,同时举起右手来,小指不见了。

"受感染,我把它切掉了。"

尼德曼没有痛觉。那天在哥塞柏加,莎兰德用铁锹划伤他的手,就在札拉千科拿枪射她的头之前几秒钟。

"我真应该瞄准你的头。"莎兰德口气平淡地说,"你在这里搞什么?我以为你几个月前就出国去了。"

他又再次露出微笑。

莎兰德问他在这座倾圮的砖厂做什么,即使尼德曼想回答恐怕也难以解释清楚。因为他自己也弄不明白。

当时是带着解脱的心情离开哥塞柏加。他指望着札拉千科一死,自己就能接手事业。他自知自己是个杰出的组织人才。

他在阿林索斯换车,将吓破胆的牙科护士卡斯培森丢进后车厢,驶往波洛斯。他事先没有计划,到哪都是临时起意,也没有想过如何处置卡斯培森。她是死是活都无所谓,但这是个麻烦的证人,恐怕不得不处理掉。到了波洛斯郊外某处,他忽然想到可以不同方式利用她。于是他转往南行,在赛格罗拉外围发现一座荒僻的树林。他将护士绑起来,丢在一间谷仓内,心想她应该能在数小时内逃脱,并引导警方往南追。假如她没能挣脱,而在谷仓内饿死或冻死也没关系,那不是他的问题。

随后他开车回波洛斯，再接着往东开向斯德哥尔摩。他直接来到硫磺湖，但避开了俱乐部。蓝汀人在牢里真不方便。他改而找上俱乐部的"卫士"华达利，说自己想找个藏身处，华达利便将他送到俱乐部财务叶朗森那儿去。但他只待了几小时。

理论上，尼德曼不需要担心钱。他在哥塞柏加留了将近二十万克朗，已经汇出国外的金额更是大得多。目前的问题是缺现金。叶朗森负责硫磺湖摩托车俱乐部的财务，尼德曼轻易便说服他带他到谷仓里的现金柜。尼德曼运气不错，一下子就有了八十万克朗。

他隐约记得屋里还有一个女人，却忘了自己如何处置她。

叶朗森还提供了一辆警方尚未开始搜寻的车。尼德曼往北行，大概的计划是到卡佩薛尔搭渡轮前往塔林。

到达卡佩薛尔后，他在停车场坐了半小时，观察附近的情势。到处有警察窜动。

他毫无目标地继续往前行驶，需要一个地方藏身一阵子。经过北泰利耶时，他想起了旧砖厂。自从翻修工程后，已经一年多想都没想到这里。朗塔兄弟哈利与阿托将砖厂当仓库，储放从波罗的海港口进出的货物，不过自从那个记者达格开始到处打探卖淫事件，他们俩已经出国好几个星期。砖厂应该是空着的。

他将叶朗森的萨博开到工厂后方一间库房，人则进入工厂。他撬开一楼的一道门，接着第一件事就是将一楼侧边一块三夹板弄松当做紧急逃生口，其次将坏了的挂锁换掉，然后住进楼上一间舒适的房间。

过了一整个下午，他才听到墙外传来声响。起初以为是经常萦绕在他周遭的幽灵，便警觉地坐定倾听，将近一小时后才起身走到工作坊外面好听得更仔细些。一开始没听见什么，但他耐心地站在原地，终于又听到窸窸窣窣的声音。

他在水槽边找到钥匙。

打开门一看竟发现里面有两个俄国妓女，尼德曼鲜少如此吃惊过。两人瘦得只剩皮包骨，似乎已经几个星期没吃东西，吃完最后一袋米以后便靠着茶和水维生。

其中一人过于虚弱无法下床,另一人情况好一些。她只会说俄语,但他懂的俄语让他听得出她是在感谢上帝和他救她们一命。她跪在地上,双手抱住他的腿。他把她推开后,走出房间并再次上锁。

尼德曼不知该拿这两个妓女怎么办。他在厨房找到几个罐头,热了点汤给她们吃,一面思考着。床上那个较虚弱的女子似乎稍微恢复了体力,晚上他问了她们许多问题,好一会儿才明白这两人根本不是妓女,而是付钱让朗塔兄弟把她们弄进瑞典的学生。朗塔兄弟答应会给她们签证和工作证。她们二月从卡佩薛尔来,直接就被带到仓库关起来。

尼德曼愠怒地沉下脸。那两个混账兄弟竟然瞒着札拉千科赚外快,然后把这两个女人给忘得一干二净,但也可能因为仓皇逃离瑞典而故意留下她们自生自灭。

问题是:他该怎么处置她们?没有理由伤害她们,却也不能放她们走,否则很可能会将警察引到砖厂来。这想也知道。不能送她们回俄国,因为如此一来就得开车载她们到卡佩薛尔,这似乎太困难。深色头发的女子名叫瓦伦蒂娜,曾主动表示只要他帮忙她们就愿意提供性服务。他对于和女孩做爱一点兴趣也没有,但她这么一说便也成了妓女。所有的女人都是妓女。就这么简单。

三天后,他受够了她们不断的哀求、唠叨和敲打墙壁,又想不出其他办法,于是他最后一次开门,迅速解决了问题。他请求瓦伦蒂娜原谅,接着伸出手稍一用力便扭断她脖子的第二与第三节颈椎。之后他走向躺在床上那个不知名的金发女子。她萎靡地躺着,全然无力抵抗。他将两具尸体搬下楼,丢进其中一个浸满水的坑洞。终于落得些许清静。

尼德曼原本并不打算在砖厂长住。他以为只要低调度过警方最初的搜索行动就行了。他将头发剃光,并留了半寸长的胡子,外貌亦随之改变。他找到诺毕格某个工人的一件工作裤,差不多合他穿,然后戴上贝克油漆公司的棒球帽,再将一把折叠尺插入裤管侧袋。黄昏时分,他开车到山坡上的汽车加油站商店买一些吃的,从硫磺湖摩托车俱乐部取出的钱够他花的。他看起来就像回家途中顺路进来的工人,谁也没多看他一眼。他每个星期会去买一两次,而且都在同一个时间。汽车的店员始终对他非常友善。

打从第一天开始,他就花大量的时间躲避那些住在建筑里的怪物。怪物住在墙内,晚上才现身,他可以听见它们在工作坊内到处游荡。

他把自己关在房内,几天后实在受不了了,便手持在厨房抽屉找到的一把大刀子,出来准备正面迎战怪物。非作个了结不可。

转眼间,他发现它们撤退了。他这辈子头一次能够战胜这些幽灵。他一上前,它们就退缩,可以看到它们变形的身躯和尾巴躲到货箱与柜子后面。他对着幽灵怒吼。它们逃之夭夭。

他松了口气回到温暖的房间,彻夜未眠,等着幽灵回来。它们在黎明时再次发动攻势,他也再次勇敢面对。它们又逃开来。

他在惊恐与陶醉之间来回摆荡。

他这一生始终被黑暗中的这些怪物纠缠不清,终于有这么一回觉得自己掌控了局面。他无所事事。睡觉、吃东西、思考。日子很平静。

几天的时间变成几个星期,春去夏至。他从晶体管收音机和晚报得知警方追捕杀人凶手尼德曼的行动趋缓了,他还津津有味地读着札拉千科命案的报道。真可笑。一个精神病人解决了札拉千科。到了七月,莎兰德开庭的报道再次引发他的兴致,见她被无罪开释,他大惊失色。感觉不太对。她恢复自由身,而他却被迫躲躲藏藏。

他在汽车商店买了《千禧年》的特刊,读了所有关于莎兰德、札拉千科与尼德曼的报道。一个名叫布隆维斯特的记者将尼德曼形容成患有精神病的变态杀人犯。他皱起了眉头。

一眨眼就到了秋天,他还是没有采取行动。天气转冷后,他在汽车商店买了一个电暖器，却不知道自己为何不离开砖厂。

偶尔有一些年轻人会开车前来，把车停在院子里，但从未有人打扰他或试图闯入厂内。九月里来了一辆车，一个穿着蓝色防风夹克的男人下车后试图打开厂门，并四下里探头探脑。尼德曼从楼上的窗子观察他。那男子不断地在笔记本上写字，停留二十分钟后，再到处查看最后一次，接着便上车离去。尼德曼这才松了口气。他不知道那人是谁，又来这里做什么，看样子像是在勘查土地建物。尼德曼没有想到札拉千科死后得清查他的遗产。

他一直想着莎兰德，虽然从没想到会再见到她，但她着实令他迷惑而心惊。他不害怕任何活人，但他这个妹妹，这个同父异母的妹妹，太令他印象深刻。从来没有人用她这种方法打败过他。尽管被他埋葬，她仍复活了，而且还回来缠着他不放。他每晚都会梦见她，醒来时冒出一身冷汗，也察觉到她取代了平日的幽灵。

十月里他下定决心，在找到并毁掉妹妹之前绝不离开瑞典。他没有特定的计划，但至少现在的生活有了目标。他不知道妹妹现在何处，又该如何追踪她，只是日复一日、周复一周地坐在砖厂楼上的房间里，凝望着窗外。

有一天，厂外停了一辆酒红色本田，完全出乎意料的是他竟看到莎兰德从车上下来。上帝慈悲，他心想。莎兰德将会去和那两个被他丢在楼下水池里的女人作伴。等待结束了，他终于能继续他的人生。

莎兰德评估局势，发现完全在自己掌控之外。她飞快地动脑。嗒、嗒、嗒。她手里仍握着铁棍，却明白面对一个没有痛觉的男人，这武器太弱了。此时的她被锁在一个一千平方米左右的空间内，还有一个来自地狱的凶残机器人。

当尼德曼忽然朝她的方向移动，她立刻甩出铁棍，却被他轻易闪过。莎兰德身手矫捷。她踏着栈板，借力使力跃上一个货箱，接着像猴子似的继续爬上两个货箱，这才停下来俯视着四米下方的尼德曼。他也正抬头看她，等候着。

"下来。"他耐着性子说,"你逃不掉的。结局已经无可避免。"

她暗忖不知他有没有枪。如果有,可就麻烦了。

他弯身拾起一张椅子丢向她,她低头躲过。

尼德曼开始恼火了。他一脚踩上栈板,也跟在她后面往上爬。她等到他快爬到顶端时,才很快地助跑两步,跃过一条通道,落在另一个货箱顶端,接着一扭身跳下地面,一手抓起铁棍。

尼德曼其实并不笨重,但他知道不能冒险从高叠的货箱上跳下来,否则恐怕会摔断脚骨。他得小心翼翼地往下爬,稳稳地踏到地面。他向来都得慢慢地、有规律地行动,也花了一辈子的时间熟悉自己的身体。就在快下到地面时,他听见背后响起脚步声,一转身正好用肩膀挡开铁棍的一击,手中的刀子也应声落地。

莎兰德挥出铁棍后立即撒手,虽没来得及捡起刀子,却沿着栈板将它踢远,见他巨大的拳头反手挥来连忙机灵地躲开,同时向后退跳到通道另一边的货箱上。她从眼角余光瞥见尼德曼伸手要抓她,随即以迅雷不及掩耳的速度缩起双脚。货箱共有两排,沿中央通道那排堆了三层高,外侧通道那排有两层高。她跃下降落在两层高处,背靠着身后的货箱,双脚使出全部的力气往后抵。货箱想必有两百公斤重。她感觉到它动了,接着往中央通道跌落。

尼德曼看见货箱倒下,急忙扑倒到一旁,胸口被货箱的一角给撞到,但似乎没有受伤。他重新站起来。她还在挣扎。他开始跟着她往上爬,头才探出第三个货箱就见她一脚踢来,靴子重重地踢在额头上。他嘟囔一声,然后吃力地站上货箱最高处。莎兰德飞奔开来,又跳回到通道另一边的货箱上。她从边缘跳落,即刻消失在他视线之外。他听得到她的脚步声,并瞥见她穿过门口跑进内侧的工作坊。

莎兰德一面环顾一面衡量。嗒嗒。她知道自己毫无机会。只要能躲开尼德曼的巨拳、保持距离,她就能活命,然而一旦犯错就死定了,而这只是迟早的事。她必须逃避他。只要被他抓住一次,搏斗就结束了。

她需要武器。

手枪。冲锋枪。火箭弹。人员杀伤地雷。

什么鬼东西都行。

但手边一样也没有。

她到处张望。

没有武器。

只有工具。喀嗒。她目光落在圆锯上，只是要让他乖乖躺在锯台上简直是不可能。喀嗒。她看到一根铁棍可以当做长矛，只是对她而言可能太重，耍起来无法得心应手。喀。她接着瞄向门外，发现尼德曼已经爬下货箱，距离不到十五码，正再度朝她走来。她马上从门边移开——在尼德曼到达前大概还有五秒钟。她又瞄了工具堆最后一眼。

武器……或者藏身处。

尼德曼不慌不忙。他知道妹妹出不去，迟早会落到他手中。不过她很危险，这点毫无疑问。她毕竟是札拉千科的女儿。他不想受伤，所以最好让她自己跑得精疲力竭。

他站在内室的门口，眼神来回望着那堆工具、家具与半完工的木质地板。不见她的踪影。

"我知道你在里面。我会找到你的。"

尼德曼定定站着仔细聆听，却只听见自己的呼吸声。她躲起来了。他笑了笑。她在挑战他，她的来访顿时变成一场兄妹的游戏。

下一刻他听见房间中央传出不小心擦撞的声音。他掉转过头，但一时分辨不出声音来处。随后他又笑了。中间地板上摆了一张五米长的木质工作台，与其他杂物稍微隔开来，台子下方有一排抽屉和柜子滑门。

他从旁边走向工作台，很快瞄了一下，确定她没有躲在背后试图愚弄他。结果什么也没有。

她躲在柜子里面。真笨。

他拉开最左边的第一道门。

立刻听见柜子里有动静,在中间的部分。他快速上前两步,带着胜利的表情打开中间的柜门。

空的。

此时又听到一连串像发射手枪般的细碎爆裂声,由于离得太近,听不出来自何处。他转头去看,左脚却忽然感觉到一股奇怪的压力。他不觉得痛,但低头往地上一看,刚好看见莎兰德的手正握着钉枪移往他的右脚。

原来她在柜子下面。

接下来几秒钟他仿佛麻痹似的站立着,莎兰德则趁机将钉枪枪口对准他的靴子连打五枪,让七寸长的钉子直接穿透他的脚板。

他试着要移动。

他花了宝贵的几秒钟才发觉双脚已被牢牢钉在新铺设的木板地上。莎兰德又拿着钉枪移回到他的左脚。听起来就像机关枪不停扫射。她又打了四根钉子作为强固之用,他才回过神来有所反应。

他弯下身去抓她的手,但随即失去平衡,好不容易撑着工作台才稳住身子,却同时听到钉枪"咔嗒、咔嗒、咔嗒"地响个不停。莎兰德又回来钉他的右脚。他看见她斜斜地将钉子从他的脚跟打进地板。

尼德曼登时发出愤怒的嘶吼,并再次出手去抓莎兰德的手。

莎兰德从柜子下方的位置看见他的裤管往上溜,表示他试图弯身。于是她松开钉枪。尼德曼看见她的手像蜥蜴一样迅速消失在柜子底下,差一点就被他抓到。

他伸手想拿钉枪,但指尖刚碰到,莎兰德就从柜子下方把它拉开了。

柜子和地板间的缝隙约有二十厘米,他使尽所有力气将柜子往后推倒。莎兰德瞪大双眼往上看着他,脸上满是气愤。她拿起钉枪瞄准,从五十厘米外发射。钉子打中他胫骨正中央。

下一瞬间她放开钉枪,如闪电般地从他身边翻滚开来,直到滚到他够不着的地方才起身,接着又倒退两米后才停住。

尼德曼仍试图移动，又差点失去平衡，身子前后晃动，两只手臂也不停挥舞。他稳住后，狂怒之余再次弯下身子。

这回终于抓到钉枪。他瞄向莎兰德扣下扳机。

没有动静。他惊慌地看看钉枪，接着又看看莎兰德。她也面无表情地回望着他，同时举起插头。他勃然大怒，把钉枪朝她丢去。她侧身闪开了。

接着她重新插上插头，抓着电线把钉枪往回拉。

他与莎兰德四目交会，她那毫无感情的眼神令他惊愕。她打败他了，她是超自然的生物。他下意识地想抬起一只脚。她是怪物。他的脚才抬高几毫米，靴子就碰到钉头了。钉子以各种不同角度钻入他的脚，若想挣脱，双脚非得血肉模糊不可。即使以他近乎超人的力量也无法让自己松动。他前后摇晃了几秒钟，像在游泳似的。接着看见两只鞋子之间渐渐形成一摊血泊。

莎兰德坐到一张凳子上，观察他的双脚是否有松脱的迹象。他没有痛觉，所以就看他力量够不够大到用脚把钉头拔起。她静坐不动地看着他挣扎了十分钟，眼神一片木然。

过了片刻她起身走到他背后，举起钉枪对着他颈背正下方的脊椎。

莎兰德很认真地思考。这个男人不分大小规模地走私女人，并且下药、凌虐、贩卖。他至少杀害了八个人，其中包括哥塞柏加的一名警员、硫磺湖摩托车俱乐部一名成员和他的妻子。她不知道还有多少人命得算在这个同父异母的哥哥头上，不管他是否问心有愧，但也拜他之赐，她才会成为三起命案的嫌疑犯，被全瑞典的警察疯狂追缉。

她的指头用力地按着扳机。

他杀死了记者达格与他的伴侣米亚。

他还和札拉千科联合谋杀她，把她埋在哥塞柏加。现在又再次出现打算第二度谋杀她。

这样的挑衅实在叫人忍无可忍。

她想不出任何理由再让他活命。他痛恨她的程度，她甚至无法想象。如果把他交给警察会有什么结果？开庭审判？无期徒刑？何时会被假释出狱呢？他会多快逃出来？如今父亲终于走了，她还得提心吊胆多少年，时时回头留意哥哥会不会倏地再度出现？她感觉到钉枪的重量。她现在就能把问题解决，一了百了。

风险评估。

她咬咬嘴唇。

莎兰德天不怕地不怕。她发现自己缺乏必要的想象力，这也足以证明自己的脑子不对劲。

尼德曼恨她，她也同样恨他入骨。他和蓝汀、马丁·范耶尔、札拉千科以及其他无数混蛋都一样，在她认为他们根本没有资格活在世间。如果能把他们全放到孤岛上再投下一颗原子弹，她就会心满意足。

可是杀人？值得吗？如果杀了他，她会怎么样呢？不被发现的几率有多高？为了一时痛快最后一次扣下钉枪扳机，她得准备付出什么样的代价？

她可以说是为了自卫……不行，因为他的双脚被钉在地上。

她忽然想起那个也曾受父兄虐待的贱人海莉。她想起先前和王八蛋布隆维斯特的对话，当时她以最严苛的字眼咒骂她，说她哥哥马丁之所以能够年复一年地杀害女人，都是海莉的错。

"如果是你会怎么做？"布隆维斯特这么问她。

"我会杀了这个禽兽。"她回答时，冰冷的灵魂深处充满自信。

此时此刻她的处境就和当年的海莉一模一样。如果放尼德曼走，他还会杀死多少女人？她已拥有公民权，必须为自己的行为负起社会责任。她打算牺牲自己多少年的人生？海莉当时又打算牺牲多少年？

钉枪忽然变得太沉重，无法再这样握着对准他的脊椎，甚至连拿都拿不住。

她放下武器，感觉仿佛重返现实。她发觉尼德曼不知喃喃自语些什么，说的是德语，好像说有魔鬼要来抓他。

她知道他不是在跟她说话，他好像看到房间另一头有什么人，她转过头顺着他的视线看去，什么也没有。她感觉到颈背的寒毛竖了起来。

她转身抓起铁棍，走到外面房间找自己的肩背包。弯身拾起背包时，瞥见了一旁的刀子。此时她手上还戴着手套，便连同武器一块拾起。

她踌躇了一会儿，才将刀子放在货箱堆之间的中央通道的显眼处。接着花了三分钟才用铁棍将挂锁撬开，人才得以出来。

她在车里思索许久，最后打开手机，花了两分钟找到硫磺湖摩托车俱乐部的电话。

"喂？"

"尼米南。"她说。

"等一下。"

她等了三分钟，硫磺湖摩托车俱乐部的代理首领尼米南才接起电话。

"你是谁？"

"这你不必管。"莎兰德把声音压得很低，他几乎听不清她说的话，甚至分不出是男是女。

"好吧，你想干什么？"

"想知道尼德曼的消息吧？"

"有吗？"

"少给我废话。到底想不想知道他在哪里？"

"我在听。"

莎兰德把北泰利耶郊外砖厂的地点告诉他，并说如果他动作快一点，应该还来得及在那里找到人。

她关上手机，启动引擎，把车开到马路对面的汽车加油站后停下来，从这里可以清楚看到砖厂。

她等了两个多小时。直到下午快一点半的时候,才看到一辆面包车慢慢驶过下方道路,来到岔路口时,停了五分钟没动,然后才往砖厂开去。在这十二月天里,暮色已逐渐笼罩下来。

她打开仪表板下方的置物箱,取出一副美能达 16 × 50 的望远镜观察面包车停车后的情形。她认出尼米南和华达利,另外有三个人她不认得。新血。他们得重建组织。

当尼米南与同伴发现敞开的侧门时,她再次打开手机,发了一条短信到北泰利耶警局。

> 杀警凶手尼德曼在榭德里郊区汽车加油站旁的旧砖厂内。即将遭尼米南与硫磺湖摩托车俱乐部成员杀害。一楼池内有女尸。

她看不见工厂里的任何动静。

她等待着时机。

这段时间她取出手机的 SIM 卡,用指甲剪剪成碎片,摇下车窗丢出车外。接着再从皮夹拿出一张新的 SIM 卡安装入手机。她用的是 Comviq 预付卡,几乎无法追踪。她打到 Comviq 为新卡充值五百克朗。

短信发出十一分钟后,一辆警车从北泰利耶方向快速地驶向工厂,没有鸣警笛只是闪着蓝灯,驶进院子后,停在尼米南的面包车旁。一分钟后又来了两辆警车。警察们商议之后,一起朝砖厂前进。莎兰德拿起望远镜,看见一名警员以无线对讲机通报尼米南那辆车的车号。其他警察分站在一旁等候。两分钟后,莎兰德看着另一个小队急速赶到。

一切终于都结束。

从她出生那天展开的故事在这座砖厂结束了。

她自由了。

当警员从车内取出突击步枪、穿上防弹衣,开始包围工厂区,莎兰德走进商店内买了杯咖啡和一个玻璃纸包装的三明治。她就站在咖啡柜台旁吃了起来。

她回到车旁时天已经黑了。正当打开车门时，忽然听见远方传来两声巨响，她猜想是马路对面的手枪声。接着看见几个黑影，应该是警察，紧贴在工厂建筑一侧的入口旁。这时从乌普萨拉方向又来了一辆警车，她还听到警笛声。有几辆车停在下方的路旁凑热闹。

她启动本田，转上 E18 公路，一路驶回家。

当晚七点门铃响了，莎兰德觉得厌烦之至。她正在泡澡，水还冒着热气。现在真的只有一个人会出现在她家门口。

起先她想置之不理，但响到第三声时她还是叹了口气跨出浴缸，拿浴巾裹住身体。她不快地撅起下唇走到门厅，水一路滴在地板上。她将门打开一条缝。

"嗨。"布隆维斯特说。

她没有应声。

"你听到晚间新闻了吗？"

她摇摇头。

"我想你也许会想知道，尼德曼死了，今天在北泰利耶被硫磺湖摩托车俱乐部的一群人杀死的。"

"真的吗？"莎兰德说。

"我问过北泰利耶的值班警员，似乎是起内讧。听说尼德曼遭到凌虐，被人用刀子开膛剖腹。他们在工厂里找到一只袋子，里面装了几十万克朗。"

"天哪。"

"硫磺湖那帮恶棍被捕了，但好像经过一番激烈枪战，警方还向斯德哥尔摩请求支援。飞车党在六点左右投降。"

"是吗？"

"你的老友尼米南阵亡了。他像发了疯似的开枪，企图杀出重围。"

"那很好。"

布隆维斯特静静站着没有再出声。他们俩透过门缝互望。

"我打扰你了吗？"他问道。

她耸耸肩。"我在泡澡。"

"看得出来。想要人做伴吗？"

她以嘲讽的表情看着他。

"我说的不是泡澡。我带了一些贝果来。"他说着拿出一个袋子，"还有一些浓缩咖啡。既然你有一台优瑞X7咖啡机，至少应该学学怎么用。"

她挑起眉来，不知该失望还是放心。

"只是纯做伴？"

"只是纯做伴。"他强调，"我只是以好朋友的身份来探望好朋友，如果你欢迎的话。"

她有些迟疑。两年来，她总是尽可能躲布隆维斯特远远的，而他却有如粘在鞋底的口香糖似的巴住她不放，不管是在网络或实际生活上。在网络上还好，他也不过就是电子和语词。至于实际生活，此刻站在门外的他依然是迷人得要命。而且他们彼此都知道对方全部的秘密。

她看了他好一会儿，发现自己对他已没有感觉。至少没有那种感觉了。

过去一年，他确实一直是她的好朋友。

她信任他。也许吧。她所信任的极少数人之一竟是自己想方设法要躲避的人，想想真叫人生气。

紧接着她下定决心。要假装没有这个人存在，太荒谬了。如今见到他，她已不再难过。

她敞开大门，让他再次进入她的生活。